余之言

密码破译师

著

Code Breaker

人民文学出版社

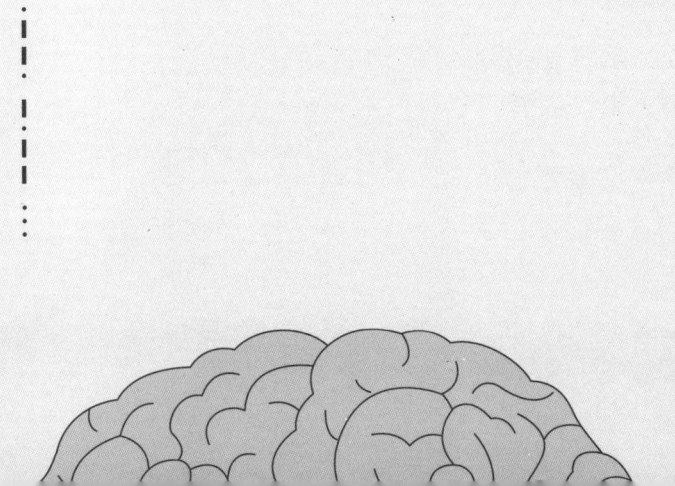

图书在版编目（CIP）数据

密码破译师/余之言著. —北京：人民文学出版社，2018
ISBN 978-7-02-013923-1

Ⅰ.①密… Ⅱ.①余… Ⅲ.①长篇小说—中国—当代 Ⅳ.①I247.5

中国版本图书馆 CIP 数据核字(2018)第 042270 号

责任编辑　脚　印
装帧设计　刘　远
责任印制　徐　冉

出版发行　人民文学出版社
社　　址　北京市朝内大街 166 号
邮政编码　100705
网　　址　http://www.rw-cn.com

印　　刷　三河市西华印务有限公司
经　　销　全国新华书店等

字　　数　370 千字
开　　本　890 毫米×1290 毫米　1/32
印　　张　14　插页 1
印　　数　1—10000
版　　次　2018 年 5 月北京第 1 版
印　　次　2018 年 5 月第 1 次印刷

书　　号　978-7-02-013923-1
定　　价　42.00 元

如有印装质量问题，请与本社图书销售中心调换。电话:010-65233595

目 录

密文篇

003　第一章　　决斗
030　第二章　　祸端
041　第三章　　西施
054　第四章　　暗杀
066　第五章　　局设
078　第六章　　密画

明文篇

103	第七章	勉密
119	第八章	颖密
134	第九章	拙密
145	第十章	银密
157	第十一章	琦密
164	第十二章	甲乙组密
177	第十三章	方密
188	第十四章	斓密
202	第十五章	象密
221	第十六章	箍密·梅花报
232	第十七章	鑫密
257	第十八章	蓝密
277	第十九章	无名密阵
305	第二十章	四君子密
336	第二十一章	羽密
350	第二十二章	和密·雪密
366	第二十三章	响密·冥报

密钥篇

- 403　第二十四章　　婴之墓
- 407　第二十五章　　我非我
- 413　第二十六章　　敌之亲
- 418　第二十七章　　荆之请
- 431　第二十八章　　画中画

写 在 前 面

1967年某日，B市一个年过半百的男子，从黑暗角落里搬出一台发报机，把家里门窗关紧，再捂上厚厚的被褥，然后，嘀嘀嗒嗒地发起了报。

从后来情况分析，那一刻，这男子是深深陷入了某种心境的。随着电键敲击声的多端变化，他面部轮番呈现出喜怒哀乐。整整一个晚上，他手都没离开过电键。

黎明时分，当一群公安人员破窗而入时，这个沉醉之人，正在一边用左手发报，一边用右手抄报。这些公安人员见过发报员发报，也见过收报员抄报，却没见过一人左右开弓抄发兼顾的。就在公安人员愣怔的关口，这男子迅速从桌上抓起了什么捂进嘴里，紧接着举起发报机狠狠地砸向地面。然后，一窜蹦将到书桌上，又一步跨上双人床，两步并作一步擦床面冲向墙角，转身倚墙站定。就这几个动作，最大限度地赢得了嘴巴快速咀嚼的时间。

本来两个公安已扑将上去，堵的是他左右两路，没想到他左右不去，老胳膊老腿了，却原地蹿蹦而起。那两个公安不得不追上床去，才把他死死地摁住。公安局长见状暗暗叫苦："碰上个老牌特工，瞬间择路敏准，动作相当专业。"迅速用枪管撬开老家伙的嘴，掏出了一团烂纸。技术人员对烂纸进行处理，却难以复原，只能隐约看见零星的怪异字符。

公安局把这个人调查了个底朝天，最终也未找到与反革命特务有关联的任何线索。仅凭私自鼓捣一台根本发不出电波的发报机（请来无线电专家进行了权威鉴定），还不能定他的罪，倒是在他家一双鞋壳子里，搜出了四页密纸，上面写满了毫无头绪的数字。立即送往有关机要部门，却没人能够破解这些东西。只好锁进了公安局保密柜，后又移交给了国家安全局档案室。因密纸破不开，缺少确凿证据，此人未被收监入狱。这个案子自此挂了起来。

到了2013年，一个看似偶然的机会，那四页密纸被B市一个教数学的年轻女教师和一个神秘老人破开了。B市国家安全局作为特事特情特报，呈送到了国家相关部门。几个月后，该呈报件批转下来。上级四个主管及分管的领导，有三人画了圈，一人批注了一段话：

战争年代，确有此业；此业之中，实有此人；此纸密文，真确无讹；此人无罪，身藏奇功；历史存真，精神不灭；血脉传承，后人勿忘；此案无碍，不得再审；假以时日，自有公论。

至此，有些人才知道，我军历史上还有过密码破译师这个行当，也才清楚，那个男子曾经是一个战功卓著的密码破译师。据说，这个人早前犯了一个神秘错误而被问责革职，后来一直赋闲在家。这一天，突然犯了职业病，手痒痒了，就翻腾出一台教学发报机过了过瘾，没想到会被邻居大妈报了警。没人能理解一个密码破译师，其职业喜好在心里憋压数十年，还会在某一天突然爆发。那天，他用电台发与抄的，正是那鞋壳子里的内容。那是他用自己制造的密码编写而成。

那个女教师，大概知道当今黑客和某些国家窃密手段的厉害。（此时，美国"棱镜门"事件刚刚发生，斯诺登曝光了美国监控世界人的丑闻。）所以，她把那鞋壳子里的密码破译之后，没用电脑传送和打印，而是用笔工工整整地写在信纸上，亲手呈了上去。

后来，这些文字，被B市安全部门全文摘抄进了2013呈字第3号报告之中。

现把女教师破译的密纸明文转载如下，文字没有任何改动。

第一页：在中国革命战争史上，有这样一类鲜为人知的神秘人物。知密人评价说，"他们为红军反'围剿'、万里长征及抗日战争、解放战争的胜利，做出过巨大贡献却长年隐姓埋名，大功不语。这支隐藏在战争背后的传奇队伍，是我军以少胜多、以弱胜强，多次化险为夷、转危为安的重要力量。写中国革命战争史，如不谈及这群人在战争中做了些什么，那就不是全面的战争史。"

第二页：他们，没有亲手杀死过敌军，却拯救过数量惊人的将士生命，并一再加速敌军溃败，多次改变战争进程；他们，战功彪炳，居功至伟，却从来不记名利，不求回报，一生都在战斗，永远给你背影；他们，为了成全革命战争的胜利，什么都可以牺牲，什么都可以奉献，包括亲情、爱情、名誉、地位，乃至生命；他们的功勋，不在于马革裹尸，血刃疆场，而在于以其独特的专业技能、奇诡的制敌手段和强大的信仰神锐，直捣黄龙，毁敌神经，取其心胆。这是一群用智慧之手打开胜利之门的人。

第三页：每天都有历史性事件从他们手指缝中流淌而过。他们掌握着战争年代诸多机密，其最长的密龄，距离今天（1967年），已有三十多年。在漫长岁月里，这一群"知道太多"的人，始终秉持着守密的誓言，上不告父母，下不传妻儿，周围无人知其真实身份。当到了解密并得以褒奖这一天来临的时候，"为共和国立下不可磨灭功勋"的历史结论，以及接踵而至的荣誉，对于他们已失去了一些实际意义。那些还活着的人不求别的，只想扔掉一切禁忌和戒备，像孩童似的，撒着欢儿，蹦着高儿，痛痛快快地、大口大口地——喘喘气儿，然后，向满天下的人大喊一声："我，终于是我自己了！我，终于无密一身轻了！"而更多的人已经等不起这么多年，嘴巴上压着一块巨石，把身上所有的秘密都带进了棺材。

第四页：是的，这一类神秘人物叫密码破译师。这些人及其职业行为，涉及到战争年代许多著名战例和重大事件。诸多相关将领，对这些人和这些人所为之事业、所做之工作、所获之功绩，历来赞赏有加，评价极高。事实上，我军密码破译师所创造的独特职业效能，依仗革命将帅卓越的智慧之脑和杰出的谋战才能，对革命战争的胜利做出了重大贡献，其作用具有不可替代性。

那个女教师在呈报稿上，还备注了一段话："在密纸编制者家中，还发现了一幅奇画，长480厘米，宽160厘米，颇具国宝级名作《清明上河图》之画风，取名为《战争画廊》。此画为工笔细作而成，采用散点透视构图法，生动刻画了历次革命战争中数十个经典战例。关键是，我怀疑画中藏有重要的秘密信息，有较之这四页密纸更为翔实而庞大的内容。凭我之破译功力，目前还无法破解全图之谜，仅在此画背面一角，发现了一段密码短语，被我成功破译。至于整幅画作中到底藏密与否，恳请国家有关部门介入调查，组织大牌破译专家前来猜研破解。"

然而，事与愿违。碍于那四大领导的那段批示和三个圈圈，这个案件公安局和安全部门就真的没人再查了，连那个女教师举报的那幅神秘而存疑的《战争画廊》，也一直无人问津。

1378

― ―
― · ― · ―
― · ― ―

2429

密

文

篇

第一章 决 斗

既然故事源于那一场爱情,那就从二十世纪三十年代讲起。那场貌似风花雪月的事,当时在上海滩并不罕见,但最终演变成涉黑亡人事件,就令人匪夷所思了。

1931年12月某天中午,姬祯任下班走出电报局大楼。一阵冷风袭来,他打了个寒战,下意识地把围巾撩向后背。这一撩,不巧撩到了一个人脸上。没想到,那人一把抓住围巾,猛力一扯,把他带了个趔趄。

姬祯任惊恐一怔,正欲呵斥,那人捂着脸反倒恶声恶气地嚷起来:"打人不打脸。你干吗作贱人?"他这才看清,此人是电报局同事高Q。高Q接着吼:"总是这样明枪暗箭的,你觉得有意思吗?我看,倒不如痛快点。今天下午两点钟,车站广场钟鼓楼下,我俩一决雌雄。从此以后,败者规规矩矩地同江小点做同事,胜者大明大放地当她男朋友。这叫为爱情和荣誉而决斗,是男人就别当缩头乌龟。告诉你,下午江小点是要到场作证的。"说完,扬长而去。

姬祯任先是头脑一片空白,后是勃然大怒:"电报大楼里,谁不知道江小点只爱我一人。咋又出来个横刀夺爱的?居然还扬言要决斗?"

"莫名其妙！"

姬祯任冲上楼去找江小点。人走室空。找遍附近餐馆、影院、商店，也不见人影。

他赶到火车站，远远看见钟鼓楼下，那个无耻小人果真正和江小点站在一起。他居然还暧昧地搂了搂美人！

在当当的钟声中，姬祯任冲将过去，一把把那个小人推搡开。高Q冷笑一声："君子动口不动手。你气势汹汹的，这是要打架呀。"江小点怒喊："姬祯任，你为何要约他决斗？难道大家非要撕破脸皮不可吗？"

高Q这个伪君子，居然倒打一耙！姬祯任薅住他衣领，让他说清楚。

冷不防，高Q猛挥一拳，击中了姬祯任耳门子。二人对打起来，直打得鼻血四溅，唇裂齿歪。

江小点几次上去拉架，都被推倒在地。她放声大哭："我没法活了！"这当口，谁还能听得进她的哭喊。

突然，围观者目光都转向了左侧围墙内。那里面是一座六层高洋楼。江小点正站在楼顶边沿，掩面嚎哭。骤然几声枪响，楼顶边沿火星四溅。江小点倒向楼下。

与此同时，另一处也响起枪声。人们惊呼一片，做鸟兽状散去。

高Q冲向围墙大门，姬祯任也拔腿跟过去。

就在这时，有人冲姬祯任开了枪。之后，他就什么也不知道了。

然而，有两点他是知道的。

一是在倒地那一瞬，他恍然大悟：眼前所发生的一切是个阴谋。当他赤手空拳冲向高Q时，这个阴谋就注定了结局：他必完蛋！在这一点上，那个高Q如愿以偿了。可谁也没有料到，事情会节外生枝，江小点也死掉了。尽管姬祯任意识到了阴谋之所在，却再也没机会探明真相了。

二是火车站的这一天，和往日每一天毫无二致。没人会留意准时报点的钟声里，还夹杂着枪声；也没人去探究，以两条年轻生命为代价的阴谋，到底深藏了多少冤情。因为，这年月，整个上海滩都风气粗犷而阴煞，无端打斗司空见惯，阴谋诡计无处不在。

在见怪不怪的世风里，这个蹊跷的下午就这样结束了。姬祯任短暂的一生也到此终止。

第二天，《大晚报》对该事件做了报道，说"这是一场由多角恋爱而引发的情杀案"，并强调，"这次事件有帮会黑恶势力背景，案情错综复杂。警方闭口不言，定是难给结论。回瞻近几年社会治安状况，不难发现，上海滩黑帮势力恶性膨胀，已发展成了具有相当政治地位和经济实力的权势组织，对社会造成了恶劣而深远的影响。各界应予警觉提防"。

《大晚报》发布如此新闻，相当于给这个蹊跷的下午，又增添了一层诡异。

有高人认为，此案肯定另有隐情！悉知局势的人都知道，当下上海新闻业有一个显著特征，即报人不仅受到官方政治权力和财团经济权势的深刻影响，而且还经常遭受黑恶帮会的严重胁迫。一些黑恶势力者，无不利用报纸伸张其声势，服务其恶行。而像这次，报界如此措辞严厉地抨击黑恶势力，极为罕见。那么，假借这起枪击事件而打黑帮的脸，或是以打黑帮的脸来为这起枪击事件护局，用意何在？这起看似普通的枪击事件，到底深藏了多少污阴秽谋，会值得黑帮势力如此不要脸面？鬼才知道！

只有鬼才知道的事情，姬祯任自然没有本事探究清楚，但有一点他应是心知肚明的：报纸上把这个事件归类为"情杀案"，是不负责任的。因为，他那个冒牌情敌高Q，虽是以夺取爱情的名义与他恶斗，可高Q对江小点根本没有半点儿爱情，连一点点贪欲都没有；而江小点对那个高Q更是毫无男女私情而言。既然江高之间构不成任何情爱关系，那么，把这事说成是情杀、情殇，明显就是信口雌黄了。

如此定性定论，姬祯任死不瞑目！

其实，真正让姬祯任放不下的，还是这场零乱不堪、糟糕透顶的爱情本身。如果他活着，一定会经常想起，这场爱情缘起于一封古怪的电报。

那是姬祯任刚谋差履新，在上海电报大楼当班值柜的第一天。傍晚快下班时，他接待了最后一个顾客。一封电报底稿递到了他眼前。电报内容却只有一个字。

上个世纪三十年代初，电报还是个新鲜玩意儿，而一封一个字的电报更是让人好奇。他疑惑不解，抬头看了一眼。就这一眼，他即刻落入了感情俗套。他这人一向特立独行，最怕被人说成是庸俗之辈。没想到，这一天，躁动的青春使他顾忌全无，有了人生第一次"一见钟情"。站在柜前的是一个年轻女子。这一刻，八个大字庸俗地闪击了他脑海。"火炽如金"，说的是这女子看他时的那双大眼睛；"婉顺如银"，是从她说话时嗓音中流露出来的。此时，他自作多情到了极点，感觉到这八个大字，还远远表述不尽她那漂亮的容貌和迷人的气质。

这个女人到底好到什么程度？那脸形儿，那眉眼儿，那鼻梁儿，那嘴巴儿，那耳郭儿，那发型儿，还有那一米七儿的高个儿，该怎样就怎样的身段儿，这围儿那围儿，这腰儿那臀儿，这腿儿那脚儿，你自己想去吧，要多好有多好。这种好，不是"情人眼里出西施"的那种好，而是人见人爱的那种好，是每个人心中最好的那个好。

平时，姬祯任是个矜持有余，活泛不足之辈。今天，他如此放纵，是冒了颠覆他脾性、损毁他形象之风险的。这种状态，完全不是以前那个他，或许也不是以后的那个他。冥冥之中，他觉得，这个"一见钟情"是百年不遇的，这个美人儿也是百年不遇的。呵呵，在不知美人姓甚名谁之前，就如此梦狂情痴，整个就是一句流俗语——不要脸！

不过，还好，他尚未被这少见的女性魅力彻底击懵，还有一点点理智犹存。

"小姐，就这一个字吗？"

"中。"

"这一个字能说清楚你的意思吗？"

"中。"

"我是说，你确定收报人能看懂你这一个'中'字的电报内容吗？"

"中。"

"每一份电报的费用是按照七字一算的。要拍发的内容你真的都说清楚了吗？"

"那就再加六个'中'字，不然俺可就吃亏了。"

一般情况下，出现这种状况，会认为这个女子脑子有毛病。可这个时候，在姬祯任这儿，谁要说如此貌美如花的女人智力有问题，谁脑子才有毛病呢。

"那我就照底稿发了？"

"中。"那美人眼神狡黠，一闪即逝，"河南人最中意这个字儿了。"

"噢，我还从未结交过河南人哩。"

"难怪与先生说话，这么费劲儿。"

"……"姬祯任费劲儿地又多说了一句，"嘀，刘海儿。额头上的名字，挺有意思。你署名写得蛮漂亮。可谓字如其人。"

"俺这名儿还中。不过，字如其人就免了吧。俺这字，太阿杂菜了。噢，河南话'阿杂菜'是垃圾的意思。"

奉承之意一旦被挑明，就显得俗不可耐了。姬祯任窘然不语，加快处理报务。

不知什么时候外面下起了雨。刘海儿站在厅口没走。显然是没带雨伞。姬祯任打着雨伞迈出门，又落了俗套："小姐，若不介意，可共用一伞。"她嫣然一笑："中。"

一路走着，他有意说起电报局的工作。口气上没让她听出有炫耀之意，本质却是想炫耀。话是她先提起的。

"电报生可美哩，人上人的差事。"

"这行当，还算吃香。同银行、海关、铁路这三家职业一样，打不破的金饭碗。"

"吃的是国家饭，薪水肯定高呗。"

"普通电报生平均每月有百元多的收入，且从不拖欠。同一般行业比，待遇是相当优厚了。与欧美同行比，中国电报生的薪水也算是高的。英国的电报员年收入不到六英镑，美国电报员月薪也只有十四美元。"

"中国电报生，真是奇了。"

"这主要是中国电报生比国外的辛苦。这里涉及电报电码问题。英文字母有二十六个，德文字母是三十个，意大利字母只有二十一个，日文夹杂了汉字，也可用五十音图来表达。这些字母只要配上相对应的电码，收发起电报来比较简单。而中文电报编码就复杂多了。中文用的是方块字，以单一汉字为基本单位，仅常用的就有六千八百个，把只有点、划两种元素的电码，排列成几千种不同组合，那难度就可想而知了。算了，不说这些了，专业问题你也不懂。"

"是的，俺不懂什么电马电驴的。俺只听懂了当差体面，人就受尊重。"

"河南人很会说话嘛。你坐几路车？"

"2路。就此道别。素不相识，还为俺遮风挡雨的。多谢啦。"

"我也是2路。"

"那中。"

邻座坐了。闲聊中，姬祯任好奇心终是没压住，问起那一字电报是什么意思？刘海儿轻盈一笑："电报生需要问这么多吗？这可是侵犯个人隐私哩。嘀嘀，开个玩笑。你若想听，俺可说给你。这封'中'字电报背后，可有一个感人至深的爱情故事哩。"她停下不说了，笑意浓浓地望着他。

真真一双挠人心窝子的眼！他直躲不及，警告自己别慌乱，说："电报内容，顾客定夺，电报生无权过问，不听也好。"

报童挤过来。他买了两份报，一份递给了刘海儿。上面有则消息，说一家老图书馆重新装修后明日开业。他问她喜欢看什么书。她说:"凡书都喜欢,尤其对古文诗赋最感兴趣。不过,新诗潮辞的,俺也在行。来两首给你听听,中不?"他点头。她又说:"其实,俺不是河南人。不过,这河南话并不难模仿。下面读诗就不用河南话了呀。"他一愣,有被人耍弄了的感觉,以致她读了两首什么新诗潮诗,他都没听清楚。

刘海儿到了站。姬祯任上车原路往回返。他哪里和她同路哟,他就住在电报大楼后员工宿舍。

第二天是礼拜天。姬祯任鬼使神差去了那家新装修的图书馆。刚一进去,便看见刘海儿正在那里看书呢。他走过去打招呼,发现她看的是一本蓝皮书,叫《和策殇记》。

中午,他到外面买了两份点心。她要付他钱,掏出来数数却不够,便有些尴尬。他说,就几块点心算他请客。她说,那中。她看书,搞摘记,很是投入。傍晚,要闭馆。他有心,问她回家的车票钱够吧。她窘迫一笑。他给了她钱。

后来,他们又在图书馆相遇。刘海儿看的依然是那本《和策殇记》。中午,她请他吃小面。面不贵,正好是上次欠他的车费钱。他猜测,这美人儿生活一定是拮据的。饭间,两人相聊甚欢。"一见钟情"四个字在他心里一再深化。他试探着露出"交个朋友"的想法。她可调皮了,头一歪一笑,一声河南伪语:"那中!俺同意。"饭后,他送了她一程。他一直在想:那封一字电报的背后,是怎样一个感人至深的爱情故事呢?

周一上班,姬祯任去三楼给技工师送个报表。他对这电报大楼还很陌生。从这头找到那头,又从那头找回来,才看清一间房门上写着三个小字:技工室。他敲门进去,一个姑娘抬起头。一瞬间,他脑子一片空白。坐在桌前的却是那个刘海儿。他愣怔怔地送上报表,转身欲走。她说话了:"我叫江小点。刘海儿是我苏州的一个好姐妹,那天是顺便代她发的电报。"他想不起该说什么了。她又说:"之所以用这种方式认识,是因为当时你看我的眼神,激起了我一时兴趣。全是由着心气儿来的,本意并没有捉弄你的意思。别介意呀。"这嗓音，怎么听都不再有"婉顺如银"的味道。

私下有同事讲：这个江小点，上海大户人家的娇小姐，上下班都是家里车接车送。花钱也阔绰得很，同小姐妹们隔三岔五地聚，非上海滩名馆子不下的。

这下，姬祯任真懵了，堵心憋气的，不是个滋味。不久，又听说了一件事，才知道，早在那一字电报之前，她与他就打过交道了。只是他在明里不知就里，她在暗处心如明镜。他想，这样的话，这个女人搞这场恶作剧，就更显得无端任性了。

到电报大楼谋差之前，姬祯任在上海电报学堂学习了两年。电报行业实行的是"学堂与电报局相表里"制度，在电报学堂就学的学生，学成后自动担任电报局的电报生。薪水是根据考试所获得的学分来确定的。姬祯任的强项是抄报和发报，速度快，差错率低。四种电报样式，华文明语、华文密码、洋文明语、洋文密码等，他抄发都是学堂本年级成绩最好的。

到电报大楼工作后，第一关是要通过电报局上岗业务测试。这种测试，最终较劲显能的是抄报和发报这两项硬活儿。这次，姬祯任抄报的最终成绩是华文密码和洋文明码两项都全优，华文速度抄到了每分钟123个字，洋文（英文明码）抄到了每分钟147个字，各五分钟的测试时间，他没抄错一码，而电报局的规定，抄和发的差错率在百分之一之内就算全优，也就是说，这两个速度不是他的最好成绩，只可惜，电报局没人能够再发出更高速度的报来。

姬祯任在拍发电报测试中表现也极为优异。这次，他发报最好速度华文明语是每分钟138个字，洋文密码是159个字，但这个速度没被确定为他的成绩。因为，电报局在职抄报人的最快抄报速度是，华文119个字，洋文141个字。所以，他那个速度没人能够抄下来验证对与错，他的发报成绩只能定为华文119分，洋文141分。

据说，为组织这次测试，局里本想通过严格筛选，从在职人员中挑出抄、发报速度最快的各一人，担任测试主考官，结果是这二者为同一人，是一个两年前从电报学堂分来的电报生。当时，主考官在三楼实施，姬祯任等被测试人员在一楼大厅收发。他等不晓知主考官是谁，而主考官对他等情况门清。这个主考官就是江小点，现职位是比报务员高一等级的技工师。而让她出乎意料是，这届新来的电报生当中，有一个叫姬祯任的家伙，专业水平很是了得，她的抄报发报速度，居然不能测出他的最好成绩。看得出，这让她很没面子。直到那天她代苏州刘海儿发了那封一字电报，捉弄了他一番之后，心里才舒坦了些。最近见到他，她脸上总是带有几分得意之色。

姬祯任那个"一见钟情"的心情就此终止。不过，有一点姬祯任还是服气的。依江小点的发报速度，虽没测出他最高抄报水平，但她娴熟的发报手法及其独特的"手迹"，还是让他难忘的。后来，又曾无数次听她发过报，他都有一种别样的感受。

手迹，即每个报务员不同于别人的发报特点。听惯了一个报务员的发报声，便能掌握其声音特质和习惯手法，一听便知是甲而不是乙。就像不同的人有不同的说话嗓音声调一样，相熟的人听其言便知其人是谁。

江小点的手迹非常漂亮，应该说是声如其人。测试抄报那会儿，听着她那妙不可言的发报声，姬祯任压着四五个码子抄，心里舒服极了。脑子还一度走私，猜测发报者是男是女，是老还是少。这种声音，极易抄出高质量高速度的报来。这种声音，也是超出了专业领域，有了浓浓艺术成分的。抄这样的报是一种享受。然而，对江小点发报技术的好感，并没有消除对她搞恶作剧的反感。他想不通，有钱人家的大小姐怎么会是这个样子。

后来，姬祯任在图书馆又碰到她一次。他装作没看见。她走过来，拿着那本《和策殇记》冲他晃了晃："这本书真好。馆里仅有两本，建议你也读一读。"他微笑："我早看过了，并没觉得好到那里去。"她说：

"那是我眼拙了。"她一走，他便起身去借那本《和策殇记》。

图书馆特藏室是馆中最气派、最神秘的地方，一组组樟木书柜一人多高，柜门上标有书名，四下有雕花，里面整齐地排列着各种泛黄的线装书。其中有些是馆藏孤本，镇馆之宝。这里自然都是闭架书。《和策殇记》就在此借阅。

其实，这本《和策殇记》，姬祯仁压根就没读过。这次读书是一个艰难的历程。难就难在通读两遍都没感觉，咬紧牙关又读了两遍，才啃透它。也不是《和策殇记》有多难读，而是这段时间，他时有心不在焉，岔路走神。

民国时期，在年轻人的情感谱系里，"一见钟情"是何物？那天姬祯仁找辞书查了这个词儿。他想弄清楚，在他空白情史薄上，写下的第一种情感状态到底是个什么东西。痴情凝视着那个读书的女孩，他那颗激荡的心，感受到了曼妙年华真正到了最美的时刻。

然而，好景不长。短短几日，他就对这个千古好词儿产生了怀疑：一见钟情不靠谱！说到底，是那个江小点不靠谱！

是的，这个不靠谱的江小点，她身上让人难以琢磨的事儿还有不少。譬如，民国年代，女子走上社会谋职养家糊口已不是什么新鲜事儿，可一个花钱如流水、出行车接车送的大家闺秀，安得每日到电报大楼坐班挣那几个辛苦钱？后来发现，这与她的身世有关。

清末年间，上海黑帮芜杂而卑鄙，其最大罪恶之处，是把上海滩变成了近代中国最大的鸦片集散地。在黑帮寥廓天幕下，有一个年轻时作恶多端、到了中老年要浪子回头的无名头目，叫江之静，在一天突然宣布要与鸦片贩卖绝缘。之后，他所经营的饭庄、茶馆、舞厅、客栈，便不再涉半点黄赌毒。不久，江家就在餐饮娱乐业销声匿迹了。

据说，经黑帮各门派大亨允诺，江家与黑社会达成了交易：江家无偿让出店铺买卖，以换得江之静本人退出江湖，并求得其子江大明一个光明正大的社会身份。据查，学业刚成的江大明进了清廷在上海的电信邮政机构，后又被派往日本公使馆做事，真真做起了拿大清帝国俸禄的规矩人。

这江大明在朝廷公职上并没做长远，不是江家悔享清贫想回归黑道，也不是黑帮各大佬不保江大明公职，而是他惹了大祸。这是个沪上黑势力根本无力摆平的大祸。老皇儿在甲午战争中失败了，事后却有一条板子打在了江大明身上。出人意料的是，江家人自认，这板子挨得一点也不冤枉。

这么大一场战争败了，要归罪于一介职卑权微的小人物，实在让人费解。且看，江大明所从事的一项小差事，却有着影响战争大局的功能。他若恪尽职守，出了天大事，也找不到他头上；他若为职不尊，懈怠有余，则大祸临头的概率就很大了。

江大明是驻日公使馆负责电报通讯的一个小官儿，实际上就是个机要员。说起电报通讯，清末的中国人还是小学生，对密码电报，根本不摸专业道道的门儿，用起来只会机械地照洋人教习操作。日本人却远远走在了前面，早早设立了专门负责监听、破译的电信课。

甲午年间，中日开战在即，清政府驻日公使向国内总理衙门，拍发了一份长篇密码电报，内容是他和日本外务大臣的会谈情况，其中，包含日本人给中国政府的绝交书函件全文。问题就出在这份绝交书上。按照日常惯例，绝交书应为日文，由清政府驻日公使馆机要员翻译成中文，然后再加密拍发给国内。可这次，清驻日公使拿到的绝交书，却是已经译好的中文稿件，而且译得四骈六丽，流畅无比，准确无误。

当时中日外交决裂，形势十万火急，清驻日公使见日本人的绝交书已是一篇现成中文稿，不虞有诈，便急令机要员用密码直接加密成密电发回国去。这样就实实地入了日本人设下的圈套。本来，机要员江大明犹觉不妥，提出缓发，可一见公使火烧眉毛般明令急督，就没再坚持，照此办理了。当时，江大明焦躁不安，一阵阵莫名恐惧涌上心头。但很快又意识到，是自命不凡的毛病又犯了。这不祥之感，无非是自己无用的类推和多余的顾虑带来的。

然非多虑！且看！此密电必走东京——长崎——上海有线电报线，显然要在东京、长崎中转。日外务省中转之中果真做了手脚，搞到了这份密电抄件。日本负责破译分析的电信课，从比对绝交书原文入手，对中国密电进行研究，最终达成破译，并由此摸清了清廷在用密码。更为可怕的是，清廷并未察觉出密码已被破译，在整个甲午战争期间，竟然频繁使用这部密码。结果可想而知，中国兵力部署情况以及朝局动向，几乎全部呈现在日本人办公桌上。这样一来，情报严重泄露，再加之政治、军事上存在诸多根本性问题，导致了中国在这场战争中惨败。

战争结束之后某一年，密电事件真相被中国高层得知，板子自然要打在驻日公使馆身上。最终，江大明却成了公使馆里唯一的替罪羊，以"谋职不为，处事懈怠，重大失责"之名，被判处监禁。自此，各界便都知道了电报密码的厉害：做事离不开电报，电报务必防窃，防窃必用密码，密码重于生命，生命赖于保密。

沪上黑帮还关心惦记着江大明。然此事太过重大，又不敢明来，便暗地使了关节，把狱中人弄出了牢房。江家自然不会重返黑道，江大明本人也不想改头换面，再觅公职，而是闲居家中，终日苦悔深悟。他认为，如此判罪，罪在自身，罪有应得。对此，他毫无怨言，只后悔当初能为而不为，未尽应尽之力，才使得国家步入战败深渊。江大明把这么大个祸事揽在了自己头上，心中便积郁难解，日久成疾，终抱残躯度日。

江大明身体废了，心也废了。心废了的显著标志，是一头钻进了牛角尖，在一件不可理喻的事儿中出不来。他在闭门思过几年后，不知哪一天，脑筋一下粘在了电报密码这一个点上，怎么剥都剥离不开了。他开始整天琢磨起中文、洋文密码来。大家都知道，他这样干，并没什么目的性，只是为消解甲午年间留在心中的那个郁结。这是他活着唯一感兴趣的事了。

后来，江大明有了女儿，取名江小点。女儿识文断字后，对古文古书表现出了异常兴趣。江大明眼睛一亮，因势利导，一天到晚教习女儿读书识辞，督导她读了不少不是她那个年龄段所读的书；正经书之外，还用密码知识编一些通俗易懂的文字游戏、谜语，诱引女儿上他的道。更少见的是，他还不惜花钱长年请来洋文老师做私塾，教习女儿识日文和英文。

女儿长大后，江大明便让她上了电报学堂。此时，女儿已是好书成瘾。不吃不喝可以，没书看不行。可以说，她对有字面意义的文字，或字面背后有意义的魔幻图形、怪异符号等，都到了心醉神迷的程度。

后来，江小点学完了电报学堂，江家便名正言顺地为她索求到了一个光明正大的社会身份——上海电报局员工。

上海电报局员工，是有一些禁律绝对不可冒犯的。起初，姬祯任并没预料到暗自触碰了一下，竟会带来一场足以改变多人命运的灾难。

当下社会，已有不少民众意识到了密码电报的价值。无论是国民政府机构、中外公私社团，还是各阶层显达要人，都纷纷用起了密电，稍有些身份和地位的人，手里除有一本明码电报本以外，怀里还常揣着一本私用密码本。有大事要情，自己先加密，再送电报局拍发。这些密码电报到电报生手上时，自然都是一些字面没有任何意义的数字或字母。这个时候，电报生千万不要有好奇心，去破译客户密码电报。电报局规定,电报生没有破译客户密码的权力，更禁忌具有破译密码的能力。否则，或开除公职，或触法入狱。

而姬祯任，一个不安分的电报生，却悄然打破了这个禁律。依他胆小怕事的性格，没人会想到他居然胆大妄为，暗地作乱。实际上，这个时期，他是一个极其自负的人。上电报学堂之前，他就对中文有了较深的研究，英文、日文也兼学了一些。上学期间，又"头悬梁，锥刺股"地狠下了两年苦功，自认为中文水准高到可以和文坛大儒作诗唱酬，英文、日文水准当个翻译不成问题，再加之收发报成绩优等过人，心气就傲了。工作之余，就极其私密地破译了客户的一些密码电报。开始时，只是觉得好玩。后来，从密电中晓知了不少隐秘之事，就觉得开了眼界，长了见识，还提升了破译能力，就愈发上了瘾。曾有一段时日，他夜夜规劝自己罢手，可又抵挡不住神秘密码的诱惑。他自叹，不为名，不为利，铤而走险为哪般？

这一天，江小点出现了。前些日子，姬祯任对她一直敬而远之。当然，那不是记恨她当初那场恶作剧；也不是嫌弃她的暧昧身世；更不会忌妒她的业务能力；当然，也不是对她的阔气和炫富嗤之以鼻。而是，他总觉得这个人太过弯弯绕，不率性，交不得。他这人，是不甘在别人的圈套里生活的。

这次，江小点很是直截了当。她把姬祯任叫到技工室，关上门，把三页电文纸摔在他面前："直说了吧。收发报是本职业务内的活儿，你我难分高低上下。有本事，本职之外赛一场。你若胜了，从此我甘拜下风。"口吻还是那样柔声细气，目光也依然火炽如金。不，比金还硬。

她一直接，他心鼓一敲：谨慎为上！

"难道你没长须眉，不敢应战？！"她敲了敲电文纸。

他拿起电文。一搭眼就知道是密码，足有千字余。经验告诉他，如此长的电文，一般非全国通电莫属。可按规律，凡通电，是从不加密的呀。细一想，又不曾是他经手过的客户密码电报。他快速判断，不像圈套。不过，他还是谨慎了一步："这电文像是密码，我完全搞不懂，也从没兴趣碰这东西。"

"剃头的对刮脸不感兴趣，谁信？搞电报的，没探知密码的欲望，胡说！你我要比出个高低，就得来这个。来吧，兄弟！"

姬祯任闭口不言，盯着她看。不管她是否心怀鬼胎，这副皮囊那真叫"中"。没的说，越看越漂亮。可是，这尤物，大有拒人千里之外的气势。

"是男人，就别光眼上用劲。有本事，比胆量，比智力。不敢比？噢，想必是之前我那通伪河南话，让你感到受了戏弄？用了你几块点心钱，让你觉得吃了亏？所以，不想给我斗了。"

此时，姬祯任若再多说一个字都是废话。他抓起电文走了。

这文密电并不难，一天一夜便被破开。

过了几天，江小点又拿来几页密纸找他。还是长报，却是英文。如此长的英文密电，他一看即知不曾是自己经手过的。不会是陷阱！他面上冷静，心里痒痒，又接了电文。这次有难度，做贼般足足搞了五天五夜，才达成破译。

她接过去，眼中露出冷冷笑意。她在这篇破译稿上，分页隔行地圈起一些单词单字，译成中文，按顺序连成句子，写在了页纸上方空白处，即是：

　　此次谈判，我方底盘价定为每台1100圆。力争更高价，低于底盘勿谈勿售。

他一看，似曾相识，又一时脑懵。难道圈套来了？她古怪一笑，把前几天他那三页破译稿也拿出来，同样唰唰圈过，连在一起，共十六个字：

　　陈贼打我，你贼不管；我贼完了，你贼不远。

顿时，他冷汗如雨。这是他曾违规私入报底库房，翻找出前些年旧密报底试破成功的一份电报。

这份电报的背景是，当年，皖系军阀陕西督军陈树藩，与靖国军将领郭坚开战，郭坚所部难抵陈部猛烈攻势，就向时任河南督军赵倜求援。当时，郭坚正在上海逗留，就地在电报局拍发了求援电报。该电言简意赅，大俗若雅，算是奇葩。所以，姬祯任一破开时，甚觉好玩，记忆颇深。

这次，显然是江小点用了这封电报的密码，洋洋洒洒编写了毫无意义的长文，把这十六个字隐藏其中，来试探姬祯任。他回头再看那封英文电报，又是一身冷汗。这是前几天，一家英国上海商行的密码电报，经由他手抄收办理的。他偷偷试破了人家这份密电。同样，江小点也将其隐藏在长文之中，一时蒙了他。

这下，姬祯任彻底明白了：江小点给他下了一个极其险恶的圈套。果然，她说："偷破密电，证据在此。冒违铁律，该当何罪？是你到局长那里自首，还是我去举报？"他真懵了。她又说："这些天，你拒绝与我交往，原来把心思都用在了枉法乱纪上。"

很快，姬祯任恢复常态，开动脑筋，寻找突破口。片刻，他也送了她十六个字："暗箭伤人，你贼阴险；我贼完了，你贼不远。"

终是瞬间柳暗花明，他真想狂笑一番："江小姐，你编制的两份长报，用的都是客户密码。这说明，你试破客户密电在先。你同样罪责难逃。怎么样？你我是自作自受，同归于尽，还是自尊自爱，金盆洗手？"

江小点大笑起来，完全不见了婉顺如银的芳姿："竟然没被我一闷棍打傻，算你绝地反击成功。看来，你我有共同爱好，实为难得，不妨切磋共进。至于违规犯禁，是你知我知、天知地知的事。自尊自爱可以，何必金盆洗手？！为求生活乐趣之长久，冒一时风险也值得。"

他没买她的账："弯弯绕，我反感！不投机，难为伍！"

她不乱，微微一笑："这些年，我强项是与书籍打交道。所以，书最懂我。而人际交往，我弱得很。不为伍，不强求！"

"好自为之！"他抬腿走人。

"不送！"她把那些电报纸揉成一团，没好气地投入废纸篓中。

他头脑里一道暗光闪过，停下脚步，压低嗓门，问："除了天知地知之外，会不会还隔墙有耳呢？"

"谨小慎微，胆小如鼠！"她又是嘲笑。

第二天，电报局技务股股长高 Q，把姬祯任和江小点叫到了办公室。这人是近两年刚从南京调任过来的。这个家伙紧绷着个脸，给他俩布置了一项任务，即，用中日英三国文字出几套员工电码测试题。

这次出题，姬祯任不得不与江小点又有了交集。他对她的感觉似乎有所好转。不久，又在图书馆碰到了她。在馆内茶室，他俩聊了起来。他事后回想，是书融化了彼此间的隔阂。这天，若不是共同对书痴爱至极，就不会坐在茶室一整天地聊书。

多年之后，姬祯任写了一篇文章，深情地回忆了这次神聊。他以恺撒为笔名（以纪念恺撒大帝创建的恺撒密码），把它发表在了延安机关刊物《建设学刊》上。

书 命（恺撒）

有一种情愫，不求朝朝暮暮，
只想在灵魂处相依，
能多深，就多深，
想多久，就多久。
这种情，须有一介纸媒牵连，
一册能够顶天立地，
万卷难填寂空一角，
多深多久，
要看心之容量有多大。

有一种知己，不求形影相伴，
只想在情爱外相遇，

能多少，就多少，
想怎样，就怎样，
这种缘，须有天意随性择抉，
一人能助神行天下，
万众难解坎坷一生，
何去何从，
要看君之造化有多高。

一横支我去，
一竖正直人，
一画生命色，
一撇披征衣，
一勾崎岖路，
一点索长读。
心之大，书命衡定，
天之宽，龙文支撑，
情之深，华章在见，
灵之纯，字理应承。

这是多年之前，我和一个读书人，以文会友、以书厚谊的故事。
那次，她说，她很欣赏大学者翁同龢的一副对联：世上几百年旧家，无非积德；天下第一件好事，还是读书。在她的世界里，书是她的命。她的书命很硬，硬得能够抵克百事万物。她的祖父，一介没文化的武夫，年轻时靠在上海滩把弄刀枪，横命于血影之中，最终却被玩弄文字的人送上了空寂。他老泪纵横地说："书要没完没了地读，命才能一天比一天好。"显然是刀枪里杀出来的感悟；她的父亲，一个读书破万卷之人，但他仅仅是读了万卷书，还是难救自身修行之急，导致闪念间，悟性不够，支撑欠力，吃了文字狱，死了一颗心；到她这一辈，自小的癖好，血脉里的翘盼，目无他物在，唯有读书高。有书就有世界，无读一日不醒。她立志要靠群书铺就人生之路。

她对书籍是崇拜的。我从未见过一个女人，聊起书来是那样痴迷、自信、自在。清茶一杯一眼见底，执杯人却知书似海，深不可测。她说："这一生我最感恩的朋友是书籍，或许是老天掷错了骰子，将书籍与幸福一同赐予了我。书是我一生的不老情人，是我相依为命的最佳伴侣。"

这个时候，我说："我推荐一本好书给你吧。字间储珍情，惟情孤一本，独览书无字，天偶方成文。此书，就在眼前。"她一阵诧异："眼前，如林的书架里，可谓好书如林。不知你要推荐哪本？"我则说："事实上，对爱书人而言，注定永远无法拥有一本真正意义上的好书。好书永远都在阅读的路上等你。"她说："最近，我遇到了一部充满神谕的隐秘书籍。我看见，组成这部书的语言是那样杂乱无章，浑浊无序，那可不是一般意义上的迷宫，它把我多年的抱负隔阂在了飞渡的乱云之上，粉碎在了骤急的漩涡之中。这是一本页数无法穷尽的无字天书。"我问："这本近乎神道的书，出自何人之手？"她说："战争狂！杀人魔！投机犯！阴阳人！"我说："我明白了。这部书叫密码。"她说："以前，天下还没有我读不懂的书。现如今，这类无字天书，却时常令我眩惑。"我说："图书馆里的书，都是为了让人一眼就能看明白事理。而密码编就的书文则相反，故意把事理隐藏得很深，目的就是不让人看明白。一个人，若想弄明白让人弄不明白的密码文字，就要把那些能够看明白的书全都看明白。"她说："你这个说法奇妙无比，把解读密码的奥秘从某个角度说了个一清二楚。"

我再次心生旁骛，又说："此书就在眼前。伸手才是书，无心字无影。"她听明白了，吃吃一笑："算了吧你！文才有余，情商不足。今天就聊到这里吧。"顿时，我觉得，无法遏制的幸福感，从心底奔涌而出。这是书命长出的果子，拥有它便不再寂寞。

那年月，《建设学刊》刊发此类文章，前所未有，却好评如潮。有人说，《书命》是封情书，道出了"我与她"对书的深厚感情，却也流露出了"我对她"的爱慕之情。文章写出去了，怎么理解，那是别人的事。事实上，姬祯任确实被江小点的书命深深吸引，把更为本质的她，打入了他的生命册。

出乎意料的是，这篇文章发表后，居然引爆了一个潜伏特务案。严格说，是《书命》中下面这部分内容，无意中泄露了天机。（本来，《书命》写到这里已够完美了，姬祯任或是感到余兴未尽，就又画蛇添足加了一个故事。没想到，由此埋下了诱引。这是后话。）

那个故事，是姬祯任根据以下情况而添加进去的：在图书馆神聊后不久，他约江小点去吃西餐。牛排他要了七分熟的，她居然点了三分熟的。她吃得血糊淋漓，颇为狰狞，还说："对牛排生熟程度的喜好，是由一个人的性格决定的。反正我是非三分熟不吃的。"他想给进餐增添些暖色，婉转着说点情话儿："我一直想听听那个'中'字背后的爱情故事哩。"她紧咽两口牛排，说："这个故事，棒极了！"

  好姐妹刘海儿本是苏州人，却常到上海看书。她说，刘家私家藏书楼规模颇巨，且神秘无比。上海馆里有的书，刘家都有。我纳闷，自家有馆有书，何必求远阅览。她答非所问，夸耀起刘家藏书楼来：刘家藏书楼为苏州园林式院落布局，由三进三出古木楼组成，建于明嘉靖四十五年，分别取名为落碧楼、过云阁、天一轩，藏古今书籍几十万卷。听罢，我眼馋得两眼发光，但还是想知道她为何远阅上海。她一脸郑重，说，刻骨铭心事，听后莫外传。

后来，姬祯任却把江小点所讲故事，掐头去尾，写进了《书命》之中。这显然违背了刘海儿莫外传之叮嘱。

苏州刘家藏书楼，有三个雷打不动的规矩，祖祖辈辈以此肃纪。一为子孙再穷不能卖书；二为非刘家人不能上楼；三为女人不能进阅。所以，建楼至今，除了盗贼，被刘家允许上楼读书的外姓人不超过十位；无论是刘姓还是外姓人家的女人，无一人进过刘家藏书楼。相传，清代初年，姑苏城里有位爱书如命的才女，叫唐如芸，为读到刘家藏书楼里的书而嫁给了刘家人，哪知道进了刘家仍不能如愿，几年后便抑郁致死，死后变成了一种能够驱虫防蛀的药草，叫芸草。这种草，刘家藏书楼年年都会使用。唐姑娘的灵魂，这才如愿以偿地走进了藏书楼，得以日日月月伏阅于书册之间。

刘海儿有着刘家前辈女人的书兴，却无论如何也不能靠近藏书楼半步。这让她很是苦恼，于是，就打起了外姓人主意。

苏州城内有个有名的才子，叫张佳音，被刘家特允可常进藏书楼。这人才也惊人，貌也惊人，被天天望楼馋书的刘海儿发现，顷刻间被她掠进了心里。她方知，世上除了书是好东西之外，这男人也可以是好东西的。时间一长，张佳音感觉到了暗处那双脉脉含情的少女之眼。在一天，他抓实了这双眼，悄声说："你这样盯我，是怕我偷你刘家书吗？"刘海儿脸羞涩涩的，心却毫无怯怯："是我想偷刘家书哩。不过偷书之前，我先偷到了一颗心。"张佳音也不慌乱："我早听说，刘家有一位才女，不得阅看刘家书。我已为她惋惜很久了。老规老理儿，真是害死爱书人。今天一见，还是个美如天仙的爱书人。"刘海儿是《西厢记》《红楼梦》读熟了的，哪会惶这个，就说："既然你能进得书楼去，我能朝夕慕书楼，这说明你我都是爱书才人，这貌也都是眼前明摆着的。利索点，中意就成交，我连心带人送给你，你连心带人另加每周一本刘家书回还我。如何？"张佳音哪是不解风情之人？赶紧说："我同意！"

然而，天有不测风云。一年后，就被刘家人晓得了端倪。张佳音本是河南人，孤身在苏州，一直是受刘家关照的。这次，他居然犯忌偷书，还忘恩负义偷人，这就惹恼了刘家，被断绝了善助和往来。他难于在苏州城混事求学，不得已远走广州。刘海儿心里早已割舍不下这个为她偷书的人儿了。于是，她在爱情小说里挑了个最绝的招用上了。她在落碧楼外显眼处，贴了一张绝命书，上写："一、把心上人儿还我。孤求嫁郎，远走他乡，无怨无悔！二、藏书楼大门为我开。自此，孤以书为伴，终了一生！三、为我备好一口薄棺。慕芸草绝求，甘愿书册间再生。以上，三者选其一，别无他求事。否则，小女绝命就在今夜。"

刘海儿穿一身寿衣，双臂抱于胸前，在绝命书下站了一夜。天未亮，便有了回应，也写在纸上，贴于绝命书旁："一、藏书楼之规矩，历朝历代破不得；二、爱书才女出，祖上修德来，万不能送人上绝路；三、青灯孤照难蕙心，书缘成全有情人，此情久远看书命，张郎阅居刘家楼，读透珍藏口传妻，浸染书香图自强。"

刘家的决定再明白不过了，规矩破不得，人也死不得，只有还郎于人。此计策之于刘海儿，满足她一楼书，救她一条命，给她一个郎。

江小点还告诉姬祯任，在刘海儿扯下绝命书第二天，她恰到苏州来看望好姐妹。一见面，刘海儿便抱住她喜泣不止，然后撕下绝命书一角，挥笔写下一个"中"字，让她回上海代发电报给广州心上人报佳音。

江小点被刘海儿的爱情故事深深打动，说："代你发电报传好信儿，你怎么谢我？得允许我取刘家祖上一名用。书痴芸草精神深长。我好渴求以此做个名儿。"刘海儿爽快答应："那中！"后来，江小点真就把"芸草"当成了自己的别名。

书命衍生出的爱情故事经久难忘。姬祯任有幸和刘海儿张佳音相识，是在这对夫妇婚后第三天。

作为好友，江小点前往苏州参加了二位的婚礼。闲聊中，江小点就推荐了古书《和策殇记》。新婚夫妇本是书命相系，唯书事为最高，大婚刚过，就双双跑到上海阅读朋友荐的书了。

江小点把姬祯任介绍给了二位，并共进午餐。饭间，姬祯任喝了不少黄酒，看江小点时就有些暧昧，露出一脸痴相。刘海儿便掐了江小点手偷笑。江小点愈发脸羞泛红。刘海儿说："古今多少伤心事，才子佳人未了缘，人间最苦是情种，绮文丽句寓辛酸。好在《和策殇记》非小情酸文，不然，偌大个上海，书内书外尽是痴情样了。"江小点反掐了她手背，换来一声轻唤。

提到《和策殇记》，姬祯任酒劲醉心便转到了书上，说："不是自夸，这几年，我每读一书，必都录成题解，《和策殇记》也不例外。你们看，我之书写，密行细字，清朗照人。"说着，醉手拿出书录本。

战国时期，有一个奇人叫恺切，出身于齐国贵族，尊崇前辈墨子，从学恩师荀子，是以奇智诡思名传于七国的思想家、政治家。他立足天下长远构建，斥责战争祸害，唾弃武略攻伐，主张恭相爱、交相利、和为贵，反对强凌弱、贵傲贱、智诈愚。他汲取历代各国大家名士思想之精华，尤其重视借鉴道、儒、墨各家思想中有利于兴国安邦、以和成美的学说，在对七国政治、军事、经济、地缘、民心等诸要素，进行详尽咨访研析的基础上，苦心谋撰十载，分别给七国君王定制了一册专属本国之非攻兼爱，尚同共进，安享天下的和策秘籍，即《秦·和策》《齐·和策》《赵·和策》《魏·和策》《韩·和策》《楚·和策》《燕·和策》。这七部秘籍送达各国的方式极为独特——

恺切痛挖自己七窍，分夹于各国册书之中一并送达，试图以此诚感七国君王接受他的和策方略。

然而，结果让这个无目无耳无鼻无舌之人大失所望。这七本秘籍，有的被君王看后弃之一边，毫无采纳之意；有的根本就没有送达到君王手里，在武僚谋臣这一环节上被扣留焚毁。秦国一策士接手秘籍，阅后大骂一通，便弃之一边。两只野猫狂咬争叨竹简中一颗目珠，引来一学士发现该册，方偷藏于私房暗处。这位学士倾慕恺切之才之诚及其主张，之后数年游走于其他六国，私下打探恺切其余六书下落，还真在不同角落找齐了秘籍，合七册于一书，并把恺切痛挖七窍诚求天下太平以及七书惨遭唾弃的奇险故事，都一一编记其内，题名为《七窍·非攻·和策》，秘传七国。这个时候，恺切咽下了失七窍之痛，却受不了和策无用之打击，更见不得天下依然兵燹汹惶，武伐横行，战乱规模急剧上升，殃民祸众日趋严重。他悲郁骤发，绝食而亡。

到了公元前213年，那个把恺切眼珠子喂了野猫、灭六国而一统天下的秦国，实施了焚书坑儒，抄书《七窍·非攻·和策》也大都被付之一炬，只残留下散简传于民间。时至清初年间，有一学子偶得散简，便依其核心思想和故事线索进行扩著撰制，把恺切塑造成了非攻之神、和谐美士、太平使者，另取书名为《和策殇记》。后来，该印书经不起岁月蚀损，大都失传，到清末民初，仅剩两册于世。

看罢书录，刘海儿、张佳音急色起身："清初年间版本《和策殇记》，真正的一等好书。现仅存于世的两册，都在上海这家图书馆。不能再多等一刻，快去馆里。"

大家散去。姬祯任那书录便落入江小点手中。过了一段时日，江小点把书录还给了他，说："看了书录，我对你肃然起敬。你才是真正的读书人。我是用眼看书，你是用脑悟书。"他能听出，她的话是由衷的。

他慌了，忙作揖："惭愧惭愧。你书香门第，自小养成的读书功夫，有破万卷的阅历。我万万与你比不得。"

她沉默片刻，郑重地说："今天有一事相求。父亲病逝时，没留下一句遗言，只摸出一包东西递给我，头一歪就走了。这包东西不是金银财宝，也不是钱票存据，而是一堆杂乱无章的纸张，写满了谁也看不懂的数字、文字。我明白，父亲的话全都留在了这包乱纸里。这些年，我一直在研究它，可总也听不到父亲的声音。我知道自己破译密字的功力还不到家，想让你一起来请父亲开口。"

此时，姬祯任浑身有了异样感觉。那是遭遇信任而产生的激动。在江小点凝重的目光中，他安静下来，一头扎进了江家密纸包里。

数日后，他告诉她，眼前一片漆黑，找不到一点光亮。她说："我给你说说江家家史吧。我觉得，这是找到乱密缝隙的最佳途径。"她娓娓道来，事无巨细，言无不尽。他听进去了，融进去了。他真把自己当成江家人了。他和江小点一起，理出了江家能够值得让她父亲写入密纸的几桩大事，然后，据情择法，试破密纸。然而，接连搞了几个波次，均无果而收。

之后一段时日，就没有过多时间再考虑那个密包了。因为上次高Q交给他俩的差事没能够完成好。

他和江小点分中文报、英文报、日文报，各出了十三套测试题，重点测考抄报发报速度、明文译电速度和准确率，以及各文种的报务常识和必备技能。高Q看后很不满意，责令推倒重来。高Q还开了一个绿灯：允许他俩查阅历史积存报底，借鉴实例，启发思路。

报库报底是按年度分明密报存放的。他俩要借鉴的只能是明报报底，而密码报底隔栏存放，也可信手拈来。高Q这个大绿灯，给他俩那个贼心贼胆贼事儿提供了方便。过去，总是极度小心地偷阅少许密电，而今这些宝贝全亮在了眼前。规矩蠹在这儿，全凭你自觉。两人相互监督，成了相互放哨，安全得很。在高Q眼里，他俩每天在加班加点赶制试题。

实际上，他俩上班时间出题，加班时间偷阅密码报底。

这一次，完成任务颇为出色，把两年内季度、年度所需测试题，都质高量足地备齐了。高Q甚是满意，放了他俩两天假。

二人骑自行车去游黄浦江两岸。江小点婉顺如银的妩媚程度前所未见："这两天，我与你，不谈天，不谈地，不谈书，不谈报，不谈爹娘老子和芸草，谈什么，你来定；怎么谈，我来定。"谈什么，他定了四个字："谈情说爱！"怎么谈，她定了个原则："仅仅是谈与说，切勿动手动脚。"

小东门外陆家石桥。阳光暖洋洋，江柳叶青黄，沙滩明晃晃。姬祯任心涌动如潮，耳畔已听不见黄浦秋涛的激响。他手指怯生生地往外伸出，试图蹭到江小点的手，终是没触着。

江边划过一条小船，一个青年男子一边摇橹，一边唱起了歌子。歌是用沪语唱的。姬祯任听不懂。江小点却脸泛羞色，转向岸边寻视。果然，在石桥上站着一个少女，正含情脉脉挥手笑望江中。

江小点随口吟道："杨柳青青江水平，闻郎江上唱歌声。"姬祯任顿悟，应声对上："东边日出西边雨，道是无晴却有晴。"随即，便大胆地抓了她手。她望着那叶轻舟："西边并无雨！"他极兴奋："东边亦无云！"她说："双关隐喻似'无晴'。"他说："诗中本意是'有晴'。"

这时，她那个婉顺如银的声音出来了："看来，那个原则是可以突破的。"她手在他手心里抓挠了几下。他热辣辣的目光紧盯她脸，她却低下头去。

她挣脱开他手，朝浅水滩奔去。他急不可耐地跟上。他问她，都说仲秋时节，银涛壁立如山倒，为何今日不见黄浦绝景来？她说，你颤抖的嗓音告诉我，你并不想听到答案，你心思没在江涛上。他说，那边，塘堰湾香樟树林风景独好，去看看吧？她看了他一眼，羞色更浓，说，也行。

这一天，姬祯任感觉，天下最美好的世界，是在黄浦江畔塘堰湾香樟树林里。

秋天的香樟树林煞是诱人。一眼望去，红绿相间的椭圆形叶子随风飘飞着，就像一只只漂亮的花蝴蝶在空中翔舞；那黑珍珠似的果子，缀满了枝头，逗引着成群结队的鸟儿在林间吱喳嬉闹；人还未靠近树林，溢出的阵阵幽香，便冷不防钻入鼻孔，令人神清气爽，亢奋激昂。此时，已是顾不得这树林的香艳美景。她目光迷离，背靠老树，双手举过头顶，倒背着扣住树干，强忍着不让身子软滑下去。他简直就要疯掉了。女人体香的味泽，浓而不烈，泛而不滥，盖过了林间樟香，似飘洒的无色细雾，被他急粗吸入肺腑。她美极的一张脸，陶醉在最佳样态中。他在想，女人之貌，美与不美，这一刻才能衡量得出来。他抽出手，勾住她脖子，完成了他俩的初吻。就在此时，她说了那句名言："日久生情，诚不我欺。男女之间适当的、美好的贪欲成分应该是允许的。"说着，她目光却顶回了他躁急迸闪的欲念。他转身深吸一口香樟之气，把她之体艳驱赶出胸腔和脑海，才冷静下来，说："是的。男女情事一如人生诸情诸事，都应靠书本修身，以高品养性。"她说："没错。最终都要靠自己读书读大书读群书读烂了书来慎独律己。"他说："好书好诗好情致。呵呵。真真是，东边日出西边雨，道是无晴却有晴。"

　　青春引燃的欲望之火渐渐远去，摇曳激荡的心终是歇息下来。姬祯任和江小点两天假期休得躁动而暧昧。上班后，高Q用异样的目光看着他俩，说："休息好了？是各休各的，还是一起休的？我猜一下呀。如若独个休，肯定去图书馆看书了。如若一块休，江边塘堰湾香樟树林便是好去处。那林子密得很，不怕有第三双眼睛。"

　　江小点脸一下就红到了脖子根，而姬祯任心也提到了嗓子眼上。难道这人在盯梢？偌大个上海，景色优美之地成千上百，他为何单单点到塘堰湾香樟树林？哼！这人表面上看，大大咧咧，牛气哄哄，头脑直愣。而事实上，恐怕没那么简单。也许还是一个城府极深、诡计多端的坏家伙呢。

　　江小点倒是不以为然，觉得高Q这人没那么复杂，纯属墙上芦苇、山间竹笋之流。不过,这个家伙为自己起了一个不伦不类的名字是为哪般,她就不清楚了。她猜测,这大概与其所从事的职业有关。

无论怎么说,这个高Q都是人如其名,实在是张扬得很。

第二章 祸端

不管别人怎么有成见,高Q依然我行我素。他无所谓!他不在乎!因为,在这座电报大楼里,他本来就是个两面人。

前几年,在南京时,高Q的公开身份是国民政府交通部电政司第二科副科长;在上海的公开身份是交通部电政司派驻上海电报局的技务股股长;而实质上他的秘密身份是国民政府军事委员会特别机密电务科的特工。这是个绝密级单位,即便在国民党高层内部,知密范围也很小。因此,在上海,包括局长在内的所有人,都不知道他的隐秘身份。

高Q被调入上海电报局的秘密任务有两项:一是暗中对外国人在上海电报局所发的明电密电进行监视、验查;二是为国民党军事委员会特别机密电务部门,秘密物色选拔电报通讯和密码人才。这两项任务,之所以受到特别机密部门的重视,有两个原因:一方面,日本人亡我之心不死,在华疆域大量布间施谍,精于见不得人的勾当。他们惯用的伎俩是,通过我各地电报局拍发密码情报,甚至违反国际公法,无视中国主权,在驻中国各地使领馆内私设秘密电台,传送密码电报。对此,国民党军事委员会,采取了有力措施应对,秘密派人进入各大电报局,对日本人来往电报进行监视;专设技术侦察力量,重派专业技术人才,对日在华私设的电台进行秘密监听,破译其密码电报。另一方面,前些年,在蒋冯阎中原大战中，蒋介石一招领先于冯阎，即，重视提高所属通信加密和破译技术，屡屡成功截获冯阎密电，其密码破译成果，不断在作战和策略运作上发挥作用，致使所部屡屡抢占先机，战胜冯阎。此一招，成了蒋介石迅速平定中原的重要因素之一。蒋部尝足此果甜头，便不惜人力财力，到处秘密物色电报通信人才。为此，蒋介石专此手谕："得一前线战将容易，求一密码破译人才难。即使难于上青天，也要不惜任何代价，或强征所需，或笼络专务，竭尽责能求得其才。相关事宜，可特事特办，超常施策，速及莫误。"鉴于此，高Q在上海很是卖力，下重措，出奇招，施暗计，效命尽忠。

既然是两面人，高Q当面一套背后一套是常态。在同事们眼里，他的确扮演的是个外强中干式人物，日常里轻浮得很。没人真把他当回事儿。在电报大楼里，真正被大家看重的是江小点。江小点受青睐的程度，盖过了楼内所有年轻人。江小点之所以被大家看重，有四个因素。一是业务水平高。二是家庭背景深。虽然江家早年就退出黑帮江湖，但在普通人眼中，仍是被那个"势"罩着的。三是为人处事好。江小点德品是被人竖大拇指的。虽是生活上高调了点，花销出手大了点，但从不以家富欺人，以技高压人，劣迹恶行与她不沾边，还常慷慨助人，救人急困。四是人长得漂亮。这年月，女子出来工作的本来就少，电报大楼里的女生可谓个个金贵。江小点容貌又确实出众，大有上海滩女星气质。

这人一旦漂亮，有些好事就容易自己找上门来。那天，局长把江小点叫到办公室，就抛给了她偌大一个馅饼。这事外人概不知晓。高Q看见江小点进了局长办公室，且听到局长三两声粗嗓门，他也能猜知个七七八八。另外，还有局长的电话记录簿知道。由于这事重要，局长把上司电话，极为郑重地记了下来；还由于这事需要保密，局长便把那个簿子锁在了抽屉里。

簿子上是这样写的："国民政府交通部电政司指令，现征调上海电报局技工师江小点，进京到本司所属单位工作。虽为特招奉调，却不得硬来，务要做通江之工作，促其自觉自愿。调人理由就四个字：党国需要。如她有疑惑，充其量再补充一句：将来所从事职业，与她的专业有关。此事，交与你上海局，务必妥办。"

政府部门如此特招调人，招到谁谁之前程必然腾达。局长要在江小点身上卖个好，就说："小点呀，到国都党首身边工作，恐怕你不会有意见吧？名额很金贵哟。"出乎局长意料，江姑娘并没惊喜得跳起来千恩万谢，而是笑了笑："是吗？还有此等好事？让我考虑考虑。"局长收起热脸："特招之事向来敏感，不可外传。"

第二天，江小点回绝了局长。这等于说，馅饼砸在了头上，她连味都懒着闻一下，就顺手扔到了垃圾箱里："天下哪有比上海更好的地儿。我就想在大上海干一辈子，哪里也不去！"

不久，局长电话记录簿上，又记下了一段话："交通部电政司通知，可再给你局增加一个人我司特招名额，具体人员仅能由江小点指定。"

局长真懵了。这种诡异事，还是头次碰上，不得不照本传达给了江小点。

第二天，江小点再次回绝了局长。

过了几天，局长又接到上司打来的电话，内容和第一次电话大体一样，只是把江小点之名换成了姬祯任。局长心里就更明白了。上面盯上了他局里两个业务尖子。

没有想到，姬祯任的答复同那江小点如出一辙。江小点牛她有这个资本，你姬祯任一个赣沟子里爬出来的老表，凭什么牛？！

南京方面并没发火："此次不是简单地抓两个壮丁，当事者必须心甘情愿，否则来了等于白来，甚至还不如不来。好了，人先放在贵局重点培养，择机再调吧。"

显然，这两个青年才俊，是被恋爱搅晕了头。

上海的夏天实在难熬。往年，江小点是属于有耐力的那种，可今年却觉得格外憋闷。她知道，这并不全是天气的过。一是恋爱了，心燥热；二是被南京盯上了，心里烦。她本以为，躁烦问题姬祯任能帮她解决，可那人不愿常陪她出去纳凉。他没这个时间。他心思全用在了书本上。

那些和江小点吃过西餐的朋友，摸透了她心境，频繁约她出去纳凉。一来二去，她便觉出纳凉的好来。

高Q也多次参加江小点朋友圈活动。大家最难忘的纳凉方式还是游泳。那次去的是一个私家游泳池，池内就几个朋友，大家都放开了玩。高Q却没怎么游，他只顾咋呼着给大家拍照了。临走时，江小点叮嘱，她的照片和底片要如数给她。几天后，高Q把照片送到了技工室，还没说话，脸先红了。江小点倒冷静："心虚了，截留我照片了？"高Q说："一张没留。"她说："那脸红什么？"高Q说："最近心里很乱，像是有很多话要说。"江小点笑了："这个夏天，朋友们纳凉纳出了友谊，很正常。方便时，大家再聚起来。"高Q直接说开了："你我个人关系能否再深一步？"江小点毫无惊讶之色："我还有个报表要送楼上。去去就回。"这一去，便没回。

高Q与江小点频繁接触，终是引起了姬祯任注意，尤其在一天看到了一张泳装照，着实让他吃了一惊。

那张泳装照，确实闪烁着暧昧的光芒，刺得姬祯任眼生生地疼——那正是江小点刚刚蹿离水面，向前冲刺的一瞬间。长发裹藏在泳帽里，脸显得愈加干净利落，嘴巴微微张着，双眼喷射着奋力前冲的锐利，以及不易察觉的会心一笑；大腿以上身体已斜窜冲出水面；右臂弧弯上扬，弓挠于空中；左臂下勾，五指把水面划出一沟儿细浪。这样一来，体形体貌暴露无遗。尤其是，右乳随臂膀上扬而直挺前翘，左乳因了左臂后勾而愈加突显；腹部扁平肌紧，挂着水花，闪着光亮；雪白大腿拔带着直溜溜的小腿，双脚于水中绷直了足尖儿，尽情炫耀着天足的魅力。这简直就是水中女神的形象。最关键的是，傻瓜都能看得出，这张照片是在正面极近距离抢拍的。拍摄者为更清楚地抓拍到这一瞬间，是不顾了一切的。鬼才能想象得到，拍摄者是怎样身子被压进水里，手臂却高高举起相机而不被水浸坏的。

照片里里外外的事儿，任凭姬祯任想去。整天宅在屋里摆弄书儿，想死他也想象不出江小点在泳池里的美妙之所在。不过，为防江小点移情别恋，姬祯任也是想了一些办法。他请江小点看了一场电影，就把热恋推上了高潮。去有冷气的电影院消暑，是时髦男女的好去处。这二人从中午一直看到黄昏，又从黄昏看到午夜散场。一天下来，这关系就铁铁的了。

事急不等人。高Q也用了一招，做了最后一次努力。这招也很简单。他找到江小点，抓了她手："这个夏天，你要了我的命了。我俩一起远走高飞吧。我可以帮你调离上海，到更好的地方去工作和生活。"她把他手挪开，冷冷一笑："私奔是吗？你别闹了。不然，我俩连一般朋友也没得做了。"高Q几乎是含泪转身离去的。

不久，江家就出了大事。江小点也就顾不上谈情说爱了。

英国在上海有一家企业，叫英商瑞同洋行，近期要出售四十五台棉纺机。这种纺织机一台的生产效率，要比手工纺织机高出数十倍。行内人心里明白，谁购得这批英国造机器，谁将大大改进工艺，提高效率。

欲购这批机器的厂家中，最有竞争力的，是上海张氏棉纺织公司、上海泾川纱厂，还有江小点祖父江之静的上海江氏棉纺织厂。三家竞争极为激烈，自然是伤了一些和气，但还未到撕破脸皮的地步。上海张氏棉纺公司有黑社会背景，略显霸道，私密定下一个底盘价，每台一千六百元，言明，各家无论如何竞价，都不得超过这个最高价，谁有本事谈到这个价之下拿下，这批机器自然归谁，他人便不再干涉。违规者，当按市场律定和黑道规矩惩处。这三家当家人，于密室之中，达成协议，按了手印，签名生效。人手一份，各自密存。

之后，各家与英商瑞同洋行的谈判相继展开，却出现了一个怪现象：

中国人一直在每台一千一百元左右叫价，而英国人却抬到了一千六百元之高位。谈来谈去，总也不能达成交易。

事后才知道，这里面出了大状况：英商瑞同洋行私下拿到了中国买家共同签字的那张协议书原件照片，掌握了其购进底盘价；而中国人三家买主，却也分别暗中拿到了英国人每台一千一百元出售底盘价。据说，是一个不明身份的人偷偷卖给双方的。

这样一来，买卖双方都各怀鬼胎，各有把握，不拿到一个理想价不成交。三家中国公司的当家人，都以为只有自己秘密拿到了英国人的底盘价，便不约而同地往一千一百元的价上压，而英国人自然最大可能地往一千六百元上抬。

拉锯式谈判持续数日，英国人却突然以每台一百二百五十元的价格，全数卖给了一家日本公司。这便是日本绿和丸株式会社在中国的商行，叫绿和丸棉纺织商行。原来，日本人手里同时拿到了中英双方底盘价原件照片，并甩给了英国人看。事情再明白不过了：中国人不压到一千一百元，是不会轻易出钱购买的。在这种情况下，日本人出了个一千二百五十元的价。这是个英国人不得不接受的价。这样，日本人阴谋得逞，渔翁得利，从而稳固了其纺织企业在上海的龙头老大地位。

上海是长江三角洲纺织业的中心。在这个行业中，中日棉纺织企业基本上是各占半壁江山。日本人一直在打压中国的民族企业。这四十五台机器如若落到中国人手里，不光是提高购方企业效率问题，还有可能会拿这些机器做样板，进行大面积仿造推广。日本人怕的就是这个。好在，终是没让中国人购去。

对于这个结果，中英各方都觉得吃了亏，扬言要查出幕后黑手。

隔了几天，传出风声，说是一家中国公司，有人为贪图一己之利，把三家公司协议原件照片，出卖给了日本人和英国人。但又没说清具体是哪家公司出了内鬼。三家便相互猜疑，指责。道理讲不清，便大打出手，都伤了一些人。张氏棉纺织公司还死了一个人。英国人也没闲着，一直急着查找泄露他们底盘的人。

正在这当口，有了准信儿，说是江家纺织厂里的一个管事，隐了身份，干下了如此勾当。居然，他手里还有英国人在伦敦拍给上海公司的电报内容照片："此次谈判，我方底盘价定为每台一千一百元。力争更高价，低于底盘勿谈勿售。"他把这张照片，分别卖给了中国三家公司；又连同中国人协议原件照片，一并卖给了日本人。然后，拿了钱，逃了。

这下，真相大白了。是江家人不仁不义害了各方。江之静不知情，各家就让他交出管事。警察局在黄浦江边发现了一具男尸，正是江家管事。他被人乱刀砍死，身上还揣着那些照片。各家便指责江家杀人灭口。江家有口难辩了。

很快，又雪上加霜，有了新证据。那张英国人电报内容，经鉴定，是江家孙女江小点之笔迹。

江之静死的心都有了。多年前，江家付出高昂代价，才得以全身隐退江湖，现在却又莫名其妙地被黑道和英国人死死缠住。这可如何是好。

江家出了这么大的事，开始时是瞒着江小点的，直到非说不可了才让她知道。这些年，家里大事小情总是这个样子，江之静是怕她为家事分心。他很是看重江小点在电报局的公职，把支持她谋好本差当成了头等大事。

那天，江之静把那张英国人底盘照片放在了江小点面前。江小点一阵眼黑："这字是我写的。可我一时想不起扔哪儿去了，怎么会到了您老手里？"江之静说："有人在暗算江家，做死了关节，江家难逃一劫了。保重点吧。保你在电报局公职安然无恙。"又说，"千万不要把电报局牵扯进来，那样你会丢了公职，还可能被治罪。你先咬死这纸上内容是从江家得到的。我们再另想办法。"江小点呆愣在了那里。

江小点去找了姬祯任。姬祯任整个人都听呆了。他俩从那封密码电报分析开去，一些细节也渐渐想起。当时二人顶嘴，江小点在气头上，把那些纸揉搓成一团，顺手扔在了废纸篓里。她想不通，这团纸怎么会飞出去了？怎么还会飞到了别有用心人手里？通常，技工室只有她有钥匙进出，室内卫生也是她自己负责的，清洁工每天上午九点在走廊等人倒一次垃圾。她实在记不起，是哪一天倒出了那团纸。如果倒出去了，清洁工或者什么人，谁还会打开一团乱纸看一看？看了谁还能送到与纸上内容相关联的买卖人手里？那得是什么人呀？真是奇了。

姬祯任又分析了一通："那团纸，在一个偶然环节，偶然落到了一个有心人手里。这个有心人想发财想疯了，便顺着这团纸上的收报单位名称，暗地里做了调查，知道了电报内容的价值，就又细细暗查了一番，掌握了关节，实施了这一发财计划。这个计划的最大特点，它并不是针对江家的，而是警察局验证实了笔迹，才知道你江家小点牵扯其中了。"江小点脑袋里还是一团乱麻。姬祯任又说："另一种可能也不完全排除，那就是，这事一开始就是冲着江家去的，整个计划只有一个目的：整垮江家，夺得财产。若真如此的话，这一团纸就不是你倒出去的，而是有人进到技工室，从纸篓里翻找出来的。然后，手握你的亲笔字，周密制定并实施了这一计划。"

江小点思维恢复了常态，断喝道："这种可能是百分之百有的。就是这样的，一定是这样的。因为，我用英国人的那套密码，制造的那几张乱字乱数，只把那几句电报内容设计进去了。所以，由你破译开、我来抄下的那些，也只是电报核心内容，只有一个底盘价格，并没货物名称，也没收发报单位。谁能知道这是英商瑞同洋行的棉织机底盘价？所以说，这个人是知道电报底细的人，是专门进技工室偷走的。这一定是针对我和江家的。"

姬祯任眼中直喷火："现在看来，你我之外，还有第三个人知道我俩在偷破用户密码电报。那么，这个人就是罪魁祸首，江家的死敌。这个人会是谁呢？为什么呀？"江小点身子筛糠，却还怀有一线寄托："为这事,三家买方交了手,死了人。有了命案,又涉及外企,警方不会不管。但愿苍天有眼。等等消息吧。"

这天下午,高Q到江家看望江小点。朋友同事关心,让她心里有了一丝暖意。但事情敏感,她不可多说。高Q提出晚上一起吃个饭,散散心。她没有拒绝。

几天没有好好吃东西了,雅格菲尔大酒店几个当家菜让江小点大饱口福。饭间,她眼里含了泪花:"江家事虽说警察局已介入,可还是黑道人士在控制局面,江家很被动,翻身很难。"看得出高Q也真心着急,说:"我家势力你也是知道的,白道黑道都还有些关系。我去托托人。"江小点想,话说到这个份上,除了私下试破用户密码这事不能说之外,江家其他一些事是可以说给高Q听听的。于是,她就大体说了一下情况。高Q说:"你所讲的,与我从其他渠道得到的情况大体一致。事情的确很严重。"

这个时候,江小点告诉高Q一个情况:"你可能想不到,咱们那个淫棍局长,长期对我图谋不轨。不过,这个事,我并没告诉姬祯任,我怕他压不住火。"

高Q并没有露出惊讶之色,打断江小点说:"这个事,我也猜到了。"

"直截了当地说吧。自打你江小点到电报大楼就职的第一天起,你的美貌就惊了那局长大人的眼,乱了这个老男人的心。机会终于来了,还接连来了两个。一个是那次南京政府要调人。这老夫子想用这个大馅饼换一次美人儿。你不干!第二个机会便是这次江家遭难。想让局里放一马,帮一把,好说。得先把好事办了。那天,你对他说:'不就是一死吗?!我死也不从!我知道,江家遭难,与你这个淫棍局长脱不了干系,没准你就是始作俑者。'局长大人听罢,连连摆手,快走快走,我不想再见到你。你说:'你等着,我死了也不会放过你。我要让你说清楚,你是怎样和日本人联手害江家的!'"

此时,江小点傻掉了。高Q所讲真如他亲眼所见,亲耳所听。

高 Q 又说："刚才你说，那个老家伙非礼你的事，你没告诉姬祯任，却告诉了我。我觉得，你这话的意思，并不是你不信任他而信任我，而是因为你爱他爱得极深，不告诉他是为了保护他。是这样的吗？"江小点不想回答这个问题，迅速转移目标："一些话可以是隔墙有耳听来的。可一些事，你又是怎么知道的？比如，南京政府要调人。据说，这事除了当事人和局长之外，没人知道，你却知道，这是怎么回事？"

高 Q 沉吟一下，却说："显然，江家事是引爆江家与黑道撕破脸皮的导火索，而点燃这根导火索的是你那张笔迹纸。我当然也怀疑，这笔迹纸与那老淫棍有关。至于那个老淫棍是怎样拿到这张纸，又是如何用到这件事里去的，具体细节无从知晓。但是，那老淫棍怎么就想到了你手里会有这张纸呢？可能是另有他人提醒，或无意启发了他。"听罢，江小点心里直发毛："那就是说，老淫棍背后真的另有他人？这会是什么人呢？"他说："现在我最关心的是，你真的爱姬祯任而不爱我吗？"

江小点想知道的问题他不回答，却另找一块烂布来遮挡。她想，今天，就揭了他这层烂布帘子："算了吧，好哥儿。还是那句话，我是把书读到极致的人，看事看情看心大都是八九不离十的。你口口声声说你要爱我，让我爱你，可我心里清楚，你从心底深处，压根儿就不爱我。你脑子里另有一个更强烈的欲望支配着你，但我到现在也还没琢磨透，你那种强烈欲望是个什么东西。"

高 Q 被她这一招吓坏了，眼里尽是恐惧："你这怪异想法吓死人。谁说我不爱你了？"她说："你假装爱我为哪般呀？"他不耐烦了："我得赶快走了。不然，非让你这车轱辘话给辗死不可。"

高 Q 走后很久，江小点没劝住自己的眼泪。

第二天，姬祯任来找江小点。或是因了昨夜与高 Q 那一出，江小点吻他吻得异常猛烈。他却说："近来，我一直在研究令尊大人留下的那包材料。还好，有了新发现。"在这关口上，他不合时宜地把她父亲请了出来。

"有一天，我想到了毁了令尊大人的那封密码电报。我把那包东西重新研究了一番，发现有一份材料很特殊。最终认定，那是甲午战争前，日本人给中国驻日领事馆的一封绝交书复制件。令尊要把这个复制件留传给你是什么意思？这包密码材料，我俩用了很多方法都破译不开，它会不会就是当年中国外交在用密码？于是，我像当年日本人一样，拿这封绝交书与那包密码资料一一比对试破。几天后，真就把其中一封密电长报破开了。一看，正是当时驻日领事馆发给清廷的那封密电。我仿照当年日本人的方法，揭开了令尊那包密码的一角。我很兴奋，这说明我已具备了日本人当年的破译水平。

"我按这个路子往下走。我发现，包裹里还有一些密码资料，也是以同一密码加密的。其中，有一封信，是令尊专门写给你的遗嘱。他说，我儿小点，一生务要牢记两条。一是努力作为，奋发图强，效忠民族，报国一生，以弥补为父当年之过失。二是江家与东洋鬼不共戴天。东洋鬼对我野心不死，是中华民族的死敌，是江家人的死敌。小儿若有仇不报，则枉为江家子孙。

"现在，我把令尊的遗嘱密文和明文交你留存。同时，我把那封绝交信复制件和领事馆那封密电的明密文也交给你，做个纪念。另外，那包密码资料里，还有一部分尚未破译开，肯定是用另一种或几种密码加密的。目前，我还没有这个破译能力。假以时日，我要拿下它。所以，这部分资料我想留存。待以后破开了，再如数奉还。请你答应我这个要求。"

这一刻，江小点沉浸到了父亲遗嘱当中，考虑都没考虑，就答应了他。姬祯任带着她父亲那部分未解之谜，离开了江家。

谁会想到，没过多久，就有了姬祯任和高Q在火车站广场那场决斗。江姬二人都倒在了血泊里。

第三章 西 施

其实，那天火车站广场跳楼那一幕，是一场由高Q一手导演的大骗局。

事情是这样的。

江家陷入绝境，高Q及其高家势力一心想帮江家扭转局面，可最终没有做到。

江家事牵扯多家黑帮组织、日英公司，尤其张氏棉纺织公司还死了人，更是不依不饶，难以摆平。最终，涉事几家达成私盟，决计交给黑帮处理：分江家商贸和财产，补足各方应得而未得利益；江之静已风烛残年，驱之出沪，让他流离失所，死不了活受罪；年少的要斩草除根，江小点必须死。这样，黑帮死一人，江家偿一命。合情合理合规，也不负众帮各派。

至于电报局这边，那局长很是头疼。客户密电内容，居然是从电报局员工之手流出。私破用户密码电报，那可是要违大法、坏信誉、辱名声的，弄不好还会挑起国际事端。眼前，电报局要做的，是想法让相关各方假定一个概念：江小点字迹纸，与江小点本职工作毫无关系，与电报局毫无关系。电报局便无权处治江小点。恰巧，江家也是这个态度。江湖规矩如何办她，电报局概不干涉。干涉了，就会麻烦缠身。为把事做得更牢靠，电报局暗地里还使了银子，让各方敲死了那个概念：事件祸根全在江家身上。罪在江小点，那江家这块肥肉，大家是有理由分吃的。这次分吃，不仅仅是吃这次，就连江家过去多年买卖所得，也要让他吐出来。

中方黑帮和英方商行联手,明枪暗箭,公逐私逼,使尽伎俩,终是分得了江家财产,把江家祖孙二人逼到了尽头。

江家祖祖辈辈生息在上海,江之静宁死也不愿远弃祖脉,流离失所。他老泪纵横:"古稀之年背井去,无异客死在他乡,安魂难以入故土,江家祖上悲鸣冤。"他悔不该当初涉足黑道行不义,现如今落得个一身颓废难自清,被逼古稀离故土,还把孙女拖入了万劫不复之地。

这一天,高Q又来到江家,一起商讨帮助江小点逃离死亡的计谋。

开始,江小点是死也不肯离沪的。江之静劝导她要从长计议,活命要紧。"现举家迁离故土,既是被逼无奈之举,也是同这黑上海不共戴天之选择。走了吧,识时务者方为俊杰。"

方案是高Q出的。三人又共同推演了关键步骤和具体细节。概括地说,找一个恰当的场所,演一场江小点殉情而死的戏。当然是假死,但要让人信以为真。人先于黑道下手前就自寻了短见,也就免了黑道人再费心计,下手杀人。

首先,寻死原由得充分。这个没问题。因为,在人们看来,江小点是不得不死的。一是被黑道上逼的。江小点的事,惹恼了黑道,引爆了怨恨,把江家逼上了绝路。二是被老色鬼逼的。那局长大人乘人之危,落井下石。三是被情爱逼的。美人情事多,是非多,陷入两个男人的情感纠葛不能自拔,只有选择殉情。

其次,寻死场所要适当。既要在人们视线下活生生地发生,又要适合做手脚而不被看出破绽。经过对几个公共场所暗地考察,最终选定了火车站广场。这隔壁有一个废弃多年的高宅大院。传说,前些年这家族里接连有人病逝,或意外死亡。风水大师掐算出,是昼夜不停的火车惊怒了地龙及各路凶神,便找准一宅院杀一儆百。于是,这座车站邻近院落便成了凶宅。这家人无奈举家迁走,剩下一座空宅再无人敢住,长久不事修缮,败落得不成样子。这宅院,距离车站广场不到两百米,一圈高深红砖院墙，把人们视线遮挡开来，摇摇欲坠的院门，有一扇已斜歪，胆敢进去的人可侧身进去。院中有一座六层危楼，下半部被院墙遮挡，上半部突兀在人们视野之中。江小点和高Q及他几个兄弟，提前在此备好绳网软被之类物品。江小点从楼顶试跳了两次，除腿蹄得生疼外，无其他大碍。计算了有人从广场跑进院子，走到危楼后面的时间。这个时间，足够把绳网软垫撤走和泼洒血浆，伪装头部迸裂的现场。

第三，寻死前奏要逼真。这个环节，需要姬祯任参与。为了让他在电报大楼里和车站现场表现真实，高Q意见是暂不把真实情况告诉姬祯任，说事后再向他说明原由。为救命，他应该能够理解。

第四，后续环节要缜密。江小点坠楼躺在血泊现场的时间不宜过长，以防被有心人看出端倪。待有人一围观，便赶快抬入车内，急奔医院抢救。医院是高家关系，暗下已讲好，假装急救无效，出具死亡证明。江家丧事办得要简单细密。然后，秘密送江小点到南京。高Q答应她，事后在恰当时机，由他给姬祯任说明真相，并巧妙安排姬祯任调离上海，到南京工作。

一切准备停当，便开始了行动。姬祯任果真被高Q激怒，深陷不疑，效果良好。谁都没料到，当江小点站到那楼顶边沿，正欲下跳时，却有人冲她开了枪。惊吓之中，她坠楼而下。而楼下一切，同计划纹丝合缝，完成了预定动作。其中，她还顺手添加了一项，抓一把血浆在胸口涂抹，伪造了被枪击中的假象。这一附加动作，首先骗过了高Q。他赶到现场，见她胸部也有血，真以为她中了枪，撕心裂肺地摇喊了一番，便急急抱她上了他的车。一路上，他紧紧搂她在怀里。江小点则紧闭双眼，佯装死去。她不敢睁眼，一怕车内跟进外人露馅，二是也想急急高Q。她听着他发自内心的痛喊，脸上感受着他滴下来的眼泪（或是汗水），不知怎的，她心里竟然莫名其妙地涌动出阵阵暖意，似乎还伴有些许幸福感。

院墙外面的事情，是事后高Q告诉江小点的。他说，枪一响，他立刻意识到暗中有黑帮人作乱。看来，他和姬祯任打斗，以及江小点的哭劝，黑帮应是都信了的。黑帮见江小点出现在了楼顶，不知她是想吓唬那对情敌，还是真想寻短见，既然天赐良机，干脆开枪击毙她完事。没想到，这一开枪却引出了另一伙持枪人。由于双方都情况不明，不敢恋战，对射一阵，便都逃之夭夭。那些不速之客是何许人也，无人知晓。

这次行动，最大的意外，是姬祯任被乱枪击中。据说，是在上海的乡党抬走了他。很快，就听到了确切消息，姬祯任死了。他的乡党到电报局去讨说法，局长拍了拍登载这一消息的《大晚报》，说："姬祯任是死于情斗情杀，是黑道所为，与公职无关。大家节哀顺变吧。"乡下人厚道老实，没见过世面，郑重地收下那份报纸，觉得城里的大报纸就是官文，就是明证，也就没再过多缠闹，收拾了姬祯任日用便当、书箱，把尸体抬上返回家乡的顺路货船，一走了之了。开船前，局长带了局里的几个人，象征性地到码头送了一下，还给了几个抚恤金，算是把姬祯任的亡灵打发走了。

高Q说，《大晚报》上那则消息，唬得了赣沟子里的土包子，却唬不了他。他认为，那则消息肯定是背后有人操作过的。这样写，一方面，把电报局撇清了。另一方面，把黑社会抬高了。把黑道写得如此势力强大，手眼通天，实质上是替他们做了广告。黑道才不怕你狗屁报纸揭黑骂黑呢。所以说，这样的稿子，黑白两道都举手赞成。

之后许久，江小点都听不进高Q这些煞有介事的高谈阔论，她只要求他回答一个问题："你答应过要把姬祯任送到我手上的。现在，人呢？你不说万无一失吗？人怎么没了？"

面对她的坏情绪，高Q只是静静地听。一次，把他说急了，他吼道："一命抵一命，你把我的命拿走，我去天堂找姬祯任赔罪。"江小点不好意思了："江家已经欠你两条人命了，我哪能还要拿走你的命。"说欠高Q两条命，是指他救下了江小点，还救了江之静一命。

江之静这一命被救得颇为蹊跷。

江之静卖光公司和家产，除赔偿相关各方之外，还剩余了一些钱款。他便一分为二，一半自己携带去投奔广州的朋友，以求在外东山再起，另一半留给了江小点。

与江家积怨颇深的张氏棉纺织公司老板，嫌各派惩处江家协议条款太轻，觉得不解恨，便背着黑道各方，摸清江之静乘坐的客船班次，发密电给广州的死党朋友，于码头暗算江之静，取他颈上人头，取他身上钱票。可没有想到，高Q偷偷在这封密码电报上作了手脚。广州方面的死党，自然是没在码头见到江之静。

当江小点刚听到这个事的时候，首先想到要感谢高Q救命之恩。紧接着，她又想到了另一个极为重要的问题，即，高Q也在暗中盯着用户密电，甚至已经破译了部分用户密码。不然，他不会在极短时间内，读懂张氏公司的密电，并成功把到站时间"12日"改成了"13日"。

冥冥之中，江小点忽地产生了一个疑问，在电报局时，她和姬祯任背后有几双眼睛呀。当时，姬祯任提醒她要防备隔墙有耳，她还不以为然。现在看来，他俩背后有一双老淫棍局长的眼睛是肯定的，还另有高Q这双眼睛呀。

江小点吓出了一身冷汗。

整个事件的总导演不会是高Q吧？高氏家族或高Q本人，不会与江家遭难事件有着某种不为人知的、极其隐秘的利益关系吧？天地良心，我实在不愿把高Q想成那个样子。

关于高Q在上海电报大楼里的结局，有人说，是交通部电政司工作需要，把他调回了南京；也有人说，他为情大打出手，导致女友跳楼殉情，影响极坏，被电报大楼开除，他托关系回了南京；还有人说，因女人的事得罪了上海黑帮，他不得已逃回了南京。

不管上海电报大楼里有何种传言，都已经不重要了。重要的是，高Q确实在江小点跳楼事件不久，就回到了南京电政司，即刻被派驻南京电报局做了技术股长。

而江小点到南京后，在城南万崇街租住了一个小单元房，休整几个月后，便化名为"高芸草"，开始了南京的生活。

高芸草在电报局技工室，当了一名技术员。干的是熟差，不辛苦，挺安逸。在南京的一切，当然都是高Q安排的。

尽管上海一些事，她想不明白，问不清楚，但对高Q的感觉还是好的。高Q现在和在上海时判若两人。那种惯常的咋咋呼呼、吹牛耍贫的浮躁浅薄模样不见了踪影，呈现在人们面前的，是一个稳健和蔼、品行端正、办事老道的年轻人。她时常望着他的背影想，一个人怎么能够做到这个样子呢？他是个两面人吗？

一天，高芸草突然想起了刘海儿、张佳音夫妇。"这二人可是我知书命的好友。是不是该给他俩报个平安呢？闲暇时，他们会去上海找我的，也必然会听说江家的遭遇。凭与我的感情，他俩会大哭一场，找个空地儿给我烧些纸钱的。"想到这里，她眼里含了泪水，便提笔写信，刚写了一句："海儿、佳音，你俩烧的纸钱，昨晚我收到了。"就被进屋来的高Q发现了。

高Q一反那副和蔼面孔，抓过信纸撕了个粉碎，吼道："难道还嫌你字迹惹下的祸患少吗？上海祸事才过去几天，你就忘干净了？告诉你，那个江小点已经死了，你绝对不能再和以前认识的任何人联系。否则，你高芸草迟早会被人揭穿，最终还是落个祖孙性命难保。"

高芸草傻呆地看着他，哭得很伤心，任凭高Q怎么劝都劝不住。

高Q脸上怒气消失，挂上了忧伤："说实话，我也曾想过把广州的祖父接过来，或者为你到广州找份工作，好让你身边有个亲人。可细一想，不行呀。江老爷子闯荡江湖几十年，结交各路人等繁杂，被认出来的概率大。所以，还得维持目前两分离状况。等再过几年，情况好转了，再另想办法。"高芸草泪流不止，抽泣着："可我寂寞，需要有人爱呀。祖父的爱太远，近处只有你了。要不，你来爱我吧。真的，像上海时假装爱我都行。"他走过来，把她揽在怀里："真的，我代替不了祖父的爱，也代替不了姬祯任的爱,也不能给你我的爱。我希望你能理解我。"她还是说着那些傻话:"这么说,你真的不爱我吗?这是为什么?"他说:"这样吧,以后我当作亲妹妹来爱你。"她冷静下来:"对不起,吓着你了吧。哥。"

那天,她想起了唐代杜牧的诗《泊秦淮》,就想到秦淮河去逛逛。她找到他:"哥,明天是礼拜天。如果你不陪我,我就去秦淮河,当个坐台唱小曲的。如何?"他看都没看她一眼,没好气地说:"我没空。随便你!"

礼拜天,高芸草自然是没心情游秦淮河的,就去了图书馆。前些日子,她读了一本书,叫《吴越春秋》。近来又借了《吴越春秋逸篇》来读。读罢,心里就满胀满胀的,好想找人畅辩一通,可自知难以碰上知己。这年月,谁还抱着枯燥的春秋史书来看呢。她坐在那里发起了呆。

邻座一个女人转过头来,好奇地看着她,轻声说:"您好。我俩邻座大半天了。我发现,你看书时表情很丰富。我知道,这是书的魔力。"高芸草侧脸一看,暗吃一惊,下意识地翻了几下书:"恍惚间觉得西施从书页中飘了出来,吓了我一跳。你是?"那女人一笑:"噢,我常来这里读书。我发现你看书很投入,整个图书馆就你自己似的。好佩服,你是个真正的读书人。"哎,前不久我也刚看了《吴越春秋》,不妨交流一下体会。"

二人去了休息室,一直聊到傍晚闭馆。

这个艳丽的女人,有一个艳丽的名字,叫甄艳丽。她怕高芸草不信,拿出了借书证。高芸草笑说:"你应该叫真漂亮。"

高芸草从爱情观的角度,谈了欣赏吴王夫差而鄙视越王勾践的理由。而甄艳丽则说,勾践与夫差,她一个也不欣赏,她最欣赏的倒是那个西施。吴越战争使平民出身的西施脱颖而出,她被卧薪尝胆的越王勾践,作为糖衣炮弹发送到了吴国,致使夫差因沉迷、听任于她而荒废了朝政,最后国破人亡。一个手无寸铁的小女子,在颠覆吴国政权的过程中,成了决定胜负的一枚不可替代的棋子,从而成就了她人类战争史上第一位女间谍的美名。所以说,一个女人是不是真正的美人,要到战争中去检验。而战争间谍这个行当,是美艳女人最好的去处。

高芸草惊奇眼前这个艳丽的女人,说起这个话题竟然动了真情,眼里噙满了泪花。为这个,她还真能流下泪水。高芸草稍稍打击了她一下:"我不怀疑你的眼泪是真实的。可我告诉你,西施与战争的相关内容,都是虚构的,假的。都知道,吴越两国争霸的史实,大都取材于《左传》《国语》《史记》等史籍,而这些大史书中,却只字没有提到过西施。所以我说,吴越之战,如果真有如此神通的绝色美女,这些史籍中不可能不记载。艳丽姑娘,你的眼泪真的是白流了。"甄艳丽擦了一下眼角,连连摆手:"不不不,绝对真有其人。对女间谍西施的故事,我深信不疑。在中国古代战争史上,以西施为先导,又出现了虞姬、王昭君、貂蝉、梁红玉、陈圆圆、李香君等,这些都是与战争胜负息息相关的女人。作为女人,尤其作为能称得上佳色女人的女人,务必要仿效史上这些女人。美女只有为战争服务,这美才不廉价,才有意义。不然,父母给了这副美坯子,就白白浪费了。"高芸草说:"甄姑娘这样看问题,蛮新鲜的。我不厌烦。但我觉得,美人一旦与战争结缘,那是很可怕的。那就失去了美人的原味。"甄艳丽说:"事实上,历史上有很多战事,后人很难判断它究竟属于一段惨烈的战争史,还是一段凄艳的爱情史?或者说,不少史实事件,正是惨烈的战争史与凄艳的爱情史相互叠加的历史。既然是这样,高小姐,你说战争少得了美艳女人吗?"

高芸草尽管也读过一些战争史书,但她确实回答不了甄艳丽的这个问题。尤其还不能在饱含真情实感的状态下,与她交流类似问题。但这不影响高芸草对她的好感:甄艳丽是个很特别的姑娘,是个极有趣的读书人,值得交往。

后来,高芸草与甄艳丽成了朋友。再后来,深化成了闺蜜级书友。

一个萍水相逢的艳丽女人,丰富了高芸草的金陵生活。她觉得,这是一个孤旅之人的幸事。

甄艳丽出现在高芸草的生活中，并不是偶然的。她把西施当作人类第一位美女间谍来推崇，也不是随便发发感慨的。

甄艳丽同高芸草接触时，报上的职业是金陵女子大学英语教师。她英语也的确说得好，但她并不是大学教师。她是国民政府军事委员会特别机密电务科的特工。她接触高芸草的目的，是要发展她。

招募高芸草的工作只能成功，不能失败。一旦同她挑明，她便没有了回头路。如若发展不成，就得清除她脑子里的这个机密。那只能有一个办法——让她脑子停止转动。此乃该行当之铁律。

没错，甄艳丽是高Q的同事。这次，之所以让甄艳丽作为招募负责人，而没有交给高Q，是因为高Q一再声明，一旦招募失败，他对高芸草下不了那个毒手。

甄艳丽有这方面的经验。她细化了方案，非常专业地展开了工作，当最后那层布帘挑开时，使得高芸草没有感到事情突兀。润物细无声！这甄艳丽的功夫了得。高芸草却非常冷静地回复她，要考虑考虑。甄艳丽说："你完全可以去找好友高Q商量商量。"这句话，使高芸草印证了留存心里很久的一个感觉：高Q一定是个有复杂政治身份的人。果然，高Q告诉她，他也是国民政府军事委员会特别机密电务科的人。她小有吃惊，却没感到特别意外。她给他的答复，也是再考虑考虑。

此时，她想起了姬祯任。要是他在就好了，冒死也要听听他的意见。可惜，他不在了，可他破译开的父亲遗嘱材料还在。于是，她把父亲又请了出来。她几乎两天两夜没有合眼。她与父亲及姬祯任彻夜长谈。父亲的意见非常明确：要她报效国家，补他老人家终生憾事；要同鬼子死磕到底。

怎样才能实现父亲嘱托，高芸草觉得，这需要环境和条件。这个时候，"九一八事变"早已激怒了国人，"一·二八事变"在自己离开上海不久也发生了。环境有了,现在有人给提供了平台,条件也有了,你要不要?相关道理,甄艳丽都讲得透透的了,思想上已经水到渠成,不需要再灌输。说到底,最终还是父亲那包材料起到了关键作用。

高芸草说,她干!

事情还得删繁就简地说。高芸草被特招进特别机密电务科履职之前,组织上先把她送到了军统特工训练基地,进行为期一年的强化训练。一是进行效忠党国的政治洗脑;二是开展特工基本技能培训。别人还有第三项,报务及密码专业基础学习。这一项对她必要性不大,基础的东西她早已掌握了。

这个基地,政治训教方法是独特而严格的。按上峰的说法,"在这里,能把人教化成鬼,也能把鬼教化成人。"那些道理和思想,她是新鲜的,接受也是迅速而良好的。她自觉自愿地感受到了党国事业的神圣。最终,她觉悟了,即使让她像西施那样去以身报国,那也是毫无怨言的:"我生是党国的人,死是党国的鬼。"

军统对特工基本技能训练,也是严格而残酷的。高芸草却没觉得是苦。她着了魔了。擒拿格斗,长枪短枪,以及其他基础训练,她都比别人多用了不少时间和心思。按武训教官的说法,"这女子简直疯了,训练热情压都压不下去。"

一年后,高芸草出现在了特别机密电务科。她身上增添了一种恬静、冷峻而神秘的气质,动辄嫣然一笑,笑容却又使她显得愈加冷清恬淡,但绝不是那种功名蹭蹬、意懒心灰的精神状态。恰恰相反,她心底深处蕴涵着似火山爆发前的热能。要干一番大事业的雄心壮志,在激荡着她,支撑着她。

她的掩护身份是南京电报局技工师。局外无人知晓她那个新职业新身份。但具体要干些什么,从没人详细交待过,只是布置一项干一项。她知道,自己还处在被考验期。

眼前,倒是有一个重要的事情要办。这是她和高Q之间的私事。她要他告诉她，他还有多少秘密瞒着她。自从知道他多年前就是军事委员会特别机密电务科的人之后，她心里一直不痛快。

高芸草向甄艳丽诉苦："这个高Q到底是个什么东西？现在，我清楚了，他所做的一切，都是为了一个目的，那就是让我心甘情愿地入他这个行。但是，一些事，我还需要弄得更清楚。"

甄艳丽表情颇为复杂，她说，有一个问题她可以代高Q解释清楚。

"高Q为什么不爱你还要追求你？事情是这样的。在上海电报大楼里，那个大馅饼里的馅，其实就是特别机密电务科。这是个绝密单位，皮面只能贴上交通部电政司。那个大馅饼砸到了你江小点和姬祯任头上，你俩断然不接，死不离沪。上面调动失败。你现在是知道了，干我们这一行当，必须高度自愿。所以，没办法，又想出一个笨招，即让高Q假装爱你，试图达到以情引人之目的。如果高Q入了你的心，你又离不开他，二人便可双双来南京了。然而，最终结果是没结果：你不爱他！这就是高Q假装爱你的真相。其中每一步，我在南京都是清楚的。"

"那为什么我到了南京之后，高Q还不明确拒绝我？以至于让我一直抱有幻想。姬祯任已经不在人世。我很寂寞。对高Q，我是心存希望的。"

"这不是他的问题，是上峰的问题。上峰一直没有明确让他拒绝你，他就只能若即若离地对你。昨天，他去请示上峰以后对你感情上的态度。没想到上峰说，在你离开上海后，就该让他明确拒绝你了，可上峰把这事给忘了，才拖到了今天。"

"这个高Q，做得也实在让人讨厌，但我还是决定，从明天起，我向他发起攻击。我要让他爱我！"

甄艳丽声音有些发抖："不可能了，因为，他就要结婚了。新娘就是我甄艳丽。"

"真的吗？可他始终没有告诉我，你是他女友呀。"

"他昨天才接到明确拒绝你的指令！"

高芸草一时懵了："你，甄艳丽……"

"没办法，有纪律。"

高芸草气冲冲地去了高Q办公室。

"在我与你断绝友情之前，我想知道，你还有多少事在瞒着我？"

高Q把门关紧，幽幽地说开来。

"我坐镇电报局，一为掩护。公开场合我需要电报局这个身份；二为监督。因为，在这里秘密开展的某项工作与军方有关。至于那些瞒着你的事，现在可以透彻地说了。

"你是知道的，按法规约制，外国驻中国各使、领馆收发的密码电报，均由全国各大电报局拍发。可是，日本驻中国各地的领事馆却违反国际公法，都在使领馆内私设秘密电台，将重要的密码电报，交由使领馆私设电台拍发。只将少数明码、密码电报交由驻地的中国电报局拍发。这是日本政府无视中国主权的行为，日本人深知中国宪警不能到使领馆里去搜查，这样既节约电报费用，又能加快电报的传递速度，更有利于保密。

"日本人私设电台，我方真实态度是明怒暗喜。之所以要明怒，是为了维护中国的主权权益，抗议日本违法在华私设秘密电台。日本当然是矢口否认。暗喜的是，日本驻华各使领馆和东京外务省专设了单一系统的秘密电台网，而我方已经秘密展开了对日私设秘密电台的侦控抄收与密码破译。日本人通报时间是在每天上午八时及下午四时开始，发报时间非常集中，这有利于我方迅速截获到手。所以，从我方获取情报的角度来说，倒是希望日本自设的秘密电台继续存在，以便我部可以及时侦获全部密码电报。

"可是，日本人还有少数密码电报交由各驻地中国电报局拍发。这些电报，分散在全国多地电报局，我方情报机构不好及时侦控掌握。于是，我想到了一个办法，这是个暧昧的笨招，即，巧妙地制造一个事端，让日本人知道，中国的电报大楼里，有人私自破译外国人密码电报，让他们感到在电报局拍发电报不安全，把应在电报局拍发的那部分密码电报,也挪到他们私设的电台上去发。

"上海电报大楼里,我是耳聪目明的。你应该还记得,我曾以出考题为名,有意对你俩开放过报底库。那时,我已经觉察出,你和姬祯任在秘密试破用户密码电报。于是,我假装无意在杨天虎局长面前透露,可能有人私自破译用户密码。但是,我并没有指名道姓是谁在干。我知道,那淫棍杨天虎是和日本人素有交情的,同上海的日本'土著派'和'会社派',都有诸种利益瓜葛。我期望他能把这一消息透露给日本人,让日本人中我的计。

"可事情不顺。那杨天虎开始怀疑你江小点,他偷钻到你办公室翻找证据,找到了你破译那家英国公司电报的废纸抄。那淫棍如获珍宝,跑到日本人那里报情况。日本人由此明白,有人能破译英国人的密码,那日本人的密码也不会安全。自此,包括上海等各地日本人,都把更多的密码电报拿到私设电台上拍发了。可是,日本人继续在你这封电报抄纸上做文章,私下买通江家管事,一手制造江家事端,以此达到了独获那批棉纺机的目的。

"你明白了吧,我才是那个江家事端的始作俑者。当然,我是无意为之的。这还没完,黑道要制裁江家,我答应江家去找黑道斡旋。后来,我告诉你这个忙帮不上。实则,是我借助高家势力左右了黑道。黑道上原本议定的:一是拿出江家一半家产,补偿各家应得利益。二是把江老爷子的腿打残,让他在上海地面上死不了活受罪。三是破了你江小点的相,让你这个大美人生不如死。这便是,以江家老少两残,偿还黑道那个死人一命。

"我觉得,致残老爷子过于残酷,破了你的相更为恶劣。我突发奇想,要利用黑道,把你这个人才逼进机要系统,使你靠上军界这棵大树。

"于是,我高家出面协调,黑道给了高家面子。第一条不变;第二条,换作江家举家迁离上海,保江家祖孙不伤不残,从此再不回沪,回沪则格杀勿论。条件是,高家要关照黑道各家。

"别急,还有。我高家却要求黑道放出另一种风声,即,江老爷子务必离沪,江小点务必偿命。之所以让黑道如此放风,我是私藏了阴暗目的的,亦即逼迫江家为保命而下决心离沪。因为,江老爷子有可能会宁可残败其身,也不愿离开故土。但若是为保孙女小点的命,他会同意离沪的。果然是这样的。

"后面的事你是清楚的。

"还有与此相关的另一个恶果,是让那四十五台棉纺机落到了日本人手里,给中国棉业主造成了不利。对此,我是知罪的。这些,我在向上峰述职中,做了检讨。

"真相就这些。你如何看我,怎样对我,我都无话可说。但我不想失掉你这个朋友。同时,也希望这个真相,你不能外泄于世,务必保密到底!"

高芸草悲痛欲绝:"恶心至极!我不想再见到你!"

第四章 暗 杀

故事发展到这里,我该出来说话了。

经访查得知,故事牵扯到了我老姬家四代人。

一、曾祖父一代:

曾祖父姬惠钟、曾祖母张成凤,二老已仙逝多年,可烙印到我头脑中的形象却是恒久不灭的。

二、祖父一代:

祖父姬祯任,其人生之路,看上去命运轨迹清晰,诡异特点分明:

打了十七年的仗，身上留有两处枪痕、一处炸伤；赋闲在家画了二十多年的画，二十多年却只画了一幅画；再往后数三十多年，也只干了一件事——给儿孙辈讲战斗故事。他先后被十八所中小学聘为校外辅导员。除此之外，再没有他感兴趣的事。平时他一身诡异怪相，给人留下了索然寡味的印象：看上去气宇轩昂，傲骨凛然，硬气得很，可遇事一接触，却是处处谨小慎微，谨言慎行，拘谨得很。据说，这是一种职业病。他却说，这是某种革命的职业病。

祖母夏雨荷，高龄九十余，身体欠佳，动则轮椅相随，却依然气质不凡，冷峻神秘。一股拒人千里之外的气儿与她时隐时伴。说白了，她就是一只锈死的铁嘴葫芦，掰不开，砸不烂，无缝无隙，死疙瘩一坨。这些年，想打探她内心世界的儿孙们，无一不宣告失败。

三、父亲一代（包括母亲）：

父母双亲脾性相近，似乎都是哑巴胎，一对沉默寡言的考古学家。二人一直客居他乡，且长久野外作业，与家人聚少离多，尤其从未尽过养育儿孙之责，一切皆由祖父祖母代劳。邻居们说："没见过这样做父母的。只管生，不管养。"在儿孙们心里，父亲母亲与这个家庭没有多少关系。所以，父母姓甚名谁，在这里也就没必要提了。

四、女儿一代：

姬杉，B市某高校数学教师。业余爱好研究密码，却业余成了精，颇具专业水准，时有代表学校参加国内国际密码学术会议。她简直对密码着了魔，业余时间全泡在了玄奥资料里，平时很少与家人有过多交流。可怪得很，她对老祖奶奶却逮住机会就去缠磨。当然她有她的企图：钻进老祖奶奶的心里，把她的秘密看个一清二楚。这个梦想，一直伴随姬杉及姬家其他子孙逐代逐个长大成人，却谁也未能从老祖奶奶嘴里听到过一星半点儿的神奇故事。

以下这组神奇故事，还是依据祖父几个老战友讲述整理而成的，曾以《谎言家族列传》为名，发表在《军事纪实文学》杂志上。其中，有些细节还不能够详述尽表，以后如若出台新的解密政策，当再作调查、修正和补充。

大家都是为战争奔忙的人，直到抗美援朝结束，姬家人才腾出工夫，着手寻觅失散多年的父亲。

姬家父亲姬惠钟，是当年在苏区离家出逃的。之后十几年，再无半点音信。姬家人绝望了：战乱多劫难，人这是不在了呀。没承想，到了1950年10月，不知从哪里传来个消息，说在云南深山里，有一个瞎子老头，像是姬家老人。尽管是个不靠谱的信儿，大家还是兴奋了一阵子。这个时期，朝鲜那边眼见着就要开打，姬家人就把这事搁在了一边。

和老美的仗打完了，姬家人才想起要找爹。中央某领导说话了，姬老功劳有二，其一，在红军最困难的时期，思想积极，主动进步，慷慨捐献万贯家产于中央苏区；其二，姬家门下出奇才，儿女们忠贞至诚，对革命有奇特贡献。所以说，去找，一定要去找，找回来国家养着。中央领导都发话了，不靠谱的信儿，就变成了靠谱的事了。后来，还真找回来了，是个双目失明的白胡子老头。姬家老二姬祯任，脸对脸地看了半天，问了半天，最终才确认下来，是真爹！

姬祯任扑通一声就跪下了。

让人没有想到的是，这个瞎老爷子，刚一听说老伴儿多年前早已离世，一下子就犯了心脏病。抢救过来后，该说的总不能瞒着，姬祯任又说，小妹也不在了，是和母亲前后脚去世的。老爷子一听，又一声悲鸣，昏死过去。这下，真吓坏了姬祯任，再不敢提家中悲伤之事。老爷子却执着，一苏醒过来，还是追问姬家那些人的去向安危。姬祯任就连连说，兄弟姐妹和家眷都好着呢，只因身上都有急差，暂不能来探望。

儿女们总有忙完的时候，忙完了就都过来了。老爷子看不见，就一个一个地摸，只摸得人人泪流满面。十多年不见了，老爷子已辨不清儿女们的嗓音，却又愿意听他们说说话儿。此刻，他最想知道的是大家前些年参加革命的情况。面对老爷子的发问，儿女们像是有难言之隐，支支吾吾说不清楚。老爷子误解了，以为在革命的问题上，儿女们没出息，没作为，羞于给老父一个交待。于是乎，他急火攻心，腾的一声从病床上坐起来，大喊了两句话：

"告诉我！大家在战场上，为国家存亡拼死搏杀的时候，你们，都干什么去了？"

"告诉我！当革命者抛头颅，洒热血，灭蒋诛日的时候，你们，都躲到哪里苟且偷生去了？"

问询！质疑！指责！怪罪！江湖上的老英雄姬惠钟，两声怒吼，一下子把儿女们都震住了。

老爷子一口痰没上来，就昏厥过去。

医生护士进来，把儿女们赶出病房，实施急救。儿女们赶紧磋商。

"看出来了吧，这么多年过去了，革命情怀，英雄情结，在老爷子身上一如当年。如果儿女们没有一些像回事儿的革命经历和战斗表现，在老爷子那里是交待不了的。"

"大家尽管上战场搏杀的经历很少，但对很多战例是了如指掌的。每个人拣着能说的，虚虚实实地编一些战斗故事，安在自己身上，说给老爷子听吧。这一招，对了却老人愿望及其健康，都至关重要。"

之后一些天，这一招老爷子真信了。他对儿女们革命经历表示满意，为大家在血肉战场上的英勇表现，叫了好，鼓了掌。儿女们长长地舒了口气。

有关部门要把姬老爷子安排在荣军医院颐养天年。儿女们却不干，姬家儿女成群，让老人进养老院，岂不落个不孝之名。儿女各家就都争着抢着养老。老爷子是个懂儿女心的人，亲自排了一个养老表，不偏不倚，不分儿女，每家住一年。儿女们出奇地孝顺，老爷子出奇地快乐。到每家都轮了一遍，老爷子过完幸福晚年，安详去世。

　　这个时候，姬家的谎言才算结束。

　　那天，姬祯任把母亲和小妹的死讯告诉老爷子后，就知道不能再继续实话实说了。如若把除他姬祯任之外，其他兄弟姐妹都死了的真相讲完，老爷子肯定永远不会再醒来。姬祯任当即想好一个办法：找同事冒充姬家死去的儿女到医院探望，待老人身体好了再慢慢说明情况。没想到，这些假儿女们却一致认为，这个谎一经撒出来，只有天天撒下去，这样做，老人晚年才会幸福。

　　同事们都知道姬家的隐衷家世，想起来心里总是悲恸恸的。最不能忘的隐衷，是1953年刚牺牲的姬老三姬祯义。战争年代的苦都吃尽了，好日子热腾腾地来了，他却匆匆忙忙地走了，走得又是那样的慨然奇悲。

　　据说，姬祯义是在众人眼皮子底下，让七个小杂毛特务打成了筛子。噼里啪啦的子弹，穿进了姬老三肉体，却枪枪打到了姬老二及其同事们心尖子上。这祸，怎么说来就来了呢？蹊跷呀！

　　那时，新中国刚刚成立，潜伏在大陆各地的国民党反动派还十分猖獗。1949年11月，国家有关部门侦获到一份神秘密电，即刻调集最顶尖密码破译师，紧急启动超常手段，连续发起特别攻击，得到的破译结果是：国民党特务计划在毛主席访苏途中实施暗杀！

　　接下来，台湾与大陆潜伏特务的来往密码电报，均被国家情报部门及时截获并达成破译。之后几个月，敌我双方围绕着刺杀与反刺杀，展开了生死暗战。结果是，到1950年2月27日，毛主席安全回国，宣告访苏成功。官方说，参与刺杀活动的国民党潜伏特务被一网打尽，在大陆的台特组织遭到毁灭性打击。

几十年后，国家相关档案解密。这一惊天大案真相得以公之于世。然而，令世人有所不知的是，与此相关联的还有一案，叫"5387"案。而这一案，至今还未见到官方消息。是不能解密，还是不值得解密？或者根本就是子虚乌有？民间版本不同，说法各异。有一种传言说，那个惊天大案相关特务，并未被一网打尽，还有三人漏网继续潜伏。很快，这三个特务接到了2号刺杀令：不惜任何代价，干掉中共密码破译专家姬祯任。而这个密令，并未通过电台拍发，而是采取最传统的手手相传方式，送到了B市三个潜伏特务手里。尽管花费了两个多月传送时间，化解了多次险情，最终未被中共情报部门察觉。

据说，在台湾保密局会议室里，局长毛人凤摔了一只杯子，气急败坏到了极点："姬祯任活着，党国无密可保！姬祯任不死，我保密局什么都干不成！不杀他，党国在大陆的潜伏人员，总有一天，都会被他一一揪住尾巴，抓住辫子，掐住脖子，赶尽杀绝。"

接着，毛人凤又摔了一只杯子："不要得意我们在大陆的那点成绩，只要姬祯任那帮人还睁着眼睛，支棱着耳朵，我们的所有结果就都是个过程。都是过程，懂吗？！"

显然，姬祯任在国民党保密局眼里，是个让人寝食不安的"大祸害"。

毛人凤摔杯子的时间，是1950年3月。这个时候，那个惊天刺杀行动刚刚失败。毛人凤把气都撒到了姬祯任头上。

杀掉姬祯任的最大困难，是寻不到这个人的踪迹。只推测出他深居B市，却不知其具体住址。而B市机要重地又实在太多，到哪里去找？退一步说，即使找到了地儿，又如何进得去，瞅得准，杀得掉？

这时，保密局得到消息，在香港公开声明脱离国民党的"云南王"

龙云，到北京任职国防委员会副主席。这一消息本是与姬祯任没有任何关系，但保密局里有一个龙云曾经的部下，叫老开，不知哪根神经搭错了线，突然由龙云身上联想起一个人来。这个人，叫姬惠钟，是龙云旧友，当年在共产党苏区受到整治而投奔了龙云。老开隐约记得，姬惠钟有儿女在红军队伍上。姬惠钟，姬祯任，都姓姬，二者是否父子关系？理论上这种可能是有一点的。老开又想起，那姬惠钟当年被留在了云南治病，可不知现在是死是活。只能死马当活马医了。经毛人凤同意，老开启用了云南潜伏人员。

功夫不负有心人。老开的人在云南一个山镇上，还真找到了一个瞎子老头儿，叫姬惠钟，并探知正是龙云当年的那个旧友。让人眼前一亮的是，他有一个儿子正叫姬祯任，当年跟着红军走了。儿子走后，多少年再没音信。所以，瞎老头不知儿生死。特务手里有姬祯任照片，可这对瞎子来说，等于漆黑一片。无奈，权当瞎老头的儿子姬祯任，就是党国恨之入骨的那个姬祯任了吧。

姬老爷子虽瞎，也是深知世道黑暗的，后来就不再说起儿女们的事。他拿定主意，不见到姬家人，就从此闭嘴。他不说，老开的人就通过极为隐蔽的方式，用了八个月的慢功夫，把姬惠钟还活着的消息，巧妙地散布到了B市。显然，特务们采用了笨拙的"引蛇出洞"之策。到了1950年10月，这信儿拐弯抹角地姬祯任、姬祯义的耳朵。

抗美援朝一结束，组织上很快做出安排，派人顺着那个不靠谱的线索下了云南。不久，还真给弄回一个人来。姬祯任被专车拉出来，在一个招待所里见到了云南瞎老头儿。

姬祯任辨认和跪地叫"父亲"的情景，被跟踪瞎老头而来的国民党特务，在暗处看得一清二楚。比对照片，没错！这正是党国要干掉的那个鬼。不过，这次现场警戒标准是特级，下不得手。

既然认定是真爹，姬惠钟和一个刘姓大叔，就被姬祯任单位接走了。刘姓大叔是姬惠钟在云南乡村的近邻，这些年，对瞎老头子多有关照。这次，也是经组织批准从云南一路照顾过来的。刘大叔坐车进了一个岗哨密布的大院，把大包小包放下，安顿好姬惠钟，眼睛还没瞧清楚点什么，即刻又被请了出来，送回了招待所。不过，每天会接他回大院见老爷子一回。这是考虑到姬老爷子初来乍到，生活不习惯，让熟人来陪他聊聊天，过过适应期。神秘大院和京城好风光，使刘大叔天天惊奇不断，真是开了几辈子的眼界。回到招待所，就把看到的新鲜事儿，说给邻屋赵姓房客。说者无意，听者有心。这赵房客正是老开的人。

大院里，姬祯任向父亲哭诉了母亲和小妹之死，老爷子就犯了心脏病。大院内部医院把人抢救过来，却没把握治好病，就把病人送到了外面大医院。大干部待遇，开的是单间。刘大叔自然被调过来照顾瞎老爷子。有医生护士，刘大叔也帮不上手，只是在老爷子精神好时，陪着说说话儿。

姬祯任的孪生兄弟姬祯义，是负责部队后勤保障的干部，现还在朝鲜做战争收尾工作。倒是那几个自愿冒充姬家儿女来尽孝的同事，常来医院探望照料，使得老人颇有儿女绕膝的幸福感。这样一来，就给老开的人实施刺杀提供了机会。

实施刺杀的不止是三个特务，另又增派了四个帮手。他们暗中认准了姬祯任的车，也弄清了布警情况。分析认为，姬祯任一到医院，院内和楼道就会戒备森严，难以下手。只有在车进院门时实施刺杀，才有可能成功。

这一天，是 1953 年 8 月 7 日。毛毛细雨中，有两辆车一前一后向医院驶来。前面是警卫车，其后是姬祯任的黑色轿车。待警卫车进院后，大门挡车拦杆突然落下，迫使黑色轿车紧急停下。这时，隐藏在大门两旁的特务，即刻冲黑色轿车开枪射击。

让特务们没有想到的是，突然受到惊吓的一个车里人，一下子打开车门下了车,像是懵了头,慌不择路地朝一条胡同跑去。特务们看得真切,那是姬祯任无疑。于是,七个人一同追进了胡同。

警卫们瞬间明白过来,一起追了过去。很快,胡同里传出激烈的枪声。跑在最前面的那个人,被打成了筛子,而随后追来的人,又把前面开枪的人打倒了四个,其余三人夺路而逃。

几天以后,姬祯任单位在八宝山举行了隆重葬礼。数百名身着便衣和军装的人前来参加悼念。

邻边不远处一块墓地上,也有一群办葬礼的人。这时,那边人群中,混进三个人。正是前几天跑掉的那三个特务。

不一会,一辆黑色苏制吉斯轿车缓缓驰进了姬祯任葬礼现场。有人悄声惊叫,是中央大首长的专车!

待车前门打开,下来跟车警卫。后车门打开,下来一个秘书模样的人。那秘书和卫士走到了姬祯任遗体前,献上花束,鞠躬默哀。

邻边人群有人悄声说:"中央大首长的秘书卫士都来了,那一定是代表中央首长的。姬祯任,啥人物?"旁边的三个特务听得真切,握枪把子的手渐渐松开,心里压抑着狂喜,目睹了姬祯任葬礼全过程。他们认定保密局2号刺杀行动,圆满成功!

特务们很快离开B市,绕道中印边境试图潜出。但被中国边防军发现,有两人被击毙,一人逃回了台湾。

据后来情报显示,在大陆指挥这次刺杀行动的特务头子,是一个叫高Q的人。此人,道行很深,极端狡猾。那几年,他来往于台湾、香港与大陆之间,从未发生过意外。这次成功击毙姬祯任,高Q自然受到了上峰重赏。有人说,这是那个高Q戴罪立功。他之罪是,早年由他具体负责的一个"草蟥潜伏计划",落实得不尽人意,打入到中共机要单位的特务"草蟥",多年深度蛰伏,长久唤而不醒,在多次重大任务中,毫无建树。这使得毛人凤十分恼火。好在,这次,高Q终是通过其他途径寻获目标,干掉了党国的死敌姬祯任。

瞎老爷子姬惠钟病愈出院，先和姬祯任一起生活了几个月。可姬祯任爱人长期不在身边，他独自带个顽皮儿子，再照顾个瞎老头子，真有些力不从心。尤其他是密码破译界大拿级人物，落了个一进入工作状态，就不知白天黑夜的职业病，弄得家里常常是一老一少，一个不睁眼，一个干瞪眼，谁也照顾不了谁，连饭都吃不到嘴里。后来，假兄假妹们就不让姬祯任轮养老人，连同他儿子，一家一年地养了起来。老爷子看不见什么，也感觉不出什么，反正都是自己的亲骨肉，在谁家过都舒心。顽皮儿子也习惯了，有爹没爹一个样，反正到谁家谁家就是亲爹，过得一样自在。

是的，这个不尽孝的儿子、不称职的父亲——姬祯任，并没有死掉！

1953年8月7日发生的刺杀案，被上面定名为"5387"案。这个案子保密级别极高，目的是不让台湾特务知晓真相。事实上，"5387"大案中，被特务乱枪打死的是姬家老三姬祯义。

那天，姬祯义刚从朝鲜战场归来，急着要去见父亲。姬祯任就同他一起坐车前往医院。没想到，在医院门口，车子遭到袭击。当时，反应最快的，是坐在姬祯任身边的卫士，几乎在第一声枪响的同时，一下子就把姬祯任按倒在车座下，人也压了上去。身上硝烟还未散尽的姬祯义，瞬间进入了战斗状态。他马上意识到，特务在搞暗杀，并断定是冲着姬祯任来的。他想也没想，开门下车，冒充其兄，引开敌特。特务们没有想到，姬祯任还有个孪生兄弟。此时，司机迅即调转车头，飞驰回到了本部驻地，直接开进了内部医院。还好，姬祯任皮毛未损，而卫士后背连中两枪，不治身亡。

事情发生后，本部首脑迅速派人侦破，很快查透了案情。于是，来了个将计就计，把姬祯义当作姬祯任厚葬北京八宝山。

之所以要搞一个隆重葬礼，大造一番声势，目的是让台湾特务认定：姬祯任死了。在葬礼上，有关部门就盯住了那三个特务，却没现场抓人，一直暗中盯着他们偷越边境。在边境，也是可以全部干掉的，但计划中要留下一个活口，好让其回去给毛人凤报信，让台湾方面知道姬祯任死了。

这些事情发生多年之后，为验证其真伪，我到相关部门查阅了一些资料。巧的是，那些资料即将进入解密期，查阅程序就简单多了。

一个资料是一本传记。据其记载，确实有为祖父开追悼会这件事儿。《CA军人物传记》中有祖父的人物简介，其中第十五页是《姬祯任同志悼词》。悼词底端一道横线下面，有几行加括弧的小字：编注：姬祯任同志系CA军响当当的领军人物，他和他的战友们，在战争年代支撑起了CA军骨干技术及其军事存在。依其重要地位、作用和贡献，本应在《CA军人物传记》中名列前茅，但因受其妻严重政治性问题的影响，经CA军领导研究决定，其在本传记中排名后延到第十三位。特此说明。

看了这一页传记，有两点狠狠地敲击了我脑仁。

第一点，是悼词本身。这是一篇极其独特的悼词。篇幅之短，极为少见，只有199个字；内容看上去高度凝练，实则含糊不清，不明不白。就此，我询问了CA军现任政治部领导，给予的答复却是：此悼词，为当年姬祯任同志亲自拟定，并经CA军领导批准的。文中虽没有"屡建奇功""贡献巨大"等字眼，但也不失绝妙、权威之色，极其精准地概述了姬祯任同志之奇特命运和独特贡献。

后来，我又听政治部的老人说，当时，本来政治部组织专人撰写了长达十一页的悼词。可祖父看了之后，扬手撒上空中，话掷地有声："极尽歌功颂德之能事！这六千言悼词，等下次我真死的时候再用吧。那时，我就眼不见，心不烦了。这次，本人悼词绝对不能超过两百字。"

  砸碎我心，片片皆忠诚。姬祯任同志，一生不懈求索，对党坚贞不二，习惯台前无名，默然幕后无声，始终以强大的信仰神锐、高度的思想自觉，忠党魂，感党恩，跟党走；

  藏剑露锋，智锐肃烈。姬祯任同志，历来对敌残酷无情，一生不发一枪一弹，却以精湛的专业手段、奇特的职业素养，遏止战争狂澜，挽救将士生命，争取和平安宁；

  党之秘密，胜于生命。姬祯任同志，一生谨言慎行，恪守密业，律己笃严，秋毫无犯，把保守秘密的意念，培养成了自身的第二天性和本能。在任何时候，从不以密索生，以密求荣，以密贪私。

  祖父说："组织若依了我写的这篇 199 字言，这次我就死定了；若非用那十一页悼词，我真就不死了，那要还追悼会之真相，还我胞弟祯义之真魂。"

  敲击我脑仁的第二点，是悼词备注。祖母居然犯有严重政治性问题。这是我前所未闻的。她老人家犯的是什么错误？严重到什么程度？牵扯面有多大？等等，都是我想要弄清楚的问题。我找了所有能找到的知情人，都三缄其口。可能弄清楚。不问也罢。这些年，祖母都安稳地生活着，也没发现有什么问题。莫非祖母早年被处理过？

  另外，我还查阅到了一个资料，是抗美援朝期间的几张报纸。有一张报纸上面记叙的是，在前线，姬祯义负责作战物资保障，在战争停火协定签署之前，遭遇敌机轰炸，他只身驾驶一辆汽车飞离车队，把敌机成功引向深山，保住了志愿军大批作战装备的安全，而他却被敌机炸烂烧尽，魂洒朝鲜战场，最终连把骨灰也未带回国。

  我用联系的观点考虑问题：抗美援朝期间，为了策应祖父假死事件，能神不知、鬼不觉地搞了偌大个假新闻，背后运作力度之大可想而知，很可能是惊动了高层领导的。这也从一个侧面反映出，祖父之生死对某些事情的影响是很大的。

第五章　局　设

按女儿姬杉的话说，发生在姬家前辈人身上的奇事异端，的确让人"烧脑"，却也激发了我寻根究底的兴趣。后来，经探查姬家家史方知，老姬家的神秘气质，形成于苏维埃时代的瑞金怀恩镇。是曾祖父与曾祖母对时局截然不同的判断和诡异作为，把祖父这一代送上了神秘之路。

富绅姬惠钟弥留之际，正值苏维埃时代的瑞金县进入全盛时期。

那个时候，这个被后人称为"红都"的县城，是中华苏维埃共和国的首都。当时，这里的政治气候，红火得让人难以想象。天下！中共！能量无穷无尽，吸附着一切，感染着众生。不少仁人志士，为之震惊，为之倾倒。

姬惠钟，本是站在劳苦大众对立面的，当下，也为之震惊和倾倒了。这个曾背井离乡闯荡世界，在腥风血雨中死过几回的瑞金籍风云人物，对共产党是铁了心的。看一看他家书房里那一面墙的马列书籍，你就会知道，他完全可以称得上是一个马克思主义的信仰者。如果这还不足以信服的话，那么，再看一个事实：人说富不过三代，而姬家祖上富已过五代，一直以家大业大著称于瑞金县十镇百乡。到了姬惠钟这一代，他却以另一种气势扬名于瑞金——乐于资助善济，支持政体军队。那几年，姬家曾数次主动捐赠家产给苏区红军。

没想到，就这么一个心大如山、慷慨度世的人物，在病危将去之时，却做出了一个让家人猜不透想不明的怪异动作——直直地伸着两根指头，久久不肯咽气。

姬惠钟是因痨病急性发作而进入弥留状态的。这几年，他身体每况愈下，几次险些走到生命尽头。家人认为，这次，恐怕是熬不过去了。妻子张成凤频繁把耳朵附在丈夫嘴边，听到的总是破风箱般的痰声，并没半句临终遗言。她多次用手指从那张臭嘴里挖出红白相间的浓痰，再附下身去听，还是听不到成溜的话，倒是他仍以超然于物态的静力举着胳膊，把两根指头翘得更高。

家人怀着一种前所未有的慌乱，拥挤在卧房门口，为命悬一线的老爷子默默祈祷。姬家膝下共有两男三女，姬红英排在两个哥哥之后，是三姐妹中的大姐，下面还有二妹姬红妹、小妹姬小敏。二妹姬红妹是三姐妹中文化程度最高的，自小被家里私塾、镇上学堂培育着，如今在苏区夜校里是当教员的材料。她曾读过两遍小说《儒林外史》，还记得第五回里老吝啬鬼严监生，临终见油灯点着两根灯草而久久不肯咽气的情节。此刻，姬红妹睃瞧了多次，也不见屋内有两根灯草的油灯。忽地，她只想扇自己耳光子：父亲开明一生，慷慨一世，做女儿的怎会把父亲想成老吝啬鬼了呢？！张成凤愁眉展开，说："我猜到老爷子心思了，他是想把在外地谋差的两个儿子叫回来。"姬红英嘟囔一句："父亲真是这个意思吗？当年，那可是他硬把哥哥们赶出家门的呀。"姬红妹外表文静性子却急："父亲举着的是两根指头，肯定就是这个意思。赶快找两个哥哥回来吧！"姬红英没好气地说："红妹你想哥想疯了吧？千里迢迢的，说找回来就能找回来呀？看猴急得你，谁还不知道你心里的小九九。"姬红妹脸就红了个透彻。

红妹本不姓姬，原姓刘。刘红妹三岁那年，瑞金暴发特大洪水，刘家好不容易养大的一头猪被洪水冲走，刘父下水找猪，却发现邻村镇上姬家八岁长子姬祯富，抱着一截枯树正冲向急流之中，眼见着就要被洪水卷走。刘父扑入水中搭救，用尽全身气力，把姬老大推向岸边，自己却被洪水吞没。刘母已怀孕四个月，加之惊悲过度，又连续日夜急奔觅寻落水丈夫，就流了产。流下的是一个已成了人形的男婴。刘家本就家境极贫，还育有两个小女娃子，家里顶梁柱一死，这日子就更没法过了。姬家提出要报答刘家。刘母就想把小女娃子红妹托付给姬家，给姬家老大做个童养媳。张成凤不干，不能让救命恩人的小女当童养媳，再三保证要把红妹当作姬家亲生女儿来养，将来陪送房产嫁妆给她找个好人家。刘母也不干，说不能让姬家白白养活一个人，姬家若收下红妹，只能是童养媳的名分。无奈，张成凤让红妹和老大祯富双双跪下叩了头。刘母这才放了心。不久，张成凤产下一对双胞胎男孩。取名姬祯任、姬祯义。张成凤做主，把男婴姬祯义抱给了刘家当儿子，改名为刘开来。

红妹到姬家，外人是把她当成童养媳来看的，可姬家真真当作亲生闺女来养了，名也改成了姬姓。非但对她没有半点歧视，反而是众孩子中最受宠的，活得最像大户人家的金枝玉叶。红妹少时从没有要当姬家儿媳的想法，直到她长成了如花似玉的大姑娘，有了心思，有意无意地疏远了姬老大，不再像以前那样同他撒娇打闹。没第三人在场时，她脸常常就莫名其妙地红了。有时候，姬祯富被父亲支派出三天五日的远差，她心里便闷想得不行。这种状况，一直持续到姬祯富离家远行。

姬祯富和弟弟姬祯任是在同一天离开瑞金的。那一年，哥俩一个满十八岁，一个不到十七岁。这是姬惠钟同张成凤闹翻了脸，而采取的一个决绝措施：送子闯天下。他的理论是，好男儿志在四方，要想成大器，就得闯遍四海五岳，吃尽人间苦难，博取人上人能耐。

姬惠钟年轻时就是这么干的。婚后第二天，就和几个血气方刚的年轻人离家出走了，使得大户人家的千金张成凤落了个独守空房。那时，北方正在闹义和团，姬惠钟等人就热血沸腾地扑将过去，打杀了几年。后又听说孙中山在南方起事，就又跑去凑热闹。几生几死之后，似乎看破了红尘，闯天下的雄心有所收敛，这才想起家里还有一房媳妇在等他。回到瑞金时，已是三十六岁，张成凤也二十有八了，生育还不成问题，一口气五年生了三儿一女。姬惠钟在家安生了一段时光，心又野了，又跑出去折腾了几年，回来后又生了个女儿。

多年之后，社会接连发生重大变故。姬惠钟那颗不安分的心又按捺不住了，可无奈痨病缠身，年纪也大了，经不起折腾了，于是，就把眼睛盯上了儿子们。思量数月，下了决心，要把已是中学文化的老大姬祯富和老二姬祯任，都赶出家门长见识。张成凤要死要活地阻拦了多日，最终，还是在一夜醒来不见了两个儿子。老大姬祯富被支派到了姬惠钟曾经的同盟会友刘以平那里。刘以平参加过广西百色起义，后加入了红七军。经刘以平介绍，姬祯富在红七军第十九师当了兵，一直随军转战粤湘鄂。老二姬祯任投奔到了与姬惠钟有过生死交情、后在上海发迹的一个老友门下。姬祯任一身学生气，觉得书还没有读够，就选了一门子感兴趣的学业，上了电报学堂。学报务是当时最时髦的差事，学成即在上海电报大楼当了差。

两个儿子一去三年多再没回过瑞金。主要是心硬的姬惠钟不让儿子们回家，说总往家里跑，什么时候才能混成人上人。

这天，张成凤拍板，让姬红英、姬红妹两人做伴前去湘鄂根据地找回姬老大。红英、红妹一听让离开瑞金去湘鄂，心里胆怯不想去，磨磨蹭蹭总不上路。张成凤见状，踢凳而起，大叫道："老子临死要见儿子一面有什么错？你俩分明是闹红把心闹野了。难道闹红的人不是爹娘养的？今天，我就要看看谁敢拦着不让老爷子闭下这个眼！"姐妹俩一对眼神，即刻表态明早动身。至于谁去上海找回老二姬祯任，张成凤好一番思量。他先找了刘家妈，说让刘家儿子刘开来帮姬家跑一趟上海。刘家妈心里透亮，开来本是姬家人，哪有不帮忙之理。可开来现在是队伍上的人，家里说了不算。张成凤知道刘开来被扩红当了红军，就去找了首长。没想到，首长一口应承下来，还派来军医给老爷子瞧病。

张成凤热泪盈眶："好一支有情有义的军队！"说完，却给出了一个让人不易察觉的怪异笑容。

张成凤给姬家姐妹和刘开来带足盘缠，捎上给老大老二的亲笔信，就送他们启程了。临行前,她反复叮嘱:"只有见到老大老二本人,才能当面把信打开。我找后山高大仙掐算过了。这信若是早打开一时,咱家老爷子必定当即归天。切记!"三人低头看了手里的信,信封上用蝇头小楷写了四个红字"吾儿亲启",就觉得这趟差分量不轻。

接下来,军医在姬家治疗了七天,姬惠钟终是脱离了生命危险。他把两个僵硬的指头放下,说的第一句话便是:"去把老大老二给我找回来,我要让他俩在瑞金干革命!"张成凤一听,说:"早猜到你这个心思了,也派出红英、红妹和开来去找了。不过,我原以为只是招回来父子见个面,两个儿子还是要回去的,没想到你是要把他们长久留在瑞金干革命。也行,孩子们的事你说了算。"姬惠钟身体还很虚弱,说话上气不接下气的:"军医官呀,老朽我并非恋子心切要见儿子。我在外闯荡数十年,又在苏区和红军接触了这几年,最终明白了一个道理,有治国安邦雄才大略的将帅在瑞金,真理在朱毛手里。共产党信得过,红军队伍最有前途。今天,若不把两个儿子招回来,在共产党老窝子里干革命,那我姬惠钟就是天下最大的傻瓜。把两个儿子亲手交给朱毛我才放心。否则,我老朽死不瞑目!另外,我姬家要把家产再捐出一大部给红军。"

军医官把人抢救过来,把话也捎带给了朱毛。"好一个开明人士姬惠钟!他说的话比他捐献出的家产更金贵。打土豪分田地不是最终目的,得人心才是天下大事!"有大首长在一次会议上如是说。

按说,事情到了这一步,似乎就畅顺无比了。姬惠钟最终转危为安,如不出意外,找回老大老二,一家人也团聚了,且能在自家门口干革命。美事呀!

然而,事情并非这么简单。这里面藏了三个隐秘局设。

第一个隐秘局设是张成凤设就的。

这得再说说张成凤这个人。张成凤本是赣南客家女,是个大户人家的千金。这女子向来自命不凡,确也有一些处世能耐,是一个头发长见识也长的人物。她人生中受到的第一次打击,便是姬惠钟新婚第二天离家出走。她横下一条心，不悔不死，不离不弃，在姬家坐穿冷板凳，压烂凉床板，不管守活寡多少年，也要等到那个负心汉归来。她要看看暗算自己的这个男人，到底是个什么玩意儿。对一个新婚女人来说，那是一段难挨的青春岁月。然而，她眼睛、耳朵和脑袋，没有像她身子一样整天闲着。她通过多种途径打探、关注和琢磨着中国大地发生的大事，想象着那个负心汉在世事沉浮中的状态，掐算着那个狗东西的生与死。尽管之后多年都没有姬惠钟的音信，她却一直坚信，那个狗东西还活着。终于有一天，狗东西还真回来了。张成凤白白扔出去这么多年的美好青春，却也在这非凡经历和痛楚中有了些许收获。这就是，锻造了她对世道的洞察力和把握力。近来，她自我感觉对苏区内外形势有了一个准确拿捏，于是，便下了一个灰色结论：苏维埃国都的繁盛是暂时的，瑞金苏区闹红将闹得血红一片。红军在劫难逃了。这在当时，可是一个说出去要掉脑袋的假想，好在张成凤只是把话窝在了肚子里。显然，她说给首长"红军战无不胜、天下无双"的话是假话，那个怪异笑容才折射出了她真实心声。这个在无数个孤寂夜晚凝思而修炼成精了的女人认为，红军会有"三劫"。

一劫劫在蒋介石灭红之坚定决心和强大军事。兵家历来是靠战力说话的。红军与国军谁是赢家，谁是败军，明眼人一看便知。

张成凤这自以为是的明眼，还看到了第二劫。这一劫劫在共产党内部，这里时有搞些过火的政治运动。像肃"AB团"运动，搅得整个苏区天昏地暗，不少无辜官兵被错杀。姬家之所以还平安，一是碍于姬家一再慷慨捐出家产的情面；二是碍于姬家老大姬祯富在湘鄂红军部队带兵打仗的情面。但张成凤认为，这些情面都是靠不住的。姬家到什么时候都摆脱不了曾是地主富绅的历史。不知哪天来个什么运动，就给打倒了。

这第三劫说它是劫，似乎更是妇人之见。张成凤却觉得她把这事看透了。赣南及闽西苏区本是毛泽东、朱德、彭德怀的天下，可是，自中共中央陆续派人进入根据地以来，苏区的原有组织体系发生了变化，毛泽东等领导人不再可能像从前那样成为苏区事实上的掌控者，而有了被置于边缘位置受冷落的迹象。有人预测，中共中央派来的人与苏区原有领导群体发生冲突在所难免。

就这样，年轻时守活寡孤坐空房，习惯没事爱琢磨闲事的张成凤，老毛病又犯了。她留着清净的日子不过，却被中华苏维埃共和国的大事折磨得坐卧不宁，吃睡不香。在姬惠钟病重的那些日子里，她守在病床前，看到的最大凶兆不是姬惠钟即将死去，而是横亘于姬家血脉里的那条越来越粗的黑色灾难线。混蛋一生的老子死不足惜，儿女们如再铁了心扑进赤红里，再跟共产党混下去，那就不只是赔尽姬家祖业，甚至连全家老小的性命都要搭进去。

于是，张成凤就有了应对的计谋：抓住姬老爷子要见儿子的时机，顺水推舟，不但不想召回在外的两个儿子，还要把身边两个成年女儿也尽快支派出去，离开这块是非之地。甚至，连她的亲骨肉刘开来她也不肯舍弃下。所以，她密写两书让寻人的儿女带上。信里绝说原由，死命阻止五个儿女再回瑞金。她信里充斥着与姬惠钟截然相反的态度，散发着对共产党红军的极不信任。她坚信，只要虎虎生威的儿女们远离瑞金，姬家就远离了灾难。信的末尾，她咬破手指，写下血红大字：离家则生，回家则死！姬家儿女，永不染赤！

此外，张成凤之所以要派姬红妹去湘鄂根据地找姬老大，还另有一个隐情。这就是张成凤的第二个隐秘局设。

这两年，妇女解放运动在苏区开展得轰轰烈烈。其中，最能显示妇女解放成果的是婚姻自由。一时间，青年男女异常活跃，自由恋爱逐渐兴起，一首山歌由此流行开来："实实在在话你知，共产主义没共妻，总爱两人心甘愿，不使媒人也可以。"姬红英就喜欢唱这个歌子。姬红妹也哼着这歌子进了家门，被张成凤听见，呵斥住了。红英唱可以，红妹唱不行。谁都知道红妹迟早要嫁给姬老大的。既然是既成的姬家儿媳，她就不能再唱这歌子了。她越唱,张成凤心里越乱,生怕姬红妹被别的男人自由走了。这次,她趁机把姬红妹支派出去,也有让她在外面与姬老大完婚的目的。姬红妹生是姬家的人,死是姬家的鬼。这一点,张成凤在信中也严肃地给姬祯富写清楚了:见到姬红妹之时,便是与她完婚之日。

怀揣密封书信的两女一儿,根本不知道张成凤的隐秘谋局,也不可能违背母亲指令在半路上偷看信件,他们正星夜兼程一心赶路。在非凡的张成凤面前,他们似乎还是个生瓜蛋子。然而,也不尽然。平时憨厚的刘开来,这次背着张成凤也搞了个阴谋。这就是要说的第三个隐秘局设。

这个谋局,是刘开来受人指使设计的。而指使刘开来的这个人,是红军中的一个特殊人物,名叫高月明。这人特殊就特殊在,他是红军中一个神秘部队、代号为"红星二大队"的负责人。红星二大队是时时刻刻都跟随党中央左右的一个特殊部门。除了红军最高指挥层的领导人,红军队伍中再没有人知道这个特殊部门的职能性质。这在红军中属于超级机密。

刘开来自然也不知其密,他只清楚自己的任务:不惜任何代价,不惜采取任何方式,把姬家老二姬祯任,从上海全头全尾地弄回瑞金。红星二大队急需姬祯任这个电码报务人才。高月明说,我红军泱泱十几万武装,按说,多一人少一员的也不是什么大事,可是,像姬祯任这样的人,红军少不得,极稀罕。招募到他这样的一个,也许比招收到几个连的人马还重要。这是红军首长之所以爽快答应张成凤,派刘开来前去上海的真正原因。当然,这个谋局,这个任务,刘开来是无论如何也不会告诉姬家任何人的。他明白,自己首先是红军战士,然后才是姬家的亲戚。这一点,他是能分得清的,且在任何时候,都能做到对党忠诚。

刘开来到上海,与姬祯任见了面。二人还未多说话,眼睛就都有些恍惚。尽管二人着装截然不同,一个洋气,一个土鳖;肤色截然不同,一个嫩白,一个铜紫;嗓音截然不同,一个柔声细气,一个粗声粗气;笑容截然不同,一个含蓄多义,一个憨厚直接。但是,还是不难看出二人身段容貌惊人相似。二人站在那儿不言笑,只换上一样的服装,涂成一样的肤色，那就成了一个人了。

二人再打开那封"吾儿亲启"的信，就更惊着了。原来，信上说，彼此乃一奶同胞，孪生兄弟。愣怔之后，亲兄弟紧紧抱在一起，好好流了一通眼泪。然后才说正事。刘开来说，父亲病重，心愿难了，兄得回瑞金。姬祯任说，母亲手喻，却让死不回乡，你让我怎么办？兄弟俩一个以父命说理，一个以母喻说事，争来争去，脸白的急红了，脸黑的气白了，谁也不退让半步。

刘开来用了第二招。他搬出了红军，说队伍上急需姬祯任回去。姬祯任却说，我根本就不想当兵。刘开来说，母亲一生精明，却两事糊涂。一件是，稀里糊涂地放爹在外面野跑了那么多年，这件事折损了她一大半子的精明；二件是，稀里糊涂地给一支革命队伍定了性，断了命数，且又稀里糊涂地模糊了儿女们双眼，带歪了儿女们的念想和追求。姬祯任说，我已决断不走了，谁也管不着。我要和大上海在一起，和我心爱的女人在一起。

兄弟俩不欢而散。刘开来按照高月明给他的第三方案，启用秘密程序，同上海地下党的红队接上了头。红队即刻对电报局姬祯任以及他离不开的那个女人，进行了秘密摸排调查，研制了劝离和强行带走姬祯任的两套方案。可还未来得及实施，姬祯任却出了大状况。

那天，秘密跟踪姬祯任到火车站广场的刘开来和红队队员，发现姬祯任同一个男青年打了起来。姬祯任的那个女人，却出现在了附近六层高楼上，并被枪击坠楼。没想到姬祯任也被人开枪击中。其间，红队队员果断还击。最终，才偷偷拖走了姬祯任。之前，刘开来还打着如意算盘，如若把姬祯任和那个女人一起弄到队伍上去，那他上海之行就算超额完成任务了。谁知，眨眼间，两个人全惨遭横祸。

而事实上，姬祯任并没有当场死亡，只是左肩稍下部位被子弹贯穿，昏死过去。红队暗送他住进了关系医院。刘开来和红队重新制定了带离姬祯任回瑞金的方案。红队暗地组织人员，以姬祯任在沪同乡的名义，到电报大楼谎报姬祯任被枪击身亡。这与《大晚报》的报道是吻合的。乡党们向电报局讨了个说法，便见好就收了。

那天，电报局长杨天虎到码头送行，躺在船上的尸体是化了妆的刘开来。杨天虎盯看了两眼，没有发现破绽。这个时候，姬祯任正藏在医院接受秘密治疗。半月后，伤无大碍，便不得不服从胞弟安排，由红队悄然护送离沪。可他表示，回瑞金可以，但决不参军。

回到家乡后，姬祯任养好伤，还是一心想离开瑞金。他对母亲说："有一百个理由使我不能再回大上海。可是，唯有一个理由，足以让我死也得死到大上海上去。因为，那里，有我最亲密的女人，有我轰轰烈烈的爱情。我要守在大上海，陪至爱的魂灵。一生一世。"

张成凤听罢，说："明摆着，你这个情儿这个心儿很糟糕，很离谱。却也比卧在红军窝子里等死强百倍！"

张成凤不只是嘴上说说，暗地里做足了送姬祯任出瑞金的准备。

然而，姬祯任已是走不了了。根据高月明的安排，刘开来已带人对姬祯任实施了秘密监视。

那些日子，刘开来就住回了家里，一个劲地把队伍上的话往他耳朵里捎。姬祯任懒得听，就从父亲书房挑了几本书来看，还挑了本《资本论》扔给刘开来。刘开来从怀里另掏出一本书，说："队伍上也不是光看马列书的，美国人的书我也看。"

姬祯任接过那书，就再也没有放下。读完了，就把刘开来死逼了一通。

"就你这文化是看不懂这书的。"

"高月明说让你给我讲解嘛。"

"既然这个高人处心积虑地钓我的鱼，那我就上他的钩。我去会会他。"

"你对高月明态度可要好点呀。我在人家手里有把柄，怕着呢。"

"这个高月明真够弯弯绕的，一看就是个喜欢搞阴谋诡计的人。"

"不怪人家，是我自作自受。前两年，在瞎子岭战斗中，我打前锋，冲到敌人指挥部，人都跑光了，却听到一个大铁匣子里有嘀嘀嗒嗒的声音，另一个铁匣子里还有人说话。我想，这么个铁匣子也藏不进人呀，那为啥还有人说话呢？我以为碰上了魔鬼盒子，一下就都给砸哑巴了。事后才知道，那两个铁家伙叫电台，是红军最想得到的宝贝。这下惹了祸，给了我一个处分。说要以观后效，表现好，就给我撤回处分，表现不好就背一辈子。"

"老弟滑稽，红军也滑稽。一支连电台都不认识的队伍，能打胜仗吗？哎，老弟身上的处分撤掉了吗？"

"还没有。这次，如果不让你跑掉，就算我完成任务。如果再把你扩了红，那我就是戴错立功，指定就会撤了处分。高月明许诺的。"

"好家伙，红军是买卖人哪。难道红军也兴株连九族？"

姬祯任同高月明见了面。姬祯任拉开架势长谈，高月明则直奔主题："你给句痛快话，是走还是留？想走，三天两日是走不了的，怎么也得让你在怀恩镇再考虑三年两载；要留，就这三天两日，立马穿军装。"姬祯任说："我是走走不得，留又留得不甘心。这样吧。我先到你大队看看再说。"高月明说："我这个二大队，看到眼里可就拔不出来了。看了，你就只有一条路可走了：来我二大队做事。看了再想不干，那结果也只有一个：做我二大队的鬼。"姬祯任脸色凝重："听君此言，我通身冷汗。我有那么重要吗？劳你上下如此煞心动狠。"高月明说："你，我志在必得。如有冒犯，莫怪！"姬祯任心一横："既然如此，那我就跟你干了！"高月明笑了："识时务就好！"姬惠钟听罢，甚是兴奋："这下好了，姬家三丁都当了兵，无上光荣哟！"高月明一摆手："不。姬家岂止三丁兵，还有铿锵玫瑰二娇娃呢。"

前些天，红星二大队向各部队打探了姬家儿女情况，还真有了消息：老大姬祯富一直随红七军转战粤湘鄂，后跟一支部队游击到了鄂东，受了点伤，留在了鄂东巫山游击队，当了大队长。两个小妹出来找大哥，跋山涉水数月，终是走错了方向，就地参加了鄂豫皖苏区的红军部队。

"二大队出面寻人，是组织私密进行的，他们兄妹三人并不知情。"高月明叮嘱姬惠钟说，"姬祯任从军二大队的事，也要保密，知道的人越少越好。姬祯任是人才，红军会安排好他的。"姬惠钟长长舒了口气。张成凤却是满脸涨红，心如刀绞：一再阻止儿女染赤，却是三儿两女都当了红军。姬家真的在劫难逃了。

姬祯任进了红星二大队，没让他接触具体事务，连院子也没带他转一转，进了一个院外小院，就没再让他出来。由专门考察小组对他考察了半个月。然后，起草了一个政治审查报告，呈送高月明阅。

高月明把报告中家庭状况、谋差经历、交际情况、性格特征、政治见解、参军理由等六项都跳过去，直接看了一个附件：《姬祯任之读书体会》。

第一本书：《和策殇记》。我读过一些关于战争方面的书，最不能接受的是法西斯帝观点。我一向以为，武人要多一些和策之智，和策之谋，和策之力。《和策殇记》正是在此基础上，深深刻进了我的脑海里，使我信奉了"天下和为贵"的思想。我想，如果从军的人当中，多一个尊崇《和策殇记》思想的人，那么，军中就多一份非攻兼爱的力量。我无才无力成为那个甘愿痛挖七窍的和策谋略家，可我能为其思想鼓与呼。当下中国，那些想一统天下的当势者，为何非要以残暴的武伐达到目的呢？我想不通。想不通，就得做点力所能及的事儿。所以，我要入伍当红军。

第二本书：《美国黑屋》。该书作者是二十年代最有权威的密码专家、被誉为"美国密码之父"的亚得礼先生。他所领导的美国密码局，即美国黑屋，曾经破译过包括日本、法国、德国和中国等在内的多个国家的近五万封密码电报，来为他的国家军事政治外交服务。本书所写的正是这些骇人听闻的故事，以及他沉迷于大国政治诡计之中的奇特经历。这本书于1931年在美国公开出版，引起极大轰动。很快，也被翻译到了中国。据说，中共上海地下党刚刚搞到手，便转送给了高月明。没想到，这本书成了上等鱼饵，致使我深深咬死鱼钩而未觉得疼。它使我对密码破译有了实质性认识，渴望有朝一日能够过足破译密码的瘾，像那个美国人一样创造奇迹。同时，高月明送书的异常举动，也使我产生了联想：

他是不是也有这样一个神秘黑屋？他把我调查了个底朝天，又绞尽脑汁地掳我到他的地盘上，想必是想占我为他黑屋所用吧。我何乐而不为呢？破译密码的职业情结，是我生命之需，力量之源啊。好了。我决定了！参加红军！

看罢这个附件，高月明大笔一挥，在审查报告上写道："此人品质德性纯朴，尤览古书甚深，文辞积淀博厚，报务技能现成，密码感觉灵聪，洋文通晓英日两国，若再加之培训及实战历练，甚可造就，定将成为我军奇人异才，斩敌利剑。此报告，一字不改，照此上呈。急送为妥。"同时，还另附一张纸条：尽快商调三连战士刘开来到红星二大队警勤连工作。其处分，立即撤除。

很快，姬祯任政审报告批复下来。据说，报告是高月明亲自拿去找了某个大首长。他那气势很是咄咄逼人："荐人有责，此人我保。若政治上有问题，挖我赤珠；若成不了大才，割我舌头；若有人搞官僚主义拖着不批，耽搁了用人，贻误了战机，我要揪下他脑壳！"大首长深知高月明的处事风格，他如此这般迫切，想必是事大情急，也就没说二话，挥笔批转组织、保卫、司令部门速办。

不到三天时间，姬祯任穿上了军装，正式成了红星二大队的一员。

第六章　密　画

祖父姬祯任、祖母夏雨荷在战争年代的主要经历，困扰了我多年。二老铁嘴不开，相关史料又极少，那些曲里拐弯来的传说根本无从考证，一时还真难住了我。后来，还是女儿姬杉帮我解决了一些问题。

前面说过，姬杉作为高校数学教师，课余时间对密码学兴趣浓厚。有专家评价，姬杉具备了密码学专业学者的水平。一次，她同友人聚餐。有朋友说，像她这种搞数学又喜好鼓捣密码的人，看似玄妙，却是无趣至极，与她做同行搞搞学问还行，倘若做男女朋友搞搞恋爱实在够受。这个时期的姬杉刚刚失恋，这是她第七次失恋了。症结正是职业弊端把她塑造成了一个生活上极为无趣的人。此刻，耳听此言，姬杉并未气恼，而是借酒兴尽数了数学和密码的有趣之处。她自以为说到位了，可友人们却没听出其趣处何在，只记住了她一番车轱辘话："惯于用数学方式思维的人，是最有趣的人，而感受不到此等趣味的人，才是最无趣味的人；研究数学和密码问题，就像创作一首欢快的歌，吟咏一首美妙的诗。尤其在绞尽脑汁后，钻进一座固若金汤的密码顽堡，却又在瞬间无情地摧毁了它，那种趣味才愈加浓烈，愈加快活，堪称人生一大享受。"

有一个朋友，一直少言寡语地坐在角落里，静静地看着姬杉，听她说酒话。一顿饭下来，他觉得自己领略了姬杉的有趣之处，也断定这女子是个有底蕴的人。饭后，他主动把微醺的她送回了家。

几天后，这个名叫吴原的朋友找上门来，请姬杉帮了一个忙。吴原在国家某机要部门上班，碰到一个加密材料读不懂，便请姬杉过去了一趟，很快就解决掉了。之后，这个吴原又三番五次地来"麻烦"姬杉，不外乎一些无关紧要的密息资料，请姬杉帮着看看。姬杉就明白了：吴原，有缘！他这是对她这个无趣之人感兴趣。于是，二人就谈起了恋爱。

这天，吴原又来了麻烦。姬杉笑："人都让你搞到手了，怎么还搞阴谋诡计？"吴原不笑："这次是真碰上难题了。"

前不久，成都方面报上来一个材料，说在维修一座老教堂时，意外在楼顶通气窗道里发现了一只死亡信鸽，腿上绑有信筒，筒内有一封密信。从信筒和纸张成色看，估计是战争年代的东西。这信用密码整整写满了一页纸，计有上百组，每组由四个或五个数字组成。机要部门研究了两个月，也未能达成破译。考虑到至少是七八十年前的事了，也不会有什么了不得的情况，便弃之一边不管了。是吴原想到了姬杉，就把信鸽遗骸及信筒照片和他抄下的密信密码拿给她看。

姬杉问："你没抄错码子吧？原件能看吗？"吴原说："这次找你帮忙，是我家老板批准的，可他不同意把原件拿来，也不让给原件拍照片。不过，我这抄件反复核实过，一码不错。"

一个多月后，姬杉告诉吴原，此密无解。不过，她说她可以找高人帮忙，就把家里老人是老破译师的事说了。吴原像是想起了什么，说原来姬祯任就是老祖爷呀？以前曾听说，在1967年，姬老爷子因鼓捣一台发报机，而被公安局监管过，还从姬家缴获了四页密码纸，至今还扔在国家安全部门资料室里，无人能破得了。

姬杉吃惊不小，她居然对此事一无所知，便去问老祖爷爷。老祖爷爷很机敏，反问道："怎么，几十年前一件不是事的事儿，国家都放下了，你小杉子干吗来翻旧账？是想听祖爷爷讲故事了吧？对不起，无可奉告！"之后，任凭姬杉再怎么问，他就是不开口了。这些年，老祖爷爷老祖奶奶一直都这样，不想说的事，塌下天来也不多说一个字。

看来，要想撬开二老铁嘴钢牙，实在是难。姬杉说："二老的事不让打听，与姬家无关的一件奇事，二老总可以听听吧。"她拿出了信鸽照片等一应物件，说了来龙去脉。

老祖爷爷看罢，说了两段话：

"可以断定，这是二十世纪三十年代后期国民党军使用过的一种密码。从密码基本面来看，像是书本密码。这种密码重复条件少，一般较难破译，加之仅这点报量，就更难破了。"

"就这件信鸽密码而言,都过去七八十年了,已无法弄清发件方和收件方的基本信息,其密码本和加密系统肯定也早已销毁,相关背景情况难以获知。所以,这个东西无处下手,不可破。"

老祖奶奶比老祖爷爷乐观许多。她眼里闪出异光,嘴角露出怪笑,直直地看着老祖爷爷:"老姬你这两句话是说给杉听的,还是说给我听的?要是对我说的,那你再仔细看看那页码子。看破了,几十年的烦心事就烟消云散了。"老祖爷爷又拿过密纸看了一会,说:"没错。这信鸽密纸是个兴奋点,足能把人高兴死。"说完转身出了门。

过了两天,老祖奶奶那股乐观劲头却消失了,对姬杉说:"你老祖爷爷那两句话是真理。这两天,我一直琢磨这个信鸽密码,最终没破开。你回了那吴原吧。"

"看前两天老祖奶奶那个态度,以为是有希望的。"姬杉很沮丧,找到吴原说,"不过,我对这二老终是不死心的。尤其对早年那四页密纸很渴望,想试破一下。"吴原觉得可行,说事情都过去几十年了,一些正经的国家机密都解密了,一个在家闲呆了半辈子的老人身上,还能有什么秘密可言。于是,他按规定逐级请示领导,最终让姬杉拿到了那四页密纸。

面对密纸,姬杉一筹莫展,搭进去三个月业余时间,也未破译开一字一码。她知道,像这类没有任何背景资料、不掌握相关情况的密码,仅凭关起门来死啃,是极难破解的。解铃还须系铃人。姬杉巧妙采用多种方式,试图诱引老祖爷爷说点情况。可他老人家依然只字不吐。

有一段时间,老祖爷爷由服务人员陪着去了青岛疗养。老祖奶奶坐个轮椅不方便,没去。姬杉便在老祖奶奶身上动起了心思。她把那四页密纸直接拿了过来。老祖奶奶看着,表情愈发复杂:"怎么回事?从实招来!这些数字、字母,可是你老祖爷爷的笔迹呀。他是什么时候编的?你又从何处得来?"姬杉笑笑:"老祖宗又玩躲猫猫是吧？这事，你竟然问我？"老祖奶奶把纸翻得哗哗作响："少给我嬉皮笑脸的！"

"老祖宗，看来您是真不晓得。这是1967年，老祖爷爷编写的，还用发报机自拍自收呢，被公安局当场抓了现行。这事，你老不知道？"姬杉把当年情况说了一遍。老祖奶奶说："那些年，我一直在外，哪里晓得家里的事，后来他老姬也没提过这事呀。"姬杉忙问："那些年，你没和老祖爷爷在一起，你一人去了哪里？"老祖奶奶摆手说："要想让我帮你破密码，就别问那么多。还有，我帮你破译密纸的事要保密。就你那老祖爷爷，要是知道我在背后捣鼓他，非给我翻脸不可。"姬杉做了千万个保证。老祖奶奶又问："这四页密纸，是你通过私人关系弄来的，还是经有关部门批准拿到的？这可是原则问题。若是私自弄来的，那赶快送回去。密纸虽是他老姬写的，可一经公安和安全部门留存，那就是国家档案了，个人便无权再动它。"

无奈，姬杉就请吴原拿来单位调阅密纸的审批复印件，给老祖奶奶看。老祖奶奶很认真，逐字看了，又看了吴原的工作证，才点头同意帮忙。姬杉补充说："这是组织交给吴原的差事，吴原又是我男友，帮我就是帮他。"老祖奶奶一直牵挂着重孙女婚恋之事，忙表态必尽全力。

当天中午，老祖奶奶让阿姨多炒了两个菜，非留吴原吃顿饭。饭间，老祖奶奶多次直愣愣地打量吴原，吴原见那双穿透人心的老眼老是盯看他，就有些不自在，匆匆吃了饭就想溜。老祖奶奶给姬杉耳语："我要帮你考考小伙子。我要和他单聊。"姬杉不让她掺和。老祖奶奶就说，那这码子也不掺和了。姬杉无奈，自己溜出去了。回来时，吴原已经走了。

"小伙子真不错，很有思想。"老祖奶奶话锋一转，严肃起来，"这四页密纸里藏了些什么，你想知道我想知道那吴原更想知道，说到底是公安和安全部门想知道。一旦破开了它，对咱家老姬意味着什么，你我心里都没底。但是，我相信他老姬政治上不会有问题，保密方面更不会有闪失。这一点，我对他老东西深信不疑。退一步说，即便他老姬真有什么问题，我也不会包庇他！绝对不会！我夏老太太这个政治觉悟和敏感性还是有的，永远有的！"姬杉一听此言，有些紧张，就说："我折腾这事，不会害了老祖爷爷吧？要不，咱们算了吧。"老祖奶奶愈加严肃："当年，他老姬都离职了，背后还再鼓捣事，不明智。若是他真有问题，害他也就害了。他既然干了，就得担责。你别说我铁面无私，无情无义。战争年代，个人情义与政治问题及军队秘密相比，一文不值！再说啦，我也好奇，这老东西背后在鼓捣些啥呢？不搞清他，我睡不着觉。"

　　姬杉突然有了大祸临头的感觉，浑身不自在起来。她除了看老人家那双眼睛没看别处。那眼睛已深陷下去，却不见老年人常有的混浊雾絮，眼珠依然晶莹而出奇的亮，目光专注而犀利无比。姬杉不恭地想："那双眼睛，真像一只老猴！"

　　姬杉躲闪开老祖奶奶的目光："隐隐觉得，这团乱纸，对老祖爷爷凶多吉少。我好害怕。"老祖奶奶说："是福不是祸，是祸躲不过。无论怎么说，他这个盖子是要揭开的。不然，我这儿过不去。"姬杉说："我真的感觉不好。"

　　就是在这个时候，老祖奶奶说："我这里也有一个关于信鸽的故事，是延安时期发生的，讲给你听听，缓解一下紧张情绪。"

　　那一年，国民党某特务部门，经周密谋划，成功派遣一个高级特务，打入了延安机要部门，目的是要摸清中共破译国军密码情况，尤其想摸清谁是中共密码破译系统的核心骨干人物。

　　这是个年轻貌美的女特务，叫高芸草。后来，这个特务倒是摸清了情况，可情报却送不出去。因为，延安这个机要部门戒备森严，铁律禁规繁多。譬如，工作人员不得擅自与外界接触，就是与非机要部门的军人正常交往，也要经组织批准、备案；非特殊情况不得离开机要区，无论是因公还是因私外出，都必须经三级组织联审批准，且要至少三人以上方能成行，在外不可单独行动。

这样一来，负责与高芸草接头的国民党特务，好不容易混进了延安，却与高芸草联系不上。但在打入延安之前，上峰给过高芸草一个预案：若接头人与她联系不上，她则要想办法到赤岗子集市上，与一个李姓独眼鸡贩子接上头。集市逢五逢十才有。而李鸡贩子每月末那个集市才会出现。为确保安全，她不得向鸡贩子传递任何情报，只能从他处获取指示。接连几个月末，高芸草都绞尽脑汁找借口去赶趟集，可皆未得成。

机会还是来了。一个女同事，叫丁莉莉，已怀孕六个月，近来常得到组织的关照，加之丁莉莉又是某部门首长的夫人，离开机要区就稍方便一点。平时，高芸草与丁莉莉关系不错。丁莉莉怀孕后，高芸草就常帮她做这做那。最近，高芸草发现丁莉莉有营养不良的征兆，就劝说不能总吃大食堂，得自己做点好吃的。在延安，首长夫人也是不能搞特殊的，想改善生活得自己掏钱自己做。高芸草单身一个，花钱的地方不多，积攒下来的一点技术津贴，就以借用的名义贴补给了丁莉莉。

这天，经领导批准，高芸草和同事姬红妹，陪丁莉莉去赶月末集。领导很人性化，说有孕在身总在院子里窝着也不好，在集市上好好走走，散散心，采购点鸡呀蛋呀什么的，回来补补营养。

三个女人兴高采烈地在集市上走了两个来回。丁莉莉扯了几尺布，准备做两身婴儿服，然后，高芸草陪她来到了一个独眼摊贩前。与另外两家摊贩相比，独眼家的货不差，价格也便宜些，丁莉莉就买了一只老母鸡和两斤鸡蛋。独眼人会做买卖，又推销几只还未长成个的小鸡，说自己要出趟远门，这半小不大的鸡就没法再养了，拿回去养上三两个月就成大肥鸡了。高芸草接话说，这主意不错，等鸡长肥了，孩子也该临产了，正需要鸡和蛋吃。于是，丁莉莉用比那只老母鸡便宜一半的价钱，买了四只半大鸡。鸡腿是拴在一起的，扑扑棱棱的，三个女人像沾了多大便宜，都很高兴。高芸草也买了二斤鸡蛋，说最近拉肚子总是不好，回去补补。

进出营门是要严格检查的。尽管彼此认识，且还有首长夫人在，哨兵还是要公事公办。女人们叽叽喳喳，连说带笑，鸡们也叽叽咕咕，不停扑棱，哨兵搭眼看鸡花色纷乱，扒拉几下鸡蛋鸡屎还粘手呢。终是没发现异常。回到宿舍，找了个鸡笼子，把鸡放了进去。这才发现，里面还夹杂着一只肥如半大鸡的白花鸽子。丁莉莉就笑，那鸡贩要出远门，把家里带翅膀的都当鸡卖了。高芸草说，小鸡子的价格买了只肥鸽，不吃亏哟。

第二天一早，发现鸡笼门没关好，鸡们都跑到了院里溜达觅食，鸽子却不见了。本来就是便宜买来的，丁莉莉也没懊恼，飞了就飞了，把三只鸡喂肥一些不就找补回来了。

事情就这么过去了。然而，丁莉莉和姬红妹做梦也不会想到，高芸草背着她俩做了这些大动作。一是在她俩眼皮底下，与独眼人对上了暗号，巧妙地取走了信鸽和藏有情报的鸡蛋；二是在半路歇脚时，悄无声息地把她手里的鸡蛋袋，与丁莉莉手里的鸡蛋袋调了包，进院后放鸡进笼时，又把鸡蛋袋偷换了回来。这样一来，进门时有问题的鸡蛋在丁莉莉手里的，鸡和鸽子也正由姬红妹提着。万一被哨兵查出什么，高芸草开脱就较为容易了。

高芸草那两斤鸡蛋，里面掺杂着一些煮熟的鸡蛋。她把那些熟蛋剥开，蛋白上布满了字迹。字是用密码写的，即便被人发现，也不会泄露情报内容。这种隐文式密码情报，是国民党某个特务部门经常使用的。其做法并不复杂，先用醋酸在蛋壳上写字，等醋酸干了，再将鸡蛋煮熟，字迹便透过蛋壳印在了蛋白上，外面不会留下任何痕迹。

这次传来的情报，是上峰给高芸草下达的死命令：迅速用信鸽送出情报；如若传送不便，则可鱼死网破，干掉其密码破译核心骨干。

高芸草当夜用密码写了情报，密报了中共机要部门密码破译骨干组成及其技术技能状况、破译国民党军方和特务系统密码情况,以及即将移防的新驻地方位等,还表达了尽奉党国、以命效忠的决心。然后,她自制了一个信筒,放飞了那只挟负重任的白花信鸽。

老祖奶奶讲完故事,问:"怎么样?精彩吧?不过,高芸草并没'鱼死网破'搞暗杀。在战争年间和新中国成立后,敌特组织倒是另派特工暗杀过你老祖爷爷。我一直以为,敌特之所以清楚地知道你老祖爷爷是中共机要部门核心破译骨干,就是因为那只信鸽带走了情报。"

说到这里,老祖奶奶情绪波动很大,一会儿老泪纵横,一会儿阵阵发笑。她言语含糊,思维混乱,不知到底想说些什么。最终,总算听明白了,概括起来,她老要表达的是:有一种夜间通讯鸽是很神气的,翅膀大毛都在十一根以上,挺胸收肚迅捷,飞行速度极快。然而,再好的信鸽,也怕碰上凶猛的老鹰,尤其黑色巨鹰是鸽子的天敌。这些家伙躲在暗处,趁信鸽下滑时,瞅准时机猛地飞扑过去,一嘴就能叼住,然后,飞到僻静处去吞食。

老祖奶奶说,那只当作小鸡买来的鸽子,便是一只品种优良的夜间通讯鸽。翅膀大毛有十三根,月光下,眼睛眨巴得快而明亮,笔挺地站立在你面前,很是威武,像是一个训练有素的战士。

姬杉看到老祖奶奶如此深情而详细描述那只信鸽,就问,您老怎么会知道高芸草那夜放飞信鸽的情景?老祖奶奶说,这是后来听别人说的。姬杉说,既然当晚放飞信鸽情况能传出来,说明那女特务结局是败露了呀。老祖奶奶说,大概是吧。

老祖奶奶思绪全在那只信鸽的结局上。她说,那信鸽尽管优良,但它被老黑鹰捉去的可能性还是有的。我曾研究过那种黑色巨鹰,它的捕捉能力是非常强的,尤其对付单兵信鸽成功率很大。那些年,有一段时间,我研究信鸽和老鹰都着了魔。我研究这两种玩意的目的，是想得出一个结论：高芸草放飞的那只信鸽，一定是被老鹰捉走了，那封情报未能送达。国民党特务所获知的关于姬祯任的情况，不是来源于那封信鸽情报，而是从其他途径得来的。姬祯任屡遭国民党特务暗杀，与那封信鸽情报无关。

姬杉听罢，嘀嘀一笑："那只信鸽干吗非得被老鹰捉走呀，说不准也像成都的那只信鸽，掉进教堂气窗里死掉了呢！"

看来，老祖奶奶思维确实还乱着，延安信鸽情报是高芸草所为，送达没送达，有她老什么事呀？九十多岁的老人，喜欢莫名其妙地忆旧，忆起旧来又会莫名其妙地动情，还容易时光错位，张冠李戴。老祖奶奶就是一口老井，混浊难辨，深不见底。姬杉又想，当时，在戒备森严的军事重地，能用鸡蛋和信鸽如此那般传送情报，可见国民党特务是多么诡计多端。

后来，老祖奶奶在帮姬杉破解密纸过程中，又出现过几次愧疚情绪。姬杉就说："破解这四页密纸也不是什么大不了的事，如果影响到您老的情绪和健康，那咱就别干了。那只在延安放飞的信鸽本与您无关，您都能愧疚成疾，这次您是直接鼓捣老祖爷爷，还不知要愧疚成什么样子。我看这事算了吧。"

老祖奶奶直瞪眼，不就一团乱纸嘛，用得着这样激将吗？小杉子你得逞了。不过，我有言在先，破译的具体方法，我不能给你提供，我也提供不了。你一个高校数学系研究密码的教师，先进方法多的是，我那些老笨办法早过时了。我只能给你提供些背景，也就是说，帮你分析研究的，是你老祖爷爷关于这四页密纸可能存在的种种背景情况。这些情况，是杉务必掌握的，否则，不管你具备多高的数学运算能力，你就是启用了巨型计算机，也弄不开这团乱纸。

姬杉听罢，直呼老祖宗英明。

接下来，事情果真简单了一些。老祖爷爷在青岛疗养一个月，家里祖孙二人背地里算计了他二十天。

1378 4316 4275 6230 1597

这四页密纸是用一部全英文密码加密而成的。在祖孙二人深钻细研,急攻不破,姬杉气馁泪奔之时,老祖奶奶忽然剧烈咳嗽了一阵,像是想起了什么,上气不接下气地说:"哼!给我来这一套,找死呢!老猴,拿命来!杨柳青青江水平,闻郎江上唱歌声。"说完,直望着姬杉笑。姬杉抹了眼泪,一脸愣怔。老祖奶奶就又加了一句:"东边日出西边雨。"姬杉还是没反应。老祖奶奶直摇头:"杉不行,真不行。说到底是对男女恋情少悟性。看来,你那些恋爱白谈了。末尾一句,道是无晴却有晴呀。这七字,实乃四页密纸的密钥哟。嘿嘿。咳嗽一瞬,灵感迸闪。老祖奶奶厉害吧!"说完,独自睡觉去了。

姬杉拿了密钥,几番撬缝、剥离、粉碎、滤清,最终导致了这部密码堡垒土崩瓦解。老祖奶奶一觉醒来,笑了:"学数学的,对唐代刘禹锡的诗不感兴趣,有情可原。可给了你钥匙,如若再打不开这把锁,以后我就不跟你玩了。"

看了破译结果,老祖奶奶说,也没什么嘛。这四页纸,不外乎是对密码破译职业的评价。这些结论,早年在上层就是公认的、公开的,谁也没有小看过这个行当。老东西装神弄鬼,故弄玄虚,这不是给国家添乱吗?让人家又抓他,又审他的,费的那个劲哟。

吴原和姬杉商量:既然有了结果,就得给上面有个交代。上个报告吧。

那几天,姬杉在家里二楼整理破译结果和写那个报告。这其间,她发现画室墙上挂着一幅巨画,颇具《清明上河图》风格,起名叫《战争画廊》,作者落款是姬祯任。本来,她没有怀疑这幅画有什么猫腻,可在画背面一角,偶然发现了一段密码短语。她借用破译那团乱纸的经验,连续突击了三天三夜,最终破开了那段密码。

几载学说话,一生学闭嘴。

尔等哑口去,少出胜于蓝。

慕点切肤亲,由衷谁窥知。

风云豆萁路，解见尔Q时。

说来运气不错，正是其中这个"Q"字，编码者在加密时露出了一点破绽，被姬杉敏锐地抓住了。这个小活儿，是姬杉独立完成的。她没有告诉老祖奶奶。

老祖奶奶坐轮椅这些年，很少上二楼书房画室里去。即便偶见这幅画，一般也想不到会藏有秘密。这几年，老祖奶奶身体每况愈下，姬杉就不想再搅扰她老人家。楼上的秘密还是不让她知道为好。

姬杉在写给上面的报告中，把画中可能藏密之事，也一并写了进去。然而，让她和吴原没有想到的是，上面批复下来却是，"此案无碍，不得再审"，等等。结果是不了了之。

很快，姬杉心思就转移到了吴原身上。这次谈恋爱，较之前面那几次，她体验到了前所未有的甜蜜。热恋，真好！热恋就像破密码，一旦钻进去，就没有回头路。要么一通百通，要么头破血流。在没破出结果之前那段急渴狂奔，是最惬意，最舒服，最难忘的。目前，她与吴原正处在这个阶段。

当恋爱就要看到结果的时候，姬杉终是没抗拒住《战争画廊》的诱惑。这次，她本来是不想再烦扰老祖奶奶的，可对《战争画廊》长时间百思不得其解，憋得撞了好几次墙，头发抓掉了几大把，也没找到一丁点儿缝隙。无奈之下，她又缠上了老祖奶奶。

姬杉与老祖奶奶这次联手，远不如上次顺利。当然，她们还是背着老祖爷爷偷偷干。姬杉课余时间，全都投入其中了，也把老祖奶奶用到了最充分。然而，三个多月过去了，并没多大进展。二人只发现了画中表层的秘密，即，画中草叶树枝的长短，果实的大小，飞禽的不同颜色，城墙碉堡砖缝的横竖，兵士个子的高低，武器的方圆大小，等等，都代表电码的点和划。这样下来，巨画之中就藏了成千上万组电码。自然，这些电码均为密码。正是这些密码，阻止了祖孙二人的脚步。画中码子的规模、结构、密度等，远比那四页密纸要复杂得多。二人把老祖爷爷相关背景情况分析了无数遍，姬杉用遍了多种先进破译方法，均未破开画中的一草一木、一砖一瓦、一兵一卒、一枪一炮。

老祖奶奶宣告失败。姬杉很沮丧，伏在老人膝头上大哭了一场。老祖奶奶说，这老东西二十多年只画一幅画，一生的心计也都编进了画里，外人哪能破解得了呀。杉你擦干眼泪等着，我去撬开他那张老嘴。

几天后，老祖奶奶告诉姬杉，那张老嘴紧得很，非但没撬开，还惹他生了一场大气，连话也不说了。杉呀，我看，这事只有你去求他了。求他时，你一句话也别说，说了也白说。因为，在这个事上，任何理由他都不认为是正当理由。你只有一个办法，就是坐在那里，连哭三天三夜。

姬杉就真的哭天抹泪地缠上了老祖爷爷。老祖爷爷发了火，骂了人，还摔了杯子，可姬杉愣是不躲不逃，不言不语，只是真真假假的，一个劲儿地哭。伤心欲绝的情绪，在老祖奶奶唉声叹气、不吃不喝的配合下，弥漫在楼上楼下。无奈之下，老祖爷爷端水果进了画室，说："一边吃苹果，一边听故事。"姬杉一听有门，就咬了一口苹果。老祖爷爷说："我给你讲讲二战盟军破译德军密码的故事吧，精彩着呢。"姬杉挥了挥手机，拍了拍电脑键盘："你老歇歇吧。二战盟军破译密码的故事，都把我耳鼓磨出了茧子。你看，这手机，这电脑，这牌子，我用的可都是咬了一口的苹果哟。"老祖爷爷说："要问手机和电脑上哪个部件最重要，告诉你吧，杉，键盘也！"姬杉停止咀嚼，一副若有所思的样子。老祖爷爷又递上一个苹果："这苹果好吃吧？！但绝对比不上我那些苹果好吃。"他指了指巨画一角的苹果林，然后拂手而去。

姬杉看看手里的苹果，又看看画中苹果林，摇了摇头："莫名其妙！"

她却站在画中苹果林下陷入了深思。

画室灯光整夜亮着。当朝阳映照到窗口时，姬杉冲下楼去，推开了老祖奶奶的门。老祖爷爷晨练去了。姬杉说："画左下角那片苹果林，以果子大小代表电码点划，组成了几十组密码，这个你我早知晓了。可一直破不了这些密码。昨晚，我破开了，共十六字：碎彼百美，以美成图，按图索骥，老骥伏枥。"

老祖奶奶神情肃然，紧盯着这十六字，一言不发。姬杉便把破译过程说了一遍。

"昨天，老祖爷爷与我简单的几句对话，看似平常，实则耐人寻味。他走后，我反反复复琢磨，觉得他话中有话，像是在点拨我。权当如此吧。我从他老话里筛选出三个关键词：苹果、手机键盘、电脑键盘。当然这是个假设，就按此走一遍吧。

"第一步，以画中树枝上的苹果大小，排列出众多莫尔斯电码，这个秘密你我早发现了。可老祖爷爷并不知此情，所以他以苹果的话题点拨我，然后，依据摩尔斯电码表，把这些电码转换成数字，这个也很容易，学过报务的人都会。我把这些数字写在纸上，共有十三行，首尾相连，密密麻麻。一搭眼，没头绪，看不出名堂；细一看，有一点很扎眼：数字频次明显不平衡。如果在这些数字下面，从'1'开始，依次标注出位置，就会发现，在偶数位置上的那些数字，都小于或等于4。这是个有趣的现象。

"初步判断，这些数字可能不是中文密码，但需要逐步精细猜断，方能下此结论。可我没这个耐心和时间。这时我发现，如果把这些数字每两个数字分为一组的话，那么，每组的个位数都小于或等于4。好了，这下就联想到了手机键盘。手机键盘表上，只有7和9的位置有4个英文字母，其他键上都是3个。试着把每两个数字所代表的一个字母，一一写了出来。如，23，即为2的位置上第3个字母是C；94，即为9的位置上第4个字母是Z，等等。这样，把那13

1378 4316 4275 6230 1597

行数字都换成了英文字母。但是，仍然不成文，读不懂。显然，这不是明文原型，而是经过替代变更成了密码文字。那么，这种加密方法是如何替代的呢？这就不用费脑劲去猜了，傻瓜也会想到第三个关键词：电脑键盘。用过电脑的人都知道键盘上的字母顺序。如果把26个英文字母顺序，与键盘字母顺序对应起来，便构成了一个替代表。

"然而，用该替代表把那十三行密码文字替代之后，那些字母仍然不成文，读不懂。这说明，一定另有方法又加了一层密。若再加密，应该仍是替代法。那么，这个密钥词是什么，在哪里呢？既然老祖爷爷有心点拨我，那可能也在他那几句话中。于是，英文苹果树、苹果、果树林等三个词，进入了我的视野。我分别用这三个英文单词当作密钥词，依照相关步骤构成替代表，各试破了一次，均未破开。但我越来越肯定，老祖爷爷点拨的这片果树林另有名堂，不会单指以苹果大小代表电码长短这一个秘密，从中产生密钥词的可能性也很大。

"各种可能都试一试吧。我用这三个词作密钥构成的替代表，放在使用电脑键盘构成的替代表之前，又分别试破了一次，然后，再用电脑键盘替代表接着逐一试破。曙光出现了。在英文果树林这个替代表上走通了。破译结果便是那十六个字。总算没有白受老祖爷爷的点拨。不然，我没有脸面再到他画室里去哭了。可是，我不能精准地猜想出这十六个字的意思。他老人家是在抒发一种情怀？还是在隐藏一个秘密？抑或那就是破译全图的一个索引？还请老祖宗指教。"

老祖奶奶眼里闪着光亮，嘴唇紧紧绷着，用心听完姬杉的话，长舒一口气：

"没想到，这个老古董玩起了高科技，偷用了手机和电脑的键盘字。他是哪年哪月有了这个心路的，我一概不清楚。"

"杉你说对了。从这十六个字上看，这幅画一定是在抒发情怀。直觉告诉我，这十六个字可能还真的就是一个索引，一个破译整幅密画的索引，一把打开密图的钥匙。这需要依据他战争年代相关背景情况来解读。"

老祖奶奶继续说：

红军反"围剿"、万里长征和抗日战争、解放战争时期，老姬和他的密码破译师同行们，成百上千地破译过敌军密码，经常每破译一百个密码，就绘制一张成果展示图，美其名曰："百美图"，贴在机要办公室墙上，以形象化方式鼓舞士气，激励斗志。百美图贴在了墙上，深刻在了破译者心中，一生都不会忘怀。所以说，"碎彼百美"一句肯定是表达的这个意思。

那么"以美成图"做何解释呢？我以为，可能是说，以战争年代众多个"百美图"中的一个图，或者从各个"百美图"中重新挑出百个密码，借鉴其加密方法，来构造这幅巨型密画。这里，有一点是肯定的，他是用破译了的敌军密码，来加密编制这幅画的。所以说，这半年时间，咱俩总以我军可能使用过的密码，来破解这幅密画，自然难以找到突破口。咱俩犯了方向性错误。一头扎进具体方法里面瞎扑腾，是找不到彼岸的。

"按图索骥"这四个字就更清楚了。按这个成语的原意去解读就行了。即为，按线索去寻找需要的东西，去追寻画中的隐秘故事。

"老骥伏枥"表达的是一种情绪。人到暮年，壮心不已嘛。他年轻时，很是有所作为，干成了不少大事。那么，老了，他依然要有志向，做些他能做到的事。具体一点，也只能用这种方式，把密码破译的职业精神、优良传统传承下去。

这里面，有一个保密问题需要分析一下。也就是说，他老姬，在家里用敌军密码来编绘密画，违不违反保密纪律？他虽然没有直接讲出那些可能涉及到的秘事，但这幅密画若是被人发现并破译了呢？不也是泄密事件吗？

　　我觉得，这画里是涉密的。不然，他费这么大劲，一干就是二十多年，图什么呢。老姬这个人一直有个毛病，就是过于自信，叫自负也行。好在，这幅密画，还有他那四页密纸，确实不好破。若不是我懂他的职业背景和职业习性，以及其他相关情况，那四页密纸会永远锁在安全局铁皮柜子里。

　　老祖奶奶解读了十六字之后，姬杉不敢再隐瞒任何情况，赶紧把巨画背面那几句密语也讲了出来。

　　老祖奶奶看罢，不再说话。吃了午饭，睡了个午觉，还是不说话。第二天，她向姬杉作了解读。

　　"几载学说话，一生学闭嘴。"意思是说，人生出来学说话容易，但一辈子闭紧嘴巴，不讲出不该讲的秘密难。学说话是三二年的事，而管住嘴巴，保守秘密，是一生一世的事。老姬把这句话写在密画背面，可见这幅画的保密问题，他已是处理好了的。"

　　"尔等哑口去，少出胜于蓝。"哎哎，杉你看，这句话好像是说，他要当个哑巴，什么也不说。再看这句，少出胜于蓝，像是说会有青出于蓝而胜于蓝的年少才俊来解密。画中若无密，后人解何密？这么说，画中还是有密呀。还有，这年少才俊，应该说的是杉你呀。看来，一些事情，这老东西是预测准了的。

　　"慕点切肤亲，由衷谁窥知。"这一句就非常明确了。是一句十足的暧昧情话。其中这个"点"必定是指江小点。是说，他与那个江小点的切肤之亲、肌肤之爱，令他慕仰，由衷念怀。而这些，是他与她之间的私密珍藏，别人又怎么能够窥测得到呢。

　　"风云豆萁路，解见尔Q时。"我判断，这句话很有些政治性意味。借用了曹植的诗，煮豆燃豆萁，豆在釜中泣。本是同根生，相煎何太急。说的是，本为同族兄弟的国共两党，多年在风云变幻中争斗不休，何时才能一笑泯恩仇呢？一些经久郁积的心结怎样才能解开呢？老姬说，就在他和这个叫Q的人相见之时。这个人叫高Q，是国民党的高级特务，中共密码破译师的死敌。不过，现在他可能不在人世了。就他那副德性，哪能活过我和你老祖爷爷呀。

事情发展到这一步，基本上把破译《战争画廊》密画的条件都铺垫好了。相关前因后果、前概后况也正是这个样子。自从掀开了密画一角，女儿姬杉和祖母夏雨荷斗志愈发旺盛。破译进展情况，这二人一直瞒着祖父。祖父也不闻不问，一副无所谓的派头。大概他坚信，即便有了那几句点拨暗示，也没人能够破开画中核心秘密。这一老一少一根筋，定是枉费心机。管她们呢，折腾去呗。算是玩个家庭游戏，省得老老少少闲得寂寞。

然而，那一老一少一根筋，并非枉费心机。这天，神气十足的祖母对我说："孙子吔，你那小说少不得密画内容支撑，这可是独家史料，你要抓住不放哟。具体破译结果，去问你女儿吧。"

听罢，我即刻明白：这一老一少一根筋，已经全盘拿下了自以为是的祖父。

女儿姬杉是这样告诉我的：

老祖爷爷的点拨是导火索；老祖奶奶的老背景老办法是不二奠基；姬杉的新思路新技术是必铩羽。

画中的加密方法是奇异怪难、变化多端的。只有把诸要素有机结合，心神算破，统筹妙用，倒行逆施，纵横阖闾，上下联通，剑走偏锋，才能把整幅密画的一角角、一片片、一层层，逐一撕开，一密一码地吃掉，直至全画贯通，了然心中。

回头来看，老祖爷爷全画加密手段严密而高深，无可挑剔，但也存在两点瑕疵：

一是过多地借鉴了敌军某一位编码师的密码。可能是老祖爷爷偏爱这个叫高Q的敌军编码师之编码手法。这人制造的密码高妙完美，善用畅达，战时让人破着过瘾，过程印象极深。尽管老祖爷爷并非照搬照抄，而是创造性地打破其架构，巧取其精华，数经叠次变通，才为我用，但还是被老祖奶奶的锐利老眼逐一识破。殊不知，老祖奶奶知晓那高Q就像知晓她自己。她说，砸碎那高Q的头骨，她能认出他的每一粒骨头渣子出自哪个部位。她还说，老姬当然不清楚她熟知高Q到如此深的程度。

二是过多地把自己恋爱中的经典爱语当作了密码密钥。老祖爷爷也许是为了纪念那段刻骨铭心的爱情，在密画中尽述暧昧之情、甜蜜之意、相思之苦。过去那些爱情儿，着实惑人感人，致使老祖奶奶边流泪，边甜笑，边破译。老祖奶奶对老祖爷爷画中的爱情故事真是熟透了，往往刚刚破开一个头，她就能口述出下面的情节。

由此可见，老祖爷爷这两个瑕疵，碰上老祖奶奶，那就不叫瑕疵了，那就成了致命漏洞。所以，老祖奶奶说，在这个世界上，很多年，很多事，只有她能收拾得了老祖爷爷。

九十多岁的老人了，密码敏感度一点不比年轻数学教师差。老祖奶奶对战争年代一些密码战例，至今记忆犹新，尤其对老祖爷爷及另几个高级破译师经手破译的密码，犹如己出，能精准地叙述出破译过程和细节。

开始破译密画时，老祖奶奶定了个原则：她仅做基础性和铺垫性工作，其他由姬杉挑大梁主干。她老给出的理由是："密码给所有的人设置了相同的迷宫。每部成熟的密码，都是一个布满迷径错途的网状堡垒。我要做的是，在所有交叉路口插上路标，引领辅佐姬杉跨越万种障碍，通过危险地段，到达胜利彼岸。"最终事实是，老祖奶奶完美地做到了这一切。整个破译战役下来，姬杉获益颇多。

完工那一天，姬杉磕长头匍匐在老祖宗脚下，从内心发出对老人的敬仰和崇拜。久久地，她仰起头，已是满脸泪花，双目溢彩，说的是："对于革命战争，老祖奶奶居功至伟，您的奇异人生，世上少见哩。"

"对了，杉呀，我俩破译开密画的事，要对你老祖爷爷保密一生。这一点，要绝对做到！不然，他老东西非得崩溃不可！"

听着姬杉讲述，我步步惊心，阵阵慨然。密码破译师人人都是奇葩，让人频生不少异趣和敬畏。接着，姬杉又讲了一件发生在她身上的奇事，一下子把我从老辈人的故事里，拉到了现实。

年初，吴原接受了一项特殊任务，是他那机要部门的一把手亲自做的部署：全面调查姬家情况。领导说，姬祯任早年捣鼓发报机的事，总得有个了结，不能一挂几十年没人管没人问。领导还说，对姬家的调查方式可以灵活多样。给你吴原特权，只要不违法不违纪，什么法子都可以用。

吴原在外围摸了一遍情况，制定了一个事半功倍的方案：以同姬杉谈恋爱的名义，接近姬杉，深入姬家，摸清底细。

他先神不知鬼不觉地结交了姬杉一个朋友的朋友，混熟后，开始逐步接近姬杉的朋友圈，然后，自然而然地出现了在姬杉身边，并亦步亦趋，相识，相知，相爱。热恋中，不时在姬家出现。一头心安理得地谈情说爱，一头心神不定地窥视着姬家一老一小破译密画的进程。

姬杉对吴原到底爱不爱她，拿捏得准确无误：吴原是真爱深爱她的。但她对吴原结识她的最初动机及其身上的隐秘任务却一概不知。《战争画廊》彻底破译之后，她还毫无防人之心，把其中精彩内容，当作有趣故事，讲给了吴原听。吴原暗记心中，还多次偷看她本子上的破译结果。之后，吴原掌握了姬家主要情况，并秘密写了报告，逐级呈报上去。

爱情是世界上最让人捉摸不定的东西。当情浓到极致，吴原的心便被姬杉彻底掠去了。他举手投降了。他主动向姬杉坦白了身上那项秘密任务及其相关情况，并请求她原谅。而这个时候，上级有关部门还未对姬家事提出任何处理意见。也就是说，上面还未下结论，任务还在进行中，吴原便向姬杉全招了。显然，吴原违反了纪律。在爱情与纪律面前，他投靠了爱情，背叛了组织。

对此事，对吴原，姬杉说了三句话：

第一句，哈哈，现代版的潜伏，居然在我身上发生了。你若自己不招，到死我也不会发现你的真实面目。这便是传说中的美男计吗？事就是这么个事儿。若想求得我的原谅，得需要时间，且要等看事件对姬家危害能有多大。

第二句，上面照章公办甄别需要时间，这期间，我俩交往照常，爱情照常，不削减见面次数，不限制爱恋深度，一步步向前发展着。如若感情到了，上面结论还未下来，该结婚结婚，该生子生子。

第三句是，如若有不利于姬家的结论下来，断然与你分道扬镳。在我这里，在某些时间段，爱情也是要为老祖宗的尊严让路的。这就是我的原则。

三句话下来，吴原已是唏嘘不止。然后，他说："杉，还有一事瞒了你。准确说是我和老祖奶奶一起瞒你的。"

吴原指的是，那次老祖奶奶找他单独谈话，却一句没提两个年轻人婚恋之事。老祖奶奶拿出了那封信鸽密信破译稿，告诉吴原，上次一接手她即达成了破译。这密信，是用一本叫《和策殇记》的古书加密而成。从内容看，是一个代号叫"草蜢"的潜伏特务，在延安放飞的信鸽。这个草蜢真名叫高芸草，她传出的这封情报涉及当时红星二大队破译技术实力、重要骨干组成以及破译国军密码情况等。正是因为密信里涉及到了姬祯任，也是考虑这事说到底是由国家机要部门交办的。所以，老祖奶奶觉得，详情不应该再让姬杉知晓。老祖奶奶给吴原交代的,还有一个更为重要的事情。她请吴原转告上级领导,既然那封信鸽密信在成都教堂发现,说明该情报当年并未送出去。那个特务高芸草的勾当,性质严重,却半路夭折,毫无恶果。尤其这封密信,与后来国民党特务追杀姬祯任,没有一丁点儿关系。吴原当即表态说言之有理,他会如实上报。老祖奶奶老泪纵横,嗓音颤悠:"信鸽小精灵!真乃大英雄!你死得其所,重如泰山!"吴原对老祖奶奶这种状态,惊恐不已,拿起破译结果,老鼠躲猫般溜出了姬家。

对此事,姬杉也说了三句话。

"老祖奶奶对这封信鸽密信如此心重情浓,令人费解;那狗特务高芸草罪恶勾当这次未遂,并不说明这人就是好人。"

"这遗骸是不是原来那只信鸽,这密信是不是原来那封密信,这内容是不是原始内容,仅凭老祖奶奶这个破译结果就下定论,不完美。尤其是情报里涉及到了老祖爷爷,就更得慎重对待这个破译结果。"

"老祖奶奶如此轻而易举地破开了该密,让我这个懂密码的人不得不往密码因素之外想。看来,老祖奶奶对这封密信并不陌生,甚至有某些关联,不然不会破得这么神速。"

吴原由衷赞许姬杉:"理深在行!专家水平!杉,我爱你!"说完,抓紧了姬杉的手。

"我这三句话,你要如实转告给你家老板!若不转告,你这肮脏的潜伏任务便不完美。"姬杉顺势把他拉进了怀里。

那段日子,女儿婚恋之事,牵扯了我一些精力,但我很快就把心思转到了小说创作上,确定了《战争画廊》密画内容的取舍,把其中祖父以二十部(组)密码编写的故事,移植到小说中,构成了《明文篇》。意在让其成为孕育主人公的肥沃土壤。

我无意、也没资格书写我军战争密码破译史，只想借用祖父密画及其相关背景和密码破译的专业性，来增强小说的艺术感染力。

　　仅此而已！

2494

― ―
· — ·
— · — · —

2429

明

文

篇

第七章 勉 密

红星二大队驻地，是一个叫湾嵌岭子的地方。三面水湾把一座小山岭子镶嵌其中，一面群山衔小山岭子于齿间，而突插进水湾里。该地因此而得名。

岭上十三处院落，是红军仿照当地百姓屋舍而建造的，意在掩人耳目。岭上植被茂盛，同后面山坡树林连成一片，像是山林自然延伸。与山中树林不同的是，湾嵌岭上的树林藏有不可告人的匿设——树冠内、稞丛间、葡萄架里都安有天线。这些天线伪装得极为巧妙，与植物有机地融为一体，顺山势埋伏于岭坡各个方向。

姬祯任刚被带到这座无一百姓也看不见兵的特殊村落时，一下子被这里的优雅环境吸引住了。想四处转转看看，却几次被暗中的哨兵阻拦在了村边。这才知道，这村落是外松内紧的。如若再往里走，大街小巷、大树小丛的阴暗处，也会冷不丁闪出兵来与你交涉。姬祯任方晓得，这湾嵌岭子安全得很。

正式进入驻地村落之前，姬祯任先在外接受了半年的特别训练。训练班是进入红星二大队核心区域的外站，也是接触二大队工作的模拟窗口。此乃高月明亲抓工程。采用的是打破常规之魔鬼式强化训练。这种方式，一般学员吃不消，而高月明则要求姬祯任必须挺住！拿起！完胜！

训前，高月明提前给姬祯任打了预防针。他一言既出，姬祯任便刻

1378 4316 4275 6230 1597

录到了脑子里，一辈子再没忘记：

> 对一个破译师来说，可能只需要你破译敌方一个或多个密码，但你心里必须时刻装有所有敌军及其一切。与其说让你侦控一支部队，不如说是让你猜剥整个世界。破密码，即为猜世界！一个优秀破译师，必须具有囊括整个世界的胸怀、气度、胆识和能力。这些必备素质不是天生的，而是后天锻造的。因此，一个破译师岗前训练内容之浩瀚之繁杂、训练程度之艰险之极苦，是常人难以想象的。每个人务必要有被剥皮、被碎骨、被毁灭的思想准备。

训练开始。果不其然！

八小时之内开的是军人操典、保密教育、政治学习、报务和密码专业技能培训等常规训教科目。

仅专业技能科目就有，电台侦听功：除培训基础报务机务知识、基本听抄报能力外，还要全面掌握国民党总台及各部分台的机构和人员分布、通讯网络状况、电台的呼号、波长、在用密码等情况；细致了解敌军电台装备的型号、性能、频率变化规律和各台报务员的发报手法手迹、习性特点；熟练使用我军侦听设备，能够处置一般性技术故障；加强听力训练，重点提高在瞬息万变频率中捕捉敌台讯号的能力，尤其注重培训在恶劣气候和突发事件中的抄报能力。

破译密码功：要求熟背《中国电报新编》电码本，记牢一万多个汉字的电码数字。这个时期国民党军部分密码电报，即是在这个明码本基础上加密的；要熟知中国地图全图，全部背记住县以上地名、地理位置；掌握敌军编码思想，摸清其编码规律。探知敌军编码员思维方式、学识结构、工作经历、特长个性、习惯做法等；熟悉掌握密码破译的基本方法，着眼培养独技别巧，锤炼猜字攻坚能力，力争达到"一份报猜通"的最高境界。

之外，课余时间安排的内容，也能把常人吓傻。说简单点就是要练好三功。

中文功：大量阅读且能熟练背诵千首（篇）以上古辞诗赋佳文，强记古典篇头诗、篇尾诗、夹行诗，掌握大量罕用字、古怪字，了解古籍公牍的格式用法，知晓汉字古韵排列，能整本背记《康熙字典》的全部内容。

敌情功：掌握敌军军事政治术语、各类公文格式、习惯用语、呈文程序；敌军编制序列、兵力部署、隶属关系、各部队现状与历史、长官指挥特点、行事风格、习惯偏好、内部关系等；国民党军上层战略考虑、军事思想、作战规律特点、指导方针、近期远期行动目标等。

我情功：要大体掌握我军上下全面情况，熟知各部编制构成、职能任务、兵员分布、战斗力状况、各级隶属关系、驻地及移防动态等；详细掌握国内形势；大概了解国际大事。

各科目负责人、各训课师，每天用各自的训练计划，不管不顾地、不分昼夜地对姬祯任进行轮番轰炸。他们的招法是，各持一碗，灌填到胃，抹嘴封口：嚼得烂的给我吞下去，嚼不烂的也不能吐出来，就是砖头瓦块也得自己消化去。弄得姬祯任经常在心里发狠地骂，也是给自己鼓劲："猜世界！来吧！老子不怕你！把全红都书馆里的繁书杂图全搬来，把红白两军的文情武况都索到，老子全能给你活吞进肚。蛇心蝎肠的高月明，谁怕你呀！"他撂上一条命，豁出满脑汁，每天有十六七个小时，都泡在了习训苦读里。

有一天，姬祯任实在受不了了，就去找了高月明，进门还没说话，高月明先开了口："怂包啦？软蛋啦？怕脑袋里那根弦要绷断是吧？告诉你，非常时期非常手段，我没有时间小心翼翼地去把握这个度，一根一根地慢慢调试，待辨出每个人韧度再缓缓上紧弦。显然，如此超常规、超重载地锻打你，你被摧毁的可能性很大。可我别无选择，我需要在极短时间内，培养出一个出师便能干大活的快枪手。我必须冒这个风险。

我坚信，你姬祯任能行！必须能行！"说完，端起一杯水，泼到了那张无精打采的脸上。那张脸一激灵，把话咽回肚里，转身离去。

姬祯任终是顶住了高式残酷习训，每项课目都取得了令人吃惊的好成绩。习训最后，高月明才把红星二大队的职能任务、工作性质及其相关机密事项，给姬祯任说了个清楚。

姬祯任自此晓知，红星二大队是红军首脑指挥机关身边的一支情报保障部队，它通过电台侦察这种特殊方式，来获取敌方情报。这类情报，截获于敌方首脑中枢、机要核心，来源权威、准确、可靠、经济、安全。尤其经由破译密码得来的情报，比其他手段获得的情报都迅速快捷、时效性高。有人形容说，密码破译是摘取皇冠上的明珠，可谓情报战的最高境界。鉴于此，该行业在红军总部首长眼里是举足轻重的，有其不可替代性。而这个地位，是红星二大队及其每个侦听员、破译师，在红军第二、第三次反"围剿"战斗中，以良好职业表现和优质情报换来的。

姬祯任热血沸腾了：这说明，自己所学电报技能在战争中是可以大有作为的。此时，密码破译的诱惑力，把他的职业馋虫一下钩到了嗓子眼上。他在心里大喊："猜世界！老子来啦！猜世界！老子拼啦！"

他刚到驻地报到的第一天清晨，就满腔热情地提前起床，到屋外山林中背记清明尺牍小品。正背着起劲，不知从哪里飞一个黑物罩住了他脑袋。紧接着，就觉得有人扑将上来，凶狠地把他绑了起来。

在部队驻地，姬祯任毫无防人之心，等觉得大事不好时，人已躺在了林间黑屋里。黑物罩着头，他听清人已锁门而去。他大喊一阵，无人回应。不知过了多久，听到有人开门。来人取下黑罩。他看清眼前站着高月明和两个女红军。他已憋得脸红脖子粗，怒吼道："为何绑我？谁干的？"高月明哈哈大笑起来："两位女将，谁给个解释？"一个女兵说："我俩下夜班路过山坡树林，听到里面有异常动静，就悄悄包抄过去。见一个怪异的陌生人，正摇头晃脑自吟谐趣酸文。天刚蒙蒙亮，这林里很少进人，又是军事重地。尤其他嘴里念的也不是什么正经东西。我俩就起了疑心，下了手。"

"赶快松绑。"高月明拿过书本一看，笑容全无，"果真没看正经东西，难怪遭人误抓。你应该知道，多看点专业书，早出徒早上岗一天，前方将士就会少流血牺牲一天。难道你连这个道理都不懂？"

姬祯任本来心里就窝着火，一听此言，顿时火冒三丈："什么叫酸文？什么叫不正经？尺牍小品是明清及民国初年读书人都喜读善撰的小文。谁也不敢保证国军中就没有这样的一批人一代人，受其熏陶而形成文僻，其书信文电染上尺牍品文的特性。否则，我等如何才能破开具有此类特性的敌方信文密电呢？破不开那些密码，才不知道前方将士要多死多少人呢。所以说，我是在做本职功课。"特训时郁积的埋怨情绪一旦爆发，也能喷将出几颗棱钉来，"高大队呀，都说你高瞻远瞩，没想到你也如此眼浅目拙。"

高月明被噎得哑口无言。一个女兵吼道："岂有此理！再绑起来！"高月明拦住："让他把话说完。"姬祯任脖子一梗："说就说。解敌学识结构、撰文习性很重要。敌人脑子里有的，我们脑子里也要有。不然，他们编出的密码，我们就难以敲开其壳，破之其裹，取之其核。"高月明笑了："祯任似真人咄咄逼人，盛气加杀气气气冲天。君之将来翅膀练硬了，定是锋芒毕露之士，没准还是个常常大闹天宫的孙猴子呢。还好，密码破译师这个行当，少不得这种天地不怕、唯我独大的英雄气概。"又冲两个女兵说："好了。给人家道个歉吧。"

8号院坐落在岭南坡中段，这里是第四侦听小组所在地。高月明亲自带他去这里报到。在路上，姬祯任掏出一管红色派克钢笔，递给高月明："这是我女友生前送给我的定情之物，我把她寄存在你这里。我是想把心中杂念、儿女情长剔除干净，以便全身心投入到哨位上去。"高月明接过笔，见笔帽上刻着江小点的名字，就拍拍他肩："笔珍贵！情珍贵！你对我这份信任也珍贵。放心，我，人在笔在！"

刚进第四侦听小组工作室，迎接姬祯任的是两个惊奇。一奇是小组长宋大雄原来就是早晨捆绑他的那个女兵；二奇是工作台对面的窗台上，摆着三盆秋海棠。

宋大雄是个漂亮而敏感的女子，一眼便看出了新同事的好奇所在，就说："我是宋家第五个女儿，家里没男娃，就给起了个男娃名当男娃养了。这秋海棠花是我养的，是想在这紧张骤急的工作环境中，增添一点妩媚和轻松。"

姬祯任还在认真看那些秋海棠。他专注的神色中透着与生俱来的自负，脸上却露出了忧伤："其实，秋海棠之所以花性默寂无声，是因为它心里苦闷。秋海棠花语是苦恋，古人称之为断肠花，我近来是很喜欢这种花的。莫非宋组长也⋯⋯"高月明打断他："台位即战场，这种肃武场所，是不适合养花花草草的。小宋，撤了吧。"宋大雄脸红透了，忙让人搬走了花。

高月明瞟了一眼姬祯任，知道这个多愁善感的人儿，他让人把花搬走，是想给姬祯任一个素净的心境，别惹他时不时地想起上海那个女人。宋大雄哪知端倪，她还以为是高月明给她台阶下呢。

高月明刚一走，姬祯任发现早晨绑他的另一个女兵也在这个小组，就对宋大雄说："你俩还欠我一个道歉。现在补上吧。"宋大雄说："班上不做与工作无关的事。这是纪律。陈小花，走，跟我去维修组搬电台。"二人一出门，就大笑起来。

第四侦听小组配置了两部电台，每三人一台，全天候不间断控守。姬祯任上机后，常常坐在台位上就不下来了，每天要侦听十二个小时以上。这样就挤占了别人上机时间。大家都想建功立业，自然就闹出了意见。有了矛盾，他全然不顾，全由宋大雄去协调。宋大雄都替他妥善处理掉了。他多占几个小时，她则大度地让出自己的几个小时给别人，自己再去干些管理方面的事。后来，她就经常多插一个耳机，同姬祯任听守同一台机子。因为，她发现他控守电台的方法很奇怪，不合常规，有些瞎胡闹的意味。由职责所系,她要监督他。

侦收员得有两个基本功务必过硬。一个是捕捉电台讯号的能力;另一个是逮住讯号后抄写电码的能力。捉不住,抄不下,是业务素质最劣等的侦收员。而宋大雄则恰恰相反,她是侦听高手,实战经历多,经验丰富,尤其在复杂讯号环境中听抄能力明显强于他人。因此,她有这个资格监督姬祯任。

在无线电波的海洋里,侦听捕捉有用电台讯号,犹如在大森林里寻找外观相同而内在纹理各异的树叶。通常是,从森林一侧边沿开始,按顺序一棵棵、一片片排查过去,一直搜索到森林另一边缘,然后,再回头按顺序一叶叶一棵棵找回来,做到全员覆盖,不掉一棵,不落一叶。在寻找过程中,把发现的要找的树叶,按规范的符号文字记录在案,以待交给下一班衔接延续情况。而宋大雄发现,姬祯任完全不是这个样子。他捕捉讯号的方式,不是顺序渐进,而是东一榔头、西一棒槌,全是跳跃式点穴式的无序搜索。尤其是他记录信息的方式也不规范,全是别人看不懂的无序数字、怪异符号。

宋大雄及时提出质疑,责令姬祯任严格按操作规程工作。姬祯任嘴上顺从,行动上却依然如故。逼急了,就说:"我这种干法,速度快,效率高,准确性强。不过,我暂时还没法向你讲解清楚原理,也推广不了。我自己先这么干着,以后再解释。"

状告到高月明那里,高月明把姬祯任叫过去:"尽管连你自己都不能说明白你那套做法好在哪里,但我还是相信你。因为我压根就没想让你姬祯任按部就班,我要的是你这把锋芒毕露、所向披靡的独刀。磨刀靠己,刀法自定,我只管数你刀下人头有多少!"

话都说到这个份上了,姬祯任还想多解释几句:"我之方式,快捷而准确,同样的时间,搜索面积要广大得多,也适用于各类电台型号、不同报务员手法和多端变化的讯号要素。我这么干,早在培训和实习期间就开始尝试了。现在您依然支持我,我很欣慰。"

高月明想笑没笑，说："你欣慰！你特例！你走你的独木桥！但是，二大队那套行之有效的现行程序和做法，是我们在实战中不断摸索总结出来的，你之外的其他同志必须照此执行，谁也不得乱来。"

姬祯任在某些方面，真是个不长眼、不会说话的人，他接下来的一番话，终是惹火了高月明。

"我在各个相关联的频率上跳来跳去，精准点穴，分段扫描，可不是盲目乱来的，这是我不断摸索总结出来的，效果比你们现行的那一套一点不差。所以，仅仅给我一个人开特例是不够的，应该给更多人以自主创新的机会。蒋介石是什么技术力量？二大队是什么技术力量？难道大家心里还不清楚吗？我们若不把每个人的脑壳拨弄活，激发开，利用足，那二大队到什么时候都没希望。"

高月明一拍桌子，瞪眼呵斥道："你还蹬鼻子上脸了！我们没日没夜地摸索已有两年，你来红星才几天，就胆敢挑战我的权威了？我眼前支持你，不等于你都是对的。你逮住金耗子，挖其胸脯子，掏出贼胆子，再来叫喊你的比我的高明吧。"姬祯任只顾一股脑儿地说自己的心路，高月明一拍一叫，他脸都吓白了，一时懵在那儿。高月明缓一口气，又说："二大队不是你一个人在做事，凡事你得让大家理解。没有理解，就没有支持，懂吗？"

姬祯任似乎明白了："自己做事，光自己理解不行，光让领导理解也不行，还得让大家都理解，都支持。"他没有回工作室，而是在1号院大黑板上，擦掉人家刚写就的宣传稿，写上了他满满一整板乱草。主要说他是如何根据电台讯号的共同点及其共性中的个性，在最有风光的时候跳上去，点到位，逮住它，再以索引的方式速记下来。他还堂而皇之地宣称，搞侦察，破密码，除需有超强记忆力、理解力、想象力、破击力之外，最好还要滋养几分仙气、几分灵性。超智慧的天才神通和半仙半人的攻击姿态，也许能无敌不克。他最后写道：理解我！相信我！支持我！

姬祯任这篇文章，在湾嵌岭子各院落掀起了一阵波浪。大家似乎理解了姬祯任的说道，但均觉得学不来。此种方式，大概仅适合他这种人。而"半仙半人"四个字，却招来不少诟病，私下便有人给他起了个外号，叫"姬半仙！"

这个姬半仙可不是徒有虚名！

前几天，第四侦听小组台情发生突变。在清川城东驻扎的国民党军第121师，以及暂编第二旅、第三旅、黄固独立团等部队电台讯号突然消失。之前，这几个部队一直在使用同一密码"雷密"发电。不知何故，在某一天同时作哑了。二大队第四侦听小组两部电台，紧急连续搜寻，都未捞获相关讯号。最终，宋大雄把这一任务交给了姬祯任。

姬祯任已经对相关情况做过分析。之前，敌第121师及那两旅一团的电台联络，有一个共同特征：保密制度落实不严，在来往密码电报中常夹用部分明码，尤其收发双方部队的主官姓名、部队番号常用明码拍发。这次，二大队侦听小组各台，正是依据这个特征去搜索讯号的，结果都落了空。他判断，这可能是敌军严格了保密纪律，禁止密码电报中使用明码的缘故。

于是，姬祯任每天十三四个小时上机值守，着重侦听无明码的电台讯号。很快，他抓住了六个可疑目标。通过与其他小组交流情况，验证鉴别，分类排除，最后锁定了两个重点讯号。可到底是不是目标电台，需经抄下更多密电，去破译验证。

高月明催得急，宋大雄也整天坐立不安。白天，姬祯任控守抄码子，宋大雄就盯在他旁边，赶也赶不走。姬祯任就让她上机，他则坐在一边，也戴耳机听着，看着，思索着。按规定，每抄下一份密报，就得立即送往破译室。他则抄留一份，前后报对比研究，常常陷入深思。

这天，姬祯任坐在那儿，手里抓着几份报，无精打采的，像是在打瞌睡，却突然一拍桌子，叫道："有了。现在控守的这个频率，不是121师等部所用，而是赣沽镇敌军后勤保障大队的电台。"

1378 4316 4275 6230 1597

宋大雄吓了一跳,知道姬祯任从报头报尾分析出了所控频率密电的破绽,判清了该电台的归属。于是,她命令姬祯任集中控守另一频率讯号。二人心里都明白,剩下的这一频率,基本上就是要找的目标电台了。

宋大雄甚是兴奋,坐在一旁,一眼一眼瞟姬祯任,还冲他直竖大拇指。姬祯任顾不上看她,他正急抄一份密报。抄完,示意宋大雄备份一稿。

仅监听控守一个频率讯号,精神上便稍微松快了一些。姬祯任在纸上写了几个字:"你现在去睡觉,晚上你来值守。别人来我不放心。"宋大雄会心一笑,转身走了。

傍晚,宋大雄来接班。姬祯任拿了几件备份报,揣进了内里口袋。宋大雄视而不见,他就明白组长默认了。按保密规定,密报稿是不允许备份的,更不准擅自带出侦听室。组长默认不默认都是违规,因为她这一级也没权力批准此事。他想,她不阻止,不揭发,说明她猜透了他的心思。

姬祯任在台位上已坐了一整天,身上并无疲惫感,兴冲冲地往外走,就听后面说:"我熬了鸡汤,放在了你宿舍里。"他感激地说:"明天我把秋海棠给你搬回来吧。"她大喝一声:"敢!回头还我鸡钱。"

姬祯任吃罢晚饭,睡意袭来,和衣睡去,又忽地被梦惊醒,就拿起密码稿琢磨,直觉得这个密码,和以前所接触的几类密码有所不同。它不像一块顽石,砸之不碎,撬之不开,实皮死心,软硬不进;倒像个橡胶皮球,割之不破,掰之无缝,却摔之弹跳,按之有坑。能跳,说明有反应;有坑,说明能变形。这就给人以希望,给人以诱惑,让人总觉得能剥开它。为什么会有这种感觉呢?最终他确认,这个密码,无疑是在明码底本基础上加的密。所以,他才感觉似曾相识。预测到了密码类型,离目标就近了一步。

半夜时分,他去了趟侦听室。宋大雄急告:"121师与那三个旅团电台联络频繁,像是有情况,我已抄下五份密报送往破译组。我让人留了备份,你拿去看看。"姬祯任感激地看了她一眼。他知道,她违规备份留报,是对他的信任,也怀有极大期待。他挟报而去。

第二天一早，宋大雄没见到姬祯任，在台位上发现了一张字条：今天我没班。别找我。宋大雄不可能不找他。他身上还揣着私留的密电备份呢！却是一天一夜不见人影。宋大雄慌了。湾嵌岭子内所有营院都找过了，他能去哪儿？宋大雄一拍脑袋，拉上陈小花急跑而去。

二人来到山坡林里，推开那间小黑屋。八尺小屋，无床无桌，空地一方。旁边有一盏灯，中间地上坐着一个人。正是姬祯任。他正在收拾一堆电码纸。见有人进来，就摇摇晃晃站起来。宋大雄赶紧扶他："一天一夜不吃不喝就在凉地上坐着。岭上最大的傻瓜，就是你！"

姬祯任抽出一叠纸，急说："121师密码叫勉密，我拿下了它。这三份译电十万火急，快去送高大队。另外，把勉密加密方法说明稿送破译室。快！"

宋大雄飞奔而去。

宋大雄送完报回到侦听室。姬祯任说："你可能没来得及看那三份译电，那是121师发给暂编第二、三旅和黄固独立团的作战部署令。他们要在明天一早，围剿我七河村红二团。还好，我军还有一天一夜的备战时间。"

宋大雄情绪高涨，激动不已："昨天，第二破译组拿到121师那几份密电，全组整整研究了一天一夜，都没有达成破译。愣是让你在山林黑屋独刀开了勉密的膛。你真是奇了！"姬祯任笑说："早在被罩了麻袋扔进小黑屋时，我就觉得那地儿静寂独空有灵气。"宋大雄捂嘴笑："大男人，小心眼，这仇还记上了。"

姬祯任和宋大雄去吃早饭，发现整个食堂没有一个破译组的人。宋大雄说："高大队带全体破译师，去验证你的勉密了。没准还要开几个讨论会。恐怕早饭是来不及吃了。再说，他们也吃不下去呀。"姬祯任不解："他们为啥吃不下饭？"宋大雄说："因为你呗。他们情何以堪呀。"姬祯任说："不会的。搞密码的人，连这个肚量都没有，怎么能装得下敌方千军万马？"

宋大雄说:"高大队不知怎么想的,应该把你放到破译组去大显身手,居然扔到我这儿抄码子,多屈才。"姬祯任说:"那大概是先让我当好菜农,再去当厨子。要想当好厨子,就得先学会种菜。"宋大雄说:"名不正,言不顺,偷偷摸摸的,这算怎么回事呀。"姬祯任嘿嘿一笑:"这也不是头一回了。在上海电报局时,我就偷破过密报。"敏感的神经一触到上海往事,姬祯任即刻沉默下来。

吃完早饭,姬祯任又回到了侦听室。宋大雄和陈小花控守电台,他坐在一边看着。看上去他心事很重,再没半点喜悦。他问:"破译开的重要密电,大队一般会怎样处理?"宋大雄说:"会在第一时间送到总部首长那里呀。在以前反围剿中,二大队密码情报是发挥了大作用的。总部首长一般很相信红星二大队。"姬祯任若有所思,一阵沉默,然后,双目疑色频闪,侃侃谈起来。

"121师与那三个旅团已中断电台联络多日,却突然又冒了出来,并且,一改之前明密混用的毛病,启用了密度更高一层的双码代替加密表,这是为什么?勉密加密技术本身找不出毛病。可我感觉,国军这次行动好像有哪儿不对劲。我得去打听一下二大队各侦听台近期控守情况。看看敌军其他部队往来电报里,有没有与此次行动相关的内容,尤其有没有121师关于围剿红二团的请示报告,或者上峰直接下达给121师的此次作战的命令。敌台陋习积弊已久,一向自不知愚,却突然停台换密,从严整肃纪律。从技术层面和常理上看,敌怀疑密码被破的可能性极大。有没有必要给总部首长提个醒呢?"

宋大雄听罢,很不以为然:"你一天一夜没睡觉,不去休息,却坐在这儿瞎琢磨,闲操心。我就纳闷了,上海那是怎样的一个女人,能把你缠磨成这等脾性?我这人一向口无遮拦,心直口快,你别介意呀。"

姬祯任眼神迷离,怔怔地盯着她:"从电报上看,国军发起攻击的时间是明早六时,那肯定是今晚要借夜色奔袭到七河村,然后,在村外东侧桦毛山林中潜伏下来,待天一亮,突然出现在红二团驻地,实施攻击。

如果那密电情报属实，敌军应该如此行动。"宋大雄这才明白，自己刚才那一番话，他根本没听心里去。

"如果121师这次军事部署有诈，意在试探其无线电是否安全，那他们一定会提前派出暗哨盯着红二团。只要红二团无缘无故地突然转移，那就等于告诉他们，红军破译了密码，获取了他们的作战计划。"姬祯任一根筋还再说，"如果121师这次围剿行动根本就是真的，我红二团若不提前转移，那就会被敌奇袭包了饺子。敌军还会判断，红军若是真破获了其行动密电，很大可能会派出部队去支援红二团。那么，敌军必会在路上设伏打援。习训期间，我把中国地图县以上地名都记熟了，额外又把中央苏区及其周围的村镇山川也都研记了一个遍。我发现，从瑞金这个方向走，嘉和山道是去七河村红二团的必经之路。那么，敌军会在这里伏击我援军。

"我推测，指挥部会根据这三份密电派出我部分主力，先通过嘉和山道，然后再分头去万沟岭和杨村伏击敌暂编第二旅、三旅，去马山反包围敌黄固独立团。如果勉密那三份密报是真，那么，红军这个方案是上上策；而如果这三份密电是圈套，那敌人会早有准备，我军如此行动，必吃大亏！"

宋大雄忽然咯咯笑起来：看来我这儿是真容不下你了，高大队那里用你也屈才，你该到总部去报到，听说红军还缺个参谋长呢。"姬祯任也笑："说真的，这个勉密总是让我不踏实，我得到各组各台去查查情况。"宋大雄拽住他，严肃起来："我怂恿你弄些密电备份研究，已经是违规在前了。现在，你又到各组各台去查密报，你没这个权力，我也没这个权力，那是大队长职责范围内的事。我看你就别多事了。过去，各组破开的密码都发挥了好作用，并且每一个破译师都希望他破的密码价值越大越好，越被上面重视越好，你却不是这样，121师电台好不容易失而复得，你功不可没；你又在极短时间内，先于破译组破译了勉密，获取重要情报三份，你更功高一等。"

姬祯任沉默片刻，说："我知道，勉密是我破译的第一个密码，很有纪念意义。但是，我觉得，我那些疑虑和想法不是杞人忧天。我这就去找高大队。"宋大雄说："高大队已经带着那几份勉密情报，到指挥部开部署会去了。"姬祯任更加坐立不安："宋大组长，我要给你闯祸了。"

姬祯任急匆匆走了。他假冒高大队之令，到各台查寻了各类密报。结果，没有发现他所担心的情况迹象。只是有零星密电显示，敌军正在远离七河村和相关区域的山区，搞一些无关痛痒的演习。而这些与围剿红二团行动八竿子打不着。

这下，宋大雄火了："一个报务员，竟敢假令违规逐台查报，这还了得！"随即关了姬祯任禁闭。让陈小花带人看死他。

不到一顿饭的工夫，陈小花跑来报告，说姬祯任翻窗逃跑了，还牵走了通信班一匹马。

宋大雄不再犹豫，骑马紧追而去。

指挥部设在地主家一座三进三出高宅大院里。姬祯任飞身下马，直往里闯，被门岗警卫拦下。姬祯任好说歹说，就是不让进。宋大雄赶来，硬把他拉走了。

姬祯任死活不上马："宋大雄，要么你一枪毙了我。要么，你帮我一起闯大院。这次，你必须信我！"宋大雄说："本来情况一切正常。你这一闯一闹，干扰了上面作战决心。那罪过可就大了。"姬祯任说："前前后后想一想，蛛丝马迹细琢磨，情况真的不妙！"他又要往大院闯。宋大雄一咬牙，一跺脚说："姬祯任，你连清明尺牍小品文都不放过，说明你专业素养不低。我就信你这一次。走，我掩护，你往里闯。"

宋大雄走在前，头一低，硬往门里钻。哨兵一拦，她便做了个大幅度掏枪动作。这还了得！几个警卫兵呼啦一下就把她扑倒在地。

姬祯任趁机钻进了大门。后院门卫又拦住了他。他弯腰捡起一块砖头，用力甩向房门。屋里即刻跑出两个人。一个是高月明，另一个是郦副参谋长。

姬祯任被两个哨兵扭着，叫道："如果不让我把话说完，今天我就撞死在这儿！"

他连珠炮似的高声叫着：从勉密中所获取的那三份密电，是敌试探性假电报的可能性极大。敌军设下圈套，大规模预伏包围我行动部队的可能性极大。敌军看似在远离七河村防区搞演习，实则那是敌主力部队在搞迂回。我查过地图，敌各演习部队都有近路可抄。

这次是敌军蓄谋已久之大规模军事行动。而我军打这一仗的条件还不成熟。我部会分别在嘉和山道、万沟岭、杨村和马山等四个交火地，被敌军分割歼灭。我没猜错的话，你们指挥部选择的正是这条行进路线！

万全之策应是这样的。七河村北侧是狸猫子山，山上树木极为茂盛。如果，在明天凌晨四五点钟的时候，红二团让人悄悄在狸猫子山上放几把大火，那么，红二团官兵和老百姓就可以跑上山去救火了。如果121师这次行动是试探，是骗局，军民离村上山救火，他们也就不会往红军提前侦获其情报上想了。且还可能会尾追上山。这样一来，我军可巧妙凭山村打他个伏击。

郦副参谋长吼道："我看，你这个人是疯子的可能性极大！"

高月明说："好家伙，仅凭一己之判断，用'可能'、'极大可能'，而没真凭实据，就敢大闹天宫。果真孙猴子一个！"

姬祯任又说："敌军长途奔袭七河村红二团，并非眼前急势，也没战略急需，那他们要干吗？有一点很明确，敌军不是仅仅为消灭这个红二团而搞奔袭行动的。从瑞金到七河村沿线以及七河村周遭丘陵山川，是一块适合强敌伏击弱军、小圈能分割、大域好合围、易进难出关门快的有利地带。"

郦副参谋长一挥手打断他："仅看到邻居家有一口好锅灶，就断定人家要杀猪炖肉了。难道你们二大队就是这样出情报的？真是奇了。再干扰首长出击决心，小心你颈上人头！给我轰出去！"

姬祯任被两个哨兵拖出了大院。他还在跺脚喊叫："士兵兄弟，命贵如天！不能让人白去送死啊！"看见宋大雄被五花大绑着，他冲上去，则也被死死按在了地上。

事情过后多日，姬祯任一想起勉密，依然是惴惴不安，又不好到处乱打听。他倒是密切关注着121师台情变化，没发现什么新情况。他这才认了头：是自己神经过敏，把敌情想歪杂了，把事情闹大了。再见到宋大雄时就有些不好意思，悄悄把那罐鸡汤钱塞给她，被她拒绝了。

这天，红星二大队召开全体人员大会，总部专门派来了分管情报侦察的郦副参谋长参会。这是个秘密表彰大会。宋大雄、姬祯任被叫上了主席台。有人给他俩戴上了大红花。姬祯任感到突然，一副懵愣呆怔的神情，随后想道：这下，勉密真的不是敌军搞试探。自己破开的那三份密报，一定是为保全七河村军民发挥了作用。

郦副参谋长没有了前几天的凶相，温和地宣布受奖者功绩，先说到宋大雄侦听小组，重新捕获121师电台讯号，成功抄下密报，尤其是支持姬祯任破译了勉密，技术意义重大。然后，郦副参谋长加重了语气："但是，我要告诉大家，勉密情报效益却是零。因为当天破开的121师三份作战计划均为假情报。"

顿时，台下嗡声四起。宋大雄、姬祯任表情瞬息万变，后背汗流如雨。

郦副参谋长情绪颇为激动，开始打着手势说话："正是这三份假情报，检验出了一个破译师应有的军政素质和专业才能。姬祯任同志不是破了密电，报到上面，就没事了，而是敢冒前人所无，秉持个人意见，以科学态度剖析敌情我情，因此捕捉到了密电背后的隐情，猜出三份密电有诈。敌方目的是诱引我方上钩，以此试探我军是否在侦听他的电台、搞他的密码。更可怕的是，敌军还布下了天罗地网，预谋伏击我出击部队。姬祯任为此私闯指挥部，提醒首长撤销已经形成即将下达的作战方案，研究制定出了多全其美的新对策。我们没有上敌人的当，成功保全了我军电台侦察这一情报来源渠道，尤其阻止了我几支出击部队被围歼的厄运。应该给姬祯任同志功加一等。还有，姬同志"狸猫子山一把火"建议，也被指挥部采纳，效果良好。因此说，姬祯任同志这次是侦、破、通全优，完胜。特此表彰，以资鼓励。"

姬祯任一阵冷汗一阵热汗地流着，双腿颤抖不止。宋大雄悄然扶住了他。

第八章 颖 密

宋大雄对姬祯任暧昧态度明朗化，是在一次座谈会上不自觉流露出来的。

前不久，二大队集体攻关制定出的"比对研究法"，在实战中彰显出明显效益，一举连克敌军三部密码。战后总结座谈时，高月明宣读了上级一段评价指示："密码破译技术的掌握，使红军侦察能力发生了革命性的飞跃，造就了无线电侦察的独特优势。红星二大队任重而道远，一字一码关乎红军前途，惠佑战士生命。其功绩昭然，却永默史册，实为无名英雄也。二大队此战役创造的'一石三鸟'奇迹，便证明了这一切。"

显然，这段话对于破译师来说，其鼓舞作用是巨大的。大家即刻神采飞扬，热血沸腾起来。没想到，高月明话音刚落，宋大雄却先迫不及待地大谈了一番感想。按说，既然是座谈会，谁都可以畅所欲言。但这一次是密码攻坚战，主要是破译师们干的活，应是几个骨干破译师先发言，作为侦听员的宋大雄不说或者少说，才属正常。她即兴一番长篇大论，出乎人们意料。

"小米加步枪历来姓红，飞机大炮坦克车总是姓白，论武器装备，红军怎么着都比不上白军。但红军总得要找出一两样比白军强的,然后,再把这一两样强项威力发挥到极致。那么,红军的强项在哪里呢?明处一项摆在这儿了,那就是红军将士之坚定的政治信仰、高度的阶级觉悟和无畏的献身精神。这一点,是白军无论如何也比不了的。

"另一强项就是,红军正在快速掌握电台侦察技术,在情报战领域将要先于敌、强于敌。那么,二大队绝杀技能何来?最关键的是我们拥有像姬祯任这样的中坚奇才。姬祯任是个宝哟。

"这三部密码,上下左右的联系,里里外外的规律,生僻字上的点,常用字上的面,横码上的影子,直码上的气味,角码上的嗓音,等等,姬祯任都能在关键的时刻、关键的环节上,随变求逮,逐一捕获,破深解透,彻底拿下。在他身上,我真真看到所向披靡是什么景象了。"

宋大雄愣头愣脑地一口气说完。整个会场一片寂静。她这才意识到了什么,就又补充说:"当然,三战三捷并非他姬祯任一人之功。我只是想说,姬祯任奇人奇才创造的奇观,是我前所未见过的。"

高月明打断她:"看来,这场胜利,给宋大雄同志打了一针兴奋剂。大家别愣着,也都说说。"

座谈会结束后,高月明让食堂准备了几桌酒菜,搞了个庆功宴。说是宴席,其实就是每桌一盆山野菜,一盆茄子、豆角、芋头乱炖,一盆家常烧杂鱼。鱼是河塘里现抓的,每桌满满一大盆。

昼夜奋战刚刚下来,大家都成了一群饿鬼,一帮困猴,很快风卷残云,吃光饭菜,就紧着回去睡觉了。

高月明把姬祯任留下,想跟他聊聊。姬祯任睡意袭来,竟趴在桌上睡去。

侦听组还在厨间帮厨洗涮,宋大雄手里抓着毛布过来,轻柔地给姬祯任擦了把脸,把姬祯任胳膊搭在肩上,"每个码子千斤重,哪有压不垮的人。我送他回去。"高月明说:"还是我送吧。"宋大雄不肯让:"你一个大领导,扶一个醉汉,像什么话。"高月明说:"他只喝了一个碗底儿。"宋大雄说："可他沾酒就醉。"高月明还是拦着："一个女同志,勾肩搭背的,不方便。"宋大雄听罢,一使劲儿就把人拱到了背上,道："这就不勾不搭了吧。当首长的,净七想八想。"

宋大雄背着人转身走了,嘟囔道："我这是怎么了?最近,一涉及到姬祯任的事总是个乱,乱自己,也乱别人。我怎么连自己的心都把持不住了呢?"

高月明望着那影子一拱一拱地远去,似乎有些不放心,也跟了过去。

没几天,宋大雄给姬祯任熬了一罐鸡汤送去。路上碰上了高月明,她赌气般举起瓦罐顶在了头上,进了姬祯任宿舍。本来,放下鸡汤就要离开的,可看到高月明还站在窗外张望,就干脆坐到了姬祯任床头上。说了一会闲话,她说:"我走了,送送我吧。"出了门,却又说:"又不是亲戚,还送出门来了。"说着,笑嘻嘻地摸了姬祯任一把脸,"你看你,鸡汤都能喝到腮帮子上去。"远处高月明见状,气呼呼地走了。

宋大雄笑得一片灿烂。

宋大雄的温情鸡汤着实感染了姬祯任,他心里温暖如春。这晚睡前,他把白天没舍得喝完的鸡汤,温热了一口气喝光,又加进一碗开水,抱着瓦罐晃了晃,也喝了个干净。在物资极度匮乏的情形下,宋大雄还能想出办法熬鸡汤给他喝,使他牢牢记住了这份沉甸甸的情。

姬祯任很久没有正点就寝了,今晚喝了鸡汤,身一着床,就深睡过去。鸡汤暖和着胃,梦里便和煲汤人有了暧昧缠绵。这是从未有过的梦境。他尽情地向她施展着复杂而明晰的情感,几次扳过她身子,却又发现不是她。是谁?隐隐约约的,看不清模样。梦中女人离他而去。他奋力追赶,终是在一片树林里追上了。他狂热地亲那张模糊的脸。无休无止的,没完没够的亲。突然就变了天,暴风骤雨加电闪雷鸣,让人没处躲没处藏的。他这才看清,是在黄浦江边那片香樟树林里。她顶着风雨,迎着雷电跑掉了,他又是不停地追。真累呀,怎么追也追不上。到最后抓住她时,却是在炮火连天的战场上,炮弹的爆炸声,子弹的尖啸声,女人的喊叫声,混杂在一起,直冲他脑顶。他扑倒在她身上。她的温暖再一次传导给了他。他浑身涌过一阵战栗,觉得这是幸福的浸袭,情爱的交融。他抱紧了她。渐渐地,胸前温暖冷去,他伸手一摸,惊叫起来。先前的温暖,原来是她胸部涌出的鲜血。他昏晕沉睡过去。

实在是太劳累了,他一觉睡到天蒙蒙亮,急忙起床穿衣,紧着去侦听组接早班。

屋外寒意袭人,阴沉的天空飘飞着细雨,路边是一洼洼积水。他突然记起,昨夜昏睡中似乎听到过雷电声。这时,远山又传来一阵闷雷。他脚步一顿,惊出一身冷汗。瞬间,他想到了一个要命的问题:雨中雷电,侦听员的天敌。哎呀,昨夜打过雷电哟。

通常,侦听员在控守敌台时,遇到雷雨天,必会受到严重干扰。电闪雷鸣反应到耳机里,尖锐的噼里啪啦声一阵紧似一阵,使你听不清码,抄不全报,信号时有丢失,残报、废报迭出;更有甚者,持续不断的高强雷爆,几乎要击穿你的耳鼓,炸裂你的耳道。长期搞侦听的同志,有不少人落下了耳鸣耳聋的职业病;最严重者,还有引雷上身、遭雷劈顶的危险。雷电顺着天线导进电台、耳机,眨眼间便能机毁人亡。但是,作为侦听员,无论遇到何种危险,你都必须坚持值守,绝对不能摘下耳机,中断一分一秒的监听。

姬祯任加快步伐,急奔侦听室而去。

可怕的事故果真发生了。

姬祯任跨进侦听室时,看见宋大雄正头戴耳朵坐在台位前,左手捏着旋钮调着台,右手握着笔悬于纸上,可她整个右臂衣袖已浸透了鲜血,从手腕处滴得脚下殷红一片。她听到身后有人来接班,说了声"赶快上机接我",便滑瘫到桌下,昏倒在了血泊中。

姬祯任没有犹豫,急忙背起宋大雄,朝卫生队跑去。

事后才弄清,昨晚,宋大雄右耳鼓耳道被雷电击伤,渗血不止。她依然坚持用一只耳朵侦听了三个多小时,居然没丢抄一份报。

在这种恶劣的侦听条件下,能有如此作为,这表明,宋大雄的觉悟、意志、技术、经验等,都是撼天慑地的。尤其是技术,很是让人钦佩。在电闪雷鸣中,那个微弱的电码嘀嗒声,隐藏于千般杂音和其他多种嘀嗒声之内。她的脑子、耳朵竟然能下意识地排除干扰,过滤杂音,准确无误地叮住那个目标讯号不放,长时间一码不落地抄写着。

宋大雄以一颗忠诚的心,一只神奇的耳朵,一等一流的技术,创造了雷暴雨天不掉报的奇迹,被当作一个经典战例,载入了红星二大队的史册。

然而,让人没有想到的是,姬祯任把宋大雄紧急送往卫生队,却得到了从军路上的第一个处分:他没有处理好上机值守与救人的关系。

道理很简单。他去送人十五分钟,侦听台失控十五分钟,如敌台有重要密电拍发,就会丢掉重要情报。

这个事件,宋大雄落下了耳疾,姬祯任落下了心病:他长久想不通。

高月明让宋大雄负责做姬祯任的工作。宋大雄自始至终都没有对姬祯任表示过感激之情和愧疚之意。她从内心深处感到,他弃岗救她是错误的,并且是毫无争议的错误,造成的损失也是无可挽回的。至于错到什么程度,损失了一些什么,已无从考证。因为,当前条件下,一个或几个信号目标,只有一部电台监听,在失守的十五分钟里,敌军到底发没发报,发的是什么报,这是无法查清的。而二大队的行规是,有丢报可能即是恶果,有过失苗头即是错误。

宋大雄掏心掏肺地讲完这番道理,姬祯任火了:"你难道还希望上面关我的班房,枪毙我?"宋大雄则掩了左耳:"我右耳聋了,听不清你说什么。不过,告诉你,我是第一个向组织建议给你处分的人。你别想不通。"他缓了口气说:"给再重的处分我也觉得值。与我对你宋大雄的感情相比,工作纪律一文不值!狗屁不是!"

事情过去了很久,一天,宋大雄说:"没想到,在你眼里,我是那么重要。"姬祯任就明白当时她是听清楚了那句话的!

不久，红星二大队空气骤然紧张起来。这种紧张，是从接连侦获到敌军两封密电开始的。一封是蒋介石到达南昌城的情况通报；另一封是蒋介石兼任赣粤闽边区"围剿"军总司令，亲自指挥第四次"围剿"红军的通令。尽管前些天已经侦悉了国民党军，从鄂豫皖湘地区抽调大批部队，加强江西围剿部队军力的情报，但眼前这两封密电内容，还是让红星二大队心生躁急和恐惧。因为，这预示着更加险恶的新一轮围剿已在眼前。

破译敌之新密，历来都是难中之难，重中之重。这一时期，国民党军各级"剿共"司令部，以及军事委员会委员长南昌行营，都陆续投放了多个高难度新密本密表到所属各部队，这给红军破译师造成了巨大压力。

大战在即，一线作战部队和指挥机关一片繁忙杂乱，为即将到来的战斗做着各种准备。而红星二大队的生死搏杀早已开始。他们务要破敌肠肚、取敌心胆于战前，即使耗尽脑汁心血，大战未捷身先死，也在所不惜；更要全时段、全进程监控敌情不间断，料敌密码密情变更于战中，遂行破译通出敌方要报急报，及时回答红军总部所关切的各类战略、战术问题。

从技术角度讲，侦破人员最怕的是战斗正在进行中，敌军突然在一个新的频率上，更换了一个新密码。这时，你原来正在控守抄收的讯号，就会在瞬间消失得无影无踪。敌我双方电台都在频繁出联，调兵遣将，密摆阵法，厮杀正酷，你却再也听不到对方一点声音。你旋转电钮，急切搜索，听到的是几十甚至上百个讯号，哪个是你丢失的，你两眼一抹瞎，两耳一团乱。你所控守的这一部敌军电台，连同频率、呼号、密码等一同更换了，连一点熟悉的线索都没有了，就像一滴水藏到了大海里，一片树叶躲进了森林中，你无处打捞，无处抓挠。

这次，第四次反围剿刚开始不久，红星二大队控守的国民党围剿军中路军总指挥部，与其第一纵队、第二纵队、第三纵队的电台联络讯号，就突然消失了。而此时，我红军主力部队正在按照中央局"积极进攻路线"，对陈诚部第八师据守的南丰城进行强攻硬打，却是久克不下，伤亡有加。在这战事紧急时刻，该方向的敌台控守失灵，一下断了密码情报来源。

总部急令频催。

当时，高月明正在组织破译敌左路军一个新密码，听到宋大雄过来报急，挥笔在报告单上写道：姬！！！

高月明本身是个密码破译高手，他既要亲自猜译研破密码，还要保证把其他破译高手的精力、心智和干劲调动到最佳状态。在这次反"围剿"开始之前，他采取了一个措施，即，在正常建制之外，组建了一个特别保障小组，由第四侦听小组组长宋大雄兼任组长，抽调刘开来等二十名优秀战士，专门负责战时密码破译人员的后勤和安全保障。有了特别保障小组这个臂膀，高月明则可以拿出更多精力抓新密的破译。

此时，宋大雄一挥手，刘开来和另一个战士，即刻架起正趴在桌子上破码子的姬祯任。姬祯任已经四天三夜没有上床合眼了，身体极度虚弱，他被两个兵架起急跑，还不知发生了什么事。宋大雄边跑边介绍情况。姬祯任听罢，身子一激灵，挣脱开挽架，跑到路旁小溪边，把头扎进冰冷的溪水里浸泡了一下，起身急奔侦听组而去。

正在值守的侦听员陈小花，已是满头大汗，一边慌乱地旋转着电钮，一边泣不成声地叫着："丢了，丢了，俺求你了，大叔哟，你跑哪去了？快出来吧，中不？"陈小花是豫南人，平时就责任心强，从不容许自己出一点差错，是一个丢一字一码就像丢了自个命的人。今天，来往于敌中路军总指挥部和各纵队之间的密电较为频繁，她抄得很是惬意自得，份份都是优等报，突然间收到敌"诸台：新启7频8波14密"暗语后，耳机便作哑了。她顿时不知所措，情急之中，竟然叫起陈诚大叔来。

姬祯任颇具大将风度，冷静异常，用他冰冷的湿袖子为陈小花擦了

1378 4316 4275 6230 1597

一把脸,说道:"冷静!别哭!莫怕!我来!你到副机位上配合我。"

姬祯任一挨坐定,只见他耳机挂耳,左手转钮,右手执笔,目睑闪灯,即刻进入了非凡而独特的战斗状态。

各样呼叫声此起彼伏,长短密电讯号数十上百,各种莫名其妙的杂音乱波也随机出没。哪个是我之任务目标?这个换了新衣,变了性别,改了嗓音,又未曾谋过面的亲戚,你正趴在哪里给我躲猫猫呀?

按照操作规程,二大队各个侦听组、侦听台,都在控守抄收着各自的任务目标,每个侦听员不可能对自己任务之外的各台讯号,都能一听就清,悉数掌握,那么,这个时候,这些台也都成了另外一人寻台的干扰台;再加之,还有不少讯号来路不明,无名无姓,非军用属民用,有密码的,也有明码的,有电码拍发的嘀嗒声,也有各地方言的口语联络,戏台新闻台播报也掺杂在其中,等等,这些信号严重干扰着你搜索捕捉目标台,同时,也会掩护着一些新通联的敌台讯号恣意传播。在这种情况下,你要找到没有任何表象特征的目标讯号,相当于大海捞针。不,比大海捞针还要难。你想啊,大海捞针总还有个铁针异物存在,希望再小,也还有一丝看见它的可能,而要在大海里不计其数的鱼群中,找出一条外表尽相同、内脏有异象的小鱼,你说该有多难。

姬祯任就是有本事在红军总部还能等得及的时间内,抓到这条神秘的小鱼。

有用讯号稍纵即逝,杂音乱波紧缠不休。这个时候,姬祯任长期积累起来的知识、技能和经验,在瞬间集束聚能,爆发开来。此时,敌情台情密情在大脑中发生着奇妙而快速的反应。他旋钮如飞,闪电般信号频频掠过脑际,根本就没时间思考判断,脑细胞直接就给出了结论:是,不是,或疑似。他听到敌台发报手法、手迹和不同机器音质差异,即刻就能辨出是哪个电台在工作,哪个报务员在发报;听到明码即刻就知其内容;听到已破密码,即刻会分辨出密型,又瞬间转化为明文;听到未破密码,则能迅速判准表象特征、大概密性,分出无用、一般、重点对象。

然后，依势据情收拢阵地，急速缩小范围，跳跃点穴，反复探针，拨石捉金，举插投鱼，最终击获目标。

姬祯任一个脑袋，听、译、悟、判等齐驱并进，同一时间对敌八部电台的各个信号进行选择处理。他从左手快速旋钮选台、判断讯号、右手抄写，到从已破译的密本中反映出相应的码子，再转换成对应的明文内容，紧接着，又对陌生的未破译密码进行表象及内里鉴别，这一切都在瞬间进行，几乎是同时完成。

宋大雄在一旁看到，姬祯任嘴上读出的讯号数字和明文，与他笔下写的完全不一样，他写下的是自己急判而定的结果，而嘴上说出的另外内容，是给陈小花听记的。陈小花把听记下的纸张，再摊放在他右前方，供他不时迅疾瞟上几眼。也就是说，他的手脑嘴眼，在同一时间，干着不同的事，却能相辅相成，各不耽误。

姬祯任把一心多用演绎到了绝妙之境界。

宋大雄心里惊叫："天赋过人！真是神人一个！"

姬祯任激战三个小时，拿回了敌人电台新讯号。他立刻锁定了敌中路军总指挥部正与其第一纵队的电台联络。他手唰唰抄写开来，嘴上却读出了另外的内容："以下敌台已摸清：频率U2道（代号），敌中总二台正在发送至第二纵队的密电；频率B31道，敌中总三台正在联络第三纵队电台；频率K17道，第二纵队二台正与第一纵队二台通联。赶快让我机动台组控守各台，抄收密电，并急送破译组破译。"陈小花抄写着，宋大雄站一边看清记牢，迅速跑将出去。

姬祯任抄完三份长报，示意陈小花接他控守此台。他即刻拿起密报，进入了破译状态。陈小花又抄下了两份密报，推到他面前。

姬祯任把五份报摊于桌上，身子僵坐在那里，直翻得密纸哗哗作响；忽而站起身，倒背双手，走来走去；踱到陈小花背后，拿起副机听听，把新报拿过去，又趴在桌前一动不动了。几个小时过去了。宋大雄打来饭，姬祯任不想吃，拖过三把椅子摆一排，躺在上面想睡一觉。不一会，又爬起来,坐回了桌子前,两眼炯炯神光在码子上跳来跳去。宋大雄觉得,他眼中射出的那股炽热,落在哪组码子上,哪块纸就会灼出个洞似的。

夜间,突然一阵叮当作响。是姬祯任把桌子上的饭盆,抡胳膊扫到了地上,又上去狠踢了几脚,大骂道:"真他妈的不是东西,可害死老子了。狗日的,这损招,逼死人不偿命。"说完,两手掐住脑袋,那狠劲像是要掐出两根犄角来。他就这么掐着,原地转了几圈,拉过椅子一躺,睡去了。这是姬祯任第一次发脾气说脏话。宋大雄吃惊不小。她知道他是遇顽敌而不破,几乎要被逼疯了。还好,让他好好睡一觉,就是睡到大天亮,也不能再叫醒他。不然,就是铁铸脑壳也会憋爆的。没躺一会,姬祯任又想起身,却一下滚到了地下。宋大雄忙扶起他。他又双手狠劲掐头,原地转着圈,昏沉沉地说:"叫高月明来。"

宋大雄没敢迟疑,赶快叫来高月明和医生。医生见姬祯任躺在椅子上昏睡似的没反应。马上进行急救。姬祯任突然坐起来,叫道:"怎么了?台情变了?"高月明扳住姬祯任肩膀:"你哪儿不舒服?"姬祯任愣了愣,说:"我好好的,就是想睡觉。刚睡下,正梦着你带我进城看戏呢。"大家听罢,都惊讶地看着他。他忙说:"对不起,怪我困急了眼,没说清楚。大队长,破开了,叫颖密,是从未碰到过的子母密,用的是密中套密二级叠加编码技术。是国民党南昌行营、围剿军之中路军总指挥部及其第一纵队、第二纵队、第三纵队在用密码。密电显示,陈诚已调集所属各纵队正迅猛驰援急进,企图围歼红军主力于南丰城下。"

高月明抓起桌上的报文,破门而出。

姬祯任想起了什么,问宋大雄:"你以为我病了,才叫来医生是吧?你比我聪明,没背我去卫生队。"

"嘀,这小心眼儿。"宋大雄把姬祯任按倒在椅子上,"你没事就好,赶快补一觉,台情有变再叫你。"

姬祯任鼾声即起。宋大雄让人把他抬到了隔壁行军床上。这是他四天四夜中,第一次上床睡个囫囵觉。

一觉醒来，宋大雄告诉姬祯任，我红军主力已及时撤离南丰城，摆脱了被陈诚优势兵力围歼的危险。

很快，我红军总部采取了新策略，以一部佯装主力东移黎川，真正主力则秘密撤至广昌以西的东洛地区隐蔽待机。

二大队侦破人员又一下子扑进了前线战场，密切监视着陈诚部一举一动。又是几天几夜没有离开台位，终是抓获了重要密电，得知陈诚果然误判，亲率三个纵队向黎川分进合击。

姬祯任兴奋异常，竟然一手拍着宋大雄的肩，一手抚着陈小花的头，自得地说："老贼上套了。拿命来也！"陈小花挪开他手，随即惊叫："哎呀，姬同志的手好烫人哟。"宋大雄一摸他头，也叫道："你发高烧了呀。快去卫生队。"他拗着不肯去。叫来卫生兵，给他吃了药。仍然高烧不止，还浑身发冷。头上搭上湿毛巾，身上裹上被子，陈小花不时把密电放到他面前。他想着，翻着，写着。那一刻，他一口气用颖密译出三份急电，有气无力地说："天赐良机，活吞李陈！"说完，便昏瘫在了桌下。

二大队各口破获的十余封密电显示，敌右翼一纵队所属第52师、59师，在前进中分隔于格罗河大山南北麓两侧，联络协调受阻，各呈孤立态势。

这是一次难得的战机！

这个时候的姬祯任，已由重感冒发展成了肺炎。他昏睡两天两夜后醒来，病仍不见好转，却又跑回了台位。宋大雄报上喜讯："二大队情报奏效，我红军主力用伏击战法，在埧坝、黄祥、登仙桥等地预设埋伏区，分进寻歼呈孤立态势的敌两师。激战两天两夜，我伏击大获全胜，歼敌一万余人，生俘了敌52师师长和59师师长。"

听罢，虚弱不堪的姬祯任居然蹦起了高。宋大雄眼睛有些湿润了。这人只要耳边有电码声，眼前有密电密报，他就有持久耐力和惊人爆发力。他心脑精气都和这场战斗融为一体了。

病中的姬祯任突然对敌军一纵长官部，与其先头部队主力师黎明部之间的数份普通密电,产生了浓厚兴趣。而此时,正是敌军陈诚总指挥部紧急调集重兵,企图围歼红军主力于广昌地区的关节点上。红军总部将计就计,试图摆脱围歼并制造战机,寻歼追敌。这种时候,敌各部各台各类加急特急密电频出,二大队人力设备几乎应接不暇。姬祯任却从一组普通电讯中嗅出了异味:一纵长官部有两封密电都向黎明部暗示,心急吃不了热豆腐,冒进必定吃暗亏。黎氏却不悟不睬。最终,一纵长官部干脆严辞明令黎氏,即刻自枯草岭后撤五十里。

不好!黎明部要撤出枯草岭!

枯草岭乃黎明主力师集结地。

姬祯任不敢怠慢,当即整编此情,呈报上去。指挥部即刻依据此情下令调整了作战部署。

此刻,姬祯任又进入半清醒半昏迷状态。他半睁着双眼,一遍遍翻看已获各类密报备份稿。没发现异常情况。深夜,几乎连抬头的气力都没有了。他拿起陈小花的针线包,不断用针扎胳膊大腿,在心里喊着:别睡,别睡,千万别睡。他惴惴不安,最终,他把针插在了"黎明"二字上。

姬祯任早前就对这个黎明有细致了解。这个王牌师师长,一向作风霸道,脾性骄横,自恃强军,争勇好胜,从不言败。他的口头语便是"老子从来就不吃败仗"!今天,黎狂人,他肯定不撤!黎明要在枯草岭与红军打这一仗无疑!

迷梦中的姬祯任,突然精神抖擞地大喊一声:"抬我去大队部!"

高月明觉得姬祯任言之有理,随即又抬姬祯任去找郦副参谋长。郦副参谋长听罢,倒是没急,缓缓地说:"又是姬氏'极大可能性'。无报为凭,不实之断。我不敢上报。况且,据我所知,黎明部为蒋匪之王牌,一向军纪严明,有令必行。他不会抗命不动的。"姬祯任说:"没错。王牌师有王牌师的风范,可你要知道,王牌师之魂是一师之长,而这个一师之长是黎明。我了解黎明如我兄长。他会抗命坚守枯草岭的!我军最好的选择应该是，令我一部佯攻一纵长官部，促其再一次与黎部拉大距离。然后，在枯草岭摆开战场，全歼黎狂人！"郦副参谋长终是急了："等拿到真凭实电再来显摆你的高明吧！"姬祯任喊道："只会吃现成饭的大老爷！你就等着喝馊汤凉水去吧。"他堵心憋气，咳嗽不止，昏倒在地。

姬祯任被抬着半路醒来，死活不去卫生队。无奈，又把他抬回了侦听台位。他进门就喊："放弃两台，三机同盯黎部！"宋大雄不干："擅自放弃两台，是要犯纪律的。"姬祯任说："出事我负责。"宋大雄说："我是组长，你负得起这个责任吗？！"姬祯任有气无力："大雄，这个时候，我最需要你的支持。我这锅饭，就差你这把柴了！"宋大雄目光一亮，不再犹豫："那就干！"结果，后半夜，三人三机分别侦听到了黎明令其后续部队和辎重部队，迅即向枯草岭聚集的密电。姬祯任骂道："妈的。多半夜的宝贵时间就这么白白丢了！不知是否还来得及？十万火急！快给老子上报！上报！"

三天后，姬祯任病情有所好转。宋大雄到卫生队来看他，又送上一则喜讯，说二大队多方获得了黎明部动向情报，是朱总司令和周总政委下达的攻击令，采取分割包围、各个击破的方式，在枯草岭一带，全歼了黎部主力和援敌一个旅、一个团，俘敌三千余人。

姬祯任听罢，没有丝毫惊喜，而是神情漠然，呆坐喃语："士兵兄弟，命贵如天。好在，总算拨开了屠刀，阻断了厄运。"

到 1949 年解放战争结束，我军指挥过历次战役的各路将领，给予过红星二大队不计其数的高度评价和褒赞，几百条批示、题词、嘉勉令、授奖辞、功勋报、表扬电等，都悬挂在红星二大队系统各单位荣誉室里。这些若让一个人全都记在脑子里也难。然而，第四次反"围剿"胜利后，红一方面军首长一句修辞不太规范的表扬，却让高月明多少年来都记忆犹新。

这句连个标点符号都来不及加、一口气说完了的赞誉之辞，高月明在很多场合都一口气说完过，影响得红星二大队不少破译师，时常仿效着高月明的口吻，一口气地说一说，以至于岁月经久，传来传去，都认为高月明便是这段长句的发明者，而忘记真正的原创首长是谁了：

> 世界上没有哪一部由自认为富有天作之才的国民党军编码师所编制的自诩为富有天作之才的密码能够逃避过富有天作之才的高月明同志所统领的那些富有天作之才的密码破译师们的富有天作之才的致命攻击。

这次，之所以得到如此赞誉，是因为破译师们破译了蒋介石"剿总"和他的左中右各路军的众多密码，及时获取了大量优质情报，就连战斗结束时，蒋介石发给陈诚的一份"哀电"，也被二大队侦获破开：

> 此次坐失，惨然悲凄甚异，实乃有生以来之唯一隐痛。

就这样，国民党军第四次"围剿"红军行动，以"陈诚气得吐血，老蒋发电谕哀，各部败北撤离"而告终。

之后几天，姬祯任病情稍一稳定，就离开卫生队，回到了台位上。却常常是面无表情，沉默不语，不分场合，不分时间，总是一副焦思急虑、紧张兮兮的模样。大家都兴高采烈地庆祝胜利，他则不发表任何感慨。他另一个异常表现是，无论是白班还是夜班，在台位值守结束后，依然不肯回宿舍，还是要在侦听室隔壁行军床上休息，谁劝都不行。

高月明说，可能是前一个时期，他长时间昼夜沉浸在电台声和码子里，脑子一直高速运转，神经线长久紧绷着，加上重病摧残折磨，自身支配力减弱，一时难以走出激战惯性。同时，也不排除因受超强脑力劳动的折损、战情频急惊险的刺激和超负荷精力体力透支，精神上出了问题。一场胜利，如若真毁掉我姬大破译家。我损失可就大了。

这一夜，第四侦听小组陈小花班上值守。之前战事骤紧阶段，她一直在加班加点地工作。"反围剿"胜利一结束，精神有所放松，竟然趴在台位上睡着了。午夜过后，侦听机突然嘀嘀嗒嗒响起来，居然没有惊醒沉睡人。

奇迹发生了。在隔壁间里，似梦非梦的姬祯任，猛然间听到一阵微弱的电码声穿墙而过。尽管他脑子处在似醒非醒状态，还是隐约辩出了是敌颖密密码，即刻反映出了明文电文。他没有一个鲤鱼打挺翻滚下床，冲进侦听室。那样做，会因急乱而扰断飞往耳中的电波，阻滞脑子里听、译、记并用效应。他在下意识的虚实幻觉中，连眼睛也不敢睁开，耳朵支棱着，脑子捋着电波，轻轻起身下床，轻轻走进侦听室。缓缓睁眼，缓缓坐下，缓缓抓笔，手腕一抖，骤急抄写起来，即刻，纸上直接出现了颖密明文。敌台发电一结束，他又稳稳地把脑子里的前半截电文也写到了纸上。然后，微闭双眼，静静地对整个密电电码电文进行了精细回忆。纸上整部电文准确无误，居然无须做一个字的修正。他这才推醒陈小花。

陈小花看到穿着裤衩背心坐在身旁的姬祯任，吓了一大跳，以为这人真的神经错乱了。当看清电文时，她惊叫起来。这封密电内容着实吓着了她。

原来，敌之第四次"围剿"红军失败后，为鼓舞士气，蒋介石视察了陈诚中路军总指挥部，然后，计划明天乘船走水路返回南昌，以便观山景水色，示形败而不馁，显示国军虽败却斗志不减。此等绝密情报，把蒋介石此次行程安排，包括明早动身时间、行进路线、停靠码头、陪同人员等等一应事项，说得清清楚楚，由中路军总指挥部用颖密发往了南昌行营。

连夜，朱德、周恩来派出精锐部队，到恰当水路设伏截击。不料想，第二天，蒋介石因故临时改变路线，乘专车走陆路回到了南昌，侥幸逃过一劫。

当姬祯任译获蒋介石已另路抵达南昌的密电时,把耳机摔得梆梆作响,遗憾得两手揪耳,原地打转。宋大雄见状说:"老蒋不死,还要留你神耳派用场,可别揪下来。一个侦听员,要是耳朵坏了,生不如死呀。珍惜吧。"姬祯任知道又无意触及了宋大雄耳疾之痛,就把密报递给她:"此报上呈吧。我军水路伏兵该撤了。"

此事过后,陈小花请求处分。高月明只发愣,拿出那份密电抄件说:"缘何处分?此报是你抄,此情是你报,陈小花大名署得清呀。"陈小花眼泪哗哗直流:"贪睡误丢整报,罪该不饶。给我机会,盯死陈诚。"高月明叫来姬祯任。姬祯任不同意动狠处分人:"凭小花一贯表现和觉悟,此事一出,处分不处分效果无异。她这一辈子不会再犯类似错误了。"宋大雄说:"祯任神功奇逮密电,菩萨心肠慈不掌兵,假代署名瞒过同罪。姬同志与台位睡觉者,应一并军纪处分。"高月明说:"小花严惩不贷!老姬有功有过,大会上做个检查,以观后效。"说着这话,他心却走神到另一个概念上去了:眼前,差一点发生一件足以改变中国历史的重大事件。有遗憾,却也有庆幸。庆幸的是,姬祯任梦幻中捕获重大漏报之行为,弥补了陈小花之过失,足以说明这人脑子没出任何问题。

第九章 拙 密

姬祯任又一次被逼进濒临死亡状态,是因为敌军启用了五位数密码自编本。

红军第四次反"围剿"大获全胜之后,蒋介石嫡系部队所用密码,一夜之间都换成了五位数密码自编本。这种自编密本花样繁多，密种高深，更换频繁，一下把红军破译师们推进了万丈深渊。

姬祯任简直要疯掉了。他开始日夜颠倒，寝食不定，凡事不问，是非不分，行为失常，不再把一点点精力用在密码之外。他把心砸巴碎了，全都倾洒进入密纸堆里。让人惊奇的是，他在睡梦里，也能解决一些技术难题了。

一段时间过后，姬祯任从癫狂中走出来，又在黑板上乱写了一通。

我的梦幻我的天

通常，我每天把四分之一或五分之一，有时是六分之一的生命用于睡眠。且每天早起之后，到每晚睡眠之前之破译密码的经历，在我睡梦中还要延续和深化。

我睡梦里的密码破译，是有清晰精度和深度标尺的，是能计算和量化的。这种梦，有时是梦中有梦，甚至还会出现三重梦。黑夜里，常常是一道闪电，一惊而起，思路一泻千里。自己都闹不清楚，大彻大悟那一刻，到底是在哪层梦里发生的。然而，这一切，都爬进了我枕边无数个小本子里。而每个小本子，都成了我敲开密码之门的砖头。从这个意义上讲，梦不仅是黑夜中的白昼，也是白昼中的黑夜；一个优异的密码破译师，悟性大开是不分昼夜的，且有时睡梦里的彻悟质量，要高于清醒时的彻悟质量。

所以，睡眠成了我最向往、最神秘的行为。而这种状态又不是刻意为之的。吃了安眠药的睡眠是毫无意义的。宋大雄送给我的生日礼物，居然是一小包儿安眠药。这药来之不易，据说是从国民党一个师长手里缴获而来的。她把这药递给我时，自己先笑弯了腰。

不久，宋大雄再也笑不出声来了。不是姬祯任这种疯癫状态结束，不能再破密码了，而是正当他神智魔力强劲迸发、接二连三摘除敌之心肺的时候,他突然被一队便衣武装抓走了。

刚一听到这个消息,宋大雄以为是潜伏进苏区的国民党特工搞了偷袭。在前几次"围剿"红军行动中,国民党军时有派特工小分队,潜伏到苏区腹地,偷袭红军总部指挥机关和要害部门。二大队当然有部队重点护卫。即便这样,高月明还不放心,一再给宋大雄交代,要重点保护好那些破译师和全能侦听员的安全,全天二十四小时一人盯一人,一人保一人,做到"他人在,你人在;他人亡,你人亡"!宋大雄代表特别保障小组,签了生死状。

现在,姬祯任被人绑走。宋大雄着实慌了。她拎把手枪,带上一个连的士兵,冲出了红星二大队营地。半路上,却被高月明快马追了回来。告诉她,姬祯任是被中央政府的人带走的。

回来的路上,迎面碰上了一队地方青年武装,正唱着歌子走过来。这队武装很是神气,并不想为这位骑马的红军长官让路。高月明只好闪作一旁,等他们过去。

> 今年一九三三年,
> 大家实行来查田,
> 消灭豪绅并地主,
> 巩固苏区万万年。

歌子响亮而威猛。这是一首近来唱响中央苏区的山歌。不难听出,这首歌反映出了当前中央政府一场查田运动的全部涵盖。后来,这场运动陷入了"左"的泥潭,还罢免了毛泽东兼任的人民委员会主席职务。许多地方无原则地把富裕中农,也上升为富农、地主加以打击,将不少地主富农或编入劳役队,或驱逐出境,或就地枪决。

在这场查田运动中,姬家自然也逃脱不了厄运。贫农团清田队并不管姬家早已主动把家产捐给了红军,只查到姬家前几代是地主富绅,就按大恶霸大地主处理了。清田队在姬家没有搜出过多钱财，以为姬家把财宝藏匿了，就把病体缠身的姬惠钟关押拷打，逼他讲出藏宝地点。对姬家远在外地的姬老大和两个女儿，本镇清田队鞭长莫及，追究不着，但在本地当兵的姬祯任，成了被打倒的重点对象。

运动祸及到了姬祯任及其家人，高月明不得不出面交涉。他深知当前苏区领导层斗争形势复杂，没敢直接去找总部首长，就先找了郦副参谋长。郦副参谋长很为难，说这场运动政治上极为敏感，连毛泽东同志都无可奈何，别人谁还有办法、谁还敢插手其事？郦副参谋长当然了解姬家的清明和姬祯任的重要，尽管他拿不出万全之策，但还是答应在其力所能及的范围内，给姬家一个尽可能好一点的结局。经他通融，最终结果是：

保住姬惠钟老爷子不被"从肉体上消灭"，留下了一条命，但没有逃脱掉被"驱逐出境"的处罚。无奈之下，姬老爷子决定去投奔多年前的挚友云南王龙云。这事自然不敢告诉任何人。否则，走也走不成，还有可能被枪决。

姬家交出所有财产和土地，只留下后院一角两间农具房，由张成凤和小女姬小敏居住。其实，姬家经姬惠钟多年多次捐献，家境仅剩一个空架子了，只有两宅大院和几亩水田，现都如数缴了上去。

在高月明死保未果的情况下，姬祯任不得不被发配到后勤运输队去扛辎重。姬祯任脑筋还深陷在密码里，一副无所谓的样子："只要还让我破密码，怎么处理我都行。"

经郦副参谋长通融协调，暗自把宋大雄和战士张平调到了后勤运输队工作。这二人"潜伏"运输队的任务有三，一是暗地里保护姬祯任人身安全；二是确保姬祯任身上的密码资料不丢失、不被窃。带出密码资料，是高月明三思良久而下定的决心。尽管存在保密隐患，却也是无奈之举。不管情况如何特殊、条件如何艰苦，只要姬祯任还有一口气，破译任务就不能中断。这个根本，雷打不动，谁也不能改变；三是如若姬祯任被劫持，或是本人要逃跑，在万急无奈、无力阻止的情况下，可当机立断，就地击毙姬祯任。他身上机密过多，人走必亡。这是铁律底线。高月明私下给了宋大雄这个特权。可宋大雄态度颇为犹豫，说"下不了那个手"。高月明说："你下不了手，革命就可能遭受重大损失。"她问："你就这么不相信姬祯任？"高月明说："在红星二大队，既要永远相信每一个同志，也要随时怀疑每一个人。"她摇摇头："我相信姬祯任的觉悟！我这枪永远不会打到他身上。"

进了运输队，姬祯任头发被开了"马路"。"开马路"，就是为防止被劳役管教者逃跑，而在头中间剃掉一行头发。姬祯任自己并不觉，也没镜子可照，只顾埋头深思密码，冷不丁问宋大雄："新单位，新工作，新面貌，你看我这新发型如何？"宋大雄哭笑不得，心里针扎般疼痛。

运输队劳动强度大，体力好又会干活的人，还能承受得住。姬祯任属于那种身体弱又不会干活的人，再加之伙食差，不到三天五日，就被压得直不起腰来了。偏偏，他干活还时常走私，脑子不自觉地就跑到码子里去了，分心走神还容易碰伤。好在，他常和宋大雄、张平分到一组。干起活来，那二人心全都在他身上，助一臂拉一把的，免除了他一些劳累和磕碰。

带队监管人员都是地方民团的穷苦人，对这些地主富农整治起来从不手软。

这天，姬祯任刚吃力地背起一箱弹药，两个监管员上来又给他加上一箱，人便被压趴在地。监管员上去就拳打脚踢。宋大雄见状，把弹药箱从他背上搬了下来。那二人上来阻拦，宋大雄一手一个薅住衣领子，喝道："瞎了眼的狗东西，不要欺人太甚！"姬祯任爬起来，冲到那二人跟前，挥手给了每人一记耳光。那二人抄起木棍便打，宋大雄挡上去，后背挨了重重一棍。姬祯任抱一箱弹药迎上去，吼道："打呀，你们往这儿打呀！"宋大雄咬牙切齿地说："二位给我听好了。这个人要是累死了，你俩一个也活不成，你们全家一个也活不成，咱全苏区都会血流成河。最高兴的是蒋介石，蒋匪军就会来苏区杀光烧光。不信，你们就试试。"那二人真怕了:"这个女人疯了!"

之后,高月明还不断秘密送来密码材料。姬祯任心一直在密码堆里就没有出来过,能用的时间都用上了。在运输队破屋子里,他已经破掉了两个大难度密码。

一次,姬祯任正全神贯注地趴在床边破码子,那两个监管员溜达着进了屋。他俩提来了两只硕大的癞蛤蟆,进门便扔到了姬祯任床上,说:"这老姬身子弱,弄两只田蛙补补。"

姬祯任正两眼盯着满床的密码纸沉思,两个人进屋,两只蛤蟆上床,他都没察觉。那二人对姬祯任旁若无人的状态和床上的乱数纸感到好奇,就静静地看着。癞蛤蟆在床上蹦来蹦去,姬祯任竟然无动于衷。一个监管员大概是憋不住屎尿,就顺手抓了床上两页纸,跑出去蹲茅坑了。一只蛤蟆蹦到了姬祯任手背上,他这才醒过神来,看到旁边还有一只蛤蟆一个人,并未露出惊讶之色,可当他发现床铺上少了纸张时,则大声惊叫起来:"谁拿走了纸?快来人哪,我的纸丢了。"隔壁宋大雄闻声赶来,急问:"纸哪?"那监管员嘻嘻一笑:"两张破纸,擦屁股去了。"宋大雄转身朝院外茅房冲去。

茅房里是一溜二十多米长的大排沟。那人蹲在沟上刚拉完屎,正想用那纸揩腚。宋大雄抬手叭叭两枪,子弹直打得臭屎四溅。那人吓得一屁股坐到了排沟上,手里纸眨眼间被宋大雄夺走。

搬运工里还有人带枪,这还了得。

枪一直是藏在衣内的。在姬祯任被整治时,宋大雄曾有好几次险些掏枪在手,最终还是忍住了。

运输队长跑来处理此事。

宋大雄冷静下来,满脸赔笑:"姬同志这人脑子有点问题,没事就喜欢捣鼓些算术题,不让捣鼓就犯病。"她掏出了证件。这是郦副参谋长开给她的特别通行证。有这证,就可以带枪出入军事重地。运输队长看了证件,说:"一个女兵能带配枪,有来头;一个男兵出身不好,有

1378 4316 4275 6230 1597

难处。我不为难你们,但要管好手里的家伙。不然,打掉人家的宝根,那可是要赔的。"宋大雄一笑:"我又没长那东西,怎么赔?"

运输队长哈哈一笑,对两个监管员说:"这女同志好爽直,手里还有枪;这男同志常犯病,又疯不经事。这万一哪一天,这枪落到了这疯人手里,你俩知道会是什么后果吗?那就不是溅一腔狗屎的问题了。所以呀,以后可不敢再欺负这个地主崽子了。"

自此之后,宋大雄就把枪交给张平保管了。她是怕遇事搂不住,惹出大麻烦来。

眼下,中央苏区形势越来越紧,蒋介石第五次"围剿"行动正紧锣密鼓地准备着。红星二大队破译组都急炸了锅。上面催命似的逼着要情报,可那些自编本密码又着实难啃,每拿下一个,身上都要脱掉几层皮。在运输队,姬祯任白天卖苦力,晚上把睡觉时间留的少而又少,人都熬成了一把骨头,似乎半袋米就会把他压死。

这天一早,姬祯任神情疲惫地出现在了宋大雄面前。他把两页密码纸递给她,诡异一笑:"你看纸的反面,你那枪子溅上的臭狗屎还粘着呢。"宋大雄反过纸一看,果然有些黄点子。姬祯任神秘地说:"你那两枪值大钱了,不亚于击毙两个敌军司令官。你从那臭腔底下抢回的两页密纸,我终于破开了。这是一个蹊跷的密码,叫拙密。这两页密报的内容,是国民党赣闽两地'围剿'军调防部署情况,非常重要。这是蒋介石新一轮'围剿'红军的前奏。不过,这部密码的密钥很有意思,介乎四位数与五位数之间。是我以前从未碰到过的。"他用一截小树棍在地上写着,喋喋不休地说起来。

"6174 加 Q 字,组成 6174Q,勉强算个准五位数密码的密钥。在我快要被憋疯、睡梦中落入一眼深井的那一刻,偶然联想到该码子中有一个深藏不露的现象,似乎很有趣味。其原理大概是:你任选任何 4 个毫不相干的数字,让其最大排列数减其最小排列数,再不断按这个原则重复地减下去，最多不超过7次，最后结果都是一组相同的数字：6174。譬如，2851这个数字。它的最大排列数是8521，最小排列数是1258。这个6174，在重复减了6次时就出现了。反正，任何数字这样减最多7次，都逃脱不了'6174'的魔掌。

"敌方在这个数字后又加了个Q，组成了密钥词6174Q，其实这个Q只是掩人耳目的一帘破布，'6174'才是其真实的密钥。拙密，正是运用了这个神秘数字的循环原理来进行加密的。我查阅了一些数学书，到目前为止，还没发现有人对这种现象下定论，明确提出这个原理。也就是说，敌方那面有能人，摸到了一个鲜为人知的魔鬼数字，便以其原理编制了这部密码。尽管只借用了该原理之雏形和皮毛，也还是够神秘的了。

待姬祯任兴致勃勃地讲完，再抬头看宋大雄时，人却不见了。密报紧急，宋大雄带张平跑回大队送破译结果去了。宋大雄还趁机向高月明反映了姬祯任的身体状况，提出能否把人弄回来。高月明有苦难言。他说他不怕丢乌纱帽，也不怕杀头，可以到上面去吵去闹，可闹的结果是明摆着的，有可能会祸及整个二大队。

宋大雄只好回来了。之后一些日子，她变着法地和运输队长搞好关系，以求得他给姬祯任一点轻松活儿，捎带着派饭时多给他添几口菜汤喝。运输队伙食差得不能再差了，多数搬运工身体都扛不住了。姬祯任也仅凭一股劲儿硬撑着，不知哪天一松劲，撒口气就死掉了。

这天上午，宋大雄发现姬祯任不见了。她找遍装卸场地和住宿附近，也不见他人影。她想起昨天他说过"快熬不住了"，身上就冒了冷汗：莫非真熬不住跑掉了？

宋大雄观察了一下周围地形，就让张平回去报告运输队长。她从张平手里要过枪，朝一条山沟跑去。她知道，顺这条山沟走七八里路，再翻过两座山，就有一条通往苏区外的路。姬祯任要想跑，走这条路的可能性最大。

跑到山脚下，宋大雄已是饥肠辘辘。早饭每人一碗稀菜粥，不到中午就饿慌了心。她捋了两把干树叶子嚼了嚼，就往山上爬去。翻过一座小山，看到另一侧山坡上有一个人。她紧追一段，看似像姬祯任单薄歪晃的影子，眼见着就要翻过山顶了。她实在无力快速追上去。她不再犹豫，朝山坡人影开了两枪。然后，她虚喘着爬到山坡顶部，却怎么也找不到人。她倚在一棵树下歇息，一阵揪心地慌乱：难道人真的跑掉了？

突然，一个黑影一闪，她头便被一硬物罩住了。她就地一滚，摆脱物罩，闪到树后，枪口直指头顶树杈。有人骑在树杈上。正是姬祯任。她把一个破竹筐子踢到一边，枪依然指着姬祯任："逃犯乖乖，下来就擒。"姬祯任则又甩下一物，正扔到她怀里。是一布袋子干野蘑和干野果。

"你为啥不辞而别？"

"我若先吱声，就解决不了饥荒问题了。"

"子弹没伤着你吧？"

宋大雄呜呜哭起来。

姬祯任还是第一次见她哭，赶紧下来安慰。她泪多声悲："活命真难，干革命真难。昨天你说快熬不住了，我也差一点撂挑子回去。蒋介石逼命一天紧似一天，红军内部过火运动一个接着一个。我真以为你丧失信心，逃跑了哩。"

姬祯任犹豫了一下，还是把她揽在了怀里。她抱紧他，手抚他背，又惊得缩了回来："吓死人，这身子只剩皮包骨了！"他问："我若去活命，真逃跑，你会怎样？"她脸拱了他脸："我是要开枪的。感情是感情，任务是任务，这是要两分开的。"他说："密码破得越多，战争结束得越快。我为这个理而不逃，我为这个理而活着。"她说："我俩一起等着打完仗的那一天。"

这事过去没几天，宋大雄悄悄从村子里买来一只老母鸡，给姬祯任熬了一罐汤，想分几顿给他吃下。不料，香气引来了馋鬼。那两个监管员进了院子。

宋大雄指了指正在发呆的姬祯任，解释说："给病人补补身子。"来人说：

"一个傻子，又辨不出个香臭冷暖，喝了也是浪费。现在供给困难，浪费可是犯罪。这鸡汤没收了。"宋大雄拦着："这罐汤是救命汤，二位高抬贵手吧。"来人说："现在，穷人连野菜汤都喝不上，他个狗地主崽子还作威作福喝鸡汤，天下哪有这个理。要么砸烂罐子，要么没收鸡汤，你选吧。"

宋大雄眼泪就下来了，这时，她看见篱笆墙外小路上，正有一帮红军走过，当中有一个留大胡子的人，像是个大首长。她再回头看屋里，那两个监管员正提着瓦罐走出门来。

宋大雄冷静异常，伸手摸了衣内，才想起枪在张平身上。张平还没反应过来，枪已到了宋大雄手里。她冲天开了三枪。几乎同时，有瓦罐碎地的声音。瞬时，篱笆墙外伸进一排黑洞洞的枪口，门外涌进一帮兵。

宋大雄不慌不忙地蹲下，撩起衣襟兜着，把碎瓦里的鸡肉一点点拣出来，嘟囔道："可惜了一罐好汤。"枪还冒着青烟，放在脚边。

那个大胡子问："为何开枪？"

"为这只鸡！一只鸡能救一条命哩。"她兜着鸡肉，朝屋里走。拿枪人逼停了她。大胡子令人收起枪，跟她来到屋里。

姬祯任还趴在床前盯着那些乱数纸，外面枪声都没能把他从密码里拖出来。

大胡子拿起乱纸看了几张，便冲屋外喊道："包围院子！不许任何人进出！"

宋大雄把姬祯任拉起来。姬祯任愣愣地看了看，快速收起密码纸，一步跨到熬鸡汤的灶火前，叫道："别靠近我！"一副随时投纸入火的架势。

大胡子忙打手势制止。姬祯任问："你是谁？"大胡子反问："你是谁？哪个单位的？"姬祯任说："还用问吗？运输队搬运工。这些数字，是运输队进出货的数量统计。物资装备，数量保密，别靠近我！"大胡子说："告诉我，你原单位是哪部分？"姬祯任说："我一直就是个搬运工。"大胡子说："你手无缚鸡之力，分明是文人一个嘛。"姬祯任说："我

1378 4316 4275 6230 1597

是个地主分子,是坏蛋。你快离开这里,不然会连累你的。"大胡子说:"富农地主资本家出身的人,干好革命的大有人在。我便是。"姬祯任说:"那你为什么不剃马路头?"大胡子说:"恐怕还没人敢在我头上动刀吧。哎,你们是红星二大队的吧?我认识一个叫高月明的人,也是搞数字的。"宋大雄说:"不认识。他是哪家的账房先生?"大胡子说:"别打哑谜了。我知道,只有红星二大队的人,才会有这些乱数纸。"

这时,姬祯任眼睛一亮,把纸卷高高举起,说道:"征夫武伐不见天。"

大胡子一愣,说:"孰忍釜底豆萁燃。"

姬祯任说:"明月路上明月寂。"

大胡子说:"单落沙场夜色寒。"

姬祯任说:"孤卧怀远思嬿婉。"

大胡子说:"啼血长路人绝寰。"

姬祯任说:"登仙桥畔登仙去。"

大胡子说:"多少红颜泪枯干。"

姬祯任说:"凄悲作诗是何人?"

大胡子说:"国军师长李默庵。"

姬祯任说:"此作发在哪家报?"

大胡子说:"安得电光载诗篇。"

姬祯任说:"驰书迅疾谁人拆?"

大胡子说:"红颜顾林思君还。"

姬祯任这才脸露笑意,把那卷密纸揣进怀里,走了过来。

大胡子说:"看来这个高月明保密教育抓得还挺紧,他的人有才有识有纪律,还能搞些弯弯绕!直说了吧,此诗是国军第十师师长李默庵,写在第四次围剿红军的战场上。当时,李默庵率部在主攻部队之后跟进,得知前面兄弟部队第52师、第59师全军覆灭,两位师长被生俘,伤感之下,心生厌战情绪,思念起了妻小,便写下了这首诗,用密码电报发给了在上海的夫人顾林。此诗当即被你红星二大队截获破译。我觉得,此诗可称得上是战场佳作,既生动形象,又厌战伤感,所以一下就记住了。"

姬祯任依然小心翼翼:"知我红星二大队者甚少,知此密情者更是少之又少。看来您是大首长。首长贵姓?"

大胡子说:"记准我这大胡子,去问高月明吧。"

三个人关起门来,又聊了大半天。

据后来宋大雄回忆,大胡子首长主要讲了两层意思,一是讲了红星二大队工作如何重要,从多个角度强调,只有在技术上高敌一等,先敌一步,革命胜利才会有更大保障;二是讲对红军、对共产主义要有信心,干革命要有恒心。大胡子首长还说,高月明的人,技术上对路,思想上对头,政治上明白。受到鼓励,姬祯任很兴奋,表示只要有密码破,只要破了密码能帮助红军少死人,多打胜仗,自己就会革命到底不回头。他一激动,又多嘴问了一句,首长这胡须为何如此之长?大胡子首长说:"此乃蓄须明志。上次反'围剿'胜利之后有一天,你们破译的一封密电,差点就让我剃了胡须。"姬祯任一听就明白了,大胡子首长蓄须明志,是为了抓住蒋介石,打垮国民党。

谈完话出屋时,姬祯任身上是背了铺盖卷的。大胡子首长对手下人说:"把这三人给我安全送回原单位。传令下去!从今以后,无论有什么运动,谁再敢妄动高月明的人,军法从事!"

第十章 银 密

姬祯任第一次见到德国人李德,是在一天黄昏。那一天,姬祯任搞码子搞得天昏地暗。他是在天未亮就钻进破译室的,中午让人送进饭来,到太阳西下，已有近十个小时没有离开过屋子。

自从在运输队归队后，他愈加不要命了，把身体搞得极度虚弱，能让他休息一下成了一件挺费劲的事儿。宋大雄忧心忡忡，经常想方设法把他从码子里拖出来放松放松。

下午，宋大雄见高月明要去"独立房子"送密报，心里一亮，提出能否让姬祯任一同前往。高月明觉得，以去看德国"大鼻子"为诱引，让姬祯任出屋走走，放松一下疲惫的身心，不是一件坏事。于是，欣然同意。

独立房子是共产国际军事顾问李德的住处。这个对红军拥有实际指挥权的外国人，在苏区是个极为神秘的人物，不少红军官兵对他有着强烈的好奇心。按照工作程序，二大队获取的重要密码情报，都要在第一时间送到李德处。一般是由高月明带三个随从外加一个警卫班去送报。

这次一个警卫和宋大雄相随左右，警卫班不远不近地跟于其后。

独立房子四周都是池塘，一条石坝通往院中。姬祯任首先看到的，是池塘里有几十只鸭子，扑棱着翅膀，嘎嘎地叫着，很招惹人喜欢。他脸上有了灵光悦色，暧昧地看了一眼宋大雄。宋大雄会心地笑了。那眼神分明在说，这鸭汤该比鸡汤好喝多了吧。高月明悄声说："的确，这池塘的鸭子每天都会少一只的，可外人谁也偷不走。李德同志每天要吃一只，喂鸭的农民每天再补一只，这是雷打不动的，池塘里的鸭子得要保持六十六只，一只也不能少。这里的警卫不只是保护好房子里的主人，还要看护好塘子里的鸭子。我知道，宋大雄弄鸡是有一套办法的，但你千万别打这些鸭子的主意。"

高月明一行三人进了独立房子，警卫班留在了门外。李德微笑着接过情报稿，呷了口咖啡，仔细看起来。他雪茄一直夹在指间，看报都没有放下。他陷入深思，毫无表情地站起来，在大地图前不停地转圈子。雪茄吸尽时，他拿起尺子和铅笔，在地图上比量着划来划去，嘴上说着什么，旁边有翻译记录在案。最后一句，姬祯任听清了："送恩来同志。"

完了事，李德发现高月明还站在那里。往常送上密报，如李德不再问问题，高月明是要即刻离屋的。今天，有让姬祯任、宋大雄看看风景的意图，就多站了一会儿。

李德通过翻译把话传过来："月明同志，今天的随从警卫换新面孔了？一个女同志，另一个也手无缚鸡之力，都不是当警卫的材料嘛。"高月明赶紧介绍："这是我队姬祯任，侦破能手，仅最近两个月，就一人破译了多个高难度密码。"李德说："好啊，英雄的破译能手。那你说说，你能在哪儿？"姬祯任眼珠子一下灵动起来，笑笑说："破译的关键，并不仅仅能在技术上，更重要的是，得有高超的战略思维，靠跳出密码来击破密码。"李德来了兴趣："密码破译，果然神秘！你说说怎么个战略，怎么个跳法？"姬祯任说："其实，一个好的密码破译师，和一个优秀的军事指挥家的思维是相似的，就是要有卓越的战略头脑，经常考虑一些密码之外的战略问题。我来举个例子。"姬祯任说着，眼里浮现出了执拗。高月明心里暗叫不好，可已经阻止不了这个倔人犟种了。

"譬如，前些日子那个'福建事变'。二大队从破译敌军密码中得知，蒋介石已经掌握了福建十九路军的无线电联络及其密码，因而事先了解了十九路军的反蒋战略和作战方案；二大队还获知，十九路军中有一个范姓副参谋长，是蒋介石的卧底，一直在暗中出卖十九路军。而这一切，十九路军并不自知。还有，当时，二大队对蒋介石调十一个师围歼十九路军的情况也获知详尽，都报呈到了我上层。那时候，红军已经同十九路军签订了一个反日反蒋协定，可我方并没有从大局出发，向十九路军通报所获敌情，更没伸手搭救一把。当时，红军驻有多个师就在福建边沿地带，出兵支援并不是件难事。这就是战略思维，战略眼光问题了。红军如若和十九路军联合制敌，借机打破蒋介石'围剿'，是有一定胜算的。十九路军，那是一二八淞沪抗战的铁军，就这么眼睁睁地看着被蒋介石给灭了。可惜可悲哟。"

也不知翻译是否如实翻译了。

说话间，高月明几次拉扯姬祯任衣袖，都未能使他闭嘴。高月明不得不呵斥道："让你说如何破译密码，这是你等该说的问题吗？乱弹琴！快回去！"说着，就想拉姬祯任走开。姬祯任却站着不动，非要把话说完。高月明暗自叫苦不迭。他深知，当初在对待"福建事变"问题上，红军内部意见分歧是很大的。周恩来、毛泽东、彭德怀提出了出击苏浙皖赣等地，在军事上支持、联合十九路军的主张，而当权的共产国际及"左"倾教条主义者，则采取关门主义的方针。今天，姬祯任冷不丁责斥共产国际的决断，这明摆着要闯祸了。

这个性格一向急躁粗暴、做事武断的最高权力拥有者，听罢姬祯任一番话，却温和地拍了拍姬祯任的肩膀，笑笑说："我知道，红军领导层中有些人是不认可我之战法的。彭德怀就骂我是'主观主义和图上作业的战术家'，还骂我'崽卖爷田心不痛'。可红军基层有人对我也有意见，我还是第一次听到。这个姬同志责怪我没有战略眼光，那么，你的责怪有没有道理呢？今天，我不想作答，以后的事实会证明一切的。我们走着瞧！不过，有一句话我必须说明白，对'福建事变'的态度问题，不是军事策略问题，也不是战略眼光问题，而是一个重大政治问题。十九路军这个中间派，第三势力者，是中国革命最危险的敌人。这句话，红军人人要记牢！"

李德话说得硬梆，表情却还是那样温和热情，一反常态地把来客送出独立房子。高月明对此甚感不妙。姬祯任嘴巴上痛快完，身子就虚了，走起路来有些腿软歪斜。宋大雄上来搀他一把，说："总是这么没白天没黑夜的熬，这身子骨哪有不垮的道理。我看，你是彻底累糊涂了，说话嘴也不作准了。好在大首长不和你一般见识。"正好有一群鸭横穿坝路，大家就停下来让路。宋大雄开了个玩笑："快看，这群鸭子像姬同志一样，走路歪歪斜斜的。不过，这鸭子是肥得走也走不动，而姬同志是饿得腿脚难支撑。"李德本来转身往屋里走了，听宋大雄这么一说，就又走过来，说："搞技术难免搞糊涂了思想，但切不可搞垮了身体。二大队的伙食要多改善呀。"说着，让人抓了一只鸭子，言明给姬祯同志补补身子。高月明一番推辞却没有推辞掉。回去的路上，高月明苦笑一声："看来，大雄搞鸭子也是有一套的。"

这个姬祯任，对上面在"福建事变"上的态度一直有看法，对二大队侦获的优质情报不被采用，也有意见。高月明曾多次给他打比喻，说二大队就是一个烧砖工，烧出来的砖，瓦工用不用、用多少、怎么用，尤其是建筑师如何设计房子，盖什么样的房子，烧砖工是不能说三道四、指手画脚的。眼前局势，是万不可乱说话的。破好密码，多破密码，才是破译师的本分，其他休要多嘴。

临进大院前，高月明交代："今天的事，不可再传。"姬祯任说："快把鸭子煲了去，好让大队长喝碗汤压压惊。"高月明说："把鸭子送食堂，全队共享。若让姬祯任独吃一只鸭，他那张鸭子嘴还不叫得更欢呀。"

不出高月明所料，红星二大队水煮肥鸭的香味还未散尽，上面下了一纸通知，责令红星二大队开展一场整治思想散漫专题教育，高月明在上一级党委会上作检讨，姬祯任得到运输队接受三个月劳动改造。通知最后还加了一句，教育不得影响技术工作。可见，上面深知当前局势，对密码情报需求急之又急，这个中心不可干扰。高月明以这一条为由，硬着头皮向上申辩争取，说能否让姬祯任在二大队接受教育，这样也不影响破译工作。可李德交代的事，上面没人敢变更。无奈之下，高月明让人把姬祯任送到了运输队。这次，没派人跟护，也没让带密码材料过去。

姬祯任去劳动改造期间，侦听组人手紧张，高月明特批调刘开来过来帮忙，做些简单的技术活和事务性工作。

刘开来格外勤快，争着抢着干些杂活重活，也时有做些简单的机务工作，然后就是坐下来学习，经常弄些资料翻翻看看。他逢人就说，以后就干这个了，再不站岗放哨了。他是读过几年书的，在红军队伍里也算是个文化人，大家觉得这个行当他能干好。这期间，他更多的时间，是和宋大雄在一起。宋大雄责任心强得生硬，时常把他关在屋里。她守

1378 4316 4275 6230 1597

着他，什么时候学习，什么时候干活，什么时候出去锻炼，都得按她的时间表来，不得有半点更动。

然而，这里面藏了一个阴谋。这个阴谋是由高月明和宋大雄私下制定的，外人一概不知情。这个阴谋即是：眼前这个刘开来便是姬祯任，真正的刘开来冒名顶替姬祯任去运输队了。胆大妄为地搞这么个"偷梁换柱"，是高月明冒险为之，又不得不为之的一招。他豁出去了。眼前，战事紧急，太需要姬祯任在岗了。高月明自有主意："待形势有了好转，我再去负荆请罪。"

姬祯任自然是不负众望。在这特殊的三个月里，他一人破译了十八个密码，其中高难密码就有十一个，有多个还是自编"来去本"。其他破译师也持续彰显着超强的攻破能力，整个二大队在眼前及之后一个时期都有出色表现，经常达到控台率百分之百，抄报率百分之百，破译率百分之百，译通率是"来一个通一个"，甚至还创造了不少"边抄边破边通"的奇迹。然而，有了这么多可靠充分的密码情报，却未能得到决策层很好的利用。这使得二大队人很是郁闷。

权势人物李德，确实有些军事理论上的道道和正规作战的经验，却不懂得红军那一套适合中国国情而行之有效的游击战战略战术。他不切实际地运用正规战原则来指导红军反"围剿"战争。而蒋介石采取的是"堡垒主义"新战略，即，步步为营，处处筑碉，依靠一环衔一环的碉堡工事及公路，稳扎稳打地向苏区中心移动，一点一点地蚕食红军根据地。在这种情况下，红军决策层却采取以堡垒对堡垒、以阵地对阵地的方针，处处设防，分兵把守，短促突击，强打硬拼，被动堵挡，节节失利，最终遭受了毁灭性重创。

那些日子，整个中华苏维埃共和国都蔓延着一种令人不安的气氛。除了红军上层知道所面临的恶劣态势外，普通官兵并不知大局详情，但很多人都有一种预感，担心要出什么大事，却又不知道会是什么事。首脑指挥机关各要地，上上下下，进进出出，神秘地忙这忙那，人人都绷着脸,闭紧嘴,一副多干少说的神情,空气显得异常紧张。

高月明用了很大心思,尽量不让这种不安焦躁的氛围干扰到红星二大队。他要保证所属人员把最大的心思和精力,用到侦收敌情、破译密码上。不久,他抓住一个眼前事例,狠狠地鼓动了一番士气。

事情是这样的:

假刘开来(真姬祯任)领受了破译一部密码的任务。他连续干了多个昼夜却未能拿下,情绪躁急到了极点。

早上,宋大雄把野菜粥送到了他工作台前。他两眼通红死死盯着那盆菜粥不说话,牙巴骨咬得梆梆响。这吓人的怪相没有惊着宋大雄。他遇到过不去的技术难题时,经常会有一些精神病人的诡异表情、动作或言语,宋大雄见怪不怪了。姬祯任呼的一下端起菜粥,一口气喝完,然后,高高举起粥盆,狠狠地砸向墙面。墙是土墙,地是土面,那瓦盆弹墙砸地后居然没碎。他拿起盆子奔出屋外,单手抡起,摔向石头,盆子顿时粉身碎骨。大声骂道:"老子就不信还有摔不破的瓦盆。可我他妈的遇上了一个石臼,又臭又硬,摔不碎,砸不烂,破不了。老子不干了!"说完,回宿舍睡觉去了。

快到中午时分,姬祯任在睡梦中惊叫起来,穿着裤衩子,光着脚丫子,冲出了宿舍。他一路跑着,喊着:"石臼!石臼!狗日的石臼!"他一头撞进了工作室,抓过资料纸,趴在桌上紧写快画起来。站在一旁的宋大雄吃惊地看着这一幕,不知所措了。她默默地看着姬祯任的背影,眼睛渐渐湿润了。

姬祯任瘦骨嶙峋的身子,强弓似的支在木凳上。粗糙灰暗的皮肤没有一点厚度和弹性,勉强地捆绑着那尊单薄酥松的身架骨;那颗皮包骨头的长脑袋,顶着一头杂乱的长发,在骨架上端毫无节奏地晃动着。她担心,那精瘦而细长的脖子,不知会儿被脑袋折压而断;她还担心,那尊身架骨不知哪天会被谁轻轻一碰,便轰然倒塌,散落一地。她脱下

1378 4316 4275 6230 1597

自己的外衣，轻轻地披在那尊骨架上，不由得鼻子一酸，抽泣起来。她克制着，尽量不发出声音。

姬祯任裸身赤脚一路跑动，引起了人们好奇，有几个红小鬼跟到窗下，朝屋里看热闹。宋大雄悄悄打着手势，示意别惊扰了忙人。

三个时辰过去了。姬祯任慢慢地站起身，披在身上的衣服滑落在地，他并未发觉。他缓缓拧上钢笔帽，想把钢笔插入胸前衣袋里，钢笔自然落空掉在地上。他低头一看，这才发现自己几乎赤裸着身体，惊叫一声："是谁脱了我的衣服？我的衣服呢？"这时，有人推门进来，他慌忙转身躲到了宋大雄身前。宋大雄正背对着门，一把把他揽在了怀里，紧紧地抱住他，也没回头看一眼，就大吼一声："给我出去！"

此刻，她感觉到了他的颤抖，感觉到了他瘦胸的硬硌，感觉到了他冰凉气息，她把他搂得更紧。她要给他温暖，给他力量，给他爱抚。她把热脸贴上去，热泪润滑着他脸颊。渐渐地，他不再颤抖。她说："别憋着了，哭吧，喊吧。破不开码子，你就把我当作瓦盆摔碎吧，当作石臼捣破吧。只要你能出气解恨想怎么样都行。求你了，别难为自己了行吗？求你了，放弃这个码子行吗？咱别在一棵树上吊死呀，换个新密码试试吧。"他的回答是一阵猛烈地拥抱。

这时，身后有人说话了，是高月明的声音："赤身裸体的，快把衣服穿上。"姬祯任推开宋大雄，拿起桌上密码纸，叫道："报告大队长，本人破开敌'银密'一部，获知敌情如下：敌汪一江纵队暂三师有四个团，正在急速冒进，欲插入我腹地平湖三镇一带，而其他部队并未及时跟进，其已成前突孤军。赶快把密报送独立房子。这次，如若还用不好这个情报。我、我、我他妈的就……"高月明一把抓过密报，看了两眼，也激动不已，接话说："这次，如若，他妈的，我就一把火烧了他那独立房子！"说完冲出了屋门。

宋大雄暖暖的目光洒过去，姬祯任没有任何反应。此时，他心还沉浸在那部银密密钥词里。

三分熟牛排"medium rare！""在他记忆里，只有一个人最喜欢三分熟的牛排。那人就是江小点。这一下，他思绪在那个死去的江小点身上黏住了。上海的甜蜜爱情又在内心浓浓地泛滥开来。然而，他心却落在了一个莫名其妙的问题上：这部银密与这个血淋淋的密钥词密切相关；三分熟牛排与江小点又有着吃与被吃的关系。那么，那个江小点与这部银密有没有某种关联呢？

　　这时，姬祯任问了一句："大雄你喝过威士忌吗？"宋大雄直发愣："我都没听说过。莫名其妙。"姬祯任一副不吐不快的架势："今天这部银密才叫莫名其妙呢？真真大怪物一个。其一，是红军少见的全英文电码；其二，启用了替代表加密法，先后使用英文单词威士忌 whisky 和三分熟牛排 medium rare 作为密钥，两次双层替代加密而成；其三，出其不意地袭用了明代尺牍品文格式结构。集其三个特点于一身而创造出来的这部密码，鱼不是鱼，龙不是龙，猫不是猫，虎不是虎，整个一副诡异怪幻的模样。此密的破译，是红星二大队开了捅破中外语言混交、古今文体乱撰之杂种的先河，具有臭烘烘、臊乎乎、腥辣辣的意义。还他妈的三分熟牛排呢，血糊淋拉的，简直就是个变态狂！"

　　宋大雄听罢，一脸惊喜："谁知哪块云彩有雨呢？谁能想到明代尺牍品文格式真的派上用场了呢。请饶恕我当初捆绑之罪。"姬祯任一脸认真："你非但无罪，反而有功。因为，我脑子莫名其妙地想到了我与你第一次相见的那个山林里的早晨，继而想到了那条黑麻袋和那个黑屋，瞬间又蹦到尺牍品文上去了。于是，银密展开了第一条缝隙。你可能不信，冥冥之中，我觉得，这个密码需要我的女人助一臂之力。这个时候，我的另一个女人出现了，紧接着一盘三分熟牛排飘飞过来。不过，破开密码后又回想起，到底是先感觉到了尺牍品文的影子，嗅到了三分熟牛排的味道，这才想到了我的两个女人？还是先念起了我的两个女人，才想到从尺牍品文特性下手，用三分熟牛排密钥词开刀呢？"

　　宋大雄回过神来，脸泛羞涩："想得美！谁是你的女人！"

破开银密,红军集中优势兵力,围歼了汪一江四个团于平湖三镇一带,毙敌俘敌六千余人,缴获枪支三千一百余支,取得了第五次反"围剿"以来少有的一场大胜利。上级首长说,此战红星二大队功不可没。

然而,之后多日,姬祯任并没表现出半点兴奋和喜悦。他心里藏着一个惊人秘密,正压得他喘不过气来。

那夜他当班,侦获了一份敌用银密拍发的特级密电。是国民党军事委员会委员长南昌行营,发给其"围剿"军各纵队司令长官的通报。

这个时期,红军败战频现,国民党军"围剿"屡屡获胜,红军一部分官兵思想开始动摇,感到前途渺茫;加之,苏区内部的肃反和查田运动,皆实施了滥杀政策,冤枉错杀了不少人,这更使得部分人对革命丧失了信心。红军官兵投降叛变的现象由此多了起来。

姬祯任译出的这份长报,便是红军方面叛变投靠国民党军的人员名单、叛变时间、地点和详尽过程。名单是按职务大小依次排列的。第一个便是原红军湘鄂赣军区总指挥孔一荷,紧接着是八个师团级红军干部。姬祯任每译出一个名字,都要惊出一身冷汗,写字的手颤动不已。但是,让他最为震惊的,是他破译出的最后一个名字。这个名字,跟在那八个师团级干部名单之后,像幽灵一样,突然出现在了他的脑海里。他不相信自己的眼睛,又校译了三次,仍然是那个名字:姬祯富,鄂东巫山游击队长。这个比师团级干部小得多的小干部,一下子就把姬祯任击倒了。

姬祯任浑身湿透地瘫在桌下。他四脚朝天地铺展开身子,让地上凉气一点点侵袭着那天旋地转的头脑。儿时与大哥相处的情景,不时闪现在眼前。兄长一些美好形象,最终被他自己伤腿逃离战场的惨相击得粉碎。

据敌密报记载,姬祯富带领他的游击队被国军围歼于一个山坡上,队员被打得七零八落,死伤过半。他见大势已去,看准一处陡坡,拖着伤腿翻滚而下,藏在一个峭壁石缝中。后来,他在山里辗转了三天三夜,第四天则直奔敌营而去。在那里,他写下了悔过书和脱共声明。

"姬祯富"三个字，在姬祯任脑海里翻滚着。他爬起来，拿起笔，一咬牙，想在译稿纸上写出这三个字，可他手抖动得握不住笔。他想了很多，也想得很现实。眼前，这个哥的死活已经不重要了。关键是，这个活着不如死了的大哥，对还在红军队伍里的四个弟弟妹妹，将有致命的损毁。尤其对身在二大队这个特殊单位的两兄弟，更将是毁灭性打击。一个叛徒的胞弟胞妹，还能在红军队伍里待下去吗？尤其是苏区的政治环境，像姬家这种地主加叛徒的情况，绝对是凶多吉少，甚至是没有任何活路可言。眼前的姬祯任，地主成分带来的灾祸刚刚过去，冒犯李德的惩罚还在由刘开来顶替着，现在又陷进了兄长叛变投敌的旋涡之中。

他明白在这份密报上，如果落笔写下"姬祯富"三个字，就有可能是他姬祯任破译生涯中的最后一份密报了。他会被关押，被隔离，甚至被枪毙。即便能保住一条小命，也会把他驱离二大队，驱离破译岗位。

"离开码子世界，我生不如死。"此刻，他想到了母亲张成凤，想到了那封捎给大哥的亲笔信。不知那封信捎到大哥手里没有？大哥可是从小都对母亲言听计从的呀。大哥是受母亲思想影响而背弃了红军吗？要么就是眼前红军败势使大哥丧失了信心。

老天呀，写不写下这个臭不可闻的名字呢？有一百个理由督促我要写下，又有一百个理由拽住我不要落笔。

十个人的叛徒姓名，往上报九个不会漏陷吧？前九个叛徒都是师团以上的大叛徒，足以把红军高层震翻了天，谁还会怀疑后边还有一个小萝卜头没写上呢？这个小萝卜头对革命造成的损害，小得可以忽略不计呀。

我把这份密电原稿上"姬祯富"三个字的码子也去掉吧。信号不好，漏抄几个码子，这是非常非常正常的常见之情呀，这深更半夜的，我为什么就不能出一次差错呢？其实，还有个办法，不用去掉"姬祯富"那几个码子，可以在密报原稿上改个数字呀。在"0"下面再添一个"0"，就变成了"8"，或在"1"上面划一道就变成了"7"，等等，只要改一个数字，"姬祯富"就变成毫不相干的另外三个字了呀。手指一动之间，

1378 4316 4275 6230 1597

就万事大吉了呀。

然而,我姬祯任能这么干吗?

姬祯任在屋里团团转,真不知如何是好了。此时,他想到了自己的主心骨高月明,一个绝对信任的大哥。这大哥技术水平极高,政治水平极高,在原则性与灵活性的把握上水平也极高。把自己全交给他吧。是死是活,听天由命了。

已是半夜时分,姬祯任写下了两份译电清稿,一份是九个人的名单,一份是十个人的名单。他敲开了高月明的门。不过,在敲门之前,他还是把那个九人名单撕碎,捂进嘴里,吃进了肚里。

高月明把姬祯任让进屋,问:"有急电?"姬祯任没有吭声,坐在了床上。

高月明说:"看这脸色,是心情不好。是不是听说你大哥的事了?"

姬祯任一脸惊讶。

"我本来是想过几天再告诉你的。鄂东巫山游击队被敌人包了饺子。姬队长死得很英勇。他被炸烂了脸,炸瞎了眼,炸破了肚,临死前还把刺刀捅进了敌人的胸膛。"高月明神情肃穆地说。

"你是说我大哥他阵亡了?"姬祯任一下没有反应过来,"他人都被炸烂了,怎么还能认出是他?"

高月明说:"他衣袋里不是还装着证件嘛。我理解你的心情,你是不希望他死。可战争是残酷的,谁都有可能为革命献出生命,包括你我。人死不能复生,节哀顺变吧,祯任。"

这时,姬祯任脑子里闪现出一个画面:姬祯富在叛变之前,把自己的证件,装进了一个面目全非的尸体衣袋里,把那尸体的证件给毁掉了。敌军走后,红军去收尸,看到证件,以为他阵亡了。

姬祯任缓缓站起来,说:"我很痛苦,是想让你为我宽宽心的。这一刻,我想通了。"

姬祯任出了门,在院子里转了足足两个时辰,最终又敲响了高月明的门。他把那份密电掏出来，递了上去。高月明看罢，先是吃惊，后是沉默，然后点点头："你先回去休息，我马上去送报。"姬祯任小心地说："我希望组织信任我，能让我留在二大队继续破译密码。"高月明看着他："我相信你，二大队相信你。但这事的确非常麻烦，你要有最坏的打算。这份报，我直接呈送大胡子首长，并把姬家详情告之他。一切请他定夺。这事，在上级没有指示前，只有你知我知，天知地知，懂吗？以前我说过，在二大队，我相信每一个人，也怀疑每一个人。我这样说，是从两个不同角度看问题的。可今天，我要对你说，我相信你，从不怀疑你。因为，对党，你心和我心都是一个样的！"说完，高月明叫上警卫急奔而去。

姬祯任站在皎洁的月光下，久久眺望远山。他看到似有云雾弥漫在山顶之上，其思绪也随之翻腾开来。然而，一刹那，云雾突然散去，他瞥见在一片闪着亮光的蓝天深处，出现了一张清晰而刚毅的脸。那是他自己的脸。他一时觉得，在这个世界上，再没有任何东西能遮盖住自己本来面目了。

这一夜，姬祯任安稳地一觉睡到了大天亮。高月明过来找他，只说了一句话："上面信你。一切照旧。此事密度，特级！"

姬祯任点了点头。这一刻，说一个字都是多余的。他转身去工作了。

不久，刘开来从运输队劳改归来，兄弟二人又悄然互换过身份。刘开来随即被调回了警卫分队。

第十一章　琦 密

琦密是以残缺之身来到姬祯任面前的。可能是由于天有雷雨，信号

1378 4316 4275 6230 1597

不好,敌军收报方一次未能抄下全报,就呼叫重发,敌发报方即连发了三遍,每一遍都稍有更动变换,总算凑对出一份完整密电。按常规,这可是密码通讯的大忌。一份密报同文同义重发,中间调整段落,或者略变报头报尾再发,如被敌方截获,破译的可能性就会增加数倍。大概是敌方对这部复杂密码的安全度过于自信,要么就是碰上了敌方一个糊涂差劲的报务员,反正他们就这么干了。

对红军破译师来说,这本是一个天上掉下来的大馅饼,但几个破译师搞了多遍也未能啃动,连点饼渣沫沫也没吃到嘴里。这下,姬祯任慌了,急了,开始以背水一战的心态,一次次冲击顽堡。然而,连续攻击数日,他还在密码外围转圈圈,依然找不到打通核心关节的缝隙。

还是生活上的贴心人宋大雄送来的菜粥,姬祯任照样一口气喝完。宋大雄连忙把瓦盆抱在了怀里,躲得远远的:"看你这个憋屈样子,今天又碰到了难啃的骨头。你要想发泄,就冲我来,咱别再摔盆子了行吗?上次摔的那个盆,食堂扣了我的伙食尾子钱。"

姬祯任走向她,说:"摔破的瓦盆,再用黏合剂黏好烧实,自然就成了一个好盆。我问你,如若再想击碎这个瓦盆,是不是从旧茬缝棱上下手更为容易些?"宋大雄莫名其妙地看着他,把瓦盆藏在身后,说:"我祖上就是烧瓦制罐的。你说反了。瓦缝涂上黏合剂再烧实它,那缝棱会变得比好瓦更坚固。同样的道理,一棵树一旦受过伤,就会长出一个树疙瘩,而这树疙瘩比树干还要坚硬难劈。"

"我明白了。这里有三份残报,凝合成了一份整报,但又不是通常意义上的整报。就像你那用黏合剂黏好的瓦盆,看着难看,但又不失之于结实。我知道我怎样击碎它了。"姬祯任说完,就又趴在了桌子上,一口气干了三天三夜。

清晨,宋大雄过来叫姬祯任去吃饭。姬祯任把材料纸收好,夹紧双腿,坐着不动,伸出手说:"扶我一把,我不敢用劲起身。这一夜了,才觉得内急。这一急,便是急不可耐。要出事,要出大事。"

宋大雄这下明白了，笑说："可别尿湿了裤子，红军服装供应紧张，可没得裤子换洗哟。"

"别闹别闹，扶我一把。"姬祯任绷着脸，被她搀扶着，慢慢站起来，轻轻地往外挪动脚步。宋大雄发现那座位上已是浸湿一片，惊笑起来："羞死人喽。"

姬祯任一脸痛苦："别笑！住嘴！保密！姐，求你了。"他把密报递给宋大雄："蒋匪军一向不讲究，真是一盆两用了。"宋大雄迟疑地看着，姬祯任又说："还发愣？这部琦密叫自编来去本。顾名思义，来的和去的、发的和回的，都用同一部特别密码本，来和去却又是不同的加密方法。二大队破开这种密本，还是第一次。"

高月明当着宋大雄的面，拿着琦密情报的手颤抖起来，呈现出了一副大难临头的神态。这是宋大雄近年来从未见到过的吓人景象。她双腿也不由得颤抖起来，突然知道尿裤子是什么感觉了。心说："莫非是姬祯任吓得尿了裤子？"

红军两大叛徒（曾见于二大队所破银密叛徒名单）受到蒋介石亲自接见。他俩送上的"见面礼"，是中共中央机关驻地和红军主力部队分布图。蒋介石以此制定了派飞机奔袭轰炸中共苏区要地的计划。作为大轰炸计划一部分，蒋介石南昌行营派出其前线特遣突击队协同行动。

国民党潜伏于红军苏区各地的特务和敌对人员，拟与国军前线特遣突击队里应外合，给飞机提供具体的轰炸目标。同时，趁轰炸大乱之际，对中共中央机关要地和首脑，实施偷袭、暗杀、爆炸等破坏活动。

国民党潜伏人员联络点为古玉镇玉河山货行。来往特工人员联络方式极为奇特：该联络点因地处苏区腹地，不能暗设电台，却用琦密来去本密码编写纸条，用于接头和传送信息。即，山货贩子与山货行之间认码不认人，见纸条并能译清看懂内容者，方是自己人。

行动计划共分两步走：7月11日午夜。国军飞机飞临苏区要地上空，国民党潜伏人员一部，在中共重要领导人宿营地、主力部队驻地、兵工厂、武器库、屯粮地附近，点燃篝火，引导飞机实施轰炸。与此同时，另一部潜伏人员，分头带领身着红军军服的特遣突击队各战斗小组，混杂在因遭轰炸而四处奔跑的军民当中，偷袭各红军首脑院舍，实施斩首行动；对各个军事要地，实施爆炸破坏。

二大队分析认为，国民党军明知红军对飞机毫无防空能力，即使大白天来轰炸，也无被击落之忧，其却选择了午夜行动。这是考虑，国军特遣突击队趁夜色之乱，假装救火救人，容易混入并接近红军首脑要害人物和要地，偷袭成功率高；红军各要员、主力部队夜间无外出任务，都在集中宿营，轰炸扫射效果好；国民党潜伏人员、特遣突击队完成任务后，容易隐蔽撤离，全身而退。

破悉琦密，石破天惊！苏区上下，一时如临大敌，一筹莫展！

敌之行动如此凶险，如此决绝！

数日后，敌军大轰炸行动结束。

这一天，陈小花惊报："琦密常用频率再无往来讯号，全频段搜索也不再见那个熟悉的影子。这标志着敌之琦密已被停止使用。"随即，她正式呈报原由：敌疑似发现琦密被我破译。

姬祯任并不认可陈小花的结论。他翻阅了前几天一组审讯材料，一心想查实琦密被停用的真正原因。

"711"大轰炸潜伏特务案审讯材料

被审讯人：古玉镇玉河山货行老板丁基之子丁一泉、儿媳张采芳；敌前线特遣突击队联络员李子可。

丁一泉：7月5日中午，玉河山货行来了一对年轻夫妇，山货贩打扮，赣南口音，进门便递上一张清单，问有没有这几样存货。我让妻采芳先搭讪着，自己进了里屋。我从几处密洞掏出几份拆册，合并成一本。这是丁家与上面来人联络用的密码本，叫琦密。我用来本密码译出那张客户清单，是杜甫的一句诗"八月秋高风怒号"。我用去本密码密写了一句李白的诗，出来递给年轻夫妇。只见那个男人准确译出"烟花三月下扬州。"暗号对上了。那男人又拿出一张清单，说这是他家老板下月要进的山货订单。单子上自然有货名、价格、数量。我知道，上面的数字都是用琦密加密的密语。我拿回后屋译出来，是一个秘密安排：通知各镇点十七名潜伏人员，今晚八时，到田大户家集合，有重大任务布置。我用去本密法写道：另外刚发展的那九个地富积极分子让参会吗？他随手用来本密法写道：全部参加。以前，一般是由我爹和外面来人接头。昨天，山外有一笔大买卖要谈，爹亲自去了。眼前这对夫妇，我丝毫没有怀疑。因为我发现，整本琦密像是从那个男人心里长出来似的。这种硬功夫，肯定是党国精英特工身上才有的。

张采芳：那对年轻夫妇一走，我夫妇俩赶紧到各镇各点，去通知那二十六个人。这其中有七个潜伏者是红军身份，通知起来要巧妙，要安全，最费功夫。总算全都通知到位。可到了晚上八时，却一个没来。我夫妇和田大户一家人，倒是被你们红军当场抓获。事后，我们就明白是怎么回事了。眼前，我就想问一个问题，你们使计提前把我公公诱骗走，他人现在是死还是活？说实话，要是我公公在行里，你们这些毛毛招成功不了。

李子可：7月6日太阳落山时分，我到了玉河山货行，是丁基老人的儿子儿媳接的头。这两年，我来过这货行两次，都是丁基出面。

我并不识其子其媳。进门来,相互用货单联络上暗号,我送上我家老板6月赊账清单,实则是"711"大轰炸行动方案。那对夫妇回到里屋,译清看明详情,回了我对账单子,是用琦密去本加密的问话:能否不炸我丁家和那九家人房院。我用密码写下:很难躲开。若炸了,上峰会如数赔偿。那夫妇这才放心,协调潜伏人员做了几天紧急准备。7月11日晚8时,我又来到玉河山货行,虽然上次见过面,还是用密码程序接了头。认码不认人,这是铁律。然后,我出门,他夫妇悄然跟随;出镇后,又接二连三有人远远跟上来。每跟上一人,那个男人便冲我点下头。这说明是自己人。到了响泉山集合点,与我突击队七十八位队员见了面。跟来的二十六位内应分成十三对,与突击队十三个战斗小组一一对应上,谁走那条路,谁去袭击哪个宿营地和仓库,很快分派清楚。我们用电台向上面报告,一切准备就绪。11时许,十三个战斗组进入到十三个目标区附近隐蔽待命。每个目标区近处早已秘密放好三堆柴草。12时左右,听到了飞机轰鸣声。十三处篝火随即燃起。让人始料不及的是,在第一颗炸弹炸响时,这十三个隐藏处周围,突然涌出红军伏兵,各战斗组还没来得及冲向目标区,便被就地消灭。各组那两个内应,掏枪射击的却是自己人。尤其,带电台的指挥组,被重兵神速逼过来。货行那丁家媳妇甚是勇猛,三枪击毙了离电台最近的人,那个丁家男则趁机抱起电台躲到了方石后。指挥组眨眼间被收拾干净。我侥幸没死,被生俘,和你们的人在山头上看到了轰炸全过程。我这才明白。那十三处燃火点,都是空地或闲房,并非真正的目标区。这其间,一个人称高大队的人,指挥山货行丁家夫妇(现在知道是你们的人假冒的),先后发出了四封电报。我人虽被捆绑着,可耳目还管用。每封电报都是那个高大队口述,那个男人用琦密加密,再由那个媳妇用我们那部电台发出。前两封电报都是向我上峰谎报成功击中多处重要目标,而第三封电报则说,我突击队因在大轰炸和枪战中伤亡较大，求派第二突击队到老爷岭口接应残部。你们知道，这本是"711"计划中早有的预案，第二突击队带队人是队长李科中、副队长姬祯富；第四封电报却是：飞机炸到了自己人头上。然后，突然中断了发报。上峰尽管与突击队电台失去了联系，第二天白天，飞机还是来补炸了一次。我猜测，你们肯定是在空闲房屋和丘包之上放上镜子，经阳光反射，用以引导飞机轰炸假目标。晚上用篝火，白天用镜子，这也是原计划方案中约定明示过的。至于第二突击队前去老爷岭口接应，肯定是中了你们的埋伏。详情我便无从知晓了。

红军方面这次将计就计行动，欺诈环节做得较为精细。敌方除前来接应的第二突击队中有两人成功逃脱之外，两个突击队其余人员均未突围出去。敌逃脱的那两人，也是红军故意而巧妙放跑的，实为一个弥补性欺诈动作。这一系列动作做下来，会诱使敌方做出判断：突击队电台被飞机误炸，存在着琦密本散落到红军手里的可能。所以，要停止使用琦密。这样，红军破译能力暴露的可能性就小了。

姬祯任用以上一番自我分析说服了自己，也否定了陈小花呈送的"敌疑似发现琦密被我破译"的报告结论。早在大轰炸前，陈小花就随中央机关、红军主力和红星二大队，转移到了二十公里外云石山里。大轰炸过后一回来，她就去找了姬祯任，只说了一句话："你老姬这一通自我说服，无非是成全一个破译师的职业心理，或者叫虚荣心：我破开琦密这事未被敌人识破。这又有什么实际意义呢？"姬祯任一指她："你呀，只能做一个侦听员，永远成不了破译师。"这时，高月明走了过来，说："琦密的破译，使我核心要害部门及时转移至云石山避敌；使计诱捕了我区内二十六名敌特潜伏分子；基本全歼了敌第一、二突击队。此次破译及相关行动，姬、宋二人立了头功。没想到，你俩扮演山货行小夫妻扮演得蛮像。还有，大雄那发报手迹着实能以假乱真，不愧为电讯高手。可是，那个副队长姬祯富被击毙了。这是他罪有应得。祯任你要节哀顺变。你休息几天,让大雄陪陪你。我觉得,你俩关系可以再向前发展一步。尽管有纪律,我可以睁一只眼,闭一只眼。"

姬祯任没有当着高月明的面过于悲伤,反而从宋大雄身上想开去,心里有了一些温暖。

想到姬祯富,姬祯任找了个没人的地方,想放开大哭一场,可心里憋闷得难受,就是哭不出来。他头撞树干,磕得青紫一片。回去后,宋大雄说了一句话,才冲淡了他心头悲哀:"这次,你我尽力了!不知又有多少士兵兄弟躲过了一劫。值了!"

第十二章 甲乙组密

红星二大队躁急不安情绪,最先是从破译师身上漫延开来的。从某种角度说,破译师是整个苏区躁动最早的那个群体。因为,他们较之苏区上下的任何人,都最早了解敌情,最早感觉到绝境的来临。

高月明依靠强有力的思想工作,一次次把这种不安情绪压下去,却又一次次被某些情报惊起来。苏区一天不如一天的险恶形势,给破译师们带来了前所未有的惊恐。这种惊恐,是由一张张密码纸抖搂出来的,是由一阵紧似一阵的电码声鼓噪出来的。有些破译师是颤抖着手写出情报,又颤抖着手呈送给高月明的。

一些官兵也感觉到了不安,却又不知要命的事情是什么,何时而来,能来多少。而破译师则路路皆知,事事周详。那些天,有一个词成了高月明的口头禅,见人见事就说:稍安毋躁!稍安毋躁!他那异常镇定的情绪,在一定程度上安抚了众人。

姬祯任情绪压根儿就波动过。开始时，宋大雄以为这个人是全头全尾地陷进码子泥潭里，对密码之外的诸人诸事都反应迟钝，漠不关心，情绪压根儿就没波动过。渐渐地，她发现不是那么回事儿。姬祯任给她说了两段话，即改变了她的看法。

"现在，我们要做蚂蚁；现在，我们只能做蚂蚁。但是，我们决不做老蒋脚底下的蚂蚁，而要做绊倒大象的蚂蚁！我二大队就是一群能绊倒蒋介石这个大象的蚂蚁！乍一听，你会觉得，蚂蚁绊倒大象不可思议。这是你的惯性思维。老想着让蚂蚁去绊大象的腿，那自然不可能绊倒大象。咱若换个角度想，我们这群蚂蚁巧借大象的腿，爬进它的眼睛，钻进它的耳朵，弄它个耳聋眼瞎，它会不会就能撞树跌沟而摔倒，甚至坠入山崖而身亡呢？会的，是完全可以的。咱二大队就是搞敌军耳目工作的嘛。这是个信心问题，也是个策略问题，还是个技术问题。当然，还要靠信仰制胜。"

姬祯任说给宋大雄的第二段话，是在红军刚刚开始突围之时。那时，红军总部每天都传下来"做好准备，明天行动"的命令，可迟迟没有行动，也没有谁告诉到底哪一天才会行动，怎样行动。广大普通将士，根本不知道部队将要向何处去，如何去，去多久，去干什么。虽说这是一次被动的而且目标随时改变的战略突围，但要转移的趋势迹象早已显现几个月了。军事顾问李德及党和红军的总负责人博古，却一直对红军将领们保持沉默，临到出发前的那一刻，才通报说：红军要到湘鄂西去。就是在这个时候，姬祯任说了这么一段话。

"大雄，你看这架势，各部队和征调来的五千多名挑夫，已是挑起了一个红色苏维埃共和国。这支前后长达六七十里的队伍，繁杂躁乱而庞大，军民靠肩扛手抬，把整个国家搬上了征途。先不说这种大搬家式的军事行动正确与否，仅就如此巨大规模的军事行动，你则应该提前向各路率领的将领们讲清行动的基本要素。这是军事常识。信息梗阻，众将领如何统兵行动？战略不详，预策不知，这仗怎么打？上面这么做，哼，显然带有典型的普鲁士军事色彩！是军事神秘主义！这是要害死人的。"

宋大雄听罢，惊恐地看看四周，悄声提醒道："我觉得，这话可不该是你一个破译师要说的呀。上次那麻烦，苦了开来兄弟。祸从口出，少说多干保平安吧。"

后来，红军领导层传出了批评"军事神秘主义"的声音；再后来，红军总部便注意解决信息梗阻问题，开始向全军各部队及时通报我情敌情；再后来，红军不断遭到重创，部队上下开始质疑中央领导和指挥，博古、李德的威望跌至谷底。

了解了这些情况后，宋大雄对姬祯任愈加佩服。他那张险些惹事的嘴，还真早早点对了症结。她想，破译大师，情报大家，是不是都应该有如此厉害的眼力呀。

宋大雄有这些想法的时候，中央机关和红军主力大部，历经艰险，背水苦战，总算过了湘江，兵力却从出发时的八万多人，锐减到三万人。

在过湘江之前那些日子里，有一次在急行军途中，姬祯任遇到了母亲和小妹。

说到急行军，红星二大队的"急"那是真急。为了保证电台侦察和破译不间断，高月明采取了一个有效而灵活的方法，即，把所有侦收破译人员分成两个梯队，交替行军。根据大体路程，计算好前后两梯队的宿营和出发时间。第一梯队每天要比大部队早走三四个小时，通常在凌晨两三点钟就出发，第二梯队在原地坚持侦听，比大部队要晚出发三四个小时；第一梯队中途停下或到达目的地，架起天线调好机器正常工作后，第二梯队再拆下天线、设备开始行军，然后超过第一梯队，到达下一个宿营地展开工作。就这样，二大队人经常以每天一百多华里的速度赶时间，急行军。通宵工作成了常态，每晚平均只有三四个小时的睡眠。二大队人这样不间断的行军、工作与熬夜，又吃不上，喝不上，体力透支很厉害，几乎到了生命极限，有的同志积劳成疾，有的同志就永远倒下了。

二大队人都有深刻体会，在很多严峻时刻，时间真的就是生命。能否及时抄收到各路敌人的电报，连夜攻关破开密码，迅速而确切地掌握周围敌人的行进路线，这关乎着整个红军队伍的安全。譬如，红军司令部每天晚上要向部队发出命令，往往只有次日出发时间，而没有行进路线和目的地，部队到底往哪儿走，则要等待二大队侦获抄收到敌报、知敌行动方案后才能决断。这成了长征中常见景象。在整个接力过程中，红星二大队两队人员能否快速交替，有序衔接是关键。不管路上遇到什么困难，必须保证准时全员全装到达指定接力地点。

这一天，姬祯任、宋大雄和陈小花三人，都骑着马，各自驮着机器设备和武器装备，争分夺秒地向前赶路。

宋大雄和陈小花分左右跟在姬祯任后面，担负警戒安保。那一刻，宋大雄发现姬祯任有点不对劲。他坐在马上前仰后合，左摇右摆，还不时掏出密码纸看几眼，有几次差点摔下马来。她知道，他脑子又深深陷进了码子里。

不行，这样太危险，得想个办法。宋大雄把姬祯任马上的装备，放在自己的马背上，她则和姬祯任同骑上他那匹马。好在，两人都骨瘦如柴，马还能吃得消。宋大雄坐在前，姬祯任紧贴其后，二人用一条皮带系在一起，再让姬祯任搂了她后腰。这样，马跑得再快，也无安全隐患。姬祯任可以尽情地想他的码子了。

跑着跑着，姬祯任脑子里有了一个思路，急需演算一下，就说："马上相依无纸案，借凭倩背写心得。"宋大雄没听明白，就喊了一嗓子："说人话！"姬祯任说："我要写字。"说着，掏出纸笔在她背上写起来，却又觉得软绵不便。他发现路边有一块木板，就稍加改造，系上绳带，挂在了宋大雄后背上。这样一武装，写着就舒坦了。

马儿一会儿在大路上急跑，一会儿在小道上缓行。马疾时，后人搂紧前人，放开了想码子；马缓时，后人依仗前人背板，写个不停。这一景象，成了长征行军路上一道奇特的风景线，碰上队伍，人人侧目相看，窃窃私语。

这天正走着，就听到路边有人高喊："哥，姬祯任！姬祯任，哥！"姬祯任作业正急，陷得太深，没有听见。

宋大雄发现，路边有一个妹子，正冲他们摆手。犹豫之间，马没有停下来。那妹子扑通一下跪在了地上，撕心裂肺的一声长鸣："姬祯任，救命啊！"

宋大雄赶紧勒住马头。

路边是母女二人，都身着叫花子衣服，两团破包裹卷扔在地上。

宋大雄把姬祯任从码子里唤出来，扶他下了马。

姬祯任认出，眼前是母亲和小妹。

在部队撤离之前，姬祯任曾回过家一趟。张成凤并没多说什么，让他安心上路。可部队前脚刚走，张成凤带上小女后脚就跟上了。部队家大业重，走得缓慢，又经常迂回避敌，并没有把这对弱小母女甩下。

张成凤跟红军走的心是铁死的。走前，这个颇有心计的女人，好好地做了一番分析。她揣摩国军反扑回苏区，通常会残酷杀害红军家属和革命群众及红色堡垒户。她想到，苏区政权在查田运动中，不分青红皂白，把姬家当地主来消灭。但国军也会知道姬家多年义捐红军，儿女染赤。苏区政府不记着姬家的功劳，国民党可是要论"功"行祸，血洗赤匪姬家的。两头遭难，哪头都不是人。这就是姬惠钟那老东西的糊涂之处。他自己被驱逐离乡，却留下孤女寡妻给人残害。

这个恁有主见、内在刚强的女人，选择了唯一可保全性命的方式，就是跟上红军走。这一路上，还有一些像张成凤这样的红军家属，也偷偷地在队伍后面跟着。她们不知道红军要到哪里去，要走到什么时候，但都铁下心来就是不落下。落下就是死路一条。因为，这一路上，除国民党军围追堵截外，各地反动地主武装也很残暴，见到掉队的红军官兵和家属，都会砍头破肚，挂在树上暴尸示众。张成凤母女还算机智，一路上与红军队伍时跟时离，躲躲藏藏，总算没有丢了性命。

此刻，张成凤还是那么冷静，小女小敏却哭得死去活来。她向哥哥诉说一路上的苦难，言明母亲右脚已受伤溃烂，几度恶化，现在连走路都困难了。张成凤阻止住小敏："说这么多干啥？你哥是做大事的人，是没有回头路的，快让他走吧。"

姬祯任还没来得及嘘寒问暖，宋大雄就催促上路，说不能再耽误了，否则便不能按时到达接力点。姬祯任掏出身上的银圆钱票，塞给小妹，就被宋大雄扶上了马。

"哥这次要是扔下母亲，你今生就再也见不到她老人家了。"姬小敏拦在马前，吼道，"遍地荒野，留下钱能当饭吃？"姬祯任醒悟过来，忙把身上的粮袋取下，宋大雄也拿出了自己的粮袋。陈小花也要取下粮袋，被宋大雄拦住："留点吧，姬同志可不能被饿死。"

姬小敏还是不让路："粮袋子能挡住狠心地主的尖刀？"陈小花眼里含了泪水，对宋大雄说："我看这样吧。要么给老人留下一匹马；要么，马都走，把我留下，帮护老人一起走。"宋大雄吼了一声："你少多嘴！"姬祯任说："陈小花你的任务是保护好装备，少了你，安全没保障。并且，到了接力点，也还需要你抄报摇马达；还有很远的路，留下一匹马，就会大大影响我等三人行进速度，肯定不能按时到达目的地，耽误了任务谁也负不起责任。"他下了马，双膝跪在老母亲面前，重重地叩了三个响头。宋大雄也跟着磕了个长头，把身上的小药箱放到姬小敏脚下，然后，一下把姬祯任拖起，抱上马背，一抖缰绳，疾驰而去。就听后面姬小敏哭喊怒骂："姬祯任，你个没人性的东西，以后姬家再没你这个人。搂着婆娘逍遥，扔下老娘等死，你会遭天打五雷轰的。"陈小花跟在后，呜呜地哭出了声。

跑出一段路，宋大雄就觉得姬祯任又在背板上写起来。她这才长长地舒了口气。

不多时，前面有一支大军挡住了去路。宋大雄找到带队首长，悄声急气地说："我们是红星二大队的！急需前出！"

二大队工作性质是绝密的，下面部队并不知道二大队是干什么的。这位首长疑惑地看着三个怪模怪样的骑马人，没有动。宋大雄掏出证件："我们真是红星二大队的，请给予方便。"那位首长说："我怎么没听说过还有个红星二大队？"宋大雄耐着性子说："红星二大队都是在军委首长身边工作的人。此时，军机万不可耽误。"那首长说："我们来这里也不是游山逛水的，哪个不急？不是我为难你们，恐怕我想让路，这队伍也让不开。"然后高喊："全体让路！全体让路！"队伍密集庞大，人声躁急杂乱，喊叫果然没有奏效。

眼前的一切，丝毫没有影响到姬祯任，马一停下，他演算疾写得更为稳当。士兵们好奇地瞧着马背上的这一男一女，指指点点，觉得在女人背上写字的那个怪异男人着实好玩。

突然，姬祯任咚咚地锤打背板，叫道："破了，破了！捉住了，捉住了！"

宋大雄掏枪在手，眼目赤红地盯着那位首长问："军情紧急！是您解决，还是我解决？"那位首长稍一犹豫，宋大雄冲天当当当就是三枪，随即策马直冲队伍奔撞而去。

队伍端头即刻让开了一条路。三里多长的大军，从头到尾依次向路边躲闪开来。三匹快马像大海里的快船，冲风破浪，向前急驰。

前面官兵不知发生了什么，听到三声枪响，见队伍一路闪倒两边，也就跟着急跳躲避，就见一男一女紧紧搂抱在马背上飞驰而过，女的一手抖着缰绳，一手举着手枪，男的则脸贴女人后背，后边还紧跟着一人两马。很快，又跟上来一马。这是那位首长。他不停地喊："快闪开，让红星二大队的同志先走！"

队伍被三匹快马一路冲撞过来，马蹄溅了人们一身泥水。大家纷纷议论："红星二大队啥来头？男女同马，搂搂抱抱，比天霸道！那女兵真爷们，够威风；那男的呆痴瘦弱，倒像个娘们。"

三人按时到达指定地点。其他两个小组也刚就位。姬祯任把在马背上破开译出的密电，交于宋大雄往上急报，他则立即架起机器，戴上耳机，展开作业。陈小花因姬母遭弃而情绪悲急，直摇得马达呼呼有风，造成电压不稳，惹得姬祯任直骂娘。

姬祯任在马背上破开的这部密码叫雁密，是敌中央军与湘军何键部之间使用的一部高级密，何键也用此密向所属各部队发布命令。从所获情报中发现，湘军、桂军正在调整部署，移防部队。由于白崇禧已命桂军主力南撤恭城而去，而何键派湘军南下接防却迟迟未到，该两部间出现了衔接不及状况，致使湘江防线兴安以北、全州以南六十公里的门户洞开。

二大队破译的其他几个重要密码，更加及时全面地获知了相关敌情以及更大范围内的敌军动向情报。

红军总部依情报而动，当机立断，紧急突围，在敌防线缺口地带江面，实施强攻抢渡，最终打过了湘江。

战后，上面专门派人给红星二大队送来了猪肉，以示奖励和慰问。那天，姬祯任毫不客气地独自吃了半碗红烧肉。宋大雄又把自己碗里的肉拨给他，他也没推辞。

宋大雄说："我伏地向姬母磕长头之时，心里就暗暗地说，我要像母亲一样照顾你。所以，以后我无论怎么关心你，你都要像今天一样不得推辞。"

姬祯任听罢，放下碗筷，冲来的方向，双膝跪地而泣。这个时候，他才想起了母亲。他推测到老人已是凶多吉少，不由得悲伤起来。

一个多月后，姬祯任这种悲伤情绪又一次被激起。这一天，陈小花过来说，她在畦沟镇一带碰到了姬小敏。姬小敏向她讲述了姬母被害的经过。

那天是姬祯任离开母亲的第二天，母女二人便遇上了一股地主武装。眼看着马队奔驰而来，已躲藏不及。姬母急中生智，一把把小敏推下山坡，她则瘸着腿朝一处树林跑去。马队被她引到了林子里。等马队从林子里出来，跑远以后，小敏到林子里去找母亲。母亲已被乱刀捅死。

姬祯任听罢，伤心欲绝，然后问小敏现在何处。陈小花说："小敏不想见你，我怎么劝她都不肯过来。她和几个家属又搭伴前行了。"陈小花掏出一张纸，说这是小敏记下的母亲被害时间和埋葬地点。

之后多日，姬祯任情绪一直很坏，发脾气，摔东西，还骂人，主要是骂自己。但无论情绪多么急骤起伏，一旦拿起密电，便能很快安静下来。

后来，中央政治局在遵义召开了扩大会议，确立了毛泽东在红军中的领导地位。姬祯任兴奋起来，又在下面发表了高见："这下好了，毛泽东同志指挥红军，二大队的情报又可以得到充分利用了。其实，我们这些搞码子的人，可以不要功名利禄，不要官衔职位，甚至连爹娘老子都可以不要不管。我们唯一要的，就是期望有人重其所劳，用其所果。事实证明，重用二大队密码情报，红军就能少流血，少牺牲。若是咱二大队这群小蚂蚁，多绊几下大象的腿，多捣鼓几下大象的耳目，红军不就少死一些人吗？！可有的时候，那些好情报就是得不到重视，心寒哟。不过，以后就好了。"

宋大雄听罢，重重地点了点头。这些日子，她不仅常同姬祯任捆绑在一起，心也越来越和他分不开了。马背上的寒冷未曾袭击过他，他伸手就能抱住那团火热；思路泉涌的时候，他可以倾心挥洒在她安稳的背板上；众目睽睽之下，他能自在地攀伏在她背上鼾睡一时，她则弓挺着身子，尽量保持着平稳，以不搅扰他那神圣梦幻。他醒了，一副心满意足的神情，还调皮一笑，用袖子去擦拭留在她背上的口水。她习惯了别人的指指点点，而他更没把那些议论入耳入心。

然而，高月明是不允许别人说三道四的。他发自内心地维护着行军路上这一独特景象。他在全大队官兵面前发过威："姬祯任与宋大雄，是革命的一双，高尚的一体，分则柔弱两半，合之能量骤增，坚强如钢。分合皆是革命纯情。宋大雄是运输队、保障员，姬祯任则是坦克炮、撒手锏。红军需要这股神圣的合力。因此说，这二人是根据革命需要、经组织批准而结下的革命对子、工作搭档。谁敢非议之，我决不饶他！"其实，知情者，谁还不懂这个理儿。

有一次，刘开来还私下开了宋大雄一句玩笑，偷偷叫了一声"嫂子"。宋大雄并未露出一丝羞涩，许是她从心里早已习惯了这个角色。

"这个称谓，一别让你哥听见，二别让高大队听见，三是我最愿意听见。但是，我从没有享受过'嫂子'待遇。我根本上是你哥感情上的铁哥们，工作上的好搭档，革命路上的生死战友。在你哥眼里，更多的时候，我不是一个女人。

"不过，近来还好，他能把我当成一个女人了，那是在他极度脆弱、极度痛苦之时。这个时候，他把我当成了一个母亲，我则不由自主地把他当成了孩子，一个急需母亲呵护的孩子。这个时候，我不情愿地给出了母爱。我想给他的是夫妻之爱。但是，在他遇顽密而不克，精神滑到崩溃边缘时，羸弱的他，只有母爱才能安抚。我搂着他，就像搂着一个奄奄一息的孩子。

"我联想到，在一次战斗中，我身边一个战友被子弹击中了心脏，在他倒下去的那一瞬，他喊出的是一声低闷沉重的'娘'。我就想，人在生命之光泯灭的最后一刻，可能脑子里最后一个概念，最后一个影子，都是生他养他的亲娘。只是有的人喊出了口，而更多的人来不及喊出口就死掉了。"

说到这里，宋大雄想到了姬母，号哭起来。这几年，很少有人看到这个刚强的女人如此放声悲泣。

刘开来并不知母亲已遇害，但见宋大雄如此悲伤，也不由得泣然泪奔，好大一会才说出话来："我哥的恩人，姬家的恩人。我代表姬家上下，把我哥拜托给您了。"

宋大雄冷静下来："你哥常常不要了自己，全是为了保住更多红军兄弟的生命。这不是大话。他就是这么想的，这么干的。所以，我做的这一切，一是为了革命红军，二是为了痴情的自己。与姬家家族无关。

说我是姬家恩人，我担当不起。没准我还是姬家的罪人呢。"她想，该不该把姬母和姬小妹被害的消息告诉刘开来呢？又想，还是算了吧，何必再多添一个痛苦之人呢。

事实上，姬小敏被害之事，她也没有告诉姬祯任。其实，姬祯任曾与姬小敏的尸体擦肩而过却未见。

那一天，三人骑马经过一个路口，陈小花惊叫了一声。宋大雄便发现，路边几棵树上吊着三个女人，其中有一个年轻的女子，胸乳血肉模糊地袒露着，肩上还斜挎着一个小药箱和两条空粮袋子。宋大雄当即认出，那是她留给姬小敏的药箱和粮袋。她明白发生了什么。此时，姬祯任正在她背上演算码子，路边上的事没有惊扰到他。走出一段路，宋大雄说要去方便一下，让陈小花陪姬祯任先走。她跑回路口，看清了那正是姬小敏。她拦下几个战士，把三具尸体埋到了树林里。她把埋葬的地点、时间记在了纸上，想以后交给姬祯任。

到了宿营地，她把陈小花叫到一边，问上次碰到姬小敏，为啥不带她过来参加红军。陈小花说，我动员了半天，可姬小敏就是不肯到咱队伍上来。她说她不想再见到那个连自己生母都不救的哥，还有他那个整天搂搂抱抱的狠心无情的女人。

"看样子，这妹子到死都没有原谅他哥。她很难从革命的角度，来看待兄长弃母弃妹而不顾的行为。"宋大雄平静地说，"即使到现在知道发生了不幸，我也还是那句话，在军情紧急的情况下，任何私情家事，都不能成为耽误任务的理由。我这话，你能理解吗？"

陈小花哭了："我没你那么高的觉悟。当时，要是我，打死也要和母亲在一起。"

"危难时刻，姬祯任未尝不想和亲人在一起。但他还是选择了离开。即便他当时不走，我绑也要把他绑走。"宋大雄说着，眼泪奔涌而出。

那段时间，宋大雄情绪很低落，整天不言不语。姬祯任就想说点高兴的事，缓解一下她的情绪。他就跑到高月明那里拿来一份技术报告。

她还真笑了："你以为，这技术报告对谁都是包治百病的良药呀？这心病有时是无药可治的。"姬祯任说："反正，这报告，对我就是仙丹，看一眼，百病皆无。"

宋大雄接过报告，认真看起来。

（甲）密码名称：清密、劲密、禄密、勇密、凯密、碾密、福密、伍密、杉密。

密码类型：自编来去本。

在用部队：国民党军"围剿"总部及所属各部。

破译时间：1934年8月、9月。

破译人员：二大队系统全体破译师。

情报效益：通过对国民党军九大主要密码的破译，获知了国民党军事委员会委员长南昌行营，关于"围剿"红军的最新部署计划、行动方案、指示指令。尤其提前一个多月，获悉了国民党军将于10月下旬，向苏区发动新一轮最大规模进攻合围的情报。本来按原来部署，中央红军突围转移的日期定在了10底或11月初。获知相关情报后，红军紧急行动，调整部署，修改方案，于10月初开始突围。这次提前突围转移，按红军总部首长的话说，是因军情紧急而"猝然决定"的。由此可见，从多个渠道、多种手段获取的相关情报是何等重要。

（乙）密码名称：强密、文密、顺密、海密、涛密、营密、琴密、雁密、晟密。

密码类型：自编密本、来去密本。

在用部队：国民党军事委员会委员长南昌行营、中央军以及湘军、桂军。

破译时间：1934年10月至12月。

破译人员：二大队系统全体破译师。

技术意义：红军走上艰难的突围征途，被迫与数倍于己的敌军或周旋迂回，或背水一战。其间，军情万变，行踪不定，无根据地可依靠，地面人力侦察困难，无法与地下党、情报站联络，二大队系统几乎成了红军唯一的情报来源单位。这个时期，蒋介石行营、中央军与各部之间使用的密码，均由其机要部门中文密码专家编纂，密码编制复杂，机密性能高难，新密码颁用更换也格外频繁。

好在，二大队破译师们长期跟踪敌编码技术，知其规律，解其内核，作业已驾轻就熟，基本上做到了即收即破即通。这方面，对红军来说，已无其他特别的技术意义。但是，在破译其中一个叫涛密的密码时，倒是发生了一件有意义的事。

原来，在红军大部队通过了广东与湖南交界处的九峰山之后，蒋介石总算明白了红军这次大规模移动，不是战术机动而是战略转移；不是零星暂动游击，而是弃家"倾巢逃窜"。于是，他紧急召开军事会议，做出了五路大军协调作战的重大部署，拟在湘江东岸有利地形上形成决战局面，试图给红军以毁灭性打击。他这个部署令，共有五大部分组成，非常具体详尽。但蒋介石担心各部不认真落实部署令，就在电文中引用了古代兵家尉缭子的四句话，以表达他求敌若渴的心情和对部属的期望："众已聚不虚散，兵已出不徒归；求敌若求亡子，击敌若救溺人。"这个部署令，用新启用的高级密码涛密，拍发给了所属各路大军。

姬祯任侦获此密电后，立即投入破译，却是百思不得其解。他对电文后半部隐约有点似曾相识的感觉，可就是抓不住它的尾巴。宋大雄见他抓耳挠腮的苦恼样子，就拉他到宿营地外面散散心。二人在路边溜达，就见一个老大妈前胸后背都贴了纸，上写"李顶峰我儿归来"。她挪动着小脚，哭天抹泪地挨队伍寻找自己的儿子。有人说，其实，李顶峰早已阵亡。只是大家不忍心告知老大妈而已。姬祯任见状，如树桩般呆立不动了。片刻，他转身跑回了营地，一口气干了两天两夜没合眼。

对古代兵之大家名句颇有研究的姬祯任，受老大妈急求亡子的启发，一下子联想到了尉缭子那四句话，试着揪了揪，觉得有千缕万结的沉淀，见其全身也跟着蠕动，果然是个小尾巴。于是，揪尾出洞，拎提下刀，逐层剥皮，见肉见骨，破膛开肚，掏心摘肺，最终揪翻了整部密码。

看完这个报告，宋大雄眼里噙了泪花，说："有了这些，你我就是死掉也值了！"即刻，脸上又绽开笑容，"没错。这真是包治百人百病的灵丹妙药！"

第十三章　方　密

这一天，姬祯任刚到宿营地，突感浑身恶寒。宋大雄去外面拴马，回来不见了人，见老乡草垛子里嗾嗾抖动，撩开乱草，发现姬祯任面色发绀，脖子上布满鸡皮疙瘩。搭手一试，额头炭烫。

前不久，宋大雄结识过一个老中医，她身上便常揣了一些中草药，治头疼脑热感冒发烧跑肚拉稀的应有尽有，全是为姬祯任准备的。

今天，一见姬祯任这个病态，以为他是感冒了，熬了药给他喝下去，却愈发抖得厉害，胡言乱语。他清醒前说的最后一句话是："这是打摆子。罪魁祸首是蚊子。"

宋大雄去找了队医老杨。杨医生说："连毛泽东同志打摆子都得硬挺,这种病,目前我无药可治。当然,这种病,也有挺不过来的。尤其身体虚弱者,会有并发症侵袭。打摆子的特征便是腹痛腹泻,臭不可闻。还有,他会烦躁不安,精神错乱,抽搐昏迷。你可要当心,神人出了事,高大队会向你要人的。"宋大雄一副恶相:"老姬不活,我拿你人头祭他!"杨医生赶紧提了药箱直奔病人住处。明知没治,他还是用了药,怕的是一旦死人,宋大雄会枪顶他脑门。人人皆知,在姬祯任安危问题上,这个女人做事是很绝的。药金子般珍贵,一番用药,心疼得老杨逢人便讲:"那个女霸王,为了她那个神人,白白浪费了我的药,那可是能救两条伤兵性命的药量呀。这等于她宋大雄害死了两名伤兵!"

姬祯任天天大汗淋漓,衣服反复湿透。宋大雄连自己的衣服都给他用上了,还是来不及换洗。外面阴雨绵绵,她贴身穿了他的湿衣,用体温给他焐热烘干。

姬祯任时有困倦得不能自己,强打着精神拿起密码纸,眨眼便会歪身睡去。安然入睡,是他近年来从未有过的状态。高月明跑过来,急叫:"战事火急,他姬祯任还能安然入睡,岂有此理!给我听着,我需要他醒着!这个任务交给你宋大雄了。当然,他若还能梦里给我破开密码,他整天沉睡不醒也行!"宋大雄少有在任务面前发火,手指高月明:"如若再为交任务而来,你便别进这个屋。我完不成你这狗屁任务。我现在需要他活着!让他活下来,是我宋大雄的唯一任务。即使他高烧成了傻子,我也要让他活下来。你恨不能他一年三百六十五天天天二十四小时都能给你破密码。老高呀,他都病成这个样子了,你就不能让他好好睡一觉吗?"高月明比她更火光,上来猛推几把姬祯任:"让他多睡一时,前方不知要多死多少战士。我再说一遍,我需要他时刻醒着!这是组织交给你宋大雄的政治任务!"宋大雄猛然把推高月明推出门外:"去你的政治任务吧。从这一刻起,不是为救治姬祯任而来的任何人,老娘一律三拳两脚打将出去。管你是哪个狗屁首长呢。"

姬祯任时常神志模糊,胡言乱语。高月明一走,他困难地翻了一个身，抓了宋大雄的手，直往心口窝子里揣。他把她手越抓越紧，带着她在他胸腹游走，有两次还游到了腹部之下，差点就游到了他私处。她一阵紧张，脸一阵臊红，感觉即刻要发生点什么，却又没有达到那个境地儿。她心里暗骂："病梦里也不敢做点男人的事儿。"她忽地想起："他到底是不是个男人呀。"她一咬牙，就把他汗湿了的外衣内裤脱了个精光，换上了她的一条干裤子。她脸如他一样高烧心说："还算是个男人！"过了换内衣内裤这一关，她跑遍半个村镇，总算找来了一个大木盆，烧了一锅开水，给他痛痛快快洗了个澡，症状似乎减轻了些。然而，不多时，他又高烧不止，且连续几天上吐下泻，人常常处在深度昏迷之中。

再这样下去，人会没得救了呀。宋大雄去找高月明，高月明泪都下来了。他把能想的办法都想了，能求的人都求了。她又去找队医老杨。她先是一跪。老杨慌了，和她对跪诉说无奈。她掏枪顶住老杨额头，叫道："少废话！老姬不活，你便不活！"老杨久跪不起，硬是把委屈咽回了肚里。

数日后，姬祯任已经奄奄一息，眼见着就要走到生命尽头。高月明再也控制不住自己，好一阵痛泣。老杨硬着头皮走过来，对宋大雄说："高烧这些天了，并发症日渐严重，人快不行了。眼下，敌军穷凶极恶追得紧，伤员增多，卫生队实在收容不及。不行，就把姬同志留在老乡家。等将来革命胜利了，我保证回来把姬同志尸骨给你背回去。请你相信我！"宋大雄一脚踢过去，背起姬祯任走了。

这个时期，是1935年初。中央红军分左中右三路撤离遵义，正向赤水、泸州一带西进。与围追堵截的敌军一路打，一路走，行军异常艰难。尤其，各路川军来势凶猛，不断阻击中央红军。二大队轻装疾行，把能扔的物资装备都扔了。有的重伤员也被安置在了老乡家里。宋大雄却不让任何人动姬祯任一下。她把这个骨瘦如柴的人绑在身上，走到哪里背到哪里。

这一天，上级决定在杜丘镇以东山谷地带围歼追兵。中央红军与国

1378 4316 4275 6230 1597

民党川军之杜丘镇战斗打响。

然而,由于作战来得急促,红星二大队没有来得及做情报准备。加之,近来蒋介石对红军的无线电侦察能力已有所揣测:"赤匪专窃听无线电,虽有密码,亦易偷译也。"急令各部加强机要保密。川军遂纠集编纂高手研编密码,使得其自编来去本异常坚固,导致红军未能在战前破开密码,只能通过地面人力侦察、电台明语侦听等方式,获取敌方部分信息。此时,各方综合得出的情报是:眼前,敌追兵只有川军四个团。

敌我交火之后,二大队对川军电台仍未实现全面侦控,对敌确切兵力和军事部署并不是很清楚。打着打着,感觉不对劲:敌军不止四个团,并且也不是战前所预测的川军这个部队好打,而是重兵骤增,战斗力极强。本来是场伏击战,却打成了拉锯战。战斗打了一天一夜,红军损失惨重。而此时,二大队还未敲开川军密码之门。

二大队工作点设在红军指挥部附近,距离前沿阵地也不远。四周枪炮声、喊杀声昼夜不断。伤兵一批批送下来,呻吟、嚎叫、怒骂,声声撕心裂肺,惨不忍闻。高月明把二大队人力、设备全都用上了。他分配好任务、调整好力量,就把组织协调工作交于其他领导,他自己则一头扎进了密码堆里,和几个骨干一起,全力展开破译。

陌生的台情密情,高难度的密码,剧烈的枪炮声,惨烈的哭嚎声,这一切都在考验着每一个侦听员、破译师。若不是有平时的训练教化和一次次实战磨炼,这种技术上的压力,战斗的迫急,死伤的威慑,战场的恐怖,几乎能把大家的心理防线摧毁。然而,二大队这支队伍却都是修炼到了家的人,眼前出现的是另一番景象:周围的一切都像是没有发生似的,惨景惨相惨声,不入耳目,不惊其心。一切井然有序。

陈小花摇着发电马达,不急不躁,不紧不慢。任凭前面战火纷飞,她两眼只盯着显示灯,保持着电台稳定用电;坐在电台前的宋大雄,不愧为侦听能手,一只耳朵听天下,心不乱,手不乱,码子抄写不乱,抄下的份份是 QK 报;高月明像在安静的屋子里工作,时而急速翻阅电报纸，时而看着眼前石壁深思，还不时站起来缓缓踱步，忽地一下又坐下疾写。一颗炸弹在不远处爆炸，冒着黑烟的焦土砸在码子纸上，他抖了抖，接着写下去。

相邻的指挥部里，进出的脚步声似乎急骤起来，听到有人高喊："敌军逼近了指挥部，命令干部团发起反冲锋！"喊声惊动了高月明，他心里明白，战斗力极强的干部团，是总部手上最后一张王牌。打出王牌，就预示着战斗到了极其危急时刻。很快，郦副参谋长从指挥所跑过来，叫道："情况不妙，连朱德、刘伯承同志都上了前沿阵地。指挥部急需详细敌情，急需战术情报，二大队再加把劲呀。"高月明突发急火："难道你没长眼睛吗？难道我的人都在睡大觉吗？"

吼叫声未停，一颗呼啸而来的炮弹，掀翻了几个人。那一瞬，陈小花迅疾扑向了电台，一块弹片击进了她后心，当场牺牲。而宋大雄一跃扑到了躺在旁边的姬祯任身上。郦副参谋长则飞身扑向了宋大雄。

这个时候，宋大雄觉得身下人动了两下。她忙把背上的郦副参谋长推开，抱起了姬祯任，看到他微微睁开眼睛，微弱的声音从多日不开口的嘴里飘了出来："是川军吧？快把密报给我。"她泪流满面，忙把一叠抄报递过去。他报还没拿稳，又昏睡过去。

宋大雄这才发现，歪倒在一边的郦副参谋长左肩鲜血直流。她正想说句感谢的话，见郦副参谋长伸手摸了把伤肩，居然揪出了一块弹片。他举起弹片，猛吹一口气，直吹得血花四溅。他冷笑一声，踉跄地走了。

不多时，郦副参谋长又咋咋呼呼地窜了过来，高月明正欲发火，见后面跟进了大胡子首长，就忍住了。

大胡子首长转了一圈，看到姬祯任手里抓着密报，很惊讶，就蹲下来问："姬同志又能看报了？"这人依然在昏睡。大胡子首长叫道："姬祯任，你到该醒的时候了！你再不醒，我回去上刺刀！"

这时，姬祯任浑身一哆嗦，睁开了眼，艰难地坐起来，把密报举到了眼前，先是自言自语地说，后是歇斯底里地叫了一声："首长也要上刺刀！"

大胡子首长要上刺刀！一下子传遍了战壕，给二大队带来了巨大震撼和压力。

战斗间隙，宋大雄又过来瞧了一眼。姬祯任眼神还是迷迷怔怔，话却能说得清楚了："我好冷哟，就像倚在了冰山上。对了，这川军密码就是一座冰山，只见露出水面的尖顶，而无法接近下面巨量的冰体。难道我脑子真的被烧坏了？"他又浑身哆嗦起来，伸手抓了身边的食物，捂进了嘴里。

姬祯任这次一睁眼便是一天一夜没再合眼。他眼睛放射着怪异的光芒，几乎一刻也没离开过密码纸。他知道那该死的病魔击不垮他，但他早就担心密码术会像病毒一样潜入血液，把他精神一步步逼到崩溃边缘。但是他似乎又一次感到生命走到了尽头，那口气一松，又昏睡过去。

一头壮硕的恶狗出现在了他身边。那恶物与他若即若离，龇牙咧嘴，却又不咬他。他气急败坏，不管不顾地反扑恶狗！在山沟里，树林里，湖水中，一刻不停地追赶着这只恶狗。终于，他把恶狗堵在了一间屋子里，相互对扑上去。狗牙咬向他脖颈那一瞬，他掐住了狗脖子。活活掐死了它。这一刻，他在狗背上看到了两个字："密码"。他把恶狗甩到背上，走向山林。他要把恶狗挂到树林里那棵百年老树上，一刀刀剥开狗皮，掏出狗心。他在山坡上，却觉得背上越来越重，回头一看，是一条更大的恶狗巨头正咬向他喉咙。他一下惊醒，环顾四周阵地，却很快又昏睡过去。那个噩梦居然又续接上了。背上的恶狗哗哗作响，竟然变成了一麻袋石头。简直就要把他压倒在地，可那山坡总无尽头。一个声音告诉他："当你每看到一块上面长着小草的石头，才能从麻袋里取出一块石头扔掉。"还好，他一路上看到了无数块长着小草的石头。麻袋渐轻，到仅剩一块石头时，那个声音又说："你看到的那些小草，并非真正从石头里生长出来的，都是些沾在石上的浮土草。所以，你还得重新去找。"被他扔掉的那些石头，又都呼啦一下全涌进了麻袋里。他继续背负如山，艰难爬行。

一直钻进码子里没出来的高月明,听说姬祯任已经拿起密码纸一天一夜了。他即刻哽咽了:"终是没傻掉。终是没傻掉。"他来到姬祯任面前,发现他人正噩梦连连,大呼小叫,像是在跟谁恶斗。他摇醒了他。

还是那副昏昏欲睡的神态,姬祯任并未觉察旁边来了人。他坐在沟底,背倚沟坡,脑袋在坡土上有节奏地摇磨着,手里把玩着一块石头。旁边背板上,零乱的密码纸被风吹落在地。高月明轻轻捡起来,整齐地叠放好。姬祯任嘴唇动了动。仔细听罢,他说的是:"到时候了。快叫高月明他们。"高月明大叫一声:"该到全力围歼的时候了!"姬祯任吓了一跳,一下坐起来,喃喃地说:"思路接力,智力会战,急在此刻。成败在此一举。"高月明说:"你小子还能顶得上去吗?"姬祯任振作了一下精神:"这次真是觉得要死了。可老子就是不死!要死的是川密!"

破译会战随即铺开。能有资格和能力参加智力会战的人,那可不是一般的破译员。这些人,都要有数年破译经历和极高的想象力,尤其必须有一种特殊的思维方式,而这种特殊性思维,又是很难定义清楚的。高月明曾经设计出一种能甄别优秀破译师特殊禀赋的智力测试,结果他失败了。你可以测试出他的语言文字能力、破译技术技法、军政知识面,等等,但就是测试不准此人到底有没有"密码脑袋"。高月明说,唯有实战方能检验出谁才是真正的密码脑袋。

此时此刻,五个密码脑袋围成一个圈圈,坐于堑壕沟底。大家手里都无纸无笔,旁边也无人记录。每个人对相关情况早已烂熟于心,他们靠神通而精准的心算展开了集体攻关。

高月明那老到而犀利的思维及其超强的破击力,在瞬间爆发开来。

姬祯任找出七块特征较为明显的石头,手指其中一块,认为那是一块能长小草的石头。有一人跟进,陈述了依据。其余三人,有二人沉默不语,一人明确反对。姬祯任换了个角度说明情况,又争取到一人认同。这样就是三比二,锤子则砸向了那块石头。五人分别拿起一块碎石,进行砚磨剖解。

李庆云描述出一座迷宫。实际上,这是一座由众多个小迷宫组成的大迷宫。他认为,这个错综复杂、生生不息的大迷宫,面上特征是川味十足,麻辣得很,内涵机理却是中央军密码的变种,粤桂两军密码的杂交,又包罗了山涧、河流、森林、城镇等共有的几条属性,有一条迷道还延伸到了高山之顶。几个密码脑袋先是热切然而了了地听着。听着听着,有人开始瞪眼,有人蹬腿,有人捶地,有人则一动不动,只是眼睛眨巴得频急,却都说出了同一个意思:这个迷宫藏着鬼的可能性很大,可探,可挖,可通!干他娘的!

壕外,炮火连天,枪林弹雨,喊杀声此起彼伏;壕内,思路对接,智力交锋,技法碰撞,巧术序衔,或旁敲侧击,或直面硬攻,或天顶撬缝,或兜底钻洞,一个环节套一个环节地快速推进着。

终于,在壕外恶战频繁、战机迷茫之际,壕内豁然洞开了一片蓝天。

这真真是个魔鬼式密码体系!五个密码脑袋真正领略了川军密码的坚固与诡诈。

这个密码体系交互使用了代替法、移位法和分割编码法。代替和移位混用,本来就强固了密码密度,它又在里面混杂设置了众多变形编码组和没有任何意义的预留空位。这两种因素毫无规则地散布于加密编码中,这就进一步增加了密码的诡异。然而,这个密码体系最为出彩的地方,在于分割编码法的妙用。这是固牢该密码的核心技术支柱。分割编码法的具体操作是,当加密者拿到一封待发电报,他们先把电报分割成几部分,或二部分,或三部分,或四部分,然后,每部分各用不同编码方法加密,再然后,把加密后的各部分顺序颠倒混编,最终才发送出去。而密电的开头和结尾,对于密码破译师来说,往往是最有价值的地方。

但川军密码无论多么难,还是没有逃脱掉红星二大队富有成效的攻击。破译师们在看似无可挽回的灭顶之灾重压之下,在敌军刀尖已顶住胸口之时,仍然能够异常冷静地研判破解敌情密报。最终,五个密码脑袋活剖了这只恶狗，砸碎了这块顽石，直至捣毁了整座迷宫。

红军总指挥部拿到二大队急呈而来的多封密电详文时，都惊呆了：红军部队周围布满重兵，基本上已被强敌合围，处境极其危险，仅有一条缝隙尚未完全合拢。

红军总指挥部依情报而定，迅即做出决断，在最后一刻，从那条小缝隙里撤出了战斗，成功脱离险境。

这一次，五大密码脑袋，首先破译的是心军密码体系中的首密——方密，正是从方密中获知的重要情报，臂助红军吴公重围，避免了部队覆灭的厄运。

彻底肢解川军密码体系，是在之后不断突围奔袭的征途中展开的。在杜丘镇突围伊始，宋大雄就从指挥部协调过来了五副担架，抬起已筋疲力尽、瘫软如泥的五个破译师，紧跟着先头部队冲出了包围圈，把总指挥部一干人也都甩在了后面。

宋大雄之所以这么干，显然是领受了某个大首长指示的。不然，她没这个权力组成一个特殊担架队，专为红军五个宝贝密码脑袋保驾护航。

这是一个什么样的阵势呀：每四个战士抬一副担架，五副担架头尾衔接，两侧各有一个加强排的兵力警护，一路快速行进。这其间，宋大雄一会儿奔在担架队最前面，一会儿又跑到最后面，她要保证前不受阻，后不掉队。

这种队形奔走了一段路程，任凭枪炮雷鸣，险象环生，五人在担架上都鼾美地睡了一觉。之后，高月明便招呼变换队形。高月明担架走在了当中，其余四副担架分左右前后紧凑地走在高月明周围。两个排的兵力在外围组成一个警卫圈，把五副担架紧紧护在其中。这是一个独特的工作队形，五个密码脑袋边突袭边破译密码。为了使大家说话都能听得清，前后左右的四颗脑袋都头对头躺了，聚集在高月明脑袋周围，这样大家不用大声说话就都能听得清。方密之后的各个密码，正是在这个阵势里破开的。

尽管五颗脑袋在距离上有了捷径组合，但长时间不分昼夜地说话，各人嗓子便都疼痛难忍，再也说不出话来。宋大雄便找来了多块木板。五个密码脑袋每人抱了一块木板，有了想法和思路全写在纸上传递交流，手够不到时，便由宋大雄在担架中传来传去。一路走来，只听得见嗒嗒的脚步声和唰唰的写字声。

这天，高月明对宋大雄说："我们还能在担架上睡一觉，你一路奔走，已是几天几夜没歇息了，可别拖垮了身体呀。"宋大雄靠近高月明，悄声说："你要是真关心我，就出面把我和那个人的婚事办了。不然的话，真不知他哪天就死掉。这世上我最放心不下的就是他。要是哪一天我中弹了，这一生最大遗憾就是没同他结为夫妻。"高月明说："我保证，等革命胜利了，组织上批准结婚的第一对，一定是宋大雄和姬祯任。"宋大雄苦笑一下："革命啥时才能胜利？不过，有这个盼头，我便不死。我不死，便不让他死。"高月明没再说话，眼角滚下了泪珠。

红星二大队得以在崎山镇休整了一个晚上。这一夜，姬祯任突然抽泣起来。陈小花死后，他脑子一直深度陷在密码里，忘记了悲伤、愧疚和感念。这一休整，他才想起留在战场上的陈小花，多种情感压抑劈头盖脸地袭击了他。

宋大雄过来，把他头揽在怀里，陪着他流泪："今天这哭声倒像个男人。"

姬祯任哭声戛然而止，说："哎呀，老蒋密令中那几组难破的码子，原来是这几个字。"他抑扬顿挫地说，"赤匪很机巧，精于钻缝隙，我各部衔接地带，务要联防重防。"

宋大雄愤愤地说："妈的，码子才是你无处不在的情人。"

姬祯任病时好时坏，反复发作。不久，又连续发起了高烧。宋大雄夜夜守着他。

这天，他人又烧得不省人事，嘴上却念念有词："圣神电通军主将，天京事变是翼王，火焰山里驴打滚，烤死老子不偿命，两万皇兵入川地，大渡河畔火烧荒，一锅煮死皇老兵，擒获老儿烧翼膀，狗熊英雄精光光，青钢宝剑铲煤忙，大火越烧越旺旺，天险水凉洗个澡，痛快痛快睡晌，翼王第二谁来当，大渡河畔火燎毛，烧光光烧光光，身子光光烧光光，你那身子冰凉凉，心痒痒，你是一个火盆盆，烧光光，嘿嘿，咣当，咣当当。"

宋大雄知道，他这段胡话，与蒋介石在密电里提到要让毛泽东当"石达开第二"有关。她心稍微安定了些：这说明他脑子还没烧坏。这次，她横下一条心：仗我可以不打了，但这人我一定要救。

她把工作扔到了一边，连续三天三夜奔波于各村镇之间。终于，在一个老镇访到了一个老中医："医好这个人，你老便是红军的功臣。"老中医沉吟许久，说："红军的功臣便是白军的罪臣。红军一走，白军会要我的命。"宋大雄说："我半夜来造访，就是不想让人见我进了你家门。开了药方，天知地知，你知我知。"老中医说："打摆子便是疟疾。有一个祖传秘方，毒性很大，平时不敢使用，因为病人服后会掉光头发。成了秃子，那就找不到堂客了。"宋大雄说："我嫁他！"拿到药方，行军又过三镇，才配齐了药，五剂喝下去，头发果真掉光，疟疾却好了。这场病下来，他智力并未受损，秃脑袋照样灵光，只是身子骨更加单薄，常常被她单臂就夹到马背上。

她开始以堂客的身份对待他。以前，她把心也倾洒到了他身上，从无半句怨言，现如今非但如此，还从内心里感恩起了这个男人。

那天，敌机飞过来狂乱扫射，大家都躲到了乱树稞子里。等敌机飞走，集合队伍，清点人数，发现少了一人。大家拉网式搜查杂树丛，结果发现宋大雄趴在阳光下的青稞子里睡着了。身边竟然还插着一枚臭炸弹。她太累了。姬祯任把她叫醒："心大包天，光天化日之下，敢头顶敌机怀搂炸弹睡大觉。"她悄声回了他一句："你比那炸弹吓人，没人敢搂得。"

晚上，宋大雄解开背包，发现一粒子弹贯穿了衣被，幸好背上有那块厚实的写字板，子弹头没有穿透，直直嵌卡在了板子上。她把这个功劳记在了姬祯任头上。如果没有他无处不在地破译密码，便没有这块背板，背板为她挡过了一劫，说到底是姬祯任救了她一命。

当夜，她就去找了姬祯任。姬祯任正在破码子，她扑将过去，轰轰烈烈地亲吻了他。吻着吻着，他嘴里就进了一颗子弹头。他口衔弹丸，瞪大眼睛，急喘着粗气发愣。她说："这是命，老天都在帮我俩。"见他不解，又说："你有所不知，我已是给你洗过澡的人了。"他吃惊不小："你还给我洗过澡？"她说："你还穿过我裤子呢。"她没耐心跟他磨牙，猛然把他扑倒在草铺上。他反抗无效，被死死地压住动不了。他觉得她就要疯掉了，再没什么力量能够阻止她了。

突然，宋大雄不动了。冰凉的枪口顶住了她下巴。姬祯任说："你一向习惯用枪解决问题。我是以其人之道，还治其人之身。只有这铁家伙才能使你冷静下来。千万别动！手枪走火会死人，男女走火会活人。会活出一个鲜活的小生命，会让你行军不成，会让我破敌无心。这是大原则，大政治。一切等革命胜利后再说，行吗？"

她反手一把下了他的枪，夸张一笑，尴尬全无："呵呵。没想到你本事都用在了这把枪上。你以为老子会怎么着你。想得美。老子只是想试试你的胆量。果然一试便知，你真不是个男人。到了这种火候，你居然还能用错枪，顶错地方。"说着，一把扯住他裤腰，把那颗子弹头投进了他裤裆，"这哥俩倒般配！银样镴枪头！"

她起身扬长而去，似乎还唱出了小调儿。姬祯任远远地听着，眼角渗出了泪水。

第十四章 斓 密

在众多敌军密码中，有一部叫作斓密的密码，很值一提。当这部密码刚送到姬祯任手里时,他就预感到这是一眼深不可测的臭水潭。他毫不犹豫地一头扎进去,却被一方硬石碰得生疼。

又臭又硬的码子没有吓倒姬祯任,高月明一次次来催战让他难以忍受。他写了几个大字贴在背上:"不用扬鞭自奋蹄!"高月明再来催时,看到趴在密码资料前面的那张弓背,转身即走。其实,高月明心里也窝着火呢。他主要是被人骂娘骂得无处撒气。

这和前一个时期的形势有关。

红军历时三个多月,先后四次渡过赤水河。在重兵围追堵截的险恶环境中,二大队各路英才,集智攻关,高效运转,几乎控守了各路敌军的全部电台,相继破译了近百部密码,及时准确地掌握了国民党军指挥意图、作战方案、兵力部署、行动变更等大量重要情报。

这期间,红军战术最大特点就是四个字:敌变我变。中央军委作战计划和部署几乎一日一变,甚至一日多变,依据的就是二大队关于敌情变化的详尽情报,从而保障了红军千里奔突而不溃,身陷绝地而逢生。可以说,四渡赤水作战全过程,也是红军妙用二大队密码情报的全过程。

二大队系统破译敌军密码,是红军的核心机密,下面有的军团首长,对军委借助密码情报打仗并不知情。官兵靠两条腿曲线行军,反复迂回,今天过来,明天过去,不少人连爬都爬不动了,情绪几度低落,骂娘骂得很厉害。一向善打硬仗的指挥员林彪,对放着"弓弦"不走走"弓背"意见很大,居然发电建议要换掉总指挥。当然,也有领导还骂到了二大队头上:"提供的什么破情报?不被敌人打死困死,也得被扑朔迷离的密电码、神乎其神的二大队给拖死累死。"然而,不管是谁,就是骂下天来,也不能泄露军机。高月明说:"挨骂是小事,打胜仗才是王道!骂又骂不死人,走错了路才会血流成河!"

此刻,姬祯任死盯澜密,不厌其烦地预设细节,猜测机理,没完没了地穷追猛打。他试图穷尽各种变化,以揪住那个唯一的不变。从整夜失眠的拂晓,干到炮声隆隆的傍晚,最终选择了一条最不可能行得通的暗渠，一猛子扎了下去。他以狡诈的逻辑推理和一种靠不住的魔法，潜泳溪下，逆流而上。他心里生出少见的恐惧：如若自己推断是错误的，必定会被憋死在这千拐百弯的暗渠里。于是，他在想象中先死了几次，那恐惧即刻退怯而去。

正当姬祯任憋足一口气潜游于暗溪之中时，一颗炮弹落在遮护所近旁。宋大雄跑过来，从乱石断木中扒出姬祯任。他人灰头污脸，龇牙咧嘴，手捂右臀，叫道："腚没了！"宋大雄大叫卫生员，没人应承。她给他处理了烂腚——那里活生生被掀掉了碗口大一块肉。

姬祯任抓过宋大雄身上的水壶，一口气喝光，然后，从怀里掏出一团乱纸，展开来，又潜进了暗溪。她这才明白，刚才一听到炮弹的呼啸声，他一定是跃身扑将在码子上，急拢密纸于胸下。

高月明跑过来，见姬祯任正在状态，说了声"要快"，转身即走。宋大雄吼道："他被炮弹削掉了半拉屁股。"高月明回头扫了一眼："大惊小怪！没削掉半拉脑袋就行。"宋大雄又吼："是的，没削掉半拉脑袋，就还能给你破密码。魔鬼，你高月明就是个魔鬼。"高月明边走边说："巫婆，你宋大雄就是个巫婆。可你是个革命的巫婆，是保证姬祯任不死的巫婆。等革命胜利了，我保证让他娶你这个巫婆。"宋大雄叫道："有你这样的领导，姑奶奶宁可去当尼姑！"高月明已走远，没再理她。这时，姬祯任弱声弱气地说："开了！开了！"走远了的那个影子旋即转身跑了回来。宋大雄冷冷一笑："嗬。高大队一向对'破开了'这几个字最敏感，千百里之外都能听得清。"姬祯任眼睛盯着密码纸，自言自语："开了，我伤腚上的破布开了。给我绑结实点呀。"宋大雄大笑起来。

不一会儿，跑来了队医老杨。姬祯任正在紧急处思索，老杨一动他，他便吼："别动老子！"宋大雄一使眼色，二人便把姬祯任按在方石上。他挣扎不止："别动老子！"宋大雄赶紧把密码纸放到他眼前，他即刻安静下来。老杨给他上药，其实也没什么药可上，只是简单处理一下。姬祯任翻着密码纸，还不时地写几笔。上下各忙各的，互不影响。宋大雄说:"妈的,战地记者哪去啦?这场景,绝对精彩!"

老杨处理完伤口,刚走开,姬祯任说:"开了!开了!"宋大雄冲老杨喊:"快回来。连个破腚都包扎不结实,你什么水平?"老杨一看,绷带好好的。姬祯任又说:"终于破开了。这口气差点憋死我。没人会信:香溪源头正是那湾臭不可闻的水潭,你不信都不行。"老杨听不明白:"这伤腚没有感染,哪有臭味?"姬祯任抓过老杨的水壶,一口气喝完,说:"把那催命鬼叫来吧。"又说:"哎呀,我真饿坏了。亲姐哟,快赏口饭吃吧。"

姬祯任撅着伤臀趴在石头上破译开的这部斓密,是蒋介石总指挥部及其两个嫡系纵队之间刚启用的密码,其加密方法极其怪异。高月明看了姬祯任的破译招法,作了一个比喻:姬祯任先是从它的指甲缝里,找到了一个小红点儿,然后,针尖扎破红点,进入甲下肉中,寻定一条毛细血管,探身游走,再陆续进入微静脉、小静脉、中静脉、大静脉,最终进入心脏,掐住了命门。高月明进一步评价说:敌军这种怪异的加密,只能用长途迂回奔袭的方法,才能拿下它。要不是碰上姬祯任这样破击术奇高,经验丰富,思维诡异的破译高手,斓密短期内无解。敌我双方战事正急,若在几个月之后再破开,那就等同于没有破开。

破译斓密的任务完成,可姬祯任伤势却毫无好转:伤口严重感染了。红军药品稀缺,无药对症医治。姬祯任开始连续发高烧。高月明心急如焚,上面首长也很重视,但都是干着急,没办法。高月明又把话扔给了宋大雄:"土法退烧,这是个政治任务,就交给你宋大雄了。"宋大雄气呼呼的,却一句话不说。明摆着的,无药救治,土法何用?无非就是冷水擦身子,你就是把他扔到冰水里整天泡着,也解决不了根本问题。指甲盖下的一个小红点点,就能要了斓密的命。那么,这碗口大重度感染的破腚伤,把人送上西天就在眼前。

就在这个时候,宋大雄无意中听到一个趣事,说敌我双方在赤水河两岸,都被调动得晕头转向,赤水河地区一片乱糟糟,双方部队有时甚至会走在同一条路上,兵士们个个浑身泥泞,或在夜色中,或在雨雾下,你我交织在一起，并没人注意辨别，更没有发生交火。红军里有的穿着国军衣服，在国军队伍里来回穿插，有胆大调皮的小兵居然敢到国军炊事班打饭吃。

这种趣事，其他人听到，也就过去了。宋大雄却听者有心。

这天，宋大雄拉住一个叫张果的战士当帮手，一起给姬祯任擦身子降温，一遍一遍地擦，一遍遍地洗，然后，又把恶臭的伤口清理一遍，换上干净的带布，又继续擦身子。等收拾好了人，大部队已经出发。她等三人掉队了。宋大雄摸出三套国民党军服，向张果说明情况，交代了任务。张果说："看来宋大姐早有预谋。"宋大雄说："与其让他坐等一死，还不如冒险一搏。或许能搏来一丝生机。这是我完成政治任务的唯一可能。"

当给姬祯任换衣服时，他睁开了眼，声音微弱却语意坚决："我已经猜到了，可你俩这么干很危险，你们注意，要做到两点。一是给我衣内绑上手榴弹，一旦遇到无解急情，我若醒着我拉弦，我若昏睡你们拉弦，开枪击毙我也行，不能让我活着落在敌军手里。二是后面追敌是131师四团，团长叫刘思源，而我们三人的身份是五团三连兵士。我叫李志光，刚当兵不久，负重伤而掉队。记住一些情况，以备应急。五团团长叫张子力，团副叫刘清祥。对了，刘清祥是四团副田海的把兄弟。五团有不少兵是赣南人，因此，我们三人都是赣南人。这两个团的情况，一些我是在斓密情报里看到的；一些则是在敌通讯兵夜间违规用话报闲聊天时听到的。"说完，又昏睡过去。宋大雄心说："这神人真是神到家了。"

天刚蒙蒙亮，宋大雄、张果用担架抬着姬祯任，躲到了路边一块巨石后。不一会，来了一支敌军队伍，仨人悄然跟上。与尾后的兵士交谈，知道这是四团三营。

中午时分，队伍休整吃饭，宋大雄和张果大大方方地到三营一连炊事班打来了饭。他仨人这顿饭吃得其香无比。小半年了，都没吃上过这等可口饭菜。姬祯任有了点精神，问准备好了没有。宋大雄说，行动吧。

宋大雄在装扮和作派上已是很有男兵味道了，可话说多了，难免会露出破绽。她提前把诸事都给张果作了交待。一切由张果出面应对。二人抬着姬祯任进了四团救护所。一个人称黄医生的军医走过来，听了张果介绍，在姬祯任额头搭手一试，一句话没说，指了指手术床。二人赶紧把姬祯任抬上床去。过来一个护士，打了止疼针。黄医生处理了伤口，又给注射了几针药液。宋大雄帮忙端着一个白瓷盘，把一堆烂肉脓血，倒进了一个大铁桶里。盘里的恶臭她已是一忍再忍，又看到多半桶断胳膊断腿叠加在那里，终是忍不住了，中午那两碗好饭开始翻江倒海。她紧咬牙关，硬是给咽了回去。她不是可惜肚里的好饭，而是担心一连串的呕吐会暴露出女声来。

黄医生忙完，说："这伤员，得需要随所治疗三天，方能离开去寻归你五团。不然，依然会有生命危险。"

"四团五团是兄弟，烦劳黄医生了。待日后见到五团副，让他来面谢您。"大概是想引起黄医生的重视，张果灵机一动，就强化了一下伤员的身份，"这伤员是五团副刘清祥的表弟。"黄医生说："都是党国弟兄，不管是谁的表弟，我等都会全力救治。"话说到这里，应该是到位了，没承想，张果又多了一句嘴："对了，五团副刘清祥和你们四团副田海还是把兄弟呢。"黄医生本来要转身走了，又过来说："这伤员兄弟叫什么名字？"张果说："叫李志光，还是个新兵。"黄医生抓起电话，要通了团部，说请团副田海少校听电话。那边有人应承。黄医生说："老同学，你有一个把兄弟叫刘清祥对吧？他的表弟李志光负伤感染掉队，正在我所疗伤。出于礼节，你是不是抽空来探望一下？"说完，放下了电话。

不一会儿，电话响起。黄医生听罢，转身说："四团副说了，五团副没有一个叫李志光的表弟。"宋大雄脸都白了，悄然白了张果一眼。

这时，昏睡中的姬祯任说话了："为了弄几个钱，我顶替别人当的兵，李志光不是我本名，他刘清祥当然不清楚。算了，咱穷人家子弟，也攀不上他团副高枝，不提他了。"

说话间，进来一个身材魁梧的军官，黄医生赶忙立正敬礼："团长好！"跟进来的警卫员说话了："团长胳臂挂了彩，赶快给团长治伤。"

黄医生叫人把姬祯任抬下床。姬祯任想，此人大概是四团团长刘思源，就睁开眼睛看了一下。这一看，心里猛然一惊，又赶紧闭上了。他手有些颤抖，拉紧了衣袖里的手榴弹弦。

那团长说："看来这是个重伤员，就别动他下床了。我这轻伤，就坐着处理吧。"黄医生开始处理伤口。团长一直盯着姬祯任看。姬祯任眼紧闭着，眼皮却微微抖动。团长问："这伤员兄弟是哪部分的？老家是哪里呀？"张果接话："我们是五团三连的。这兄弟叫李志光，赣南人，因负伤掉队，到贵部治伤。他高烧不止，时常昏迷不醒。"黄医生说："刚才还醒着呢，还说李志光不是他本名。"团长似乎对这个伤员挺感兴趣："那他本名叫什么呀？"宋大雄假嗓答话："一当兵就叫李志光，不知他本名姓氏。"

"各人有各人难言之隐，不叫本名大号自有不叫的难处。七尺男儿，行不更名，坐不改姓。既然改了，肯定有非改不可的缘由。好了，不问了。我等与红军作战，都共有一个名字，叫党国军人。凡这个名号下的人，剿共务尽是同责，负了伤都要一视同仁，善待救治！"刘团长依然盯着姬祯任看。见大家慎言拘束，又说："噢，赣南人，我们同乡哟。前几年，赣南山地可是国共两军的主战场呀。我们那地方，层峦叠嶂，路隘崎岖，起雾时连人影都看不见。红军很会利用天然屏障打仗，国军围剿其四次都吃了大亏，第五次围剿才获胜。那些仗，你们都参加过吧？"

宋大雄怕张果再说漏嘴，就假嗓粗气地接话说："那时我就在五团，参加过围剿红军战斗。这二位是新兵，没赶上。"

处理好了胳膊，团长到姬祯任床前站定，笑吟吟地说："这兄弟一直醒着。是不想给我刘某人让床，才装着昏睡吧？"姬祯任不得不睁开眼，不再回避刘团长的目光，说："多谢贵团救治。我臀部被削掉半拉，只能侧身躺着，或者趴着，实在不方便动弹让床。抱歉。"

刘团长眼冒亮光，和善异常："嗬！一睁眼一说话，就更像我的一个亲弟了。"说着，口吻伤感起来，"我那个小弟本在上海电报局谋差，为争一个女人，被人枪杀。我们兄弟姐妹六个，就属他最聪明，最有文化，想不到，就他先死于乱世。"

姬祯任一龇牙，唏哈一声："这麻药劲过了，还真疼。"刘团长说："忍忍吧。弹皮削在你的屁股上，子弹打在我胳膊上，算你我幸运，谁能保证明天不被击中脑袋？不过，死了也是为党国尽忠，无上光荣哟。"转身对黄医生说，"我和这兄弟有眼缘，一见如故，就把他当作我刘某的亲弟照应吧。"

姬祯任一脸痛苦，强忍着没忍住，眼角滚下了几颗泪珠。

这时，黄医生接了一个电话，过来悄声说："四团副又在过问这个李志光，让我查明情况报他。"刘团长一瞪眼："我不是说得很明白了吗？李志光是我投缘的老表小老弟，无须他人再过问关照。不就是治个伤吗？还分什么四团五团？还讲点邻兄友弟情义不？！哼，没一点党国大局。你就这样告诉他田海。告辞！"黄医生送刘团长出去："团长别忘了明天到所里换药。"

姬祯任手心沁出了汗水，悄然把那根手榴弹弦线塞回了衣袖。宋大雄张果也都出了一身冷汗。

下午，三人继续随战地救护所行军。途中，悄声交换意见：是走还是留？若走，这伤治不好便是后患；要留，有可能被敌认出，性命难保。姬祯任说："你二人寻机逃走，我一人留下！大不了亲兄弟同归于尽。反正，这伤不治三天，回去也还是个死。"宋大雄说："据观察，你这老兄团长并无恶意，危险性不大。有团长的交代，那团副也不会再多事。我看，还是照原计划干吧。"姬祯任愁眉不展："叛徒改名，谋个一官半职，并不稀奇。不过，这人怎么会还活着呢？高月明亲口所讲，我兄姬祯富已被红军击毙了呀。"宋大雄说："国民党的药针奇效无比，你清醒多时了。不过，你还是少说话为好，我都发现你不像个新兵了。"姬祯任苦笑着闭上了眼。

第二天，刘团长没来救护所换药。第三天下午，他才一身硝烟地进了救护所。是两个勤务兵搀扶着他进来的。黄医生查验伤口，说有所感染，责怪为何昨天不来换药。刘团长一身疲惫，说："这股共匪真难打，我团打了一天一夜才剿灭他一百一十三人。这还是我亲自上前沿督战，才有了这个战果。"

姬祯任站在一边，被宋大雄扶着，看到刘团长眼里布满血丝。刘团长说："小老弟，今天气色不错嘛。治好伤，回去打仗狠着点。就你们五团，一向忩皮软肉的，那也叫部队？愧称党国军人哟。这一仗，本是五团策应我四团，五团却迟迟上不来，不然，共军这两个营，一个人也跑不掉。"

姬祯任问："我们三人掉队好几天了，五团现打到哪里去了？我们得尽快归队。"刘团长说："在肖家河方向，正在尾追红三团。就你们五团那战斗力，八辈子也追不上敌。"姬祯任问："肖家河在什么方向？"

"你看，五团的兵就这素质，自己弄丢了自己，还找不到家门。肖家河在哪里？在天上。"刘团长一笑，"因你貌似我兄弟，在这冷酷战场上，使我感受到了几丝亲情温暖，我得关照你一下。今晚宿营，我给你五团那个糊涂团长张子力打个电话，让他明早派人来接走找不回家的糊涂兵李志光。这可不是玩笑话，我可真关照你哟。"姬祯任连连道谢。

夜至三更，宋大雄张果搀出姬祯任，顺手摸走一副担架，悄然绕开岗哨，消失在夜色中。

脱离四团防地，三人找一僻静处歇息。突然，黑夜里蹿出一匹黑马，直奔三人而来。黑影在不远处刹住，原地兜了两圈，传过话来："兄弟，走好！"只听叭的一声，有物品丢在地上。那黑影急驰而去。

宋大雄说："声音很耳熟。"姬祯任说："真是他。"张果跑过去，提来一个包裹。是药品、压缩饼干、一张地图、一把手电，还有一些银票和一封信。

小弟祯任：

　　没错！肯定是你，我的一奶胞弟。没想到你还活着。我私下打听了，五团根本没有李志光这个人。你的身份我便猜之八九了。加之，这两天，有几股红军小分队，不断多处偷袭我四团。偷袭方式莫名其妙，作战目的也很隐晦，像是在寻找什么，却又对物资装备不感兴趣，甚至对我团部也不感兴趣。我就想，是不是在找红军掉队的人。有可能是在找你们。行了，小弟。经久作战，炮火连天，我之生死不保，我处不方便留你，也不能留你；红军那边，你绝对不可再回去。红军灭亡随时随地，跟着他们，死路一条。快趁机离开红军，回瑞金去吧。打仗打的，我也不知家里情况。等剿完红军，我再回乡探老。地图上，我标出了国共两军大体分布点，要绕开队伍，往江西方向走。此信看完后立刻销毁，若让国军知晓我与红军有联系，我会丢掉脑袋的。我与红军不共戴天，拼死到底了。小弟，听哥一句话，快回老家吧！

　　看罢信，三人摊开地图，查清了路线，择向急行而去。忽然，宋大雄发现后面有人跟踪，三人忙隐蔽到乱石后，就见有十多个身影也散开到山坡上，悄悄向这边靠近。姬祯任说："会是什么人？"宋大雄哗啦一声顶上了子弹："不晓得。快把那封信销毁。做好战斗准备。"姬祯任说："没有这封信，回去给组织说不清楚。"

　　这时，就听山坡上喊："我是国军四团副田海。我知道三位是红军兄弟，你们走不了了，投降保你们活命。"见无人应声，就又说："跟国军干才有前途。刘思源就是红军那边过来的，都当上团长了。刚才，是刘团长给你们留下了药品吧？现在，刘团长觉得还没尽够意思，想留下你们一起奔前程。红军兄弟，快过来吧。"

　　宋大雄凑近姬祯任："这小子不是什么好鸟，在动歪心思。"姬祯任说："姓田的是想抓刘思源通共证据。他想当团长了。"宋大雄说："如真是这样,他必定要抓我们活口。看来,硬跑是跑不掉了,得悄悄向身后陡坡退,然后跳坡而逃。"

三人一移动,那边开枪封锁了退路。这时,宋大雄打亮手电,划了两个圆圈,突然站起来,把手电光照在了绑着手榴弹的胸前,喊道:"惹急了就同归于尽。想让我们投降也行,谈谈条件吧。"她示意张果与敌纠缠,她则把姬祯任拖到背上,悄悄向乱石后爬去。

张果喊道:"李志光确实是五团副刘清祥的表弟。小时候,他刘清祥打摆子差点死掉,还不是李志光爹救了他。现如今,他刘清祥不敢认这个当红军的表弟了,良心何在呀。还有你田海,你把兄弟有个当红军的表弟,你也脱不了干系。"

那边有人朝宋大雄撤退的方向打枪。张果又喊:"别打了。投靠国军,能给我们什么好处?"那边火力更为猛烈。宋大雄二人被压制在了巨石后面。

宋大雄发现了异常情况:在右后方山坡上,另有一支队伍悄然潜伏到了一隐蔽处。

那田海又喊:"都举手过来,条件好说。"张果喊:"先谈好条件,我们再过去。"田海不耐烦了:"区区三个泥腿子,哪有资格讲条件,再不投降,就灭了你们。"

突然,右后方队伍朝田海方向开了火。左后方也响起了枪声。显然,这支不明身份的队伍,采用的是两面夹击战术。田海那边还击一阵之后,见大势不好,撤退而逃。

右后方有人弯腰朝宋大雄这边跑来,喊道:"是宋大雄吗?我是刘开来!"

三人回到队伍上,高月明一见,冲警卫一挥手:"都关起来!"姬祯任把那个包裹扔给高月明:"一样不少。"宋大雄说:"这药得姬祯任专用,谁也无权他用!"高月明说:"这由不得你!"

高月明向上级报告了情况。得到答复是:掉队人之政治审查,由二大队负责。

高月明先找宋大雄张果长谈，最后找的姬祯任。高月明说："祯任，我绝对信任你们三人。"说完，就再不提眼前这事，急着把近期密码破译诸事说了个遍。

很快传出风声来，高月明要给涉事三人处分：擅自离队，虽有惊无险，但性质严重，务必惩处。

宋大雄去找高月明说明情况："是我命令战士张果，强行将姬祯任带入敌营治伤的。这属于绑架性质，有违姬祯任意志。再说，他当时处于深度昏迷之中，待他清醒后，人已躺在敌人手术床上了。所以，此事与姬祯任及张果无关。要处理就处理我一人。"很快，红星二大队宣布了对宋大雄的处分决定。

宋大雄一副无关痛痒的神态，像什么事没发生似的。姬祯任去找了高月明，先只字未提宋大雄挨处分的事。高月明说："你小子没良心，多少得为宋大雄鸣个不平呀，人家可全是为救你呀。"姬祯任说："她救我那还不是天经地义的事！再说，她救我还不是为完成你的政治任务。说到底，是你逼她这么干的。要处分也得先处分始作俑者你自己！"高月明没想到他会如此这般为宋大雄鸣不平，转身就走。姬祯任拽住他不放，急问为什么姬祯富还活着。高月明不得不耐心做了解释。

当时，"711"大轰炸中，作为副队长，姬祯富随第二突击队前来接应敌残部，被我围歼。事后查实，逃离的那两个敌特中就有姬祯富。高月明考虑到，姬祯任如果有兄长在国民党队伍里与红军为敌，他始终会有心理压力和思想负担。为了能使他毫无顾虑地破译密码，也为了让知道姬祯富叛变投敌的我内部人员，不在政治运动中抓姬祯任的小辫子，经请示分管首长同意，高月明放出风去，姬祯富也在此战中被我击毙，从此之后，姬祯任与敌方人员再无任何关联。此举，皆为在政治上保护姬祯任。数月之后，当家里有国民党背景的廖承志，被指控为国民党特务，遭押解进行长征时，高月明觉得，预先就想到保护姬祯任是对的。但这样干,他高月明个人是承担了政治风险的。高月明以为,一个叛徒,一旦没有了利用价值,便被敌弃之一边,销声匿迹了。万万没有想到,姬祯富改名换姓,得到了国民党重用,且这个人追杀红军凶狠无比,让红军吃了不少苦头。

姬祯任听罢,说:"感谢组织的良苦用心。我兄无疑是个罪该万死之人。他念手足之情,放了我等三人,可对我前线将士却从不手软。说心里话,即使这样,假如再遭遇他,我还是对他下不了狠手。"高月明说:"在苏区,你破译了银密和琦密,并如实上报相关情报,已属大义灭亲之举了。在亲情与敌情关系上,你处理很得当。你政治上是可靠的。我高月明相信你。我给宋大雄和张果都严肃交代过,对刘思源实为姬祯富的情况,就此封口,不得外传。当然,我必须如实报告给大首长。"

姬祯任眼里含了泪水:"我把心都掏给了组织。"

对受到处分一事,宋大雄态度是:救了一条命,换来一个处分,值!

此后不久,宋大雄又主动为姬祯任承担了一次"罪名"。

这一天,军委第二直属队在南溪山受到了国民党军的阻击。战斗打了整整一天,直属队未能越过南溪山阻击区半步。敌军在这里打阻击的正是敌131师刘思源四团。夜晚,军委直属队改变战术,放弃南溪山这条捷径,从东溪山一条窄涧沟中迂回避敌而去。刘思源却坚信他四团封锁严密,红军插翅难逃。下半夜,131师部发现了红军迂回踪迹,便给四团拍发了一封密电,令其连夜抄近路火速赶往小清山,去拦击红军直属队。

第二天上午,131师部问询四团战果时,四团却还在南溪山原阵地把守着。刘思源按兵未动。红军直属队早已穿过小清山,顺利跳出了包围圈。131师问责下来,刘思源却说并未见到出击小清山的电令。师部查验电台,四团明明签收了该电令。分管电台工作的四团副田海证明,报务员当即就把该密电呈报给了团长。此情况报到了蒋介石处。放走红军直属队,这是毫无争议的杀头之罪。很快,131师按照蒋介石的命令,以"有令不行，抗令不为，贻误战机"之罪名，砍了刘思源的头。

红军第二直属队之所以逃脱，是姬祯任从刘思源处带出了那张精细地图，红军正是从这幅地图上发现了那条救命窄涧沟。

当夜，当军委第二直属队从东溪山窄涧沟潜出不久，宋大雄侦收到了131师发给刘思源四团的那封出击小清山的密电。她随手递给了旁边的姬祯任。此电依然是用那个斓密密码拍发的。姬祯任一眼看清密电内容，脑中一道闪电轰然而过，旋即抓过电键，冒敌四团之名，向131师部电台发出了"QSL"讯号。内行人都知道，这个讯号是接收到电报后的回复收据。收到这个收据，发报方便不会再发第二遍。也就是说，姬祯任代敌四团电台收下了那封密电。因是双方激战期间，敌131师报务员火急火燎，上来便一气拍完，随即便收到了回复收据，感觉一切正常。而敌四团电台人员，夜深困倦，瞌睡打盹，就很有可能收不到这封密电。果然，四团电台对此电毫无察觉。事后，是那团副田海，在上面追查下来时，才巧妙套出那封电报内容，然后逼迫报务员作了伪证。那报务员正为漏掉了十万火急电令而惶恐不安，也就顺水推舟，急急伪造了一份假抄报。田海上次没有抓住团座私通红军的把柄，这次天赐利刃，他落井下石，刘思源百口难辩，一命归天。

按惯例和纪律，二大队历来只是截收敌方电报，从不干扰敌方通讯。这次，姬祯任破例违纪，是在一瞬间产生的念头：红军第二直属队受敌四团阻击已经一整天，伤亡不小，若再在小清山被阻，后果不堪设想；姬祯富对红军凶狠异常，他若再在这个团长位置上待下去，对红军危害极大。如若冒名截收成功，姬祯富按兵不动，必被免职或降职。想到这些，姬祯任当即下了手。

姬祯任刚一发完"QSL"讯号，宋大雄就睁大了眼睛。她知道这意味着什么。姬祯任顶回她的眼神，厉声道："后果我负，无须你管！你快去送这份密电，我继续监视敌台。"

送密电时，宋大雄把冒名签收敌密电之事报告给了高月明，但谎说是她一时高兴，突发奇想，干了这件事。高月明火冒三丈："竟有这事？乱弹琴！"他急急把相关情况和密电呈报了上去。

但很快高月明就从敌电台中得知，敌四团按兵未动。不久获悉，敌四团团长刘思源被枪决。高月明心里当然知晓此举实为姬祯任所为。他去找了姬祯任。

"无线电技术的特点是认码不认人。务要做到万无一失，且是在十万火急、万般无奈之下，经上级慎重批准，方可偶尔用之。否则，一旦败露惊敌，后果不堪设想。这次，你违纪擅用绝技，本是要严肃处理的。考虑到你刚痛失胞兄，则暂且不予追究。这笔账先挂在我这里。"

姬祯任泪水奔涌："我本意，是不让他再在这个团长位置上与红军作对。我没想到……会要他的命。"

高月明说："敌所各部对红军屡屡围追堵截而不绝，蒋介石早已恼火至极，杀个抗令不为的团长，是行杀一儆百之效。"

姬祯任说："我之过。"

高月明说："你之功！"

姬祯任说："红星之功！"

高月明说："斓密之功！"

第十五章　象　密

爬雪山、过草地的日子来了。红军官兵普遍感到艰苦的那些方面，姬祯任居然都没觉出苦来。他感到最痛苦的，是脑子闲了下来。

眼前，红军甩掉了追兵，电台侦听和密码破译任务一时减少了许多，大家脑子少有的松闲下来。姬祯任说："一向疾速旋转连做梦都未曾停下来的脑子，一旦空转，天天给人一种要被甩出这个星球的恐惧。那状态，生不如死哟。"是啊。他从没因环境险恶而痛苦，却会因脑子空寂而窒息。所以，他要找点与破译密码相关的事干。他开始琢磨人了。

他盯上了密码战场上的对手。

川军的密码刁钻而鬼机灵儿，尽管川军请了外援一起编制密码，可编出的东西根本上还是符合四川人的性格。这些密码曾为难姬祯任一时。川军密码是蒋介石嫡系部队那些难啃的密码之一。多年来，他一直秉持着一个原则：以敌为敌，以敌为师。那么，那个隐藏在背后，为国民党中央军编纂密码的该杀的敌手，或魔鬼老师是个什么样的人呢？他早就觉得，蒋介石嫡系部队某些密码，像是由一个阴阳人编制的：男不男，女不女，阴不阴，阳不阳，诡异得很。

在那白雪皑皑的高山上爬行，在布满沼泽的草地上歇脚的时候，他满脑子都是那个敌人，那个老师，那个阴阳人。

他要去找寻那个折磨了他多年的阴阳人编码师。他要杀掉他！

那些个夜晚，他恶梦不断，亦真亦幻。他怀着悲愤和怨恨，踏上了追寻之路。

他认为，在这个世界上，再没有比他更了解那个阴阳人的了。他与阴阳人隔空智斗了这么长时间，曾无数次地肢解他、剖析他，对他每一块肉体、每一个细胞都了如指掌。

他知道，那个阴阳人，是国民党军中重才，稀缺人物，核心要害部门的骨干，肯定整天缩在国民党戒备森严的堡垒之中，动一动都会有一帮明里暗里的杀手护卫。

放眼红军部队，只有他才能找到阴阳人。

这一天，在南京夫子庙繁华地带小口子街上，一个白面书生摆出了一个书摊。他写出667本书单，挂在显眼处。这些书皆为历代古书。南来北往的人，不管是谁，只要任意点出书单上某本书的某一页码和行数，他便可晓知相应内容，且做到一字不错，背诵如流。他开出的筹码是：如若背错一字，他便给人家一文钱；如若全部背对，人家要给他一文钱。钱微不足道，事却有些奇。三天下来，他竟然赚了百十文钱。有文人不服，依照书单，从自家珍品书楼里找出相应的孤本古书，却没人能难住他。孤本书持有人暗吃一惊，惜地叹天：原来自家的珍品并非孤本，这白面书生手里必有一册呀，不然他怎会倒背如流呢。连续三日，从那667本书单中随机挑选，他成功率是百分之百。此事轰动了夫子庙，继而惊动了金陵不少文人。南京两家主要报纸连登了三天相关消息。到了第九天，有神秘之人，开来一辆无牌军车，不由分说，连摊带人弄到车上，扬长而去。

　　白面书生被蒙眼带进一座深宅大院。在黑屋子里，一拨一拨地来人考他，但都没有考住他。

　　白面书生是做了近似毁容的办法化了装的。阴阳人躲在暗窗后，仔细观察着他的一举一动，一言一行。

　　终于，阴阳人出面了。原来是两个人，一男一女。

　　事先，白面书生在书单挂纸的画轴里，藏了一把只有一粒子弹的特制手枪。子弹装多了也没用。在阴阳人面前，白面书生只有开一枪的机会。原计划，这一枪，打死阴阳人，他则束手就擒。然而，现在情况有变，阴阳人是一男一女。先干掉谁？先干掉谁都会留下另一半，而这一半还会再搭配出一个新阴阳人来。这种不彻底的事，白面书生一般是不干的。

　　那个女人说话了。

　　我在这667本书中点出一本书，你若能一字不错地背诵下我点的章节，我则给你千元大票放你走人；你若背诵不下来、出现十次以上错误，你则留下来跟我干。你就不再是你，你将成为我之一部分，像我现在的另一半一样，与我组成新阴阳人，为党国效劳。

　　我考虑考虑再答复你。

不行！你别无选择！

白面书生心无慌乱。因为他心中有数。这667本书中，有666本书他都能倒背诵如流。这666本书属他所有，多年据存身边。事先，他本来已抄就了666本的书单。可他又画蛇添足地多想了一步。666这个数太过吉利，给人一种凑数的感觉，还不如再添一本，667会让人感觉真实一点。这是他之性格使然。而事实上，那666本书之外，再没有一本他能背诵如流书的了。他产生了一丝侥幸心理，就添了一本部分章节能背得，而全书已不能详记的书。这本书叫《和策殇记》。此书，现世上仅有两本，珍藏于上海图书馆。他想，此书远离南京，在夫子庙游走的人，能读过这本书的概率极小，能执书到摊前验证他背诵对错的人，更不会出现。

这个一向没有百分之百把握而不做事的人（破译密码除外），这次却犯了大错。

那个女人把一本古书摔在了桌子上。

白面书生远远瞟过去。正是那本他多年前在上海读过、还写下过书录的《和策殇记》。至此，他依然心存侥幸，万一她提问的正是他记得的那部分章节呢。他面不改色，心却狂跳。

测试结果是：她点了十五处，他有十一处背得精确无比，却有四处出了差错。也就是说，他没有做到一字不错，且是大意尚实，字错若干。

行了。你属于我了。我想我的新伴比老伴更睿智无比。那老伴老了，不中用了。让他死去吧。

瞬间，白面书生知道这一枪该射向谁了。击毙了这个女人，整个阴阳人就不复存在了。干吧！那粒子弹属于她了。

这一刻，女人又说话了。

你输了，你只能做我工作上的一半，而感情上的一半，还属于那个老伴儿。因为，我与他的感情已经是难舍难分了。

就这么一句话，白面书生改变了击毙女人的想法。他决定要击毙这个男人。

因为，他是他的情敌！

原来，这个女人就是江小点，这个男人正是高Q。

江小点不是坠楼身亡了吗？管她呢，反正她曾做过自己的情人。他不再犹豫：我的女人岂能让无耻小人高Q所拥有。

白面书生忘记了来杀阴阳人的初衷。他改杀情敌了。于是，他说，请这位男士把书单挂纸拿过来看看。我记不清了，《和策殇记》是我书单中所列吗？

高Q把挂纸送到了白面书生面前。

只见那书生接过挂纸，认真辨看。突然之间，用画轴顶住了高Q胸膛。白面书生脑海里砰的一声炸响。画轴枪却没响。

高Q哈哈大笑，打开画轴，说，当把你那摊儿弄上军车时，这枪便被换成了一根木棍。老实交代。你是何人？来此何为？

白面书生三天三夜没说一句话。

显然，高Q毫无察觉出假容貌的白面书生是熟人。江小点却暗自认定了白面书生的身份。在他背诵《和策殇记》中，她就认出了他。

姬祯任不是遭枪击身亡了吗？他居然还活着！她没有告诉任何人这个真相，并且打算永久隐藏这个秘密。

江小点对高Q说，此人只不过是一介书痴，傻呆笨拙地实施了自卫，并非是蓄谋来此杀人的。

白面书生留在了阴阳人身边。但他们只同他谈那666本古书。一天一天地谈，一本一本地谈，一章一章地谈。他很快陶醉于书趣之中。一个以书为命的人，难得碰上以书为命的知己。因此，他与阴阳人相处得很愉快。这是那种从骨子里生发出来的愉快。尤其是他与她单独相聊时，那真是人生一大享受。他一度想与她就这样长久处下去。让这难得的书缘，延绵千里万里，一生一世。

渐渐地，白面书生醒悟了。这个女人没有真正把他当作以书命相依的知己。这个女人与他聊书，另有正经任务。

这个女人，误认了他另一个身份——红军密码编码员。误认的依据是，他有超强的语言文字能力。

红军密码一直以来未能被国军破译。这是江小点最大的心病。她的顶头上司对此有言而论："职部对赤匪密码电报迭经数年悉心研究，一直毫无头绪，实属无可奈何。匪方对于密电之打法译法及其密本之编制法，均属精细周密，构造少见，高妙至极；赤匪内部对于密电运作使用，亦甚有研究，颇为警觉，保密戒律严之又严，保密机构错综复杂，极其庞大隐秘，从而确保了其密电绝对安全。我等对此束手无策，毫无办法。"

江小点对此甚有同感，也有不同角度的认知。一方的密码破译能力与其密码编纂水平密切相关。如果甲方密码被乙方破译了，说明甲方编码水平低于乙方；如果甲方破译不开乙方的密码，那甲方密码就很可能会被乙方破开。因此，编制设计密码，必须有密码破译技术做指导。这二者是相互依存，相辅相成的。鉴于此，这个女人认为，红军密码编纂与密码破译，都着实令人恐惧。但是，多年来，她却从来没有真正怕过，尽管在破译红军密码上毫无建树，她仍然孜孜不倦地盯紧啃咬着红军，试图有朝一日拿下红军密码。

这次，她走火入魔般认定，这个白面书生就是撬开红军密码的一把钢钎。她要抓牢这个身份特殊的人。她要研究他所读的书以及他的知识结构以及他的一切。这是破译敌方密码的基础工作。

白面书生一旦察觉了这个女人的企图，就不再同她做任何交流。他成了一个哑巴。

精神上难以击垮，那就摧毁其肉体。这一天，那一男一女又合二为一了。这个阴阳人扬言要送白面书生上西天。

白面书生冷冷一笑，还是没开口，神情却说：本人，笑迎屠刀！恭候屠杀！

第二天，情况出现了大逆转。这对阴阳人突然消失。之后，就再也没有出现过。

后来，白面书生被释放。离开国民党军大院时，他依然被蒙住眼睛，却真切听到了车上人几句闲话。意思是说，弄来一个落魄猜字文人，瞒天过海，搪塞罪过。这个文人，还是个不好随便发落杀掉的主。报纸连续几天报道过他的奇事。社会各界都盯着呢。弄得我们还得费事乖乖把人送回去。长期以来，那对狗男女目中无人，不可一世，把咱们部里各路人马、各等人才都当成大傻瓜了。白面书生听到这里，心里全明白了。

白面书生悄然归队。他从破获的敌密电中得知：红军一个机要参谋被国民党龙云部抓获，从他身上搜出国民党军密码电报若干，且都是清译详稿。蒋介石大为火光，发电给所属称："查我军往来电文多为匪方窃译，危险堪虞，耻莫甚焉。"一气之下，就把负责密电编纂与通讯保密工作的那一男一女阴阳人杀掉了：庸才之辈，密术不高，机事不保，其之拙笨不报，又贤能不举，久以夜郎自大为能事，耽误了党国大业，迟滞了剿匪进程。如此这般，还留尔等蠢材有何用？杀！

那一日，清晨醒来，姬祯任悲泣不止。宋大雄问："悲伤何来？"他说："她被蒋介石杀掉了。"宋大雄醋意顿生："她不是早死了吗？！哼！在睡梦里见了个面，都能哭成这个样子，值吗？！这么多年，我从没见你为我哭过一回。"

姬祯任说："我为何要为你而哭泣？你又没死。"

"啊呸！"她一推搡把他扫到了一畦沼泽里。

政治上，以敌为敌；技术上，以敌为师。这是个态度，这是个常理。可在技术上，敌方有资格充当吾之师吗？

姬祯任趴在草地沼泽里，想到的却是这么个问题。

这又是一个梦。

"我是谁？我们是谁？是那种自以为一举一动事关天下安危的人

吗？是那种愿意舍下自家性命，拼死阻止战争发生的人吗？是的。在一些人眼里，这类人，怎么看都只是被某种神圣幻觉催眠摆布的可悲可笑之人。然而，我与你，就是靠这种神圣来干事业的人。我们已经神圣到了心中只有行动和使命。是的，我们的行动和使命，就是要阻止战争，阻止流血，不让最丑恶的东西有机会爆发，或在更大范围内爆发。

"一个密码破译师，本质上要关心兵士的生死和命运。每一次拿起一部待破密码，都是在寻找使兵士脱离死亡的秘诀。然而，谁都明白，只要战争存在一天，兵士的死亡就会延续一天。哪有无死亡的战争？哪有能真正帮助兵士脱离死亡的秘诀？可是，作为密码破译师，不能气馁，不能放弃，要把自己的生死置之度外，把自己的亲人置之度外，把破译密码之外的一切事物置之度外，连自己身上每根汗毛都要用在密码破译上，力争借助正义之师的力量，使穷苦的兵士免遭死亡。

"密码破译是一个与神秘的痛苦相伴相生的行当。它给你的指向是清楚的，那就是必须破开它。这个时候，你要小心了，因为每一步都有可能在朝着完全错误的方向前进。可怕的是，一旦走错了，你却毫无知觉。干这一行，不是沿着平坦公路谨慎前行，而是到一个陌生的荒山恶水去探险，在那里最常发生的事是因迷失方向而粉身碎骨。

"要想拧紧螺丝，你必须向着同一方向旋转，在走到尽头之前，是不会改变方向的。密码破译师需要这种拧螺丝的精神，却不能固有拧螺丝钉的思维。在感觉不对劲时，应尽快改变方向，不然，无数个未知在有限时间内很难探索清楚。理论上，一部密码，只要有足够时间，都是能够破译的。假如，一部密码其牢固程度，用正常手段，在八十年内才能穷尽破译，而战争跨度可能就几天、几个月或者几年时间，等到八十年后再破开，一切都等于零了。所以说，密码破译师争取的就是时间。快是破译师的命脉。"

当听到这一番话的那一刻，姬祯任身体深处有一种看不见的、不可触摸的躁动。他觉得，这话说得有思想，够深度。他与说这些话的那个人，从未谋过面，仅凭梦中这一番话，他觉得，他与他已成了莫逆之交，真正的知己。这个人是姬祯任的同行。同行又有相同的思想认识，那便是贴心贴肺，以脑换脑了。

这几年，在鄂豫皖苏区和川陕苏区的发展过程中，红四方面军也有一支像红星二大队一样的队伍，干着同样性质的工作，有着同样的使命，也创造了同样性质的辉煌。在红四方面军电台侦察多个能手中，也有一个近乎姬祯任一样的英才破译骨干，以能破译敌军密码而受到红四方面军领导的赏识，他的名字叫李末子。

两年前，姬祯任与这个李末子，通过无线电波开始有了交集，且一交而不可开。尽管有保密纪律所限，二人交集仅限于规定内的业务交流，但姬祯任仍然觉得，这是个能把彼此灵魂放在一个锅里煮的人。

最近，姬祯任总是梦见这个李末子。虽面容模糊不清，可这个人的思想境界和密码专业素养，在他心里是顶天立地的。

接下来的这次交谈，就不是在做梦了。这是真真切切的现实。

红一方面军和红四方面军在懋功会师后的某一天。姬祯任接到命令，让他去红四方面军电台队，联合攻研一部密码。

远远的，这个叫李末子的人格外惹眼，给人最突出的印象是一个"白"字。红军官兵长年荒山野岭里钻，黑色和古铜色是常色，而这个人却晒不黑，吹不糙。

姬祯任与他一见如故。二人聊了三天三夜。

第四天一早，宋大雄有事来找姬祯任。一见面，她嗬了一声："还是红四方面军的好饭养人哪，这精神头，多日少见。"姬祯任说："这是神聊的结果，是知己的功效。"宋大雄又嗬了一声："我跟你干革命这些年，'知己'二字，从来没从你嘴里听到过。还别说，真中听，你再说一遍，让咱也享受享受。"李末子接连几个哈哈，笑红了白脸："祯任，你这'知己'二字，在不合适的时机、不合适的场合，用在了不合适的人身上。你看看，惹事了吧？"

李末子话音未落，一个俏丽的红军妹子冲到李末子面前，嘴上说得急，眼神却柔顺。说的是："胡宗南与伍瓜瓜的通联又恢复了，这是昨晚侦获的三份密电。"随即，又悄声跟了一句，带着几多娇嗔："你看，这眼熬的，又是一夜未睡。这瓜瓜密破不开，你命也不要了呀。"姬祯任没笑出声，却说："贵府真是块宝地哟，遍地都是林妹妹。"

"这三份新报对破译象密有价值。雪中送炭哟。"看那神情，李末子脑子又瞬间进入了另一种状态，"赶快叫人到西草屋。今天这个山头必须拿下。"姬祯任也一下进入了战斗状态。二人直奔山坡西屋而去。

宋大雄和那红军妹要跟着。李末子一指："别跟着！傍晚时分，到屋后崖下来抬尸体。"望着二人远去。那红军妹说："又发毒誓了。破不了瓜瓜密，他要跳崖。"

在战斗间隙休息，姬祯任与李末子闲聊时，西屋攻坚战闪现出了转机。先是姬祯任聊到了人之本性的话题："从一个人说话上就能判断出其本性来。正所谓，将叛者其辞惭，心中疑者其辞枝。吉人之辞寡，躁人之辞多。诬善之人其辞游，失其守者其辞屈。"李末子说："这些都是明理儿。世事如烟，历来如此。"姬祯任说："意念拗者其辞烔。这句是我送给你李末子的。"李末子说："你这句，不低于你刚才所讲之《易经》水平。我看，这是在说你自己吧。"姬祯任眼里闪出了光亮："前些日子，我梦到了一对阴阳人，继而就由阴阳关系联想到《周易》上去了。眼前，又忽地想起，《周易》之魂，是个'象'字。那么，这与这个密码名称有没有关系呢？"李末子说："对了。据我掌握，这伍瓜瓜对《易经》有研究。这是个生性多疑之人，他不用上级编制的统用密码。这象密，是他请高人编纂的。"姬祯任说："嗬，这老东西出其不意，大概在《易经》上动了心眼儿。"李末子说："《易经》里充满了辩证法和方法论，也有机巧的数学关系。运用它之原理来编纂一套密码，算是聪明之举，出人意料。咱就依此下手，试试看。"

1378 4316 4275 6230 1597

临近傍晚时，大家还真从《易经》中找到了破译象密的玄机——《易经》之《河图》，推"伏羲八卦"。依此阴阳和数的关系变换，以及阴阳两极相对运动产生对称数值原理，生成了象密替代和移位加密方法；《易经》之《洛书》，推"文王八卦"，依据五行涵蕴之内联关系，隐设密钥，镶嵌锁口；按照五行相生相克原理，填数演算，启动密钥生效。敌军以《易经》之原理编纂密码，有其独创性，大有出其不意之效。

这时，屋外传来了细长清脆的喊声："开饭喽。鸡丁包饭，香辣美味哩。"姬祯任嘻嘻一笑："早晨我发现，那妹子看你的眼神可不对劲。像是对你有意思哩。"李末子说："女孩子的心事比密码难破，你可别瞎说呀。"

姬祯任走出屋，看到那红军妹子和宋大雄站在一起。他打量两位女兵，区别之明显很是扎眼：那妹子健康红润，大雄菜色中带着黑黄；那妹子丰满厚实，大雄暴瘦如柴杆。

姬祯任心里暗叫：这正是中央红军与红四方面军之形象对比了。他不由得想起了两军刚会师时的一幕：张国焘面容红润丰满，身板高大肉实，毫无饥苦之色。毛泽东面色憔悴，皱纹很深，体态细长清瘦，一阵风就要刮倒似的；张国焘灰色新装，合身熨贴，整洁笔挺。毛泽东老式军服，破旧松垮，缀满补丁；张国焘神采飞扬，傲然于骏马之上，而毛泽东表情凝重，手拄拐杖，和衣衫褴褛的官兵簇拥在山坡上。当时，给姬祯任的印象是，张国焘像个对穷亲戚炫富的大老爷。高月明低声吆喝："别羡慕人家那些富绰。虽说中央红军被拖的只剩下一副骨头架子了，但是，有骨头就不愁长肉，吃三顿饱饭，我等还是猛虎蛟龙。"

看着看着，姬祯任又发现哪儿不对劲了。是那红军妹子身上有似曾相识的影子。他紧紧地盯着那妹子，慢慢走过去。

那妹子上前一步，抓住了姬祯任的手，泪水夺眶而出："哥，我是红妹呀。"

姬祯任一脸惊讶，扭头看宋大雄。宋大雄眼里也含了泪水："她女大十八变，而你一路生死，脱皮掉肉，兄妹一时竟没认出来。要不是我同妹子聊起家世，说不准你兄妹就错过了呢。"

李末子也激动得手舞足蹈："对呀，都姓姬呀，我怎么就没想到呢。"

姬祯任急问："红妹，你怎么也干上了这一行？"

那年，姬红英、姬红妹怀揣母亲的亲笔信离家，并没有寻到大哥姬祯富，却两次碰上红四军，后在鄂豫皖苏区首府新集镇落了脚。一如自己家乡中央苏区，这里到处是红旗、红标语、红袖标、红缨枪，革命口号墙上贴的、嘴里喊的，很是鼓舞人心。少先队、共青团、妇女会很是活跃，扩红方法奇多，积极性异常高涨。姐妹俩实在难以抵挡扩红的诱惑。在家乡时，是母亲暗中阻挡，姬家姐妹才未能参加红军。现在天高皇帝远，姐妹俩一商量，就报名参加了队伍。

姐妹二人都进了红四军卫生队。干了多半年，说上级要招收有文化的人去干技术活。姬红妹先报了名，经过文化测试，居然被录用了。去的是红军电训班，学的是电台知识。

姬红妹回卫生队找姬红英，说电训班多好多好，凭红英文化底子，肯定也能被录用。姬红英连想也没想，就说不去，说她正申请到妇女独立营呢。姬红英神秘地告诉红妹，真刀真枪打仗才有意思。她要做一个像邱子豪那样的战斗英雄。

邱子豪何许人也。

一次，邱子豪带领两个连顶住了敌军一个营三天三夜的进攻，赢得了胜利。他身上多处受伤，被抬到了卫生队。一睁开眼，看到的是一张漂亮的女兵脸，他居然眉眼一笑，说："身上掉几块肉，值！护士同志，你叫什么名字？我叫邱子豪，红四军八团三营副营长。"姬红英摸他额头，一惊："烧得这么厉害。你这伤几天了？怎么不及时下来医治？"邱子豪还在贫嘴："第一天伤了大腿根，第二天伤了肋巴骨，今天是阻击战的第三天，又伤了后脖根。老子打了这么多年的仗，大功小功立过一箩筐，还从来没有受过伤。可这几天一伤就三处。要知道这里美女如画,我早该受次伤来住住院了。"姬红英经手过上百的伤员,还未碰到过一见面就如此贫的人。不过,还不能发火,就说:"这同志,少说话,配合一下好吧。"

邱子豪是个福将,一颗子弹从大腿根内侧贯穿而过;一块弹皮紧擦肋骨削掉了一块皮肉;后脖颈也被一颗子弹擦出了一条肉沟,都没有伤到筋骨和动脉。他伤不重,又是个乐天派,无丝毫伤痛之苦状,这心思一下子全扑将到姬红英身上去了。姬红英佯装不见,一心一意治伤。大腿根伤的不是地方,偏一厘米就要了他命根子。开始时,他手按裆处,死活不让姬红英换药。姬红英则持一把剪刀,顺大裤衩子,一刀剪到底,平静地说:"别乱动!否则,剪掉了我可不负责。"

邱子豪在卫生队住了十三天,把他这些年在战场上的新奇故事都讲了个遍。姬红英听得津津有味,就觉得,上前线打仗,真好。邱子豪找了个理由,要和姬红英处朋友,说:"姬护士,我身上这点隐私,可全让你看去了。这看了可不能白看,在心里,我已经是你的人了。从我第一眼看到你这张脸,从你第一眼看到我的大腿根,我就认定,这辈子,我是你的人了。"姬红英正持把剪刀剪绷带,就用刀尖顶了他下巴,逼到没人处,笑吟吟地说:"你打仗打霸道了是吧,天下哪有这个理儿?这一天到晚的,我见男人大腿根见多了,总不能全成我的人吧。咱红军又不兴三房五厢的。"邱子豪把下巴往下压了压:"反正,我是你的人了。要不,你给我放点血,让我清醒清醒。"说着,猛往下一磕,下巴血就沾染了刀尖。剪刀啪的一声掉在了地上。邱子豪就搂了她,下巴血沾了她一脖子。然后,他说:"再赌一次,下一仗,我人若不死不伤,我可真就是你的人了。"说完,走出了卫生队。

邱子豪走后那些天,姬红英心七上八下的。有一天,门外有人喊:"三营副重伤,准备手术。"冲进一副担架,担架上的人几乎被炸散了架,在担架上直接进行了手术。人被炸烂,看不清模样,但姬红英知道三营副就是邱子豪。她手里刀剪针线的一边忙活,心里一边翻腾。他说过的,不死不伤他就是我的人了。看来,真就没有这一天了。她的眼泪汩汩涌了出来。

炸成这样,抢救只能是走走形式。医生对抬担架进来的人说:"营长同志,我们尽力了,营副他走了。"那营长用白布盖了营副,敬了个军礼,让人抬走。那营长拍了拍低头哭泣的姬红英:"红英同志,人死不能复生,节哀顺变吧。"这嗓音好熟悉呀!姬红英抬头一看,那营长却是邱子豪。他跟在营副担架后大步离去。

后来,两人就好上了,好得死去活来。邱子豪说:"做护士不一定是最好的选择。"姬红英说:"我向往像男人一样去打仗。"邱子豪说:"女子营净是女英雄。"姬红英说:"我去我去我真的想去。"邱子豪就真推荐调她去了妇女独立营。邱子豪说:"这下好了,不总在卫生队看别人的大腿根了。"姬红英说:"咦!原来你是为这个。好你个封建男人!"

再后来,队伍上搞"肃反"。在妇女独立营,姬红英文化程度算是最高的,就受到了审查。一审,家庭又是几辈地主,就更成了清洗对象,随即被关押。那次,邱子豪担任突击队队长,上前线前,他先提了枪闯了团指挥所,说:"这次我若突围不出去死了,一切眼不见心不烦;我若是完成任务没死,回来见不到全头全尾的姬红英,我便带突击队去找地方讲理。说姬红英是反革命,若没证据,我这枪可不答应。"

邱子豪这一仗毫发未损,带突击队立了大功。回来后,见姬红英没被放出来,就提枪飞奔而去。团里早有准备,几个大汉按住了他。团长说话了:"姬红英的事,我去办!若你邱蛮子去闯,将是一去无回。"

团长直接去找了军首长,军首长去做工作,管了用,却没管大用。用上劲的,促使上面放了姬红英的,是姬红妹,确切地说是李末子。李末子知道姬红英是冤枉的,就去找了大首长。大首长先给火气冲天的李末子讲了政策。其实,这些政策,李末子早听过的。他正是对这些政策有不满情绪。

张国焘在《给中央政治局的报告》中指出："肃反"的对象主要三种人：一是从白军中过来的，不论是起义、投诚还是被俘的，不论表现如何，一律严审；二是地主富农出身的，不论表现如何，一律严审；三是知识分子和青年学生，凡是读过几天书的，上过私塾的，一律严审。对这些审查对象，或关押，或清洗，或杀掉。

报告是这么定的，而在实际执行中，比报告要求有过之而无不及。一些部队，把初中以上文化程度的人，都列为重点审查对象。有的保卫干部还以识字多少、手上有无老茧、皮肤黑白来判断好人坏人，谁要是戴眼镜，口袋里别着钢笔，便极易被怀疑为坏人。是坏人，就得被消灭。

具体到抓姬红英，更为荒唐，理由是：这个女人太漂亮，白里透红细皮嫩肉的，一看就是个地主资产阶级家庭混进革命队伍里的千金小姐。

李末子当着大首长的面，把钢笔扔到地上跺碎了："我电台这儿，都是知识分子，口袋里都别着钢笔，装着铅笔，笔杆子就是我等枪杆子。还有，我和不少同志都整天戴着眼镜。那就统统杀掉吧。"

大首长说："你们电台这儿，入队时，每个人就都经过了严格政治审查，本人和家庭都没任何问题。对你们，上面是放心的，国焘同志是放心的。你们安心抄码子、破码子好了。没人敢去动你们。"

李末子还想把话说完："既然电台队上的人及其家庭关系全都政审合格，那姬红妹的胞姐姬红英也就没有问题。事实上，姬红英也是个英勇善战的好兵。如果冤枉了姬红英，就会影响到姬红妹，影响到姬红妹，就会影响到我李末子，影响到我李末子就会影响到电台工作。这个理，不勉强吧。"

"回去等消息吧。"大首长把自己的钢笔送给了李末子，"谁要是动你，就说这钢笔是我授予的。还有，这管笔可是国焘同志赠送我的。"

两天后，姬红妹过来谢李末子，说："我姐被放了。我嘱咐我姐了，以后穿戴作派上，别那么洋俏，脸皮子涂抹黑点，衣服穿松垮破旧点，说话别总拿个知识分子腔调。"

"你姬红妹，可别压抑着，自然天性不可藏，该张扬时就张扬，每天漂漂亮亮的，没有错。谁说艰苦之中就不要美了？！革命乐观主义精神还是要的嘛。"李末子实实地给红妹打了一回气儿。

姬红妹就不再说啥。她不由得想了她到电训班时的第一堂专业课。授课教官正是李末子。当时，姬红妹心里暗叫：红军队伍里，竟然还有如此风流倜傥的军人。

李末子修长的身材，白皙的方脸，一副黑边眼镜没有遮挡住那双浓眉大眼，留的是偏分头，下巴刮得色青洁净，微翘着，彰显出几分霸气。一身得体的灰军装，点缀着一副绿色宽腰带，脚上蹬一双锃亮皮鞋。这装扮，在讲桌前一站，显得格外神气。一开口讲课，更是柔和耐听，水平不俗。姬红妹在对专业课没有感觉之前，先对这个讲课人产生了浓厚兴趣。后来，他手把手地教她报务技能；再后来，部队转战多地，在他帮带下，她逐渐成了技术能手。有人曾开玩笑说她是不是看上了李末子，她则给人家黑了脸："本姑娘早在家乡订了婚。"之后，便再也没人开她这个玩笑。

在展开包座战役之前，姬祯任召集姬红妹、姬红英和刘开来见了一面。多年不见，兄妹四人聊了整整一天一夜。

兄妹会面之前，姬祯任征求宋大雄的意见，要不要把母亲和大哥之死告诉弟妹三人。宋大雄说这是家事，让他自己拿主意。宋大雄借机把姬小敏被害的事也说了，把记有埋葬姬小敏地点的纸条交给了他。姬小敏的死讯使姬祯任痛苦至极，他甚至想取消这次兄妹会面，觉得没法向弟弟妹妹们交代。最终，姬祯任只字未提亲人们离世的事。一切痛苦都由自己去扛吧。尤其，大哥死之真相不能说出来。他知道，这种政治上极为敏感的事，有时候是说不清楚的，不知何时何事上就会连累到谁。宋大雄赞同他处理家事的态度，说他心强大无比，足以装下整个世界，区区家事更不在话下。姬祯任说："不全是为这些。主要还考虑，如若把大哥是死于我姬祯任之手的真相说出来，那弟妹三人便终生不可原谅我接纳我了。"说着，姬祯任流下了眼泪。

兄妹四人见面之后，姬祯任很快就抛掉了杂念与悲伤，又一头扑进了码子世界里。

红军战略大转移中最艰苦的时期，也是二大队系统侦获敌台、破译密码最辉煌的时期之一。围绕着破译与反破译，国共双方展开了一轮又一轮激烈的较量。后来发展到蒋介石中央军及其军阀各部，编纂备制了多部密码，每日调换使用；凡一部密码在一周中至多只使用一次，换日换用。通常是每日换一部，关键时候每日换二三次。"魔高一尺，道高一丈。"像高月明、姬祯任、李末子、宋大雄、姬红妹等这样的高级破译师和优秀侦听员，红军中已经成长起来数十个，面对敌军日益复杂多变的密情、密码，他们每时每刻都能闪烁出耀眼的智慧之光，总是在第一时间准确找到破敌之法。

这一天，姬红妹捕捉住了一个新讯号，连抄三份密电，交于李末子和姬祯任。这二人各自独立思考两天，又碰头交流三天，然后便宣布该密彻底破译。原来，这个密码是之前那个象密的变种，尽管较之象密高深一层，却也没有逃过姬李的算计。姬祯任说，杀过马，宰过驴，哪能剥不开骡子皮。

破开了象密家族后才知道：胡宗南部机要处认为，暂编第三十九师师长伍瓜瓜的象密甚为高明，就把该系列密码作为总指挥部与暂编第三十九师之间通讯保障之用了。

二大队从破译的象密系列以及其他几个重要密码中得到的详尽情报，为首长最终定下作战决心，提供了有力帮助。很快，红军攻击包座的战斗打响。

此战结果是，红军把伍瓜瓜师一万二千多人分割成三块，逐一吞噬于腹中。包座之战的胜利，为刚刚走出草地的右路红军打开了北上甘南的通道。

已成为女子二连连长的姬红英和三营营长邱子豪,都参加了战斗,均在攻坚战中出尽了风头。

姬红英所在女子营负责攻打阿吉寺一个营的守敌。该寺院墙高且厚,其后山坡上又有坚固工事控制着制高点,要想攻下寺院,必先夺其南门。这一仗交给了姬红英二连。此门,有山上制高点火力罩着,易守难攻。攻击前,姬红英好好动了一番脑子。

当晨光照亮阿吉寺南门的时候,邻边不远处一座小寺院,突然燃起了大火。不一会儿,十多个尼姑歪歪斜斜地冲出寺门。顿时,寺前一片混乱。她们有的身上着了火,就地拼命翻滚压灭,有的蹲在地上抱头哀哭,有的扶住树干剧烈咳嗽。然后,这群烟熏火燎、黑泪斑斑、素衣零乱的可怜小尼,一起跑向了阿吉寺。

阿吉寺南门在凄惨的哭喊声中洞开,尼姑们纷乱地涌了进去。大门随即关闭。就在这一刻,红军女子营发起了总攻,枪炮声即刻炸响一片。很快,阿吉寺南门大开。女子二连乘机冲进了寺院。紧接着,女子营一连、三连,也分别从洞开的东西两门冲了进去。

不到一个时辰,红军女子营拿下了阿吉寺,占领了寺后山坡上的制高点。站在工事高处的一个尼姑胳膊负了伤,她把手里的枪扔给旁边的另一个尼姑,让红军卫生员做了包扎。女子营长对她说:"红英同志,你有勇有谋,我回去给你请功。"姬红英抓下头上的尼姑帽,擦了一把沾满烟尘的脸,说:"还请什么功呀,少关押我一回就行了。"

三营营长邱子豪这次又是毫发未损。他这一仗打得没用什么脑子,团长一声令下,他带三营连续打了三个冲锋,就冲进了敌团指挥部,击毙了团长,抱回了一部电台。

战斗结束,邱子豪见到了尼姑打扮的姬红英,打趣道:"不想嫁就不嫁,干吗出家?……哎哟,你怎么挂彩了?伤到骨头了没有?"说着,去捏姬红英的胳膊。姬红英一打他的手:"别和尼姑动手动脚。"邱子豪说:"我借花献佛,请你把这部电台转送给我的小姨子姬红妹。"姬红英一瞪眼："谁是你的小姨子，再胡说八道我削掉你的下巴。"

火线表彰，当场兑现。姬红英智取寺南门，勇夺制高点，立了一功；邱子豪急打先锋，攻取敌团部，打死敌团长之事，却没被提一句。他也立了一功，那是因为他抱回了那部电台。

电台抱到红星二大队，姬祯任脸上无一丝惊喜，盯着邱子豪问："就这个？电源呢？充电机、蓄电池，或手摇马达，总得有一样吧。"高月明说："就这个电台，只能给你邱子豪立半个功。缴枪不缴弹，脑子缺根弦。快回去找！"姬祯任说："去个有文化的，不然还找不全乎。"高月明说："红英连长有文化，你辛苦一下，和三营长再跑一趟山头。"姬红英躲开去："谁要再说我有文化，我就给谁翻脸。"宋大雄笑说："一朝被蛇咬，十年怕井绳。我跟三营长去吧。"三营长不敢再耽误，带上一个连，直奔山头敌指挥部而去。

进了敌指挥部残堡，宋大雄还真翻出了两块蓄电池。正当她洋洋得意，指挥战士搬走电池时，一方石桌后响起了枪声。宋大雄原地打了个转，扑倒在地。邱子豪和战士们随即朝石桌一阵扫射。原来是，先前被邱子豪击倒的那个团长，又苏醒过来，冲着人开了一枪。

邱子豪背起宋大雄急奔下山。还好，那一枪贯穿了宋大雄左腮帮子，捎带着打掉了两颗牙，无生命危险。邱子豪万分惭愧，直怪自己毙敌不死，留下祸患。

宋大雄疗伤期间，邱子豪便常来看她，有时就碰上姬祯任。姬祯任黑乎着脸："好你个革命不彻底者，差点要了我的命。傻看什么？听不懂啊。哼！枪法差，耳也聋。"宋大雄嘴不能说话，找纸写道：子豪，别往心里去，不怪你。放胆打你的仗去。

这一枪，改变了宋大雄对姬祯任的态度。自此之后，她对他工作上还是一如既往地关心、配合，但在感情上却逃离他十万八千里，不再有丝毫暧昧表示。甚至与他的接近程度甚至还比不上一般同志。姬祯任多次逼问何故如此。问急了，她说："右耳聋，左脸瘪，自此与君绝！"

尽管她嘴还兜不住风，话说得含糊，但字字像刀子一样捅进了姬祯任心里。

随即，姬祯任向高月明打了结婚申请。高月明没批。说，宋大雄坚决不依，若再逼，她则死；说，宋大雄钻进牛角尖里出不来，性情又刚烈，组织不敢批；说，给宋大雄一点时间，让她慢慢接受伤脸的现实。我看，你们结婚之事先放一放吧。

为此，姬祯任郁闷了许久。

第十六章　箍密·梅花报

宋大雄伤了脸部，这就等于毁了容。刚强的她表面上一副满不在乎的样子，偶尔会蹦出一句："左脸瘪，右耳聋的，哪还像个女人？"这话被姬红妹听到，联想到她有意冷落姬祯任，就知道她心里该有多苦了。

宋大雄和姬祯任那是什么感情，以往她亲近姬祯任那是什么姿态，现在却郑重提出要"与君绝"，那可是在心里要死一回呀。宋大雄明知姬祯任不会嫌弃她，可她却往死里嫌弃自己。她自己知道虽然性格上少了些女人味，可这面容与身子还是很有女人味的。早年间，那胸脯子也是丰韵惹眼的。尽管后来天天行军打仗，又无食果腹，身体瘦成了麻秆，胸脯瘪成了平板，但她一直满怀希望：留得青山在，不怕没柴烧。等革命胜利了，连吃一个月的馍，保准给他一个哪儿哪儿都丰丰满满的美人儿。可如今不行了,腮帮子被罪恶的子弹掠走了两颗牙，带走了一块颊肉，一生都要疤坑瘪脸了。她是深爱他的，爱到了时时事事都想给他一个完美。现在，既然连做女人的基本要素——脸蛋子都丑陋无比了，哪还有什么完美可言。

　　谁都不会想到，像宋大雄这种性格的女人，居然还会在相貌上跟自己较劲儿。姬祯任让姬红妹去做工作。姬红妹说呀哭呀闹呀,毫无效果！这天晚上，姬红妹就睡在了宋大雄草铺上。我姬红妹就不走了。我要来个死缠硬磨，昼夜攻心。

　　这一夜，红星二大队与李末子电台队在蒿台村邻院宿营。李末子夜间查铺见少了姬红妹，就找到了隔壁院里。宋大雄披衣出来，含糊不清地说："红妹在我这里，请你放心。"他便不再多问，回去休息了。

　　姬红妹贪睡，死沉沉不知睡到了几点。宋大雄急急把她推醒，悄声笨语地给她说话："军情紧急，马上出发，不许出声，不许乱跑，不许打火把，一个跟一个出村。"天还漆黑一片，大家悄无声息地忙碌起来。

　　队伍一口气跑出四十多里路，穿过一条隘口，才停下来歇息。姬红妹这才发现，队伍里全是红星二大队的人，没见一个红四方面军电台队的，也不见了姬祯任。

　　宋大雄解释说，姬祯任他们一些人已经提前走了。眼前大家就是到三军团找他们的。上面有急令，中央红军先行北上，红四方面军自己要南下。姬红妹问为什么会这样，宋大雄没跟她过多解释。姬红妹就闹着要回去，说她的队伍是李末子电台队，她不能跟别的队伍走。宋大雄把她拉到一边，又费劲做劝解工作。姬红妹却固执得很，根本听不进去。

　　"天下红军是一家，跟谁走都是干革命。我要说的还不是这个理。我要告诉你红妹，我为什么非要带你走。那是因为你哥。你哥是什么人？是密码破译大家，是能识天书的神人。你是知道的，他搞起码子来是天地不管命都不要的，饿了不知吃饭，困了不知睡觉。是的，你哥是个破译天才，但还得配个无微不至照管他的人，他才能频繁闪耀出天才之光。为了你哥，为了事业，为了红军的前途，二大队需要你这个亲妹子。革命需要你哥在哪里，你便在哪里。"

　　"我红妹也要革命呢！我还要抄码子破码子呢！我也能成为大破译

师的！我凭什么要给他姬祯任陪榜，当他的垫脚石？我不！我哥他干的是革命工作，又不是耕我姬家田。我没有义务给他拉帮套。"

"看看吧，关键时候见觉悟。你红妹就这点出息？你要这么说，我也实话实说。我不但不爱他了，也真烦他了，都烦到骨子里去了。每天就像照顾个孩子，操碎了心。这几年，在他身边，我真受够了。你红妹若不管他，我也坚决不会再管他了。我做到今天这一步，已经对得起他姬祯任，对得起红星二大队，对得起革命事业了。我不干了！"

姬红妹不想再听，起身就跑。宋大雄拦腰把她抱住。她则又抓又挠，又哭又叫。

"我有我的工作岗位，凭什么让我跟你们走？你宋大雄有什么权力命令我走？就凭他是我哥吗？现在我首先是红四方面军的人，我的领导是李末子。没有李末子的命令，我哪里也不去。"

"说实话了吧。我早看出来了。你是不想离开那个李末子。告诉你，你可不能有那个心思。你是定过婚的人了，你未婚夫叫姬祯富。你不是姬家的女儿，你自小就是姬家童养媳。这一点，你时刻不该忘。再说啦，你就是不嫁给姬祯富，也得嫁给姬祯任。姬家不能白养你这么大呀。真的，这些天，我一直觉得你和姬祯任很般配，最合适。"

"我真是让你这个想法吓死了。姬祯任没被密码憋傻，你宋大雄倒傻掉了。看来，姬家过去那点事儿，他姬祯任都告诉你了。我一直觉得，你时刻都在以姬家女人的心态来对待我哥的。那好了，你就把这个姬家女人当到底吧。我哥说过一百遍了，她不嫌弃你。"

"从今天起，姬祯任这个人归你姬红妹了。你把他当亲哥也行，当亲夫也行。全由你了。"

"宋大姐，我不跟你计较。因为，我把你当成疯人疯话了。"

姬红妹一心想走，就讲了个策略："宋大姐你是老兵了，政治水平和觉悟都是一流的。你替我想想，我是红四方面军的兵，我的组织在电台队。我跟你走，算是哪门子事呀？我若让你跟我走，你会怎样？你我都是红军战士,是有组织的人,遇事首先应从政治上考虑问题,而不是一味感情用事。"

一讲事情的政治性,宋大雄沉思片刻,终是理解了姬红妹,却又说:"你要走也不能现在走。得等到天亮我们队伍走远了,你才能回去。你过早回去,还不走漏了风声。"姬红妹笑说:"那好,你就陪我坐着。等到天亮,你的队伍都走远了,你就跟我回去。到了红四方面军,你也就彻底逃离了那个心烦的人。"宋大雄笑笑,没再说话。没等到天亮,就放姬红妹走了。

临别,姬红妹抱住宋大雄哭了:"宋大姐,姬家真的感谢你。这一生,恐怕再也碰不到比你对我哥更好的女人了。"宋大雄催姬红妹快上路:"你和李末子的事,好自为之吧。"

宋大雄始终没有告诉姬红妹,姬祯富已经不在人世了。

这一夜,是1935年9月10日。面对张国焘无视中央"南下是绝路"的警告,凭恃军事势力胁迫中央南下的危险形势,中央当即决定连夜秘密脱离张国焘,率红一、三军团和军委纵队先行北上。这一刻,中央首长专门叮嘱,一定要把红星二大队带上。有首长亲自去带走了二大队部分业务骨干,其他同志也分批趁夜色潜出了宿营地,天亮前都安全抵达了红三军团。

姬红妹回到宿营地时,天已经大亮。她看到李末子正坐在红星二大队寂静而凌乱的院子里。李末子一言不发,只是一个劲地抽烟,看上去心情很沉重。

姬红妹陪李末子坐了好大一会,李末子才问:"你哥他们走远了?"姬红妹点点头。他说:"就这么走了,想必是情况紧急又敏感,也没打个招呼。怎么会闹成这个样子?前些天,国焘同志还亲自找姬同志谈话,动员他到红四方面军来工作。我还以为以后能长期与他共事呢。没想到,一夜之间人就走了。"姬红妹苦笑说:"人各有所志,实难勉强。我这不是也回来了吗。"李末子站起身说:"看来,天下红军是一家,说起来容易,做起来难哟。"

李末子、姬红妹与姬祯任、宋大雄再次见面,是在多半年之后。红四方面军南下作战严重受挫,吃了大亏,张国焘不得不率部北上,在甘肃会宁与红一方面军会师。两支红军主力历尽千辛万苦,两度悲欢离合,终于又走在了一起。大家自然欢欣鼓舞,喜上眉梢。然而,姬氏兄妹却高兴不起来。

姬红妹带来了噩耗:姬红英最终还是在"肃反"中被处决了。

姬红英遭关押被释放后,革命积极性并未受到影响,反而作战更加勇敢,还被提拔为女子连连长,在包座战斗中又立了一功。她后来犯事,是因为对张国焘率部南下、后又另立中央且老打败仗不满。按说,不满的人还有不少,可别人是不满在心里,而她是由心而说在嘴上:"还打到成都吃大米呢,这个干法,连个冷屁都吃不上。"还说:"有谁见过长两个脑袋的怪物?一个人长两个脑袋能活命吗?"

本来,这两句是发泄发泄牢骚,也是对队伍前景的一种告急和担忧,不会有什么本质问题,可话传到上面,有人一联想,就不得了了。"打到成都吃大米",是张国焘提出的南下口号;"一人长两个脑袋",这是她暗讽"另立中央"之事呀。上面"肃反"余温犹存,正好新账老账一起算:臭地主羔子,臭文化人,臭反革命分子,不清除她清除谁。这个时期,张国焘发明了一个政策:知识分子犯错误"罪加三分",工农分子犯错误"罪减三分"。姬红英就被归类到重罪之中去了。这次,谁也没敢拦,谁也拦不住。在一天早晨,姬红英和几个坏知识分子、国民党特务嫌疑犯一起,被拉到东山坡给毙了。

工农干部三营长邱子豪和姬红妹去收的尸,在东山坡一棵大树下葬了姬红英。姬红妹只是无言地哭,哭得死去活来;邱子豪嘴唇咬出了血,眼珠子怒得通红,也是没敢多说话,却又憋气闷胸地不好受,就冲树冠放了一通枪，然后，扛起哭死过去的姬红妹下了山。

很快，邱子豪受到了降职处理，到四连当了连长。处理他的理由是：用干革命的武器，为反革命分子鸣枪送葬。处理他时，用了工农分子犯错误"罪减三分"的原则。不然，会把他一撸到底，甚至还会被关押清除。

姬红妹为反革命分子哭丧，本来也是要处理的，还是李末子去找了大首长。李末子去的时候，手里拿了一份密码电报。

这个密码叫箍密，为青海军阀马步芳、马步青部所用。姬红妹跟着李末子学破译密码，已经有了不小进步，但这个箍密编制混乱，序列复杂，主要还是李末子和几个骨干破译师破开的。大家一致同意拿这个箍密去拯救姬红妹。

关于姬红妹涉足密码破译这一行当，并不是一帆风顺。有些人是反对的，认为女性不适合搞密码破译，她们体力和能力都跟不上，承受不了。而姬红妹偏偏对密码破译产生了浓厚兴趣。据说，她闯了大首长的营帐，一通理直气壮地说道，让大首长点了头："我等着电台队出个穆桂英！"

这次，李末子把箍密密报放在大首长面前："这个密码，是姬红妹担纲主破的。她破译密码的潜力很大，很快就能成为破译大家。破译人才难得，甘愿献身其中的人处理不得，尤其不能错误地处理他们，冤枉他们，否则，会处理一个，影响一片。"

大首长笑笑："你这个威胁，吓不倒杀了那么多知识分子的那些人。你还是给我说清楚这个箍密有多重要。这个箍密有多重要，她姬红妹就有多重要。然后，其他事情都交我去办。"

从这个箍密中所获情报显示：青海军阀马步芳、马步青，为了阻止红四方面军进入青海，派出一个一千五百人的骑兵团，每人两匹快马，交替换乘，自带粮草，每天行程百余里赶往西宁。结果是，还没到目的地，这支骑兵就被拖垮了，兵士减员过半，三千匹马也折损两千有余。

那么，这个情报的意义在哪里呢？

"张国焘同志不同意红四方面军北上陕甘与红一方面军会师，一直主张西进,坚持要由甘孜向青海地区进发。这下,问题来了。这条路,我军能否走得通?二马军阀有粮有马尚且如此,我军既无马匹,又无粮草,仅靠双脚走到青海,有这个可能吗?另外,细心的姬红妹还对一些相关情报信息进行了研究。她了解到,仅从德格到青海这段路,就要走七十八个马站,骑马也至少要跑七十八天,中间都是小路险路,没人烟,没粮草,不少地段甚至连水源都没有。诸多不可逾越的凶险都明摆在这里。眼下,我军指战员本来就对西进路线有或明或暗的抵触情绪,当他们得知二马军阀骑兵团的遭遇后,会做何感想?当然,红军将士从来都不怕死,但作为指挥层不能眼睁睁地让官兵去白白送死。"李末子说完这段话,转身走人。

大首长说:"言之有理!"

李末子又说:"姬红妹的命运,就拜托给这纸情报了。"

"不!成千上万个姬红妹的命运,就拜托给这纸情报了!"大首长说完,拿着密电疾去。

几天后,有了结果:箍密密码情报阻断了姬红妹的厄运——她没有受到任何处理。诸多相关情报也对阻断红四方面军厄运起到了一定作用,经其他首长和各路将领极力劝告、阻拦,张国焘不得不取消西进去青海的计划,同意挥师北上。

为了答谢李末子的拯救之恩,姬红妹从牧民那里买了一堆陈旧羊毛,洗洗纺纺,给李末子织了一件毛衣和一对耳套。李末子欣然接受。

听完姬红英被害经过,姬祯任一脸凝重。他一声没吭,一滴泪没掉,倚着一棵老榆树,站了整整一个下午,脚下蹋出了一个大坑,蹋断了两条树根。

宋大雄与姬祯任的关系,因了一个政治性事件而愈加生分起来。

那个时期,中革军委命令红四方面军准备执行宁夏战役计划。后因河东敌情变化,计划终止执行。已过黄河的部队,被中革军委命名为西路军。李末子、姬红妹本属河东二大队编制，后因有临时任务双双被派往红四方面军总部。宁夏战役突然中止，这二人撤不回来，也就留在了西路军工作。

不久，西路军惨遭马家军阻击，行动严重受挫，中革军委为解救西路军于绝境之中，成立了援西军。姬祯任等部分电台侦察人员，受命转隶为援西军司令部建制，为援西军行动提供情报保障。

姬祯任等技术骨干之前主要侦控对象是国民党中央军和周边军阀，没有侦听过几千里之外的马家军电台。他们一开始没有搜索捕捉到马家军电台讯号，后经紧急改造现有设备，最终勉强收到了马家军电台微弱讯号。其声音之小，连铅笔抄字码的声音都成了干扰。侦听人员遇到了前所未有的困难，出现了收不到、抄不全的状况，抄到手的密电，也都是抄收不好、漏码百出、残缺不全的"梅花报"。

好在，姬祯任等多个破译师破击能力强，面对那些"梅花报"，一边随部队西行急奔，一边突击侦听破译，经过日夜奋战，逐渐摸到了头绪，终是破开了马家军密码。

这些密码的难度在于，报文是按回族语言习惯拟制的，与国民党正规军用语格式大不一样；其报文的梅花特性，又给破译这些密码增加了极大难度。难也没难倒这些杰出的破译师。让姬祯任痛苦的是所获情报已经无法传递给西路军了。从敌密报中获悉，西路军已全军覆没，其残部数百人向西撤去。而西路军电台人员，在最后一刻，销毁了密码，砸毁了电台，拿起刀枪，与敌人展开了殊死搏斗，至今生死不明。

回归红星二大队之后，姬祯任心情一直非常沉重。有一天，他偶然听说了一个情况：二大队这边一个詹姓破译员，在援西任务期间表现有些不对头，其手里可能私存了马家军方向的密报。

姬祯任把此情况报告给了组织。组织派人找詹同志谈话。可这个詹同志却说，当时没拿到过马家军密电，手中无密码可破。一听此言，搞侦听的同志不干了。宋大雄把桌子拍得山响，摔出登记本让大家看。本子上有詹同志领取密报的签名。结果,从詹同志处搜出了六份密报。证据在此,詹同志依然死不认错,诡辩说他是把这六份"梅花报"当作废报处理的,不属于私存密报行为。宋大雄说:"当时抄到的所有马家军报,几乎都是梅花报。那个时期,情况特殊,条件极难,大队是把梅花报当作整报、好报来对待的。因此说,詹同志这是无可争议的私存密报行为。"

这天午饭后,姬祯任约詹同志到院外走走,想开导开导他。谁料,詹同志态度极其恶劣,说:"当时,二大队也有一些梅花残报根本不能破开,你为什么非盯住我这六份报不放?"

姬祯任说:"集体最强阵容都攻破不了的梅花残报只有放弃。而你是私自延压报源,根本就没想拿出来集体攻关。这是性质不同的两码事。"

詹同志气不打一处来,叫道:"有些人死了也就死了,干吗要为他们惋惜?!"

姬祯任一听此言,怒火中烧,窜蹦过去,抡起胳膊就打。詹同志躲闪而过,反而揪住姬祯任衣领不放。

这时,刘开来下岗路过此处,赶快把姬祯任拉开。詹同志恶人气凶,趁机打了姬祯任一个耳光,骂道:"被功勋宠坏了的狼子,见不得别人安好。你揪住我小辫子不放,组织还能再给你立一功?你当模范当上瘾了是吧?"说完,转身走开。

"你给我站住!"姬祯任吼道,"见死不救,渎职犯罪,天地不容!"他一把夺过刘开来的枪,哗啦一下子弹上膛。刘开来手疾眼快,一臂横挡过去。枪响了。前方一棵柳树嗽嗽抖动。

再看那詹同志,捂耳蹲地哇啦啦直叫,鲜血顺着指逢滴了下来。詹同志抬头看,见姬祯任那枪还冒着青烟。这个颇有心计的受伤人,冷静地走上前去挖出嵌在树干上的子弹头。

刘开来把枪抓回手里。詹同志转过身来,冷笑着走到刘开来面前,恶狠狠地说:"好你个姬祯任,居然敢开枪打自己同志。我被打掉的半个耳朵和树干上的子弹头,就是证据。我要让你吃不了兜着走!"

刘开来打开詹同志的手,吼道:"你瞪大眼看清楚,老子是刘开来。你知道我为啥给了你一枪吗?一为你恶人欺弱,动手打我哥,老子不能饶你;二为你见死不救,致使我家红妹命丧马家军刀下,老子不能饶你。老子这就再补你一枪。"说着,端起了枪。

詹同志愣住了。他不是被枪吓愣的。刚才,他明明感觉到枪是姬祯任打的,怎么一下又变成了刘开来?他左看右瞧,这二人真是一个模子里脱出来的。他闹不清到底谁是谁了。他上去一把抓住枪管:"不管你是谁,老子抓得就是你这个现行。"

冷静下来的姬祯任上去察看詹同志伤情,果真是擦掉蚕豆大小一块耳朵。他意识到了事情的严重性,忙扶詹同志去卫生队。可詹同志不干,一手抓着枪,一手揪着刘开来脖领子不放。

这时,宋大雄远远走过来,什么也没说,掏出一方巾子,给詹同志做了包扎,然后,把涉事三人带到了大队部。

詹同志一指刘开来:"他开枪杀人,请组织给我做主。"宋大雄盯了两眼姬祯任:"说话呀!"刘开来说:"我开枪伤人不对,请组织上处理。"宋大雄还是盯着姬祯任看,又说:"说话呀!"姬祯任说:"枪是我开的!"宋大雄说:"同志之间,工作上有意见,犯得着刀枪相见吗?"

在岗值班的大队副脸色煞是难看,吼道:"刘开来先送詹同志去看医生。宋大雄立刻通知大队各级领导开会!"

红星二大队开会研究出三条处理意见:其一,姬祯任同志因工作上有不同意见,便把枪口对准革命同志,导致发生伤人事件,性质十分严重,即刻报请政治保卫局依规依法处理。其二,援西期间,詹同志隐瞒私存密报资源,一心想自己破开密码立头功。因马家军密码难度大,又是梅花报,加之詹同志破译能力不及,迟迟攻克不下,却又不肯按照工作章程和规定,及时报告调人集体攻关,任凭延压在自己手中慢啃拙研,以致造成六份密报未能交于集体及时试破。究其原因,是詹同志个人主义和严重名利思想作祟,把密息材料当成了捞取个人功名的私有资源。现将其移送政治保卫局依法查处。其三,刘开来同志管理枪械不严,制止开枪伤人行为不力,即刻调离红星二大队,到一线作战部队当兵锻炼。

会上,姬祯任当即进行了反驳:"大队在对詹同志问题的认识上存在严重偏差。詹同志不是个人主义和名利思想问题,而是狭隘而恶劣的报复思想所导致的渎职犯罪行为。张国焘在草地闹南下时,我们一方面军部分同志被留在了四方面军,在那里受了不少气,挨了不少整。这次,四方面军的同志身陷绝境,詹同志故意懈怠,藏密不报,有密不破,实则是在实施报复。"

这时,坐在姬祯任旁边的宋大雄,从牙缝里挤出一句话来:"经调查,詹同志懈怠是真,故意使坏而有密不破是假。姬同志,你不要凭想当然说话。破译密码往深里多想一步是必要的,政治性问题要无端往歧里多疑一步,则是大错特错。"

姬祯任愈加愤愤不平:"报复思想是祸根,詹同志心胸狭窄,政治思想有问题。说白了,是对西路军的政治感情有问题。"

宋大雄悄声说:"我看,是你姬祯任有报复思想吧?姬红英被红四方面军肃反枪决掉了,你也想报复那边是吧?不然,在前方为啥迟迟破不开马家军密码?"

姬祯任暴怒了:"你宋大雄怎么也会拿亲情来判断是非?那姬红妹还随西路军惨遭马家军屠杀呢,我该怨谁恨谁?在处理个人亲情与大是大非问题上,我姬祯任从来都是光明正大的。在前方,大家都知道,那纯粹是客观条件造成的无法快速破开马家军密码。哪能是我们主观上迟滞破译?宋大雄,你别血口喷人好不好?"

"所以说嘛,谁也别感情用事,谁也别无端猜疑,谁也别拿恩恩怨怨来说事。"宋大雄冷静地说,"詹同志品性不正,名利不寡,能力不及,才出现了问题,却不是'狭隘而恶劣的报复思想'这样的重大政治性问题。"

姬祯任不想再吵,问:"高大队外出学习都这么长时间了,他何时归队呀?"

宋大雄瞪他一眼："别指望谁能救你。你得自己拯救自己！"

当天，姬祯任和那詹同志便被政治保卫局收审关押起来。

半月后，上级拿出了对姬祯任处理决定：鉴于姬祯任同志开枪打伤革命同志之事实确凿，以及其拒不认错之恶劣表现，现给予行政警告处分一次，并处以强制性劳动改造半年。

1937年5月，姬红妹随西路军残部四百二十多人，辗转奔袭，突出重围，最终撤到了星星峡。不久，这些同志被营救回了延安，姬红妹也回归红星二大队。

人们这才知道，李末子在红柳园战斗中失踪，是死是活，无人知晓。

半年后一天早晨，从远处黄土道上，来了一个蓬头垢面、衣衫破烂的叫花子。在红星二大队院门前，喊了一声"高月明"，便昏死过去。

哨兵叫来了高月明。高月明让哨兵把人抬进院里，用清水洗净了脸，才看清此人正是李末子。

李末子瘦得只剩下一把骨头，还染上了多种疾病，不得不在大队卫生队接受了一个多月的治疗和调理。

按照相关规定和程序，组织对李末子进行了多次调查和政审，最终确认他未曾被俘叛变过。这才让他回到红星二大队，重新走上了密码破译岗位。

第十七章　鑫密

姬祯任在劳动改造中显得卓尔不群。每天一大早，他总是一个人笔挺地站在空地上，恭恭敬敬地受领一整天的勤杂任务，傍晚又满脸堆笑地把由各口监督人签字的任务表，郑重地交给劳改队领导。

白天遭受的劳役之苦，姬祯任默默地吞进肚里，悄不作声地等待着黑夜中快乐时刻的来临。然而，一个夜晚、二个夜晚、三个夜晚过去了，黑夜中的快乐并没有如约而来。他原以为，还能够像在苏区劳改时一样，会有人悄然送来密码资料，让他夜间不误本职，快快乐乐地搞他的码子。可这次，组织有令在先：这个犯了错误的人，务必与密隔绝。一个字的密息材料都不许带出机要区。

这种白天劳苦、夜晚痛苦的日子过了三个月。在一天，姬祯任突然不见了。宋大雄找到劳改队领导，问人去了哪儿了？劳改队领导说，有特急任务，暂回红星二大队了。宋大雄回去就找了高月明。高月明一副惊讶相，说半年还不到，人自然还在劳改队呀。后来，宋大雄就不再找了。她觉出，肯定是哪个环节机事不泄，在给她打太极。

到有了姬祯任的准确下落，已是仲夏。这一天，宋大雄一行三人去了抗日军政大学，被哨兵拦在了门口。里面传出信来，说姬祯任不方便见客。宋大雄想，人被关押到大地方接受教育改造，自然难有自由身。过了一段时日，三人又跑来一趟，姬祯任依然不见。可这次，宋大雄打听清楚了，姬祯任原来被组织正式保送进抗日军政大学学习，并非属坏分子接受教育改造的性质。

这个时期，西安事变和平解决，迎来了国共合作新气象。延安生活条件虽然仍很艰苦，但政治环境还算安定宽松，大家不再频繁行军打仗，心里舒坦了许多，有些同志便向往起上大学来。这与当时延安的环境密切相关。一方面，自发的读书潮风起云涌。看书成了大家精神文化生活的主要方式之一。另一方面，毛泽东鼓励并带头读书，还单就红星二大队读书问题做出过指示，这才有了二大队部分人员进抗大学习的情况。

这个大形势，宋大雄是了解的。她所关注的是，犯了错误的姬祯任，本应在劳改队接受改造，为何在还差三个月时，就堂堂正正地进了抗日军政大学。别人上大学只学半年一期即结业归队,而姬祯任却连学两期,时间为一年。更为特殊的是,在校期间,还专门为他开了小灶学习军事日语。而二大队其他同志,只能在队里的日语培训班学习。

在二大队干部大会上,她多次提出意见:在处理姬祯任的问题上,组织是有失原则和公正的。她执拗地请求组织做出解释。高月明说:"在劳动改造过程中,姬祯任同志承认错误彻底,劳动表现积极,后三个月就移交到抗大边劳改边学习了。劳改一结束,紧接着就让他继续参加了抗大学习。对他如此安排,上面自有上面的长远考虑。"宋大雄一脸疑惑:"在詹同志那事上,姬祯任彻底认错了?我不信。"高月明说:"当前局势急需他长进斩获日寇的本领,破敌密唯他必用。"宋大雄说:"这个我信!但他错了就是错了,错了就得处治,错了不认错更得从严处治。这和用他不用他是两个概念,不能混为一谈。"

这天,姬红妹碰到宋大雄,话说得就有些不客气:"大雄姐,不爱了就不爱了,干吗非要由爱生恨。该处分也处分了,该劳改也劳改了。你还要把他怎么样?那姓詹的是典型的渎职犯罪,你为啥不盯着他揪出个所以然来?"宋大雄眼睛一瞪:"詹同志犯罪根源就是被名利惑了心嘛,还有什么好揪的?"姬红妹撂下一句狠话,走了:"你就只会咬住姬祯任一块肉不松口。我看,分明是你破相自卑,由爱生恨,心理变态!"她走出很远,就听到身后传来一阵凄厉的哭声。

无论谁怎么说,怎么闹,都没有耽误姬祯任勤学苦修了一年。到1938年6月,他顺利归队。这天,一回到驻地,他就直奔高月明办公室。

"祯任你先看看这一年的密码资料,尽快进入工作。"

"不!我要先见她。这是你答应过的。"

"我差点忘了这事。见她可以,但要把握好分寸,多考虑考虑大雄的感受。毕竟,你是在大雄眼皮子底下约会那个女人。"

"我理解,你说的这个分寸,是感情上的分寸,而不是政治上的分寸。因为,那个女人政治上没有任何问题。"

那是姬祯任到抗大学习三个月之后的事。那时,他劳改管制已被解除。一个周末,他去了趟城内书店。

书店里专设了一个读书区。买了书,可以在此先睹为快。读书区总是坐着不少人,他在这里碰到过一些"老"红军,但见到更多的是来自全国各地的热血青年。身上簇新的八路军军服,裹挡不住他们满身的青春朝气。这些学生兵,思想单纯,文化素养高,求知欲尤其强,进到书店都是一副如饥似渴的劲头。

姬祯任坐在读书区读邹韬奋的《萍踪寄语》。偶尔抬头,目光落在前排几个读书男女后背上,一个八路军女兵走过去坐在了前排空座上,他眼中又多了一个背影。那背影落座的同时,不经意间朝后看了一眼。这一看,使他思绪飘忽不定,眼神迷离闪烁起来。上海图书馆里的景象呈现在了眼前。

这景象冲击着他的脑海,且来得如此猛烈,势不可挡。他觉出,近两三年中,从来没有像今天这样如此急渴、如此强盛地想过她。这突如其来的一瞥,瞬间打开了他陈封多年的情感闸门。他拿出笔记本,挥笔写下两个字:书命。

整整一个上午,他都在奋笔疾书。像在演绎着一个个动人心魄的故事。快到中午时,他心臆舒达,长吐了一口气,给这篇文章画上了句号。在题目下方,拟了个笔名:恺撒。

这时,他发现前排那个女兵背影站起来,朝一排书架走去。他鬼使神差,走到那排书架背面,目光透过书架空隙,搜索着那个影子。

那个影子进入了他视野。她在低头翻一本硬皮书。她目光轻柔地粘在书页上,神情专注而愉悦,似乎书架轰然倒塌,也不会惊到她。读书的模样也像极了那个她。这曾是她标志性神情,也是最抓他心的一帧景象。

正是在这个时候,那双眼睛透过书架,揪住了他的目光。她一旦揪住就不肯放开。她缓缓地牵紧他,就像收起一条上钩的大鱼。她绕过书架,走了过来。她满脸杂色,目光异锐,盯着他无声地看了一会,然后,说:"你在看我手里的这本书吗?你盯看它好久了。这是《鲁迅文集》,很有看头。就这一本了,你若喜欢,你先买。"

他似是刚醒过神来,躲闪着她的目光:"不,我是在看胡愈之、章汉夫写的抗战丛书,很好的,不妨你也看看。"说着,他慌乱地躲开了。

他回到了座位上,手里翻着书,心却久久静不下来。一个肉夹馍出现在了书旁,一声轻柔的话语:"该吃午饭了,我顺便给你捎来一个。"她坐下来,一边吃馍,一边翻书。他摸了摸衣袋,尴尬一笑:"不好意思,我钱都买书了。我不饿。"她轻盈一笑:"不就一个馍吗?快趁热吃吧。哎,你哪个部队的?像个文官哟。"他嚼咽下一口馍,才说:"骑兵团,马术教官,牛三根。"她说:"蓝可巧,在报社《解放周刊》工作。"他惊喜不已:"那正巧,我刚写了一篇文章,看能在贵刊发表一下吧。"她接过稿子,刚看了个题目《书命》,他又拿了回去:"还是算了吧,写得太长,不适合在贵刊发表。"又说:"抽空我把馍钱给你送报社去。"她说:"不用!"

过了几天,高月明捎信让姬祯任回去一趟,说有要事找他。姬祯任赶回部队时,正是午饭时间,就先进了食堂。没有想到的是,他和那个蓝可巧相遇了。宋大雄给双方做了介绍:"这位是姬祯任,二大队破译师。这位是高芸草,曾用名,江小点,训练队预招班新学员。"

姬祯任惊得差点把碗掉在桌上,而高芸草手里的筷子已经掉在了地上:"你,你怎么还活着?"姬祯任精神恍惚:"你,你不是跳楼了吗?"高芸草站起来:"祯任,我们出去走走吧。"姬祯任脸色很难看:"我有些不舒服,改天吧。"

姬祯任匆匆吃了几口饭,直接去找了高月明。宋大雄也跟了过来。高月明说:"这次让你回来,正是为这事。预招班有个新学员,二大队准备录用她。我们发现,她有上海电报局工作的经历,那个时间段,正好你也在那里供职。她的自述材料中,提到自己是通过跳楼假死而逃离上海黑社会的。她手里还有一份当年的《大晚报》，报道了这件事。我想起，这好像与你当年在上海遭枪击那事有关联。这个人就是那个叫高芸草的江小点。"

姬祯任就把他所知道的江小点的情况，都说了个清楚："至于她是如何死而复生，以及后来的情况，我就一无所知了。"

高月明说："这个高芸草，有电报局技工师经历，懂英文日文，还偷破过客户密码。这么好的条件，打着灯笼都难找。对二大队来说，这的确是个难得的人才胚子。单纯从技术角度讲，再经几番培养训练，成为专业大家的可能性是很大的。关键是，政治上要绝对可靠。"

宋大雄介绍了组织初步政审的情况。

　　高芸草（江小点），1931年12月之前，供职于上海电报局技工室。因江家曾有黑社会背景，是年，旧怨积仇爆发，与沪上黑社会发生恶斗，最终，其祖父江之静被逼逃离上海，隐姓埋名到广州谋生；黑道仇家欲斩草除根，是高姓黑帮家族秘设计谋，制造了江小点假死现场，救其逃往南京，后被南京电报局招为职员。"七七事变"后，她多次参加南京青年学生反日游行。前不久，怀揣抗日救国的理想，来到了这里。来时，她身上带着"路条"，是广州我党办事处开具的介绍信。组织安排她先在三原县我团中央"青年救国联合会"，接受了半个月的训练（实为甄别）。至于高芸草在南京谋职，为何持有广州方面介绍信，她本人解释说，她是在广州祖父那里来延安的，所以就在广州开了"路条"。

　　按照我方各地青年进延安的相关规定，来人只要持有我党各地办事处，或知名人士开具的介绍信、推荐信，即可以直接到延安报到。如果没有这种"路条"，就要先去三原县团中央所属"青年救国联合会"，接受训练、甄别，主要是防止国民党和日伪特务混入。正是因为高芸草工作在南京却持有广州方面的信件，才视其为无"路条"，送其进了三原县训练班。

宋大雄多年一直负责队里的内卫，在这方面有发言权。她说："常规情况，一般的人，甄别、审查、训练、教育到这一步，二大队完全可以使用了。但是，直觉告诉我，这个女人，我不放心。我郑重建议，启动特别方式，对高芸草进行再调查。"

高月明则从另一个角度说明了启动特别调查的必要性。他主要考虑，高芸草在专业技术上发展前景是很广阔的，将来有希望成为栋梁之材，涉足核心机密。所以，不能把她当作一般人来处理，有必要启动特别调查方式。

所谓特别调查方式，即由军委政治保卫局和红星二大队，联手到被调查对象原籍和工作学习过的地方，协同当地地下党组织，展开专门秘密调查。这是确保政治上绝对可靠的有效手段。这种方式以前用过，但用得极少。

宋大雄脑筋走进了岔路，说："居然死了死了又活了。有人真的艳福不浅。外有江南女，家有童养媳，死活都有人恋着。"高月明说："你宋大雄只要一触及到姬祯任的感情问题，就方寸大乱。现在说正事呢，你又胡扯八连的。你是希望高芸草有问题是吧？"

姬祯任当即表示：从绝对安全角度出发，是应该派人到上海、南京和广州，对高芸草做特别调查。他建议，请宋大雄随同政治保卫局的同志前去完成此项任务。

宋大雄冲姬祯任瞪眼："既然你这样说，我就去跑一遭，看我非把她高芸草那丰饶惹眼的身子砸碎了，揉烂了，拣出骨头渣子，看看她到底是黑的，还是红的。"

高月明一指宋大雄："你这个狠劲能解决问题。就你去！不过，一切要在绝对保密状态下进行，切不可惊扰了江家祖孙二人，更不可让国民党方面嗅出味道来。"

姬祯任很有自知之明："眼下，还没有外调结果，我尽量少同高芸草接触。"高月明一指他："不是少接触，而是绝对不许接触！安心上你的学。没我召见，不可回队。待调查结束，若没问题，我允许你大明大放地去见她。"

两个月后，宋大雄陪政治保卫局完成任务归队。相关调查材料在政治保卫局存档，抄送一份给红星二大队。大意是：

一、江小点之祖父江之静，后改名为高福海，在广州开办纱厂，与一家纺织品商铺关系密切。这个商铺是我地下党站点，经常得到江之静的资助。江之静彻底摆脱了黑社会纠缠，觉悟也逐步趋于开化，不谋而合地接受了商铺人员传输的新思想，也为我地下党做了一些有益工作。江之静时有到南京看望孙女江小点，江小点也会到广州度度假。据我商铺人员暗地观察，江小点受祖父影响甚深，救国救民思想浓厚，是个典型的进步青年。祖孙二人都得到了我商铺地下组织的信任。在高芸草积极参加抗日活动，以及奔赴延安的问题上，江之静和我商铺人员都给予了积极支持。我商铺人员介绍她到广州我党办事处，接受必要审查，办妥了到延安的相关手续。

二、江小点离开上海到南京谋职的原因、经过、细节，江小点本人所说情况，与上海地下党所了解到的结果是一致的。此情况，江小点入队时在个人书面材料中也说到了，与上海地下党所了解到的情况也是一致的，且还有当时的报纸佐证。现在看来，姬祯任当时是眼见着江小点跳了楼。据江小点讲，为了让姬祯任在现场表演真实，才没有提前告知真相，是想等事后再给其说明情况。没想到，姬祯任也被乱枪击中。更没想到，我上海红队与刘开来救了姬祯任，也搞了个假死。江小点在书面材料上，就提到"不幸，我的男友在此次假跳楼计谋中，意外中弹身亡"。

三、江小点到达南京后，经在上海电报局做过同事的高Q引荐，被聘招进南京电报局技工室工作。这个高Q，本是国民政府交通部电政司第二科副科长，后被交通部电政司派驻上海电报局，任技务股股长，曾与姬祯任、江小点为同事。高Q家族在上海有黑社会背景。搭救江家于危难之中的，正是这个高氏家族，显然是由高Q背后斡旋运作而成。后来，高Q被调回南京电报局，便一直在南京工作至今。江小点到南京后，为防止沪上黑帮寻觅追杀，改名为高芸草，一直就职于电报局。我南京地下党有人偷拍了高芸草个人档案，及其在南京电报局每月薪水发放单，上面都有她的签字。

四、关于高芸草个人感情问题（本来，政治保卫局的同志认为，没必要将其写入材料，是宋大雄坚持要写的。）在上海，江小点有一男友叫姬祯任，同时，她又与那个高Q关系暧昧，以至于她的两个情敌，在大庭广众之下发生情斗。当时《大晚报》把此事件定性为情殇。尽管现在弄清，那场打斗，是高江二人为制造假死而设的局，但也排除不掉江小点脚踩两只船的事实。到南京后，高芸草知道姬祯任身亡，便公开追求高Q，后因高Q另有所爱，这场恋爱才算终止。在这方面，江小点自述，与我地下组织所了解的情况完全一致。

这个时候的宋大雄，已对高芸草百般放心。她兴奋异常地对高月明说："高芸草绝对没问题！团中央青联会、二大队预招班，先后采用常规手段，政治保卫局和各相关的地下组织，又采用非常规手段，过了多遍筛子，这个有报务专业基础，又懂两门外语的人才，可以放心大胆使用了。"

组织调查结束后，高月明并没有招呼姬祯任从大学回来。

姬祯任心里急，却也不能回来打听，就老往城内书店跑。他每个星期天必去，企望能再偶遇那个熟悉的影子。

这天，他终是看到了一个熟悉的影子，却是宋大雄。当然，这个影子也是他急于要见的。宋大雄说："那颗鸡蛋，蛋青蛋黄纯粹得很，没能挑出一丁点儿骨渣。你，放心享用去吧。"姬祯任一听就全都明白了，心说："那个真实的她，总归还活着。"

姬祯任结业归队后第一件事，就是急着要去面见高芸草。这次，高月明没再拒绝。他把一管粉红色钢笔递给他："当年在苏区，你把这个定情物交我保存。现在，我还你儿女情长，但期望你依然能恪尽职守。"姬祯任接过笔，看到"江小点"三个字，转身急去。

　　至于姬祯任与高芸草见面叙旧是怎样个景象，没有人能够看到。但姬祯任归队后，在篮球场边遇到宋大雄，二人说话间急红了脸，是不少人都看到了。当时，有人听到姬祯任说："你那调查材料第四条是不严肃、不准确的。她与那个高Q根本没有男女感情，何谈情斗、情殇？"宋大雄故意提高嗓门："两个男人为争一个女人而大打出手，你说这叫什么？"姬祯任正想再说什么，突然被场内飞出一球击中了胸部，失手丢球的正是高芸草。场上一阵叹息。一个本来半场截断的漂亮球，都完成了三步上篮，就差举手投篮了，却直冲姬祯任横飞过去，一下就把姬祯任打哑了。宋大雄说："看出来没有？她是让你闭嘴。"

　　姬祯任眼睛瞪得铜铃大小：真是稀罕事，芸草居然会打篮球？！

　　宋大雄说："此人球技很高，球兴极浓。据她说，多年前，她到金陵女子大学找朋友玩，偶尔看了场体育系女子篮球赛，之后，便迷上了篮球。到二大队后，雅兴难抑，教会了不少女同事打球。经高大队批准，还成立了女子篮球队，她任队长，便常带队与男篮打比赛。她这个打前锋的队长，更是把男性目光都聚拢到了她身上。这些男人，到底是心在篮球上，还是心在她胸上，那就不好说了。还有，这常与男队员碰臂撞胸的，保不准哪天会碰出什么火花来。你姬祯任可要当心哟。"

　　姬祯任正在聚精会神地看球，目光跟随着高芸草一刻不离，根本没听清宋大雄在说什么。宋大雄说："喂！眼珠子都粘到那无袖衫子上了。"

　　这时，就见那高芸草一个迅猛的三步上篮，投中了两分。人们不禁惊叫一声，不是惊叫这个漂亮的两分球，而是惊叫高芸草把对方队员撞倒了。宋大雄定眼一看，那个被撞倒的是个大首长。大首长喜欢打篮球是人所共知的，但被人如此大动作冲撞还是少见的。宋大雄高喊："犯规！

罚下她去！"裁判依然判那两分有效。

高芸草弯下腰去，双手挂着膝盖，喷着粗气，笑吟吟地对坐在地上的大首长说："首长您又阻挡不住我，我看，您还是下去休息算了。"大首长腾地一下拔地而起："合理冲撞，欺负老将。君子报仇，十年不晚。"高芸草仍是一脸得意，凑近大首长耳朵："不用十年，下个球我就让你。你来一个远投得分，怎么样？"大首长一笑："不！两个！"很快，大首长就真的相继投中了两个远球，引来满场喝彩。宋大雄看不出名堂，猛劲为大首长鼓掌。同时，又心生一层嫉妒：那高芸草居然同大首长交头接耳！

高芸草同这个大首长不是第一次打球了。第一次和大首长在赛场相遇时，她还不认识他。二人碰撞了几次，她心说："这大叔球打得不错，可撞人也蛮横，大黑牛似的。"于是，她断了他一次球，后又巧借规则把他撞了个跟头。几个队员同时扑上去拉他，惊声问："首长，您没摔伤吧？"高芸草听罢，一下就傻了。大首长走过去："姑娘，没撞疼你吧？"高芸草喃喃问："您真是大首长呀？"大首长指指号码："10号队员，普通一兵。"高芸草连忙鞠躬，说对不起。大首长笑了："球场可不兴相敬如宾，不然这球就没法打了。你那球断得高明，这一撞也蛮狡猾，没犯规，我只能吃个哑巴亏。"高芸草恢复了常态，笑说："首长如此宽宏大量，那我就放开打了，保您过足球瘾。"大首长又笑："尽管放马过来。"自此，高芸草一下就喜欢上了这个球友，心说："天下居然还有这样的一军之尊。我喜欢！"

国民政府军事委员会特别机密电务科"草蜢"计划，在实施前，是做了相当精细准备的。

计划方案是由军事委员会特别工作室直接制定，经反复论证推敲，又呈送三级长官进行审批。一个唐姓长官在其中添加了一个细节：教会草蜢打篮球。理由是：在赣南围剿红军时，几次攻占红军中央机关所在地都发现，红军中央机关走到哪里，哪里就建有简易篮球场。在一次追剿红军途中，缴获了几件武器装备，里面居然还夹带着一副自造折叠式简易篮球筐架。如此残酷的战争，艰苦的环境，竟然还有如此雅兴，且能在生死战场上都不间断挥洒，这肯定不是一般人。后来摸清，有此浓烈球趣者，是红军队伍里的几个大首长。这由此带动红军中央机关的球赛连年不断。鉴于此，让"草蜢"学会打篮球不是坏事。

小小细节上都如此之慎，整个计划之周全就可想而知了。

"草蜢"不是别人，正是高芸草。该计划的实质，是派高芸草打入红星二大队内部，摸清其内部技术状况，并凭借高之自身技术优势，巧妙搅乱红军破译秩序，误导破译方向，引向错误路径，阻止红军在关键时刻、关键密码上达成破译。应该说，这是一项极为特殊的任务。知情范围仅限于军事委员会几个主要长官，以及那两个叫高Q、甄艳丽的专家。

这个计划早有雏形，却一直未有实质性进展。国共合作后的1937年春，国民党军事委员会派考察团到延安考察，明确提出要考察其红星二大队。意在看看这个屡破国军密码的单位是何等面目，尤其是看看那些破译师是何方神仙。延安方面非常痛快地答应欢迎参观指导。可真正让看到的，仅是几间放有简易办公桌椅的空房子，里面零零散散地坐着几个学兵娃子。当问到二大队有多少人时，答复说就这几个，全在这儿了。回去后，国民党军事委员会特别机密部门，下决心采取非常手段，务必搞清红星二大队技术侦察实力和破译思想、破译路数等。这才促使"草蜢"计划提到了议事日程。

从实际效果看，"草蜢"之所以能在延安核心机要部门潜伏成功，取决于四个方面的因素。

一是取决于高Q、高芸草长期隐身所得功效。这二人常年在编南京电报局，以假身份坚持在岗履职，本是秘密监督各界、各派的电报往来，实则也巧掩了电报局内部人员的耳目。即便是高芸草离岗接受特工培训，或到外地执行秘密军务，也是巧设了病假、事假、技工培训等合理借口的。电报局内部员工觉得正常，中共地下组织展开秘密调查，也未发现异常。连江小点祖父江之静，也从不晓知孙女的国民党特工身份。

二是取决于高芸草在上海和南京的档案之真实。高之档案没有一丝伪造，纸页上一切都是真实的。高芸草在二大队写的书面材料，也没有含糊之言，更没有一句假话，其中包括她与姬祯任、高Q的关系。

三是取决于提前预置万全之策，秘铺通共渠道。中共广州地下党纺织品商铺据点，实际上早已被国民党特务盯死了。发现江之静与商铺关系暧昧后，反而撤了盯防力量，任凭这个组织频繁展开活动，并下令不允许对江之静的任何反蒋反党言行加以惊动。目的很明确，就是让江之静这个黑社会改良者染红，给江小点创造一个进延安的良好家庭环境。当然，对江小点在广州伪装出的各类进步言行，也都不露声色地给予成全。最终，使中共地下组织对江氏祖孙逐步有了好感和信任。

四是取决于高芸草在电报局的工作经历和自身的相关专业素质优势。这是她在延安立足的最主要的客观条件，也是对红星二大队最大的一个诱惑。

鉴于此，当姬祯任死而复生，意外出现在面前时，高芸草并没有感到危机。当然，遇到"活鬼"时她那种惊讶表情，还是真实的。

高芸草在红星二大队扎下根来，完成了"草蜢"计划的第一步。当然，她来这里不是打打篮球玩的。下一步，她是要凭自己的技术实力，跻身于红星二大队的技术核心岗位。

事实上，高芸草的真实技术水平，已是相当高了。在国民党军事委员会特别机密电务科，她和高Q、甄艳丽等人是响当当的核心技术骨干。但是，她之实际技术状况，对红星二大队是要绝对隐藏的。在二大队人眼里，她只能是电报局技工师的水平，充其量再加上业余偷破过密码的那三招两式。她不能突然彰显出高超的技术能力，否则，必然露馅。所以，当二大队分配她做一个实习侦听员时,她很是处处小心,装得真像个实习生,略显稚气嫩巴,还时不时地出点差错。

她嘱咐自己,要慢慢进步,这种进步得符合技术人员成长规律,从实习侦听员,到正式侦听员,再到优秀侦听员,然后,让组织哪天再选作她当密码破译员,再发展成破译师,择好时机一战成名,继而连破几个密码,去奠定一个优秀破译师的基础,最终熬成核心骨干,成为技术权威,左右单位破译大局。这个时候,才具备了完成"草蜢"核心任务的条件。当然,在整个漫长的进步过程中,还不能忘记她的一个常规任务——在确保自身绝对安全的情况下,不断把所获得的共军重要情报,及时传送回国民党军事委员会特别机密电务科;但如果环境条件森严,无法往外传递情报,则可停止一切活动,深度冬蛰,长期潜伏。

眼下,实习侦听员高芸草一到工作岗位,就表现出了极大的工作热情和浓厚的学习兴趣。星期天,她早早把该涮洗的衣服洗晾出来,然后,准备一整天泡到城内书店去。她知道,这里的规定,无论是公差还是私外,必得三人以上同行,且在外不可单独行动。于是,她约了姬祯任,姬祯任去约宋大雄。宋大雄说好啊好啊,可一看到后边还有一个高芸草,就找借口不去了。高芸草就约了姬红妹,三人到高月明处请了假。

这么个阵容外出,高芸草异常兴奋,提出先逛逛延安城。姬祯任说:"请假路线是去书店,改变路线去逛街,不好吧。"姬红妹说:"芸草姐是延安的新人,简单逛一下,大家都不说,无碍的。"

姬祯任不让改变请假路线,显现出了他谨小慎微的性格。这一点,还是以前的那个他。高芸草发现,这似乎与以前又有所不同。现在的他常常是心如火,面如冰。红星二大队的其他人也是一样,总喜欢用格外低调的处事方式,给肃慎神圣的环境,追加一些庄严静谧成分。隐忍便成了人们自觉不自觉的日常行为。鉴于此,高芸草一再暗警自己,务必适应新环境新习性,万不可张扬自己个性,能忍则忍。

不过,今天去延安城,高芸草没想束紧自己。她满眼都是新奇,走走停停，一惊一乍的。

这是一个设在敞棚里的铁匠铺。

敞棚中央，蹲一座烘炉，两个铁砧。有两对师徒，把弄着大小不同的四把铁锤在上下翻飞。打铁徒弟挥舞大锤用力锻打，铁匠师傅左手握铁钳翻动铁料，右手握小锤一边用特定击打方式传送暗号指挥徒弟锻打，一边小敲掂打修正关键部位，最终将一块坯料打造成各种用具。

姬祯任是在用耳朵看那几把上下翻飞的锤子。每对师与徒，都有几把大小不同的铁锤，不同的活儿用不同的锤子，不同的锤打阶段也用不同的锤子。他听出了大名堂，便把高芸草、姬红妹叫过来："先闭眼听，一锤一锤地听，然后再睁眼看，一锤一锤地看。看你俩会发现什么？"

师傅们三件活下来。姬红妹头摇得急："叮呤乱响一片，脑子混乱一片。"高芸草笑笑："有规律，却不知规律何来。"姬祯任说，是悄声地说："对声音敏感度的高低，很能检验出一个侦听员的耳功。这不仅仅是指对电码声的敏感。你们听，这锤子的敲打声里，是隐含了科学道理的。不信，咱们搞个试验。"说着，他从旁边的肉摊上借来了一杆秤，把铁匠们使用的每把锤子都称了重量。他让红妹在锤子上记下了标记。

又是三件活下来。两个女士都瞪大了眼睛。果真大有名堂！

一个掂小锤的师傅说："我打铁三十五年了，前二十年，我用坏了几十把锤子，却也没听出这个音响规律。二十年后，我才见悟出这种奇特。"他拉住姬祯任连连说，"要么，你家几辈祖宗都是打铁的，上辈人传告给了你这个奇特；要么你是神人神耳，看了一会儿咱们打铁，便察悟出了其中玄机。快说，你是做什么的？你奇异耳功从哪里来？"姬祯任赶紧说："我爹我爷都是铁匠。"那徒弟盯住了姬祯任的瘦身板："这老弟身架骨子，可不像咱铁匠的儿子喽。"高芸草拉一把姬祯任："哎，你不是你爸的儿子，是谁的儿子？这事可闹大了。"姬红妹一打她："别胡说！快走吧。别耽误了买书时间。"姬祯任却脸露急色："归队！"高芸草说："开句玩笑，你还真急了。"姬祯任说："立即归队！"

姬祯任疾走如飞。半路上，他把姬红妹叫到前面："咱俩就说说那个密码。"一听这话，高芸草就知趣地落了他俩几步远。工作上，不该听的不听，不该看的不看，这是二大队的保密规定。尽管有距离，这二人争论声，她也听了个零零散散。这些断断续续的话语，如若让外行人听了，那是一头雾水，可高芸草听了，心里就明白了七七八八：这两个破译师，在某些外界因素的刺激下，灵光突然闪现，对某部密码有了思路。也就是说，这二人可能找到了撬开某部密码的缝隙。她装作不紧不慢地跟在后边，耳朵却抻得长长的，极力倾听着。

刚才，她晓得姬祯任路过铁匠铺时，在一片嘈杂的声响中，听到了一种由锤子敲打铁件而发出的多彩和声。这个奇人发现，有一些锤子能敲打出和谐的声响，而另一些锤子敲打出的却是噪音。他对锤子进行分析，弄清了那几把彼此间音调和谐的锤子，有一种内在的数学关系，即，它们的重量彼此之间成简单比。也就是说，那些重量等于某一把锤子重量的二分之一、三分之一或四分之一的锤子，彼此都能产生和谐的声响。而一把和任何别的锤子重量之间不存在简比关系的，一起敲打时发出的总是噪声。

高芸草听到这兄妹俩的零星对话，又联想到从打铁中悟到的数学原理，便好一阵心惊胆战：鑫密！对，鑫密被姬家兄妹破译就在眼前。她心里狠狠地骂："盛可能那头倔驴，自以为是的蠢货。干吗非要急着启用他编纂的鑫密呢？"

盛可能是国民党胡宗南部所属机要室的编码师。在高芸草刚被指定打入延安，正紧锣密鼓做准备工作时，盛可能上报了胡部拟启用鑫密密码的方案。高芸草没有更多时间鉴定胡部鑫密的坚固程度。但她凭经验和直觉断定，鑫密牢固度不是很强。可那个盛可能坚持认为他的密码坚不可摧，建议特别机密电务部门批准，并说是胡司令长官的意思。高芸草要走了，就没再较真，把这事移交给了她职位接替者。现在看来，南京方面没有很好地把关，放鑫密出了笼。

从姬祯任兄妹言谈中，高芸草听窃到二大队侦获了鑫密，并听出悠然间受打铁的启发，捉到了鑫密的神经线。这个时候，她才想起，那个盛可能本是西安城一个老铁匠的儿子。现在看来，这家伙大概从小在他爹打铁的叮当声中长大，早就晓知了锤子重量与声音和谐之间的数学简比关系。这就使他在编码中灵机一动，把他爹几十年锤打出来的那点奥妙，用在了一部密码里，还起名叫鑫密。三金一鑫嘛，寓示着他盛家对铁器情有独钟。

这就是鑫密的灭顶之灾！

果然，当晚，成了鑫密的末日之夜。

这等机密，不可能告诉一个实习侦听员。高芸草是从电台侦控任务临时调整中推测到的。一大早，宋大雄便急着部署侦控胡宗南部某频率电台讯号。高月明也过来说："直觉告诉我，胡部好像是多频率多电台都在用这个密码。要全面撒网，寻找规律，把每条鱼儿都给我钓到手。"

实习侦听员高芸草在岗位上坚守了一天一夜，谁劝都不肯下去休息。她说："一个新手不自加压力，何时才能变成老手。"这一天一夜，高芸草看似在不停地旋转电扭，在大海里捞着那几根针，实则她心里在剧烈翻腾着，一再问自己："怎么办？怎么办？"最终，她把思考的重点放在了一个点上：宋大雄等人捞获这几根针的可能性到底有多大？她给出的判断是：他们会一网打尽这堆金鱼儿，就在这一两天。

于是，高芸草先于他人搜寻到了一个新频率，抄下了一份报；三个小时后，又搜寻到另一个新频率，抄下了一份报；又过几个小时，她在第三、第四个新频率上，再抄下两份报。她佯装不知抄下的为何物，送给了宋大雄："我在四个频率上抄到了四份报，像是同类报，但不知是何密。"宋大雄没说什么，直接拿着报去找了高月明。回来，宋大雄很兴奋："你能够凭借打铁打出的数学简的关系，而推测出敌台动态频率设置，很难得！芸草，你实习便有戏，是个好苗子。有了这个基础，你就甩开膀子大干一场吧！"

这次,从鑫密批次电报中获知,国民党假合作真反共的伎俩没有变,寻机制造反共摩擦的意图非常明显,且已经开始着手部署围剿八路军所部的军事行动。

完成捕获破译鑫密任务之后,姬祯任叫上高芸草和姬红妹,去了一趟城里书店,以弥补上次之未愿。路上,高芸草说:"铁匠打铁,密码破译,二者本是风马牛不相及,一个破译师倚仗奇诡的观察力、想象力和破击力,却把二者有机糅合在一起,捣毁了鑫密。你姬祯任真是个神人。今天你不会再有灵感闪现了吧?"姬祯任说:"干这一行当,有时候真还要靠丰富经验基础之上的灵光一现。"高芸草笑笑:"敌军那个编码师大概和你一样,都是老铁匠的儿子。"姬祯任也笑笑:"不知是否有人肯当老铁匠的儿媳?"高芸草说:"别瞎琢磨!你人早就是宋大雄的了。二大队人皆共知。"姬祯任说:"她以前不干,现在更不干了。她有完璧归赵的意思。"高芸草似笑非笑地说:"这些年,你让宋大雄都摆弄熟烫了,没个新鲜劲了,谁还要你?以后你真不能自作多情。"姬祯任深沉下来,久久不语。

那天晚上,姬祯任约高芸草在院里散步,又聊起了宋大雄。

"我和大雄之深厚感情,多半是革命友情,职责之谊。在特殊的战争环境里,由破译师职业特性所决定,我与她的搭档,首先是出于任务需要,彼此都不可再顾及男女之别,简单地说,我与她的心都已经砸巴碎了,重新团揉成了一颗心,相互把自己包括生命在内的一切,都交给了对方。但我与她之间男女上的那种关系,到现在也还是一张白纸。这主要是我的问题。那时候,有多少战士的生命,都维系在我脑子里,我不可能再有一丝闲心和精气神,用在密码之外的任何事情上。我把每一部密码,都当作是生命中最后一部密码来攻击的。真不知道自己哪天趴在码子上就死掉了。我天天就像傻子似的,几乎连吃喝拉撒睡都不能自理。这个时候,她不由自主地给予了我姐弟之情,甚至是母子之爱。她天天就像照顾个大孩子。那时战争极其残酷,她是怎样让我活着走过来的，我自己都不敢去想。所以说，我与大雄的感情，怎么说呢？在我心里，她就是我天经地义的恋人，死心塌地的老婆。同时，她又是老姐老母，我所有怯懦的一面，所有心里的委屈、憋闷，都自然而然地到她那里去挥洒，去倾诉。她无私地把最好的一切都给了我。以前她说过，等革命胜利了，她吃上一个月的馍，把一个白白胖胖漂漂亮亮的她献给我。可是现在，她觉得，她耳聋了，脸瘪了，不美了，不让我再爱她了。她觉得，我应该有个更好的伴侣。姬红妹出现后，她神经病般地想把红妹推给我。现在你来了，她又极力撮合咱俩，觉得你才是我最好的那个。知她莫如我。现在，她绝对不想成为我的爱人了。在男女感情上，她这是要远离我。可在战友感情上，在政治关心上，在亲情牵挂上，她又一刻也离不开我。这已经定型了。这一生，她心里是撂不下我了。芸草，这就是我与宋大雄的全部。我该怎么办？你帮帮我。"

高芸草眼里有泪水在转，但还是克制住了。她说："你俩这种男女关系很稀罕，很珍贵。我很惊讶。这样的男女感情，简直是感天动地。从你俩身上，我知道了男人与女人之间的感情还可以是这个样子的。这一点，在南京，在电报局，甚至，或许在其他军队里，无论如何是体会不到的。现在，很是值得我重新审视人生，审视眼前这支队伍。这是一支什么样子的军队呀，能造就这样一种人与人之间极其特殊的关系？"

姬祯任紧闭双眼，泪水唰唰地往下流。高芸草拂去受感动的表情，换上一副刚毅："刚才你问我，你应该怎么办？你说你应该怎么办，你自己去办！别想让我帮你！别想让我成为宋大雄第二。我什么都不会管你。"说完，走了。

姬祯任追上她，把那篇《书命》文章递给了她："这是在延安城书店里，我第一次看到你时写下的。这些天，我还时常想起上海的日日夜夜。想得很苦，想得很细，想得很形象。"她接过文章，看了一眼："这篇文章里，也写了我？"他点点头："写了你我与书命的关系。"她说："那我得好好看看。"接着，她还是把想说的话说了。

"我觉得，你应该娶她，必须娶她。否则，你一生将不得安宁。你不娶她，人人都会觉得老天对她不公。你不娶她，你娶谁谁都会生活在人们异样的目光里，谁都会伴随你一起，成为不仁不义之人。你不是让我帮你吗？这就是我帮你想好的光明大道，且是你通往幸福之门的唯一坦途。"

"可是，她在心底深处，早把这条路无情地掘断了。"

"她在哪里掘断路，你在哪里架座桥。她无休止地掘路，你则无休止地架桥。"

高芸草没有回宿舍，又独自转了很久。她心里明白。在这个神秘莫测的大院里，在众人眼中，自己还是个新人，这个状态自己必须时刻拿捏准，防止一不留神显示出超越这个阶段的言行。明明是能够勘破天机的智者，却要装作青涩稚拙。

在延安这片天地里，自己真的是勘破天机的智者吗？

在国军效力的那些年，由自身职业所决定，自己对共产党及其这支军队的了解，较之作战部队那些长官要多得多，但对其本质有所了解，还是到延安之后。尽管自己还未能接触到更多机密，但仅以一个普通人的眼光去观察，也不难看出实质性的东西来。有些事足以改变自己的某些观念。

譬如，共产党军队与国军打了这么多年的仗，在更多的时候，其作战方式都是在事先对国军意图无比精确掌握的基础上制定的。而这些年，国军在研究红军时，根本就没有从这个基点上去思考问题，那么，国军制定出的对策，就失去了事实基础。周详的信息情报使这场战争的概念变了味，而国军长久以来都未能嗅出这个味道来。

自己曾向姬祯任请教过情报保障与打胜仗的关系。他借用一些将领的相关阐述，说："一军统率，既要有正确的决心，又要有全面及时准确的情报，没有全面及时准确的情报，就很难有正确的决心；只有全面及时准确的情报，没有一个善用情报的英明统帅，情报则如同废纸一张。"

过去，听得更多的是这支军队是一支没有文化的军队，"土包子""泥腿子"几乎成了它的代名词。到了延安之后，自己才切身体会到，这支军队的统率部是极其有文化的，其对中国传统文化和中国国情把握的深刻程度，要普遍高于国军上层。同时，这里还隐藏了一支不可忽视的军事存在——红星二大队。这是一支被中国传统文化浸泡透了的精英团队，随便拿出一个密码破译师，其对中国文化内涵的掌握，一点不比国军那些高级将领差；其对中国实际情况的研究，一点不比国军决策层少；红星二大队，对国民党中央军及各路军阀的兵心将意，都了然于心，像熟悉家人那样熟悉他们。大家看其密电，就像在读一封家书，能够灵敏嗅到国军将领电文字句背后的想法。延安方面，知道国军各层很多鲜为人知的内幕，不少时候，中央首长能知道想知道的一切，而这些情况连国军上层很多将领都长期毫无知之。

想到这些，高芸草自觉肩上的担子千斤重，心里暗暗叫苦：这些年，国军最大的失算之一，是忽略了无线电通信保密，藐视了红军电台侦察力量的存在。

此时，高芸草痴想如梦，不由得自言自语了一句："接下来，我该怎么办？"

一个人影从墙角处闪到高芸草身后。

按照平时练就的习惯动作，在受到暗处不明身份人的威胁时，高芸草应该迅疾右闪一步，猛然转身，出其不意地将对方制服在地。此时，她条件反射地右闪一步，正准备转身出招，突然想到不能让人看出自己是个训练有素的特工，于是，即刻停止动作，一屁股歪倒在路边："哎哟，谁呀？吓死我了。"

来人是宋大雄。宋大雄扶起高芸草："芸草，很苦恼吧？刚才你还在问自己怎么办呢？还能怎么办？天经地义地破镜重圆呀。不，你看我这张嘴，这镜子本来就没破过嘛。我对姬祯任是了解的。你死后这些年，他心里一直有你，从来没有接受过我的感情。"

高芸草站住不走了："大雄你是不是觉得我不应该死而复生？你是不是不想在这黄土高原上见到我这个活鬼？"

"芸草，我说的可都是真心话。真希望你俩能尽快走到一起。姬祯任生生死死的活过来不容易，又能见到多年前的恋人就更不容易了。这就是缘分，这就是天意。"

高芸草说："你们生生死死一起走过来的，你俩不结成一对，全延安人都不答应。谁要是抢了你宋大雄的位置，同你俩一起走过来的那些老红军，是要拔枪杀人的。"

"说真话，我与他生死相依、疼爱夹杂地战斗了这些年，我若说让他娶我，他则会毫无二话，毫无怨言。但是，你又活着出现了，所以，现在没啥说的了，老天注定他姬祯任就是你的了。"

"看来，我非得再死一回不可了。我就是死，也不嫁他姬祯任！你放心好了。刚才他还哭天抹泪，说非你大雄不娶呢。"

"真的？我知道，他是哭在对我的感恩上，与爱情无关。在上海播下的种子，早该开花结果了，你还等什么？这些天，恐怕他姬祯任想你都想得彻夜难眠了，而我骨瘦如柴，瘪脸耳聋，什么都给不了他。"

"宋大姐，你这是说的什么话呀？姬祯任是那种人吗？他毫无嫌你之心呀。"

"是你了解他，还是我了解他？快快的，定了你们俩的事，也好让我安心。"

"我既然已经死了，那就永远死下去。我与他，绝对不可能。谁说破天逼我，都不可能。你死了这个心吧。要不是革命理想把我吸引到延安来，我会离你们而去的。但现在不能，我不是为他而来的，我是为革命而来的。所以，我革我的命，他结他的婚。两不误，互为好。"

"那我们走着瞧。没错，我救过他的命。这次，我一定要把他亲手送到你手里，彻彻底底地再救他一命。他的命在你江小点身上，没有你，他生不如死。你信我宋大雄一回好了。"

"我不爱他了,那个江小点早死了,你懂吗?"

"不爱他,你跑延安来干吗?"

"他姬祯任在上海早死了。我再说一遍,我到这里,是投奔革命来了。"

就在宋大雄同高芸草有这番对话两个月之后,这天傍晚,高芸草走进食堂,发现每张桌上都添了两个肉菜,还有半瓶子高粱酒。各个桌边已坐满了人。她刚一落座,还没来得及问,就见高月明走出来,兴高采烈地说:"今天,是个大喜的日子。一对新人要在这里喜结良缘。宋大雄同志从参加革命那天起,就与红星二大队风雨同舟,走过了历次反'围剿'和二万五千里长征,一心一意干革命,立下了不少战功。今天,她终于要解决个人问题了。咱大雄要结婚了!"

之前一点消息都没有,突然间她宋大雄怎么就要结婚了?高芸草惊恐万状,目光一直在各桌上扫来扫去。她没有看到宋大雄和姬祯任。

长征过来的"老红军"们,某一天突然宣布谁和谁要结婚了,这在延安并不是稀罕事。可今天,高芸草还是感到太出人意料了。尽管她和他结婚,是在情理之中,早早晚晚的事,更是她高芸草一再督促的事,但还是让人感到太突然了。

高芸草心情忽的一下,由惊恐变成了失落。莫大的失落!

她真的要和他结婚了,这是真的吗?她宋大雄不是说不能,绝对不能吗?

渐渐地,高芸草由失落变成了怨恨:他要当新郎了,居然连个招呼也不打!无论怎么说,他都应该告诉我一声呀。我不企求他在上海那段恋情里死陷不悟,也理解他与宋大雄在战火中缔结下的爱情,可我高芸草总归是活生生地出现在了你身边,你要给感情一个结果了,也该给我一个简单的解释,哪怕随便一句话也行呀。

无情无义之人,你知道吗?我是多么渴求重续上海那段恋情呀。自打那天我在延安见到还活着的你之后,我心里没有一天不是快乐的。睡梦中，常常是笑醒了的呀。虽然，在你面前，在她面前，我极力成全你与她的感情，可是，那全是在做姿态，口是心非，言不由衷呀。事实上，我比那宋大雄更需要你的爱。我的心需要，我的情需要，我的一切都需要。

高芸草想着怨着，不由得摸过酒瓶子，仰脸喝了一大口。咕咚一声，桌上的人都听到了，目光一下子从高月明那儿转到了她脸上。她居然没察觉，又咕咚喝了一口，直到有人碰了她一下，她才醒过神来：自己失态了。

烧酒热辣辣地刺激着神经，她精神一振，强装出一丝笑容，心说：这一对人走到今天容易吗？难道人家不该走到一起吗？你高芸草什么心态嘛，哎哟哟。

高月明还在说："今天这顿饭，是大雄同志掏了自己的技术津贴，买了半片子肥猪肉。大家要吃好喝好。然后呢，都去闹闹洞房。这洞房是名副其实的窑洞之房。据说，是新郎官一个人干了三天三夜，在一孔废弃窑洞的基础上修缮而成的。今夜这洞房不去闹他，以后还能有机会吗？！"

有人喊："真啰唆！快请出新郎新娘，大家可都馋了。"高芸草心烦意燥，未等新郎新娘出场，就悄然离去。

高芸草刚走出食堂，迎面看到姬祯任缓缓走来。高芸草一愣，说："嗬，这戏要开场了，主角居然没到。"姬祯任问："食堂里在搞什么活动？这么热闹。"高芸草歪头看他："演戏，到这时候了还给我演戏。怪不得高月明罗里巴索，原来是在等新郎官呢。"

就在这时，一个人骑着战马风火火地飞驰而来，到食堂门口，扔下马鞭，急匆匆冲进了食堂。

姬祯任说："邱子豪火急火燎的，跑二大队来干什么？"高芸草说："还能干什么？来喝你的喜酒呗。"姬祯任急了："你到底在说什么？这些天，我一直在外执行任务，这才刚回来。"

高芸草感觉不对劲，拉一把姬祯任跑进了食堂。

婚礼刚刚开始，新郎新娘款款走了出来。邱子豪、宋大雄站在了众目之下。

高月明依然是兴高采烈："新郎官邱子豪，二团团长，人称蛮子雷，是个敢打硬仗的战斗英雄。这不，忙得他连结婚的时间都没有，刚刚从前线下来，就直奔婚礼现场。这二人，一个非她不娶，一个非他不嫁，海誓山盟的，都闹到了大首长那儿。一个好女人，眼睁睁地让二团夺去了。不过，能同二团结亲，也是我二大队的光荣。明天，有场大仗要打，邱子豪二团是先锋团。我不再耽误时间，喜宴即刻开始。这酒也是给咱新郎团长的壮行酒。下面，我提议，为我们邱团长明天战场旗开得胜、今晚洞房得胜旗开，干杯！"

食堂里先是一阵诧异静默，后才渐渐欢闹起来，纷纷举杯贺喜。看得出，大家对新郎官是邱子豪，感到不太适应。

姬祯任直愣愣地走到高月明面前，说："给我个说法！"高月明一举酒杯："没说法，只有酒！"姬祯任又把正陪邱子豪到各桌敬酒的宋大雄拉到一边，气呼呼地说："给我个说法！"宋大雄递上一杯酒："我不是早给你说清楚了吗？"姬祯任说："你那都是气话。"宋大雄笑了笑："这婚礼可不是排戏哟。祯任，祝福我吧。"

李末子过来，拉姬祯任过去坐了。

没有人注意，高芸草跑出了食堂。她一人在操场上大哭起来。

过了几天，一场大仗打完，邱子豪又添新功。他摆了一桌便餐，把高芸草、李末子、姬红妹都叫了过去。宋大雄去叫姬祯任，姬祯任坚决不去。

姬祯任已经打听清楚了宋邱结合的经过。其实很简单，邱子豪因宋大雄脸上那一枪，一直觉得愧对她，便经常来关心她，安慰她，一来二去，二人都觉得投缘。邱子豪一有那个意思，宋大雄即刻爽快答应，并缠磨着高月明批准她结婚。高月明不批，宋邱二人便去直接找了大首长。

姬祯任执拗地认为，邱子豪是为了弥补过失、怜悯大雄才要娶她；而宋大雄是为了躲他姬祯任、让位于高芸草才肯嫁给邱子豪的。这是一桩没有爱情的婚姻。宋大雄曾当面"啐"过姬祯任："你他妈的瞎想什么！我还没那么高尚，也没那么龌龊，为了成全你的爱情，而给子豪一个没有爱情的婚姻。请你记住，我和子豪的爱情，比天高，比地厚。"

直到今天，姬祯任还对此耿耿于怀。宋大雄脸就红了，眼一瞪："你今天若不去吃我这顿饭，今后我便不认你这个人。绝对不认！"姬祯任看她真急了，就跟着去了。

六人吃了一顿饭，其实也没说什么。邱子豪只说了一句话："喝了这杯酒，祯任就是我亲哥，红妹就是我亲妹了。"大家明白，他这话的意思是，他心里将永远有姬红英。

其间，高芸草也说了一句话，似乎有些不合时宜："末子、红妹，你俩的事也快点办了吧。"没想到，姬红妹把筷子一拍："我俩什么事快点办呀？咸吃萝卜淡操心！"高芸草尴尬极了。

第十八章　蓝　密

结婚第二天一早，宋大雄就出现在侦听室里。有人问她："刚当新娘，不休息两天呀？"她说："大首长们结婚也没见谁休假呀。再说，我这不是还带着徒弟嘛。"

宋大雄独耳听天下，一直以不俗的业绩延续着她的侦听传奇。手下年年出高徒，出侦听能手。眼下，她仅带着一个徒弟，那就是高芸草。

高芸草跟宋大雄学技术，有两个明显感受：一是训管极其严厉，可以说是典型的魔鬼式传帮带方式。每天只留给徒弟八小时吃饭睡觉洗涮收拾自己的时间，其余十六个小时全归她所有。这十六个小时，时时分分都有详尽训练计划，没有特殊情况，必须逐一落实。就是洞房花烛夜，都十一点多了，她还跑到侦听室检查高芸草夜训课目，并手把手纠正操作细节，直到凌晨一点才离开。这个时候，天亮就要奔赴战场的邱子豪，在营门外已经干等了一个多小时。邱子豪见人一出来，二话没说，单臂挟起新娘，急蹬蹬回了洞房。二是侦听技术招法繁杂而奇诡，与训练班上教员的教习方法格格不入，与国军正规报务训练教案也大相径庭。高芸草也不多言，默然接受。渐渐地，她发现，宋式教练法虽格外土鳖却有奇效，看得出，完全是她在多年侦守敌台中摸索提炼出来的精华。那些没有丰富侦听实战经验的教官，无论如何是拿不出如此实在管用之妙招的。高芸草暗暗叫苦：共军有众多像宋大雄这样的师傅，又长年带出一批批如师一样的高徒，国军电台不被一网打尽那就怪了。

最近几天，宋大雄正在一个异台讯号上帮带高芸草。在各个侦听室正常控守的敌台讯号之外，宋大雄发现了一个略有异常的讯号。这个台总是在凌晨一至三点之间发报，听上去很像是个商用电台，但每次发报又很匆忙。就像一个人说话，不敢大声说，语速又极快，一副急匆匆、贼溜溜的样子。按宋大雄的说法，这个发报员敲击电键的手法有些胆战心惊，敲得不是那么理直气壮，并且在点划间隔的处理上，有些上气不接下气，结束语更是收得潦草而燥杂。

在侦听过程中，的确常听到一些商用电台讯号，有时明码，有时密码，都不难辨清毫无军用价值。开始时，宋大雄听后也弃守了，高芸草同时也没犹豫，一辨而过。下来后，宋大雄与高芸草探讨了一番，还是觉得有点不大对劲。第二天同时间段，高芸草在同一个频率上没找到那个台，宋大雄在另一个频率上捕捉到了。高芸草没有听出异样来，宋大雄细细听，并抄下码子，自然是密码，看不破内容，但基本面特征是商用。她拿了这份报分别送给姬祯任、李末子、姬红妹看了，他们都说是商用报。

宋大雄随即疑惑顿消,但还是叮嘱高芸草捎带着再控守几天看看。

对国军电台烂熟于心的高芸草,一听便知这不是国军及其特务系统的电台讯号,她判断,基本上就是民用商用电台。于是,一到那个时间段,她便应付公事般听听就过了。可有一天,她突然想到,宋大雄职业敏感度是极高的,她既然觉得那个台不对劲,那最好还是不要轻易放过。她出于对宋大雄独耳功夫的信任,又开始关注这个夜台。她的想法是,万一确定是国军或特务系统的一个隐蔽性很好的电台,她则要设巧法掩护隐藏,彻底打消宋大雄的怀疑,从而不让二大队捕获控守住。跟踪控守几次后,果然也感觉出了问题。她猜测,可能是商用电台掩盖下的有军方或特务背景的电台。但这个台所用密码,又和国军以前用过的密码特性大不一样,她没能看出门道。难道国军通讯部门或中统、军统,又有高手编纂了高难密码?管它呢!既然红星二大队一经认定其是商用电台,那自己最好按下不动,装作若无其事是上策。

这天,宋大雄和高芸草下了夜班,吃了早饭,在院里散了会儿步。这次,宋大雄主动问起高芸草和姬祯任的关系。

自打结婚那天起,宋大雄便一直对姬祯任表现出漠不关心。明眼人看得出,她是在有意冷落姬祯任,好让他走上她所期望的感情之路。实际上,她心里是放心不下他的,暗中有意无意都在撮合他与高芸草的关系。

宋大雄说话依然是那样直接。高芸草同样直言不讳,盯着那个老问题不放:"宋大姐你匆忙结婚,是不是为了成全我与姬祯任?大姐你若实话实说,我便与他轰轰烈烈地爱起来,你若不说清楚,对不起,我没法与他发展感情。"

宋大雄苦笑一声,说:"事实是,我已经结婚了。结婚了,便了断了。我与姬祯任便没有半点同志之外的关系。"

高芸草说:"我是个新同志,我就是想知道这支革命队伍里,人与人之间的关系到底能新奇到什么程度。我觉得,再没有你与他之间的关系能说明问题的了。当然,我已经了解个大概了。但我还是想再一次更加清楚地从你嘴里听到确切的回答。"

宋大雄说:"好,你我之间最后一次谈论这个话题。这样说吧,我太清楚你在他心中的分量,他与你初恋的分量。你死而复生了,这种分量又是在成几何级递增着。所以说,我不能在感情上占有他,拘禁他,我只有放了他,放他回到深爱他他也深爱的那个女人怀抱里去。"

高芸草眼里含了泪花,庄重地点了头:"你舍弃他而甘愿委屈自己,全是为了成全别人。这个好,我会记你一辈子的!"宋大雄说:"不不不!我这样做,是有更深层考虑的。姬祯任是个神诡另类的破译师,在男女感情方面也有别于常人,执拗诡固得很。我断定,他最终若是爱你而不得,精神世界必会出问题,从而由情乱心,由心乱脑,心脑都乱了,那神智灵感锐气可能都要遭大幅消减,甚至密码破击力也会折损殆尽。"高芸草释然一笑:"我明白了。说到底,你这是为了保全密码破译事业呀。若这话是别人说的,我不信。你说的,我信了。"宋大雄苦笑:"所以,你没必要对我愧疚和感恩。答应我,以后不许再纠结这个问题。答应我,以后好好爱他。"

就是在这个时候,二人听到有异样的巨大轰鸣声有远而近。宋大雄反应迅速,一下蹿上院里一个土堆,又翻到墙头、房顶上。她看到,有黑压压的飞机群自东向西,直奔城池而来。院里有人拍手呼喊:"是不是蒋委员长送钱送物来了?"宋大雄则急呼:"快进防空洞,是鬼子的飞机!"

屋里的人闻声跑出,奔向了防空洞。

宋大雄翻身下房,直奔破译室而去。果然,姬祯任还趴在一堆密码资料前,正陷在苦思之中。宋大雄喊:"快跑呀,敌机来了!"姬祯任像是没听见,照常翻着写着。宋大雄一下把姬祯任背起来,冲出屋子。

进了防空洞,姬祯任大喊大叫:"我的资料,我的资料。"挣扎着非要往外冲。宋大雄让人按住他,说了声"你等着",便跑了出去,冲进了破译室。

这一刻，所有人都感到了地动山摇。

后来，据人们描述，这一天，大批日机有恃无恐，飞得很低，成千上百的重磅炸弹，投掷到小小的延安城里，顷刻间房屋倒塌，火光四起。

有迹象表明，日机这次突袭的重点，是凤凰山中共中央和军委驻地。毛泽东居住的石窑和机关的部分房屋、窑洞被炸，有三十多个八路军官兵阵亡。人们推测，一定是有特务向日本人提供了详细情报。

其间，清醒过来的姬祯任发现宋大雄没有回来，就疯了似的扑向了破译室。

破译室房屋已被炸塌，正燃着大火。头顶上还盘旋着敌机，人们不管不顾地奋力救火，扒挖，终是找到了宋大雄。

宋大雄头部被一根横梁砸进了地砖，双腿被断墙压着，后背上立插着一块门板，险些把她切断。

人们翻开身子，她胸前还紧紧抱着那叠密码资料。

邱子豪从城外防地飞马而来。高月明不让他看宋大雄尸首："邱团长，还是在心里留个完整形象吧。"邱子豪仰天长嚎，眼中喷射着怒火。

姬祯任一直抱着那堆资料瘫坐在地上，无语无泪，死死地盯着那方白布单看。

邱子豪飞起一脚踢向姬祯任，骂道："我就知道宋大雄迟早会死在你手里。"这一脚那狠劲要是踢到胸口上，那就是一梭子弹的威力，幸好只踢飞了他怀里的资料。

姬祯任猛然惊醒，踉跄着去拣拾床单上的纸，一脚滑倒在地。瞬间他感情的闸门大开，号啕大哭起来。

等邱子豪反应过来，姬祯任正抱着宋大雄一口气没哭上来，噎断在了那儿。他上去一脚把姬祯任踢翻，又一把提拎起他，连打了几个耳光。

高芸草冲上去，喝道："邱子豪，你这样对姬祯任，大雄她死不瞑目。"

邱子豪这才看清了面目全非的宋大雄。他扑上去，紧紧抱住了她。

姬祯任也扑过去抓了宋大雄的手。邱子豪又是一阵拳打脚踢。

高月明挡上去:"邱团长,这本是日本人的罪过,你不能迁怒于姬同志。"邱子豪说:"他姓姬的对大雄罪不可恕!"姬祯任哭喊:"谁也别管!让他打死我算了。"

二大队在凤凰山找了块空地,葬了宋大雄。第七天的时候,姬祯任、李末子、高芸草、姬红妹去了宋大雄的坟地,远远看见一个人正坐在坟前。那是邱子豪。见有人过来,他起身上了马。当擦身而过时,他突然弯腰把姬祯任提上了马,飞驰而去。

高芸草高喊:"邱子豪,你还有完没完?邱子豪,你拿得起,放不下,你还是个男人吗?"

急驰中,邱子豪说:"这种骑马方式,你是不是很熟悉?只可惜你怀里换成了一个男人。"姬祯任说:"我理解你的心情,愿杀愿剐随你便。"邱子豪加鞭催马,一句句伤感甚深的话语,从姬祯任耳边飞过:

"长征路上,你和大雄同骑一马,前面一干人马挡住了去路,大雄掏枪在手,鸣枪策马急驰,奔腾狂飞。那时,我是一个连长,见到这一景象,心里对那个英姿飒爽的女人仰慕不已。心想,将来要是能找个这样的女人当婆姨该有多好呀。

"她那一形象刻在我脑海里,多年不散。后来,我碰上了同样英姿飒爽的红英。没想到红英走得那么早。再后来,我便知道了你和宋大雄的关系。

"大雄答应嫁给我之前,给我说了两句话。一句是,她与你姬祯任之间清清白白。尽管同骑一匹马,甚至同睡过一炕草铺,但绝对没有男女那种事。第二句是,她和我邱子豪结婚可以,但要允许她心里有你姬祯任,当然,她说那是姐弟间的惦念,家人般的牵挂。最终,我答应了她。

"这是个好女人,你姬祯任辜负了她。实际上,那天我打你,打的就是你枉费了这个好女人的心。这一点,大雄宽容你,宽容得有些不可理喻。但我不会原谅你。"

"快滚下马去吧,你这个伪男人!"

邱子豪把姬祯任扔下马,飞驰而去。

史料上记载,日机首次轰炸延安是1938年11月20日,紧接着,第二天又进行了第二次轰炸。

上级下达了侦控日伪电台的任务。红星二大队当务之急,是捉住讯号,破开密码,搞清日伪特务在延安的潜伏情况。

宋大雄走了,高芸草心里很久没有放下师傅。这是一个能让人把心交给她的好大姐。在感情上,高芸草彻底投向了宋大雄。可惜,她走了。师傅走前,交代给她的最后一项任务,是留意那个不太对劲的商用电台。她记在了心里。

这天晚间,她又控守了那个电台。她隐约觉出报务员的发报手法手迹,有点似曾相识。之前几个晚上,她也曾有过这样的感觉,但没有形成概念。这次,她突然联想到,这个报务员像是被二大队一直控守着的国民政府军政部驻陕军需局的报务员。这二者手迹特征相似,基本上可以肯定是同一人。

紧接着,一个老报务员的经验发挥了作用,高芸草从这个晚上一份密报报头中,分析猜译出了这封报是发往上海的。这一发现极其重要。

按说,国民政府军政部驻陕军需局的电报应该发往重庆,而不是发往沦陷区上海。一种可能是,这封电报发往上海党国自己的潜伏电台,那么,西安发报者应是党国特工;另一种可能就是发往驻上海的日本军方或日伪特务组织,那么,西安发报者必是汉奸特工无疑。也即,国民政府军政部驻陕军需局里有日方特务潜伏。

有了这些想法,高芸草就暗中加大控守,并假设那就是个日伪特务潜伏台,开始着手破译这个台的密码。

这些天,为防日机轰炸,红星二大队时常搬家,变换驻地。搬来搬去,大家都搬烦了。这天,高芸草心里骂了声"狗日的飞机",脑子一下关联上了西安那个电台。她想，如果真是日本特务潜伏台，眼前他们在陕北的关注重点应该是什么？轰炸延安，为轰炸提供情报呀。而延安方面防特系统极其严密，日特在延安架设电台几乎不可能，那么，在延安的特务偷了情报，会不会送到西安，由西安的电台再发往上海日本人那里呢？那么，日机轰炸急需哪类情报？那肯定是天气和目标位置了。有了这个猜测，高芸草破译西安电台密码的范围就大大缩小了。

几天后一个深夜，高芸草躺在床上苦思，突然心里一声暗叫："果真是它！"话不由自主地溜出了嘴巴，声音还不小。睡在邻边的姬红妹一下坐起来："果真是谁？怎么回事？"高芸草多机敏，翻了一个身，假装说梦话："祯任，等等我。"待姬红妹睡实了，高芸草则爬起来拿了纸笔进了茅房。

果真是它！是延安地区的天气状况和中共要害部门的位置数据。她的猜测千真万确。延安果真潜伏有日本特务，他们搜集到相关情报后，转送到西安潜伏在国民政府军政部驻陕军需局里的日本特务手里，然后，这个特务偷借军需局电台，用密码发往上海，最终，日本人依此情报下达轰炸任务。

高芸草暗自破译开的这个密码，叫蓝密。从密报上反映出，蓝密属潜伏在西安的一个叫"三角洲"的日方特务，与上海日伪特务组织之间专用。

对延安方面来说，这可是个重大密情，在报不报给高月明这个问题上，高芸草态度决然：绝对不报！报了，便有可能引人怀疑，暴露了自己；不报，自己便安全无忧。这个台是商用台，早被二大队当成千百个商用台中的一个，已筛选定过性了。只是宋大雄有点小怀疑。而现在宋大雄走了，没人再记着这事。高芸草又想到，此事压着不报，还有一个与自己真实身份职责相符的功效，那就是从党国高层来看，日军轰炸延安，是国军想要的。借日本人之手，消灭中共力量，是党国之需。

不过，高芸草心里多少还有些纠结，抛开组织属性和政治身份不说，单从情报人员的职业操守看,还是应该想办法让二大队知道的。还有,虽说炸了中共要地,与我高芸草无关,可从为宋大姐报仇和保护姬祯任等友人安全角度来说,却是应该报告的。他们有谁再被炸死,我会心痛的。

她又为这些想法直抽自己耳光子。你高芸草怎么同自己的敌人关乎起了疼痒?你被派遣到延安来的目的是什么?不就是阻止国军密码被破译吗?这里的破译专家若被炸死,不正中我意吗?!

这个时期的高芸草,有些不知所措了。很快,出于好奇和职业习惯,她开始琢磨起一个问题来:延安这个日方特务,会潜伏在哪个部门呢?

她从蓝密电报中,看到过几次延安潜伏特务的落款是"落碧楼",而西安那个特务叫"三角洲"。三角洲用的是国民政府军政部驻陕军需局的电台。电台是机要重地,外人无法接近。由此判断,三角洲肯定是潜伏在军需局的内部人员。而"落碧楼"是潜伏延安的那个搜集情报者,但却丝毫看不出他身在何处。

那天,高芸草和姬祯任、李末子一起,去了一趟城内书店。她特意从相关书籍中查了查"落碧楼"的出处。最终查实,确实仅有苏州刘家藏书楼名叫落碧楼。她又一次想起早年那个好友刘海儿,以及她那个凄美的爱情故事。自然也想到了自己这个芸草之名的来历。她哑然失笑:刘家落碧楼,与日特蓝密中之落碧楼,当然没有任何关联。

离开书店时,高芸草问姬祯任:"刚才我翻阅古书时,突然想起了早年苏州的一个女友,叫刘海儿,你还记得吧?"姬祯任笑了:"那个'中'字电报,不是你代她发的吗?那年月的友情,弥足珍贵,经久难忘。"说着,他拉了一下她手。这是宋大雄走了之后,姬祯任第一次同高芸草有亲昵动作。她躲开去:"这些年,你没有同刘海儿夫妇联系过吧?"他苦笑:"我已是一个死了的人,哪还能再与上海故人见面。当然,你除外。"她说:"不知何时才能进那落碧楼一饱眼福,延安书店总归是清汤寡味的。"他说:"打仗嘛,书瘾难过是自然的,等革命胜利了,你我再搏书命,再过书瘾。"高芸草想起了什么,说:"你那篇文章《书命》,写得果真不错,发表一下会挺有意义。"姬祯任说："好啊，你再帮我润色润色。"

当天晚上，姬祯任就把文稿给了高芸草。高芸草只做了个别修改，还把刘家藏书楼藏书细节和楼名隐掉了。

姬祯任以恺撒为笔名，把《书命》投给了边区政府机关学习导刊《建设学刊》。

据说，在延安知识青年中，还引起了不错反响。编辑部因势利导，又发了几篇读者评论，还搞了个关于读书话题的大讨论，效果良好。

这一天，高芸草带篮球队到驻地外打了一场球赛。由于之前屡遭空袭，很久没有组织像样的球赛了。这次，各球队早就憋足了劲，都拿出最强阵容，以决高下。

女子篮球队依然是赛场上最亮丽的风景。为保密，红星二大队是以后勤卫生队名义参赛的。队长高芸草表现出色，不时博得众人喝彩。

今天，有大首长亲临赛场，并作为司令部一队队员，连打了两场，仍觉得不过瘾，正式比赛结束后，又带一队和高芸草女队打了一场友谊赛。

一上场，高芸草就同大首长咬耳朵："首长，今天我可寸步不让，半个假球都不打。您小心着点，可别惹我，否则，规则之内，撞翻白撞。"大首长笑说："先别嘴硬，输了球可不许哭鼻子。"

这场球打得着实过瘾，看得出大首长很兴奋，上半场就把高芸草撞翻了两次，裁判也没吹哨。半场休息，有人递给大首长一杯水，高芸草气呼呼地走过去，顺手就把水杯拦截过来，一仰脖子，咕咚咚喝下去，说："首长带球撞人，裁判不吹，您知错不？"大首长笑说："裁判不判，错之何来？野蛮阻拦，犯规在你！抢我水喝，罪加一等。"高芸草咬牙切齿："好个大首长，下半场，您等着！摔疼了，可不许骂娘。"大首长仰天大笑："哪有须眉怕你巾帼之理。我定杀你个人仰马翻！"

这时，有人过来叫："江小点，江小点。"高芸草转身一看，是一个挎相机的记者。那记者说:"真的是你吗?江小点,你不认识我了?"

高芸草一股血气急冲脑顶,身上汗唰地又加了一层。作为潜伏特工,在这种情况下被人认出,是最要命的事儿。曾经的心理训练师告诉过她,稳住心,莫惊慌,要自然。于是,她强装笑脸,热情握手:"你好你好,都当大记者了,无冕之王呀,好,好,……"

下半场开赛哨响了,有队员过来拉走了高芸草。结果是,整个下半场她都不在状态,跑动不到位,总是投不中篮,引来观众一声声怨叹。其间,大首长还悄声提醒她:"这场球观众看得就是你和我的球技,怎么,被我的气势吓倒了?"

她依然心不在焉,一直在想,那记者究竟何许人也?比赛快要结束的时候,她终是想到那个刘海儿身上去,继而想起了张佳音。这模样,隐隐约约的,像是多年前见过几面的那个张佳音。妥了,只要是他,便没了危机。

女队这场球自然是输了。大首长边擦汗边指着高芸草说:"巾帼不让须眉,说的是你高芸草的球技。这场球,你输在了胆气上。"高芸草装作羞惭,怯怯地说:"大首长要杀人家个人仰马翻,鬼才不怕呢。"说着,抓起一球,于场外猛然甩出,稳稳入篮,引来一阵惊呼和掌声。

那记者又凑过来叫"江小点"。真是那个张佳音吗?高芸草还有些拿不准,于是就说:"捷报传佳音,试看下场球。"这个双关语果然奏效。那记者笑说:"小点,你总算记起我来了。前几天,我在《建设学刊》上看到一篇文章,叫《书命》,一下就感觉出那明明写的是刘海儿和我呀。我就想,这作者会是谁呢?想来想去,非你和姬祯任莫属呀。可是,可是,你俩都故去了呀。所以,今天这场球,我一直以为在看鬼打球。现在,看你浑身热气腾腾的,才知道是个活人。"高芸草急急地问:"佳音你怎么也跑到延安来了?海儿可好?"张佳音简单说了投奔延安的情况,还说刘海儿现在苏州,好着呢。高芸草还是留了一手,没有告诉他姬祯任也还活着。

好啊！他果真来了！

那天，高芸草在书店查到了落碧楼出处，继而想到了刘海儿夫妇。她明知，密电中的"落碧楼"与刘海儿夫妇不可能有什么关联。但是，整天捣鼓密码的人，脑子里幻想成分是极大的，疑心也格外重。这次，高芸草也同样有幻觉：刘海儿夫妇坎坷的爱情之路正是始于落碧楼，这对夫妇若果真是特务，取这个楼名为代号，是大有可能的。她之所以鼓动姬祯任发表《书命》。是希望他俩能看到，从文中内容，他们不难猜到作者是谁，并知道作者在延安，那就有出来寻找的可能。尽管这很像在浩瀚大海里钓一条特定的鱼儿，那条鱼儿上钩的可能性仅有千分之一、万分之一，但那也得抛抛钩儿呀。

所以，张佳音真一出现，很是让她半场球赛的时间都没反应过来。

继而，高芸草想，得搞个连环计。于是，她问张佳音是何报记者。张佳音说他在陕甘宁边区政府机关报《新中华报》，这才刚干了半年。

高芸草说："好啊，大记者，好相机。把有我镜头的照片洗漂亮点。"张佳音问："看样子你们不是卫生队的。哎，你是什么单位？我把照片送到哪里去？"

"不愧为记者眼光，真毒！"高芸草神秘兮兮的，小声小气地，"你说，能和大首长这么熟络，还常一起打球，能是什么单位？大首长身边的人呗！哎呀，一些事真不方便说，抱歉。哪天，我去报社找你，可要多给我洗几张照片呀。洗不漂亮，我可不饶你哟。"

篮球赛是在半山坡刚平整出的一个球场上搞的。这里有一排窑洞，一个勤务连驻在这儿。

一辆破旧的嘎斯车负责接送高芸草球队。高芸草和姐妹们上了车，顺一段盘山路一溜而下。高芸草发现，张佳音却往山顶爬去。

高芸草坐在驾驶室里，和球迷司机聊得火热。车到了山脚下，高芸草让司机驶往二大队营地相反的方向，直接进了附近一座军营。军营门口有四个哨兵站岗，看守的却是一座空营。为防空袭，部队迁移到其他驻地去了。但外人是不晓得内情的，看整天有哨兵把守，还以为这个院子深处依然有部队住营哩。

进到院子里面，姐妹们下了车。高芸草让司机从正门出去，绕到西山坡后边的小东门接她们。她带姐妹们在空营房里转了转，便从一条狭窄小道上溜出了小东门。姐妹们不解："这是观的什么景儿？就看被鬼子飞机炸塌的这几个屋角？"高芸草说："以前，我陪大雄姐来找过邱子豪。我想宋大姐了，顺路走走，忆忆旧情。"说到这里，眼泪就掉了下来。她擦了把眼泪，又回头看了一眼这座空营房，才钻进驾驶室。

接受第一次被轰炸的教训，延安各党政军机关大都移居山沟窑洞，军民防空意识得到空前强化，延安百里之外观察点预警快捷，各方都能进行有效疏散，致使日军轰炸收效甚微。

高芸草从蓝密密报中看到，上海日特组织一再督促落碧楼，尽快搜集准确情报，以增强轰炸战果。她想：上峰急命督催，这个落碧楼该狗急跳墙了。

果然，过了几天，日机又来轰炸延安。高芸草带球队看过的那座空营房遭到了重点轰炸。

人们不解，这座营房以前曾遇到过轰炸，按说，现在成了一座空营，日本人有必要大动干戈，集数十枚重磅炸弹来毁灭它吗？

让高芸草会心一笑的是，她带球队进过的那座空营，被落碧楼列在了密报重点目标首位。她拍得脑袋梆梆真响：果然如此！那天，那货一定是爬到山顶上观察，盯准球队卡车进了那座营院，出来的是空车。他肯定这样判断：把一座隐在山脚窝里的普通营房作为首脑机关，且是一座曾遭到过轰炸的营房，很符合共军的狡猾做派，这也的确具有很强的欺骗性和隐蔽性。那么，这个张佳音即是落碧楼无疑。

现在，果真确信无疑了！

她自问自答：怎么办？还能怎么办，保持沉默呀！

工休时到院里散步，姬红妹拿一张报纸，让高芸草看上面的照片。

报纸是《新中华报》。照片画面极美，那个大首长跳起投篮，球刚刚出手；对面高芸草也正高高弹起，伸长双臂够向篮球。二人的动作都很协调，有劲道。大首长泰然自若，一副此球志在必得的神情，而高芸草一股死拼的样子，秀美的眼睛瞪得溜圆，嘴也张得山大，像是一声吼叫刚刚出口。双方队员也都低空做着各自的动作，无意间把二人衬托到当中，很有些众星捧月的味道。

高芸草叫道："照得真棒！这个张佳音有两下子。哪天我得会会他去。"说着，把报纸轻轻折叠起来。

后来，上面又组织了一次篮球赛，让高芸草带队去参赛。她则以身体不适为由，留在了队里。她不去的真实用意是，既然那个张佳音是日特嫌疑，还是不同他再见面为好，以免引火烧身。她不去参赛，临走却给队员们叮嘱了一句："现在日机频繁来袭，自有狗特务暗中盯梢。你们归队时，车子要多绕几个圈子，认准没有尾巴后再进营区，以防让狗特务锁定红星二大队。"忽然间，她又为自己这句话感到吃惊：我怎么担忧起二大队的安危来了？真是活见鬼了！

这天饭后回宿舍，姬祯任一副忧心忡忡的样子。高芸草说，人死不能复生，活着的人快乐起来，死了的人才能安息。

姬祯任没接她的话茬，说的却是本职工作："近来日机频繁轰炸延安，为鬼子提供情报的特务，却一直没有抓住。我侦听科不间断地摸排、搜索，都没发现可疑电台。对有军方和特务电台特征的讯号，进行了重点侦控，也无一所获。我觉得，应该把侦察范围再一次扩大，把延安、西安两地的民用商用电台，甚至收音机广播，一并作为重点，逐一全面全时侦控，来一次大海捞针式的突击搜索。"

高芸草说："你倒是敢想，大海捞针，遍地撒网，那是多大的工作量，二大队能承受得了吗？"

"日机疯狂轰炸，延安能承受得了吗？二大队来个全体动员，没有办不到的事。"姬祯任目光中闪出一丝诡异,"干我们这一行的,有时候幻想幻觉直觉是很能解决一些问题的。此刻,直觉告诉我,这个或这伙日特,这次必现原形,甚至还可能捎带着挖出几个国民党特务来。"

高芸草没有被他惊着,反而笑笑说:"你若能幻想直感出来,就省了大家累死累活加班了。"姬祯任没听出她嘲讽之意,说:"从上次日机重磅轰炸我山脚下一座空营房情况来看,提供此情报者肯定不是我核心要害部门的人,也就是说,日特潜伏在我外围部门的可能性更大。因此,我们的注意力不可仅盯在各要害部门,眼界要放宽,想得要广泛。"

高芸草突然想找点儿刺激,又说:"回答我嘛。特务潜伏到什么地方最安全?不知道了吧?告诉你,潜伏到人心里最安全。"姬祯任盯着她看,悠悠地说:"此时此刻,我眼前一阵幻觉一闪而过。这幻觉告诉我,正像你高芸草潜伏到了人心最深处,所以说,你自我觉得是最安全的。"

这下,刺激寻大了,高芸草一阵透心的胆怯,硬着头皮说:"你什么意思?你说我是特务?这种玩笑,可不是随便开的。"姬祯任一指她:"无论风云如何变幻,你高芸草总是最安全的。你早就胸有成竹,稳操胜券了,觉得自己一出现,宋大雄必败无疑。你一直就是这个感觉,而你这个感觉,来自于八年前黄浦江畔那片香樟树林里,你就偷走了那颗心。"

高芸草听到这里,悬着的一颗心才落下来。但在此时,听到此言,必须佯怒:"姬祯任,宋大姐已经去了,你还纠缠这个有意思吗?姬祯任,你太自作多情了,谁潜伏到你心里数年之久?谁偷走了你那糟心?谁长久而急迫地想得到你?姬祯任,这就是你所谓的幻想幻觉直觉吗?现在我才明白,天才加幻想加幻觉再加直觉,就等于大神经病!"

高芸草捂着狂乱的心儿,跑掉了。回到宿舍,她心好久才静下来,但又纠结开了。按照姬祯任那个全面撒网的说法去搜索敌台,再碰上姬祯任那种要命的幻想幻觉直觉,这个落碧楼凶多吉少,被挖出的可能性是很大的呀!

高芸草知道该怎么办了!

很快,红星二大队全面撒网行动迅速展开。连破译师姬祯任、李末子、姬红妹,也都下到了各侦听组,实施全面侦控。

姬红妹下到了高芸草所在侦听组。这天,二人值夜班。高芸草咽炎犯了,时有咳嗽,就说:"哮喘和咽炎有什么区别?红妹你见过哮喘病人吗?"姬红妹说:"见过,发病时喘得急而粗,上气不接下气,有时还憋得脸紫目赤的,像个吊死鬼。"高芸草说:"那我这症状就是咽炎了,我总怕得哮喘。哎,前些天,在夜间一至三点这当口,常听到一个人发报就像得了哮喘似的,敲得急促快乱,一副一口气喘不上来就要憋死的劲头。一听到这个声音,我嗓子眼就疼痒,喘气就急促憋闷。你说这算不算职业病呀?"姬红妹说:"特异的电码声能诱发听报人的某种生理反应,以前听说过,但没有见到过。"

刚说完这些话,高芸草把耳机一摔,咳嗽不止:"说曹操曹操就到。那躁人的声音又出来了,我这嗓子痒死了,你来听你来听。"二人调换了座位。姬红妹听罢,说:"的确急乱快,典型的哮喘病症状,你这个比喻很形象。可是,这个报务员为何如此急乱?"高芸草说:"就说呢,一个商用电台,还能有什么急危状况,值得深更半夜屡屡犯哮喘?真是燥死人了。"

听完哮喘病这轮发报,姬红妹一脸深沉,缓缓地说:"芸草,你说一个人说话,不管他说得多么急快匆忙,杂乱无章,这嗓音总归是变不了的吧?"高芸草说:"那当然,就像那李末子,不管他是轻声慢语地给你说情话儿,还是粗声急气地给你下达任务,你闭着眼都能听出那是他的嗓音。"姬红妹脸更深沉了:"说正经事呢,别瞎扯。那就对了,我听到这个哮喘病,和前几天我侦听过的那个军政部驻陕军需局报务员,手法手迹惊人一致,像是一个人。"高芸草立马正经起来:"那就是说,哮喘病本是军政部驻陕军需局报务员,却伪装出一个商用台,经常在夜深人静的时候急乱地发报，他要干吗？"姬红妹说："当真重控！特急应对！刚才我已经抄下了它的二份密报，待我先分析一下。"片刻，姬红妹又说："我有点印象，像是宋大雄曾让我看过这个台的报，当时以为是商用台，就放过去了。从眼前这两份报的基本面分析，不像是国民党的密码。"高芸草说："那还能是谁的？不会是日本人的吧？"姬红妹一拍脑袋："不是商用，不是国民党的，还能有谁？一定和日伪人员有关喽。芸草你懂日语，你看看。"高芸草说："你知道的，我对密码是个二把刀，你去找找姬祯任、李末子，别误了事。"

姬红妹跑出去不久，又回来了，还带来了一个接班上机的侦听员，急急地说："高大队说你懂日语，让你也去破译组。"

高芸草第一次参与破译工作，脸上表现出了明显的紧张和兴奋，分析讨论中很是拘谨慎言，但也顺嘴顺音地说了几句。为说这几句，她好好动了一番脑筋。既不能让人听出她已知破在先，又得在关键点上，自然而然地、不易察觉地掀起一个小角角，让别人恍然大悟地去发现真核，揭开盖子。这很难，可她做到了。

三天后，高月明宣布：上海日特组织在用蓝密，彻底达成破译。

揭开这层面纱才看清，蓝密虽具有中日文种杂交性质，但主体还是中文密码特别密本，适用于汉奸性质的特务组织。从蓝密中获知，在国民政府军政部驻陕军需局，潜伏着一个日方特务，代号叫"三角洲"；而另一个叫"落碧楼"的日方特务，就潜伏于延安某个部门，为日机提供天气和目标导向情报。二大队更关心的是，这个落碧楼会是谁？他会潜伏在了哪个单位？

这个难题只能从两个途径来解决：一是利用国共合作机制，让国民党在西安先抓三角洲，然后从三角洲嘴里挖出落碧楼。但这个有难度。抓日方特务，国民党面上不会推辞，可涉及到军政部驻陕军需局内部人员，他们不会让共产党去搅和。第二个途径便是在延安解决问题。落碧楼没电台，不发报，二大队就没抓手。仅凭密电上的线索，不管是谁，都难找到这个具体人。

这天散步，高芸草拿了《新中华报》让姬祯任看。姬祯任看罢说："照片很漂亮。好嘛，无遮无拦，白花花的，都张扬到报上去了。"高芸草夺过报纸："什么叫照片很漂亮？那就是真人很漂亮。哎，你猜这照片是谁拍的？"姬祯任不屑地说："还能谁拍的，专照大首长脸、专盯大姑娘胸的酸记者拍的呗。"高芸草说："这记者，你是认识的。苏州有个刘海儿，刘海儿家有个落碧楼，落碧楼里发生过一段凄美的爱情故事，爱情故事男主人公叫张佳音，你还记得吧？他就是那个酸记者哟。那天打球，他认出了我。"姬祯任站住不动了，用异样目光盯着高芸草。一看他那眼神儿，高芸草心里就明白他中招了。她却还佯装："我保密意识是时时有的，我可没告诉他你姬祯任还活着。"姬祯任还是目光诡异地看着她，大声喝道："刘海儿，张佳音，落碧楼。我早说过，一个破译师，那幻想幻觉直觉，要常拿出来亮亮，试试锋刃儿才好！"说完，热气腾腾地走了。

接下来的事情并不复杂。报请上级同意，由政治保卫局亲抓，二大队协助配合，共做了三步工作。

第一步，组织了一次篮球联赛，高芸草又遇见了那个张佳音，无意中露出了中央机关的一个新驻地。张佳音得到这一消息，在古坊街布鞋店与一个伙计接上了头，那伙计以采购布料为名去了趟西安，在西安和顺面馆，与取货人一个桌吃了碗面。而这一切，都在保卫局暗中监视之下。果不其然，日机再来轰炸时，高芸草泄露的那个假新驻地被炸了个稀巴烂。

第二步，抓捕突审了张佳音。开始时，张佳音死不开口。审讯人员动用了多个对付汉奸的拷问办法，依然没从他嘴里掏出一个字。汉奸居然也会"宁死不屈"！姬祯任听说后，给审讯人员写了一张纸条："此人有两大软肋，一是爱书如命；二是爱妻如命。在他心里，由书命衍生出来的爱情大于天。"于是，审讯人员再审时就说："刘海儿要想活命，你得开口说话。"又从其房里搜来一筐书，当着他面一本一本地烧。当烧到第五本时，张佳音便开口说话了。他交代了被发展成特务的经过：

>当年，江小点、姬祯任之死，张佳音夫妇不知情，几次到电报局找人，这引起了局长杨天虎的注意。那个时期，杨天虎已被上海日特组织发展成为特务，当了汉奸，正在物色知识青年为日本人服务。那时，上海汪伪特工总部还未成立，杨天虎在日本特务头子土肥原贤二那里正受重用。他暗中发现，来自苏州的这对夫妇，每次来电报局找江小点后，都要去趟图书馆，就知道是真读书的人。于是，他热情接待了这二人，把江姬之死说了个清楚，并留下吃了顿饭。自此相识，后来摊牌。二人自然坚决不干。再后来，杨天虎分别给二人下了最后通牒，用的是同一句话："若再不从，便杀了你那心上人，烧掉刘家藏书楼。"这期间，日本人已占领了苏州，杨天虎想杀想烧易如反掌。刘张夫妇不得不就范，当了汉奸。经过特工班培训，刘海儿被派打入国民政府军政部驻陕军需局，张佳音则被秘派到了延安。

张佳音交代后，高月明出了个计谋：先不惊动三角洲，让张佳音继续做记者，却数次提供假情报，诱引日机轰炸假目标。后来，日军发现，黄土高坡地形复杂难辨，延安县城面积狭小，指示目标也不明显，加之延安党政军机关经常多地转移，飞机轰炸越来越难以奏效，便停止了对延安的轰炸。

这个时期，上海汪伪特工总部76号已经成立，经土肥原贤二力荐，杨天虎成了76号头子李士群、丁默邨手下的得力干将。他因成功发展利用三角洲、落碧楼，为日机轰炸行动提供情报，受到76号的重赏。

至于后来，延安政治保卫局是怎样处理"落碧楼"张佳音，又是怎样协商国民党西安方面抓捕处理"三角洲"刘海儿的。尽管高芸草、姬祯任很想知道其详情，但超出了二大队知密范围，也就没敢违规打听。可有一点是明确的：后来，高芸草、姬红妹再也没有听到过那个哮喘病的喘息。

高芸草有些伤感："在职责面前，友情似乎一文不值。"姬祯任说："助纣为虐，岂能怜悯！别说旧友旧情了，就是亲兄热弟又如何？"高芸草说："你和那杨天虎一样，抓人软肋的功夫了得。"姬祯任说："好书如命和痴爱衷情，是人间最干净的两件事。从这个角度看，似乎我和那杨天虎一样肮脏。"

高芸草长舒了口气，没再说什么。这口气，她是为自己舒的。在这个事件中，自己非但没有漏出一丝破绽，反而在高月明眼里技术水平长进明显，初涉专业破译便显示出了难得的职业悟性。她被正式调到了破译部门。

那段时日，高芸草时有想起张佳音，经常拿出那张《新中华报》看。她是真喜欢自己和大首长的那张照片。

让她没有想到的是，她远在重庆的上峰也喜欢这张照片。

《新中华报》是延安的机关报。自然，也是潜伏在延安各路特务要搜集的情报资料。有那么一天，这张报纸夹杂在数十张报刊当中，不知被那个小特务转送回了重庆国民党老窝。高芸草的顶头上司，无意间看到了报纸上的照片。

自从草蜢高芸草潜伏到延安之后，她的上峰一直没有得到过她半点音讯。上峰猜测：一是她潜伏失败，被抓捕处理掉了；二是尚未潜伏进去，只能在外围活动，缺少搜集情报的条件；三是潜伏成功，所在单位戒备管理森严，没有机会与外界联系，或一时搜集不到要情，没有必要冒险与下线接头联络，只能深度蛰伏。

而现在，见到高芸草与共军大人物一起打球的照片，心就踏实下来。草蜢不仅潜伏成功，还接近了中共高层。

第十九章　无名密阵

高芸草决定唤醒自己冬蛰，是在红星二大队离开延安城、移驻安塞县之前。

在日军飞机轰炸延安时期，红星二大队移防到了延安北面的安塞县，在一个叫油葫芦沟的山里扎下营来。

这条山沟，口小肚子大，像个油葫芦，纵深六里，两边丘高陡峭，沟底尽头还横卧一山梁，是一处理想的安全之所。从房屋建造、窑洞开挖和与老百姓房屋置换情况看，二大队有长久驻防此地的打算。

延安方面自从发现有特务渗透之后，党政军各要害部门保密操典和防范措施空前严格起来，红星二大队更是严之又严。除了把驻地移防到远离延安的安塞城之外，其新驻地外围警卫部队也扩大了编制，内防保卫增派了部分防间防特经验丰富的干部，把个二大队像铁桶一样保护起来。核心机要部门内部，各类规章制度更是得以迅速建立和完善，部门与部门、人与人之间相互监督机制尤为严谨，人人事事时时都被粘连在多张防护网上，哪一个都不可能有单独活动的机会，哪一个都有明里暗里众多眼睛盯着你。

高芸草庆幸自己在移防前送出了潜伏以来的第一封情报，不然，到了安塞新驻地更难以下手。其实，就是在延安时传送那份情报，也是冒了极大风险的。但她认为，再险再难也得迈开第一步。不然，如此长久按兵不动，有负党国重托。

那次，高芸草是在"外出需三级审批、三人成行"规定上钻了空子。

她利用和姬红妹陪同怀孕同事丁莉莉,到城内赤岗子集市买鸡的机会,与国民党潜伏特务独眼鸡贩子接上了头,巧妙取回了信鸽和熟鸡蛋里的指令,又用信鸽送出了情报。

高芸草放飞信鸽后,心里忐忑不安了很久。一方面担心信鸽会不会半路出现意外,情报最终送不到上峰手里;另一方面也总是考虑,上峰一旦得到那个情报,会对红星二大队采取何种措施。她担心姬祯任生命是否会受到威胁,等等。

那段时日,她心里藏着不可告人的忧虑,再面对姬祯任时就有些不自在。姬祯任还是感觉出了她内心焦虑。那天,他突然问她:"你最近是不是有心事?好像还是大心事。"她心里吃惊不小,口吻还是冷静的:"何以见得?我脸色难看吗?"他说:"面色如常,却心神躁乱。我直觉感应出来了。"她说:"又是你那屡试不爽的直觉。对我恐怕不灵验。"他说:"其他几个破译组对日军密码的破译已有所斩获,而你却还在边缘上溜达。你中、日、英等文字基础好,高大队对你一直满怀期望,可现在,你却无所作为。"

她心里笑了:"原来如此!可见,他那直觉,有时也扯淡。"于是,就说:"破译日军密码的意义我是清楚的;破译日军密码的动力也是十足的;破译日军密码的基础技术也具备了;破译日军密码的时间和精力我更是投入很多。那么,我为什么还焦虑?因为我找不到突破口。"

姬祯任盯住她眼睛:"你心里有一样东西还在蛰伏。是不是该唤醒它了?"听到"蛰伏"二字,高芸草瞪大了眼睛。姬祯任又说:"想想你的父亲江大明。"高芸草收紧的心舒缓开来,就真的想起了父亲江大明。这一想就不可收,她写了申请报告,要调阅父亲临终遗交给她的那些资料。

按照规定,所有人刚入队时随身携带的书籍和文字资料,都必须经过保密审查,并登记在案,然后,通过审查的书籍可以留在身边,而文字资料须由保密室保存代管。

姬祯任和高芸草一起去送的调阅申请，遂向高月明说明，在姬祯任名下保存的江大明那部分资料，与高芸草名下保存的资料是一个整体，只是姬祯任存留的资料当年没有破开，而高芸草存留的那些当年就已破译。这些资料弥足珍贵，对当前破译日军密码可能会有借鉴作用。

高月明在报告上签了字，并给他二人半个月的时间，专题破译江大明遗留材料。

首先点燃高芸草情绪的，是父亲江大明给她留下的那两条遗嘱。她告诉自己：当下，每一个申明大义的人，无论是在国还是在共，都应该有一颗抗日到底的决心和行动。之前，姬祯任责怪她在破译日军密码方面无所作为，她心里是委屈的。她不是不想有所作为，而是破译日军密码能力不及，无法有所作为。

现在，父亲那包资料给她带来希望。一则父亲会给她带来痛击日寇之勇气和力量，二则看能否在父亲那部分未破译的资料里找到一点技术性启发。当年，这部分资料是由姬祯任试破过的，但那时他之破译是业余的，未能破开。这些年南征北战，他一直把这些资料和那些宝贝书籍一起，混夹在装备里，携带在了身边。由此可见，他要破译这些资料的决心是恒久的。

今天，再把江大明这包神秘资料请出来，较之以前有了稍好的攻破条件。加之近期二大队攻破了日军部分密码，有了初步经验借鉴；多年来，他二人累积了多种技术环境下的密码职业灵感，这也是破译密码不可或缺的条件。

第一天，他俩先对当年已破译的那部分资料进行了温习。相关景况一幕幕浮现在眼前。父亲甲午厄运和祖父被黑社会诛杀惨剧，给高芸草精神带来了刺激。姬祯任郑重提醒了一句话，才改变了她的状态："芸草，你若把控不住自己的情绪，那么，高月明给我们这半个月的时间，将会付之东流！"第二天、第三天，二人研究了甲午海战前后日本军事政治态势，以及中日关系状况。这方面的资料，当年在上海时是极少见到的，眼前，这方面资料较为丰富，是高月明让资料员提前准备好了的。第四天之后，二人开始正面强攻江大明的未解密码资料。他俩每天只睡三四个小时，除了吃饭，便是泡在江大明营造的那个黑暗世界里。

到了第十四天，江大明从那包资料里清清朗朗地走了出来。破译大功告成。其实，这包资料里，并没有江大明自编的一字一码，全是他当年搜集到的日本人的密码文书和清政府的部分密电，他只是做了些归类、综合和分析，而这些分析有些是有道理的，有些则是无意中将人导向远方，引入歧途。

眼前，情况已明了：甲午战争战败后多年，战争期间清朝政府密码被日本人破译了的事才暴露出来，江大明自此背上黑锅而被收监入狱。那么，在入狱前那些年，江大明做了些什么？先是，他感觉到日本人可能在中国密电上做了手脚，便对日本人怀恨在心，并开始利用工作之便，秘密搜集日本人密码通信资料，包括战争期间和战后的日常往来密码电报，以及来自清政府的密码电报底稿清抄。江大明目的很明确，想以其人之道，还治其人之身，日本人既然搞了那次"绝交书事件"，他也想比对每个时段的清政府电文内容，试破日本人密电。后来，他被释放出狱，便什么事都不干了，独心破译日本人那些密息资料。他被仇恨彻底激怒了，这一怒就是后半辈子。他脑子被逼进了死角，整天在书房里捣鼓那些不被人知的东西。结果是，他成了家人眼中的精神病，直到死也没能解开那包谜团。

甲午海战过去几十年了，今天的日本人密码，与那个时代的密码相比，已经发生了根本性变化，但总归是同宗祖根、同种文化，其编码思想的影子及语言结构规律迹象，无论如何也是断不了关联的。从这个角度讲，对破译当前日军密码是有一定借鉴作用的，尤其对初涉日军密码的高芸草来说，更是一种难得的学习研究资料。

带着从父辈身上袭传下来的刻骨仇恨，带着从被炸死的宋大雄那儿积聚起来的新怨，带着觉醒了的良知而诞生出的民族大义，高芸草铁了心要与日军密码拼死一搏。

全部破译开江大明资料之后，高月明说了一个情况，很让高芸草诧异："早在几个月前，姬祯任就全部攻破了你父亲的那包密码资料。而这次，作为你进入日军密码攻研战场前最后一次技术补训和思想发动，姬祯任全心陪了你半个月的时间。不知你发现了没有，在多个技术关口的突破上，姬祯任并没发挥实质性作用，都是你发现矛盾、抓住矛盾、果断下招，解决了诸个难题，最终是你主宰了整个破译过程。经姬祯任申请，我亲批，又把前些时候，在国统区通过党的地下关系，搜集到的日方密码技术资料，以及我前方部队在战场上搜集到日军通信资料，全都借阅过来，供你二人研究之用。这些资料，姬祯任其实也早就研究透了，可他瞒着你不说，让你抡大锤，打先锋，他则掂小锤，辅佐左右，一路前行。"

高芸草深思良久，叹了口气："当时我只顾自己痛快，大刀阔斧地猛攻，并未顾及其他，现在回想起来，的确是如你所说。我这是在他套子里打拼了半个月哟。姬祯任可谓用心良苦，我得谢他！"

"谢不谢那是你俩之间的事，一切要等眼前这次前出侦察任务回来，现在，包括李末子和姬红妹在内，都得把个人感情放在一边。"高月明说完，讲了在前出任务中实现人员技术特长互补和默契配合的问题。

这次前出任务，是根据破译形势的需要而采取的超常措施。除在延安地区展开对日军进行电台侦察外，为增加报源，还要拓展侦察范围，红星二大队决定派出三个小分队，到华北地区日伪军较为活跃的地带开展抵近侦察，亦即到鬼子鼻子底下去搞侦听，抄密报。

以姬祯任为队长，李末子、高芸草、姬红妹为队员的第一小分队，在一个便衣班护卫下，于这天清晨离开了延安。

小分队这次前出任务的目的地，是晋察冀北岳抗日根据地。小分队是化装潜行的。他们有时是山货商，有时是运炭队，小分队的六匹骡马是延安带出来的，路上又添置了三匹。侦收装备和短枪藏在马背上的柳筐里，夹在铺盖卷里。便衣班十二名战士因长年在外打仗，肤色与当地穷苦人无异，而姬祯任小分队队员，则要有意把肤色抹脏涂黑。

显然，前出任务是十分危险和异常艰苦的。小分队上下都把精力放到了任务上。高芸草却另有心思：离开戒备森严的延安，人身自由了许多，该考虑一下身上那个潜伏任务了。她只有两个选择，要么继续潜伏，待机再动；要么逃离延安，回归组织。

现在远离了延安，若想脱逃，便是个千载难逢的好机会。高芸草想，自己身为战略特工，本应长久潜伏，但上峰曾通过延安李姓独眼鸡贩子，下达过"可鱼死网破，干掉共军核心技术骨干"的命令。眼前，下手消灭前出小组几个人，然后逃之夭夭，这会是美事一桩。姬红妹是个骨干，而姬祯任、李末子则是顶梁柱级大破译师，除掉此三人，到重庆去交差，必是功成名就。此事一出，负有领导责任的高月明也必完蛋。回到重庆，这是无人可比的、响当当的大功劳。况且，更重要的是自己逃脱了，将不在这个世界里包裹着自己，整天当两面人。在敌营中当两面人，这样的日子着实不好熬！

然而，可是，那么，果真这样干了，自己能舒坦得了、安生下去吗？延安，到底有没有值得我高芸草留恋的东西？那里，是不是值得继续待下去？还有，重庆，注定就是我的最终归宿吗？这还有什么犹豫的。为党国尽忠，你别无选择！除了信仰驱使自己应该如此之外，祖父还被党国秘密"照顾"着呢。你不忠，祖父必死无疑。

是啊。为了献身崇高目的，我来了，融入敌营之中，可以说，是全身心地和自己的敌人朝夕相处了。渐渐地，这里的点点滴滴开始与我密切相关，敌人之喜怒哀乐成了我之喜怒哀乐；渐渐地，我觉察出，这里始终存在着一场考验信仰的无情战争，战场就摆在了我的心房里。这是与自己阵营截然不同的两个世界。这里的人民不是人民，是主人；这里的领袖不是领袖，是公仆，是普通一兵，是和自己吵吵闹闹、摸爬滚打的兄长。领袖们叱咤风云的一面，是建立在与属下血肉相连的地基之上的。我那坚强而脆弱的心哟。他大首长球场上撞了我几个跟头,差一点就把我一颗心撞到敌对阵营里去。我的信仰就如此不堪一击吗?不,这可不是信仰问题,我只是一时觉得,这样的生活自由自在,这样的人际关系舒服畅达。仅此而已!

高芸草不知不觉中被敌营环境潜移默化了。说白了,冬蛰致死再枯木逢春也是一种选择。这里谁都不知道,身边还曾潜伏过一个叫高芸草的敌特。在大家眼里,只有一个不错的同事、一个优秀破译师叫高芸草。而在她内心深处,自己也真正把大家当成了志同道合的战友。自己把自己过去的一切都抹去,让一个全新的高芸草成长起来。在重庆,我冬蛰致死,死棋不醒。在延安,拔地而矗立起一个属于共军的优秀破译师高芸草。

然而,这种选择可行吗?

瞎想!被量身定做了的你,难道还有选择自我、重塑自我的可能?没有,绝对没有!

既然别无选择,那就干件该干的大事:干掉他们,成全自己!于是,她设想,找一个前出小分队与鬼子遭遇的机会,自己冷不防从背后击毙姬等三人,然后,全身而退,悄然逃离。

事实上,这样的机会实在难找。后来,发生了一件与之毫不相干的事儿,使高芸草把逃离队伍的想法搁置在了一边。

原来,任务间隙,姬红妹明里暗里一直躲着李末子,也拒绝了他数次示好。她态度很明确,她是姬祯富的童养媳。这个"青梅竹马"的概念,在她心里扎得很深。而事实上,她虽面上拒绝,可心里对李末子的爱慕却是日渐加深的,就是苦于那个禁锢,她放不开自己。

姬祯任有意撮合姬红妹和李末子。其实,要想简单也行,直接向她说明姬祯富投敌叛党、已被处死的真相就是了。然而,此真相绝对不可透露。这是高月明下的死命令。同时,姬祯任自己也不敢说出大哥是死于他手。他便另想了个办法,先把母亲和小妹去世的消息告诉姬红妹,目的是让她自己悟出，姬祯富这么多年音信全无，已不在人世的可能性也是比较大的。

这是一件非常痛苦的事。姬祯任没有勇气当着姬红妹的面直接谈及此事。他就把母亲及姬小敏惨死长征路上的情况，先讲给了高芸草。高芸草很震惊，也很悲伤。叙说中，姬祯任眼无一滴泪，却百刀割心。他请求高芸草去向姬红妹讲明这些情况。高芸草说："我都没法理解，红妹更不会原谅你。最好还是不说。"姬祯任说："长痛不如短痛，迟早也得说。说了，也许会对红妹、末子发展感情有好处。"高芸草问："这些年，果真没有听到过姬祯富的消息？"姬祯任说："自从那年鄂东巫山游击队被围剿，就再也没有了姬祯富的音讯。看来是凶多吉少了。你要把这种可能性给红妹提醒到位。"

高芸草就真去说了。

姬红妹哭得死去活来，把正在破庙里睡下的姬祯任拎起来，狠狠打了两个耳光，说："从今以后，我再没你这个哥。姬家也没你这个儿子。"

姬祯任捂着脸想："这要再把大哥之死真相说出来，红妹是要捅刀子的。"

之后一些日子，高芸草并没有看到红妹与末子的关系有什么进展，反而发现红妹更加疏远了末子。高芸草想，这个爱认死理的妹子，在没有姬祯富的确切消息之前，是不会有实质性选择的。

姬红妹与姬祯任由此生分起来。工作之外，她再不与他多说一句话。姬祯任主动找她，她则说："只要任务，不要亲人，人性何在？我姬红妹从不同没有人性之人有交集。我为姬家有你这个不孝之子、不义之兄而感到羞耻。"姬祯任说："在当时情景下，换了你你也会这样做的。"姬红妹说："你以为人人都像你一样没人性！我看，你就是被宋大雄那个政治鸡婆给教化坏了。"姬祯任急了："你怎么骂我都可以，不允许你污蔑宋大雄！宋大雄人品人格党性，天大地大。她是我这一生遇到的最高尚的人，没有谁有资格指责她，辱骂她。"姬红妹点着他："你还好意思说这个？那你为什么还把那个好女人推到邱子豪怀里去？你为了获得新欢，把在战火中天天呵护你，把所有爱乃至生命都给了你的一个女人，丢弃给了另一个男人。你说，你对得起宋大雄吗？你说，这一辈子，与你最亲近的人，你对得起谁？"

高芸草实在听不下去，转身走了。她走得急匆匆，心里乱糟糟："姬祯任真是那种无情无义之人吗？他在家人家事上的所作所为，我能理解吗？现在理解不了，待以后思想境界高了，是不是就能理解了？思想境界高到什么程度，才能理解他？"

片刻，这个心里藏着大鬼的高芸草，又对自己喝斥起来。

"别忘了，你是报效党国的国民党特工哟。前几天你还在想着搞谋杀立大功呢，现在居然为姬红妹、李末子、姬祯任之间一点私人感情之事，而轻易淡薄了潜伏使命，甚至一再动摇自身信念。高芸草，你看你都变成什么样子了！可怕哟。"

不久，日军开始对晋察冀山区根据地实施冬季大扫荡，企图寻找八路军主力决一死战。日军指挥这次大扫荡的，是山地战专家、独立混成旅团长东健俊秀。

延安发来密电，令姬祯任小分队抓住日军大扫荡中各部联络繁急之有利条件，全力侦获抄收敌之密报。同时，配合晋察冀军区开展反扫荡作战。

配合部队作战的最大难点是，小分队游走于日军活动区域，可以捕捉到日军电台讯号，并抄下密电码，但日军密码很高级，不少已是机械密，再像以前破译国民党军密码，仅凭人工破算，在几小时甚至几天内破译成功，已不现实。这要靠抄到足够的优质密电，集众多破译师之智，拿出最佳突破思路，然后，运用足够数量的算盘，进行数十天甚至几百天的大量运算，才有破译的可能，且仅仅是可能。

然而，凭姬祯任等人多年的侦收和破译经验，以及姬高二人对日文的精通，即便破译不出整报，也可从报头、报尾及步兵、炮兵通讯特点习惯中，嗅出日军各部的气味，分辨出其电台讯号性质，从而锁定其位置。另外，小分队四人都通晓英文，也给工作创造了有利条件。他们知道，日军部队所用电码，不像国民党军的电码是用数字来表示，而是用英文字母。通常用两个英文字母代替日文的片假名，然后再进行任意的、不规则的多种变化来设计迷局，架构组织。这些变化大多都比较复杂。尽管如此，姬等四人还是摸到了日军密码一些规律性东西，根据日文字码、词组出现的多寡及其在电报中的习惯用法，按照日文语言文字使用频率曲线，进行大量研究分析，逐步摸清了日军部分前沿电台的呼号、波长和通联时间及其电台间相互联络的关系，大概获知了一些部队的番号、驻扎位置和调动情况。但还不能即时破开密报全文，很难获取足量详尽情报，只能提供一些位置报和部分动态报。这些情报信息，都随之送达军区各部，直接保障作战行动。

侦破中，姬祯任、高芸草二人在思路碰撞、态势悟判方面，达到了惊人的默契。李末子几次以"心有灵犀一点通""英雄相见略同""一个鼻孔出气""穿一条裤子"等，来开他俩的玩笑。

这天，姬祯任说："这几天日军密报中，有一个词多次在敏感位置出现，而紧跟其后的是一个时间概念：2日20时。"高芸草说："我有同感。这个词叫'GM'。那么，它代表的是一支部队，还是一类武器？抑或是一个事件、一个地点呢？"

姬祯任说："没错。就是这个'GM'。含有这个词的相关密报虽未能全文破译，但完全可以判断出，'GM'指的是敌方某一个要素。也隐约感觉到，大概是一个地名。密电中数次出现'GM'的共有两个大队，他们会共同与哪个地点发生关联呢？"

高芸草说："尤其是这个时间，让人费解。在'GM'这个地方，晚上八时，这两个大队要干什么？目前，我们手里有部分敌军位置报，不妨再比对我军各部队驻扎地，仔细研究一下情况。"

最终分析出，日军这两个大队距离我老三团和541团较近，日军可能会打我这两个团的主意。如是这样的话，这个"GM"最应该是我军一个驻地名，但是，日军数封密电中隐显出的却是敌方的一个地名。

姬祯任站在地图前，手指在各个山脉上比画来比画去。高芸草一直盯着他那手指看，突然击掌叫道："咱们可以回到东健俊秀这个人身上去考虑问题。这个将军是日军赫赫有名的山地战专家呀，利用山河丘陵地形地貌打仗是他的强项哟。"

姬祯任一拍地图："没错。这个'GM'大概、可能、或许是沪泳山脚下的沪沟镇。"姬红妹说："让你的大概、可能、或许见鬼去吧。你这种模棱两可的结论怎么能报给首长？"高芸草说："咱们破不开全报，只能在零星信息中淘金，能研判出一个模棱两可的结论已经不容易了。我知道祯任在想什么。"姬祯任投去一个微笑："这个山地战专家，可能放着近处明处的老三团和541团不打，却要利用沪泳山打一个闪击战，去消灭我在沪泳山背面一侧腹地的新八团。沪泳山海拔两千余米，看似不适合大部队行军，但不排除有窄小山路通行。那么，一旦过了这山，再奔袭八十余里，便是我新八团。这会有出其不意从我背部猛插一刀之效。而我方一向认为新八团背靠沪泳山卧于腹地是最安全的。新八团是我建制团中战斗力最强的一个。东健俊秀喜欢啃硬骨头。翻山越岭打闪击，又符合他的个性。他要的就是这个我军意料不到。"

高芸草说："如果沪泳山确实有翻山之路，那么，日军两个大队可能会在2日20时前，车载至沪沟镇据点集结，然后，连夜徒步翻山越岭，去偷袭我新八团。现在的关键是，要把情报搞确切。我小分队应到沪泳山搞一次悄密勘察。"姬祯任说："如果山中有路可过兵，我们还得想办法试探'GM'是否为沪沟镇。"

小分队连夜出发，第三天上午抵达沪泳山，随即向沿线各村民打听情况，到几处山口进行实地勘察，最终结果是有三条涧沟和山林小路可通行队伍。尽管有些地段险峻难行，但对训练有素的日军来说，这不是难以逾越的阻碍。

那么，接下来，如何确定"GM"即为沪沟镇呢？在沪沟镇据点附近几个山丘上转了半天，姬祯任想起了早年苏区狸猫子山上那把大火。

高芸草问，你是不是想放把山火逼沪沟镇据点里的电台出联？姬祯任说，想放把山火不假，但逼出这里的电台出联难。因为，为防八路军借助山林偷袭据点，据点附近一里以内的树林都被砍光了。山火危及不到据点安全，敌军便不会动用电台联络报情。我们倒是可以考虑在这个据点左侧山丘树林放一把大火，目的是让该据点右方十里外的河套口据点里的敌人望过来，误认为是沪沟镇据点燃起了冲天大火。夜间从河套口往这个方向看，沪沟镇据点在前，山丘树林山火在后，又正好是三点一线，这很像或疑似沪沟镇据点着了火。那么，河套口据点向沪沟镇据点发报询问的可能性就会很大。

四人研究一番，觉得此方案可行。当晚便燃着了山丘树林。冬季树干风大，这把火烧得凶猛。不多时，姬红妹果真侦收到近处有电台出联，且讯号强而清晰，显然是河套口据点发出的问询电和沪沟镇据点电台做出的答复。没等那片山丘树林烧光，小分队便迅速撤离。

四人小组连夜研析抄收到的敌报，果然发现河套口据点的密报报头呼号位置和沪沟镇据点的密报报尾署名位置，都出现了"GM"字样。好了，"GM"为沪沟镇镇名无疑！

小分队随即向军区上报了近期日军要袭击我新八团的预判情报。军区的同志极为重视，说："二大队情报一般可信，即便没有完整密电可实证，仅这个预判也是个宝。我地面侦察兵，就按这个方向去侦察；同时要尽快拿出相应作战计划。如若预判得到印证，这一仗必打，且要打好。东健俊秀是个善作大文章的战将，我区要做好全面备战。"

接下来的事情并不复杂。经我侦收机进一步侦测及军区侦察兵前出侦察得知，新八团正是东健俊秀要攻击的首个目标。

军区首长谋战能力是高强而诡秘的。先以新八团为诱饵，打了一个漂亮的伏击战，歼敌七百余人。之后，又充分利用东健俊秀"有仇必报"的习性和迫急心理，以小部兵力诱敌深入，在我根据地纵深狭谷地带，暗摆下了反扫荡以来最大的一个伏击战场。

激战中，姬祯任小分队侦获提供了两个有分量的情况。后来才知道，其中一个常规情况，却带来了一个惊人战果。

小分队有两部侦信机，同时侦测到在岭北侧面一座村落里，有大功率电台在活动，且信号奇强，密集频发。小分队虽一时破不了其完整密码，但却能从其台情因素上判清此处为敌指挥部。立即把此判情呈报上去，上级甚为重视。很快，军区又从所属前沿部队侦察获知，这个村落一个独立小院里，有鬼子军官进出。军区当即调来迫击炮连，对这个独立小院及附近区域实施猛烈轰击。

小分队获得第二个有份量的情报是：敌指挥部遭到炮轰后，敌多路增援部队从四面八方向岭北急驰而来，大有对我围攻部队形成反包围之势。我军区见好就收，下达了撤出战斗的命令。

撤退前，高芸草、姬红妹一直在控台抄报，觉得没放一枪一弹实在手痒，便有了要消灭几个鬼子的心思。于是，别人在撤离，这二人反而抵近一股鬼子，先用手枪打，后又抓过长枪过瘾。高芸草在国民党特工基地受过正规军事训练，这个场面真不怕；姬红妹听枪一响便胆战心惊，偏头看高芸草打得惬意，也就放胆打起来。高芸草一使眼色，二人又靠近了一步，往鬼子群里扔了几颗手榴弹。姬祯任见状，赶快命令小分队和警卫排火力掩护，才使得二人脱身撤回来。姬祯任火了，用枪点着她俩骂道："混蛋至极！不要命了！"

小分队撤退速度极快，没一人掉队。自从离开延安，大家跋山涉水，昼夜行军，皮肤晒得与当地村民无异，腿脚练成了"飞毛腿"，身体也日渐健壮。那些日子，高芸草动了心思，常督促姬祯任强身健体。她要与姬祯任摔跤。他不干，与女同志摔跤，传回延安，让人笑掉大牙。高芸草说，大首长能和我抢球撞跟头，你就不能和我摔跤？难道你比大首长还高贵？说着，上去一个大背挎，把他扔到了地上。那可是嘴啃泥、鼻流血呀。姬祯任恼羞成怒，爬起来与她扭打在一起。高芸草受过擒拿训练，完全能在瞬间再次制服他，可她不能太暴露功夫，也给对方留点信心，相互扭扯一阵，才又把他摔倒在地。姬祯任很是不服，自此常约高芸草摔跤。一旦有了肢体接触，二人关系便得以迅速深化。

这次，在撤退奔跑中，姬祯任大概想惩罚高芸草去过枪瘾的过失，便把一部最重的设备绑到了她背上，说："从此以后，你便是这部机器的责任人，走到哪里背到哪里。"她见他怒气未消，便不敢反对，黯然背着机器跑起来。

根据命令安排，小分队及警卫排是抄小路撤退突进的。翻过一座山丘，前方出现了一支鬼子小队。双方即刻分散山坡两边接上了火。姬祯任很快判断出，这是从伏击圈中逃出的残敌。按照小分队往常既定的铁律：遇到敌人，不可恋战，在任何时候，保护设备、资料和技术人员是第一位的。这股鬼子有六七十人，战斗力明显强于小分队。怎么办？大家都看姬祯任。姬祯任觉得，鬼子是溃兵，溃兵自有溃兵的心理。他同李末子咬了一下耳朵，然后，命令大家停止射击。

正在这时，飞过来一颗手榴弹，落在了高芸草和姬红妹近旁。眨眼间，姬红妹借坡势奋力跃起，扑到了高芸草身上。

这边一停火，那边鬼子就愣住了。姬祯任悄声告诉大家往东山坡撤。然后，他站起来高喊："小鬼子，来追我们吧。"然后，向东山坡跑去。

奇迹发生了。这股鬼子非但没追，反而朝西山坡撤退。很显然，鬼子以为这个便衣小分队，是在诱其追进东山坡八路军埋伏圈。鬼子转身后撤，绕道逃走了。

鬼子跑了。姬祯任才带人冲回原地，去找受伤的高芸草和姬红妹。

高芸草正抱着姬红妹呼喊。姬红妹鲜血浸透了衣服，已昏迷过去。高芸草腿部也受了伤。

姬祯任急出一头大汗，和李末子商量："现在得到我老三团去救治，但要必经日军驼背村据点哨卡。如绕道而行，得翻两座山，姬红妹的伤势恐怕等不及。"

此时，姬祯任想到了小分队每人背包里都备有鬼子军装，便让大家装扮成从伏击圈逃出来的溃兵，假说抬伤兵前往田木联队战地医疗所救治。姬祯任分析，有两个有利条件可促成行动成功：一是日军刚吃了败仗，据点里鬼子都是惊弓之鸟，一般不会轻易出来找麻烦；二是有鬼子军装在身，又会说日本话，尤其从侦听中获知驼背村据点长官叫晋江一郎。小分队在据点下吆喝几声，放行的可能性会很大。

于是，大家砍了树，绑了两个简易担架，抬起高芸草、姬红妹朝驼背村据点方向跑去。

到了驼背村据点哨卡，四个鬼子兵拦下盘问，炮楼上面站出一个少佐。姬祯任日语讲得流利："你是晋江少佐吧？我们是第二旅团第一大队板田古三的队伍。这二人伤情紧急，请晋江君赶快放行。"晋江少佐没有犹豫，喊道："马上放行！我即派卫生兵跟随，路上应急。"姬祯任敬了礼："来日再谢！"

据点里跑出个背药箱的鬼子，跟上小分队朝前跑去。穿过一片树林，姬祯任让鬼子兵给高姬二人处理了伤口。

进我老三团驻地之前，小分队把鬼子服换了下来，以免被我哨兵误判误伤。那鬼子兵这才发现不对劲，可枪已被李末子给下了。

姬红妹伤势较重，右肋骨削进一块弹片，好在没击中脏器。左臂也受了伤。高芸草右腿被削掉一块皮肉，无大碍。

不久，姬祯任从日语电台广播中，听到了日本陆军省发布的东健俊秀阵亡的公报。那正是被我迫击炮连击毙于山北独立小院之中的最高指挥官。之前，大家都没想到死的会是东健俊秀。更没想到，他之阵亡会震动日本朝野。

经过这场战斗，高芸草想了很多。近敌搞侦察，打鬼子，斩寇首，总算对父亲遗愿有了一个交代。加之，自己和姬红妹一受伤，便暂且打消了逃回重庆的想法。尤其,姬红妹舍己救人,对她震动很大。这份救命之恩情,她刻在了心里。

归队延安后不久,高月明找了高芸草。当时,高芸草正趴在桌子上整理前出获得的资料,其实心也没在资料上。她正琢磨,一回到延安,就不能再同姬祯任摔跤了,这是件挺遗憾的事。想起摔跤中两人常有的幸福动作,她脸就红了。正在这当口,高月明说:"芸草同志,写个申请吧。"高芸草一听,就顺着那个摔跤的美事想开去,脸就更红了。她娇声呢喃:"要写,也得他主动呀。让他先写!"高月明说:"只能你写,他当你的介绍人。"她一惊:"什么,他当我的介绍人?那,那,我连那个人是谁都不知道,你就让我写申请,合适吗?"高月明说:"什么那个人?"她气不打一处来:"谁也甭想让我嫁别人。哼!他居然要当我的介绍人?他要把我介绍给谁?"高月明恍然大悟,哈哈大笑:"怪我没说清楚。我让你写的并非结婚申请,而是入党申请哟。"高芸草听罢,泪水奔涌而出,捂着脸跑出了办公室。姬祯任刚好进来,问:"她不会出什么事吧?"高月明一瞪眼:"能出什么事,难道还有被入党吓死的?"

高芸草终于决定,她要加入中国共产党了。

她扪心自问,我之转变是信仰问题,还是道德问题?我是轻易丢弃信仰的人吗?不是的。我之转变,只是道德问题。这是一个弃旧图新,摆脱败坏之旧人,成为追求自由之新人的过程。

一个人,背叛信仰是有罪的呀。我罪之大就大在了对眼前这些出类拔萃的人产生了怜悯和敬仰。我承认,看到拥有高月明、姬祯任、宋大雄、李末子、姬红妹等众多人才的这支队伍屡遭政府扼杀,我产生了怜悯;我也承认,那个杀人的政府之腐败,共军队伍之清明,我都是看透了的。姬祯任他们只看到了这边的清明之好,而没机会所见那边的腐败之恶。而我不同,历经两边,有所比较,比较之下,改变了信仰。

天天年年,高月明那些政治学习,理论灌输,已渐渐在我半推半就之间生根、发芽、开花、结果，而我自己却毫无知觉。没错，有道是，世界上任何事物都有可能成为一个人蜕变的萌芽。一堂催人入睡的讲课，一条看似空洞的标语，一次情感上的谦让，一次畅快的球赛，一次互不设防的碰撞，一场舍己救人的壮举，一袭轰轰烈烈的爱情，都可能会使人发狂，使人改变，使人脱胎换骨。

人人都向往得到一个人所能获得的全部经验，人人都惧怕那无限的期望有些许落空。我要将那些悟性大开的日子，以及获得至高满足的时刻，都铭刻在那纸入党申请书上。落笔写下誓言那一刻，我觉出，梦不仅是一个人黑暗中的白昼，同时也是白昼中的黑夜。之前，一直琢磨的那句话，正是这个道理："一切失败，都可能会是神秘的胜利。"我要重塑形象。而我那尚未丰满的新形象，需要岁月的补充，才能逐渐完美起来。现在，我缺少的是信心和毅力。

有一天，高芸草突然对自己说，"我加入共产党，是为了潜伏至深，捞取更大的政治资本，以备有朝一日，能为党国精进效力。"

这一刻，高芸草居然为这个想法吓了一跳！事实上，无论怎么说，我高芸草被发展成为中国共产党党员了！

同高芸草一起写入党申请书的还有姬红妹。可姬红妹最终未被组织批准。原因是姬祯任坚决反对。

姬祯任说："在牺牲个人利益与保证胜利大局关系上，也即在个人亲情第一，还是工作任务第一的问题上，姬红妹态度不端正，认识低下。入党，她还不够格！"他指的是，姬红妹在姬母、小妹故去的问题上，一直存在错误偏见。她这种认识，带有一定的政治性、原则性错误。

平时，面对姬红妹一味抱怨和责怪，姬祯任总是静静地听，从未辩解过半句，甚至数次脸带愧疚之色，流下悔恨的泪水，有两次还扇了自己耳光。而这次，在姬红妹入党时，他却较起真来："说实话，从亲情角度讲，红妹再怎么抱怨、责怪，甚至记恨、谩骂，我都可以理解。但从党员应具备的政治觉悟看，她思想认识水平确实还达不到党员标准。

我不同意她入党是出于公心，也是想以此缴发她加快思想进步。因为，她那些思想认识很顽固，利用这件庄严的大事断喝一声，容易使她清醒和反思。我这是为她好。"

然而，姬红妹非但不买他这个好，还使兄妹关系降到了冰点。姬红妹向组织打了申请：姬红妹改名为刘红妹了。她甚至拒绝在个人档案各类表格上，填写"曾用名，姬红妹"的字样。她感觉，她的心一次次被姬祯任伤透了。

高芸草很想与姬祯任结婚。可又总犹豫不定，心结全在她那个隐秘身份上：一旦与他成了夫妻，哪天不小心特务身份败露，那会对他造成致命的伤害。

后来，在一场高智力高强度的破译大战中，姬祯任大病了一场，险些丧了性命。这促使高芸草下定了结婚的决心。

高芸草提出了结婚。姬祯任心里火急火燎，却又不好意思打申请："眼前，急战一场接一场，个人私事怎么好张口？"高芸草急了："如若打一辈子仗，你便打一辈子光棍？天下哪有这个理！"她急匆匆地去找了高月明，嚷道："情亦到了，爱亦到了，我要结婚！谁要拦着不批，我便夜夜到谁家窗下去敲脸盆。"高月明一愣，笑道："话说到这个份上，想必是比战事之急还要急了。准了！"高芸草得寸进尺："还有一对急迫着呢，也一并批了吧。"高芸草找到刘红妹："你和李末子也别熬着了。正好，我们这两对搞个集体婚礼。"刘红妹还余愤未消："别操别人的闲心。再说啦，我就是结婚，也不同他姬祯任在同一场子上搞仪式。没人性之人，晦气！"高芸草一指她："我与一个没人性之人同床共枕，我成什么了？决不许你这样骂人。否则，以后，你的婚礼，我不参加！"刘红妹叹了一口气："我这一辈子，还不知道有没有那一天哟。"

喜宴搞得很简朴。姬祯任夫妇掏钱，让食堂代买了猪肉，给每桌添了两个肉菜，就算把婚结了。新房是在办公房旁边，搭了一间八平方米干打垒平房，找了几块柳木板，两头用石头垒了，架起了一张婚床。二人把铺盖抱在一起，便在还泛着潮气的新房里，度起了蜜月。蜜月过后，二人就搬离了平房，重新住进了集体大窑洞。自此，这间小平房便成了二大队公共"鸳鸯屋"，由组织出面安排已婚夫妇，每季度轮流到这平房里团聚一周。这成了大队已婚之人的独特福利。

高芸草终是收获了爱情，可洞房花烛夜躺在床上时，心里总是惴惴不安。她在心里给自己说叨了一番，才消除了这种不踏实。

"我同姬祯任结为夫妻，是为了更好地潜伏下来。这是个很好的掩护，也是个基本保障。我同他结婚，自然是爱情的结晶，感情的需要。我俩同床共枕纯粹是为了爱情。这可是个原则问题，我必须和自己说清楚。否则，还是安不下心，睡不着觉。"

睡吧睡吧，可就是睡不着。她又想起了刘红妹："我还欠着刘红妹一条命呢。"想到刘红妹舍己救人的行为，想到共军队伍里人与人之间的关系，想到友情、亲情、爱情以及革命之情与政治追求的关系，继而又想到了姬祯任反对姬红妹入党的原由，她给出了一个结论：延安这个地方，有很多让人不得不想却又常常想不明白的事情，然而，正是这些磁性十足的事儿，把我心紧紧吸附在了这片黄土高原上，使我逃不掉，走不了。走不了就不走了！不走就像一个真正的延安人，在这里踏踏实实地干革命吧！最终，她又想回到了这个根本性问题上，这才勉强睡了一会儿。

这一夜，高芸草没睡踏实，刘红妹也正心生烦躁。她走到院里，想透透气，发现李末子也在散步，就苦笑一下："见人家入洞房，你睡不着是吧？"李末子没吭声。

刘红妹自个说开去："几个月的前出任务，我俩白天黑夜地守着，我尝到了一种前所未有的滋味。那是一种神秘的滋味。我把它定义为几近可怕的幸福的滋味。这种滋味，当然是在你末子身上体会到的。末子，你已悄无声息地走进了我心里，我也不知不觉地接受了你。这就是幸福滋味的几近可怕之处。说实话,我从小在姬家长大,与那姬祯富朦朦胧胧的情爱是有的。他一天没有确切消息,我就一天踏不下心来接受你的感情。假如有一天,他突然出现在了我面前,我与你就没有了今后。末子,今夜,我把这话讲出来,是想让你别再等我了。你也是老红军了,找个合适的,把婚结了吧。"

黑夜里,看不清李末子的表情,只听他闷声闷气地说了两个字:"我等!"

姬祯任、高芸草所参加的婚前最后一场破译大战,很是不同凡响。

这一仗,是前所未有的大兵团集体攻坚战。红星二大队报请上级首长批准,确定了此次任务的领军指挥小组。总指挥高月明,指挥小组成员有姬祯任、李末子、高芸草、刘红妹等四人,直接参战人员为从延安破译系统精选出来的共计二百九十八名破译师。第一领军指挥长姬祯任,第二领军指挥长李末子,二人共同负责日常破译组织工作。

战斗打响之前,二大队各工种技术人员,就已经把所要攻击的目标密码基本性质搞清楚了:这是一种用机械方法编制加密的特别密本。此类密码,二大队前所未破过。从技术角度讲,这类机械密码的编码原理,大都是以具备不同功能的多组器械制造的编码机,通过不断变化的运转方式,构成不同的内在编码装置,从而产生出极为复杂的代替密码。此类编码机仅一部就可以编出百万种以上的装置,而一种装置又能生成百万种以上的变化。也就是说,使用这种密码机编制出的密码,可以月月不一样、天天不一样、时时不一样、每报不一样、每段不一样,甚至可以做到字字不一样。过去,一报一密、一次一密,就是天算难破的密码了,而眼前这个家伙,居然可以做到一字一密,即每一个字用的都是各不相同的密码。譬如,一封密电共有五百个字,它却用五百部密码给它加密。只费天劲破开一部密码,也只能译出它一个字,还有四百九十九部密码你得全都破掉,才能知晓这封电报说的是什么。可见,这部密码的保密度该有多高，高到让人难以想象。

高月明已经把这个意义给三百零二名参战人员讲得很清楚了："当下，我红星二大队破译密码的方式还处在手工破译阶段，现在我们要做到的，是打破手工解码技术不能破译机械密特别密本的神话。如若成功，这在密码破译史上便有划时代的意义。这个堡垒实在难啃哟！其难度相当于人踩着人的肩膀，到天上摘下一颗星星。然而，直觉告诉我，这个概率极其小的活儿，能成！大家要相信我高月明，就像相信每天太阳从东方升起一样。我能行，你能行，红星二大队能行！从这一刻算盘珠子响起，每天二十四小时便不能有一息停歇。这个过程，可能是十天半月，也可能是半年一年，还可能是三年五载。到底需要多少时间，我高月明心里没数。没数也得干！不干，连一点共产党员的信仰都没有；不干，我二大队便不再有存在的价值！"

高月明点将二十名高级破译师挑大梁、打先锋，每人分工负责不同的十种破译思路，每人率领十五个优秀破译师，人手一把或两把算盘，昼夜不停地突击，直到破译了这套密码为止。这二十位领军专家中，不包括姬祯任和李末子。他俩没有分工负责哪一个具体思路的破译。李末子协助高月明抓全盘，上下协调各项事务。而姬祯任只是天天在二十个小组算盘珠子声响中走来走去。他眼睛无数次地扫过三百位破译师千奇百怪的面目神态及其手中千变万化的算盘珠子，时刻对整个破译进程拿捏着，掐算着，每一步细小变数他都了然于心。他思绪随时都能分撒出去，像无数条看不见的丝丝线线，与忽而几十把、忽而几百把有希望走得通的算盘紧紧粘连在一起，交织在一块。他能在同一时间、同一要素上，与三百名破译师的思路变幻和精妙运算，达成罕见一致的同频共振。

攻坚战是在一片倚山坡而建的大棚里进行的。这棚是用土坯、木栋、桔秆、草席和黄泥巴砌建糊制而成，足能装下三百多人。战斗一打响，这部由四百二十一把算盘组成的机器便轰隆隆运转起来。这个阵势，把天上的鸟儿，山上的树儿，都威煞住了。没有了鸟鸣，没有了风声，在这条神秘的山沟里，传出了一阵紧似一阵噼哩啪啦的轰响。

这是智力的较量，直觉的灵幻，也是对体力的考验。到了第十五天的时候，几乎有一半破译师累倒了；到了第二十天黎明时分，还剩下不到一百人在战斗；到了第二十五天的午夜，只有七十一人还坐在算盘前。这个时候，姬祯任犯了腰疼病，连带着下肢持续麻木、疼痛不止，严重时连走路都成了问题，只能天天在各破译师桌子之间爬来爬去。然而，只要工作着，他脸上便不见痛苦和倦容。

二十个破译组，每组分到十个破译思路，共计二百个破译思路。这是高月明带领姬祯任等四个指挥小组成员，在战前经过反复研究推敲而确定下来的。当时笃定那个要捉的鬼，必定藏在这二百种可能之内。然而，现在，经过三百人共计二十五天的昼夜突击，已经证实有一百八十一个思路被堵死了。这个时候，几乎所有破译师都丧失了信心：之前，周密分析的最有可能走通达成破译的多个思路，都在这一百八十一种思路之中，结果却没有哪一个能看到一丝曙光。剩下的十九种思路，都是预前最不看好的思路，那希望就更加渺茫了。

噼哩啪啦的声音后面，常常带出一阵阵哀叹声。姬祯任和大家一样，也几乎绝望了。他一阵剧烈的咳嗽，手绢上留下了几滴血印。见到了血，他一激灵，心说："算盘珠子的声响就是我的哀乐。这次，我就死在破译室里了。"突然，他从地上爬起来，高喊一声："那个死密魔鬼就窝藏在剩下的十九个思路里，它跑不了！它一定跑不了！"话没喊完，又是一阵剧烈咳嗽。大家眼珠子都盯在算盘珠子上，没人看见他的病态。姬祯任又说话了，有气无力的口吻："我宣布，现在，大家都回去睡觉，明天上午八点整，还能爬到破译室里来的人，与我一起组成敢死队，发起最后一轮攻击。成败在此一举。解散！"说完，他爬起来，一头扎倒在行军床上。

半夜时分，姬祯任做了一个恶梦。一把闪着贼光带着锐响的尖刀，紧追着他在山峦之间飞跑。前面出现了万丈深渊，他一停顿，就听到呼啸的刀子凶狠地捅了过来。他闭上了眼睛，横下心等待一死。一旦产生绝望，刀子的锐响便消失了。再回头一看，飞来的并非尖刀，而是一根细针。他哈哈一笑：天不灭我，小小细针奈我何如？突然，他脚后跟猛然一疼，下意识地蹦跳起来，不料身子失控，落入悬崖。他粉身碎骨了。

　　他醒了。通身大汗，睡意全无。坐到桌前，仰脸，闭眼，定格在那里。不知过了多久，他猛然抓过纸笔，在那一百八十一条绝路上，又神速地走了一遍，当然只是在每个绝点上一扫而过。然后，把剩余的那十九个思路，重新进行整理，设计出了一条新的思路。他告诉自己：就是它了！一定就是它了！这是压死骆驼的最后一根稻草，也是横跨悬崖绝壁的唯一一根钢丝。要想不被那根稻草压死，就得从这根钢丝上走过去。

　　上午八点整，来了六十八个破译师，人人面容憔悴，眼里充满血丝。有的甚至是打着盹，扶着门框进来的。

　　姬祯任盘腿坐在行军床上，下达了最后攻击令，然后，把手中写满那个详细思路和破译方法的十四页纸向空中一撒，说："六十八个勇士，全都给我走上这根钢丝。冲！"说完，仰面倒下，昏睡过去。

　　在酣战的日子里，留给人睡觉的时间少之又少。醒着时他每时每刻都在索求结果，睡着时也还在清醒状态下所不能探及的某些角落里死挣，试图在梦幻中突出重围。是的，他脑子二十四小时都不曾离开码子世界半步。他不再是脑子的主人。脑子已失控。梦幻进入骤急处，他被一阵声响弄醒。又有十八个破译师撤出战斗，昏睡在地砖上。一个垂死的声音飘进他耳朵，那是高芸草的声音："老姬，又是死路一条！"他抓过那十四页纸思路扫视了一遍，叫道："不可能！那魔鬼就在其中，继续挖！"仅剩下的五十人停止了拨动算盘。战场一片寂静。又有人吼了一嗓子，带着哭腔："姓姬的，你就那么肯定这十四页纸里有乾坤？14，14，要死，要死，这次，二大队死定了。你老姬那个死样子，弄了个十四页纸的思路。哼！晦气！"破译师走入绝境，神经极其脆弱，怨气也不打一处来，一个不吉利的数字阴影，也有可能击倒一片天才。一个破译师,被智力不及而折磨得要死的那一刻,是个什么状态,他姬祯任最有体验。最关键的是,在这个节骨眼上,他得给这些眼见着就被那根稻草压死的骆驼,增添一点新的信心和勇气。于是,他说:"14不吉利,15是好数,15,15,耀武,耀武。这可一直是咱二大队的风格。怂包软蛋不属于二大队。那就再加写一页思路,凑够15页。"

就在这一刻,刚才那个噩梦又袭击了姬祯任:"好啊!小小的一根针,要想置一条壮汉子死地,只有一个办法,那就是出其不意,猛扎他的脚后跟,使他跳将起来,失衡落崖。"于是,在这最后一页纸里,他详细写下了对前十四页纸的深化,以及刚刚产生的那一根针思路的妙用,然后,他递给高芸草看。高芸草看罢,精神一振,什么也没说,只是重重地摸了他一把脸。这一摸,带着温情,带着爱怜,带着心疼,带着认同,带着鼓励。他把那一页抛向空中,大喊一声:"就是它了!还有一口气儿,就顺这条路给我攻上去!"说完,抓过两把算盘,坐在高芸草和刘红妹中间,左右开弓地干了起来。

又是一个不眠之夜。凌晨六点钟的时候,姬祯任压抑着狂喜,指挥各组把结论进行系统整理,然后说:"少安毋躁!少安毋躁!"示意高芸草、刘红妹二人,同他一起,再把最后一个环节,重新推演一遍。只见这三人,一溜排坐在一线,每人各持两把算盘,不再看桌上那堆纸张,仅凭脑子里的记忆,噼哩啪啦地推演开来。其余四十八人,围站在三人周围,眼珠子随着算盘珠子闪烁跳跃,生怕那六只手拨错一个算盘子儿。六架非凡的算盘持续响了三个时辰。上午八点十一分,一阵沙哑哽咽的欢呼声,瞬间代替了算盘珠子的声响。

这部该死的系列密码组,终是被揪住了生命线,达成了彻底破译。工作棚室五十一人,有哭的,有笑的,有握手的,有拥抱的,还有当即躺倒在地板上睡着的。姬祯任、高芸草、刘红妹三人紧紧抱在一起,已是泣不成声。

刘红妹冷静下来发现,姬祯任身子斜靠在了高芸草怀里,而他的一只手,正被自己紧紧攥着。刘红妹有好一段时日没有同姬祯任有过工作之外的言语交流了,更没有过如此温情的亲昵动作。想起这个曾妄弃亲情、人性寡淡的同门人,她恨意又生,便猛然把他那只手甩开。姬祯任一下就瘫滑到了脚下。高芸草一低头,看到自己衣襟上血迹斑斑。姬祯任昏死过去。

人们一阵惊呼,急匆匆把姬祯任抬到了卫生队。

刘红妹站在那儿没动。

"前面的思路和日日夜夜的演算,就像那把久久追着你奔跑的尖刀,在你被追得筋疲力尽、两腿打战之时,那根小小针尖儿一扎,才使你再也把持不住双腿,跌入崖下。也就是说,如果没有前面漫长的艰苦演算,那张第十五页纸,是万万不能产生奇效的。"

姬祯任病情好转后,对高芸草说了这么一番话。见高月明也站在病床边,又说:"这部系列密码组,藏着一个怪事儿。那魔鬼一胎生了一窝孩子,却没给它们起名字。"高月明说:"就叫'无名密阵'吧。"

无名密阵的破译,创造了上天摘下星星的奇迹,打破了手工解码技术不能破译机械密特别密本的神话,从而载入了红星二大队的史册。在攻关破堡中,姬祯任一言一行,又一次深深扎进了高芸草心里。

这个男人,真真是我的神哟。她觉得,姬祯任身上两种格外分明的素质,攫取了她的心,即:永安分的想象和极具恒久的执拗。他对密码元素有着难以置信的灵感直觉和超人记忆力。常常是,他在头脑中列出一大堆完整无缺的系统演算式,而无须用笔写在纸上,却能闭眼疾速通达、无休无止地演算下去,直到得出准确无误的结果。这是一个能把生命、灵智与密码极度融合的神奇之人。心随密走,密遇心解。密码魔力像血液一样,无时不在浸润着他的大脑和肌体。

这个神奇之人干了一件大活,虽有骇人听闻之效,可没出多久,在他那里就微不足道了。他轻描淡写地说:"这个无名密阵,本来就是可以破译的。只要有足够的报量与必要的技术力量及相当的时间,在某一个点上,是有较大把握撬开缝隙的。这是因为,一方面,天上众星之中,总会有三颗、四颗,或更多颗星星,同在某一条直线上出现光影重叠。有重叠,就有映照,有映照,就有比对,有比对,就有机遇。另一方面,机械密固然坚硬高深,但它总有一点是相对脆弱的。这一点就是它的机械性本身。它在疾速运转到一个点上时,出现了或兄与弟,或姐与妹,或父与子,或表叔与表侄等之间的相互自我证明。尽管只是一瞬间,但它总归是出现了。这在客观上,就有了被捉到的那一丝可能。"

高芸草听出了问题之所在:"如此高大精深的一个工程,就让你这么给轻描淡写、微不足道掉了?你以为这是你一人掏了你姬家一池猪粪吗?不!这是三百多人近一个月的心血哟。其中,有不少人把一生的智慧都倾洒其中了。连上面各位大首长都被震惊了,你就这么随便一说就完了呀?"

"我不是还没说完嘛。"姬祯任说,"事实证明,这次,抓到这个魔鬼的概率是千万分之一。可你别忘了,二大队干的就是小概率活儿。"

这下,高芸草笑容灿烂了:"你前半段话说得过于谦虚,而后半段才显出足够霸气!我就喜欢你这种霸气。记住!以后!别总把自己往渺小里说。天才就是天才,别瞎谦虚,装怂包!"

此时,姬祯任已住院一月有余。这次,他得的是重度大叶性肺炎。若不是大首长下令调好医好药,恐怕他就没命了。这期间,无名密阵战场参战人员,大都来医院探望过他。

办完出院手续,姬祯任坐在那儿不肯走,左看右瞧的,像是在等待什么人。

高芸草说得很直接:"告诉你吧,你不死,她不会来看你。你就是死了,她也不一定来送你一程!有时候,亲情是万万伤不得的。"

姬祯任听罢,泪如泉涌。

高芸草把他紧紧揽在怀里,眼里也噙了泪花,喃喃地说:"祯任,别难过，还有爱情在哩！"

这时，有首长来探望姬祯任，呵呵一笑："是什么伤心事让老姬扑进女人怀里哭成个孩子样？"

高芸草羞怯地推开泪人，说："首长总不来看他，委屈的呗。"

姬祯任抹了一把眼泪，抓了首长胳膊，急急地掏出几页纸。

这是一份情报分析报告。

高芸草说："这些日子，躺在病床上，他脑子没有哪一天从情报堆里走出来过。这不，他又盯上了远东战局发展态势和日军战略动向。他认为，接下来，日军南进太平洋的可能性比较大。我对相关情况也做了研究，在几个关节点上，与祯任相见略同。这个分析报告说的就是这个事儿。我知道，二大队不乏情报分析高手。这个结论，恐怕您手上已经有几份了。"

首长翻着姬祯任的报告，笑笑说："是的。二大队已经出了三份同样结论的报告。这些报告，密息来源丰富，分析严谨科学，结论扎实可信。日军南进太平洋的战略企图的确存在，且可能性非常大。这是个极其重要的情报。姬祯任襄赞军机不留余力，奇才奇智大功臣呀！"

"我无意把他姬祯任说成是擅长情报分析的智多星。我主要想说，他这脑子无时无刻不在码子里。不知哪一天，就会憋死在里面，永远出不来了。我不能再等了！绝对不能再等了！"高芸草提高嗓门说，"首长，我要结婚！"

首长脑子还在报告里，先是一愣，然后笑说："你的这个要求，和这份情报一样重要。都是特急特办型的。高月明要是不批，我直接批！"

姬祯任一笑："首长，您看，这些年，咱俩这关系，好到这个程度。我就要结婚了，您总该送件贺礼给我吧？我看，就您那台收音机吧！"

首长一瞪眼："那可不行！那是美国朋友送给我的高级玩意儿，大家还要靠它听戏呢。本来，我怕你住院期间寂寞，是借给你解解闷的。这要出院了，快还给我！"

"这个玩意儿,是我见过的最好的收音机了。首长,你得送给我俩当贺礼。要不然,以后我就不让高芸草陪您打球玩了。"

首长眼瞪得更大了:"好你小子,也太贪心了。不但掠夺我的高级戏匣子,连我的高级球友也想独占。我看,算了,你俩这婚就别结了。结了,会剥夺了别人利益。这种事,不能让你得逞。"

"首长,已经晚了,生米做成熟饭了!"姬祯任一脸认真地说。

首长严肃起来:"好你个姬祯任,胆子越来越大了。一没审批,二没领证,就生米做成熟饭了?还竟敢当着首长面没羞没臊地说出口?犯生活作风也是犯纪律。不能由着你胡闹。"

高芸草脸羞红一片,忙说:"首长息怒。就是他老姬不正经,我芸草也不是那种随便的人,是吧。您误会了。他说的生米做成熟饭,是指他已经把您的收音机拆卸改装了。住院这些日子,他以这台高级收音机为基础,又让人弄来一些侦收设备,组装在一起,摆了一屋子,连房顶上都架满了天线,没白天没黑夜地听,直听得天昏地暗,弄得医生护士意见很大。这不,要出院了,才拆除干净。现在,他让人把收音机藏了起来。他早铁了心,不还给您了。"

"好你个姬祯任,连美国人送的高级货也敢拆。你这是霸抢民私,强盗行为。岂有此理!"首长又问,"莫非这东西真能听到其他机器所听不到的声音?对技术上有用处?"

姬祯任细说开来:"不改装便能听到世界多地的声音,改装之后,简直就能听遍全世界。我们是猜世界的人,这猜世界首先得能听世界呀。这些天,我躺在病床上,就是靠它听遍了世界。这家伙,能听到日本全岛及其与外界关联的很多很多的信号信息,日语英语汉语都能听得明白无误。当然,也能听到一些电台密码讯号。日官方的新闻要事,企业界的商情商报,娱乐圈的靡靡之音,私家电台的窃窃密语,军国主义者的吠声狼嚎,皇宫里的鼻息,民间的轶闻,等等,有不少都能听得到。"

首长盯了姬祯任两眼,问高芸草:"这戏匣子真的那么神奇?"

高芸草忙补充:"譬如,姬祯任这个关于日军南进太平洋的判情报告,里面写了十一条依据,其中有三条是从日方征用有南洋航海经验的水手、日商拟做石油橡胶买卖等信息中寻得的端倪。而这些信息,便是从这台改进的收音机里听出来的。"

首长听罢,收起报告:"好了,这台收音机作为贺礼就送给你俩了。准确地说,是要送给红星二大队!"

姬高二人搬离蜜月房的那一天,是12月7日。这一天,日军偷袭了珍珠港,太美洋战争爆发。那位首长碰到搬着铺盖卷的姬祯任,当胸就是一拳:"看来,你那场病没白生!你那份报告,绝对特级优等!再奖励你一个月的蜜月房住!"

"算了吧,首长。别浪费蜜月房资源了。他这人,他这心,分分秒秒都沉浸在码子里,住什么房他都是那个样子。没劲!嘿嘿。真的没劲!"高芸草羞涩一笑,"密码才是他永远的新娘。"

大首长也笑:"嫁给他姬祯任就是嫁给了码子,想必你高芸草早就有这个思想准备吧。"

第二十章 四君子密

侵华日军驻华北地区特高课间谍组织所使用的密电,被红星二大队截获并抄收到足够报量后,首先移送给了高芸草、刘红妹。这二人迅速发起轮番攻击,连续奋战七天七夜,破译开了数份密电报头。

二人兴奋异常,即刻写了进展报告:

现已破开8号密件包中计有11份密电报头，初步确认，该密为驻华北地区日特高课所用，均为手工加密系列密码，共四部，分别叫梅密、兰密、竹密、菊密。预计，一个月之内，可彻底达成破译。现建议，把该系列密码命名为"四君子密"。

写完报告，刘红妹狠狠地"啐"了一口："臭名昭著的特高课，居然用了如此芬芳的花草名，真是玷污了四君子的名声。"

高芸草有志在胸："不管它姓甚名谁，是香是臭，先剥了它外衣，剖开它胸膛，掏出它那贼心再说。关键是要，准！快！狠！"

又是七天七夜，二人打了个申请报告：

四君子密徒有虚香，实则又臭又硬，明知为手工加密，然死啃数百次而无一丝破损。时间不等人，我等二人请求技术支援。

高月明很快把姬祯任、李末子调整到位。高芸草把8号密件包倒了个底朝天，准备向两员大将详细介绍基本情况。姬祯任摆手制止，示意李末子说话。

李末子嬉笑两声，说："梅兰竹菊实乃女同志的菜，高月明让两位男士前来分羹，不是我等本意，得罪，得罪。这样吧，就按梅兰竹菊，四人均分，一人一密，分头攻之，谁也不欺负谁。"

"你酸溜溜一通废话，解决不了根本问题。"高芸草拍得密件包"啪啪"直响。刘红妹则狠狠击了李末子后背一掌。

姬祯任说话了："大家先分析一下四君子脾性吧。那么，梅兰竹菊各属何种花品草性呢？女同志对花内行，先说说？"

刘红妹至今不愿同姬祯任对话，她脖子一梗，扭过头去。

姬祯任又说："记得小时候，我家后花园四君子齐全，我兄弟姐妹常在其中嬉戏玩耍，红妹应是最熟悉的了，你先说说吧。"刘红妹像没听见似的，把资料弄得"哗哗"作响，没有理他。高芸草不耐烦了："搞什么假深沉？破密码就说破密码，分析花香花臭有何用？"

姬祯任对李末子说："你先说花性。"

李末子带了个头："梅高洁傲岸，兰幽雅空灵，竹虚心直节，菊冷艳清贞。"

高芸草说："探波傲雪，身藏傲骨，梅为高洁志士；深谷幽香，孤芳自赏，兰为世上贤达，筛风弄月，清雅淡泊，竹为谦谦君子；凌霜飘逸，不趋炎势，菊为世外隐臣。"

刘红妹没好气地说："梅傲！兰幽！竹澹！菊逸！"

姬祯任一拍大腿："很好！人品对花性，分工先突击，视情再合围。具体分工为，姬梅，高兰，李竹，刘菊。记住！紧紧依照各自花性，幻想开去，寻求缝隙。开干！"

李末子附和："你这分工还挺准确。尤其，芸草为兰，红妹做菊，最为贴切。"

"少废话，干！"刘红妹白他一眼。

钻进破译室，昏天黑地，一干就是一个多月。最后几天，频见曙光。高月明正在延安总部住会不归，四人也顾不得上报进展报告，一鼓作气，掠花斩草，把四君子收拾得干干净净。

这才看清，这组密码，报头是手工密，而报文却是机械密。这种加密方式在报头上巧设迷障，容易诱引破译者误入手工密套路而不能自拔，以致最终破不开其报文核心密码。此密破译的意义在于，首次识破了日特加密"一叶障目"的诡异性特点。

已是深夜，破译室热气腾腾。姬祯任、李末子燥热难忍，早已顾不得其他，只穿件大裤衩子和小背心子坐在那儿，一口气拨拉了三个多小时的算盘珠子。

当梅兰竹菊彻底告破那一刻，四人却毫无兴奋之情。因为，译出的几份密报着实惊了他们的心。

从日特高课密电中显示,太行地区国民党党政机关某大人物潘某某、军统局华北地区负责人齐某、国民党某集团军副总司令孙某某,都已叛变投靠了日军。尤其是,就在明天下午二时,叛将孙某某将率一个军的官兵投奔日伪。

重大军情! 十万火急!

按规定,此等核心机密,电话中不得涉及;二大队无线电台均为只能侦收、不能发报的侦收机,仅有一部电台、一部备机,可用于急情要事向延安总部发电联络,但平时由专职机要员密封于机要室,发报电键有大队领导亲自掌管锁在保密柜里。且,此电台,需经三级审批,方可专人专用;且与延安电台联络,都有固定联络时间,非联络时间,对方一般接收不到。现在,离早班联络时间还有四个多小时。时间不等人,军机拖不得。眼前,只有一条路可走,派人去送紧急军情。但深更半夜,带纸介核心机密出行,存在安全隐患,这是保密规定所不允许的。

姬祯任当机立断,由他和李末子急驰延安,会同那里的高月明前去总部面呈此情。这样,就可以不用带任何材料,军机要事全在脑子里。他俩去,还能多说些相关情况及其幽深背景,对首长迅速做出决断有利。

姬祯任叮嘱高芸草:"你和红妹抓紧整理译清密报,写出破译详情报告。我和末子先行一步,你快去叫醒一个警卫班,让他们追随上去护卫我俩。"

二人蹿至马棚,上马冲向营门,这才发现,身上只急着挎了把手枪,还穿着裤衩背心呢。顾不得那么多了。他俩催马急喊:"快开门! 快开门!"

哨兵对姬祯任是熟透了的,见其如此打扮,也未觉得惊奇。这神人来了思路,忘了穿衣跑向办公室,也不是一次两次了。于是,大门洞开。

此时此刻,老天都不晓得,一个重大危机,已将红星二大队密匝匝地罩死了:一支十八人敌特小分队,潜伏于红星二大队营院之外,正在伺机展开偷袭行动。在营院后山脚处，两个敌特凭借山脚崖顶一棵老歪脖树上，荡绳跳入了二大队院内，还有十人正在排队欲依次荡入。前院营门口已有六名特工正埋伏在暗处，准备与进入院内的那十二名特工策应行动。

突然营院大门洞开，从里面急驰出两马两人。借着月光看清，此二人非官非兵，赤腿裸臂，催马前窜。打不打？枪一响，会打草惊蛇。

营院内，二大队一个警卫班正紧急集合，人无声，马却嘶鸣，弄得整个警卫营全都被惊醒。一些侦收员、破译师也爬起来趴在窗户上往外瞧：这是出什么事了？

后山脚崖顶歪脖树下十名敌特和已进院的两名特工，也不知哪儿出了差错，面面相觑，停止了行动。

警卫班十二人冲出营门，去追姬祯任、李末子。守在门口的那六名敌特，见有马队冲出来，以为里面同伙已经得手，就开了枪。

警卫班当即有三人落马，马队冲了过去。警卫班长很有经验，没有恋战，而是疾驰前追。他判断，此时敌情与姬祯任出行密切相关。前面姬祯任可能遭遇了不测。

后山崖顶上敌特听到枪响，不再犹豫，一个个荡进院内，分头直扑破译室和破译师宿舍而去。

如果有人暗中盯看，会不难发现，这股敌特是奔着预定目标而来的。他们要杀的是密码破译师们！

由于警卫营提前醒来，便在最短时间内进入战斗状态。按平常应急预案，警卫营第一保护目标便是密码破译师。

刘红妹听到枪声，极为警觉，急速收起桌上密码资料，塞进保密柜。在锁定保密柜前，急切搞乱了密码锁密码。这样，连她自己也不再知开锁密码是什么了。这是二大队的规矩，以防自己被敌特以死相逼，说出开锁密码。刘红妹做完这一切，还未抓起手枪，先行入院的一个特工，已经冲入破译室，用枪逼住了她，示意她打开保密柜。

刘红妹佯装开锁，突然转身抓枪便打。那特工早有准备，一脚踢飞了手枪，枪口顶住了她脑袋。刘红妹说："密码没有，命有一条，你拿去！"说完，闭上了眼。眼前却没了动静，睁眼再看，那特工正悄悄往门口退去。

这时，高芸草进得门来，那特工转身就是一枪。几乎同时，高芸草枪响了，击中了特工前胸。高芸草左臂鲜血直流。刘红妹赶忙抓过毛巾，扎住高芸草胳膊。二人锁死破译室门，冲了出去。

在一拐角处，一个特工躺在了血泊里。高芸草说："是我击毙的。"刘红妹急问："是日特还是国特？"高芸草摇摇头。

其实，高芸草心里已经明了。就在刚才，她叫起警卫班，返回破译室时，在这个拐角处，迎面撞上了特工。那特工抬枪指向高芸草，却没有扣动扳机。高芸草弯下腰，乖乖把枪放到地上。她突然一个扫堂腿，那特工一歪斜，她迅即站起，一记倒钩拳，击中特工耳门子，旋即那特工的手枪就到了她手里。这一连串动作，几乎在同一瞬间完成，让那特工惊讶不已。高芸草用枪逼住持工："如若说实话，我饶你不死。快说，你是日本人，还是中国人？来此何干？"特工冷笑一声，扭过头去。高芸草伸手从特工左腋下摸出一把匕首，一反腕压住了对方颈动脉。这时，那特工说话了："从你扫堂腿，倒钩拳，到左腋摸刀，完全看出，你这功夫，绝不是共军所训教出来的。尤其左腋藏刀，是我方特工独有。嘿嘿，你是谁，我不想多问。但我可以告诉你，我等小分队来此目的，是要灭掉这里的破译师。来前，上峰只叮嘱了一句话，进入二大队，勿杀女人。若没这句话，你早去见阎王了。"这特工话音刚落，高芸草枪响了。

由于行动失去突然性，敌特偷袭行动没有达到目的。二大队院内只有跑出屋外的一个破译师被敌特杀害。另外，在营院大门口被击落马的三个战士，是两死一伤；院内机要区门岗两个哨兵，被先行入院的那两个特工干掉了。敌特小分队十八人被全部消灭。

天一亮，高月明、姬祯任、李末子返回二大队。一并同来的，还有总部连夜成立的事件处理专案小组。总部要对敌特偷袭红星二大队事件进行专门调查。

　　这个时期，延安整风和审干运动风头正劲。本来运动规定动作，在红星二大队已落实完毕，没发现什么问题。可这次敌特偷袭事件的发生，使上面意识到红星二大队还存在重大隐患，务必尽快整顿肃清。

　　专案组认为，这股敌特入院选点精妙，路径准确，目标清晰，对我破译师工作点、宿居区早已了然于心。显然是预知根底，有备而来的。这就不能排除红星二大队内藏奸细。

　　鉴于当前形势，专案组采取的措施是，查案子与整风结合在一起搞。开始时，专案组划定了一个重点调查范围，即，这两年从蒋管区和日占区来到延安，被分配到二大队的几批知识青年。查来查去，除发现少数同志怕苦怕累怕枯燥，不适应二大队工作性质和保密环境之外，并没有查出与敌特有关联的问题。无奈之下，只有广泛发动群众，实施大面积撒网，人人过关，事事过关。具体做法是，明察与暗访相结合，大会与小会相结合，个别谈话与群众揭发相结合。

　　那次，召集破译师们开大会，主席台上领导传达文件，提要求；主席台下，提前挑选出十三名积极分子，分散到会场各个角落，仔细观察每个人的表情反应，然后记录在案，会后向专案组汇报，以此来圈定重点怀疑对象。这期间，发动群众这一基本方法，被运用到了极致，涌现出不少积极分子，主动配合组织"嗅奸""监奸""证奸"，以"雷公霹豆腐"的方式，在规劝环节上用足了心，发明了"善劝、亲劝、口劝、笔劝、硬劝、软劝"等技巧，以图找到蛛丝马迹，揪出特务。一旦确定了重点怀疑对象，就把人带到大会上来。由群众四周围成圈子，把怀疑对象置于当中，你推他一下，我推他一下，人人提问，那人必须一一作答，然后大家当场分析，找出破绽。

　　一通动作下来，二大队最终确定了八个重点嫌疑人，交由专案组进行特别审查。这八人当中包括姬祯任、李末子。

起初，有人提出，敌特偷袭军营，是奔着剿灭破译师而来的。当夜，偏偏只有两个破译师提前逃离了这场预设灾难。那么，这二人与敌特偷袭行动有没有必然联系呢？没等姬李二人辩解，高月明先站起来说了话："远离这场灾难的还有一个人，那就是我高月明。我在事发前两天就去了延安开会。若怀疑他二人，那就再加上一个我好了。"专案组制止他："高月明同志你作为领导，不能不让群众说话。当夜，这二人的确走得蹊跷，事情凑巧得让人难以置信。"高月明说："姬祯任等四人当夜突破四君子密，这二人是到总部上报紧急军情的。这些，总部首长可以作证。"专案组说："二大队的事难搞就难搞在这儿，动辄就搬出总部领导、中央首长压人。没错，二大队的确极端重要，在大首长眼里，你们个个是块宝。不少人是被大首长宠着惯着成长起来的。我看，在很多时候，是你们自己给自己长了脾气，个个老虎屁股摸不得。这次，我偏偏就摸摸这些老虎屁股！姬祯任、李末子必须重点收审，从严查办！"高月明一拍桌子，叫道："查谁是你的权力，但你不能胡说！谁被宠着惯着了？被谁宠着惯着了？你有胆量就点出名道出姓来。"专案组说："你等着！有你们哭的时候。"

姬祯任、李末子被关押，似乎身上都有难以辩说的"铁证"。

专案组挖出了姬祯任的历史问题：其兄姬祯富早年叛变投敌，在任敌团长期间，与姬祯任有过见面勾连。对此事，姬祯任有口难辩。宋大雄和张果已牺牲，无人作证当时情况。而代签敌军密电，大义灭亲之举，实则没有留下文字证据，姬祯任说不清楚，也不能去说清楚。就这样，姬祯任面对连珠炮似的批判和质问，面对无穷无尽的审查和折磨，他选择了沉默。他也不是没有办法，他完全可以把高月明搬出来，而他没这样做。他觉得，他无权使用这唯一的辩护证据。因为这里涉及红军密码破译和相关手段机密。另外，专案组还揪住姬祯任曾枪击过詹同志的事件不放。此事，又牵扯西路军相关情报保障问题，就更难一一抖落明白。既然如此，姬祯任干脆就闭了嘴。

再说李末子。他的问题是，当年西路军被打散，他与部队失去了联系，独自沿途要饭行走半年，回到了延安。这半年，他干什么去了，谁能给他证明。没人给他证明。没人证明，说他叛变投敌的嫌疑就去除不掉。李末子知道自己辩解是没用的。所以，他同样选择了沉默。

姬祯任被重查重审，高芸草自然也难逃细查深究。对她在国统区的那段历史，按程序慎严地过了一遍，但有当年组织三番五次重查重调结论，这一节自然过了关；这几年，她在二大队的现实表现，组织和群众也是认可的。这一关也过了；那么，敌特偷袭军营的当晚，她又表现如何呢？把前后细节一一筛查，也没发现问题，反而有英雄壮举：她遇敌应变自如，一人击毙两敌，自己也挂彩负伤。专案组给出的结论是：高芸草同志政治上清白，无历史问题。

刘红妹作为姬祯任脱离了关系的妹妹，作为与李末子关系暧昧的好友，自然也要重查。专案组给出的结论是：军营遭袭当晚，刘红妹同志应变能力很强，抢密件藏于保密柜，且搞乱锁头密码，在敌特枪口之下，大义凛然，誓死不从，保住了密件资料安全。

在与专案组谈话之前，刘红妹就一个小疑问，私下先同高芸草交换过意见。她想起，当晚，那敌特先以枪相逼她，却又想悄然退去。这是为什么？高芸草当然不能告诉她，当夜敌特有不杀女人的指令。于是，高芸草轻描淡写地说："当时，我刚进得屋来，并没发现那敌特要退去的迹象，看那张干净的小白脸，他大概是怕溅到身上血，所以才想后退两步再击毙你，是我先惊动了他，才转身冲我开了一枪。"

刘红妹终是顺利通过调查，可她却大闹了专案组。她是为姬祯任、李末子鸣不平而大闹的。

刘红妹上来了牛劲，为两个亲近之人的清白，不吃不喝不睡，昼夜蹲在专案组门前闹。为此，专案组下了一个结论：这个女人疯了！

高月明说他有办法检验这个女人是真疯还是假疯。他抱来一包资料，下了一道命令："这部密码抄报，破译条件尚好，总部十万火急催破。

现命刘红妹同志牵头，带十一人破译小组，即刻展开破击行动。限你等二十二天内，达成破译，不得有误！"刘红妹听罢，抹了一把嘴角上的唾液沫子，摇摇晃晃地站起来，歪歪斜斜地跑向了破译室。此时，她已经绝食蹲闹三天了。高月明自言自语道："这个同志，军政素质、个人品质、侦破技术，都是一流的。尤其，政治上绝对信得过。"

十八天后，刘红妹小组破译了那包密码。刘红妹却又续上了之前那个茬，依然蹲在专案组门前闹。逢人便说："你们专案组觉得二大队的饭菜香啊，在这里赖着不走。你们连猪圈里的老母猪都查了三遍了，连只特务猫间谍耗子都没抓出一只，这说明了什么？要么说明二大队这块地儿干净得很，要么说明敌特太狡猾，隐藏太深，专案组脑笨眼拙心糊涂，挖不出来，那就另请高明，换能人来，你们就别在这里冤枉着好人天天混饭吃了。"

刘红妹天天疯闹，都成了二大队一道风景了，有好事之人就常站在暗处瞧热闹。

这一天，刘红妹正坐在专案组门前哭闹。一队人马驰进了二大队营院。一个大首长下得马来，冲高月明说："门前哭闹的那个女同志是怎么回事呀？这运动如果搞得遍地冤情，那各级组织就不要再审案了，该停下来审视一下自己了。"刘红妹冲到大首长面前，还是那副火气冲天的模样："这么多年，一个心里只有密码，没有亲情，只要党性，不要人性的破译师，他怎么会投敌叛党，去当特务汉奸反革命？我想不通！姬祯任是冤枉的，大首长你要为姬祯任做主呀。"大首长一瞪眼，问专案组："果真关了姬祯任？"专案组的同志说："姬祯任有重大嫌疑，稍后再给您汇报。"大首长眼瞪得山大："姬祯任若是特务汉奸反革命，我们有些革命队伍和革命者早就完蛋了。他这个人没问题，我担保！对姬祯任不容怀疑！不容干扰！谁要是跟他过不去，谁就是跟中国革命过不去！"

这时，高月明说话了："之前，我也以为姬祯任没问题。现在看来，姬祯任确实有嫌疑。一个人，不管他对革命有多大贡献，也得有疑必查，有错必究，有罪必惩；一个人，不管他以前有多革命，但谁也担保不了他现在和将来不会成为反革命！所以，对姬祯任必须彻底审查！"

大首长不瞪眼了，却说："既然你高月明主意如此之大，那还要我来指导什么工作。警卫排长，咱们走人！"大首长上了马，又扬鞭指了指刘红妹，说："你这个同志用词不当哩。怎么能说姬同志不要人性呢？恰恰相反，姬同志身上闪耀着高贵的人性光芒！"说完，扬长而去。

高月明冲刘红妹吼道："你这个疯子，不把二大队闹臭，你是不死心。"刘红妹瞪眼："香者自香，臭者自臭，与我何干？！"说着，又到专案组门前坐着去了。

总这么闹，专案组不耐烦了，通知高月明："刘红妹扰乱办案，有重大敌特嫌疑。我们准备收审严办。"高月明忙说："且慢！最近，有重大任务调整，我们准备把刘红妹调离此地，决不让她再扰乱你们办案。"

数日后，刘红妹果真被调离了红星二大队，一纸命令把她支派到了千里之外。

原来，八路军重庆办事处，急需一名通信机要员，列了四个选人条件：有通信机要工作三年以上经历；政治上绝对可靠；技术上一专多能；人品上不惹是生非。这四个条件，刘红妹有三个条件完全符合，至于"人品上不惹是生非"一条，她这次闹事恐怕也不是人品问题。高月明同她谈了话。她想了两天两夜，总算想通了。她先在高芸草那里哭了一场，哭完说："眼不见，心不烦。既然改变不了现实，那就远离这个现实。走了吧，走了就了无牵挂了。"高芸草说："换个环境，调节一下心情也好。不然，在这里一味地闹，非但救不了那二人，迟早连你自己也会搭进去。况且，让你去重庆，也是组织信任，去吧。"临行前，刘红妹同高月明辞别，眼含泪水说："你就是把我支到天边去，我还是要说，姬祯任李末子是冤枉的。"高月明说："他们受没受冤枉，那是组织要弄清楚的事。到重庆要安心工作，可别再折腾闲事了。"

曾家岩50号，位于重庆渝中区中山四路，是八路军重庆办事处的组成部分，实则为中共中央南方局在市内的一个主要办公点。南方局在重庆是隐秘身份，对国民党是保密的。

刘红妹来到这里，最初是山城美景把她震撼了。她自小到大，仅去过县城瑞金及后来的延安城，从未在大都市繁绵景象中穿行过。刚下船时，正是彩灯初放时节，这山城的红绿之美、朦胧之惑，在赣南山沟子里，在长征途中，在黄土高原上，是无论如何都领略不到、想象不出的。第二天天一亮，她又早早爬起，站在楼上高处，放眼四处街巷，山城独特之美更为清晰地呈现在眼前。夜晚红绿朦胧，白日街巷百色，把眼球黏得生疼。还有，这大城市清晨的声音，也着实惹人醉。店铺开张的一声叫喊，商贩串巷的阵阵吆喝，货郎扁担的连串吱吅，孩童嬉叫，鸟儿啾啾，就连风儿掠过山城所发出的声响，也同风灌黄土山沟完全不一样。

此时此刻，刘红妹由衷地叫了一声："大城市，真好！"没想到，这一声叫好，引出几声咻咻窃笑。笑声来自于脚下。她低头一看，在二层楼晒台上，一个女子正在对照一面小镜梳妆。她的精力一下子全被楼下掠去了。她从未见过这种样子的女人。她心里蹦出了一个词儿：妖娆。晨曦铺天盖地，却未能压住楼下这个妖娆女人的韵致。刘红妹以蚕食般目光欣赏着眼下的这美人美景儿。

城里女人的早晨，把整街整巷的风光都盖下去了。刘红妹忽地想起，大概正是这番妖色，把那个勤务兵的魂魄给勾去了吧。莫说他一个十八岁的小伙儿，就这妖色，连女人的心也能勾得去哩。

在延安临行前，高月明讲过，前不久，重庆办事处我方一个勤务兵，被杂居在同院里的女人给勾引跑了。这里的一些警勤人员，刚从农村参军不久，哪见过城里女人的妖艳，个别人顶不住诱惑，也是自然而然的事。高月明讲这件事的目的，是想提醒刘红妹，八路军重庆办事处里里外外，敌情特情极为复杂，切不可掉以轻心。

刘红妹在女人妖气翻腾中猛然醒来。她朝右侧院落张望，那是国民党军统局局长戴笠的公馆；再看左侧，是国民党警察局派出所；又瞧楼下，这个院子更显稀奇：八路军租用了一楼和三楼的全部房间以及二楼东边的三个房间。中共中央南方局的军事组、文化组、妇女组、外事组和党派组均秘密设在这里。而二楼中间走廊是隔开的。二楼西边那些房间的租用者，分别是国民党一个李姓上层人士，国民党中央抚恤委员会的一个黄姓主任秘书，还有重庆市长夫人领导的"战时妇女服务团"。二楼连接天井的一个晒台，也是战时妇女服务团的地盘。服务团的人站到晒台上，往上能看到南方局三楼办公室，往下可窥视南方局一楼会客厅。

这便是曾家岩50号的神秘之处——国共两党人士同进一个院，共住一栋楼。双方却心存芥蒂，互不往来。事实上，南方局非常清楚，这是国民党特务为实施监视而有意为之的。这些人肆无忌惮到了极点，不但暗中密切监视，还时有搞些小把戏。那个服务团里的一些女青年，常常穿着短裤背心，在晒台上嬉笑打闹，趁机向南方局里的男青年搭讪，大施勾引之能事。南方局那个新兵伢子，就是这样被勾引走的。其实，勾引走一个外围勤务兵，也从中捞不到什么机密，散布的却是羞辱之意。

想到这些，刘红妹不由得对南方局肃然起敬。长年在大敌环伺的险恶环境中，从容不迫地工作，洁身自好地生活，实属不易。然而，实事求是地说，二楼西边那帮人，不全是狗仔特务坏分子。就说这战时妇女服务团吧，它主旨还是为抗战服务的，里面的人天天忙的，都是抗战上的事儿。这是南方局一个老同志告诉刘红妹的。

刘红妹又往楼下晒台瞧了一眼。那个妖艳女人梳妆完毕，刚换上一身时装，正在往上看，还给了她一个蔼然可亲的微笑。这笑容，毫无敌意。

刘红妹又一次感到：在这里，甭说男人了，就连女人都得时刻提防着诱惑。

刘红妹有些慌乱，逃进了房间。即刻，楼下传来一串笑声。刘红妹觉得，这笑，一点儿都不尖刻放浪。

后来，在多个清朗的早晨，刘红妹都会见到那个女子在晒台上活动。那女子一颦一笑、一举一动及各色神态，刘红妹都觉得极美。这样一来二去，二人在心里就成了朋友。虽然相互从未说过一句话，但彼此都觉得已经很熟了。刘红妹还在心里给那个女子起了名儿，叫艳美儿。

战时妇女服务团具体干些什么，刘红妹不是很清楚。艳美儿天天早出晚归，只有早晨和礼拜天能在晒台上见到她。刘红妹觉出，艳美儿的美全体现在了自信上。但这美人儿没有因自身固有之美而忽略了打扮。她不捯饬精致是不绝出门的。她身上衣着时常花样翻新。刘红妹好生羡慕。

刘红妹在三楼机要室工作。严格的工作纪律和保密规定，把她束缚在斗室之中，少有在院里自由自在地随处走走。鉴于刘红妹刚出山进城，军事组负责人老丁，经请示获批，由局里的张莉、赵飞霞、王田田等三个姐妹，在礼拜天陪刘红妹逛了几次街。说是出去看看景儿，实则也是让她熟悉一下周围环境。当时，之所以选址在繁华地带，也是考虑同各界交流方便。在这里，工作人员外出办事是经常的，休闲时间逛逛街也不绝对限制。老丁说，保密纪律本意也不是非要管死人，而是束住心。只要思想上高度警惕，内在律己从严，行动上可以相对自由一些。别出事，尤其别出政治性事件是底线。

逛了几次街，办了几次事，让刘红妹更精细地见识了山城都市的风韵，也让她体验到了国民党特务的盯梢功夫。

曾家岩是一条狭窄胡同，有许多杂货铺、小饭店、小烟摊分布两侧，而多个关键地段的店铺，都被国民党特务把守着。人从50号一出来，就会有特务盯梢、尾随。这天，刘红妹随三个姐妹在商店买衣服。张莉看中了一件胸褡，便向不远处一个男子招手。男子走过来，张莉问他这件胸褡怎么样？那男子神情自若，拿到手里仔细看了看："挺好的，配你那件黄花衫衣很合适。"张莉问哪件黄花衫衣？男子说，就是上个礼拜天你穿的那件。张莉说："你真不要脸。买下了。"那男子笑笑，点头离开了。王田田内急，终是找到了厕所，回头对一个男子说："真是条好狗。进厕所还要跟！"

刘红妹这才明白，今天碰到的这两个男子，都是尾随盯梢而来的特务。张莉说，时间一长，彼此都熟了，骂他们是狗，他们还冲你笑哩。真是气死个人。

出了厕所往前走，碰上了三个流氓，居然要让刘红妹当街换上新买的衫衣。刘红妹吓得直往后躲。张莉挡上去，有个流氓竟然去摸张莉的胸。这时，上来两个男子，劈头盖脸打了流氓几个耳光。三个流氓哪肯善罢甘休，掏出刀子围住了两个男子。那两个男子一抬胳膊，手枪顶住了流氓眉心，流氓转身跑掉了。刘红妹认出，持枪男子正是那两个盯梢的特务。张莉并不谢人家，还说："有时候，狗也能办点人事。"两个特务苦笑着，站到远处去了。

张莉等人有时候也能把尾巴甩掉。有个礼拜天，姐妹四人先去了《新华日报》编辑室，特务便留在报社门口等。姐妹四人从后门溜出去了。张莉说："要想甩掉特务，可以先到公开机关去办事。我们常去的地方有几个，像国民党国际新闻署、美国新闻处、中苏文协等。从后门溜出去，办完事再从后门溜回来，然后，大摇大摆地走出大门。这种金蝉脱壳的把戏屡试不爽，好玩。"

这次，从报社溜出去之后，张莉和王田田相伴另路走了。刘红妹和赵飞霞去买鞋子。刘红妹挑来挑去，老是舍不得掏钱，赵飞霞就自己一边逛去了。刘红妹是在高跟与平底之间犹豫不定。抬头间，看到对面一个女子也在试鞋，很快认出是那个艳美儿。艳美儿并没看见她。刘红妹想过去搭讪。她深知，在审美方面，自己远远不如这个艳美儿。但她还是抑制住了。不可轻易开通二人对话，终究是两个阵营里的人，即便这美人不是特务，彼此接触也是件敏感的事儿。更何况赵飞霞还在附近，万一让她看见，自己是说不清楚的。

刘红妹两双鞋又各试了一次，最后还是打算买下那双平底的。高跟鞋穿在脚上不自在，走起路来直摇晃，不美也不稳当。

　　艳美儿终是看见了刘红妹。互相笑了笑，算是打了招呼。艳美儿见刘红妹要买那双平底鞋，就开口说了话："就你这高挑个儿，穿上高跟鞋，才会把优长显出来。咱女人家，选对一双鞋，等于换了一个人。"说着，她帮刘红妹穿上高跟鞋，半跪着给她系好鞋带。鞋带花结打得煞是好看。又说："人随鞋势，鞋才能顶起人势儿。来，绷腿，收腹，提臀，臀别硬翘，自然，好，挺胸，收下巴，看前方，好，很好，迈步，步子要适中，走直线，脚莫外蹩，好，就这样，再来一遍，嘀，你悟性蛮高，好女人，一点就俏，你真行，到镜前走一遍，看还认识自己不？"刘红妹在镜前走了一个来回，就捂住了嘴，惊讶，羞涩，精气神一下子就上来了。到这一刻，她才给艳美儿说了第一句话："这真的是我吗？！多谢艳美儿。"这下，该艳美儿惊讶了："你叫我艳美儿？"刘红妹悄声说："我在心里给你起的，都叫了好久了。"艳美儿笑得亲和，扶了她肩头："艳美儿就艳美儿吧。谢谢你把这么中听的好名儿赐给我。不过，我敢说，你若是稍微注意点打扮，你比艳美儿还美几倍哩。"刘红妹更羞涩了："艳美儿人美这话也美，你真会夸人。"她给刘红妹整了整衣领，又说："你给我起了个美名儿，我夸你是美人儿，都是发自内心的。嗨，人间这点美好，为什么非要黏沾上国共两党的政治成分呢？我真是想不明白。"正在这时，刘红妹看到赵飞霞远远走来，就赶忙向柜台交钱去了。艳美儿也抹身走掉了。

　　第二天一早，刘红妹洗漱完毕，穿上新衣新裤，蹬上高跟鞋，在屋外走廊走了两个来回。艳美儿一脸惊喜，却是不能张嘴叫好。一阵风儿把睡衣吹起，借裙裾遮挡，艳美儿竖了竖大拇指。刘红妹看到了这个细节，心说："艳美儿还是善解人意的。她是怕给我惹麻烦。"张莉见刘红妹这身打扮，笑说："怎么，今天要去相亲？这胸挺得抓人心，我估计，这亲是不用相了，人家会直接把你弄到床上去。"刘红妹盯住关键问题不放："你是说，我这胸挺过头了？"话是说给张莉的，目光却洒向楼下，艳美儿又悄然竖了下大拇指。刘红妹心里有了底,冲张莉说:"哪儿哪儿都恰到好处!今后,我就这样穿戴了。"张莉说:"你这身打扮走出50号,狗尾巴肯定不跟你,他们会以为你是自己人哩。"刘红妹佯怒:"难道连件衣服,也非要黏沾上国共两党政治属性?莫名其妙!"

傍晚时分,夕阳笼罩了二楼晒台,叽叽喳喳嬉笑声又传扬上来。那几个女子正在抢夺一封信和一张照片。

"这小蹄子,跑到南昌吃足了蜜汁,你看滋养的她,哪儿哪儿都丰满,这下那逃兵小哥更离不开她了。"

"这胖儿子好俊哟,这眉眼真像那个小八路。哎,按时间推算,这小蹄子是在50号怀上的。啧啧,这两人真有本事。"

"你们说,这到处都是眼睛,那情种小哥,是在哪个角落里拿下咱小英梅的?"

"你们小声点好不好?这要让楼上楼下听去,那对野鸳鸯还有好日子过吗?"

"八路正忙着抗日呢,哪有闲心跑到南昌去抓只偷腥的猫!"

说者无意,听者有心。张莉坐在屋里听得隐约,却掐摸准楼下说的是谁。她随即报告给了军事组负责人老丁。

晚上,张莉极是兴奋,一个劲地谈笑那对野鸳鸯。"有一次,我去锅炉房打水,就听到柴房间传出异样的声响。我从没听到过这种声音,就好奇地走过去,透过门缝,看到一对男女正在搂搂抱抱。当时把我吓坏了,可就是挪不动脚步,偷看了一会儿才溜走。"赵飞霞笑说:"你还真能看得下去。"张莉说:"那几天呀,我一想起那场面那声音,心就乱,脸就红,浑身不得劲儿。可还没等我报告给领导,那对野鸳鸯就私奔了。现在看来,是跑回老家生孩子去了。"

这四姐妹同住三楼阴面一间。这房很小,仅能放下四张小竹床,加上一张小桌子,就挤满了。刘红妹和张莉对头睡。张莉那兴高采烈的唾沫星子,直往刘红妹脸上落。刘红妹却也愿意听。第二天一早,刘红妹把脸连洗了三遍。她并没有厌恶张莉的意思。张莉是搞宣传的，王田田搞外联，都以记者的名义对外公开搞活动。大家工作性质不同，生活在一起却亲密融洽。每天晚上睡前，都躺在床上说悄悄话，交流在外面的见闻，互通一些消息，也交换对时局的看法。刘红妹是新同志，又是机要员，有些事不能说，能说的又少，心里仅有的一个小秘密，又不得显摆——她早听艳美儿说，那对野鸳鸯没有特务背景，是私奔到南昌过小日子去了。

几天后一个晚上，张莉又说起了那对野鸳鸯："老丁告诉我，组织让南昌的地下党去暗查过，那对野鸳鸯真在老家呢，生了个大胖小子，开了家小店铺，小日子过得好美哩。经查，那二人没有什么政治企图，完全是为情而私奔，地下党就没有动他们。"赵飞霞说："张莉你要注意喽，可别让柴房里的事儿染坏了心。"张莉说："你真小看我张莉了。我能同那小蹄子一个德性吗？"此时，刘红妹不再听她们斗嘴玩。她在想，那艳美儿说的是真话。看来，妖娆之人真不一定都是特务。

后来，刘红妹的爱美之心日渐浓烈，自己那些积蓄和技术补贴，就都用在了穿衣打扮上。在50号工作，都是要穿便装的。女孩子家换着花样装扮自己，并没人觉得有什么不妥。刘红妹也觉得，花自己的钱，穿自己的衣，不耽误做好本职，有什么不好？假如有一天，革命有需要，自己依然会毫不犹豫地去赴死。不过，死前得把最漂亮的衣装穿在身上。

刘红妹对艳美儿的审美观简直到了崇拜的地步。她仿效艳美儿的穿戴，信奉艳美儿的指点。一个礼拜天的早晨，刘红妹在楼上走了两趟，艳美儿便假装看天上的飞燕，斜眼看到刘红妹悄然指了指头发，又用小拇指冲西街方向指了指。艳美儿就回到了屋里，不一会儿就出了门。刘红妹跟三个姐妹一起上了街。她独自溜掉，出现在了西街韩记美发店。艳美儿早等在了那里。艳美儿也不多说话，仔细端详刘红妹半天，又同美发师交换了意见，然后问刘红妹怎么做。刘红妹说："艳美儿的意见是最美的。"美发师做着头发，艳美儿陪在一边和刘红妹聊天。聊的自然全是穿戴，甚至还聊到了延安女八路的便装。刘红妹说，延安的知识女青年来自天南海北，便装穿戴也五花八门，一个字，乱！

　　头发做好了，刘红妹又一次不认识了自己。考虑刘红妹职业身份，艳美儿自然没有建议她大卷儿烫发，而是做成了工作时可以盘起，休闲时又可以披肩的直发，而发梢做了微卷处理。这样，是盘是卷都好看。刘红妹喜滋滋的，甚是满意。二人各掏各钱又吃了一顿辣子鸡饭，才回去。

　　自此后，刘红妹时有偷约艳美儿出来。二人真成了无话不谈的好姐妹。一个礼拜天，刘红妹见艳美儿脖颈上挂了块精美的蓝宝石坠子，煞是羡慕。艳美儿说是她表妹的，借来戴着美一阵儿。刘红妹挂到脖颈上试戴了一下，一照镜子就舍不得往下摘了。艳美儿就笑，那你戴几天吧。刘红妹就真戴了几天。有天与艳美儿碰面逛街，逛来逛去，到中午吃饭时，刘红妹傻了，坠子不见了。艳美儿先急哭了，赶快拉着刘红妹沿街去找。自然是没找到。刘红妹坐在街头直哭，艳美儿没责怪一句，也只有哭的能耐。

　　之后数天，艳美儿再也不到晒台上梳妆，天天邋里邋遢，一副落魄的样子。刘红妹也不再臭美，看见楼下没有了往日的美景儿，心里愈发难受。

　　礼拜天，在街上见面，二人还是个哭。这次，不光哭，还商量怎么办？都是单身女人，家当没有值钱的东西，怎么着都赔不上坠钱。正烦着，碰上了几个臭流氓，说是让陪哥几个玩玩。还说，陪也不白陪，陪酒有陪酒的价，陪睡有陪睡的价。艳美儿不知从哪儿摸出一把剪刀，骂道："回家睡你妹子去。"臭流氓见碰上了硬茬，想溜，艳美儿突然想起了什么，一步窜上去，揪住了一个流氓，用剪刀顶了人家肚皮，叫道："前些天，你们是不是偷了我俩的东西？快还给我们，不然，老娘给你拼了。"流氓们一愣，随即一掌把艳美儿打翻在地，骂道："你个骚女人，不让玩也就罢了，还讹上老子了。老子从来是只明抢不暗偷。"说着，又是一阵暴打。刘红妹抄起铺里一把砍刀，喊叫着抢了过来。流氓们见状，掉头跑了。

艳美儿被打得嘴角流血，身上多处青紫，坐在那儿痛哭不止。刘红妹搀扶起她往回走："想不出办法，我死的心都有了。"艳美儿说："现如今，只有两条道可走了。要么从流氓身上取钱，那得卖身；要么从特务身上取钱，那得卖情况。"

刘红妹没听明白，问什么叫卖情况。

艳美儿说，在重庆黑道上，有一种职业，叫情报贩子。这类人靠贩卖情报赚钱过日子。也就是说，他们弄些国民党方面的情报，卖给共产党那边；弄些共产党方面的情报，卖给国民党那边；弄到日伪方面的情报更赚，在国共两面都卖钱；也还有把国共方面的情报卖给日本人的。

刘红妹说，卖身当妓女，没有回头路。卖情况赚够钱，再洗手不干，可行不？

艳美儿说，真真假假的情况，大大小小的事儿，糊弄着能赚些钱，上心点，机灵点，一般不会出事。要不，咱试试？我到国民党那边偷听点，你到共产党那边想法弄点，看能不能捞到一点卖钱的情况。

刘红妹想了想说，不能干不能干，弄不好要掉脑袋的。

艳美儿说，别弄要命的大事卖呀。弄点小事小情的，卖了也不会引起怀疑。

刘红妹还说不干，就回去了。

过了几天，刘红妹说真走投无路了，要不去卖身算了。艳美儿一阵干呕："偷卖半年身，倒能凑够钱，可这身子也脏了，痛苦一辈子。就是死，也不能干这事儿。"

刘红妹问，延安的地名山名沟沟名，能卖钱不？艳美儿说，前几年，日本人搞轰炸时，延安地理位置能卖钱。现在一文不值了。倒是人名儿能值几个钱，也没风险。以前你在什么部门工作？可以列列那里的人名儿去卖卖。

刘红妹保持了基本警惕性。她给自己定了个原则，既能搞点小情况赚点，还上坠钱，又不至于泄密，损害延安利益。于是就说："既然要卖的是人名儿，单位名称就不说了。我可列些人名儿。"她留了个心眼，不想留下字迹，就用嘴说，让艳美儿用笔写。艳美儿就记下了一串人名。艳美儿说，这人名要分部门列全乎，不能少，也不能假，人家会甄别的，假了非但一分钱不给，以后也不会再跟你搞交易了。刘红妹说，没错。前面一百三十七个名是一个部门的，后面一百八十九个是另一个部门的。保证都是真名儿。刘红妹又留了个心眼，她没把自己亲近的人列进去。高月明、姬祯任、李末子、高芸草都不在其中。

艳美儿拿走名单，却没拿回钱来，说，人家甄别了，这名单不全，不能给钱。你再想想，落下人没有？刘红妹一拍脑袋，哎呀，把那个头儿忘了，你添上，高月明。艳美儿问，全了？刘红妹说，这次真全了。

过了几天，拿回了钱，二百七十块。刘红妹说，这人名不值钱呀，猴年马月才能凑够坠钱？艳美儿说，我弄了个国军步兵师移防情况，还卖了七百块呢。情况越大，赚得越多。刘红妹说，机要室密码是不是能卖大价钱？艳美儿说，那当然！不过，要小心，别露馅。听说，密码那东西，一露馅就不值钱了，你人也完了。我觉得，还是不碰那东西为好。刘红妹说，我只管发报，发的是什么内容我也不知道。编密电的密码本，在头儿手里藏着，谁也偷不到。不过，有机会我可以试试，不然，什么时候才能还上坠钱呀。艳美儿说，慢慢来，安全第一。

又过了一阵，刘红妹很沮丧，说头儿捂得紧，密码本搞不到。这钱老凑不够，真是愁死个人。艳美儿说，光急有何用？刘红妹说，哎，鬼子的密码能卖钱不？艳美儿眼睛一亮，能啊，货好的话还能卖大价钱呢。刘红妹凑过去，悄声细气的，说："我在延安也搞过机要。来重庆前，知道延安破了鬼子的梅兰竹菊密码，从得到的情报中获悉，国军一个副总司令，带部队叛变投靠了日本人。"她把细节说了个清楚。艳美儿真兴奋了："梅兰竹菊密码被破译，这在日本人那里可是大价钱。这下，妥了。"

果然就妥了。几天后,艳美儿告诉刘红妹,货真价实,大钱到手。刘红妹看到一大包钱,眼都绿了。二人赶紧去了宝石店,买下了与原来那坠子相似的一块蓝宝石。

刘红妹如释重负,蹲在店铺门口痛哭了一场。哭完,拉起艳美儿,直奔皇马大酒店。这可是重庆有名的大馆子。刘红妹还惦记着剩下的那点钱,说:"咱俩把这点钱都吃掉,给自个儿压压惊。"

饭间,艳美儿掏出那块新坠子端详,说真是块好料,就让刘红妹也看看。刘红妹像踩上了蛇,一下跳将起来,连连摆手:"这次,我可没碰过它,再丢了,不管我的事。"话是这么说,那眼却直溜溜往坠子上盯。艳美儿说:"按说,到这一步,咱俩该洗手不干了。可要是有机会,再捞一把,你我都买一块属于自己的坠子,那该多好。"刘红妹忙说:"可别想好事了。快把坠子还到你表妹手里。这些天,这罪受的,像是死了一回。"艳美儿说:"这不是也没出事吗。你我不说,买卖双方是不会说的。保险着呢。"刘红妹说:"说得也是。这钱倒是赚得容易。咱俩一人买块比这块成色差点的,花不了多少钱吧?"艳美儿说:"多少那得有哇。好了,不想那等好事了,先把肚子吃饱。这顿好菜,一辈子甭想再吃第二回。"

重庆进入阴雨季节的时候,刘红妹想买件雨衣。她又在楼上给了艳美儿信号。到了店里一见面,艳美儿说:"选件雨衣也找我拿主意。你真不怕麻烦人。"刘红妹笑说:"感情是麻烦出来的嘛。我觉得,我越来越离不开你了。你要是个男人,我嫁你的心都有。在重庆,我没有比你更亲的人了。"艳美儿说:"亲我有何用?我也给不了你什么,还连累得你跟着赔坠钱。"

艳美儿打量刘红妹的衣着:"还别说,你馋那坠子是有道理的。你这身上,就差那么一块坠子了。有块坠子滋润着,整个人精气神都往外冒。"刘红妹想了一下,说:"要不,咱就弄块坠子戴戴?延安破译国军密码的情况值大钱不?"艳美儿说:"那当然!莫非你手里还有货?"刘红妹说:"那当然!我说点情况,你去卖卖,咱俩每人买块坠戴上。

以后,就真的洗手不干了。"艳美儿说:"那我就最后一次沾沾你的光。哈,这坠儿,想想都美。"

刘红妹就把延安方面破译国民党胡宗南部密码的情况说了一遍。艳美儿让她写出来,说你亲笔写的人家才信,才能卖出好价钱。刘红妹就亲笔写了,胡部什么密码被破了,产生了哪些具体情报等,写得很周详,也很专业。艳美儿说,我看不明白。刘红妹说,全是行话,你当然不懂。

这次,速度更快。第二天,艳美儿就拿来了钱,也是好大的一包。二人心急,当天就买了两块蓝宝石坠儿。艳美儿叮嘱,戴时要捂严实,让人看见会遭怀疑。

过了几天,傍晚时分,艳美儿发暗号主动约刘红妹出去。

艳美儿告诉刘红妹,她刚看到《新华日报》登了消息,延安新华社也发布了重大新闻,把蒋委员长密令胡宗南、阎锡山等部四十万大军,准备偷袭延安的部署计划、行动电令,全都抖落了出来。情报贩子那边传过话来,说共产党公开发布的那些情况,有不少是国军用刘红妹透露的三个已破密码拍过密电的。这样一来,国军闪击延安的详尽计划,被共军侦获译出便是理所当然的了。还有,刘红妹卖出的另外两个被延安破译的密码,虽与国军闪击延安计划无关,但也很快从其他方面验证了该两密被破的厄运。因此,买家直夸刘红妹供的货特别真实,特别重要,问她手里还有没有存货,有人愿意出高价再买。

刘红妹听罢,愣怔怔地,好像脑子还没转过弯来。艳美儿又说:"那些人真不是东西,这下不光是买卖的问题了。他们居然威胁人,说你刘红妹若不长期配合供货,他们就把你卖情报的事,散布到50号院里去。"

刘红妹吓得说话都哆嗦了:"除了我哥我嫂我相好的没卖给他们之外,我都被掏空了,逼死我也没货了呀。"艳美儿一脸愧色:"说到底是我害了你。当初,我千不该万不该让你戴表妹的坠子玩。真是难为你了。哥嫂和相好的人名儿,是无论如何不能卖的。再说,现在人名儿也不值钱了。"

提起哥嫂和相好，刘红妹另有一番苦衷在心头。她哭了，哭得比丢了坠子还伤心。她就把自小是如何去了姬家，姬祯富是如何投靠了国军，姬祯任又是如何受到牵连；还有，相好李末子是如何在西路军走失后归队，被定为怀疑对象的，等一应事儿，都倾诉了个透彻。还说，现在她自己又出卖了情报，这要是让延安那边知道了，姬家真就没有好人了，仅剩下嫂子高芸草还清白着。

艳美儿眼睛湿湿的，一脸的同情，说："你哥都结婚了呀？还好，共产党没有株连九族，不然，你那嫂子也不会有好下场。"

刘红妹说："那高芸草历史清白着呢，那些事上也与姬家没瓜葛。她心里肯定也是不痛快，可工作干得还挺积极。我本人也没受到牵连，不然，也不会被派到重庆。组织让我到重庆来，也是考虑到我哥我男友挨整，让我到这里来躲躲。说实话，共产党的政治运动历来就残酷。前些天，延安那边来人，私下告诉我，专案组都把我哥我男友打死好几回了。现在，我又落到情报贩子手里。这以后可怎么活呀。"说着，就又哭起来。

艳美儿说："红妹你似乎真没退路了。卖过一些情报，再想罢手恐怕也难了。你心里也明白，情报贩子与国民党军统都是勾连着的，甚至是一家人。显然，摆在你面前只有两条路可选，要么让他们把你的事捅给共产党，要么你跟他们干。跟他们长期合作，也是一条出路，有钱赚，小心点也没大风险。"

刘红妹抹了一把泪："不，还有第三条路，我与你私奔，找个僻静的地方，各自成个家，过夫妻小生活去。不怕你笑话，我心里早就馋那对野鸳鸯了。咱俩就逃了吧。"

艳美儿笑了："两个娇女人，能躲到哪儿去？又能干什么？只有当妓女去。可我死也不干那营生。行了，红妹你这情绪可要注意了。别是人家还没怀疑你，自己倒先露了相。"

国民党反共高潮来势凶猛，八路军重庆办事处形势日趋严峻，工作部署不得不有所调整，其中一项，曾家岩50号要精简部分人员回延安。

不久，刘红妹被告之，她可能要被调回延安。刘红妹诚惶诚恐，问艳美儿怎么办？艳美儿想了想说，还能怎么办？顺其自然呗。

这个时候，艳美儿向刘红妹摊了牌："从你出卖情报的那一天起，你刘红妹已经是军统的编外特工了。所不同的是，给你的是情报贩子的待遇，提供一份货，兑现一份钱。你没有回头路了。不配合，不服从，你的亲人都要完蛋。道理就不用多讲了吧。"

自此，艳美儿亮出了她国民党特工身份。这使刘红妹吃惊不小。她哭得天昏地暗。艳美儿觉得，这个贪慕虚荣美幻的妹子，已被自己牢牢地攥在了手中。她向刘红妹转达的任务："回去之后，你要和二大队军医刘家成、护士张倩倩取得联系。你获得情报后交给他们，卖情报的钱也由他们转给你。不过，这钱还可以有其他支付方式，就是由我在重庆替你代存。我真名叫甄艳丽，家住香脑河路178号。走前，我带你去认门。以后，不管多少年，你到我家来取钱，我都认账。组织纪律在上，我不敢私吞你的卖命钱。这一点，请你放心。"无奈，刘红妹选择了让艳美儿代为存钱。她怕手里有钱，遭延安方面怀疑。

艳美儿给了刘红妹同那军医和护士的联系暗号，并明确她等三人组成特工小组，代号为"山鹰小队"，她任组长。艳美儿还说："那对军医护士在二大队资历浅，又是外勤人员，活动范围有限，只有你刘红妹才能进得核心岗位，获取重要情报。干得好，党国不会忘记你；干不好，党国也不会饶了你！"

临走，刘红妹说了一句生分话："咱俩姐妹一场，有朝一日再见面，我的报酬你要一分不少的给我。否则，我用命换来的钱，也会用命索回的。回到延安，我再练练枪法，有一颗子弹，是留给我那些钱的。"艳美儿男人般仰天大笑："钻进钱眼里的女人，比男人要可怕百倍。"

刘红妹扑上去，紧紧地抱住了艳美儿，嘤嘤地哭起来。哭着哭着，她情绪骤然浓烈，勇猛地亲了艳美儿脸颊和脖颈。艳美儿一把推开了刘红妹。艳美儿满脸绯红，呼吸急促，话音带着颤声："嗬，比男人的亲吻还香甜。怎么，真想和我私奔？世上男人都是秽物，美女爱美女，才是最干净最纯美的。可惜咱们没有时日了。那好，我在重庆，等着咱姐妹深情重逢的那一天。"

刘红妹哭着跑开了。

接下来的事情就简单了。

刘红妹回到红星二大队，高月明即刻把她带到了社会部。刘红妹详细汇报了与国民党特务甄艳丽周旋的情况。其实，早在重庆时，她就把每次同甄艳丽接触的详情，秘密汇报给了军事组长老丁。老丁都及时给延安做了汇报。

原来，社会部专案组和高月明，都感觉到二大队潜伏进了国民党特务，可经过多种方式审查揪挖，没有抓到具体人。于是，才尝试派出与被冤枉人姬李关系密切的刘红妹前去重庆，寻机以假投敌的方式，接近国民党特务组织，摸清国民党向延安派遣特务情况。当时，二大队只有高月明一人晓知这个秘密计划。

现在的关键是，怎样处理军医刘家成和护士张倩倩夫妇。社会部和高月明商量的结果是"逆用"。但"逆用"也有两种方式。一种是不动刘张夫妇，有刘红妹用暗号与二人取得联系，然后，在关键的时候，关键的事上，策划一些假情报喂给刘张，以扰乱国民党军事部署，或利用假情报使我方获取军事利益。第二种"逆用"方式是，现在直接抓捕刘张夫妻，逼其坦白交代情况，然后策反招降，为我所用。上面最终议定，先用第一种方式施展开来，运行一段时间后，再视情决定是否采取第二种方式。

刘红妹稍做休整，然后，以胃痛为名，连续多次到卫生队看病，趁机与刘张夫妇接上了头。头接得自然而然，毫无破绽。

按规矩，刘红妹不好直接问刘张夫妇的上线是谁。她经报请高月明同意，把国民党军驻邯郸某团叛变日伪的情报，传给了刘张夫妇，并以小组长名义，令其迅速秘送情报出延安。刘家成不敢怠慢，第二天便以外出采购药品为名，出了营房。之后，这封情报的传递过程，便被延安社会部人员监视起来。由此，社会部把敌特从安塞经延安到西安一站接一站的情报传送站，摸了个一清二楚。计划等将来"逆用"任务完成，再寻机一网打尽。

话又说回之前刘红妹大闹专案组之事上，那是社会部和高月明要派刘红妹去重庆的前奏。意在给刘红妹制造对组织极为不满、到重庆后寻机投敌的合理动机。

一个机密缠身且对延安怀有怨恨的机要员，国民党特务更不会放过。他分析，如果二大队里真有那么个潜伏特务，他会把刘红妹怨恨组织、大闹专案组，被调离延安的情况，及时通报给其重庆上峰的；如果刘红妹一到重庆，很快就有特务试图接近她、策反她，那就反过来印证二大队真可能有潜伏特务。

后来的事实是，当那个甄艳丽一盯上刘红妹，我重庆方面就摸到了甄艳丽有国民党特务背景。刘红妹与甄艳丽后面发生的一切情况，就都在我方掌握之中了。

刘红妹去重庆之前，高月明经请示上面，给刘红妹准备了一些"诱饵"。后来，根据形势发展和军情突变，高月明又给刘红妹送去了一块肥肉。

事情的运作是极其机巧而惊险的。

一九四三年六七月间，蒋介石多次密令胡宗南、阎锡山部四十万大军，准备偷袭延安。

这期间，二大队从破译的蒋及胡阎部密码中，及时获取了敌偷袭延安之详尽作战计划、具体部署及兵力调动等情况。与此同时，潜伏在胡宗南部我地下党员也获取了相关情况。两个不同来源的情报相互印证得知：延安已面临严重危机。当时，八路军主力已去远征日军，延安周边

1378 4316 4275 6230 1597

国共兵力比例为十比一。攻守延安之战，其胜败不打便已知晓。

鉴于如此严峻形势，延安方面做出了一个重大决定：兵不血刃，以智退敌。即，把国民党军围攻延安的部署计划、兵力调动、时间步骤等相关电令电报公布于世，揭露国民党破坏抗日统一战线，偷袭延安的阴谋。有如此详尽的电令电报作证，会使社会各界对国民党进攻延安的阴谋深信不疑，从而得到国内国际舆论对国民党广泛谴责，以此挫败强敌对延安的进攻。

显然，这是一次万不得已、非做不可的大泄密。对延安来说，这一举措，可能会阻止国民党军偷袭延安的行动；也肯定会让国民党怀疑其内部要害部门潜伏有共产党的间谍，或是怀疑共产党破译了国军重要密码。这两个怀疑带来的直接后果是，国民党会下狠招挖出身边的共党间谍，或更换所部通讯密码。挖出间谍，间谍生命难保，多年的成功潜伏将毁于一旦；更换密码，我方重要的情报来源将被一刀斩断，二大队工作会遭受严重损失，今后再破敌新密码会更加艰难。

高月明认为，局部损失与延安安危大局相比微乎其微。这种必要的牺牲、必要的泄密是值得的。他冷静思考之后，又往细里做了一步工作，即，经请示上级批准，电令重庆办事处老丁，让刘红妹提前向敌透露我破译胡部密码情况，使国民党方面相信延安是从密码破译中获取的电报电令，从而不再怀疑身边有共党间谍。这样，既保护了我潜伏的同志，同时也增添了刘红妹在国民党那边的身价。

果然，延安方面的重大策略，收到了预期效果。国民党阴谋暴露在了光天化日之下，蒋介石遭到了各界抗议和谴责，被迫取消了偷袭延安的行动，以"敝部换防，请勿误会"做回应，结束了第三次反共高潮。

在延安公布敌之阴谋的前几天，刘红妹透露卖出了胡宗南某三个密码已被我军破译的情报。而胡部调动、兵力部署等，有一部分是使用该三个密码发出的电令。同时，为了不让敌人怀疑刘红妹出卖被破密码与延安揭露敌偷袭计划有关联，还让刘红妹出卖了与敌偷袭计划毫无关系的另外两部密码被破译的情况。这两部密码，实质上是敌自行更新换代，正在逐步被弃用的密码。

至于刘红妹丢失的那块蓝宝石，到底是何种情况，有四种可能。第一种是刘红妹不小心断了挂绳丢了；第二种是被小偷顺走了；第三种可能是甄艳丽为逼刘红妹走上偷卖情报之路，而偷走了宝石；第四种可能是刘红妹监守自盗，为自己出卖情报换钱铺路。后来，有人认为，最大的可能是后两种，具体是国共何方所为，没人能说清楚。

另外，甄艳丽所在特别机密电务部，也还从刘红妹身上得到了一个想要的重要信息。即，他们派出的草蜢高芸草并未暴露，现仍处于深度蛰伏之中。

很早时，高芸草用信鸽发出了那次情报之后，一直杳无音信。高Q、甄艳丽甚是着急，担心草蜢安危。由于草蜢计划是经上峰特批，由特别机密电务部单独实施，军统系统上下均不知情。为安全起见，特别机密电务部也不想让军统系统插手此事。高Q、甄艳丽却知道军统"汉中特训班"有特务打入了红星二大队，曾有意通过"汉训班"渠道打探草蜢的消息，但又不能告诉他们草蜢高芸草其名其事，只能让他们收集二大队人员名单。但"汉训班"两个特务在二大队做外勤工作，根本打探不到核心破译部门的任何情况，连一份人员名单都搞不到。因此，特别机密电务部就无从知晓高芸草的死活。后来，军统"汉训班"要奇袭红星二大队，上峰问特别机密电务部有无联动事项要办，高Q拜托了一句话："进入二大队，勿杀女人！"甄艳丽跟了一句："此事关乎国军通讯军机长远大局！"军统方面自知涉事敏感，再不多问，只管照令行事。军统"汉训班"此次偷袭行动，是由潜伏特务军医夫妇提供二大队位置详图，并拟里应外合，干掉二大队破译师主力，然后，军医夫妇借机撤出潜伏，回归组织。然而，整个行动还是出了意外。当晚不知何故院中警卫部队会提前醒来，躲在暗中的军医夫妇发现，整个偷袭行动惨遭失败。当即决定自己继续潜伏，待日后寻机干掉姬李二人再撤。

1378 4316 4275 6230 1597

高Q、甄艳丽急需草蜢的消息，与刘红妹有了交易后，却又不敢直接问高芸草的情况，便迫不及待地想得到二大队全体侦破人员名单。这使得刘红妹莫名其妙，她以为军统早应从叛变投敌的张国焘那里知晓了二大队人员情况。可她没想到，高芸草进入二大队且有了名气时，张国焘早已投敌而去，他并不知道还有个高芸草。刘红妹开始时并未把哥嫂名单提供出来，这使得特别机密电务部更为担忧，后来刘红妹无意中说给了甄艳丽，还提到高芸草已同姬祯任结婚。高Q、甄艳丽这才放下心来。

关于是否让刘红妹以潜伏者身份，与草蜢建立秘密联系，高Q态度特别坚决："草蜢计划为上峰特批，不可轻易更变。况且，草蜢为党国奇异人才，潜伏如此之深实属不易，不能让个钻到钱眼里的半吊子搅了局，坏了事。不如把刘红妹这块肥肉送给汉训班，加强一下那军医夫妇的力量。"

最终，把刘红妹交给了军统汉训班系统，汉训班把刘红妹这条渠道列为特级情报资源，实施重点保护，严格控制知密范围，规定刘红妹只能同军医夫妇单线联系，不可同军医夫妇线上的其他任何人接触。如有意外出现，宁可牺牲线上任何人，包括军医夫妇自己，也要保住刘红妹不暴露、不出事。

对此，高Q甚为得意："留着青山在，不怕没柴烧。为党国建功立业不在一朝一夕，我蛰伏草蜢总有猛醒的那一天。当前呢，她醒不醒的，安全第一，不出意外就好。"没想到，甄艳丽醋意大发，冷冷一笑："这哪像党国的谍报精英高Q所言。她若蛰伏一辈子，党国要她有何用？还安全第一呢。我看，在你心里，她之生死，比党国事业重要：她之生死，比你老婆的死活重要。"

高Q恼了，指着甄艳丽说："当初，上峰给草蜢命定的身份性质就是战略特工，需要她在不暴露身份的前提下完成任务。她完全可以为保自身安全，不急求一时之功。可是，你等几个急功近利、鼠目寸光之辈，却曾擅自通过延安独眼李姓鸡贩子，给草蜢下达过'可鱼死网破，干掉共军核心技术骨干'的命令。要知道,你等这样干,有悖于上峰关于草蜢计划的战略性和长期性,也给草蜢人身安全带来了严重威胁。当时,我碍于情面,没向上峰反映举报你们。我看,这纯粹是你小肚鸡肠!心胸狭窄!"

"岂有此理!"甄艳丽冲进高Q卧室,拿出一张照片,摔在饭桌上。这是当年在上海游泳池,高Q给江小点拍的那张泳装照。高Q把照片藏在私密处多年,不知何时被甄艳丽发现了。甄艳丽吼道:"你还藏了多少她的照片?你不是说当年你在上海追求她,是党国事业需要,是逢场作戏吗?现在看来,那全是谎言。其实,你心里一直深爱着这个女人。"

高Q凝视照片,面露痛苦相。

"看你这副怜香惜玉样,真恶心!"

高Q若有所思,"在如此艰苦恶劣环境里,她居然还能待下去,且呆得不急不躁,仅此一点,就不简单!你甄艳丽能做得到吗?一件衣没显时尚,一顿饭没吃可口,你都忍不了哩。所以呀,对草蜢,我们除了送上敬仰之心外,不好再说别的了。嘴上积点德吧,醋坛子!"

再看甄艳丽,眼圈泛红,长叹一声:"这种效忠党国的草蜢精神还是值得敬仰的。不过,我很想弄清楚,在上海时,你俩是否真心相爱过?"

"爱又怎样?不爱又怎样?草蜢在那边随时都有为党国尽忠而死的可能,这一生是很难再相见了。"高Q像是自言自语,"身边留张照片存念,人之常情嘛。"

刘红妹从重庆回到红星二大队之前,上面专案组就撤了。那是刘红妹传回了潜伏特务军医夫妇的准确消息,自然不需要再关再审其他人。专案组撤出了迷障,给了群众一个反馈:经查,红星二大队没有潜伏特务。

如此一来,被关押人员全部被释放。姬祯任李末子也回到了破译室。群众对专案组意见很大,有人甚至找到高月明头上要说法。高芸草也替丈夫去找了。高月明说:"过了几遍筛子,没有筛出坏人来。这说明我

1378 4316 4275 6230 1597

二大队人人是好人。你高芸草也是好人,是大好人;你丈夫更是大大的好人。这就是结论,你还要什么说法?"

刘红妹回来后,见到姬祯任依然不理不睬他。姬祯任却有话要说:"在节骨眼上,方能体现我兄妹感情。你天天到专案组门前为我喊冤,我在里面全听到了,激动得眼泪哗哗直流。"刘红妹面无表情:"我那是为李末子喊冤,与你无关。"

第二十一章　羽　密

高芸草真正陷入危机,是在刘红妹、姬祯任带队执行前出任务的第二个月。

自从 1943 年 7 月,延安方面那次主动大泄密之后,国民党机要通讯系统进行了大规模整顿,各部在用密码被大面积更换,新启用的密码技术难度空前增大,通讯操作规程、保密制度措施趋向严格。这样一来,红星二大队侦破工作便遇到了前所未有的困难。有人形容,延安一夜之间成了聋子、瞎子。这个说法有些夸张,但二大队确实一度出现了"捕捉不到讯号,破译不开密码"的状况。

高月明命刘红妹为队长、姬祯任为副队长的第二侦察小队,抵近胡宗南所属各部周边地带展开侦察,以期扭转被动局面。高月明善解人意,多给刘红妹、姬祯任一些合作机会。刘红妹统领能力不比姬祯任弱,作为队长当之无愧。她当队长,就不得不主动与副队长商讨工作。

正当刘红妹干劲冲天,带领侦察小队近敌展开工作的时候,油葫芦沟大院里,潜伏特务军医夫妇得到了一个重要情况,并自行做了处理。

其实，事虽大，但并不复杂。刘红妹在与不在，都理应如此处理。然而，军医夫妇却违犯了刘红妹临行前的命令："我不在部队驻地期间，山鹰小队停止所有活动，集体进入冬眠。谁敢擅自行动，回来将严惩不贷。这是养精蓄锐，也是巩固自身安全的需要。这一点，切记勿忘。"军医夫妇当即表态，服从命令，绝不轻举妄动。二人说得极好，却没有做到。

这天晚饭后，护士张倩倩从一岔路上走出来，悄然跟上了前行的高芸草。

红星二大队院内共有三个食堂，按不同工作性质分类就餐。第一食堂，为侦听员、破译师；第二食堂，为大队领导、司政机关干部；第三食堂，是警勤人员。各类人员涉密级别不同，工作上都有隔离制度，平时就餐也依此分灶，不可串灶。

张倩倩与高芸草涉密类别不同，工作生活上没有交集。

张倩倩早早在第三食堂吃了饭，便溜达到第一食堂附近，躲在暗处等高芸草吃完饭出来。

张倩倩一跟上来，就被高芸草发现了。

"你是高芸草同志吧？"问话人虽穿着军装，又是走在部队大院里，但高芸草"不与陌生人说话"的习惯使然，便没有轻易承认自己身份，说："你认错人了吧？"

"我是卫生队护士张倩倩，一个叫甄艳丽的老朋友向你问好。"

"甄艳丽"三个字从张倩倩嘴里蹦出来，相当于一个晴天霹雳。然而，高芸草已历练成精，毫无慌乱之态："恐怕你真认错人了。"

张倩倩从右臂衣袖里露出一张照片，借拂发之际，神秘地亮了一下。

这是高芸草那张在上海游泳池里的照片。此时，高芸草心里暗骂："高Q那狗东西，还真截留了我照片这么多年。"

高芸草面无表情地看了张倩倩一眼，继续走自己的路。

张倩倩又撩了撩头发，一张甄艳丽高Q夫妇合影照出现在手掌心里。

高芸草笑了，笑得那样畅快自然："你这是干吗呢？你是在变魔术吗？"

张倩倩说："照片是死的，我这里还有个活的。"她又展开手掌心，一个蚂蚱蹦跳出来，逃到了路边的草丛里。

高芸草依然笑意可人："莫非你真是魔术师？不会再变出一条蛇来吓我吧？"

"甄艳丽说的没错，看来你真是个老奸巨猾的蚂蚱，不惊不乱，不慌不忙。我郑重告诉你，我是自己人。"张倩倩口气恶劣起来，"晚饭你肯定吃坏肚子了吧？九点钟，到卫生队来瞧医生。军医刘家成值班，那是我丈夫。值班护士是我。放心，人去病除。但若不去，从此落下病根，就无药可救了。"说完，从一岔路上走了。

高芸草下意识地看了一下周围，没发现异常情况。

高芸草回到宿舍，跑了几趟厕所，对室友王兰说："也不知吃了啥，坏了肚子。"她在厕所里干蹲着，反复思考当前危急局势。最终断定，不外乎两种情况：要么，我自己暴露了，张倩倩是延安方面的人，在钓我的鱼，试探我；要么，是自己蛰伏过久，重庆方面不耐烦了，派来人唤醒我，催任务。不管是哪一种情况，这卫生队必须跑一趟。一切视情而为，应急而动。

高芸草跑了趟卫生队，拿回一点药，却没有吃，悄悄扔掉，不知从哪里搞了一把山野豆子吃下。半夜时，就真上吐下泻起来。下半夜，跑了四五趟厕所。天一亮，又不得不去了趟卫生队。这一去，军医夫妇给她用了猛药。刘军医好心疼，说："这点好药，本是首长用药。很可惜，用在了一张馋嘴上。"高芸草真痛苦，就大声嚷嚷起来："你这话什么意思？首长是人，我就不是人了？药用在我身上怎么就可惜了？你刘医生这服务态度有问题呀。"刘军医心里暗笑："果真是特工高手，很会逢场作戏。"

吃了三天药，终是止住了吐泻。高芸草悬着的一颗心，也暂时安定下来。高芸草很快弄清了军医夫妇的真实状况。

前不久，军医夫妇的一个朋友叫张玉河，刚从重庆回来，带来了两张照片。在重庆时，一个偶然的机会，这个张玉河同甄艳丽吃了个饭。甄艳丽因夫妻不和，心里正不痛快，一沾酒就醉了。因二人是朋友，甄艳丽便酒后吐真言，说丈夫和她同床异梦，心里装着的是潜伏在延安红星二大队的一只骚蜢蚱。

酒后话也就这么几句，可说者无意，听者有心。张玉河就琢磨，特别机密电务部的人潜伏在红星二大队多年，一定是修成正果了。若私下与她取得联系，必定能获取到有价值的好货。张玉河本是汉训班系里的一个小特务，这些年一直在陕北活动，难搞到有价值的情报。半死不活，捞不到钱，升不了官的状态，逼苦了张玉河，于是，他仅凭甄艳丽一句酒话，就在高芸草身上动起了脑筋。

这张玉河并不是军医夫妇的上线，三人只是一般的同行朋友。张玉河却也知道军医夫妇潜伏在红星二大队。这次，有了高芸草这个消息，就悄悄地找到了军医夫妇。这军医夫妇也是鬼迷心窍，想升官发财想疯了，就听从了张玉河的计谋。其实也简单，由军医夫妇凭张玉河从甄艳丽那里偷摸出来的两张照片，和从甄艳丽酒话里推断出来的代号"蜢蚱"，或"骚蜢蚱"，去同高芸草接上头，然后，再逐步从她身上获取一些核心情报。张玉河和军医夫妇商量，刘红妹正好不在驻地，先干它几单买卖，捞一把钱。此事性质算是件私活儿，背着同行发点小财。三人还推断，那高芸草不敢不配合，不配合便以出卖她相要挟。高芸草是个聪明人，分得清哪头轻，哪头重。

高芸草拉了三天肚子，思考了三天三夜，最终，同军医夫妇建立了地下联系。高芸草终究是高级特务，抓人心的功夫了得，几番掏心掏肺的言语下来，军医夫妇就真把她当成了知心人。言谈间，军医夫妇不但把潜伏特务、安塞城内吉祥药房的掌柜张玉河详情相貌都讲了，连刘红妹是自家人也透露了出来。高芸草脸露喜色，说："好啊，人多力量大，今后，我们联手多干些大活儿，也给咱党国长长脸。"然后，高芸草拿出在二大队搞保密教育的招法，对军医夫妇好好搞了一番保密教育，最终让这二人认识到，同伙同事同命是根本，不管遇到什么危局，大家抱紧了一条心一条命，方能成大事。

在同军医夫妇谈话中得知，那张玉河并不知晓她高芸草详情，只是隐约知道她代号叫"蚱蜢"，或"骚蚱蜢"。而最要命的是，她高芸草是特别机密电务部的潜伏特务这一点，被张玉河和军医夫妇抓实了。这个情况一经被延安方面知晓，社会部会动用在国民党内的各种潜伏关系，查实特别机密电务部派遣延安人员情况，那样的话就糟了。高芸草觉得，这才是自己真正的危机之所在。同时，她想到了刘红妹。她没有料到这个刘红妹居然成了军统汉训班的人。刘红妹是什么时候、又是怎样成为军统特务的，那军医夫妇并不知详情。高芸草不敢想象，一旦被延安方面知晓，姬祯任其妹其妻都是国民党特务，那将会是一个怎样的结局。她也不敢想象，刘红妹回来后若知晓了她高芸草的真实身份，那将会是一个怎样的状态。

深感危机四伏的高芸草，最终坚定了决心：成败在此一举！在刘红妹归队之前，务必彻底了却一切。

她最根本的想法是：自己不能成为延安方面的真正敌人。尽管自己在思想上早就不是共产党的死敌了，但国民党特务的身份一旦暴露，自己便没了退路。同时，自己也不想连累姬祯任。他姬祯任是为破译密码而活着的人，二大队是他永远的天，不能让他因妻子的问题而终止政治生命。

高芸草决定为此舍命一搏。

眼前，高芸草要做的一件大事，是尽快破开延安方面急需的高级密码——羽密。这个密码，在刘红妹、姬祯任前出执行任务之前，就有了一些杂报，但仅凭现有资料条件，二大队多名顶尖破译师曾联手攻关，也未能拿下它。后来一个月，刘红妹小队从前方陆续传回一些抄报，使破译条件有所改观，但在家的破译师们依然无解，听说在前方的姬刘等人，也未能取得实质性进展。现在想来，刘红妹暗中作乱，错迷误导姬祯任破译思路，阻挠破开羽密的可能是存在的。

羽密，是重庆国民政府军委会与胡宗南部之间新启用的一个高级密码，是目前红星二大队重点攻研项目。此时的高芸草倒是一心首破羽密，目的是想为扭转当前自身危局做些铺垫和准备。

在南京时，高芸草和同行一起编制过不少国军统用密码，熟知各位同行的编码思想，但她深感这个羽密，与之前密码大为不同，手工密特点若隐若现，机械密特性力不能逮。她夜不能寐，一遍遍呼唤直觉和灵感。唤来的却是那些国军同行的狰狞面目及阵阵冷笑，没人给她一字一句地点拨。她选择了一张最为狰狞可憎的脸，挥拳猛打过去。那张脸巧妙躲过，神色愈加可憎。她终是看清那张脸是高Q。经验告诉她，直觉不灵验时，要盯死一点深挖下去，然后猛然迂回，沿边侧击，再辨音寻迹。于是，她瞄准了高Q一个人的编码思想及其特点习性想开去。她想得很苦、很深、很广，把过去高Q与她之间历次技术交流情况都作了回忆，把高Q曾编制过的多个得意之作都一一剖解了一番。她一直在琢磨，羽密之编码原理中到底采纳了多少高Q的思想？那么，揪住高Q思想之一点，就能掀掉羽密的整体架构吗？

高芸草突击了几天几夜，结果仍是无解。她对天长啸，在心里一遍遍大骂那些过去的同党："你们都长本事了，弄了个狗杂种羽密来难为人。难道你们真的天下无敌了吗？难道你们的编码真的无懈可击吗？该死的狗男女们，你们就不能留点缝隙，给我一次机会吗？"骂到最后，她把怨恨都集中在了甄艳丽身上。"你他妈的小心眼儿把我高芸草害苦了。高Q收藏一张老朋友的照片你就受不了了，几千公里之外的醋你都能吃。哪天再见到你，我非撕烂你那张破嘴不可。"骂着骂着，高芸草突然不骂了。她神经线由甄艳丽醋坛子，搭到了甄艳丽对高Q的愤恨上。甄艳丽这人历来是爱憎分明、有恨必报。她在感情上怨恨高Q，按她之性格，必然会把情绪带入到工作当中去。那么，在编制羽密上，她与高Q唱对台戏的可能是存在的。这样一来，高Q习惯性编码思想，正是那甄艳丽反其道而行之的思想。那好了，既然在高Q身上没能打开缺口，就从甄艳丽身上试试吧。从高Q思想的反向，去找寻甄艳丽的想法。只要羽密吸收了甄艳丽的一条建议，那揪住这一点深挖下去，找到羽密缝隙的可能性就有了。

甄艳丽，好你个醋坛子。

败也你小心眼儿，成也你小心眼儿。

又是两天两夜，高芸草果真从甄艳丽身上，揪住了羽密一撮毛儿，揭下了一块皮肉，继而探到了要害方向，最终实现了根本性突破。

然而，高芸草按捺住兴奋，把这一重大进展悄然压下，没有向任何人声张。

她在等待时机。

这夜凌晨一点，高芸草突然从炕铺上跃起，叫道："有了！我抓住了羽密尾巴！王兰，快起床，去破译室搞突击。"

高王二人跑出屋去，又叫上隔壁窑洞的本组成员李末子，急匆匆走向机要区。

半夜灵感突现，爬起即进入战斗状态，对破译师来说，是司空见惯的事。一路上，高芸草都在兴奋异常地说着。李末子王兰也越听越兴奋，不时插话交流看法。

显然，羽密突击战在路上就开始了。

三人思路涌泉般喷薄而出，你一言我一语地接力前行。走到机要区门哨，亮出证件，遂被放行。

三人走到破译室门口。李末子掏出钥匙开门，猛然回头惊看了一眼。高芸草愕然，叫道："怎么门没锁？有情况！"

机要核心部门忘记锁门的事是不可能发生的。即便有人偶尔忘了锁门，最后还有保密员要逐屋检查门锁的。所以，深更半夜，见破译室门没上锁，大家都很警觉。

　　三人迅速掏枪在手。高芸草把李末子扒拉到一边，率先破门而入。她手执马灯看去，惊人的一幕呈现在眼前：一个蒙面人抱着一叠资料，正在伸手去抓桌上的手枪。

　　高芸草和紧跟其后的王兰，几乎同时开了枪。蒙面人倒在了桌前。

　　高芸草迅速扫视全屋，没发现蒙面人同伙。

　　就在这一刻，外面走廊连响两枪，正在冲进屋门的李末子扑倒在地。高芸草王兰连忙转身，冲枪响处射击。

　　高芸草冲过去，躺在地上的人影反手一枪，击中了高芸草胳膊。王兰冲那人影连开三枪。

　　被击毙的又是一个蒙面人。

　　警卫人员蜂拥而至，掀去蒙面尸体的黑布，很快被认出，是军医刘家成和护士张倩倩。

　　高芸草顾不得其他，指挥警卫人员把李末子抬到了卫生队急救室。

　　有护士过来，给高芸草处理了左臂枪伤。高芸草又跑回了破译室。

　　军医夫妇尸体摆放在走廊里。高月明正带人检查密件，说另有两间破译室也有人进入过。不过，里面保密柜没被打开。这说明重要涉密资料安然无恙。

　　高芸草神情凝重，对高月明说："我急需第二、第三破译组连夜突击羽密。今夜，那个深藏不露的思路，终是灵光闪现了，我觉得就是它了。李末子、王兰也都认为可行。我请求立刻组织集体攻关，今晚就开始！即刻就开始！马上就开始！那鬼东西稍纵即逝，不能再耽搁分秒。"

　　高芸草态度不置可否，心情如急火上房，连刚刚死了人都没惊了她即刻投入战斗的意念。

　　高月明当即下达了突击命令。

　　破译师们听到枪声，早已聚集到了机要区门口，接到指示，疾速而进。一个个跨过军医夫妇尸体，到位坐定，即刻听到了高芸草清晰而坚定的思路导引和步骤图解。

轰轰烈烈的突击战一开始便进入白热化。破译师们高速旋转的脑子，被高芸草牵引着，一波三惊地前行着，搏击着。

不知过了多久，上级政治保卫局和社会部办案人员赶到，进门就要驱赶破译师们，还责怪高大队没有保护好作案现场。

这里智力交锋正在相互撕咬着一路攀升。突然涌进的办案人员，打断了攻关行动。破译师们面面相觑，亢奋情绪消减下来，正处在活跃期的思路被惊缩回去。

高芸草左臂被绷带吊着，站在写满思路的黑板前，那张讲解时神采飞扬的脸，即刻换上了愤怒的神色。她狠狠地跺了跺脚，地上厚厚一层粉笔沫子即刻飞扬起来。

她叫道："此地正在进行十万火急的军事攻击行动，请与该任务无关的人员，立即撤离行动区域。我需要三天三夜的时间。这三天三夜，不允许任何无关人员再跨入我的作战区域半步。这个时刻，谁有意冒犯，或不经意触碰，都可能会斩断我等慧悟之根本。如若真出现这种情况，我开枪杀人也是有可能的。全体破译师听我的命令，立即回到破译状态。目标，第二阶段，第三命题，冲击！"

办案负责人脸露愠色，指着高芸草叫道："危言耸听，一派胡言！现在，办案第一，不得有误。把这个女人给我轰出去！"

高芸草强压火气，一字一句地说："我再说一遍，十万火急军事攻击行动第一，这是头等首位。因为，前方将士每时每刻都在流血牺牲，急等着破译师破开密码，获取情报，成就胜利。我郑重警告，谁再干扰我等突击行动，谁就是在帮助敌人消灭我军将士。我这枪可以对所有敌对行为人开火！"说完，掏枪上膛，拍在桌上。然后，继续讲解破译思路。

办案人员上去驱赶高芸草。高芸草抓枪冲房顶就是两枪。

高月明大喊："高芸草，不许乱来！"

高芸草抓起粉笔，在旁边墙上唰唰写道："不破羽密，我以死相报！

谁再阻挡破击行动，我以死相拼！打死谁，谁活该，我偿命！高芸草。"说完，用枪逼着办案人员，一个个退出了破译室。

连续突击了三天三夜，两个破译组严格贯彻了高芸草的思路方案，最终一举拿下了羽密。

当87把算盘声戛然而止的那一瞬，破译师们欢呼跳跃起来。然而，高芸草却兴奋不起来，骂道："不男不女的狗东西，半机械半手工的鬼伎俩，害得我等吃尽了苦头。"说完，拉上王兰，直奔卫生队而去。

有护士把高芸草拦到了门外："高大队有指示，不让人打扰烈士。"高芸草把那护士一推，冲了进去，掀开了病床上的白布。

李末子神态安然，像是在熟睡。高芸草摇晃着他，哭叫起来："末子你醒醒，末子你不能死呀。"卫生队长过来拉她，被她反手顶在墙上。她叫道："快把末子给我救活！不然，我一枪毙了你。"卫生队长说："李同志是当场身亡的。"

有人把高月明叫来。高月明说："芸草同志，你赶快回去写出羽密破译报告。下午去参加末子的追悼会。"

高芸草来了无名之火："你高大队也就支使我的能耐，连潜伏特务都挖不出来，让李末子白白送了性命。这笔账记在谁头上？对了，应该记在我高芸草头上，是我深更半夜把末子叫到破译室的。我是杀人犯！我是罪人！"说完，哭着跑了出去。

李末子中枪，是高芸草始料未及的。本来，按她之前的细节设计，是有把握不出现这个意外的。

案发前几天，高芸草给了军医夫妇一个大诱饵："这几年，我偷偷积攒了一摞涉密资料。这些资料都安全逃过了保密检查。也就是说，这些资料无登记，无出处，丢失了也无人察觉，无人会查。但却难以带出破译室，更逃不过机要区门哨的眼睛。破译室纪律规定，必须二人以上方能同出同进同坐班，无论谁根本不可能有在破译室独处的机会。同时，进出机要区务必两手空空,带挎包、纸袋、甚至一卷报纸,一概不准进出。所以,这些能卖大价钱的资料,我是带不出门的。只有一条路可行,半夜进去盗窃出来。我同宿舍有室友,不可半夜离开。所以,你夫妇现同居一室,无人监视,唯你二人可联手入室窃取。关于事后分利,咱有言在先。我和你夫妇五五开。我一人得一半,你夫妇得一半。如能接受,咱就干。"

高芸草给军医夫妇指定的入室行窃路线是:"距离机要区后院墙五米多,有一棵老树,这个区域是多年无人涉足的视线死角,安全无忧。顺这棵大树爬上去,把一根粗绳甩到院墙内另一棵老树上。注意,这根绳必须足够长,要双绳甩过去,然后绷紧系牢。再挂一根带滑钩的绳索,顺那根横绳滑落到院内。沿墙根杂树丛,溜到一片杂草中,匍匐到办公房厕所后墙下。这个厕所后窗平时是插着的,我提前打开虚掩上。从厕所爬进,出门便是走廊,对面就是一排破译室。我那摞资料,会提前放到靠窗第二个办公桌当中抽屉里。其他破译师的抽屉要动也行,但一定要恢复原状,消除痕迹。得手后,把门锁好,顺原路返回。这翻墙入室、开锁行窃的功夫,历来是军统汉训班强项,对你俩来说,小菜一碟。"

高芸草给军医夫妇指定的作案时间是:"夜间一点钟是最佳时机。我了解过了,最近各破译组工作进入了僵持阶段,无人半夜加班。机要区门哨始终是警觉的。但你们的行动线路和区域,是门哨反向的死角区。那里杂树杂草丛生,无人涉足此地,半夜更是无惊无险。有一点要注意,走廊东头第一个房间,平时有两个工作人员睡在里面。我们戏称为'睡岗'。都是青壮年,凌晨一点正是贪睡的时候。"

最后,高芸草给军医夫妇打了气:"红星二大队历来是内紧外松,防自己人紧,防外人侵入松。事全摆在这里了,干与不干,你夫妇自己定!"

军医夫妇最终是干了。正如高芸草分析的那样,一步步走得很顺利。翻了两间破译室的抽屉,抽取了一些资料,又到112室取高芸草所说的东西。东西抱在了手里，手电筒照着翻了上面两份，居然是一般性杂志，以为密息资料在下面，便一份份翻下去，结果全是杂志，没有一份涉密文件。这个时候，就听到走廊里有人说话，是高芸草的声音。刘家成还没明白过来是怎么回事，就见冲进来的不是高芸草一人，这才伸手去抓手枪。对方二人先开了枪。

当时，高芸草就感觉出了意外。她原本设想刘家成、张倩倩会一同进屋窃取资料的。她见门没锁，就故意先说了话，意在让里面人听到是她的声音，好产生短暂迟疑，以便她进去迅即开枪击毙他俩。这个迟疑效果达到了，击毙的却只有一人。高芸草心里暗叫不好："那张倩倩正在外面望风掩护。"果然，张倩倩在后面开了枪，正欲冲进门来的李末子身中两弹。张倩倩大概明白中了高芸草的计谋，也冲高芸草开了一枪。

高芸草没有想到，在一个细节上的疏忽，使李末子丧了命，自己也负了伤。这一点，对高芸草打击非常大。其实，高芸草对计谋中的每个细节，都是推敲了多遍的。她叫上王兰和李末子一同前往，一方面是有进入破译室必须二人以上的制度，另一方面也是让王兰、李末子为眼前发生的一切作证。

高芸草对如此铲除军医夫妇是否会遭到怀疑，倒是没有过分担心。她自觉做得天衣无缝。况且，她刚担纲破译了羽密，成了当之无愧的功臣。而事实比她想象的还要乐观。

事件发生后的第二天，社会部立即对早已控守的军医夫妇上线诸人，实施大抓捕，无一人漏网，并当即进行了突审。从验证过的供词看，军医夫妇的各位上线，均不知军医夫妇那一夜所采取的行动，没有任何人给其部署过类似任务。

被抓捕的特务中，并没有安塞城内吉祥药房的掌柜张玉河。因为，张玉河根本不是军医夫妇体系内的上线或下线，相互间只是普通朋友关系，并且在安塞只联系过一两次，未被延安方面发现。

其实，作为严密计划中的一环，高芸草事先已经下手处理掉了张玉河。

　　早在军医夫妇实施盗窃前的那个礼拜天。高芸草约王兰及另一个同事，进安塞县城书店买书。回来的路上，高芸草闹肚子，去了趟茅房。这个茅房在吉祥药房隔邻。茅房后面是车马店的草料场。草料场隔壁是一所小学校。高芸草解开裤腰，抓了草纸，却没有蹲坑。她见茅房无人，便点着了草纸，从豁口处甩进了草料场。然后，她蹲坑细听外面动静。

　　这天北风刮得正急，很快燃起了大火。片刻，外面传来乱糟糟的救火声。高芸草趁乱闪出茅房。吉祥药房的伙计们全都冲出去救火了。这火不去救不行，不救会殃及药房。此时，浓烈的烟雾已随风势倒灌进了药房。高芸草借烟幕掩护，潜入掌柜房，一刀抹了张玉河脖子，揣走大把银票，制造了谋财害命现场。然后，悄然溜进火场，不要命地扑打救火，还顺手把银票投入火中。

　　大火终被扑灭。还好，没有殃及小学教室。

　　高芸草一脸烟熏火燎，衣服也被烧出几个洞，有个洞烧的还不是地方，正是胸乳处。当她捂着胸乳出来时，看见王兰和那个同事也如她一样狼狈。三张黑脸相视一笑。王兰说："危及学生，见义勇为，军人本色。"高芸草说："谁说不是呢。风大火急，我差点被吞了进去。"

　　李末子遇难，前出归来的刘红妹痛苦至极，却也只是哭。她对整个事件无话可说，其实是有话不可说。她心里明白，自己本身也是这一事件中一粒棋子。从敌特山鹰小队角度而言，她这个组长教导属下无方，治军不严，才导致军医夫妇贪利图财，违令作乱；从二大队组织角度而言，她对逆用军医夫妇这种方式和过程，也未曾提出过异议，还以为自己凝聚力量足够，能全面掌控住军医夫妇呢。现如今，李末子为此意外身亡，她只能无言哭泣，打碎了牙往肚子里咽。

　　高芸草见到刘红妹哭，没陪着流一滴眼泪，反而在心里责怪咒骂起刘红妹来。

你刘红妹好端端的怎么就走上这条路了呢？当特务把自己心上人都当死了，你这是何苦来着。你与我高芸草是有所不同的呀。起初，我是在没有政治鉴别力的时候，选择了自己的信仰，而到延安后才对信仰有了重新认识。是有了比较才有了改变。而你呢，一开始便选择了共产党，怎么干着干着，心就走进敌方阵营里去了呢。我决定铲除军医夫妇和那张玉河，主要是为我自己摆脱危机，但也是为你红妹清除后患哟。

这些话，高芸草都是在自己心里说的，与刘红妹对面坐了，反而闭口不言了，连句安慰的话也没有。

刘红妹感觉到了高芸草的冰冷沉默。她愤然："好啊，这就是好姐妹！你安慰我几句还能累死你呀。你却屁都不放一个。"高芸草仍然不说话。刘红妹又说："我记得，本姑娘为你挡弹片的时候，你可不是这个态度对我的。"

这下，高芸草说话了，仍带着冰冷的笑意："别求别人怜悯，先想想自己值得不值得怜悯吧。"

刘红妹一副莫名其妙的神态，看着高芸草愤愤离去。

这个时候，姬祯任归队了。这下，刘红妹有了宣泄对象。

本来他们兄妹的关系，在这次前出任务中是有了良好改善的，不仅能坐在一块谈工作，还能聊聊过去姬家的事儿。姬祯任对红妹最放心不下的，就是她的婚姻大事。那天，他把姬祯富已死去多年的事说出来。刘红妹出奇的平静，从那一天起，她便蹲在战壕里给李末子写信。无论多忙，每天一封。尽管寄不出去，仍坚持写。她把一生一世的情话儿都说尽了。写到最后她才明白，千言万语都是多余的，只有一句话实在管用："归队的第一天，我就和你末子完婚。我实在等不及了呀！"然而，刘红妹归队后，等待她的是另一个结局。她在李末子坟头上，烧了那些战地情书。在那里坐了整整一天。

姬祯任！你为什么不早说姬祯富不在人世了？早告诉我，我便早与李末子结为夫妻，就不用这样抱憾终生了。

于是，刘红妹把积压心里多年的憋屈、怨恨、痛苦、无奈、烦恼等一切坏情绪，全都倾洒在了姬祯任身上。只要有适合的场合和环境，她就逮住姬祯任哭闹。而越闹心情越坏，心情越坏就越闹。无论怎么闹，姬祯任总是耐着性子安慰、劝解、自责、自骂。他知道，这个时候，自己就是她的出气筒、泄愤站。

李末子一死，姬祯任也确实在心里狠狠骂自己不是东西。为了那个所谓的狗屁大局，狗屁保密纪律，也为了不让弟妹们记恨自己无情，他封锁大哥之死消息这么多年，彻底葬送了红妹个人幸福。他痛心疾首，悔之不及。

第二十二章　和密·雪密

这一天，高月明带着上级首长的赞誉，兴冲冲地回到红星二大队，立刻组织全体人员进行座谈学习。

"二大队堪称国民党军最高统帅部的影子。"这句话，由大首长在一个战役总结大会上提出来，其意义之大不言自明。

过去开类似政治性座谈会，若让姬祯任发言，不管什么主题，他都会像参加技术学术研讨会一样，总能绕到相关破译技术话题上去，并且习惯把技术层面的问题，提升到压倒一切的高度来说事。今天，他的发言似乎与以往有所不同："'国民党军最高统帅部的影子'之赞誉，正是如此这般换来的。因此说，作为一个破译师，抑或整个二大队，你破不开码子，拿不出情报，一切都等于零。"他话锋一转，"破译密码以获取敌军机密固然重要，但不让敌方知道其密码已被我方破译更为重要。密码情报是一种特殊的情报资源,各方既要充分利用它,又要严密保护它。上次以公开情报信息来大退偷袭延安的敌军之后,敌方警觉了,而我方也有更多的人知道了二大队的底细。因此说,如果不把这一机密资源严密保护起来,过不了多久,就不会再有最珍贵的情报来源,二大队一切工作都将会化为乌有,首长们所给予的赞誉都将会成为虚名。所以说,必须严格限制密码情报知密范围。这个问题不仅要引起我二大队注意,更要引起高层首长重视。但是,最近我发现,上层机关用密有点乱。"

高月明嗅到了异味,连忙站起来,打断他说:"今天是学习首长给二大队的指示,你怎么扯到保密工作上去了?"

"二大队之所以得到如此褒赞,正是因为以前上上下下保密工作做得好,密码情报这个机密资源保护得好。近来上面用密有点乱,确实是个敏感话题。不过,我们不能只喜欢从首长机关那里听赞誉,也要敢于给机关首长泼冷水。下面,我给上面机关提点建议。"姬祯任发现高月明脸色煞是难看,可他并不想闭嘴,一口气提了四条建议。这些建议都是从保密纪律角度,对上层领导和机关阅看密码情报的资格条件、人员范围、途径方式等,进行了严格限制。其中一条提到,"应该严格限制阅看密码破译情报的首长人数,定出阅读和知密范围。在某些层面的指挥核心中,能阅知密码破译情报的人最多不要超过八人。并且要特别注意,这些阅知核心机密的人,不能有被敌军俘获的危险。一旦有险情发生,要不惜任何代价,果断采取决绝手段。"

正是这句话,彻底惹火了高月明:"姬祯任你狂妄自大到了极点。嘀嘀,还最多不要超过八人,你有什么资格限制上级领导阅看密码情报?嘀嘀,还要不惜任何代价,果断采取决绝手段。难道首长有被俘危险时,你还要一枪先把首长毙了?你姬祯任是这个意思吗?你就那么不相信首长们的政治节操?"姬祯任眼一瞪说:"您要是这么戴帽子,打棍子,我也没办法。我只是想强调,保密工作不能灯下黑!脑袋里的秘密,连帽子也不应该知道。我们都别忘了,$100-1=0$。这个等式可是用血的教训换来的呀！"

会场鸦雀无声。这时，一个叫朱可心的小干部站起来鼓了掌，说："我举双手赞同姬祯任同志的建议。保密就是保生命。保密面前，人人平等。上至首长，下至马夫小兵，都应该严格遵守保密规定。我作为保密员，心藏核心机密。如遇被俘危险，我会冲自己脑袋扣动扳机的。这本是保密纪律题中应有之义。"

高月明叫道："行了！今天会就到这里。散会！"

下来后，高月明又找到姬祯任："你提建议的出发点是好的，但这些建议不应由我二大队来提，应由上面分管首长来考虑。我们提会得罪人的。我高月明历来不怕得罪人，可这些建议涉及上层首长和机关，极为敏感，非同小可，要格外慎重才是。二大队本责是抓好自身保密工作，上面的保密事宜我等不好多嘴。"姬祯任说："保密工作及时纠偏而精进是根本，不应分责内责外，不然一旦出事，就会捅破天。"高月明说："术业有专攻。你之根本职责是破好码子！勿要惹是生非！"

事后，姬祯任得知，座谈会记录上报稿，删掉了他的发言。

这天，一个大首长到二大队视察，姬祯任当面把几页纸递了上去。

大首长看了看，没说话。这一招，搞得高月明措手不及，忙说："其实，这事，也不是非得要这么做。不行，我们先拿回去再考虑考虑。"大首长不干："二大队材料什么时候呈上来又拿回去过？"又对姬祯任说："好你个姬祯任，你等着！"

事情过去多日，什么也没等来。姬祯任倒是平静如常，一钻到码子里就忘了其他。高月明却有些焦虑。终是那个大首长又来了，见面就说："好消息！姬氏四个建议，多半被采纳，机关部门还制定了一个相应细则，已下发各相关首长和部门执行。那人呢？让他来见我！"高月明让人去叫，人没叫来，捎来了话："攻关正在要紧处！他保证以后不再提建议添麻烦！"大首长说："我去见他！"去了，直见姬祯任满头大汗，一手一把算盘，正左右开弓打得山响，手指与算盘珠子似是擦得火星四溅。

他身后坐着六十七位破译师也激战正酣。

大首长悄然退出,说:"以后不许再找姬祯任麻烦。姬祯任可以随时随地去找大首长麻烦。"说完,并不走,久站门口侧耳倾听,眼角渐渐渗出泪水,万千感慨地说:"二大队战场上算盘珠子声,完全可以同我那战场上枪弹声媲美。他们都是长年在厄运夹缝里喋血,此秒不知下一秒之生死的无名英雄!"说完,冲屋里深深鞠了一躬。

姬祯任当然没再到上面找麻烦,可不久却又在二大队折腾起事来。

二大队那个叫朱可心的小伙子,多年在大队从事保密员工作。此人有两个特点,一是心细如发。他经手的文件经手的事,件件事事天天都有详尽登记和记录。这些年,登记本记录本记了上百本,大队机要档案走到哪里,他这些本本就带到哪里。多年前的事,在他这里都能找到线索依据。二是警惕性高,疑心重。疑心重,是保密员的职业病。凡是涉及保密的事,他在心里走过七七四十九道弯才能放行。

军医夫妇特务案暴露之后,这个朱可心突然想起一件事来。即,刘红妹曾从他处借阅过国民党军驻邯郸某团叛变日伪的情报。刘红妹借报的第二天,朱可心到卫生队看病,刚一进军医刘家成的诊室,看到刘医生正在给刘红妹把脉,隐约听到刘红妹提到"邯郸"二字。见有人进去,刘红妹即刻闭了嘴。当时,朱可心一下就想到刘红妹借报的事上去了,就说:"二位聊得好热闹呀,邯郸怎么了?是大地震还是发大水了?"刘红妹一笑,忙说:"刘医生老家是邯郸的,正说他家乡特产驴肉火烧呢。"朱可心也笑:"看来,刘医生家乡的驴肉都能做药,要治的是红妹同志什么病呀?"刘红妹又笑:"女同志的病也是你随便问的。"这事就这么过去了。多日后,朱可心翻花名册时,发现刘家成家乡并非邯郸,而是江苏盐城。于是,他心里就落下了心病。后又发现,刘红妹与那军医夫妇交往甚多,也没多想。可这次军医夫妇一死,朱可心就想多了。于是,在特务案事发当天,他去找了高月明。高月明却说,刘红妹不可能有问题。朱可心说,刘红妹在重庆待过,被国民党策反的环境是有的,谁敢保证她就没问题？高月明说，说她没问题就没问题，难道你连我高月明的话都怀疑？自此以后，朱可心对刘红妹经手的涉密材料就格外留心了，要求也比别人苛刻几倍，甚至到了吹毛求疵的地步。大队规定，保密员有权对任何一个破译师进行不打招呼式保密检查。朱可心就连续多次对刘红妹办公桌、资料柜进行突击检查。有一次还闯进刘红妹宿舍，对其个人物品逐一进行验查，连叠放的内衣内裤都没放过。刘红妹终是忍无可忍，告到了高月明那里。高月明就找朱可心谈话，再次保证刘红妹没问题，叮嘱不要神经过敏，以免伤了同志感情。

　　朱可心对刘红妹的怀疑，在肚子里憋了多半一年，最终还是没憋住，就悄悄说给了姬祯任。姬祯任听罢，沉思良久，说："破译师有时靠直觉能破开密码；保密员有时靠直觉能挖出保密隐患。不妨，就证明一下这两句话的真理性。这事，你交给我。我一个破译师抓特务总比你一个保密员招数多。我知道，你有话说不出口。你放心，我与刘红妹的兄妹之情不会干扰我的公正性。相信我。"朱可心说："正是因为我特别相信你，才来找你。我知道你不会允许二大队还潜伏着特务。"姬祯任拍拍朱可心的肩膀，就去找了高月明。他向高月明提出，有一部未破密码，需要阅看近几年密码档案资料，请领导批准。高月明不明就里，就在查阅审批件上签了字。

　　姬祯任足足用半月的时间，查阅资料，分析情况。他果然发现了蛛丝马迹：二大队似乎还有军医夫妇同党潜伏。他自然不会先告诉朱可心，则给高月明摊了牌。按纪律，高月明不能透露刘红妹那个隐秘身份，坚持说刘红妹没问题。高月明说："那可是你妹子呀，你怎么会无端怀疑她？"姬祯任说："我没想到你高大队居然能说出这种话来。是我妹子又如何？我妹子若是特务，就可以视而不见吗？当年，我哥叛变投敌，我尚能做了我该做的。军医夫妇特务案必须再侦察，再审查。若真有情况，刘红妹必须伏法！"

　　最终，高月明不得不带姬祯任到上面分管首长那里跑了一趟。回来后，姬祯任郑重告诉朱可心，刘红妹的确没有任何问题，并对朱可心的高度负责精神，给予了发自内心的赞扬。朱可心这才放了心，主动去找刘红妹道歉。

刘红妹反倒不好意思了，正经地同朱可心握了握手："保密工作无小事，事事都劳你操心。真的难为你了。真的感谢你。继续发扬朱可心保密精神吧，我支持你。"

于是，有了疑心重的朱可心之疑心之举，才有了姬祯任获知真相的机会。姬祯任成了红星二大队第三个知道刘红妹另一个秘密身份的人。

此事，高芸草依然不知真相，她一直认为刘红妹是真特务，平时加紧了暗中盯防，尽其所能不给刘红妹留有干坏事的机会，一心想帮她悬崖勒马，回头上岸。

事实上，高芸草对刘红妹的盯防是无处不在的。当然，这种盯防必须用足心计，不露声色，不能让刘红妹有所察觉。高芸草把在南京特训班学到的本事都用上了，其盯防术甚是专业。她有一个心理准备：要把这事当成长久任务，盯她刘红妹一年二年、十年八年，甚至一辈子。只要她人不变好，就要一直盯下去。高芸草觉得，这是自己义不容辞的责任。一有这个念头，高芸草内心狠狠笑话了自己一番。义不容辞？责任？你高芸草凭什么？你高芸草算个什么东西？一介冬眠不醒而想变好的国民党特务罢了，还盯防人家刘红妹呢。不不不，我高芸草已经一心向好了，而她刘红妹还在执迷不悟。无论怎么说，我对她刘红妹的盯防一日不可松懈！这是义不容辞的责任！

这个时期，红星二大队根据总部的战略部署，又一次派遣技术侦察力量，到华北各抗日根据地开展工作，目的是配合我八路军和地方武装，实施抗日大反攻行动。

由高芸草、刘红妹参加的晋察冀抗日根据地电台侦察队，共由一百一十三人组成，在高月明亲自率领下，在一天拂晓，抵达了河北阜平晋察冀军区司令部。

在出发前，侦察队就对晋察冀地区敌情进行了详细梳理，掌握了大概情况。抵达后，又重点听取了军区的敌情介绍，高月明还召集侦察队各层级骨干，开了多次敌情分析和任务部署会。侦察队展开工作的条件当即形成。

掌握了详尽敌情后，高芸草思想又一次受到极大触动，彻底对国民党军丧失了信心。她带着这种情绪，又开始琢磨起刘红妹来了，她以事实说话讲理，想让刘红妹也能感悟到国民党军颓废之所在，以放弃一个军统特务对国民党的信仰，暗自变成一个合格的八路军情报官。

其实，高芸草只讲了一个事实：华北国民党部队及其地方军里，有一些部队接连不断地叛变投日。这些部队又以"青天白日"旗帜诈骗善良的农民参加伪军，致使华北地区伪军数量激增，总数达到了四十七万之众。其中，有的部队是在国民党当局"机宜行事"的电令下投日的，可以说是"奉令"投敌。国民党正规部队投入"汪逆之伪和平阵营"的，前后也有十五万人，许多部队久已暗中通敌，投敌后番号不变、防地依旧。这些伪军大多环伺华北各抗日根据地周围，充当日寇向八路军"扫荡"之鹰犬走卒，其行为特别残暴和无耻。

国民党军类似投靠日军情况，高芸草刚开始侦察就有所斩获。每每晓知这种情况，她都愤愤不平，絮叨给刘红妹听。开始时，刘红妹同她一起骂娘发感慨，渐渐地，刘红妹发现高芸草和她在一起，便少有其他话题，总是骂国民党不是东西等等。

高芸草挽救刘红妹不只是在嘴上说说，她居然冒着极大危险还亲手干了一件实事。所谓极大危险，一是被日军抓获的危险，二是被二大队识破她高芸草真实面目的危险。

最近，高芸草奉命率八人小分队，随冀中军区第八军分区去拔掉黄武公路沿线的日伪据点。高芸草小分队任务是，跟随部队去缴获日伪电台，搜集通讯资料。

攻打郭家庄时，高芸草紧随先头部队其后冲进了据点，却缴获了一堆废铁和一桌子废纸。敌人提前毁坏了通讯室。高芸草找了先锋团团长马秋天，说："你这据点拔得是不是太慢了？攻击时来点突然性好不好？一气呵成，一举拿下，别给敌人留下砸坏家当的时间。当然，也不能为促成这个效果，让你付出额外牺牲。"马秋天说："那在拔兔耳朵据点时，再好好琢磨琢磨战术。其实，也没什么高招。夜晚埋伏在据点周围，黎明时分趁敌熟睡之际突然猛攻，如能拿下，可会奏效。高同志有什么高招？"高芸草笑说："我若有招儿，你这个团长我就当了。"

天一亮部队猛攻时，高芸草还是有了自己的招。她居然带两个男同事偷偷跟在先头排长身后，第二个冲进了敌人据点。一般通讯室都居高而设，她等三人顺楼梯冲到顶层。当她沿天线找到通讯室时，我分区大部队刚攻到据点下，先头排正在据点一层挨屋掏窝子，而敌人多数连衣服也没顾上穿，正在找枪还击。两个通讯兵提着裤子刚跑向通讯室，即被高芸草击毙。高芸草等人炸开通讯室门，冲了进去。她趁人不备，把密码本揣进了衣兜，却冲两个同事叫道："密码本不在这儿。快去通讯兵宿舍和据点长官那里搜查，越快越好！"

高芸草把炸歪的门关上，然后，打开电台，调整频道，握起电键，急速发起了电报。电键敲击声掩埋在了剧烈的枪炮声中。如果这个时候有人闯进来，就会发现一个奇特现象：高芸草用左手发报，右手持枪，眼睛还不时扫视破门。如若有人闯进来，不论敌我，她手枪会下意识地射出子弹。

殊不知，高芸草左手发报，并不是为了腾出右手握枪方便，而是为了不被人辨别出她的手迹。早在南京时，或训练，或工作，她都是用右手发报，熟悉她的人也都是熟悉她右手发报声。为了潜伏延安，来之前，她专门苦练了左手发报，以待应急情况下用之。此时她启用左手，不是要迷惑重庆应有的收报人，而是怕延安那个唯一能辨清她右手手迹的姬祯任监听到她的发报。尽管这种概率极小，她还是想防患于未然。

当那两个同事返回来时,高芸草正抱着电台往外走。那两个同志摇了摇头。高芸草把电台一放,冲出门去。楼道里通讯兵尸体绊了她一脚。她问:"死人身搜了没有?"两人回答:"只追活的了,忘了死的。"高芸草把两个尸体搜了个遍,叫道:"密码本在这里。任务完成了,赶快往外冲!"这时,先头排长打着枪冲了上来。高芸草骂道:"你他妈的往那儿打,差点打着老子的腿。赶快保护电台冲出去!"马秋天走上来,笑道:"不用冲了。据点已全部拿下。不过,我郑重警告你,下次,你等切不可跟先头排往里冲。上面给我的命令是,首先保证侦察小分队的人身安全,其次才是保证侦察小分队完成任务。否则,我会受处分的。你可别害我马秋天。"高芸草率先下楼:"不害秋天!下不为例!今天不过瘾,没见一个鬼子。看来,伪军据点真没什么拔头。"

到下次拔许里浒鬼子据点时,已是半个月之后的事了。

许里浒据点屯居着两个中队的鬼子,三个中队的伪军。这次打攻坚战的是晋中军区的第九、第十分区,晋中军区郭义政委亲临一线指挥,司令员坐镇其后,准备率第六、第七、第八分区伏击打援。

有军事常识的行家一眼就能看出,此次战役,拔掉据点只是目的之一,还必须取得攻点打援之奇效。也就是说,第九、第十分区你就是再勇猛也不能速战速决,一口气拿下据点。你必须先制造声势,以让据点里的敌人感到军情十万火急,好发电向驻扎在沽源山据点的板坤大队求援。我第六、第七、第八分区设下的埋伏圈,等的就是板坤大队。显然,这次攻点打援要达到两个目的,既要攻下许里浒据点,也要歼灭沽源山据点出来的援敌。这个战术和作战目的,显然不方便高芸草小分队借攻击突然性冲进据点,缴获电台和密码本。没有办法,高芸草这个小局只得服从作战大局。

战斗过程较为复杂,总体上还是按着军区的设计往前走的。最终,司令员打援成功,歼灭了板坤大队一部;郭义攻点进展顺利,逐渐加大攻势。高芸草要的运气没有来。如此打下去,傻瓜都能看出据点分秒间就被拿下。她想到，鬼子到最后绝望一刻，必会砸毁电台，销毁密码本。于是，她冲到郭义面前，急声说："政委同志，不能让据点里的鬼子绝望。不然，我没法完成任务。反正胜局已定，谋个高招吧。"郭义想了想，说："高同志的事也是个大事。我这里倒是有一招，就看鬼子上不上钩了。其实也简单。我撤走一部分兵力，在二十里外张里店设个埋伏圈。这边，留下个口子，鬼子再次突围时，我佯装顶不住，放他们逃走，然后，在那个埋伏圈里包他们的饺子。"高芸草像懂战术似的，说："好！你一定要撤得自然而然，像是另一个战场急需去支援。另外，包饺子也要包得有突然性，不能给敌留有毁坏电台和密码本的时间。"郭义笑说："看来情报官也是战术家。"高芸草说："我等好运，在此一举。"说完，她带八人小分队跟撤出的部队打伏击去了。

许里浒据点日伪残部最终突围成功，被八路追了一段，便脱离了险境。正如高芸草所料，敌军一时不绝望，与外界联系就一时不中断。在逃出的敌军残部中，果然有两个身背电台的通讯兵。

残敌渐渐进入了伏击圈。高芸草举起望远镜，远远认出，通讯兵身上是两部大功率电台。高芸草对郭义政委说："离近点再打。让神枪手先打通讯兵及其周围的兵。注意别打坏我的电台。"不知什么时候，她手里握了一杆三八大盖枪，弯腰疾跑一段后迅速卧倒，先左右滚动曲线前行，然后，屈左脚于右腿下，右手提枪，目视敌方，突然跃起前进，快速抵达伏击线最前沿。郭义说："嗬，跃进动作挺专业，教练级的。"

几乎在郭义政委令枪打响的同时，高芸草的三八大盖也响了，且是接连两枪，敌两个通讯兵当即倒地。紧接着，周围敌人被郭义的人击倒一片。很快，四周跃起八路军大队人马，把敌残部团团围住。高芸草冲在最前面。她专打靠近电台的鬼子。不到半小时，战斗结束。

郭义走近敌通讯兵时，高芸草正在翻那两具尸体的衣袋包囊，还得意地挥了挥手里的密码本。郭义把两个通讯兵尸体翻过来正过去看了看："乖乖，都是正中眉心。女神枪手哟！说真的，我冀中军区欢迎高芸草同志。你过来，我让你带出一个女子神枪班。"高芸草收拾电台，准备归队。郭义说："天要黑了，随时有残敌散兵出没，不然这样，晚上军区有祝捷晚宴和演出，你等小分队本也是参战一员，留下庆贺一下吧。明天一早，我派人护送你等回去。"高芸草回头看八位弟兄。大家的眼神告诉她，都想留下放松一下。于是，她说："那得有劳郭政委给高大队打个电话。"郭义说："没问题。不过，我想再看看你的枪法。"他让人把十个鬼子头盔，挂在二百米开外一排树上，挑了九个神枪手，加高芸草共十人，一溜排开。他一声令下，十声枪响。取回头盔，有九只都穿有一洞，唯有高芸草那只完好无损。高芸草释然："怎么样？我不行吧。"郭义跑向那排树，又跑回来，说："走吧，回去摆宴唱戏。今天，我军区拔了点，打了援，另加逮住了一个女神枪手。"高芸草还是摆迷惑阵："吃宴听戏我都在行，就是不会打枪。"郭义说："算了吧你，瞄准时我可盯着你哪。你枪口压低一寸，子弹打到了头盔下拳头粗的树杆正中央。你，生是我军区的人，死是我军区的鬼。就这么定了，高月明那里我去说。我用一辆簇新通讯车，换他一个美人儿。我不信他不干。他若不干，我就把那辆车改成运输车。"高芸草笑了："我那枪法肯定是瞎蒙的。不过，您若真看得起，我芸草就跟定郭政委了。远的先不说，今晚你得好好犒劳一下我这八个兄弟。"

晚上，自然是好饭好酒好戏。戏是太行剧社出演的新编历史京剧《三打祝家庄》。戏演到宋江率众二打祝家庄紧张处时，高芸草悄然溜回住处。她关紧房门，架起了电台。两手各握一个电键，左右开弓，衔接敲击，一溜顺水地发完了一份密电。也即，上句是右手发的，下句则由左手发，这样压茬接力发下去，整份密电手迹就完全变了。这个高芸草，防人之心绝妙至极。做完这一切，她又溜回了戏场。戏里林冲刚刚活捉到扈三娘。

第二天一早，高芸草小分队要归队。郭义政委亲自来送行："芸草同志，回去等调令吧。"高芸草握住首长手千恩万谢："我等着。要不，用你那辆通讯车把我等送回去算了。不然，我回去不好提调离的事。"

郭义想了想，说："那也好。昨晚我和司令员也商量了，那通讯车是战利品，最好的去处本应是二大队。"高芸草又是一番千恩万谢。郭义说："客气什么，都快一家人了。"

高芸草美滋滋地带回了一辆通讯车、两部电台、一部密码本，高月明那个高兴劲儿，直想拍高芸草肩头，说："郭义来电话了，说你高芸草是个神枪手，我一听就知道这小子是什么花花肠子。你哪会打神枪哟，他明明是看上了你这个人。二级军区领导里面，就他郭义还光棍着呢。我说美人都快当妈了，难道你没看出来？这不，你们还没到，老郭又来电话了，说那美人儿一路急行军跑得欢，跃进动作惊人眼，哪像有身孕的人；说我高月明是在找借口不放人，那他就把通讯车要回去。想得美，到嘴的鸭子我还能让它飞了。"高芸草忙说："高大队得正式给人家司令政委写封感谢信，不然以后再不好打交道。"高月明说："那当然。我去面谢！"

高芸草借遂行部队拔点之际，神不知，鬼不觉发了两封密电。都是发给重庆特别机密电务部的，用的是到延安潜伏前就规定好的频率和密码。

相互之间使用何种密码联络，特别机密电务部早前是听了高芸草建议的。当时，高芸草认为，共军密码破译能力极强，自编特别本都不能保证长久不被破译。这次潜伏的特点，是向外发电报的机会极少，甚至毫无机会，就是侥幸能发回密电，也不可能是长电，所以，建议用书本密码。这种密码不同于移位密码和替换密码。一本书里同一个字会有大量不同组合，同时还可有二次加密、三次加密，用统计分析法破译难奏效。如果报量不够多，就极少几份，破译的可能性几乎等于零。潜伏期间，不可能常换密码。书本密码适用长期使用，蛰伏、苏醒，再蛰伏、再苏醒，总用这部密码也无大碍。

上峰采纳了高芸草的建议，责成她选一部书。她则选了在上海读过的《和策殇记》。高Q也觉得，这本书仅此两本，看得人又少，远在延安的破译师不可能会想到有这本书，就是想到了也难以弄到手。于是，该书最终被选定，命名为"和密"。之后，高Q潜伏回上海，利用特殊手段，密取到手两本孤件《和策殇记》，然后，偷放了一把火，把图书馆特藏室整个烧掉了。馆里人还以为是偶然失火，没想到是有人故意纵火。最后查清，包括《和策殇记》在内的两千多册古书珍品，都被付之一炬。

回到南京，两本《和策殇记》，一本锁在了电务部门保密柜，另一本交于高芸草。高芸草用时两个月，把整本书背得滚瓜烂熟，然后，把这本书烧掉了。这样，世上就仅存一本孤件。到了延安，高芸草那次用信鸽发出的第一封密信，便是用"和密"密码加密编写的。后来这两次发密电所用密码也不例外。

不出高芸草所料，晋察冀技术侦察小分队，侦收抄下了这两封密电，但把它归拢到了日伪部队所发密电之中。高月明还拿到新侦获敌报分析会上进行过集体研究，最终以仅有两封密电，无连续报源，无法破解之由，存入死密箱中，后被送回了延安。

在延安的姬祯任，对前出侦察小分队侦获送回的所有密电都要进行筛查分析，当看到这两封密电时，一天一夜没合眼。经过大量测算和比对，他证实这两封密电，肯定不是以任何已知日军和国军惯用的密码编码方法所生成的，基本上可以断定是极少使用的书本密码。

多日后，高芸草随队回到了延安。她一直在偷窥姬祯任对这两封密电的破译进展情况。她深知姬祯任潜探深层揪蛛丝马迹的功夫了得，最怕他突然想起当年那本好书《和策殇记》。尽管他不可能背记住该书的每页每字，但他一旦怀疑到这本书头上，谁能保证他不会突显灵感而破掉和密呢。于是，在姬祯任对这两封密电还没有感觉的时候，高芸草提出了建议："我之判断其为书本密码，但中国书本千千万，报量又极少，此密客观上无解。我们不能在仅有两份密报的一棵树上吊死。"姬祯任认可她这个看法。

机不可失，失不再来。高芸草又果敢地抛出一屏迷障，拿出此次前出侦获到的另一部密码，成功转移了姬祯任的视线。高芸草心里明白，早年，自己带着"巧妙搅乱红军破译秩序，误导破译方向，阻止红军在关键时刻、关键密码上达成破译"的任务潜伏过来，却从未有过任何建树。在高月明、姬祯任、李末子、刘红妹等高手面前，任何别有用心的误导，都可能会被一眼识破。即使自己后来成了技术权威，也从未去尝试扰乱破译大局。开始是没敢轻易冒这个险，后来是不情愿去这么干。这次，绞尽脑汁地去转移姬祯任的视线，也完全是不得已而为之的事。

这部叫雪密的密码，是日军驻华北各部在用重要密码。高芸草缠住姬祯任，摆起了龙门阵：

"这部雪密的特点是，见阳光就化成了一摊水。这水却能融骨蚀筋，最终要了人的命。雪密之结构非常科学完备，我预测，它至少有十二种以上编码方式。我猜断，日本人先用第一种编码方式对电报前文部分进行编码，然后给出一个技术坐标；跳入另一种编码方式，对其后一些文字进行加密，再给出一个技术坐标。依次类推，同一封电报要用完所有这十多种编码方式。可以想象，用这种方式编制的密码，其破解难度会有多大。现在，我眼前一片迷茫。我没有找到我推测的任何一个技术坐标。但我认为，我的感觉是准确的。我也有如你一样的灵感。可我的灵感没有奏效。我请求借你之智，击破雪密。我夫妻合攻，创造一个经典战例，何如？"

姬祯任听罢，只说了一个字："干！"

夫妻俩在高月明那里立了项，便昼夜不分地干将起来。半个月后，姬祯任探到了最深的一个内核，至于其中还有多少内核，尚却不知。姬祯任觉得，组织集体攻关的时机已经成熟。

高月明亲自挂帅，雪密攻坚战打响。

高芸草先把自己那番推断，给由六十九人组成的攻坚团队讲解了一遍。然后，姬祯任谈了自己的见解。

"高芸草同志所假设的那十多种编码方式，我俩已经证实了三种，也找到了三个技术坐标。从已知的指标看，日军的这部密码之所以如此难啃，主要在于其构造方式极其科学。我发现，这种密码电报的表象与其他密电没有什么大的差别，都是八位字母一组，但我迟迟找不出码子的真实长度。我把这些密电的八位字母组相互组合，却无解。昨天，我偶然发现密电中还飘飞着少量5个字母的码子，而其余的码子大都是能被2除尽长度的码子。这些臭苍蝇般乱飞的5字码，迷惑住了我和高芸草的眼睛，常常被引进死胡同，致使多日未取得进展。显然，这种变长了的码子，对攻击它的破译师很有迷惑作用。这是个教训，大家切记。现在，掀开了它的屁股遮帘，但要剖解开这个恶魔全部，还需各位神力齐发。下面，我说说具体干法。"

二十三天的集体踏雪之旅惊心动魄。高月明、姬祯任、高芸草真正见识了日本人的狡诈和恶毒。69人人人脱了一层皮，终是拿下了雪密。

高芸草暗暗舒了一口气。这口气却与雪密无关，她是为和密而舒的。心说，姬祯任终是不再盯着那两封和密密电了。

其实，高芸草在军区偷发出的那两封和密密电，是典型的"红色之密"。

第一封内容为："刘红妹刘家成张倩倩潜伏小组及其副线，均被一网打尽。"

第二封内容为："我褚密、桓密、余密皆遭破译。我之身陷囹圄不便，却时刻未敢忘效忠党国之职，此生乃为……"这封密电她故意没说完，意在告诉重庆特别机密电务部，这边发电环境极其恶劣，不得不中断发报。

高芸草发第一封密电的目的，是防刘红妹死棋不死，怕军统派人再来同刘红妹联系。那样，刘红妹就不得不再复活。

高芸草发第二封密电的目的，是国军褚密、桓密、余密等三密，迟迟未被红星二大队攻破。这三部密码，简直把几个高级破译师逼疯了。她高芸草也曾一心想破译该三密，却也以失败而告终。而从侦收抄报情况看，这三密一直被国民党军多个部门频繁施用。高芸草预测，她发了这封密电，重庆方面必定立即停用这三个密码，而会过多转用其他密码，而这三密之外的其他密码，大都已被二大队所破译。由此可见，高芸草这一招，对二大队来说，意义非常重大。

不久，红星二大队侦收台，果然不再收到敌军用褚密、桓密、余密拍发的密电。高芸草心中暗喜，她终是为延安又做出一份直接而重大的贡献。尽管这个贡献将永远不被人所知。但这足够说明，她高芸草向新信仰又迈进了一步。事后，高芸草想起了自己的身份，便暗自嘲笑了一番。你高芸草算个什么东西？一个国民党派遣而来的潜伏特务，却反过来帮着共产党祸害国民党。这是典型的两面间谍做派！却又是一个另类的两面间谍。

有惊无险之诸事过去之后，高芸草同刘红妹的关系愈加密切。在刘红妹眼里，高芸草都快成政委了，经常不由自主地给她讲一些大道理。刘红妹终始没闹清高芸草讲大道理的真实意图。

"有的人，他内心与这个活生生现实世界，与延安政治生活环境，有时是那样的相融一体，无隙无缝，有时又是恍如隔世，恰似两重天。这样的人，天天操持着两个勃反的意识形态而活着。他快乐，他痛苦，他执着，他无奈。他有时在巨大的漩涡里拼死挣扎，有时就爬将到岸边歇息观望。"

听罢，刘红妹瞪大了眼睛，问："你说的这种人存在吗？我们周围有吗？"高芸草说："有没有，你红妹还不知道吗？我高芸草还不知道吗？鬼才知道呢！"

刘红妹已经很少同姬祯任说话了。这天，她对姬祯任说："最近，嫂子有些神经质，总给我上政治课，话却又常常莫名其妙。怎么回事？"姬祯任来了精神："你复述一下她那些话。"刘红妹就把高芸草的那些说道详细复述了一遍。姬祯任嘴上说："没听出有啥名堂嘛。"心里却想，这是一番极不简单的说道哩。难道,她芸草悟出红妹那个特殊身份来了?抑或还有更为深层而复杂的迷障和局设?

刘红妹见姬祯任有些犯愣走神,转身走掉了。迎面碰上了高芸草。高芸草说:"昨夜又没睡好,做了一个梦,重现了你飞身救我那一幕。这个梦提醒我,报恩之旅是恒久的,我要用一生的时间去完成。"这次,刘红妹真急了:"就这么个破事儿,把你折磨得神经兮兮的,真没劲。"高芸草一脸尴尬。

见朱可心跑过来,刘红妹说:"可心,你是不是要去检查我的宿舍呀?我刚买回一条裤衩儿,走,我陪你去验查一下。"朱可心脸臊红一片:"红妹你不依不饶的,我都向你检讨多次了,你还要怎样?"刘红妹说:"我红妹要和高芸草绝交,想和你可心做朋友。"朱可心眼睛一亮:"我早有这个心了,就是没敢说出口。"刘红妹停了一下脚:"你早有什么心了?"

高芸草回到宿舍,问姬祯任:"红妹、可心鬼鬼祟祟的,还裤衩子长裤衩子短的,搞什么名堂?"姬祯任说:"男男女女鬼鬼祟祟,还能搞什么名堂?恋爱了呗。"

一听此言,高芸草愁容全无:"如若红妹真有了如意郎君,我这心还好受一点。相互之间裤衩子上的事都能说了,想必关系发展得很深了。"

"感情深好啊。红妹也该有个可心的人了。"姬祯任叹了口气说。

第二十三章 响密·冥报

抗日战争胜利不久,上面社会部组织了一次抗战情报保障工作总结研讨会,各层面各渠道情报工作者代表参加了会议。会议保密级别为绝密级。红星二大队高月明、姬祯任到会并被安排做了重点发言。

姬祯任谈了革命战争期间密码破译工作的重要意义。发言中，他眼光不经意间落到了台下听会的两个人身上。那两个人也正在吃惊地看着他。这使他本来流畅顺溜的发言出现了多次阻梗。

这两个人就是先前被抓捕的日伪特务张佳音和刘海儿。姬祯任发完言，接着上台谈体会的是张佳音。他发言题目是《日特高课利用中国人充当爪牙间谍的方式、特点和规律》。而刘海儿的发言更使人眼前一亮。她未拿发言稿，也不坐下，而是不慌不乱、不紧不慢地站在台上，足足讲了半小时。其间，有多次与姬祯任对视着讲，像是单独在同姬祯任谈心。她讲的是在战争中如何逆用日伪特务为我服务的问题。听她的意思，她就是我方逆用日伪特务的负责人、组织者。

会一散，姬祯任见张刘夫妇向他走过来，他却一转身溜掉了，躲在一边等高月明过来。他想托付高月明到社会部领导那里去打听一下，那一对特务夫妻怎么会成了社会部的情报专家。高月明去找社会部领导，社会部领导说，据张佳音、刘海儿反映，他们见到了活鬼。说那个叫姬祯任的人，多年前在上海电报局已经死掉了。高月明头脑中保密那根弦是时刻紧绷着的，自然不会向社会部的人细说姬祯任的特殊经历及其相关情况。

社会部领导没顶住高月明苦苦逼问，也碍于张刘夫妇案当年还是由二大队移交给社会部的情面，就把与那个电报局长杨天虎有关的事多说了几句。说，张刘夫妇曾带我特工小组潜入上海，与日伪特务周旋七个半月，先后秘密干掉了包括杨天虎在内的二十九个铁杆汉奸，而我特工小组无一人伤亡。高月明听出了社会部领导的炫耀之意。他果断回绝了张刘夫妇要见姬祯任一面的要求。

回来后，姬祯任把见到张刘夫妇的事说给了高芸草。高芸草即刻喋喋不休地对信仰问题谈了一番见解。

不几日，见了刘红妹，高芸草就把张刘夫妇的事说了。刘红妹说："一对汉奸特务竟然成了社会部的红人宝贝，真是活见鬼了。特工出身的人最危险，逆用汉奸须谨慎。这种人缺常性，少定性，没准哪天又叛投回去了。"

高芸草不容刘红妹再说下去，莫名其妙地发起了火："说到底，是你刘红妹对弃暗投明的人极不信任。我告诉你，真正弃暗投明的人，从根本上说是信仰的改变。一个人一旦舍弃过去的信仰而信奉了新的信仰，那也是刚坚不摧、恒定不变、光明磊落的。事实证明，张刘夫妇已经成了社会部担当大任者，你红妹居然还怀疑人家的信仰。难不成是贼喊捉贼？你敢不敢剖开你自个的心，拿到延安的太阳底下晒晒？汉奸特务都能变好，哪还有谁不能变好？你刘红妹要有这个信心！"

刘红妹从牙缝里挤出几个字来："我是根正苗红成长起来的一代破译师，现如今心里已经长出一棵理想信仰之参天大树。我比你参加革命早好几年，难道还要你来给我灌输远大理想吗？"

刘红妹转身去找了姬祯任："你老婆真病得不轻呀。前天，在一个专业技术研讨会上，她居然完全脱离开技术话题，出人意料地大讲特讲她是如何信仰共产主义、如何佩服共产党。说得极其掏心掏肺，动情动容。还有。昨晚，她在睡梦中一惊一乍，爬起来就跑向了办公室。门岗拦着不让进机要区，她只穿件短裤背心，就蹲在门岗旁马灯下演算，直到机要区值班员出来把人领进去。她穿短裤背心在大门外蹲过已不是一两次了。就这两件事，你觉得这是正常人干的吗？"

姬祯任说："先说这第二件事，我觉得这再正常不过了。二大队破译师把肉体、灵魂、生命，把生命中的分分秒秒，都用在了破译密码上，包括他们的睡梦。当一个破译师专痴到一定火候，就会在睡梦里频现灵感，有时一个电闪雷鸣能连起一串思路，打通多个关节，爬将起来，干将下去，居然一通百通了。一个高难度密码，就这样被一个惊梦破开了。所以说，我从来都没觉得高芸草有什么不正常。"

刘红妹说："我是个破译师，难道连这些也不懂。我是说她那袒胸露怀不要脸的样子不正常。"姬祯任说:"只要能破开密码,她就是整天光着蹲在大门口又何妨？别人看又看不掉一块肉,密码破不开才会多死人哩。哼。谁爱看谁看去。这叫无私奉献全身心!懂吗？"刘红妹说:"真是鱼找鱼,虾找虾,癞蛤蟆专找乌龟爬。一对神经病！"

姬祯任说:"回头再说她那第一件事。这倒是个毛病。不过,被信仰问题折磨出来的毛病,没人能救,无药可治！我管不了,我也不想管。"刘红妹认真了:"高芸草总爱揪住信仰问题不放,经常在信仰问题上闹纠结闹得莫名其妙,你作为丈夫,难道就没觉出她有些奇怪吗？"

姬祯任无言地走了。他把这个问题带回了家:"这个问题你不说清楚,红妹总认为你脑子有病。"

高芸草听罢,心里暗惊,嘴上却说:"我没觉得我在信仰问题上有莫名其妙之言行。说白了,我是怕她刘红妹出现信仰危机。"

姬祯任神情疑惑:"刘红妹信仰还能出问题？！"

自此之后,高芸草再不敢人前人后总提信仰问题。再提,就自露马脚了。她想。

姬祯任受刘红妹思维影响,对高芸草信仰方面出现的莫名其妙之言行,暗中窥探了一段时日,还没等究看出个所以然,自己却在一次前出任务中遭遇了不测。

这次前出任务的目标,是搜集华北地区国民党驻军的动向情报。姬祯任作为核心技术骨干,随同技术侦察工作队执行任务。这个时期,红星二大队保密制度愈发严格。按规定,给前出人员都起了化名。姬祯任化名叫王迁贵。刘红妹也归属工作队,化名为张力红。

本来,这次任务没保密员朱可心什么事,他听到消息,即刻写了申请,在高月明宿舍磨叽了半夜。姬祯任也帮他说情:"反正工作队得有保密员,派别人去也是去,派朱可心去,还能成全他和刘红妹的感情。刘红妹个人问题,一直是我的牵挂,希望组织能给予照顾。况且,有朱可心去,队上保密工作才让人更放心。"高月明说:"准了。再怎么说,红妹对二大队是有特殊奉献的。"

前出任务之初,进展颇为顺利,辗转多地侦察,获取了大量密息资料。最终,落脚在了呼家峪城。

呼家峪是解放军驻军某部司令部所在地。这座不大的古城,战略地位显要,自古就是兵家必争之地。华北地区国民党军各部早已对此地逐逐眈眈,一直图吞并囊括之谋。

姬祯任等人刚驻扎下来没几天,就嗅到了浓烈的火药味,明显感觉出国民党军正在蠢蠢欲动,暗自做着兴兵进犯呼家峪城的准备。

解放军驻军司令部空气骤然紧张,是由其侦察连一份接一份的情报鼓荡出来的。派出的多方向地面侦察兵,带回了敌军在呼家峪地区南部大量集结部队,预谋近期攻城的消息。侦察连给出的结论是:敌军主力不断在南部地区集结而北进,攻城方向为呼家峪城南一线无疑。而姬祯任所在技术侦察工作队,从破译开的密码栓密中获取的情报信息,也与侦察连给出的结论完全吻合。

司令部把防御作战方向,定在了呼家峪城南地带,并以此为基准,调整兵力部署,迅速展开备战行动。

这个期间,二大队正在组织力量,突击攻研延密、义密、段密。该三密是华北敌军前不久颁发的最新高密度密码,自然是近期主用密码。但目前二大队尚未破开。

姬祯任一直闷闷不乐。朱可心拉着刘红妹过来宽慰他。刘红妹与姬祯任的关系,还一直处在冰冷状态。她不想多说话。朱可心说:"虽有三密未破,但还是从已破开的栓密中,获得了敌军不断在南部地区集结而北进的重要情报。所以,你没必要如此郁闷、悲观。"姬祯任却冲刘红妹瞪起眼来:"红妹你也是这么认为的?可心是个保密员,没那个敏感性,你一个破译师,难道你就没有感觉出有哪儿不对头?"刘红妹也瞪眼:"多方渠道获情一致,且及时而精准。从情报价值层面衡量,从专业角度来看，这样的效果极其完美。"

"我现在对当前这个情报结论的感觉，就像你我对那高芸草的感觉一样，总觉得她有什么问题，却又说不出具体是什么问题。对了，极其完美是她的问题。而这次情报结论，其问题也是极其完美，像是敌军故意伪造出来的。红妹，我真的就是这个感觉。"

"你这是典型的多疑病，幻想症！"

刘红妹愤然离去。

晚饭时，姬祯任说："下午，又侦获到几份密报，仍然是敌军指挥部用桎密拍发给所属各部的。所拍发的内容，还是一些相关在南部地区集结而北进的部署令。这几天，我一直在想一个问题。桎密是一部旧密码，去年底之后，敌各部已经很少用了。即便用，也是拍发一些无关紧要的信息。这次，却又被重新频繁使用，且拍发的都是在南部地区集结，拟北进攻城的重要情报，这是为什么？"

刘红妹听罢，送上了少见的笑脸："你管他用什么密码拍的，反正是敌上峰怕下面落实北进攻城计划不力，一遍遍催促督办呗。"

姬祯任见红妹话意依然硌硬，口气却和气温暖了许多："红妹，你想，在这个节骨眼上，重新启用一部旧密，是不是有什么名堂？"

刘红妹咯咯笑出了声："你说，你说，你说会有什么名堂？我想听听。"

姬祯任受到笑声鼓励，谈兴愈浓："我认为，敌用旧密码桎密发报，本意并非是给其下属看的，而是给共军我们看的。他们揣测拿捏不准共军是否已破开了延密、义密、段密等三个新密码，却有把握猜准共军肯定破译了旧密码桎密。所以，为了确保这几天所发内容能让共军看到，才重新大范围使用了桎密。"

"饭都凉了，先吃，先吃。"刘红妹把饭推过去，"你的意思是，敌军在桎密中所显示的其主力在南部地区不断集结北进，都是在故意做戏给我们看的。我军侦察连亲眼所见也都是假的。目的是让我军认定，敌主力部队在南部地区不断集结北进，拟要从呼家峪城南地带攻城，以图把我军主力吸引到此，造成其他方向空虚，然后，他们择机择向奇袭呼家峪。"

姬祯任举筷敲了一下刘红妹的手，笑说："你的职业敏感出来了。这几天，我冥冥之中一直就是这个感觉。不过，要想拿出这个结论，还缺少点依据。"

刘红妹不笑了，靠近坐了坐，用一种专注的眼神，盯着姬祯任的眼睛，一字一句地说开去。

"那我再给你提供一点依据。早晨，虽然我嘴上骂你神叨多疑，可我心里是打了鼓的。说实话，我对你的情报感觉、密码灵感，一向是暗中佩服的。当时我就想，你对那个'极其完美'有怀疑，绝对不是空穴来风。

"于是，我到侦听室坐了整整一天。我发现，敌所属各部都在用桎密复电其上峰，随时汇报北进计划落实情况。对这一点，我当时还没觉出有什么不正常。可我捉住了另外一个不正常：敌骑一师、骑二师所用电台，今天怎么就都换成了较大功率的电台？

"当然，这个变化不大，不细心，没疑心，是听不出来的。那么，这两个主力骑兵师，为何要换成大功率电台？下午，答案自明了。这两部电台讯号出现了微小递减趋势。

"也就是说，他们与上峰复电联络没中断，报务员手法手迹没变化，所拍发内容也没变化，却是逐渐远去了。其间，尽管他们先后三次逐步递增更换大功率电台，以掩饰其讯号不出现递减现象，给人以他们还在南部地区驻扎的错觉。但还是被我识破了。敌各部都在南部地区备战北进攻城，而骑兵师为什么要走？"

姬祯任听罢，拍案而起："有经验、技术好的侦听者，可以根据电台功率大小及其讯号强弱、波长波短，判断出电台在距离上的变化。敌军也知道这一点，所以，才根据距离渐远而采取了弥补措施。他们不断在不同驿站，递次更换更大一点功率的电台，以便在拍发欺骗密电时，让我方听不出讯号忽强忽弱。这一技术处理，确实能有掩饰和迷惑作用。我们没有专门测向设备和技术，仅凭人一双耳朵，一般很难听出其讯号的微小变化。可他们哪知道，我们有高水平高悟性的红妹呀！嘀嘀。走，去侦听室！"

刘红妹说："还没吃饭呢。"姬祯任拉起她胳膊："脑袋都快搬家了，还顾得上吃饭？！现在问题的难点是，我们只知道敌骑一师、二师走了，但到底去了哪里，现在还难以判清。"

到了侦听室，姬祯任细听各台，又向各侦听员细问详情，然后，召集侦听员、破译师骨干，开了三个多小时的研判会，最终拿出了一个较为一致的结论：敌军主力在南部地区集结，而北进攻击城南是假。其真正主力，以骑一师、骑二师为先导，先向西远撤至炎平县，尔后向北秘行五百里，绕至呼家峪北部大后方，再从峪边县方向，迂回潜行南下，最终在呼家峪城北侧，实施偷袭破城。这个线路，极其隐秘，大有出其不意之效，是敌之攻城的最佳方案。因此，我军应紧急调整兵力部署，迅速加强峪北方向防御。

姬祯任带着这个结论，直奔司令部而去。他找到分管情报工作的高参，讲清了工作队最新判断。然而，此情并未受到重视。高参说："敌军不会傻到舍近求远，绕道数百里而从城北进犯。现实是，敌军主力在南部地区集结而北进攻击城南已成定局！我派出的侦察兵，已从多个方面，把敌情摸得一清二楚。而你的桎密密报，一字一码，白纸黑字，也破译得明白无误。现在，你们却又拿出了另外一个结论。"

"敌人也正是这么想的。他们以为让我军亲眼看见了，密码破开也亲耳听到了，我们就信以为真了。"姬祯任还一再解释。那高参不耐烦了："说实话，我对你们工作队的情况，经常是打了问号的。你们也就足不出户、闭门造车的能耐！"

姬祯任听罢，稳稳情绪，依他之性格脾气，要是放在以前，听到这么一番带有污辱性质的话，他会顾不得上下级关系，必定火冒三丈，甚至还会骂娘。可眼前,他明显是隐忍着,力图把理儿讲清楚。

那高参依然不信,说:"别说那么多没用的。今天你让我看到敌军迂回峪北,拟奇袭呼家峪城北的具体密码电报,拿出一字一码,白纸黑字来,我就信你!"

姬祯任又慢条斯理地说开去。

"是的。在很多时候,我们破译获悉的密码情报,一款款,一条条,一字一码,白纸黑字,都详尽地写在了那儿,拿过来就可以直接用于战争,服务于指挥。

"但是,在很多时候,情报也不是一碗现成饭,拿过来就能吃。信息只有在经验积累、职业灵感、台情听测、密情分析、密码破译、敌情我情及战场局势综合研判、蛛丝马迹深究细挖,以及科学的分析力、健全的理解力等多种因素合成之下,经过精密提炼,方能成为可用有效情报。

"没错。你的侦察兵亲眼目睹了敌情敌况。可我要说,有时候,亲眼所见不一定就是你所见,你眼里有的不一定就是真的。当然,这几天,我这里听到的桎密中之敌在南集结而北进攻击城南的情况,也都不是真的。敌人怀疑我军破译了桎密,所以,就利用这一点,实施密电欺骗。我们不能上这个当!

"其实,我也不是非逼着上面要原封不动地采用这条判情。我只想听一句你们会考虑我们的意见。如若连这句话也不说,那就特许我姬祯任抱铤机关枪,到北门城楼子上卧城阻击与敌同归于尽!"

高参以极大耐心听完这番话,冷冷一笑,叫道:"我再说一遍。我就信我的眼睛;当然,我也可以信你的敌迂回进攻城北的密码电报。可你拿不出这方面一字一码的白纸黑字。现在你给我的,只是你的分析,你的猜测,你的臆断;只是你趴在屋子里空想出来的幻觉,幻觉!这些,我不信!我也不敢以此上报首长!好了。你还是走出屋子,到战场上去看看吧。战事火急,我没时间再给你磨牙。来人哪。拿铤歪把机枪给姬大破译师！送客！"

还真有人提来一铤机枪，扔到姬祯任脚下。姬祯任把手里一杯水高高扬起，却又缓缓放下，一仰脖子喝了个精光。他跑将出去，在空旷的田野里，狂吼乱叫了一通，直到耗尽身上气力，四仰八叉地躺在草地上："我那一字一码的白纸黑字哟，你在哪里呀？"

渐渐地，他似睡非睡，闭目冥思，"眼前的现实又一次告知，不能怨天，不能怨地，一个密码破译师，从根本上是要靠一字一码白纸黑字说话的，没有一眼即见、一见即明的真东西，你就是摔杯子骂娘闹下天来又有何用？眼下，尽快拿下那三座顽堡才是硬道理哟。"

忽地，他一坐而起，掏出本子一阵急写。他瞬间进入了破译状态，延密、义密、段密又火急火燎地霸占了他的头脑。他呈现出了一副破不开该三密就要死在里面的急渴神态。

事后才知道，这次，上面的确相信的是"眼见为实"。侦察连派出去的多个地面侦察兵看到：集结在南部地区的敌主力部队，连日来，陆续乘车气势汹汹地北进，明显是要进攻呼家峪城南地带。

然而，事实上，这是敌军施的"明修栈道，暗度陈仓"之诡计。他们仅派出一个团的兵力，伪装成大部队，白天偏师伴动于呼家峪南部地区一线，乘汽车装甲车招摇北进。夜间，原班人马乘原车再偷偷返回原地。第二天故伎重演。连日往返，周而复始，伪装制造了大部队主力北进而要攻取城南的态势。同时，还派员大张旗鼓地号房子，征购粮秣，扬言将要集结更多精兵强将，北进攻击呼家峪城南。这使得我方坚信，在南部集结的敌之主力，已经北进而拟攻取城南无疑。然而，敌真正主力却是：以其骑一师、骑二师为前锋，另有两个旅的机械化部队跟进，先向西远走而后长途北驰，再折返南下，迂回穿越数百里，绕道多地，直奔呼家峪城北而来。

敌军行动线路、偷袭方案，与姬祯任等工作队所给出的预判情报基本一致。只可惜，此情报未能被上面采纳。

当敌军先头骑兵部队，倒穿棉衣，马蹄裹布，悄无声息地突临到峪北一线时，毫无准备且兵力不足的我峪北方向守军，紧急拼死阻击，终是惨败而退。

紧接着，敌军大兵压境，急速逼近呼家峪北侧城池。我军顽强抗敌，最终还是无力坚守，不得不撤出呼家峪城。一时间，城内城外一片忙碌。成群结队的胶轮大车、毛驴驮子，急切地把物资装备疏散出城。

在此之前，姬祯任一直趴在密码纸上就没有出来过。其间，他有两次被憋得疯傻不知暴跳如雷地要去城北门撞死，也没撬开那三个密码的一点缝隙。当被人架着胳膊急出城门，身边炸弹接连爆响时，他才在痴迷状态中惊醒，不得不承认自己在三密面前败下阵来，也才明白呼家峪城在急乱中落入了敌手。

此时此刻，工作队所有人员的唯一任务，便是扔掉行李和生活用品等累赘，抬着设备和密件箱，快速逃离。

太阳落山时分，工作队进入了东山树林，却迎头遭遇了一股敌军。大家立即隐蔽，未被敌军发现。但敌军依然继续前行，渐渐靠近过来。

姬祯任惊出一身冷汗，当即看清态势：此时敌众我寡，工作队又携带着设备和密件箱，一旦暴露后果不堪设想。姬祯任不敢多想，拉起身边战友朱可心，悄悄爬向南侧树林，然后弓腰疾跑一段，接着站起身来，故意弄响树枝，一路哗哗啦啦向南山坡跑去。朱可心还撕心裂肺地喊："团长，政委，等等我们。"敌人闻声转向，追向南山。

跑出几里地，众敌包抄上来，姬朱二人一边还击，一边寻机逃脱。但很快看清，已经无路可逃。朱可心又撕心裂肺地喊了一声："张力红，你要好好活着。"然后，毫不迟疑地吞枪身亡。姬祯任举枪自毙那一瞬，保密习惯使然，他想起身上还装有一张密纸。密纸决不可落入敌手。他撕碎入口，吞咽下肚。当他紧急做完这一动作，再举枪指向自己脑袋时，敌人枪先响了。他右臂被击中，枪掉落到山坡下。他则飞身撞向老树，即刻脑袋血流如注，却没死掉。等起身再次撞向老树时，被上来的两个敌兵死死按住。

　　队伍辗转到安全地带，才停下清点人数。工作队仅少二人，机器和文件一部未丢。报告打到司令部，当晚便派人化装成山民，进南山寻找。在山坡下，找到了朱可心尸体，却未见姬祯任。之后，又接连找了三天三夜，姬祯任仍活不见人，死不见尸。

　　司令部那位分管情报工作的高参慌了："姬同志若是被敌活捉，招了供，那就等于给我部脱了裤子。"刘红妹斩钉截铁地说："知哥者，莫如其妹。姬祯任必是宁死不屈之人。这一点请组织放心。"那高参说："姬同志的确是一个既能精准预判敌情，又有战略远见的破译师。现在，姬同志生死不明，朱同志不幸牺牲，我很愧疚。"刘红妹愤然："你应该愧疚于整座呼家峪城！"说完，放声大哭起来。

　　自从刘红妹亲手埋葬了心上人，一直强忍着悲痛，没掉一滴眼泪。眼下，再也控制不住自己。

　　后来，司令部多渠道寻查姬祯任下落，一直没有音讯，才不得不向陕北打了报告。这时，离姬祯任失踪已有一个多月。

　　高月明接到姬祯任失踪的消息时，一股少有的恐惧感涌遍全身，但他很快就安定下来。他向首长保证："姬祯任信仰坚定，是最优秀的钢铁战士，更是视保密为生命的铁嘴葫芦，即使被俘，也绝对不会叛变革命，出卖党的机密！"首长说，绝对主义害死人，还是尽快拿出万全之策为好。

　　高月明很快做了应变准备。一是确定了姬祯任的知密范围，做到了心中有数；二是制定了机密泄露之补救预案、我方机要人员之防范性调整措施；三是研究了已破敌方密码停用后之处理方略；四是研判了敌方启用新密之种类选择及其技术创新之可能、我方骨干重组及技术应变之方案；五是商我社会部特工部，启动潜伏敌营的我方人员，摸清姬祯任下落和现实状况。且提出，如若发现姬被俘且有叛变之迹象，建议我潜伏人员即刻暗杀之。

　　防范预案有了，必要的应变工作做了，可高月明坚信：一些预案根本用不上。因为,姬祯任绝对不会叛变革命。

不久,社会部传来一个消息:现已查明,我军确有一人被敌暂31师活捉。其头部受到重伤,一直处于神志不清状态,言语表达有严重障碍,只会勉强说出自己的名字"王迁贵";四肢活动不便,整天长卧不起。现和其他被俘人员一起,关押在暂31师营地。

高月明顿时明白,姬祯任能说出"王迁贵"之名,便证明他神志清醒。他佯装伤重不说话。由此,高月明对他更加有信心。所以,当有人提出是否对高芸草、刘红妹加以防范时,高月明火了:"杞人忧天。多此一举。姬高刘绝对可靠!"

于是,在我方机要人员之防范性调整措施中,高月明压根就没把高刘列入其中。他甚至向高芸草封锁了姬祯任被俘的消息。

接着,陕北局势发生了重大变化。蒋介石集中三十四个旅,向陕甘宁边区发起了重点进攻,妄图一举消灭我党中央、解放军总部和边区部队。

鉴于此,中共中央和中央军委决定实行防御作战,主动撤出延安。毛泽东、周恩来、任弼时率中央机关和军委有关部门,连同中央警卫团,共计六百余人留在陕北,指挥全国解放战争。为保密起见,这支数百人的特殊部队,对外称为"昆仑纵队"。其职责是诱敌深入,牵制胡宗南和马家军两大系统几十万兵力于陕北高原地带。红星二大队组建了一支六十余人的技术侦察队伍,随中央和军委机关行动,代号为"昆仑纵队二大队"。

高芸草作为主要技术骨干,成了昆仑纵队二大队的一员。这个时期,她与中央领导有了近距离接触,脑海里经常闪现出毛泽东讲话时的神态:"打仗嘛,不要在乎一城一地的得失。存人失地,人地皆存;存地失人,人地皆失。我要拿一个延安,换取一个全中国!"这是何等的胸怀,何等的谋略!高芸草佩服得五体投地。她把由崇拜而激发出的热情,都融入到了破译密码当中。国民党几十万大军，在陕北如此之小的战略纵深里，却奈何不了昆仑纵队区区六百人的小队伍。毛泽东从容地领着敌之大军，在黄土高坡上转圈圈，这里到底用了什么魔法？她知道，其中门道，有一点与二大队密切相关。那就是昆仑纵队详尽而及时地掌握着敌情。敌军此时在哪里？彼时要往哪里去？很多情况，二大队都能在第一时间送到首长们手上。

这个阶段，二大队严密侦控了大西北国民党军团各部的行动，破译了敌之大量密码，配合我西北野战军连续取得多次重大胜利。由于有精准的情报做依据，昆仑纵队敢于在与敌相隔不过五六里的距离上行军。有时，敌军在山上走，昆仑纵队在山底走，敌人却全然不知。上级首长对昆仑纵队二大队的工作极为满意，给予了多次褒赞。

那些日子，高芸草心无旁骛，干劲冲天，展现出了超群的攻破能力，在屡破敌密中立了大功。任务中，她常把首长们的赞誉之词挂在嘴边。看得出，她之兴奋和自豪是发自内心的。

有一天黎明，高芸草下了夜班，满脸满鼻孔的灯熏黑灰还没来得及洗，就找到了高月明，急急地问："高大队你说，中央首长对二大队的那些评价，是不是也是对我高芸草的评价呀？"高月明说："你一大早来就为问这句话？那我告诉你，光荣属于二大队所有人员，自然包括战功卓著的高芸草同志。你破的那些密码及其产生的作战效益，足以对得起首长们那些赞誉之词了。"高芸草又问："我真的可以成为毛主席的好战士了？"高月明说："毫无疑问，你是毛主席的优秀破译师，忠诚的情报战士。"高芸草兴奋得孩子似的，笑了。

趁高芸草高兴之时，高月明把姬祯任被俘的情况告诉了她。着重说明，社会部采取了有力措施，秘密派遣特工潜伏于敌暂31师附近数十日，利用我地下人员关系，试图寻机营救姬祯任。前去执行此项任务的，是社会部王牌特工张佳音刘海儿夫妇。

当听到这个消息，高芸草先是如五雷轰顶，后是哭泣不止，然后擦干眼泪,说:"姬祯任不会叛变革命的。我夫妇俩,誓死同党一条心。只是让祯任遭大罪了。"

高芸草真真做到了誓死同党一条心。后来她想,在转战陕北的征途中,自己一丝一毫未曾想过要出卖毛泽东、党中央。经常行军在国军眼皮子底下,自己若稍有二心,那共产党就不是今天的这个结局了。

然而,这个对党绝对忠诚的人,却也背着组织干了一件重大的"秘密勾当"。

那是榆林战役之后发生的事情。

西北野战军以小部兵力引敌继续北进,以一部兵力掩护后方机关,伪装成为我军主力,东渡黄河,迷惑敌人,而真正主力则隐蔽集结于榆林以东、葭县以西地区待机歼敌。

按计划,二大队分作两部分遂行情报保障。一大部跟随大部队留在陕北,另分出一小部随后方机关伪装成主力,从葭县以北东渡黄河。伪装主力,一靠场面上虚张声势,要让敌机空中侦察信以为真;二靠首脑机关大功率电台不断发报,要让敌电台测向信以为真。

高芸草主动申请去了后方机关大功率电台,担负起了应对敌台测向、诱敌上钩的任务。她申请的理由是:近来,国民党军配备了一批较为先进的美制电台测向设备。她要对侦测技术和无线电反侦察工作,做一些探索性研究。因此,需要到伪装成主力的部队收集相关数据和情况。这是个很有预见的想法。高月明当即批准了她的要求。

战役一开始,敌测向设备就侦测到解放军主力大功率电台讯号,经葭县一路向东,正逐渐靠近黄河。这引起了胡宗南部极大关注。这其间,高芸草几次值班上机惑敌。她发了一些敌人不可能破开的乱码杂密,并在一同坐班的同事眼皮子底下,完成了她预谋多时的"壮举":以她调试电台的娴熟技术和虚晃巧掩的机智,用"和密"向南京特别机密电务部发出了一封密电。她断定,这一"壮举"万无一失。因为,这些惑敌密电,己方根本无接收方,倒是设了监督台,可己方明知发的是乱码杂密，不可能再耗时费力去破译。那么，她把"和密"一段电文夹杂其中，自然也被当作乱码杂密来处理了。

具体操作步骤是：高芸草发了三份惑敌虚假密电之后，即刻巧妙调到她与南京特别机密电务部电台通联的频率上，发完一份乱码杂密掺夹着"和密"的电文，即刻又回到了原来频率上，接着发惑敌虚假密电。己方监督台这儿，根本不知道发方是换了频率，它还在原来频率上等着。一份报与另一份报之间，停顿间隔一时是正常的，它以为是发方发了三份密电，稍停一会儿，又接着发的。

事实上，高芸草的确做到了万无一失。南京特别机密电务部成功收到了她的密电，对照《和策殁记》很快译出了电文。其内容是："华北区战俘王迁贵，已被草蜢暗扶数载，正拟发展为我所用，然其尚不自知，万勿向其示明草蜢机密，只管令暂31师巧放其逃归共军，方可辅佐我成就大事。切切，谨记。另，共军主力东渡黄河在即……"高芸草又玩了上次的伎俩，在关键处戛然而止，制造了发报时处境危险的假象。

高芸草孤注一掷，舍命成举，自然是为救夫出鬼窟。这是一个潜伏特工最忌讳的冲动。高芸草却很冷静，那怕为此付出生命，也值得。

高芸草这一把赌赢了。南京方面，高Q接到高芸草的密电后，即刻向暂31师拍发了放掉王迁贵的电令。同时，对"共军主力东渡黄河在即"这半句话进行了分析，认为，高芸草所在二大队一直是跟随中共机关左右的。这封发自大功率电台的密电，至少从一个方面说明，共军西北野战军主力欲要东渡黄河。高Q把情况电告了胡宗南。本来，胡宗南依据共军大功率电台移动踪迹和飞机空中侦察所获动向情报，已经做出了共军主力东渡的判断。可他生性多疑，迟迟下不了决心。高Q这份情报，对促使他最终打消疑虑，起了一定作用。

胡部产生误判，为其败北埋下了祸根。暂31师这边接到放掉王迁贵电令后，并没多想，倒是煞费苦心地想怎么放才能放得巧妙自然，让傻人自不知，逃得真。

不久，敌暂 31 师在备战部署调整时，实施了部队移防。这天，押送战俘的队伍在西南山树林弯道上，被前方队伍堵了半夜，举步艰难，官兵怨声载道。姬祯任趁夜色之乱，滚入草沟，爬进树林，逃掉了。

一个多月后，姬祯任在山西临县找到了红星二大队。

姬祯任先是宁死不屈，后又自己逃回。这下，真正的麻烦来了。社会部和二大队部分同志都问高月明："既然敌方护卫森严，姬祯任怎么就能轻易逃回来了？"

在人们迷茫不解的关口，姬祯任却又主动补充了一个情况："那一夜，在押送被俘人员的路上，我无意间听到敌负责押送任务的一个营长，悄悄对连长发牢骚，说为了悄无声息地故意放跑一个战俘，上面居然让押送队伍大半夜出来绕圈子，真是莫名其妙。我不知道那一夜跑了几个战俘，更不知道敌人故意放跑的那个人是不是我，反正觉得当夜警戒稀松，我逃得较为容易。"

高月明听罢，立即联系各相关部队，让把在呼家峪之战中失踪被俘的我军人员名单、职别、工作性质等情况，尤其是最近有无从敌营中逃回的被俘人员，一并查清速报。情况汇总上来，高月明发现，各部并无被俘逃回人员；失踪、被俘人员名单中，除姬祯任之外，无一人是机要涉密人员。

高月明据此判断，如姬之言属实，他被故意放回的可能性很大。那么，敌人为何故意放他回来？难道是他叛变了，回来搞潜伏？那他为何还自招此情呢？这下，高月明再不敢多说话了。

社会部一番严审严查，下了一个结论：此人俘情不明，调离原职，监督待用。于是，姬祯任被分配到勤务分队，当了一名搬运兵。

近来，高芸草内心狂澜翻腾，表面却平静如初。她想："我除了把自己老底亮给高月明之外，根本没有别的办法能说清姬祯任轻易逃回的原因。"又想，"好在人总算回来了，至少保住了一条命。至于以后会发生什么，静观其变吧。"数日后，高芸草没发现二大队有任何异常情况。从国军密报中，也未发现相关情况反映。她行动自由，工作如常。她再一次判定，自己未遭敌我双方怀疑。于是，她开始三番五次地去找高月明诉说姬祯任的无辜。

高月明明确了一个态度："姬祯任作为一个资深破译师，经受考验多年，是最值得信任的守密者。他若投靠了敌人，那我军机要系统多个方面即刻会遭受重创。现经我们多方查验，从在控敌台、在破密码使用，以及我情敌情等一切情况来看，并未因姬被俘而发生任何异常变化。社会部也了解到，其他机要保密战线均一切正常！初步判断，姬祯任没有叛变。但现在，这个被敌俘获之人，又轻易逃回来了，且有被敌故意放回的嫌疑。这就很难让上面彻底放心，而二大队也不敢再为他拍胸脯子。"

高芸草自知高月明言之有理，便不再多说什么。

数月后，经大队批准，高芸草和已归建红星二大队的刘红妹一起，到勤务分队看望了姬祯任。

姬祯任身架骨结实了许多，可精神状态极差。他给高月明捎了个话，说在这里没密码破，生不如死。能否让他回去参加工作。他还对刘红妹说："我见证了朱可心同志的忠诚。他死得其所，死得光荣。"提到朱可心，触到伤心处，刘红妹哭着跑掉了。

接下来，战争形势发生了重大变化，人民解放军转入了战略进攻。各野战军节节胜利，国民党军则步步败退。按照战争规律，一方越是整建制地被消灭，其越是频繁更换密码。战场上失败一役，其密码难度便会增加一层。近来，国民党便是如此。其军特各部都普遍推行了极高难度的密码体制。

红星二大队在人力上统筹调整，任务上科学配置，节奏上一再加紧，时间上每人每天睡眠不得超过四小时。高芸草、刘红妹吃住都在办公室，连续数月处在拼死一搏状态。刘红妹说："我怎么觉得天天都在做垂死挣扎呀。每破一部密码，总觉得是把最后一口气儿用尽似的。有一种濒临死亡的感觉哟。"高芸草说:"任务确实繁重,但也不排除你身体报了警。你要处理好休息与工作的关系。"刘红妹说:"这仗打得催命似的,好好睡一觉都成了一件奢侈事。等这一仗打完了,我睡他个三天三夜。"

这期间,姬祯任又两次提出能否在那边也能做些业务工作。高月明经请示上面,还是回绝了他。姬祯任不再沉默,整天对看管人员吼叫:"我跑回来就是要为党效力的,为什么要剥夺我工作的权力?别的部队连日军战俘都能收留并安排工作,为什么就不能让我上岗?难道非要让敌人杀了才好,我活着回来反成了贼?难道只有死了的姬祯任你们才肯接受吗?还是死了干净,死了大家就都素净。"

后来,二大队工作有了重大突破。各路骨干依靠破译实践经验和规律,通过改进技法战法破法,最大限度地发挥优势效能,利用特定条件下敌方密码通讯中的矛盾弱点,死咬揪住敌之失误漏洞不放,成功解决了一系列侦破技术难题。高芸草、刘红妹成了破译师中的"双雄",两人的配合达到了惊人默契和完美互补。像如此领军尖刀、先锋团体、破译三杰、四杰、五杰等,在二大队系统还有很多个,其密码破译工作一再在各地多个战场遍地开花。

高月明一直在关注着姬祯任的情况,依然没有发现和掌握因姬祯任被俘,而产生什么恶果,带来什么损害。但社会部又商调多个在敌军中的潜伏关系,仍未能排除姬祯任被敌故意放回的嫌疑。也许时间会证明姬之清白。但姬祯任等不及,高月明也等不及。于是,在姬祯任精神极近崩溃、在一次自杀未遂之后,经高月明多方请命,终是让姬祯任回到了二大队,允许他在专人监督下,做些涉密不深的辅助性工作。高月明便安排他整理以前的废报残报和归入死档的密报。总算又见到了码子,姬祯任精神状态迅即好转。

高芸草长长舒了一口气。之前,听到姬祯任自杀未遂的消息后,她揣上自首书去见了高月明。一见面,高月明便把拟调姬祯任回来的决定先说了。高芸草揣进口袋里的手又拿了出来。

好险！高月明晚说一步，我高芸草就呈上那几页纸了。然而，一个自首了的特务妻子，真能救下无辜的丈夫吗？

姬祯任人是回来了，但依然是被看管居住，不允许任何人与其接触。包括高芸草也不得与丈夫见面。姬祯任似乎压根就没想要与老婆团聚。他一拿起密报纸，那种急攻山头的惯性，就呼啦啦地来了。他每天除睡四五个小时之外，心全扑在了码子里，看管他的人不得不采取几班倒措施。

奇迹出现了！

残报废报里他都能拣出金豆子来，而他每一至二周都能破译一个死密。其中包括以前一些被他判了死刑的密码。没想到，经过几番生死，他脑袋居然更神锐了。据看守反映，他天天都那一副精神病人的神态。你把饭放到面前他都不知道吃；睡着睡着觉，一个惊梦爬起来，光着身子一干就是五六个小时。他破开的那些死密，有的已毫无实效，有的稍微有点情报价值。但这并不影响他的冲天干劲。

后来，现实战场上实在忙不过来，或碰到一些稀奇古怪的密码啃不动，高月明便悄悄拿来让姬祯任试破。有的还真被他破开了。当然，二人是心照不宣地在看守眼皮子底下，做贼般完成了密报传递。姬祯任对这种小伎俩，每每得意非凡，常常是仰天傻笑一番，然后端起放了多时的冷饭狂吃下去。

这种真傻假傻、装疯卖傻的状态，一直持续到东北战事骤急。那边情报保障单位急需密码破译师支援。

高月明给上面打了报告：姬祯任技高衷业，心痴专迷，攻破能力尚处锋锐强势，长期置闲弃用，乃为我情报事业之损失；调姬祯任远离被俘之地华北，再无枝节之忧，甚为安全之策。因此建议，调姬祯任到东北野战军，在专人监督之下，正式回归密码破译一线岗位。同时，调高芸草、刘红妹等九名骨干一同前往，支援东野技术侦察工作。

上面很快批准了高月明的报告，同时明令二大队，对姬祯任事件继续做调查了解,对其人进行长期监督监管。若发现其人有异变不端,可先行果断处置,再上报组织备案。

就这样,姬祯任头上悬着"先斩后奏"之剑,脚上戴着"多链枷锁",来到了东北战场。很快,他与高芸草、刘红妹形成为"三剑客",每每大显身手,屡克敌密。尤其,这三人在娴熟详尽而深刻地掌握了敌之先进编码技术和编制规律的基础之上,能对敌方尚未投入使用的新种密码之编制套路、品类密性、拟用技术点、掩护诡计新招法等,做出准确预判,常常预置攻法在先,技术准备在前,破译预案齐备,随时张网以待,敌之一个新的密码刚一投入使用,他们便稳妥布攻,刀起头落,迅即拿下,往往敌接收方还在按密码本慢吞吞地译文,我方已先其破开抄清,送到了指挥者手中,创造了敌晚我早之奇效。

三人曾有幸与东野首长林彪朝夕相处,很快便摸准了这位司令员打仗的特点:他打仗历来是情况不明不打。他说,打仗打的就是密息战。有了密息情报,可以说打胜仗有绝对把握。高芸草说:"又是一位看重密码情报的首长。这位首长,从不放过密码情报给他提供的每一次痛击敌人的机会。但他对情报的感觉一向极其锐敏,对情报工作的态度也极为谨慎。"

高芸草却难以享受成功的喜悦。她的心,被眼前一幕惊掠而去了。

那是她到侦听室取资料,刚好看到一个正在值机的女侦听员要给婴儿喂奶。有人把婴儿送进来。那婴儿本在啼哭不止,一听到嘀嘀嗒嗒的电码声,哭声戛然而止。有同事帮那母亲解开怀,把孩子塞了进去。战急时,女侦听员经常一边喂奶,一边抄报。婴儿听惯了电码声,拱进怀里吃得贪婪。母亲若无其事,照样专注抄报。

突然,进来两个保卫人员,不由分说把婴儿抱过去,把母亲押出了侦听室。婴儿惊哭,母亲惨叫,惊了在场每个人的心。高芸草这才知道,这个女侦听员是一个叛徒的妻子。

高芸草呆若木鸡。即刻,她联想到了自己,心里一遍遍念叨起来:"姬祯任不是叛徒，我不是特务。我也不是叛徒的老婆。"

惊魂悼胆这一幕，在高芸草脑海存留许久，直到有一天截获了一封特别密电，才使她逐渐淡忘了此事。

那是辽沈战役拉开序幕之时。东野二大队八十余部电台，严密监控着东北全境及邻近地区数十万国民党军队的一举一动。一百三十名侦听员，二十四小时不间断侦听着敌台；九十名破译师都在埋头破译敌军不断更换的新密码。大战在即，胜负在此一搏。每个破译师都绷紧神经，其智慧灵感不断闪现。一个个新密被破译，一份份情报被迅即送达到东野首长手上。

那一刻，是在大白天出现的。夜班破译师都进入了梦乡，一天一夜未能入睡的刘红妹，一直盯着棚顶发呆。她突然坐起，抓过纸笔，对那个稍纵即逝的亮点，展开了猛烈攻击。

一个新密码在刘红妹手里破开了。她先是愣怔发呆，然后，放声大哭。高芸草一跃而起，紧紧捂了她嘴，又一把抓过破译结果，看罢，即刻动手推演了一遍。没错！刘红妹的破译准确无误。

高芸草急火火抱着资料去找姬祯任。姬祯任也一下就被吸引进去，从头到尾猜研了一番。然后，三剑客聚头，又共同趟了一遭。绝对正确！

刘红妹狂喜不已，拳头垂打得桌板咚咚山响。高芸草过来抱紧她，轻声说："冷静！冷静！"

姬祯任神情威严："该密与此次战役无直接关系，存入备密箱，战后再报。现在，你二人即刻去领受新密码。"

刘红妹瞪大了眼睛："此密，意义重大，务必急报！急报！你懂吗？！"

"看你哪还像个临战前的破译师。居然因一己私情而缓急不辨，主次不分。简直昏了头！"姬祯任把材料摔在桌上，走了。高芸草安慰她："此情急不得，稍后再说为好。"

这个密码叫响密，是国民党国防部保密局系统刚启用的新密。刘红

1378 4316 4275 6230 1597

妹破译该密所获得第一封密电,是保密局发给各战区的一份统电。其内容就像猛然甩出来的三爪铁钩,一下子抓进了刘红妹的心头肉里。

日前查清,我暂31师,在呼家峪之战中玩忽职守,视被包围的共军两个奇诡人员之异常举动而不见,不知有吞枪自毙、嚼纸入腹、撞头裂颅之刚勇忠烈行为者,为共军特殊分子,而将其作为一般战俘来刑讯,后又弃放不管。现怀疑,该一死一伤之二人,实为共军重要机要人员。而我特别机密电务部电讯负责人,擅自电令暂31师,放走疑似共军机要分子王迁贵,使我保密局痛失争取其弃暗投明之机会,造成极坏影响。现通告各战区,该特别机密电务部纯属业务指导部门,不具有饬令各战区特务工作之职权。今后凡全军特务工作,均以我保密局之辖令为准。

刘红妹看了此电,甚是欣慰:"尽管敌特别机密电务部插手此事的动机尚难弄清,但此报足以证明姬祯任、朱可心清白之身。一个保密员的职业气节、守密天性和赤诚党性,感天动地。"可她也明白,此电与此次作战关联不大,那些急报要报还呈送不及呢,哪能以一封无关紧要的电报去牵扯首长精力。

高芸草看了此电,心里暗惊:"还好,这封密电中未写明特别机密电务部电讯负责人高Q的真名或代用名。否则,如让姬祯任知晓了高Q是特别机密电务部门的人,他会联想很多,甚至会绕到我高芸草身上,威胁到我草蜢的真实身份。"继而又想,"因草蜢计划属电务部内部机密,那高Q绝对不会告之保密局放人之真正原由,但保密局一手通天,可对高Q依纪问责。从电报上看,保密局和高Q,均不知王迁贵即为姬祯任,否则,事情会更麻烦。"

自从破开响密后,刘红妹心里也一直犯嘀咕:"敌人何故放人?"她去问了高芸草。高芸草故布迷障,似开玩笑地说:"是不是姬祯任有什么亲戚在那个电务部？"刘红妹就去问姬祯任，却遭到一通火呛："你傻呀！咱家有啥亲戚你不知道呀？"

东北战场战事一浪急过一浪。响密牵扯出的姬朱之事，高芸草一直暗中窥视着，试图一旦有情况，自己能在第一时间获知、应变。响密中，毕竟出现了特别机密电务部。这表明，她离危险又近了一步。她心生不安。主要怕被姬祯任盯上。这种发自内心的深度恐惧，很久未见了。因为，她常常忘却自己的阴暗身份。一直以来，她真就以共产党人身份自居了。

那段时日，东北二大队全力盯死战场敌情变化。姬高刘三人和其他破译师一道，一波紧似一波地发起攻击，破译了多部不断变换的新密码，及时获取了关于塔山阻击战、攻锦作战、和平解放长春等方面的详尽情报。

之后，战场形势依然不容乐观，急难情况不断出现。这一天，二大队一直控守的敌之主力师胡延部，突然去向不明。在野战状态下，对敌之一个主力师动态失控，这是一个很严峻的问题。东野首长一阵紧似一阵催问下来，二大队上下紧张到了极点。各口破译师轮番组织力量，不断冲击险峰。有的几人集体攻坚一密，有的单枪匹马死抱一密狂啃，还有一人兼顾穿插攻击数密的。每个人都把自己全部智慧都调动到了极致，以倾尽生命最后一丝气力之姿态，攻击着每一部密码。

然而，令人奇怪的是，拿出吃奶的劲破开的胡延部各个密码，从中所获得的情报基本上都是无用信息。亦即，敌台倒是都忙着，相互间密电照常拍发，可都成了扯闲篇的长舌妇，彼此间用密码通联的内容，皆为无关痛痒的杂务，没有哪一条涉及军机密情。

二大队还从未碰到过这等鬼事。破译战场一时空气骤急，几乎到了一点即爆的程度。

这个时期的姬祯任，因表现突出，已被指定为第三破译小组组长。但对他的监督依然没有撤销。他走到哪里，总有两人跟到哪里。不知情者，还以为是两个贴身警卫呢。

姬祯任手中笔滑落在地，人也瘫软到桌下，昏晕过去。每个人都在铆足一股狠劲,冲击着各自的山头,没人注意也顾不上伸出手去摇醒昏倒的人。高芸草把一个推演步骤做了一下了断,才起身把一杯水泼向姬祯任的脸。姬祯任一激灵,醒了过来,爬将起来,又拿起了密码资料。

警卫见姬祯任状态不好,就端过一杯热水给他喝。他一口气喝完,突然一臂扫过去,把桌上密码资料全都扫到了地上,脚踩上去狠狠跺着,嘴还骂骂咧咧:"什么鬼东西?去你妈的空壳蛋!喝你妈的小烧去,睡你妈的大觉去。"

姬祯任骂人说脏话已多年不见。刘红妹瞥了他一眼,又埋下头去。刘红妹是负责胡延部方向的主攻手之一,此时压力巨大。她脸色煞白,汗珠子直往下滚。她翻查了手里已破密码各报,仍未见胡部影子。又跑向各组追寻索求,亦未果。嘴里还念念有词:"胡延啊胡延,你老贼活生生把人急死了。"高芸草过来劝她,喝杯水,静静心。刘红妹目中无神,有气无力:"这次,是真感觉,垂死挣扎的状况来了。"高芸草扶起她:"你几天几夜没睡个囫囵觉了,先去打个盹吧。"

姬祯任火不打一处来,瞪眼问刘红妹:"怎么,你想睡觉去?你是胡延方向的主攻手,你好意思跨出这个门?告诉我,胡部躲到哪里去了?"

刘红妹眼泪溢出,瘫软坐下,话如游丝:"好好,我接着找。我总觉得胡贼正躲在某个角落里,一脸狰狞瞧我笑话呢。"突然,她不动了,脸涨得通红,一张嘴,一口鲜血喷吐而出。

破译师们惊恐地围上来。姬祯任火气不减,叫道:"这是战场,见点血有什么大惊小怪的。各回各位,赶快突击找胡贼。卫生员!"

高芸草要和卫生员一起搀扶刘红妹去卫生室,被姬祯任一把拉住,喝道:"回去!你的岗位在办公桌上!你的任务是一刻不停地查找胡延!"

"难怪红妹骂你少人性!"高芸草一股火气突进,急扭身子摆脱开姬祯任拉扯,居然还不由自主地顺手打了他一记耳光。

姬祯任愣在那里不动了。他脸上一阵火辣辣疼。摸了一把脸,手上沾了血迹。这是高芸草手上沾的刘红妹的血。他下意识地嗅嗅血腥味，看着刘红妹被扶走的背影，眼前出现了赣南老家的一塘水湾。那是少时姬祯任领小红妹去看大人们抓鱼。那大塘水湾子被搅得水浑泥泛，鱼儿们遭尽捕抓。兄妹俩悄然发现，有一条大鱼顺湾边水沟儿，偷偷游进了一畦水窝子里，藏了起来。红妹见状要跑去叫人来抓，被姬祯任拦住，推了个嘴啃地。小红妹哭喷了姬祯任一脸鲜血，却忘掉了水窝子里的鱼儿。那鱼精儿由此逃过一劫。

姬祯任又一次把沾血的手掌凑到鼻子上，忽地，他想到战场上诡异一端去了："这个老贼，会不会也像那畦水窝子里的鱼精儿，认为最危险的，也是最安全的？他不会启用明码电报或方言话报，用以联络重要军情吧？"

于是，他高喊一声："给我盯紧胡部的明语话报通联！详情速报我！"接着，又吼道："快去找废报明报！"

他一脚把旁边的废报箱踹倒，把几十公斤重的废报全倒在了地上，歇斯底里地说："废报箱里找胡延！"

一般情况下，经各破译师仔细甄别、处理过的毫无破译条件的残废密报，以及毫无意义的杂乱明报，都要集中放入废杂报箱，打完一仗后便做登记销毁处理。

然而，一番查找，废报箱里一无所获。

姬祯任吼叫了一声："胡延，你在哪里？"他简直就要崩溃了，四仰八叉地瘫躺在了那堆杂报上。片刻，他手摸索着身边的乱报，又一份份看起来。其实，他也没看心里去，只是惯性使然。

突然，他一个打挺坐了起来，两个指头捏着一份报，甩得哗哗直响。

这份报仅有八个数字：11662570。

这个把明码电报本近万个汉字代码烂熟于心的破译师，头脑中立刻反映出两个字：女陇。

此刻，他眼珠子瞪得山大，迸闪出了精神病人般的眼神，失态地挨个去摇破译师的胳膊。他嗓音颤抖，嘴唇哆嗦不止。

"你说，溜边的一定是鱼王吗？"

"女眈是谁？"

"潜到眼皮子底下的会是大鱼吗？"

"哪个地方叫女眈？"

其实，他心里明白，他这是多余一问。东北全境国民党驻军团以上长官的姓名、东北全境镇以上地名及有名的山川湖泊，都在他脑子里清清楚楚地装着呢。没有哪个敌官、哪个地方叫女眈。然而，按规矩，他必须听到大多数人的意见。

他脸上还带着血迹，走到高芸草面前，抓了她手贴到他脸上："你没觉得吗？红妹血成了你我间的黏合剂。嘀嘀。唯她独醒！她躲哪儿偷懒去了？快让她告诉我，谁是女眈？女眈是何地？"

高芸草一脸莫名其妙，喝道："神经兮兮的，你要说什么？"她抓过他手里的那份报一看，发现是一份普通得不能再普通的明码电报。

她当然明白，急战中，侦听员、破译师每天要经手处理成千上百份密电、明电、商用报、私家报，还有一些收发无名的半截子报。这样的明报被弃扔掉一点也不奇怪。

高芸草盯着姬祯任说："你神怪鬼火的，盯住这两个字有什么意义？"

姬祯任怪异地笑了："在战场上，你见过两个字的电报吗？难道两个字的电报就没意义了？！一个字的电报还能成就上海一段情缘呢？两个字的电报为什么就不能成就东北一纸军情？为什么就不能把胡延送进我手掌心？来人哪！查胡部乃至整个东北全境敌官、地名，看看这个女眈是什么东西？查！查！快去查！"

不一会儿，查敌明语话报的同志过来报告："这几天，胡部往来明语话报用的大都是广东籍话报员，用广东方言通报情况，都被我二大队广东籍侦听员严密控守着，其中却没听到任何秘密信息，对作战毫无用处。"那同志又补充了一句："不过，也出现过另一种方言，却都是敌女话报员在说。这种方言通报量很少,每天只出现三五次。我全大队的侦听员都听了个遍,没人能听懂在说什么,也就没再管它。"

姬祯任把那两字份报一下甩向空中,骂道:"糊涂!量少就不听了?"他直奔侦听室而去。高芸草也跟了过去。

最终,二人又垂头丧气地回来了。妈的。听不明白!那方言谁也听不明白!

傍晚,有人来报告,让各部查遍整个东北全境,没查到哪个军官、哪个地名叫女眬。

"眬字是看不清楚、模糊不明的意思。而女眬一词字面却毫无意义。"姬祯任又神怪起来,对高芸草说,"直觉告诉我,这不是一封废报残报半截子报,而是一封只有两个字的全报。这报肯定有意义!"他转向大家,站立不动了。他陷入了深思。片刻,他大叫起来:"是它!肯定是它!女书何方神仙?或是哪个地方?是查,快去查。"

高芸草告诉他,查女眬时,凡是带女字的人名地名都已经查遍了,女书也不是哪个人哪个地儿。又问他:"女书二字,从何而来?噢,我明白了。你怀疑女眬二字是误发或误抄。没错。女字1166,双重码,相互验证,一般不会误敲或误抄。如果有误,这个眬字有误的可能性大,而眬字2570中,这个0字最容易与9字相互弄错。因为,9字是四嗒一嘀,0字是五个嗒。大家都清楚,报务员是要压着几个码子抄报的,在急速抄写过程中,当听到9字的四个嗒时,脑子容易条件反射'早搏'误判成五个嗒,而模糊掉那个嘀,这样就把9抄成了0。那么,女眬11662570,实质上就是由女书11662579误抄而来的。不过,这只能是多种可能中之一种可能。"

姬祯任叫道:"芸草你说得没错!既然女眬没意义,那就去琢磨女书!在这种无招的情况下,这个小概率的活,我们务要试一试。那么,女书的意义在哪里呢?"

片刻,姬祯任把那份报抛向空中:"这份报绝对不是误发误抄!国民党的发报员不会差到出现百分之五十的差错率，而我二大队侦收员也决不会误抄。所以说，我判断，是敌方有意把女书发成女陇，好以此迷惑我军。本来，战乱中启用明报，已经布下了一个出其不意的迷局；却又是一封看似残报的二字报，更是迷上加迷；现在居然又故意误发出二个毫无意义的字，这就更难让人识破迷局了。好了。大家都去想女书吧。谁想出结果来，我便告诉他当年那封一字电报背后的爱情故事，包括我的初恋及其初吻。"

"姬祯任，在急战状态下，还有心开玩笑，你是不是真的神经错乱了？"高芸草这话刚一说完，转眼间，却怒气消失，神色柔变，竟然喃喃细语起来，"祯任，其实，上海爱恋的每一个细节，我都记得清清楚楚，包括咱俩香樟树林里的亲吻。"

这句话，似一棒把姬祯任打醒，他忙阻拦："芸草你也疯了，当着大家的面，香樟林里的事也敢说？别别你别……"

"那好，咱就不说香樟林。祯任，那说说你我的另一次吧。那一次也是终生难忘哟。"姬祯任脸色极其难看，又听高芸草说，"在那家图书馆里，咱俩一整天地聊书。聊得那个惬意哟。"姬祯任拉她："大家都在急寻敌踪。你若非要说，咱到一边去说，别影响大家。"高芸草一甩胳膊："你刚才不是说要让大家听咱俩的初吻吗？嘿嘿。别紧张，放心吧，羞事不说，咱就说图书馆里的事。那天咱俩聊书，聊得很杂，聊得浮想联翩。记得，还从柳宗元《捕蛇者说》的'永州之野产异蛇'，聊到了太平天国曾北过永州，又聊到永州南部江永县发生在女人身上的一件奇闻。"

就这最后一句话，致使姬祯任脑袋轰然炸响。他孩子般惊叫一声，然后，笑诵道："其歌扇所书蝇头细字，似蒙古文。全县男子，能识此种文字者，余未之见。此乃女书也！"

高芸草灿烂地笑了："是爱情的力量，拨动了你久存的记忆。"

大家面面相觑。姬祯任解释说："自古以来，湖南江永县南岭山区，有一种专为女人存在的文字。这种文字，用的是当地土语方言音节表音，声调多而杂,土极而难懂,流传适用范围极小。当地妇女有唱歌堂的习俗,常常聚在一起,一边唱读,一边做女红;也常用这种方言绣字在扇面、手帕、纸片上,称之为'读纸''读扇'。这种方言文字便叫女书。据载,这专属女人间独用的方言文字女书,在世界上独一无二。知其存在者,更是少之又少。"

这一刻,姬祯任还沉醉在上海图书馆里,缓缓道说奇特的女书文化。下一刻,一跃而起,直奔电话旁。

"敌军密码不藏密,剑走偏锋设歧局。世界唯一是女书,密用方言奇葩语。"姬祯任脑子大概还在古书馆里没出来,要通电话先来了这么几句。

那边领导急叫:"说人话!"

姬祯任这才说:"所获一份明报,仅写'女眈'二字,现破解后判明,这是胡延通知给所属各部的通联方式:启用女书。由此可见,敌军早有预谋,秘密招收并培训了一批江永藉女子充当话报员。胡延是湖南人,想必对这奇异而罕见的方言情有独钟。孤此通联手段,却也诡秘安全,出其不意。现请求,即刻布置东北全境我军各部及地方各地下联络站,紧急寻招湖南江永藉女子。女书待破!十万火急!"

三天后,各渠道秘密送来了五位江永藉女子,其中,真有一位通熟女书。上机试听,效果奇好!

二大队破译师多是逢敌密必破,把那胡延逼得不得不觅歧途、走险路、想奇招。姬祯任笑脸送到高芸草面前:"我二大队威武呀!芸草同志。"高芸草面如冰霜,却说:"该去看看红妹了。她还在昏迷不醒。"姬祯任一瞪眼:"我哪有时间!"

此时,姬祯任又想起了那份明报:女眈。战争期间,用明码或地方方言、少数民族语言,隐含暗传重要密息的战例并不少见,但像胡部在极危关头,用密码电报当幌子,把机密变相用明码拍发,并施用女书通联,实属罕见。二大队破译师,通常把此类垂死挣扎状态下启用的明报,戏称为"冥报"。事实证明，正是这封特殊"冥报"，直接把胡延部送进了地狱。

多少年之后，姬祯任去了趟江永县。他拜访了那位在辽沈战役中，因侦听女书而立下大功、现已退休在家的女老英雄；还经女老英雄引导解读，美美地领略了一番女书传统文化的独特魅力。其间，他拿着一方女书写就的红字手帕，不由得眼圈红了。他想起了多年前积劳成疾而当场吐血的刘红妹。

那些天，刘红妹濒临死亡的感觉一直缠绕着她。因战事骤急，姬祯任未能及时安排送她去后方医院。她在大队卫生员怀抱里，昏迷了数日，差一点就丢了性命。

远在总部的高月明听到这一情况后，深情地说："刘红妹同志倒在了破译战场上，为神圣的密码破译事业，几乎倾尽了全部心血和智慧。虽然她生命游丝几近断裂，但她身上闪耀出来的破译师所共有的优良品格，支撑着二大队一再延续奇迹，不断创造辉煌！"

然而，在辽沈战役末期，姬祯任小组在对敌情的掌握上，出现了一次重大疏漏，给过去那些"奇迹""辉煌"，加了一个灰色尾巴。

当时，我东野各部正全力围歼廖耀湘兵团主力，躲在战场偏隅的敌孤军潘亭部，实施了无线电静默，致使二大队一时难以判明其去向。后几经综合研察和分析各方面的信息情况，上报了"这股敌军已经西进"的判断。

而事实上，潘部敌军连夜悄秘潜行，已经东窜而去。东野发现这一情况后，迅即调集兵力实施阻击，最终歼敌大部，但还是让敌逃窜数千人。

战后，东野并未对这次情报误判事件给予追究，连一字一句地责备之言都没说。但姬祯任自己却一直过不去。他反复查找原因，一再请求组织严惩他本人。同时，还紧紧揪住高芸草不放。因为，高芸草是监控潘部方向的负责人之一。

有一段时间,他盯住高芸草总问同一个问题:"为什么你高芸草也做出了潘部敌军西进而不是东窜的判断?"反反复复地问,不厌其烦地问,有一次,高芸草脑袋突然嘎巴一响,顿时惊出了一身冷汗:"他分明是怀疑我并非误判,而是有意为之呀。也就是说,他怀疑我有意放跑了敌人。"他若真这样想,那可是天大的冤枉!我高芸草已不是原来的高芸草了,岂能故意放跑敌人;他若真这样想,那可是天大的险事!说明他开始怀疑我高芸草真实身份了。高芸草觉得最为稳妥的办法就是装聋作哑。

可是,姬祯任还是时不时地问她这个问题。无奈之下,高芸草决定反守为攻。她冷冷地说:"最近,我一直在想一个问题。溃敌败退,东窜而逃。是否有人故意网开一面,为敌留下一条生路?那么,这个人会是谁呢?"她看到姬祯任面无反应,又说,"是谁一向倡导非攻兼爱,唾弃武略攻伐,同情怜悯残溃之军,极力反对赶尽杀绝?哼!误判?果真是误判吗?"

其实,她也是权衡再三之后才说了这番话的。她知道,说出这句话,就容易使姬祯任想起古人恺切思想,进而想到《和策殂记》,从而危及和密安全。然而,她已顾不那么多了。她必须如此反击他。当然,她知道他不是那种故意放跑敌人的人。

姬祯任听罢此言,愣怔多时,说:"对过失反思过了头,便是对过失的追加。既然已经化腐朽为神奇了,那便不会再有化蛆蛹为偷蝇之可能!"

一直对这一误判过不去的还有一人,那就是病中的刘红妹。当她听说敌军东逃数千人,心里就七想八想起来。这天,她拖着病弱的身体,步行近百里,找到了大首长。她说出的话,同高芸草那些话如出一辙。

首长说:"事实上,二大队提供的正确情报千千万,而误判极少。偶尔出现一次疏忽,也属正常现象。尤其,当时战场态势极其复杂,加之该部敌军电台长久静默,后又完全弃用电台,这就很容易让人产生误判。上纲上线恐怕不好。"

刘红妹一阵剧烈咳嗽，吐了一口血痰，说："这次情报误判，不是件小事。姬祯任作为小组负责人，导致他误判的主观思想是什么？我建议，上级应成立专案组进行调查。我这可不是在兄妹亲情面前显摆大公无私。我是从骨子里反对情报工作中有不清不白的事情存在。"

很快，上级成立专案组，对二大队情报误判事件进行了调查。对前前后后的各类情况、各份密报以及每个人在研判敌情过程中的具体表现和细节等，都展开了三番五次的了解、询访、查验和研究。最终下了结论："没有发现任何人有故意纵敌、主观犯错的情况。"专案组把每个人的调查材料，都一一公布于众，接受监督。

自此，刘红妹、高芸草打消了对姬祯任的怀疑；姬祯任也打消了对高芸草的怀疑。他还自问：职业习性使然，人人遇事怀疑一切。这是好事还是坏事？

一天，姬祯任问高刘二人："你俩一向坚信我不会当叛徒，为何却怀疑我会放跑残溃之敌呢？"刘红妹说："这是性质完全不同的两码事。"姬祯任说："二十多年了，那支军队绝杀人民队伍的屠刀一直就没有放下过。那样的敌人多跑一个，和平生活便会迟来一天。你们说，我有什么理由放跑他们？！"

高芸草嘻嘻一笑："一日纵敌，数世之患。谁都明白这个理儿。难道你没看出来，我俩较真儿，是给你闹着玩的。在寂寞战场，图个乐子罢了。"

姬祯任喝道："严肃点！"

"谁给他闹着玩，我是认真的！"刘红妹瞪眼说。

辽沈战役之后，姬祯任、高芸草、刘红妹所在二大队，继续跟随东北野战军参加了平津战役。作为重要破译骨干，这三人依然屡破密码，又立下了新功。

这之后，二大队才把那封能证明姬祯任并未叛变的密报送到了上面。

上面认为，这封密电却也敲死了另一个事实：姬祯任的确是被敌故意放回来的。而被放回的动机又无从知晓。所以，仅凭这一封密电还不能排除姬祯任身上的疑点。

于是，姬祯任回归红星二大队后，依然在被看管被监督状态下工作。

刘红妹为此大闹了社会部。她有一句话说得欠逻辑，被人家抓住了小辫子。她说："仅凭一封密电，就不足为证了？就不能还姬祯任清白了？这些年，仅靠一封密电，拯救这支革命队伍的次数还少吗？！一封密电，为什么就不能救下一个赤胆忠心的老红军破译师？"

社会部负责与刘红妹对话的，是已成为部门领导的张佳音，旁边有女干部刘海儿作陪。听罢刘红妹这番话，刘海儿火气冲天："原来，在你刘红妹心里，一个姬祯任可与一支革命军队等量齐观。你二大队的人，一直就是这样对待个人问题的吗？什么政治觉悟？你二大队一封密电，难道就是特赦令，就是免死牌吗？"

"刘海儿你还真说对了。二大队的密电在有些时候就是免死牌！因为，它曾让不计其数的革命将士免遭流血牺牲。这是铁打的事实。看来，你刘海儿是对二大队有成见！你听着，你怎么诬贬我刘红妹、怎么整他姬祯任都可以，但你不能妄议我二大队。你刘海儿真还没这个资格！如果，你这个态度，代表的是社会部，那咱得到大首长那里评理去！"刘红妹拍案而起。

此事过去不久，高芸草、刘红妹和二大队部分同志，参加了解放军进京入城仪式。这天，是1949年2月3日。

高芸草和大家一起，是坐卡车从永定门驶入城内的。她看到，城内城外，人山人海。鞭炮声、锣鼓声、欢呼声、口号声响成一片。这座古老的城市简直沸腾了。当通过东交民巷时，车队被欢迎的群众围了起来。学生们爬上车贴标语，高芸草后背上也被贴了两条。她兴奋异常，满脸洋溢着喜悦。她又要了一条"共产党万岁"！贴在了胸前。忽地，她打了个激灵，不由得颤抖起来。

这时，站在身边的高月明问："怎么，芸草同志激动了？"高芸草脱口道："尽管走在了入城大军里，我怎么还觉得是个旁观者呢？"

高月明说："此言差矣。二大队人怎能是看客？！莫说这座城市，就是将要成立的新中国，都有你高芸草增添的一砖一瓦，一木一石。你和入城大军里的每个同志一样，都是新北平、新中国当之无愧的主人！"

高芸草心里一惊，赶紧捂了嘴，哈了口冷气，又灿烂一笑："新中国的主人？还当之无愧？真的吗？我好荣光哟！"

这时，就听刘红妹愤愤不平地说："姬祯任、朱可心本该都是能走在进城大军里的。他们也是新中国、新北平的主人，且是当之无愧的主人！"

1378

— —   — —
• — — •
— • — —

7011

密

钥

篇

第二十四章　婴之墓

我觉得，在老姬家女人当中，身世最为凄惨的要数刘红妹了。这个早年的姬家童养媳，参加革命后，先死了未婚夫姬祯富，后死了心上人李末子，在呼家峪战役中，又失去了新结交的恋人朱可心。当我看到这些史料时，还未来得及惋惜，却又发现，刘红妹也走到了生命尽头。

那个时候，刘红妹还没有料到，眼前这份情报会是她密码破译生涯的绝响：

> 1949年4、5月间，南京、上海相继解放之后，蒋介石妄图再次以重庆作为"战时首都"、以西南为"复兴基地"，将白崇禧集团和胡宗南集团所部主力撤往大西南，等待国际形势变化，以求得东山再起之时机。

这是刘红妹在对多个层面密码情报进行分析研判的基础上，向上呈报的一条综合性密息。该报虽然简略，其附件却颇为详尽，计有三十七项共6283个字的信息量。

在多方获悉蒋介石部署西南防务的情报之后，上级随即展开了解放大西南作战准备。很快，二大队一项密令落在了刘红妹头上：由她带领一支小分队，潜入重庆市区及近郊，执行无线电抵近侦察任务。

此举为常规侦察项目，对小分队来说是轻车熟路，并无奇特之处。而令人无从知晓的是，这项大任务中还隐藏着一个小任务，或者说，这项大任务根本上就是为掩护这个小任务而专门设置的——刘红妹身上还肩负着另一个机密使命，即，由她去独立完成一项代号为"猫头鹰1号"的秘密任务。

　　这天傍晚，刘红妹独自走出小分队隐蔽处，拐过两个巷口，在点心铺佯装买晚点，待看清确无可疑人盯梢后，便招手叫了一辆黄包车，七窜八拐了多条巷子，迂回到了任务区门口——香脑河路178号。

　　然而，黄包车并没在178号停下，而是拐弯冲进了一条阴暗胡同。刘红妹大叫："跑过了，快停下！"车子停下来调头。刘红妹这才发现情况不妙，随即掏枪在手，但还是迟缓一步，旋即被一钝器击中头部，晕过去。

　　车子疾奔到山脚下。刘红妹隐约觉得，自己被车夫扛在肩上，走向山沟深处。

　　当她完全清醒过来时，车夫正在翻看一叠材料。她知道，那是她身上的东西。她后脑勺流血不止，挣扎着坐起来，伸手去抢抓那叠材料。车夫古怪一笑，把她推倒在地。她拼死反抗，一把冲车夫那层假脸皮抓过去。她想看清这个歹人的真实面目。她没抓着歹人脸，却一把锁住了歹人喉。这歹人反应挺快，揪下身上一粒纽扣，塞进了她嘴里。她瘫软下来，顿觉浑身无力，抬不起手，说不出话。但她神智还清醒着，看见那车夫又把那叠材料揣回她衣内。然后，车夫走向一棵被大风刮倒的枯树。那里被树根撅出了一个深坑。

　　"要想人不知，除非己莫为。这些天，你偷入贼窝鬼窟，我背地里都盯着呢。今天，之所以要让这叠材料给你陪葬，是想让阎王爷晓知你刘红妹不是个冤死鬼。"车夫眼神杂乱，口吻冷煞，"招祸取咎，唯馀一死。你如此不可救药，那就怪不得我了！好在，还有一处绝好的天然墓穴属于你。"边说边在一棵树杆上刻下了一个"婴"字。

车夫一开口说话，那熟悉的嗓音如五雷轰顶。刘红妹恐惧到了极点，眼睛一瞪，便失去了知觉。

代号为"猫头鹰1号"行动计划是由社会部高层机要部门秘密制定的。红星二大队除了参与谋划的高月明之外，唯有任务执行者刘红妹知晓此密情。

到重庆后，刘红妹一边指挥小分队执行既定的技术侦察任务，一边独自秘密做着"猫头鹰1号"行动前的准备工作。

这个"猫头鹰1号"任务的第一步，是要刘红妹先期接近国民党国防部保密局。高月明给她准备了分量厚重的内部机密材料作诱饵，去迷惑香脑河路178号主人甄艳丽。然后，由甄艳丽携此材料，带刘红妹去敲开保密局大门。

携机密材料上门，是整个行动的关键一环。因此，带材料去之前，刘红妹先后两次进入香脑河路178号，成功与甄艳丽取得了联系。

在刘红妹和高月明眼里，此次行动，每一个步骤、每一个环节，都运筹得极为周全。178号没有理由生出疑心。事实上，行动进展得也颇为顺利。

殊不知，暗中还有第三只眼睛。这不，在刘红妹带机密材料迈进178号大门之前，那个车夫抢先一步下了毒手。

车夫拖着刘红妹走向树坑墓穴时，刘红妹头脑尚存意识，当即揣测出了事情的大概结局。

"猫头鹰1号"行动刚一启动，便惨遭夭折。我出师未捷身先死。

这场灾难，已无可挽回，而高月明却一无所知，还以为我成功潜入了敌营。

为此，他仍按原计划，商社会部和司令部发布了一项密令："进城各部队不得以任何方式，惊动香脑河路178号。"

接着，他命令："抵近侦察暂行中止，小分队即刻撤出重庆，返回本部待命。"

他未向小分队成员做任何解释，却独自向上级写了一份密报："猫头鹰1号"行动之第一阶段任务，顺利完成。

这个结局，对于我刘红妹及其"猫头鹰1号"任务，当然是个毁灭性意外；对于红星二大队，是一场遥遥无期的空寂等待；对于178号，则是一次奇妙的绝处逢生。本来，在攻城之前，解放军是计划要先期拔掉178号这个特务据点的。

早在前几天的一个傍晚，一位不速之客造访了香脑河路178号。

甄艳丽在暗中观察多时，才认出是久违了的刘红妹。

刘红妹依然是几年前分手相拥时的痴情样，火辣辣地亲吻了甄艳丽脸颊，甄艳丽顿觉一股五味杂阵涌上心头，便一把推开那热腾腾的身子："干吗干吗，有事说事。你这副骚怪性情，这些年了都还没有改，我真受不了。"

刘红妹又妖态浪状地扑上来。甄艳丽转身进了卧室。刘红妹居然脸颊绯红，羞目炯炯地跟了进来。

甄艳丽即刻拿出一个袋子塞给她："没羞没臊的妹子，就这点钱票，值得你如此逢场作戏吗？一分不少，如数奉还。"

刘红妹接了钱，眼里闪出另一种光亮。甄艳丽笑说："刚才是情欲！现在是物欲！妹子你一如当年，满身欲望横流。姐真没看错你！不过，姐一直是等着你提枪来取钱的，没想到，妹子还是那副骚性情。"

刘红妹第二次来178号时，甄艳丽和她便谈妥了下一步要做的一笔大额情报交易。这笔交易如若成功，刘红妹除能捞足钱票外，还会附加了却一个愿望：干了这单大买卖，便不再回共军那边。她正式提出了弃暗投明之请求。

刘红妹走后，甄艳丽即刻向上峰报告了此情。

上峰回想起早前草蜢曾发过一封密电，说刘红妹和军医夫妇已被共军一网打尽。可现如今，这妹子却又死而复生，以共军机要员名义，来贩卖情报。于是，上峰准备将计就计，先接受该叛员。待她过来，再仔细甄别其身份。这主要看她手里的货是真是假，还要看分量足否。

甄艳丽在心里默念："但愿那妹子不要失约于我。但愿我等在败退大陆之前，再钓条大鱼儿带到台湾去。"

那些天，甄艳丽一直窝在178号，翘首等待着刘红妹的到来。

第二十五章　我非我

重庆解放前夜，刘红妹多舛的命运画上了句号。我真不忍心就这样稀里糊涂把结局写进故事里。多年来，我极尽所能，一心想把刘红妹草岗岭被害真相弄清楚。终于有一天，在史料堆里看到了一份自首材料，我才恍然而明。

那是1953年新年后的第二天，高芸草走进了高月明办公室，把一份长达四十八页的材料递了上去。

这次呈件，高芸草没行军礼，而是深深地鞠了一躬，然后，笔挺地钉在了那里——身子稳如泰山，神情肃穆刚毅。

对，用这两个词儿形容高芸草当时状态，恰当无比！

高月明对她这番异常举动，并没惊心掉胆，连一点点声色都未变。这个二大队工作元老级人物，统领红星二大队几十年，身经中国革命战争进程中诸多大事，历练出了奇坚的政治信仰和过人的心理素质，再没有什么事能惊了他的心了。

"怎么？你说你是我中间谍、我之敌人？告诉你，打死我也不信！

芸草同志，你是不是被那该死难啃的光复11号密憋疯了，要么就是被11号密吓破了胆，想打退堂鼓？"高月明扫了一眼材料题目，口吻稳缓如常，"你们这些大专家呀，经常被码子搞得诡异魔怔、神经兮兮的。真拿你们没办法。好了，这材料放这儿吧，我抽空看看。你回去吧。"

高芸草自然是走不得，叫道："我要自首！"

高月明依然不动声色："我不是接下你的自首材料了吗？走吧走吧。"

"您让我往哪里走？我应该走向军事法庭！你应该把我送进监狱！"高芸草被高月明的淡漠激怒了。

高月明瞪眼吼道："你被光复11号迷乱了脑子。我等你清醒过来的那一天。不过，我郑重告诉你，光复11号密不等人。拿不下它，你哪里别想去！现在，马上回到你岗位上去！"

高芸草想，自己酝酿多年的自首行动，居然被高月明如此儿戏般地打发掉了。然而，更为儿戏的是，此后数月，高月明只字未做任何回应。

她想，这是要等破了光复11号，再行抓捕之事吧。毕竟，在他高月明眼里，破译密码比天大。这些年，无论何事都撼动不了他这个根本。

接下来的日子，高芸草感觉总有人暗地里盯着她。她当然清楚，那是高月明密布的眼线。

三个月后，光复11号密彻底达成破译。自然是高芸草提纲主破的。

光复11号密，是国民党军年初刚投放使用的高级新密。从中破译获取的情报极其重要，都是台湾反攻大陆的机密情况。为此，二大队为高芸草记了战功。

主席台前，当高月明把立功奖状颁发到高芸草手里时，她死死地盯着他看。

"我知道你葫芦里卖的什么药？你滑稽不滑稽，在投我入狱之前，还给我挂块军功章？"随即，她眼泪奔涌，"这是我最后一次以'同志'的身份和大家站在一起了。我的密码破译生涯到此完结。我却终是走向了光明。"

庆功会结束后，高芸草打起铺盖卷，坐在床头，庄严地等待着那一刻来临。

然而，什么都没有发生。

她依然行动如常。

好在，高芸草留了备稿！很快，她越级向上呈送了五十页材料。增加的那两页，是举报高月明包庇部属、瞒案不报、有敌不逮问题的。

又是一番无奈的等待。

终于，上面下来了两个人。一个是张佳音，一个是刘海儿。

没有办案人员的威严和凶煞，送上的是两张热情洋溢的笑脸。

"我是罪犯呀！同志！"高芸草吼道，"对了，我是没资格再与你们称同志了。"

张佳音笑意依然："在平津战役之前，你在天津城内对军统天津站特工实施那次决绝行动，我和刘海儿都是亲眼所见的。所以，你说你是敌特，我俩不信！同志姐！"

高芸草又吼："如此敷衍一个人的政治生命，如此轻慢一个对党敞开心扉的罪人，你们，这是重大渎职！"

这二人笑着出示了一个邮包。

邮包里有一件衣衫及一张纸。

衣衫是少了一粒纽扣的衣衫！

纸张是写了几行小字的纸张：

走进重庆草岗岭南侧山沟约七百六十米处，有一棵百年老松，树干上刻有一个"婴"字。顺"婴"字正南方向走十三步，有一棵歪倒的粗大枯树，其树根下埋藏着一架女人尸骨，口中含有一粒毒扣。

高芸草一看便知，这是半年前，由她匿名投寄给二大队的。此事曾一度被传得沸沸扬扬，最终却是了无声息。后来，她出差到重庆，悄然去了趟草岗岭，才发现那棵老枯树下，依然疯长着杂草和树稞子。显然，没人挖过此处墓穴。她方知，那个邮包白寄了。这一情况，促使她最终下定决心，向高月明呈送了那四十八页自首材料。

此时，张佳音问："邮包是你寄的？"

高芸草点头。对方没再多问一句，只是说："明天，跟我们跑一趟重庆吧。"那口吻淡然，像是在说让她出一趟闲差。

由重庆公安局协助，果然在草岗岭挖出一具尸骨：口中含有一粒纽扣，烂衣内揣有一个皮包，包内装有一叠材料。部分纸张文字尚可辨清。

高芸草觉得，这一刻，应该有人给她戴上手铐。然却没有。她自由自在地回到了B市。很快，有了结果：

  1、经化验比对，尸骨口中纽扣，系邮包内衣服上所掉落，纽扣之上有氰化物成分残留。

  2、经机要部门鉴定，尸骨衣内遗留材料，实为当年红星二大队所属机密材料。

  3、经法医鉴定，尸骨为女性，体形身高与红星二大队疑似被害者刘红妹基本一致。

  4、百年老松上所刻之字，虽已长得扩散变形，但尚能辨清是个"婴"字。

高月明听到这一消息，先是一愣，后是当着高芸草面，泪洒衣襟，扼腕叹息："原以为人去了该去的地方，没想到却早死掉了。大英雄，你死得好冤啊！"

高芸草吃惊不小："什么大英雄？什么叫死得好冤？那样的人难道不是死有余辜吗？是的，以前，这人破敌密有功，是你的大英雄，可人后来变坏了呀。"

高月明没理她这个茬。

高芸草一阵茫然："看来，当年，是我干掉了你的大英雄。可是，我是不得已而为之呀。那颗脑袋里满满的可都是我党我军机密呀。还有那叠材料，也都是要命的东西。我不能眼睁睁地看着有人携密投敌！机要之人，携密投敌，那等于泄露了咱二大队老底。那些年，我最怕的就是出现这种结局，可它偏偏就真的出现了。出现其他情况，我都可以忍让通融，得过且过，唯独其走出这一步，我便没了退路，只有杀人一招了。"

接着，高芸草又补充了一句，这是她自首材料上忘记写的："那粒纽扣在我藏衣上存留多年，毒性大为减弱，所以，当塞入口中后，被害人并未当即死亡。可以说，是活埋了你的大英雄。我之所以下如此毒手，真是被那不可救药的恶叛逆激怒了心。尽管她是我的救命恩人，但当时我还没想自首，紧急时刻实在别无选择。"

"人真是你杀的？"高月明两眼血红，死盯着高芸草吼道，"证据！证据！我要证据！一旦有了确凿证据，我决不会轻饶你！"

"难道这些证据还不够吗？"高芸草不知所措了，"难道我大义除掉叛逆还有错了？难道这不是我戴特嫌之罪，立除逆之功吗？"

没人给她答案。

后来，高芸草总算被收审关押，却一直未被正式定罪。

因为，此案证据不足！

社会部领导张佳音和专案组组长刘海儿，给高芸草做了一番解释：

重庆草岗岭杀人致死案，有据为证，的确系你之所为。但杀人动机需待查证，不能仅听你一面之词。你说你是为保护我军机密而杀掉了叛逆，还有人说是你身为潜伏敌特，而杀掉了我无名英雄呢。所以说，甄别清楚你的真实身份至关重要。

那么，你自首材料所供你是国民党潜伏特务之身份是否属实呢？告诉你吧，目前尚缺直接证据。其中，有一本被当作密码用的古书是关键证据。我们派人到几个大城市图书馆去找，却一直找寻不到。尽管有人证明当年确有此书，还能记起书中大概内容，但记忆是不能当作直接证据的。你凭记忆而背写下的那本书，自然也无效。上面要的是那本原版《和策殇记》。总之，眼前，还是一切皆由你自己证明你自己是国民党特务。这从根本上说明不了什么。

　　但是，由于二大队工作性质特殊，你又自称有罪；上面也已明确，你确实有重大特务嫌疑。所以，有嫌疑，便不能再放任自流；有嫌疑，就要管制关押。长期取不到直接证据，就得长期管制关押。说实话，这么做，直接法律依据确实不足。但又不得不如此为之。因为你是二大队核心涉密人员。也正鉴于此，上面才给了你一个特殊政策：以嫌疑人员待审待判之名，先入军队机要系统劳教所关押改造，直到有直接证据证明你有罪或无罪为止。这是特例中的特例了。唯此适用于你。

　　高芸草说："我等着！无论怎样，我都无怨无悔！你俩别不信！自从呈上那四十八页材料之后，我才觉得真正脱胎换骨了。什么叫凤凰涅槃，什么叫浴火重生，我算亲身体验到了。"
　　张、刘笑言："你这人哪！让我们怎么说你呢？你呀你呀你……"

　　到了1969年，高芸草被释放。她出狱后要做的第一件事，是紧着打了个申请报告，最终得到组织批准——她正式更名为"夏雨荷"了。
　　"这个名是非改不可的。改了，才意味着与过去那段岁月彻底诀别。"
　　"江小点、高琪茹、高芸草，以前我这几个名字，都不如'夏雨荷'这个名字更有意义。"
　　"没落的，必将要没落；新生的，毕竟会新生。"
　　"这个名字，我要用到死！"

第二十六章　敌之亲

如果没有记错的话，以下这段故事素材来源有三：一是《涉台间谍案选编》；二是祖父姬祯任口述；三是大裆山监狱狱警采访录。

由于故事主人公依然是前面小说里那几个主角，所以，我决计采用省力又讨好的办法，不再过繁描写细枝末节，仅笼统谈谈梗概。我觉得，细节并不重要，关键是要把导致出现 A 结局，而不是 B 结局的因果关系交代清楚。

在这里，我要讲述的是 20 世纪 90 年代初，国家安全部门破获的一起"台商间谍案"，以及其他。

这是一宗离奇之案。离奇之处在于：

一对台商夫妇，在福建一带先后开过三家公司，还在 B 市筹建了办事处。其法人代表是一对少夫少妻，实则背后却是一位老年贵妇在运作经营。

这位老商人，看上去已是七十多岁，经营的全是与老年人有关的项目。买卖着实不景气，此人却乐此不疲。眼见着人在忙活，却又没忙在生意上，心全放在结交老年朋友上了。开始以为，交友是为了兴隆买卖。后来发现，这位老贵妇对战争年代过来的老军人特别感兴趣，尤其喜欢打听过去中央机关身边的人和事。

风刮进了国家安全部门。这家台资公司便被盯上了。

结交人，打听事，均不犯法。却时有发现，老贵妇从邮局发往

1378 4316 4275 6230 1597

台湾的电报有些蹊跷：从字面上看是账单，一些乱糟糟的数字，似乎在向台湾总公司报告经营状况。仔细研究却觉得，公司不大，又是半死不活，哪有如此大数目的资金往来？

安全部门搜集到了该公司拍过的几份账单电报，送到了国家有关机要单位。不久，传来结论：电报所用密码种类为书本密码。但破译条件欠缺，无法达成破译。

密码破不开，视为无直接证据。道理很简单。到邮局用密码发电报的不一定都是特务！没准还是人家的商业机密呢！

于是，此事搁置下来。直到有一天，发现老贵妇打听的老革命者中，出现了一个神秘名字：姬祯任。这就离涉间案件不远了。但又发现，老贵妇也只是打听打听，并无实质性行动。姬祯任其名，可不是谁提谁问谁就是间谍的。

安全部门把在外搞革命传统教育的姬祯任请了回来，安排他在暗处盯了那老贵妇几日。给出了结论：不认识！又说，不妨，请夏雨荷出山。那老东西眼毒！

夏雨荷也在暗处盯了几日。结论是：此人叫甄艳丽，曾有国民党特工经历。又说："若信我，可把这人近况详情细说一下。我能帮你们做多少，取决于你们给我说多少。"

安全部门极为小心，并不多说一个字，只是把那几份账单电报甩给了夏雨荷。她看罢，拿出一本书，叫《和策殇记》。一看就是手抄书。她说，这是她凭记忆背写下来的。保证与原著一页不少！一行不错！一字不差！

关于这本书，有关部门早年已回应过她：自写自抄！谁信？

信与不信，反正这次是依据此手抄本，成功译出了老贵妇的密电。

电报内容清晰地呈现在了安全部门眼前。得到的回应却是："那手抄本不足为证，真假难辨，由此译出的电报内容自然也无可信之处。"

安全部门之所以不信，还有一个理由：破译出的那几份电报，毫无机密可言。只是说，哪月哪日见了哪几个老红军、老八路。其中，有一份报还有点意思，说经长期打探，尚未得到姬祯任任何消息。现请示，能否直接打探高芸草之下落。

夏雨荷敲着这封电报，以不置可否的口吻说："这就更有理由说明，这个老贵妇现在依然是个特务。可抓可逮！"

回应依然是："谁信？"

夏雨荷火了："这也不信，那也不信！那好，我再出个主意！通过邮局，假借甄艳丽之名，用《和策殇记》密码，给台湾那家总公司发封账单电报，就说，姬祯任等人下落已查明，让其头头尽快前来大陆。"看到听者脸色有反应，就又说："我知道，她的那个头头叫高Q。对了，电报上要特别叮嘱，来人务必带上原版古书《和策殇记》。"看到听者频频点头，就更来了劲："原版《和策殇记》，对此案有意义，而对1953年一宗重大疑案更有意义。有了原版书，战争年代之多个疑团，便都能迎刃而解！"

安全部门虽然点了头，但还是将信将疑，便把情况说给了姬祯任，并带姬祯任去见了高月明。高月明重病在床，脑子尚好使，连连叫道："行！这么干，事半功倍！"

安全部门谨慎地走了一番程序，得到了上面批准。最终，由姬祯任草拟，高月明阅改，派人到邮局拍发了一封假密电。

果然，台湾方面上钩了！那天，高Q连同《和策殇记》原版古书刚一入境，便被大陆方面擒获。很快，送国家权威部门鉴定《和策殇记》真伪。结果是：该册印刷于清初年间，实为绝版正宗古书！

紧接着，宣布高Q甄艳丽间谍案告破，却又不是什么惊天大案——在大陆这几年，高甄二人，一没窃取过任何国家机密；二没做过任何违法之事；三没搞过其他间谍活动。唯有打听过姬祯任下落算是件敏感事。高甄二人对此亦供认不讳。

权威部门最终证实，高Q、甄艳丽夫妇早在六十年代，就彻底脱离了台湾情报组织，现无任何特务背景。他俩一心要做的是，找到老友高芸草、姬祯任，以解开心中两大积闷。

一是草蜢为何先是长年蛰伏不醒，后又暴露，继而被逆用？详情到底是怎样的？二是辽沈战役结束之后，国军曾装备了一批新型话报发报两用保密机。这款机型含有语音加密和机械编码加密两种功能。那是国军集高Q、甄艳丽等编码高手和外军高级专家联手，精心打造研制成功后、又经多层面反复试破校验才投放战场使用的"放心密"。当时，国军机要部门甚是沾沾自喜。以为，研制出的这部顶级高难、奇坚无比的保密机，终是阻绝了国军密码通讯一再遭共军破译的厄运。直到撤往台湾，这部宝贝机型尚是国军重要部门的常用设备，被内部誉为秘载党国机密的"生命机""不死码""常青树"。高Q因此而荣立了他一生中最高等级的一次战功。然而，万万没有想到，这款机器刚投入使用不久，便被共军破解。那么，之后，这批机型及其改良机也都随之被共军搞定。而这一要命的情况，直到国军到台湾数年后才偶然晓知。高Q因此而挨了一个高等级处分。高甄二人百思不得其解：在当时技术条件下，共军是如何获取并破解开这部设备的？

当然，以上两个问题，早已不会对大陆机密安全构成任何威胁。所以，高甄二人才想解开这些郁积心中多年的闷子和疑惑。而实质上，是高甄二人旧事难忘！旧友难忘！旧情难忘！旧亲难舍！其所做一切，皆为怀旧情绪浓烈所致。觅故人，解旧闷，续友情，了心结，求亲和，释怀宽心是根本，并无其他所求。

从办案角度看，让人难以置信。

从人文角度说，似乎可以理解。

高甄之案虽算不上什么大案，但从台湾带来的《和策殇记》原版书，以及一些文电原件，却解决了1953年积压下的那宗国民党特务重大嫌疑案。

三十多年悬疑大案，终是真相大白！

这个案件的一个关键证据，便是延安时期一封信鸽密信。眼前，高甄二人证实，那封信鸽密信原件，当年特别机密电务部门是收到了的。这二人清楚地回忆出了信鸽密信的具体内容。与信鸽放飞人高芸草1953年的交待完全吻合。那封信鸽密信，的确出卖了红星二大队一些重要信息。现在人证是有了，可尚缺物证。

经有关部门特别安排，表示积极配合的高Q，又悄然返回台湾，搞来了台方已解密的部分资料档案，其中包括那封信鸽密信原件和另外两封密码电报原件。那封信鸽密信原件，足能证明当年高芸草有罪；而另外两封密码电报原件（一封是高芸草谎称褚密桓密余密被共军破译的密电，另一封是高芸草秘密策应西北野战军实施东渡黄河战略欺骗及让放掉王迁贵的密电），可以证明高芸草有功。尤其第二封，还说清了姬祯任当年在呼家峪之战中被抓又被放回的真相，应是消除了姬祯任身上的那个历史疑点。

为了搞回这些密报原件，还原本案真相，高Q可谓极尽心力，在台湾是动用了老本行看家本领的。

不管怎么说，这个案子总算明了了。当事人供认不讳。人证物证都齐了，犯罪事实及犯罪动机也清楚无误。鉴于此，那个当初信鸽密信传送者、重庆草岗岭杀人者高芸草，被劳教所释放二十二年后，又重新获刑——追加两年徒刑。就这样，这个早已改名为夏雨荷的特殊犯人，又在大裆山监狱蹲了两年。加之早前被特殊关押的那十六年，她先后两次共计蹲监十八年。

此案非一般性案件，相关诸事较为敏感，有关部门最大限度地控制了知情范围。即便是当事者子孙，也不知其真相。

两年后，夏雨荷出狱，是儿子儿媳去接的。一见面，老人家就说"哈哈!两位考古学家一起来接我,妙不可言!真有你们的,披着考古学家的外衣,却经常前出山川海岛搞侦察,干了半辈子隐秘而光荣的勾当。哎哎,你俩还愣着干吗?快回家吧!"

儿子醒过神来,挽了夏雨荷说:"您老小心脚下。"

"我还不老,何需搀扶?"夏雨荷甩开儿子手,自个儿硬朗朗地走起来。

儿媳笑说:"这精神头,倒像一个打了胜仗的大将军。"

儿子也嘀咕:"有谁见过这个样子的刑满释放人员?!"

第二十七章　荆之请

这一天,祖父整一百零四岁。中央电视台专访了他。

主持人由衷赞扬了老英雄奇迹般的记忆力,说他是"中国革命战争史的活档案""中国革命隐蔽战线上的不老松"。

他则爽朗一笑:"活档案、不老松不敢当。在我这里,永生的是强大的信仰神锐,及其衍生出的职业破译精神!这真不是冠冕堂皇说大话。这是肺腑之言。"

采访组走了之后,祖父余兴未尽,拉着我手,似乎有很多话要说。果然,在巨画《战争画廊》前,祖父絮叨开来。

那个净说谎话、爱吹牛皮的高Q,先我一步走了;那个一生都以自身妖娆为自豪的甄艳丽,先我一步走了;还有,那个一向视保密为生命的保密员朱可心,也早早地走了。他朱可心大概不会想到,多年之后，他与刘红妹的尸骨，会合葬于重庆草岗岭南侧山沟一棵不老松旁，墓碑铭刻：婴之墓。出资修建人夏雨荷，年年来此扫墓祭拜，每每悲痛欲绝，终是在一年突发心脏病，倚在刻有"婴"字的老松树上辞世。这个很能沉得住气，在两重天里生活了几十年，先后两次蹲了十八年大牢的夏雨荷，就这样也先我一步走了。

高甄二人同我姬祯任隔空智斗了几十年，他们离我而去也就罢了，你夏雨荷怎么能不站好最后一班岗呢？你走了，我便视你为无情之人。可我还是个痴情佬呢。你走那阵子，我肝肠寸断。今天，我一百零四岁了，我得给你夏雨荷说叨说叨，再不说真就全带到棺材里去了。

老婆子，过去那些事儿，咱俩还说吗？算了，不说了。像咱们这些"知道太多的人"，最忌讳的就是碎嘴子。不说亦罢。

哎呀呀。我看，我俩之间的事儿，还是可以说说的。

早年，你夏雨荷以骇人听闻的奇诡方式自投牢狱，而结束了自己的政治生命，你却说自己是自我救赎，悔过铭志，从此获得了新生！好啊，为求重生，你肯吞下十八年牢狱之苦而无怨无悔；还累及我挨了处分，被问责革职，你却觉得我付出如此高昂的连带代价，是你无奈的选择，是我规避不掉的结局！

我记得，当时，我还给你开了个有失原则的玩笑。我说："自从我迈进二大队门槛，高月明和组织上就明里暗里极尽所能地保护我，替我抵挡免除了不少政治上的灾祸，以保证我这个核心技术骨干，心无旁骛地发挥破敌作用；那些年，国民党特务组织也在紧盯着我，一心想干掉我，目的是要斩断共军这把神算利剑，可他们一直未能得逞；嘀嘀，现在，居然是你以自首自绝的方式，连带着把我送上了职业生涯的终点，使我从此与密隔绝。"

你听罢此言，并没慌乱，缓缓地说："这种政治上的连带关系，早在延安洞房花烛夜时就想到了。后来这些年，我没有暴露，没有完蛋，照那个发展趋势，一辈子都会安然无恙。可是，让人难以预料的是，在不知不觉中，我之政治信仰发生了变化，最终导致凤凰涅槃，浴火重生。真没想到，信仰这东西会有如此巨大的威力。那次自首，我也做了预前分析，我揣摸准在当前那个政治环境里，这事必定会产生连带效应，至少会把你姬祯任清除出红星二大队，甚至还会让你陪我一起坐牢。但我不能自制，挣扎了这些年，最终还是要脱胎换骨，以此让自己走向政治上的光明和信仰上的完美。我之抉择，别人怎么看怎么说都无所谓，我最经不起组织和你姬祯任曲解我。"好了，这个事就说到这里吧。

然而，还有个大事不得不说。你老夏自以为是，不辨真相，于重庆草岗岭密杀英杰刘红妹，导致罪上加罪，受到了法律制裁。尽管你杀人动机是好的，尽管那是个阴差阳错的误会，可我也一直没有替你说句公道话。在这件事上，我本是可以凭借有利证据而为你开脱的呀。我惭愧哟。这笔账就记在我头上，算我欠你老婆子的。

还有，那对好书如命的夫妇也不能忘了。那场"文化大革命"，无视张佳音、刘海儿曾在隐秘战线为革命立过大功，而是揪住其当过汉奸特务的历史不放。二人实在熬不住长年被游斗，便逃往苏州老宅，在落碧楼前，穿上寿衣，翻着古书，绝食八天八夜而身亡。一如那祖辈芸草，真真在书页中永生了。

对了，还有一个走得更早的人，最近常出现在我梦里。那是我一生中另一个重要女人。我最敬佩的亲密战友宋大雄！对这个女人，我不敢想的。刚解放那年，我和高芸草跑了趟山西阳曲，把在百团大战中牺牲的邱子豪团长尸骨起出来，移到延安凤凰山与大雄合葬，重造了坟茔，刻了墓碑。自此之后，或我自己，或同高芸草一起，每五年去凤凰山扫一次墓。

真啰唆。有个重要情况还得补充一下：当年，高芸草在延安放飞的那只信鸽，中转落在了安康国民党特工站。安康站采取了一个双保险措施，即，把密信原件由地面交通站派人送往重庆，另搞了个原件的抄件，放进原来那个信筒里，换了一只信鸽飞往重庆。到2013年方知，当年这只信鸽，或因天气恶劣迷失了方向，或因长途持续飞奔而疲劳，碰巧在成都那座教堂上落脚歇息，不慎葬身于此。而那封由安康人力传送的信鸽原件密信，则顺利送达了国民党特别机密电务部手里。

祖父把目光从《战争画廊》上挪开，像是又想起了什么，说："把那本手抄书给我吧。老婆子，见字如面哟。我好想你呀。"

一听这话，我也不由得想起了祖母，心里酸酸的。我把《和策殇记》递给了他。

祖父若有所思地看了我片刻，说："孙子吔，以上那些唠叨都算不上什么秘密，今天，我要破例给你说点真正的秘密。"

我受宠若惊。几十年来，这个谈密色变的祖父，主动谈密，这还是头一遭。

刚开始，祖父还算平静："当年，在东北战场，我等发生过一次情报误判，导致敌军潘亭部逃窜数千人。这个大错，组织上没有追究我任何责任。可我知错！一个密码破译师，怎么会出现如此误断呢？我怎么就不能再缜密、再周全、再广泛侦测、再深钻细研几步，直至精准获情呢。这事，我遗憾终生。它成了我心里最大的痛。这些年，我每每想起，心都在流血。"

祖父越说越激动，渐渐地脸上挂满了泪水，还不停地捶胸顿足。我忙宽慰他："战场瞬息万变，战事极其复杂。情报工作不可能做到尽全尽美。况且，当时，潘部敌军长时间实施无线电静默，你手里无密码可破。无米之炊嘛，出点差错，情有可原。"

祖父把古书拍得啪啪响："这个错误，不可强调任何客观理由！根本上是我这个密码破译师职业精神出了问题。不精专哟，不敬业哟，不求深解哟。说到底,还是我老姬本事还不到家!"

祖父自言自语:"为啥就没人责怪我呢。哪怕谁批评两句,我心里也好受些呀。"祖父似乎有些疲倦,嗓音有些颤抖,"从上到下,大小首长,都没人怪我,连一个字的批评都不给。可我老姬立了功,哪次都没人忘记过表扬,哪次也没落下过褒奖。哎呀呀。首长哟,我怎么就误判了呢!组织哟,怎么就不追究我责任呢!"

看到祖父这个样子,我心惊肉跳。祖父钻进了死牛犄角,陷入了一种别样的状态、别样的情怀、别样的心境。我知道,是一种独特诡异而密匝匝的罪责感,把老人家禁锢死了。这个心结,一时解不开,永远解不开,谁也解不开了。

我担心他老身体出问题,就打电话叫医生,却被他拦住。

祖父催我回去,抓了我手说:"放心,我这个老不死是死不了的。不过,如果哪一天我真的死了。你要记住,东北情报误判,组织不追究,我要自己追究自己!我的生平里务必写上一句话,'姬祯任同志,曾因术业不专,职身不敬,而纵敌逃跑数千人,实属罪重过极!'然后,再加上1953年我亲拟的那199个字。整个生平,就这228个字。一个不能多,一个不能少!否则,我死不瞑目!"

渐渐地,祖父平静下来。他把古书《和策殇记》抱在怀里,舒缓地合眼睡去。

我悄然退出。

祖父就这样抱了书,就再也没有醒来。

告别仪式上,我极度悲痛,直扇自己耳光子。好个没心没肺的不肖子孙!老人家昨夜话多反常,你都没理会到。老人家在你眼皮子底下走了,你居然毫无察觉。

姬杉拉住我手,劝我别激动。

我泣不成声:"老人家是为东北情报误判而积郁成疾,抱憾而去的。"

姬杉说:"东北误判之事已经写进了生平。老人家用这种方式负荆请罪,应是去而无憾了。再说,一百零四岁高龄的人了,本是无疾而终,寿终正寝。老爸您就别多想了。"

我怔怔地看着姬杉。瞬间,我之哀痛一下子又被另一种意义上的悲悯情绪所替代——祖父到死都不晓知他的密画《战争画廊》已被破译,且是被自己的夫人和重孙女破译的。想必,他老人闭眼之前,心里还在自鸣得意:我真把一辈子的秘密带进棺材里去喽!

老人家,安息吧!就您密画里的那些东西,都已成了不是秘密的秘密,早已在不同时期,以不同方式解密了!种种迹象表明,您老心里那些鲜为人知的核心机密,并没有画入《战争画廊》。我知道,那是您老恒秉不变的保密原则:人虽引咎赋闲,然守信之志始终不渝。

感慨万千!万千感慨!亦表述不尽我对老人家的无限哀思!到此作罢吧。于是,我在小说末尾,添加上了一句话,给我呕心沥血七余载写就的篇章画上了句号:

> 我党我军一个战功卓著的红军密码破译师,心怀负荆请罪的职业愧疚,在一百零四岁寿辰之日,怀抱手抄古书《和策殇记》,在自作密画《战争画廊》前,溘然长逝。

祖父离开了人世,小说画上了句号。然而,让我意想不到的是,故事并没有结束。

这里,需要强化一个概念,按高月明的话说:"二大队保密纪律历来是超越亲情,律严亲人的。刘红妹被派往重庆曾家岩的真相以及相关问题,她从没向哥嫂透露过半个字。而姬祯任从我这里及社会部得知这一真相后,也从未让刘红妹知道他了解她之隐秘身份,更没向高芸草提及过此事;姬祯任与高芸草这对夫妻,那些年,除了彼此共同攻研的项目以及组织允许互通的涉密情况之外,其他各自经手和掌握的机密,从未曾在夫妻间透露交流过。这个铁律,这个底线,这个根本,大家都恪守森严，模范地做到了该做的一切。"

　　这个情况，我是从女婿吴原那里听来的。吴原在即将解密的档案中，看到了高月明早年向上级首长呈送的一个报告，才知晓了事情原由。我对这些材料上的说法深信不疑。

　　　　1953年，高月明接下高芸草那份长达48页自首材料后某一天，又收到了一份姬祯任个人检讨材料。姬祯任反映，早在1944年底，他就开始怀疑高芸草是国民党潜伏特务了。

　　　　那些日子，高芸草时有出现心理反常现象，也常同刘红妹发生莫名其妙的言语冲突。高芸草这个人，若不是内心有根本性重大问题在纠结，日常言行不会有那样的表现。那么，会是什么样的根本性重大问题，能让心理素质极好的高芸草乱了心理内在呢？他想来想去，最终想到信仰问题上去了。现实生活中，她嘴边时常挂着关于信仰之话题，且大多是不自觉流露出来的。一个人，在不该谈信仰的事上或场合，总是从信仰角度看事想事说事，是很让人诧异的。

　　　　不知从哪一天起，这个女人身上像是有了一个巨诡莫测、深藏不露的秘密。那情形俨然是哪儿出了大岔子。她似乎是在坚定而超乎寻常地努力着，每时每刻都想使自己发生根本性改变，让心里某种急不可耐的渴望变成现实；却又是竭尽所能地掩饰着这种改变，以求不动声色地实现那种不可告人的渴望。正是这种隐秘的、足以枯死生命的灵魂饥饿，使她心再也无法平静如常。很自然，她这种反常，一般人是不易察觉的，最先注意到的，自然是她最亲近的人。

　　　　姬祯任倒是做到了不动声色。他对这一隐秘发现，未向任何人透露一个字。自此，他开始秘密监视她。不管是和她在一起工作，还是彼此分开外出执行任务，他都想方设法掌握她的动向，包括暗自使用某些技术手段，对她上机抄报等工作行为实施监督。凭他的技术和经验，他做这等事，二大队无人能够察觉。

那次，高芸草随队到晋察冀抗日根据地执行前出任务，姬祯任虽未一同前往，但在总部，他一直掌握着高芸草行踪。包括，高芸草向重庆发出的那两封密电，均被远方的他截获。当然，她发报时极力变换了手法，他也确实没有听出她之手迹。但他一直关注着她所在方向的密电，无论是他亲自抄获的，还是其他侦听员抄获的，他都给予重点研究破译。他推断，如果高芸草要与敌方联系，很大可能、也只有一种可能，是在外出执行任务中做手脚，搞勾连。尽管那两封密电夹杂在侦获到的众多日伪密电之中，他还是嗅出了不同味道，却也迟迟未能破开。

那个晚上，姬祯任做了一个梦。令人奇怪的是，这个梦是他第三次做了。同一个梦，多年中三次重复出现，极稀罕。

这个梦说的是，一个白面书生，在南京夫子庙繁华地带，挂起667本书单，行摆摊背书挣小钱之能事，目的是诱引出暗地里的一个阴阳人，然后干掉它。最终，第667本书露出了破绽，让阴阳人揪住了小辫子。这便是那本《和策殇记》。行刺行动宣告失败。梦中的姬祯任明白，那个白面书生就是他自己；那个阴阳人却是一对儿，一个叫江小点，一个叫高Q。

一个熟读过《和策殇记》多遍，且饱含感情和己见写下详尽书录的读者，一个身经百战、攻克敌密无数的高级破译师，一个熟透了自己老婆的丈夫，若是破不了特务老婆（假设）的这部书本密码，那便会辱没了他姬祯任的职业声誉。

姬祯任就是姬祯任。最终，仅凭两封简短密电，破开了这部书本密码。

那一瞬，他得出一个结论：一般情况下，仅凭两份简短密电，这部书本密码无解。在这个世界上，唯有碰上一个人，才可能是它的末日。那个人就是知其书，解其妻，又有高强破击能力的我姬祯任。

当姬祯任看清那两封密电具体内容时，紧绷的心稍有放松。

他读懂了高芸草隐于密电之后的良苦用心：此乃典型的"红色之密"啊！

即刻，他头脑中闪出一个概念：这是一个变了质的国民党潜伏特务。此人，已毫无特务本色。

姬祯任斩钉截铁地下了一个结论："这支革命队伍，已经潜移默化地把一个蛰伏不醒的国民党特务，教化成了一个合格的共产党人、一个优秀的密码破译师、一个忠诚的无名英雄。她破日军密码，不留余力；破国军密码，殚精竭虑；在能干坏事的时候，一件未干。尤其，在极有条件出卖党中央昆仑纵队、且出卖了能全身而退的情况下，却从没生发异心，反而肝脑涂地破译了不少国民党重要密码，为党中央昆仑纵队脱离险境、完成战略目标，立下了赫赫战功。"

谁能说这样的一个人，会是国民党特务呢？世界上有这样的特务吗？然而，她千真万确地就是一个"狗特务"！

要举报吗？举报的后果会是怎样？那还用问吗？这个"狗特务"必死无疑呀！

不能举报！也没必要举报！那就让她自生自灭、自灭再生吧！

再往深里想，不谈政治性，仅从情报工作的实际需要看，不举报也是最好选择。否则，对高芸草本人是灭顶之灾，对密码破译工作毫无益处，对高月明等一切有领导责任和亲情连带的相关人员，必定都是无法挽回的致命损毁，从而使二大队侦破能力受到极大消减和破坏。尤其，对二大队职业声誉更是致命一击。职业声誉可是二大队的命根子。职业声誉没了，谁还信你的情报？

姬祯任这个处事缜密心重的人，又给自己说了两句话，才踏实下来。

一个反革命特务被革命的力量教化成了一股革命的力量，被神圣事业感召成了神圣事业的赤诚践行者。这恰恰说明，二大队革命力量无比强大，革命事业无比伟大。对二大队声誉毫无损害！

这座革命大熔炉，极具化腐朽为神奇的巨大威力，也蕴藏着化腐巧为神奇的无穷魅力。这个人，既然已经化腐朽为神奇了，何必再把神奇当作腐朽来清除？她已经新生了何必再把她推向革命的对立面！

最终，姬祯任定下决心：就对党组织不忠一次！这是一生中唯一一次不洁行为，唯一一个政治污点。而这样做，却完全不会带来任何恶果。

接下来的日子，姬祯任暗中盯死了高芸草。然而，长时期一切正常！

到了1947年3月，姬祯任在呼家峪之战中被敌俘获，后又被放回，允许他在专人监督下，破译一些弃存的死密资料。其间，他发现了高芸草发往敌特别机密电务部的那封密电，并成功达成破译。

那时，他真切地感受到了高芸草发这封密电的用意：一是她救夫之心急切，才采取了这次超常行动；二是示明西北野战军主力要东渡黄河，成全的是我军战略欺骗之美。对此，他自然不会声张，只是在心里默默呼唤——高芸草数次冒着暴露自己之危险，而悄然付诸了有利于革命的赤诚之举！

在辽沈战役之后、平津战役之前，一项特殊任务曾落到了高芸草头上。这使她再一次面临严峻考验。

那个时期，国民党军装备了一批新型话报、发报两用保密机，给二大队监听破译工作造成了困难。

姬祯任清楚，要想破解这种复杂的机械加密技术，必须搞到一部整机进行实体解剖研究。

这一情况，受到上级有关方面高度重视，很快决定采取一次特别军事行动。这一行动难度在于，不能让敌人察觉到行动的真实意图。否则，敌方一旦知晓我方获取了其保密设备，那么，他们会通过采取增强加密技术难度，或停止使用该机型、调换新机种等措施，来防范其通讯泄密失密。

上面统筹协调我社会部、野战军某部、红星二大队、天津地区地下党等部门，抽人组成精锐特别行动小队，联合完成该项任务。上面给出了二大队参加行动的选人条件，其中一条是，务必熟悉敌之军情特情密情，精通加密破译技术，且要有较高的英文水平。二大队照此选定了姬祯任、高芸草、刘红妹三人。

在高月明眼里，姬祯任尽管身上还带着那个关于被敌放回的疑点，但却是这项任务的不二人选。高月明向上面打了保票，姬祯任政治上没问题。

可姬祯任在心里对高芸草却打了个问号，后又打了个惊叹号："再给她一次接受考验的机会！"他暗中做了一些防范措施，还私下叮嘱刘红妹："行动中不管出现任何情况，只要高芸草有被俘或逃离迹象，你务必出手击毙她。不要问为什么，也不要向任何人透露这个秘密交待。当然，你我若有被俘危险，朱可心便是榜样。"

然而，高芸草在心里对刘红妹政治上是否绝对可靠，也打了个问号，后也同样打了个惊叹号："这个机会，给她！当然，我会暗中盯死她。只要她这次完美过关，我可打消多年来对她的怀疑。"

这次行动，我方未打国民党正规部队的主意。这是因为，无论是强夺还是智取，都很难在不暴露意图的情况下，从正规军手里获取保密机。我特别行动小队把目光盯上了军统天津站。那里刚配发了两部该型号保密机。一部在站长办公桌上，一部常在外出公干的侦缉队长手里。

姬祯任到特别行动小队集结时，才知道社会部派来了张佳音和刘海儿夫妇，并且张佳音是该小队队长。

行动方案已敲定，在集结前就通报给了各有关人员。有几个关节基础比较好：一是二大队通过破译的响密，对军统天津站基本情况已掌握清楚；二是社会部统领天津地下组织，对行动环境做了周密排查；三是我军某纵三师精选强兵全力配合。

这次行动预设的步骤是：由我潜伏内线放出风去，说中共天津地下党组织计有十七人，将于11日上午十时，在河滩路九号聚凤茶楼召开秘密会议。一般情况下，军统天津站会派出侦缉队前来围歼捉拿与会者。我特别行动小队提前数日，对聚凤茶楼周边地形地物进行了勘察，确定了敌方可能要提前设伏的三个制高点，一个是清照酒楼，一个是张府北宅，另一个是姜记米店。然后，我方由城内地下党和化装混进城的三师相关人员，分成四个战斗组，分别提前在这三个制高点外围设伏，形成反包围态势。我方预计，敌负责此次抓捕行动的侦缉队队长，必定会在某一个制高点内实施指挥。这样一来，我方设伏力量足够，缴获侦缉队保密机的把握比较大。

11日天刚蒙蒙亮，果然有敌方人员悄然进入清照酒楼、张府北宅和姜记米店，而聚凤茶楼附近也有人蹲藏。八时不到，似是一切就绪。完全符合我方预料。九时许，有17人陆续步入聚凤茶楼。这是我伪装成与会人员的特别行动小队队员。十时整，敌方展开了攻击行动。我方也即刻开始反围攻。

姬祯任、高芸草、刘红妹三人，分别随我三个战斗组围攻三个制高点，目的是在第一时间获取、甄别、验证保密机。

情况有变是高芸草首先察觉到的。她随一个战斗组打进清照酒楼，没发现有人持有话报机。她用枪顶住一个特工脑门，问侦缉队长现在哪个点上指挥？那特工拒不回答。她一枪击毙了他；又逼住另一特工，得到的答复却是，侦缉队长在街道上车里机动指挥。她抓过那特工的狙击步枪和子弹袋，冲上了楼顶。她四处张望，果然发现一辆吉普车在一胡同口停下来。这个距离射击难以奏效。她顺一排房顶跳跃前行，快速向目标靠近。在吉普车正欲起动之时，她在楼顶之上立姿托举，连开两枪，两个轮胎被打爆。车内有人冲她开枪。她跳到街道上，隐蔽逼近吉普车，抓住两次稍纵即逝的机会，击毙了车内两个特工，然后，端枪逼视着车内最后一个特工，一步步靠过去。那特工看出这是个谍界高手，便不敢再动。她打开车门，发现那特工怀里抱着的正是那保密机。她枪口顶住特工，示意递过来。那特工这才恍然大悟，这个女人是冲着保密机来的，便猛地弯腰拣枪。枪响了，击中了他手。她叫道："密钥！"他一犹豫，腿部又中了一枪。他说出了密钥。她问："新机子刚配发使用，那你一定是带着说明书喽？"那特工掏出一个小册子。枪又响了。他歪倒死去。她把说明书封皮撕掉，连同保密机牛皮外壳，一并扔回车内。又从自己身上掏出一个袋子，把里面一些电台零件和电台外壳碎铁皮，撒到车座上。然后，扔进车内两颗手雷。她做这些动作，都是姬祯任提前叮嘱好的：无论在何种情况下获取保密机，都要在现场制造保密机被炸烂烧毁的假象。

高芸草身背伪装好的保密机在胡同里穿行，想尽快赶回制高点去。一个熟悉的身影在胡同口一闪而过。是刘红妹！高芸草心里一惊：莫非她果真死不改悔，要逃到那边去？高芸草不敢多想，悄然跟上。二人一前一后跑了三条胡同，高芸草举起了枪。与此同时，刘红妹也转过身来，举枪指向高芸草。这时，胡同口跑来了姬祯任、张佳音和刘海儿。大家很快按计划路线撤出。

从后来军统天津站用响密发给国防部保密局的报告中得知，敌方并没发现我方这次行动的真实意图。加之这个时期，解放军势如破竹，天津战役就在眼前，军统天津站人心慌慌，都在准备南撤，便没人对这次围捕共党，反遭重创的行动深究细查，更没人往丢了一台保密机上去想。因为，现场迹象明白无误：保密机已被炸坏烧毁。

姬祯任发现制高点没有侦缉队长和保密机后，也是第一时间逼问了一个敌特,才晓知那侦缉队长在街上吉普车里。他不再迟疑,飞身冲向高处寻视,正巧从楼隙间看到远处一个女人背影,正在走向一辆吉普车。是高芸草!难道她要跑?他迅速从房屋顶向吉普车方向奔去。没等他靠过去,就看到高芸草打开了车门。他举枪瞄准了高芸草。很快,高芸草就有了开枪、取货、扔手雷的一系列动作。他这才收起枪:"这人,终是值得信赖了!啧啧。她动作绝对专业!真不愧是国共两军培养过的谍界高手。"

归队后,姬高刘三人联手,协同上面派来的通讯专家,连续突击十八个昼夜,终是彻底破译了保密机语音和编码加密原理。

天津行动成全了高芸草凤凰涅槃,却埋下了刘红妹被误杀的祸根。高芸草有了顽固成见,当在重庆抓住身藏重大密息"罪证"的刘红妹时,才毫不迟疑地下了"毒手",从而直接导致"猫头鹰1号"行动破产。

到了1953年,高芸草彻底修成正果。她自首了!组织上以"长达九年之久隐敌情而不报"为由,对祖父实施了革职查办。

第二十八章　画中画

那一天,姬杉站在巨画《战争画廊》前,忆起和老祖爷爷在一起的日子,不由得心生哀痛。尽管泪水模糊了视线,但她还是发现这幅画发生了变化:在一条河流中央,不知何时冒出了一座孤岛。岛上树木丛生,庙宇隐现,与两岸风光交相辉映。若是首次看画,很难发现这座河心岛是后来添画上去的。

姬杉意识到,这是老人家临终还有话要说呀。很快,她用破译整幅密画的手法,破开了河心岛密码。

姬杉告诉我,那是老人家针对两个问题而做出的解惑释疑。

一、1947年8月,我西北野战军行战略欺骗之意图得逞。其间,高芸草向国民党特别机密电务部门,发了那封"共军主力东渡黄河在即"的欺骗密电。此役结束后,国军必然会恍然大悟,知晓被骗真相。那么,那个特别机密电务部,就没有由此对草蜢潜伏状态产生过怀疑?

九十年代初,破获台湾间谍案后,姬祯任、高芸草被允许与高Q、甄艳丽见了面。这才得知了相关情况。

当年,那次战役之后,在对草蜢那封密电的看法上,高Q与甄艳丽产生了严重分歧。

高Q认为,共军如此机密的战略欺骗,不可能让一般内部人员提前知晓。很可能是,共军迷惑了国军部队,也迷惑了草蜢。草蜢所看到的,正是共军主力即将东渡黄河之势态。这是她之误判,并非有意配合共军发欺骗之电。所以,草蜢依然是那个忠于党国的草蜢。

甄艳丽震怒:"仅凭这封密电,就足以证明草蜢背弃了党国。"

高Q耐心解释:"高芸草正常发报时,用的是常规右手,这你我都侦听到了。而在向我方发送这封密电时,她极其迅捷而巧妙地跳到了我之频率上,用左手变换了手法拍发而出,然后,赶紧又回到共军频率上,继续用右手常规发报。我问你,她为什么要这样做?她这是在规避共军监督台,尤其在迷惑那个能听懂她右手手迹的姬祯任。她在共军眼皮子底下,偷偷发出了那封密电。这是她技高人胆大,心忠敢作为。仅从技术层面讲,她若是真被共军所逆用,便不会有如此举动。这是我高Q给出的专业解释。"

甄艳丽似乎信服了:"这一切若是她假装出来的呢?"

高Q摇摇头:"我了解高芸草一如了解我自己。我听她发报就像面对面听其言，察其色，观其行。那封密电，肯定是她在绝境之中，以背水一战之心态，坚定而慌乱地偷发出来的。绝对不是在假装。"

甄艳丽听罢，大叫道："好你个高Q。终于承认与那骚蟛蚱亲密无间了。现在看来，那骚蟛蚱多年潜伏于敌营而不露，不是她最大本事，而多年潜伏于一个有妇之夫心里而不死，才是她最大能耐。"

"你就是把天下醋坛子都喝光了，那草蟛也还是未暴露的自己人。谁也别想作乱了我的草蟛计划。谁作乱兴灾，谁就是党国的罪人！我决不轻饶！"高Q怒喝道。

二、在重庆新中国成立前夕，刘红妹出现在178号，高甄二人必定对当年草蟛那封"军医夫妇和刘红妹已被一网打尽"密电产生过怀疑，从而断定草蟛已被逆用。果真如此的话，高甄二人明知《和策殇记》密码已败露，为何还在九十年代用该密实施联络，并携带原版古书来大陆自投罗网？

对此，高甄二人作了交代。

重庆新中国成立前夕，刘红妹一出现在香脑河路178号，高甄二人就做出了判断。当年，能够证实了的，是军医夫妇及其线上其他人皆被一网打尽。而刘红妹因与军医夫妇是单线联系，军医夫妇一死，刘红妹便成了死棋，她之下落便无从知晓。后来，草蟛发来了那封密电，这才以此确认刘红妹这条线也完了。现在，刘红妹又突然死而复生，使情况愈加复杂起来。一种可能是，草蟛尚未暴露，当年所发那封密电是真。那么，眼前这个刘红妹可能是被共军逆用了，现肩负其重任前来搞名堂。第二种可能，刘红妹确实被招降，但她是假屈服，不甘心被逆用，现在是真心想回到党国怀抱，便暗自携密叛逃过来。第三种可能，也可认作草蟛已暴露，当年那封密电是在共军指导下所发。

当时，高Q给出结论：这三种可能均有可能，不可妄下唯一结论。甄艳丽却坚持认为，草蜢已被逆用。二人争执不下，分辨不明，便未向上峰报告结果。

这一天，甄艳丽问高Q："你还有什么高招，能够甄别出草蜢现状？"高Q送上一副无可奈何的表情："这次，真没招了。"甄艳丽脸一沉，恨恨地说："这分明是你不情愿给那骚蜢蚱下背叛党国的结论。"说完，她抓笔在手，拟写了一份《关于启用褚密桓密余密，探查草蜢潜伏现状的报告》。然后，逼着高Q签字。

甄艳丽给出的建议方案是：用褚密、桓密、余密，分别给在成都、佛山、德阳执行任务的共党叛徒刘国天、冉益志、李方龙发电，责令三人即刻返回重庆，参加定于23日九时，在小港三路81号召开的"猎狐行动"部署会。此次会议将研究部署铲除重庆中共地下党组织的行动计划。

叛变前，这个刘国天是中共地下党重庆市委主要领导，而冉益志是市工委副书记，李方龙则为市委组织部负责人。叛变后，这三人向国民党供出了大量中共地下组织机密，致使重庆乃至四川地区地下党遭受严重破坏，一大批像江竹筠那样的优秀党员被捕入狱。因此，刘冉李等三人成了中共地下党恨之入骨、志在必杀的人物。

甄艳丽判断，如若共军早已破译了褚桓余三密，那么，中共重庆地下党必会不惜任何代价，在23日那天偷袭小港三路81号，全力铲除叛徒刘冉李三人；如果褚桓余三密未被破译，那共军便不会有相应行动。遂即可证实草蜢发那密电是假，她已被共军逆用。

此计划很快被保密局局长毛人凤批准。在毛眼里，刘冉李不再有利用价值，现正好让特别机密电务部用其去做诱饵。

最终结果是，此三封密电发出后，共军方面没做出任何相关反应。

高Q最后一丝幻想破灭：褚密桓密余密等未遭共军破开。这说明，草蜢果真被逆用。

在河心岛树丛中，姬杉还发现了一片香樟树林。搭眼一看，恰似黄浦江畔塘堰湾那片林。姬杉同样攻破了隐藏其中的密码密意。

这是两对老友之间，在 20 世纪 90 年代初的一段对话。密码中说，谨以河心岛密码将此段对话编写入画，以恭念那段既无声无息又轰轰烈烈的诡异岁月，以及那刻骨铭心的爱情、友谊、仇恨，还有，愧疚、忏悔和信仰！

"那些年，我二人在台湾一直猜测草蜢是如何暴露，又是怎样被逆用的？可能有种种，难以下定论。一直到了 1958 年，才在一起间谍案中，偶然连带出一个消息：早在 1953 年底草蜢就被中共收监入狱。后来，你老姬也遭切责问罪，革职查办。到这时，我等才知道，你老滑头并未在 1953 年被刺杀身亡。鉴于此，我等联手写了一个特别报告，算是给草蜢计划做了个了结：'草蜢在共军极其森严的环境里，图谋数十年想为而不能为，但她对党国忠心恒久，时刻准备舍身效命，最终不得不以自我暴露、同归于尽的决绝方式，连带清除了姬祯任这个红星二大队的技术支撑，斩断了这把对党国机密构成极大威胁的神算利剑，从而完成了潜伏任务。'此报告，上峰极为重视，很快给草蜢追记大功一次，并隆重召开表彰大会，大张旗鼓地宣扬了其英雄事迹。可以说，草蜢在台湾那边的结局是光明而圆满的。可我等二人做梦也没想到，草蜢居然在大陆这边选择了自我救赎，投案自首。"

"凤凰涅槃，浴火重生，是在这边特殊环境里催生出的至高境界。没有亲身体验的人，是难以理解的。"

"不过，你等二人以自投罗网方式，来大陆觅友寻故，出乎老友意料，更出乎官方意料。看来，这世上最难破译的密码还是心灵密码。"

"现在人们都能理性地看待和处理过去的一切了。某些历史问题不再是问题。前些年，那么多国民党军重要战犯，共产党都全部释放了，还安排了很好的工作。我夫妇二人也即来之，则安之吧。如若我等四人能够同居一城欢度晚年，那才是最幸福的晚年。我等破解战争秘密半辈子，相互揣摩心密多半生，最终能有这个宿求共识，很不容易！"

"晚年生活可以不谈战争，但是，关于爱情，恐怕躲之不及。"

"战争并不存在。爱情也不存在。"

"嘀嘀。"

这一年春夏之交，接连下了七天七夜的大雨。姬杉到楼上画室取东西，发现巨画《战争画廊》中央有些微微隆起，像是遭墙体透水，受潮而变形。

姬杉手抚隆起处，觉得是一块很规则的矩形。量了一下，长130厘米，宽80厘米。受潮变形，为何还如此规则？

吴原跑到街上裱画作坊请来师傅，打开了画框画纸。

里面夹层居然有藏画！

画的前景是一个小水洼子。小水洼子与后面大塘湾子连着一条小水沟儿。隐隐约约看到小水洼子里有一条大鱼儿和一些鱼儿。

吴原说，那幅大密画，把敌情我情友情爱情亲情都表述尽了。想不出，还有什么秘密值得曾祖父又另作一幅小画。

一段日子过后，姬杉把那幅小画烧掉了。吴原老大不高兴："破开了？画里说了些什么？"姬杉说："画里根本没藏任何秘密。"吴原一脸严肃："希望你能把那些秘密告诉我。这不是我个人的意见。"姬杉说："画中本来无密可破，你们非让我破。我正是怕受难为，才把画烧掉的。"

1949年在重庆那会儿，姬祯任对高芸草本来已毫无戒心，但高芸草偷偷溜出去，还是重重敲击了他脑仁：终究是在敌占区执行秘密任务；终究是国民党军将要败退台湾；终究是她有那个隐秘背景。于是，他跟踪了她。可她反跟踪术高超无比。他丢失了目标。到再找到目标时，目标肩上却多了一个人。

姬祯任远远跟踪高芸草到草岗岭南侧山沟。待她离开后，他即刻挖开了那个枯树坑。好在枯树坑是风刮树倒时撅开的一张大嘴。高芸草把人放进去，只是手刨脚踹封了口。里面树根盘结，枝杈纵横，是虚空着的，人在其中便未受到重压憋闷。

姬祯任挖出人，才看清是刘红妹，其头部遭到了钝器击打，但并未到致死的程度。他手压其胸，实施急救，总算有了微弱呼吸。他急急背人冲下山坡。

半路上，刘红妹醒来，一阵剧烈咳嗽，喷出一粒纽扣。她挣扎着坐起，虚声弱气地说："毒纽扣过期。我命不该死。"她急着要走。姬祯任非要送她去医院。这时，她说："哥，在这个世界上，你是我最亲最爱最信任的人。我像相信党一样相信你。哥，当务之急，是赶快放我走！"接着，她把身上"猫头鹰1号"任务说给了他。然后，又拜托了他一件事："想办法找具女尸，把这粒纽扣塞入其口；再弄一份同我身上这叠材料一样的材料，揣入女尸衣内。然后，拖入埋我的那个树坑里埋了。我相信这事你能办到。重庆周遭时有枪战，找具女尸并不难；凭你智慧，回前出侦察队，弄到这叠材料原件，偷复制一份也不难。办了这事，一切再无担心。芸草不知我那个隐秘身份。她这是要暗阻我投敌，又不想坏了我名声，才以这般方式大义灭亲。凭她与我这些年感情，万一哪年哪月哪日，她愧疚难忍，再来为我置棺入殓。若发现是空穴，会有麻烦，没准还会对我潜伏大计构成威胁。你做了这些，便万无一失。好了，我这一去，归来无期，生死难料。哥，你多保重。"她拥抱了他，又扳着他肩膀叮嘱，"今天这事，不可泄露给任何人，务必终身保密。你要知道，这个绝密任务，到任何时候都不能有闪失。"她揣紧材料，转身离去。

姬祯任泪流满面，看着她渐渐远去。

姬杉破译了夹层密画，独获了上述秘密，同时也记牢了刘红妹那句话："今天这事，不可泄露给任何人，务必终身保密。"就为这句话，她烧掉了密画。可一些事儿却永远地刻在了她心里。

曾祖父在密画中还说，九十年代，他曾巧妙地从高Q嘴里套出，刘红妹在台湾一直过着平常百姓生活，膝下儿孙满堂，很是幸福。不知出于何种目的，高Q没再和大陆方面其他任何人提及过刘红妹。当然，他并不知道当年刘红妹是假投诚。曾祖父断定，当年刘红妹带过去的那包见面礼，或叫诱饵，其分量之重、价值之大，实在没有理由遭到国民党方面怀疑。

曾祖父还在密画中写到，1953年他为高芸草案而反省时，只字未向组织提及重庆草岗岭发生的事。他明知说出刘红妹没死，会减轻高芸草的罪过，从而减少对其判刑年限；同时，组织也会因使刘红妹在重庆起死回生而功奖于他。可他还是没讲出真相。因为，刘红妹说过像相信党一样相信他。像相信党一样相信一个人，那是怎样的一种尊重和托付呀；还因为，按当年任务要求和保密规定，他这一级本是不该知道"猫头鹰1号"秘密的。既然偶然得知了，那就让它烂在肚子里吧。这纯粹是保密天性和纪律习惯使然。

曾祖父在密画中也留下了多个疑问：1953年，高芸草自首交代了在重庆草岗岭处死刘红妹的经过。当时，高月明痛心疾首，很为刘红妹出师未捷身先死而惋惜，还当场流了眼泪。他是真不知道刘红妹还活着，还是已知刘红妹潜伏成功，那眼泪是演戏给高芸草看的？事实上，并没有任何迹象表明，高月明知道刘红妹还活着。这会不会是高月明为保护刘红妹在台潜伏安全，而刻意且永远不说出真相呢？！

　　在隐秘世界里过惯了的曾祖父哟，你想用密画这张嘴，以自说自话的方式，疏解某些秘密，在心理上图个无密一身轻。你以为你很神秘，解脱了你自己，没承想却使我成了你的延续。你的重孙女，甚至再下一代，在你密匝匝的影子里，已是走也走不出来了。

姬杉手捧密画灰烬，长跪不起。